VEDA CADDESİ 3

HECR

Sümeyye Demirkan

VEDA CADDESİ 3

Yazar: Sümeyye Demirkan

Genel Yayın Yönetmeni: Mustafa Güneş

Editör: Ece Uyar

Düzelti: Saniye İngin

Kapak Tasarım: Merve Polat

Sayfa Tasarım: Gürkan Ademir

1. Baskı: Aralık 2020

ISBN: 978-625-7077-54-5

Yayınevi Sertifika No: 40169

Baskı: Yıldız Mücellit Matbaacılık ve Yayıncılık San. Tic. A.Ş.
Maltepe Mah. Gümüşsuyu Cad. Dalgıç Çarşısı Apt. No: 3/4
Zeytinburnu / İstanbul
Tel: 0 (212) 613 17 33
Sertifika No: 46025

Kapak Baskı: Sanatkar Ofset San. Tic. Ltd. Şti.
Maltepe Mah. Litros Yolu 2. Matbaacılar Sitesi 4NF/4-5
Topkapı / İstanbul
Tel: 0 (212) 612 71 72

Yayımlayan
Mürekkep Divit Bas. Yay. San. Dış Tic. Ltd. Şti.
Gültepe Mahallesi Şahinler Sokak No:2/1
Küçükçekmece / İstanbul
Tel: 444 0 454
www.ephesusyayinlari.com / iletisim@ephesusyayinlari.com

VEDA CADDESİ 3

HECR

Sümeyye Demirkan

EPHESUS

Yaramdın, hep vardın.
Öyle çok vardın ki sarsan bile kanadım.

1. Bölüm

Sancının Yankısı

Bir sayfanın ilk cümlesi gibiydim, yaşayacağım hayatı ben belirleyecektim. Kalemi elime alıp istediğim şekilde istediğim zaman yazdıklarımı silebilecektim. Hatalarımı sevecek, onlardan ders çıkaracak ve tekrarının yaşanmaması için daha iyi yazmaya gayret edecektim. Ben, o herkesin yazmaya cesaret edemediği ilk cümleydim.

Bir sayfanın son cümlesiydi, yaşadığımız bu hayatı o belirledi. Kalemi eline aldı ve istediği gibi bize bir son yazdı. Hatalarımızı sevmedi, onlara sahip çıkmadı, silgiye bile dokunmadı. O, hiçbir kitapta okumak istemediğim bir cümleydi ve bana onu kendi elleriyle yazarak verdi.

Bir acı, bir sızı var kalbimin tam üzerinde,
Bir adı, bir sanı var ruhumun tam içinde.
Bir sancı, bir ağrı var aklımın en derininde,
Bir yankı, bir ses var göğsümün kafesinde.

Bedenim değil de ruhumda bir acı vardı. Varlığı öyle büyüktü ki elime almaya çalışsam elimi yakar, bana tutacağım bir dal bırakmazdı. Ah, Kamer... Sen farkında değildin, belki de ben fark ettiremedim ama anladım ki biz usul usul tüketmişiz birbirimizi. Hep bir şeylerin üzerini kapatmışız, yok saymışız, es geçmişiz ve hatalarımızı görmezden gelmek için halı altına süpürmüşüz ama sonucumuzdan kaçamamışız. Kaçamazdık da zaten, zira biz birbirimizin aynasıyız. Ben sana baktığımda minnet, vefa ve de yara görüyorum ama yine de seni seviyorum. Sen bana baktığında ne görüyorsun bilemiyorum.

Bir sınavdayız, önümüzde kocaman bariyerler var ve bunları geçmemiz gerekiyor. Hatalarımızı halı altına süpürmek yerine direkt çöpe atmamız gerekiyor. İşte sorun tam da burada başlıyor. Ya bariyerleri geçip hatalarımızla yüzleşeceğiz ya da halının altında kalıp ezileceğiz.

Sonumuzu bilmiyorum ama ânı yaşıyorum.

Kırık bir kalp, elimde bir makasla.

Karşımda en az benim kadar yıkık dökük bir ayna vardı. Gözlerimi hareket ettirmeden öylece kendimi izliyordum. Çok değil daha birkaç saat önce gülüşlerim yankılanıyordu sesimde, şimdi gülüşlerim bile düşmandı bu bedene. Kapıyı kilitlemiş, banyoya girmiştim. Duyulmak istemezdim. Duysunlar istemiyordum çünkü çok kırılmış ve çok acımıştım.

Gözlerimi yavaşça solgun cildimden çekerek elimdeki makasa baktım. Ne kadar da eğreti ve yabani duruyordu elimde. Oysa kaç yıldır makaslara küsmüştüm ki ben. En son ne zaman kesilmişti saçlarım, hatırlamıyordum bile.

Parmaklarımla makası sıkıca kavradım ve onu yavaşça yukarı doğru kaldırdım.

Anne, saçlarımdan öperdin beni, değil mi? Hiç hatırlamıyorum ama kesin öpmüşsündür. Bir keresinde de babam saçlarımı örmüştü, ama çok küçüktüm o zamanlar. Hoş, bir kereliğe mahsus olsa da babamın ellerinin saçlarımda gezindiğini bilmek çok güzeldi anne.

Kendimden çok emindim ve ne kadar kaçmak istesem de kaçamıyordum. Bu, yüzleşeceğim bir durumdu. Derin bir nefes aldım ama göğüs kafesime giren şey temiz bir hava değildi. Makası bırakmadan, diğer elimle saçlarımdan bir tutam aldım. Saçlarım uzundu, belime kadar iniyordu. Onlara çok iyi baktığım söylenemezdi ama severdim işte... Onun kadar sevemesem de severdim.

Lakin onların da benden pek bir farkı kalmamıştı. Ölüydü, ruhsuzdu ve bitaptı. Makasın izlerini bile hissetmeyeceklerdi ama sen hisset olur mu Kamer, benim canım nasıl yanıyorsa seninki de öyle yansın, hisset.

Hâlâ bir şeyler hissedecek kalbin varsa şayet.

Gözlerimi kapattım ve yutkunarak makası saçlarıma götürdüm. Pişman olmayacaktım, asla. Açtım gözlerimi ve son kez baktım aynaya. *Saçlarımın teline zarar gelirse dünyaları yakıp yıkan adama saçlarımı feda ediyorum, dünyamı yıktı başıma.*

Ve saçlarımdan bir makas izi geçti.

Gözlerimden bir damla firar etti.

Ağlamayacaktım ama tutamadım kendimi, hem son olur bu belki... *Acı bir gülüş.* İlkinin ne zaman olduğunu hatırlamayan bir ruh, sonuncusu için bilet kesecek değildi ya.

Ellerim alışmaya başlamıştı, saçlarım zaten çoktan kendini idam masasına yatırmıştı. Ellerimdeki bu makas benim saçlarımın katiliydi ama buna izin veren bendim. Bunu isteyen de bendim fakat keşke diyordum, keşke bu ölümü yaşamak zorunda olmasaydım.

Ağlayarak kesiyordum saçlarımı. Hayatta ağlanacak ya da üzülecek çok daha önemli şeylerin olduğunu biliyordum ama bu da benim ufak bir cevabımdı kendime; insan çok sevdiği biri tarafından bu kadar kırılınca elindeki bıçağı kırmıyor, ona sarılıyordu. Saçlarıma sarılmıştım ve kalbimin kırgınlığını onlardan çıkarmıştım. Ağladım, ağladım, ağladım ama bir an olsun elimdekini bırakmadım. Onları kestim ve hiç durmadım. Nihayetinde son ilmeği de atmıştım. Son bir kıvrımın ardından makası saçlarımdan çekerek omuzlarımı düşürdüm. Gözyaşlarım gözlerimde kurumuştu.

Sonra saçlarıma baktım, belimin aşağısına kadar inen saçlarım şimdi omuzlarımdan aşağısına zor uzanıyordu. Ellerim titreyerek saçlarıma gitti. Titriyordum, delicesine. Çirkinleşmiş miydim? Eskisi kadar güzel değildim. Yere baktım, her yer uzun uzun saç tutamlarıyla doluydu. Beklemedim, eğildim ve onları toplamaya başladım. Kahretsin! Gözyaşlarım az önce kurumuştu oysaki, yanaklarımdaki ıslaklık da neyin nesiydi?

Topladığım saçlarımı bir gazete kâğıdına sardım ve köşeye koydum, onları kimsenin görmesini istemiyordum.

Özenle, tek bir saç teli bırakmayacak şekilde her yeri temizledim ve kendimi duşun altına atıp bir süre öylece suyun altında bekledim. Zaman geçiyordu, insanlar birbirini yitiriyordu ama buna bir dur diyen yoktu. Diyemiyorduk. Kırmadan, dökmeden sevemiyorduk.

Duştan çıktım ve kurulanarak aynanın karşısına tekrar geçtim. Saçlarımı fazla beceriksizce kesmemiştim ama çok da düzgün durmuyordu. Mühim değildi, uzunken bakamamıştım bile doğru dürüst, onlara da böyle bir son yakışırdı.

Kimsenin beni böyle görmesine hazır değildim. Ellerimi saçlarıma götürdüm ve sıkıca toplamaya çalıştım. Lakin bu bayağı zordu çünkü hep bir yerden taşıyordu. Çok da azalmıştı. Güç bela onları darmadağın topladım ve bileğimdeki tokayı sıkıca oraya düğümledim. Birkaç kez ilmek attıktan sonra derin bir nefes alarak saçlarımı biraz dağıttım, sırf kesildiği belli olmasın diye. Çok dikkatli bakan biri bunu kolaylıkla anlayabilirdi ama bunu anlamalarını istemiyordum.

Kamer'in saçlarımın kesildiğini görmesini istemiyordum.

Biraz daha zaman kaybettim bu sancılı yerde, sonra usulca dışarı çıkıp odaya geçtim. Kamer henüz gelmemişti, o gelmeden buradan bir an önce gitmeliydim. Hava epey kararmıştı, dışarı çıkıp gidemezdim ama bu geceyi burada da geçiremezdim. Onunla göz göze gelmeye henüz hazır değildim.

Gazete kâğıdına sardığım saçlarımı çantamın en dibine koydum ve onu sırtlayarak odadan çıktım. Etrafta kimse yoktu. Sakince Zeynep'in odasına giderek kapısını ürkekçe tıklatıp açtım. Kapı aralığından içeri bakan gözlerimi görünce elindeki telefonu bırakıp hayretle bana baktı. "Aymira?"

"Girebilir miyim?" diye sordum çekinerek.

Yerinden alelacele ayaklandı. "Gel tabii. Ne oldu?"

"Yok bir şey," dedim ve çantamın kemerlerini kavrayarak içeri girdim.

Zeynep, epey şaşkın bir tavırla beni izlemeye başladı. "Aymira, çantan?"

Durdum ve gözlerine baktım boş boş. "Evet, çantam. Çünkü çantam var."

"Aymira, onun sırtında ne işi var?"

"Orada taşınıyor çünkü," diye yanıtladım aynı hissizlikle. Daha sonra az ilerledim. Zeynep'in odasına daha önce birkaç kez girmiştim ama bu çok öncedendi. Bir tane yatağı vardı ve odası çok da büyük sayılmazdı. Duvarında birkaç poster ve masasının üzerine duran makyaj malzemeleri onun ruhunu yansıtıyordu.

Zeynep kapıyı kapattı ve telaşla bana baktı. "Aymira, neden buradasın?" Sonra düzeltti. "Yani... Bu halde neden buraya geldin?"

"Ne varmış halimde?" diye sordum sakince. Zeynep garip garip yüzüme bakmaya devam ederken konuşmasına müsaade etmedim ya da kendimi onun ağzından dinlemekten kaçtım. "Bir süre ya da sadece bu gece burada kalabilir miyim? Yere yatak açarım, cidden uyumasam da olur. Sadece," dedim ve zorla devam ettim, "şu an için gidecek bir yerim yok."

Zeynep gözlerini kısarak benim ona baktığım gibi baktı ama hemen kendimi geri çektim. "Hayır, bana öyle acınası bir varlıkmışım gibi bakma lütfen."

"Hayır, öyle bakmıyorum," dedi ürkek bir sesle.

Sırtımdaki çantayı indirdim ve yere bıraktım. Zeynep bir şey, hatta birçok şey soracak gibi duruyordu ama çekiniyordu, biliyorum. "Kamer abiyle aranız..." dediği an onu kestim.

"Zeynep, konuşmak istemiyorum. Sadece bu gece burada kalmam gerektiğini biliyorum, eğer ki izin varsa."

"Elbette ki var," dedi hızla. "Ama yani, sen ve o..."

"Zeynep, boşuna uğraşma, konuşmak istemiyorum," diye direttim.

Dudaklarını büktü. "Peki, öyle olsun." Daha sonra elini saçlarına götürerek sıkıntıyla dağıttı. "Ama bu yatak küçük biraz, yani sığar mısın?"

"Ben yerde yatarım," dedim hemen.

"Olmaz, buna izin veremem," dediğinde omzumu silktim.

"İzin istemedim, yerde yatacağım."

Zeynep, gardırobundan çıkardığı battaniyeyi yere sererken sıkıntıyla iç çekti. "Ama bu incecik Aymira, üşüteceksin."

"Bir şey olmaz Zeynep," dedim düz bir sesle. Birlikte yatağı kurduk. Zeynep'in odasının biraz boğuk bir havası vardı. Yan odada ikizler kalıyordu. Onların odasına daha önce hiç girmemiştim. Beklemeden kendimi pikenin altına attım.

Zeynep tepemde şaşkınlıkla dikildi. "Abimler gelmiştir. Yemek yiyeceğiz, bu saatte uyuyacak değilsin ya."

"Uyuyacağım Zeynep, lütfen çıkmadan ışığı kapatıp kapıyı üzerime kilitler misin?"

"Aymira, sen ciddi misin?" dedi hayretle.

Sıkıntıyla iç geçirdim ve gözlerimi kapattım. "Zeynep lütfen yorma beni. Rica ediyorum."

"Peki, Kamer abim sorarsa seni?"

"Sormaz," dedim hissiz bir sesle.

"Sana bir şey yapmış ya da söylemiş. Daha önce seni hiç bu kadar..."

"Kimsenin bana bir şey yaptığı yok. Lütfen, çok uykum var," dedim bitkin bir şekilde. Zeynep, bir süre başımda bekledi ve omuzlarını düşürerek ışıkları kapattı, ardından kapıyı açarak çıktı ve üzerime kilitleyerek odadan uzaklaştı.

Kapalı gözlerimi usulca açtım. İçerisi çok karanlıktı ama pencerenin ve perdenin müsaade ettiği kadar duvara yansıyan ay ışığı bu karanlığı bir nebze olsun törpülüyordu fakat içimdeki karanlığı güneş bile söküp atamazdı. Acaba Kamer gelmiş miydi? Acaba yanıma gelir miydi? Gelse ne olacaktı ki? Her şey çok tazeydi ve zamana ihtiyacımız vardı. Bir tek onu görmek istemiyordum ama bir tek ona ihtiyacım vardı. Bu ikisini aynı anda bana yaşattırması ona olan hislerimin diğer adıydı.

Daralıyordum. Nefesim yetmiyordu. Yutkundum ve sırtüstü uzanarak ellerimi karnımın üzerine koydum. Gözlerimi tavana diktim. Kaybolmak istiyordum. Baktığım yerde bir müddet durmak, sonra da kimseler fark etmeden silinmek istiyordum. Zordu ama bunu başarmak istiyordum.

Ne kadar süre gözlerim tavana böyle baktı, bilmiyorum. Gözlerimde zerre uyku yoktu, uyku sanki gözlerime uğramamak için yemin etmişti. Kapının kilidinde bir hareketlenme olduğunda aniden pozisyon değiştirip gözlerimi kapattım. Işıklar yandı.

"Uyumadığını biliyorum."

Bu ses Zeynep'e aitti. Muhtemelen elinde de çorba vardı çünkü kokusunu almıştım. "Aymira, bu haldeyken uyuyamazsın, kimse uyuyamaz,"

"Uyuyamıyorum," dedim sitem eder gibi. Gözlerimi açarken, direkt harelerime nüfuz eden ışık beni biraz sersemleştirmişti.

Zeynep elindeki tepsiyi masanın üzerine koyarak bana baktı. "Hadi, iç şunu."

"Aç değilim."

"Açsın."

"Değilim."

"Açsın."

"Kamer geldi mi?"

Zeynep duraksadı ve yatağına oturarak gözlerimin içine baktı. "Deli gibi merak ediyorsun onu, değil mi?"

"Hayır," dedim hızla.

Zeynep kaşlarını yukarı kaldırdı. Kötü bir yalancıyım sanırım. "Gelmedi henüz, nerede bilmiyorum. Abime sordum bir şey söylemedi."

"İyi," diye geçiştirdim ve üzerimdeki pikeye sarıldım. Üşümüyordum ama şu an birine sarılmak istemiştim. En iyisi buydu.

"Aymira, onunla ne yaşadın bilmiyorum. Kabul, meraktan ölmek üzereyim ama emin ol, Kamer abim bu saate kadar eve gelmediyse..."

"İlgilenmiyorum."

"İlgileniyorsun, hem de çok. Şu an nerede ve ne yapıyor gerçekten merak etmiyor musun?" diye sordu. Üzerime geliyordu, bunun son derece bilinceydim.

"Etmiyorum." *Ediyorum, şu an nerede vakit harcıyor, ne halde deli gibi merak ediyorum ama bunu dışarı vurmak istemiyorum. Bunu hak ettiğini düşünmüyorum.*

"Seni kırmış," dedi düşünceli düşünceli. "Hem de bayağı."

Öylece Zeynep'in gözlerine baktım. Anlatsam da anlamazsın ki zaten. Anlamasını istemezdim, beklemezdim de. Çünkü kalbimin içinde ruhumda canlı canlı yaşattığım bu hissi ilk kez yaşıyordum. Onunla birçok kez tartışmıştık ama hiçbiri şimdiki kadar yakmamıştı canımı.

Zeynep konuşmayacağımı anlayınca pes ederek ayaklandı. Hemen sonra elindeki tepsiyle tepemde dikildi. "Kalk hadi, iç şunu."

"Aç değilim dedim ya Zeynep," dedim sessizce.

Kaşlarını çattı. "Başlarım böyle aşkın ıstırabına ha! Andaç beni ağlatsa bile ben yemeden duramam ki. Acıyı kalp çeker, midenin suçu günahı ne yahu?"

Gülümsedim ama çok hafifti. Zeynep de güldü. "Ha şöyle, azıcık da olsa güler misin?"

Aç değildim, gerçekten aç değildim. Canım hiçbir şey istemiyordu. Pes edercesine yattığım yerden kalktım. Zeynep gözlerini irileştirerek bana bakmaya başladı. "Aymira, saçların? Sen saçlarına mı dokundun?"

Elim aniden saçlarıma gitti, yastık yüzünden zorla tutturduğum saçlarım dağılmıştı. Zeynep, hemen elindeki tepsiyi bıraktı ve yanıma eğildi. Gözlerimin içine bakarken göz bebekleri titriyordu. "Onları kestin mi?"

Bakışlarımı kaçırdım. Bunu yapmayın lütfen, içimde bir şeyleri öldürmeye çalışıyorum her seferinde diriltmeye çalışmayın onları. Dudaklarımda bir sızı vardı, yutkunmak acı veriyordu. "Onun için mi?" diye sorduğu an buz gibi bakışlarımı Zeynep'in gözlerine diktim. Bana acıyarak bakmıyordu, beni anlamaya çalışıyordu.

"Aymira, onun için mi vazgeçtin saçlarından?" diye devam ettiğinde kendime engel olamadan Zeynep'e sarıldım. Ağlamak, umursamadan gözyaşı dökmek istiyordum. Kendimi bu gözyaşlarında boğmak, hiç çırpınmadan dibi görmek istiyordum. Zeynep şaşkın bir şekilde bana karşılık verirken ağlamamak için dudaklarımı sertçe ısırdım. Öyle ki etimi koparacaktım. Elleri saçlarıma gittiğinde, "Hayır Zeynep, dokunma," diye rica ettim ondan. Dokunmadı saçlarıma. Ellerini sırtıma indirerek fısıldadı. "Seni anlamaya çalışıyorum ama beceremiyorum pek."

"Anlamaya çalışma zaten," dedim hüzne karışmış bir tebessümle.

"Ağlayabilirsin," dedi sonra.

Kendimi usulca geri çekerken bakışlarımı kaçırdım. Gözlerim kızarmıştı ve berbat bir haldeydim, biliyordum. "Tekeri patlamış kamyon gibiyim, bakma."

Zeynep güldü. "Hayır, değilsin," deyip bana sahte bir alıcı gözüyle baktı. "Hâlâ çok güzelsin."

Gülmeye çalıştım ama dudaklarım yanaklarıma doğru kasılmadı bile. Zeynep durgunlaşarak saçlarıma baktı ve uzun uzadıya inceledi. Kendimi savunmasız hissetmiştim. "Neden kestin?"

Anlatsam bile anlayacağını pek sanmıyordum. Anlatmak istemiyordum zaten. Bazen konuşmak değil susmak, bakışlarından bile bir şey çıkartmasın insanlar diye öyle susmak gerekirdi. Halsizdim, kırgındım ve yorgundum. Ne zamanı ileri almak istiyordum ne de geri. Sadece hissizleşmek, acıya duyarsız olmak istiyordum.

"Öyle gerekti, sıkılmıştım," dediğimde güldü ama neşeden uzaktı.

"Hiçbir kadın durduk yere saçını kesmez, hem de eline makası alıp bunu bizzat kendi yaparak."

"Ben istisnayım," diye yanıtladım çabucak.

Zeynep güldü ve bu seferki daha sıcaktı. "Bak ya, sevdiği adama çekmiş. Laflar hemen hazır."

Adı geçince durdum ve Zeynep'in gözlerine baktım. Dudaklarına sinen gülüş tıpkı bir mum gibi söndü ve dumanı çehresinde soldu. *Biliyorum, konuşursam ondan bahsedersem devamı gelecek ama bunu istemiyorum ben. Susmak, sadece susmak istiyorum.* Hissiz ve soğuk bakışlarım Zeynep'in harelerine devrilirken yutkundu ve tepsiyi üzerime koydu. "Tamam, bir şeyler ye bari."

"Yatakta mı yiyeceğim?" diye sordum boş boş. Ardından onu tekrar Zeynep'e uzattım. "Masana koy, içerim sonra."

"Aymira!"

"İçerim sonra dedim," diye onu biraz tersledim.

"Buz gibi olacak," diyerek homurdandı ve tepsiyi masasının üzerine koydu.

"Saat kaç?" diye sordum sakince.

Zeynep telefonuna bakarak, "Uyumak için çok erken," dedi.

Başımı sağa sola salladım ve uzanarak, pikeye sarıldım. "İyi geceler."

Zeynep, bir şeyler konuşmak için hareket edecekken duraksadı ve bunu içinde bastırıp sustu. Gözlerimi yavaşça kapattım. Gözlerimin perdesine karanlık çökmüştü, ruhun gözlerimin perdesinin önünde diz çökmüştü.

"Abim salonda Andaç ile bilgisayar oyunu oynuyor. Sen de depresyondasın. Yalnızım dostlar, yalnızım."

"Depresyonda değilim."

"Öylesin. Saçlarını kesmişsin."

"Ben istisnayım dedim ya!"

"Ne zamandan beri insanlar uyurken konuşur oldu?"

"Ben istisnayım."

Art arda birbirimize laf yetiştirdik. Sonra Zeynep pes etti ve kendini yatağın üzerine attı. Asla uyku girmiyordu gözüme. Delirecektim, uyumak istiyordum. Delirecektim, neredeydi merak ediyordum.

"Aymira?"

"Ne var?"

"Sanırım âşığım."

"Sanırım mı? Aşkı bu kadar belirsizliğe alma, âşıksan âşıksındır," dedim bıkkınlıkla. Birkaç zaman öncesine kadar ben de onun durumundaydım. İçimde hep bir gelgit vardı ama artık emindim, hem de çoktandır.

"Sen öylesin değil mi şu an? Âşıksın?" diye sorduğunda gözlerimi devirerek homurdandım.

"Zeynep, ben mi anlatamıyorum, yoksa sen mi anlamak istemiyorsun? Konuşmayalım lütfen!"

"Peki."

Epey bir zaman geçmişti. Gözlerim saatlerdir kapalıydı ama hiç uyuyamamıştım, zaten nasıl uyurdum ki? Rahatsızca doğrulduğumda Zeynep'in uyuduğunu gördüm. Ses etmeden onu yatağının içine soktum ve saate baktım. Geceyi aşmak üzereydik. Masanın üzerinde duran tepsiye kaydı gözlerim. Zaten içmeyecektim. Onu kavradım ve parmaklarımın ucunda seke seke odadan çıktım. Koridorda tık yoktu. Salon ise karanlık ve boştu. Perde arasından içeri sızan ay ışığının müsaade ettiği sürece sessizce mutfağa gittim ve elimdekileri tezgâha bıraktım. Kamer gelmemişti. Yutkunarak geri döndüm ve koridora doğru ilerledim, lakin tam o sırada dış kapıda bir hareketlilik oldu. İrkilerek kendimi daha da içeri gömdüm ve ellerimi duvara koyarak küçücük bir delikten bakarcasına kapıya baktım.

Kamer gelmişti.

Kalbim, sakin kal lütfen!

Sakince içeri girdi ve aynı sakinlikte kapıyı kapattı. Sanki yıllardır görmüyordum onu, sanki karşısına çıksam hatırlamazdı beni. Öyle bir şeydi işte hissettiğim. Hiçbir şey yapmadan ağır ve yorgun adamlarla merdivenlere yöneldi. Kendimi iyice geriye çektim ve merdivenleri çıkarken onu izledim. Attığı her basamağın altında eziliyordum sanki. Usul usul çıktı merdivenleri ve odanın kapısını açtı. Işıkları yakmadan bir süre kapı açık öylece bekledi, beni görememişti ama acaba bir şey hissetmiş miydi? Dudaklarımı kemirmeye başladım. Düşük olan omuzlarında hiçbir hareket belirmezken içeri girdi ve kapıyı kapattı.

Gözlerim kapandı acıyla, bir damla akar da köprücük kemiklerime adı düşer diye.

Kamer kapıyı kapattığı anda bir süre daha bekledim, belki açardı kapıyı ve arardı beni ama yapmadı bunu. Daha fazla durmamın bir maksadı yoktu. Dudaklarımı kemirerek odaya gittim ve kendimi pikenin içine sığdırmaya çalıştım.

Bu gece hayatımın en kötü gecesiyse kabulüm, daha kötüsüne yok mecalim.

Ertesi sabahı erkenden kucakladım, hem de hiç uyumadan. Yataktan çıktım ve yattığım yeri topladım; bu sırada Zeynep de uyanmıştı. Ellerini gözüne götürerek ovuşturdu. "Aymira? Niye uyandın?"

"Sabah oldu çünkü," diye konuştum. Daha sonra katladığım örtüleri Zeynep'in gardırobuna koydum. "Aynanı kullanabilir miyim Zeynep?" diye sordum.

Başını aşağı yukarı doğru sallayarak, "Sorman hata," diye ekledi. Aynasının karşısına geçtim ve saçlarımı toplamaya başladım. Sıkı sıkı her bir telin ucunu yakalamaya çalışıyordum ama enseme uzanan saçlarım kısa kalmıştı ve birkaç tel dışarı kaçmıştı.

"Dövmen," dedi Zeynep dalgın bir sesle. "Sanırım daha önce görmemiştim onu. Çok güzelmiş."

"Öylesine bir dövme," diye geçiştirdim. Ama bunu sadece dudaklarım geçiştirmişti, hissiyatı bu kadar alelade değildi.

Zeynep biraz daha doğruldu ve beni izlemeye devam etti. Aldırış etmeden saçlarımı güç bela topladım. "Saçlarını görsün istemiyorsun," diye konuştu Zeynep bilir gibi.

"İstemiyorum, lütfen sen de bir şey söyleme," diye devam ettim. Zeynep gözlerini kapatıp açarken aynanın karşısından çekildim.

Peki, şimdi ne yapacaktım ben? Onunla yüz yüze gelmeye cesaretim yoktu, aslında bu cesaret de sayılmazdı sadece hazır değildim. Dünkü enkazı atlatmış sayılmazdık, kim bilir belki de hiç başlamamıştık bile. Derin bir nefes alarak boğazımı temizledim. "Kahvaltı edeceksin, değil mi?" diye sordu. Aslında ne yapmam gerektiğini biliyordum. Sıkıntıyla iç geçirerek Zeynep'e baktım. "Senden bir şey isteyebilir miyim?"

"Elbette," dedi istekli görünerek.

"Bana biraz borç verir misin? Yani paran varsa."

"Tabii veririm de, ne yapacaksın ki?" diye sordu.

"Boş ver. Teşekkür ederim, en kısa sürede geri vereceğim," diye söylendiğimde ayağa kalktı ve ters ters bakarak cüzdanına gitti.

Cüzdanından az bir miktar para çıkarıp elime uzattı. "Bu kadar var maalesef ve asla geri almam."

"Elbette ki fazlasıyla geri vereceğim," dedim ve uzattığı parayı alıp cebime koydum. Daha sonra çantamı sırtlandım, Zeynep hayretle bana baktı. "Bir yere mi gidiyorsun?"

"Evet. Kimseye bir şey söyleme, tamam mı? Lütfen Zeynep, özellikle de ona," dedim.

"Ben bile bilmiyorum ki zaten nereye gittiğini," diye konuştu sessizce.

"Evime gidiyorum," dedim yutkunarak.

Zeynep gülümsedi. "Ama senin evin burası. Onun yanı."

Babamın evinden kovulmuştum uzun zaman önce, hatta kabul görmemiştim hiç. Onun kalbine yuva kurmuştum, sonra yaralarımı sarmıştı, bana bir ev olmuştu sahiden. Ama sonra sardığı yaraları bir bir kanattı hiç acımadan. Evinden kovmuştu, beni kendinden öteye itmişti. Konuşursam ağlardım, bunun olmasına gerek yoktu. Derin bir nefes soluyarak omuzlarımı yukarı doğru kaldırdım ve göğüs kafesimi şişirdim. "Görüşürüz Zeynep." Ve bir görüşürüz sözünü dahi duymadan odadan çıktım.

Salonda kimse yoktu çünkü çok erkendi ve muhtemelen uyuyorlardı. Kamer'in odasına baktım, kapı kapalıydı. İç çekip kafamı sallamakla yetindim. Kimse uyanmadan evden çıktım ve caddedeki kaldırımları yavaş yavaş ardımda bırakmaya başladım.

Gidiyorum ve yoksun, gidiyorum ve dur bile diyemiyorsun.

Güneş usul usul göğe yükselirken ben ardımdan yalnızca hayal kırıklığı bıraktım. Temelli bir gidiş değildi bu, sadece yalnızlığa koşmaktı. Kamer'e ihtiyacım vardı ama olmazdı, şu an için aynı ortamda olamazdık. İkimiz de birbirimizin suratına bakmadan, gözlerimizin içine gülmeden aynı yerde nefes alamazdık.

Caddeyi döndüğümde bir beden dikildi karşımda. Gözlerim yavaşça gözlerini buldu. Bu Mahir'di. Bana tuhaf tuhaf bakarak konuşmaya başladı: "Erkenciyiz bakıyorum."

Dişlerimi sıktım ve diğer tarafa geçtim. "Çekil önümden!"

Önümü kesti. "Cık cık cık. Kamer biliyor mu dışarıda olduğunu?"

"Sana ne be!" dedim yüzüne tükürür gibi. Güldü. Tiksinç herif.

"Ulan sağlam hatunsun be," dediği an elimle göğsünü sertçe ittim.

"Doğru konuş, yoksa yemin ederim parçalarım seni." Aytaç içindi bu. Yaşayamadığı ve içinde öldürdüğü onca hisler içindi bu öfkem. Yetersizdi, evet ama soğurdu belki kalbi.

Mahir keyif alır gibi ellerini yukarı kaldırdı. "Tamam tamam, bir şey demedim."

"Çekil," dedim ikaz eder gibi. Bir süre sustu ve bana yer verdi. Hiç tereddütsüz yanından geçtiğim vakit yine durduruldum.

"Soru işaretleri Aymira. Soru işaretleri."

Ha?

Duraksadım ve arkamı dönmeden onu dinledim. Bu geri zekâlı neyden bahsediyordu böyle? Ona karşılık vermediğimde son kez konuştu: "Umarım bir gün o soru işaretleri yerini koca bir üç noktaya bırakmaz."

Kaşlarımı çattım. Bu da neyin nesiydi böyle şimdi? Kafa buluyordu benimle aptal herif. Çatık kaşlarımı indirmeden çabucak çıktım caddeden. Bu bir veda değildi ama yeniden merhaba demek için fazla geç kalmıştık birbirimize.

Ne kadar süre yollarda heba ettim kendimi, bilmiyorum. Bir zamanlar bir mahallem vardı. Küçüktü, dar sokakları vardı. İnsanların dili sivriydi, gözleri ateştendi. Ben o ateşe hiç dokunmamıştım, bana hiç kıvılcım sürememişlerdi, bu saatten sonra süremezlerdi. Ağır ağır ara sokaklardan geçtim. Apartman diplerinde oturan kadınlar beni görüyor, arkamdan bir şeyler fısıldıyorlardı. O kadar umurumda değildi ki bu durum, dönüp de çehrelerine bile bakmadım. Sonra evime geldim. Önünde durdum. Doğduğum, büyüdüğüm ve yaşamaya çalıştığım yer burasıydı. Her gün eve ekmek taşıdığım, kapısını açıp babamı içeri aldığım ev burasıydı. Alper'i dışarıdaki pisliklerden korumaya çalıştığım, kendimi hapsettiğim ev burasıydı.

Şimdi içeri girecektim. Muhtemelen anahtar, hemen şu direkteki kutunun içinde duruyordu. Zaten bizim eve hırsız bile girmezdi ki. Girse ne götürecekti? Derin bir nefes aldım ve evime çıkan dört basamaklı merdivene ilk adımı attım. *Allah'ım, şimdi devrileceğim şuraya öyle bir acı ki bu... Kimsem kalmadı sanki.*

Anahtarı o kutuda buldum ve beklemeden onu kilide sokup usulca büktüm. Kapı yavaşça açılırken, kalbim hızlı hızlı çarpmaya başladı. Annemin sesini işitir gibi oldum. *Bekleme daha fazla, hadi içeri gir,* diyordu sanki ya da ben kandırmaya alıştırmıştım çoktan kendimi.

Sakince içeri girdim ve kapıyı kapattım. Zifiri bir karanlık vardı. Perdeler sonuna kadar kapalıydı, leş gibi içki kokusu ve aile yoksunluğu duvarlara sinmişti. Korkarak babamın odasına giden koridora baktım. Sanki yaşıyordu ve az sonra sarhoş bir halde oradan çıkıp beni azarlayacaktı. Sanki hemen ardından Alper yetişip onun karşısında dikilecekti. *Hayır, sankiler değil keşkeler bitirmişti bizi.*

Usulca ilerledim. Çantamı sırtımdan indirdim ve özensizce koltuğun arkasına bıraktım. Yalnızdım, yapayalnızdım. Hava sıcaktı ama ben üşüyordum. Yokluğunda, yok olduğunda.

Babamı kaybedeli bir haftayı geçmişti. Mezarına bile daha gidememiştim, gidemiyordum bir türlü. Ben vefasız biriydim sanırım. Koltuğun üzerinde, sehpanın üzerinde boş içki şişeleri duruyordu. Acıyla güldüm. Ne tuhaf, babamdan geriye kalan tek anı bu şişelerdi. Bana onu hatırlatan tek şey bunlardı.

Şişeleri topladım ve çöpe attım, daha sonra odama girdim. Buraya gelmeyeli, odama girmeyeli aylar olmuştu. Burası benim evimdi, mesela şu yatak ben çok küçükken kırılmıştı. Babam da hiçbir zaman onarmak için uğraşmamıştı. Beni bu kırık yatak büyütmüştü. Şu köşede bir gardırobum vardı mesela, önünde lekeli bir boy aynası. Süslenmezdim ama ona bakmak hoşuma giderdi. Şu an yaptığım şey bana acı vermekten başka bir işe yaramıyordu.

Odamdan çıktım ve mutfağa girdim. Berbat bir haldeydi, sanırım tüm gün temizlik yapacaktım. Buzdolabını açtığımda içinde iki tane yumurta ve küflenmiş bir parça beyaz peynir olduğunu gördüm. Dolabın kapağını kapattım ve kollarımı sıvadım. Temizlik zamanıydı.

Etraftaki gereksiz her şeyi bir mavi çöp poşetine koydum. Babam hiç bakamamıştı evine. Kendi halimde, suskun suskun etrafı toplamaya devam ettim. Arka odalar karanlıktı ve ışığı açmam gerekiyordu ama elektrikler yoktu. Muhtemelen uzun zamandır faturası ödenmediği için elektriği kesmişlerdi. Sıkıntıyla iç geçirdim ve odadan çıktım. Salonun perdelerini açıp da dışarıdan içeriye davetiye çıkartmak istemiyordum. Birkaç saat durmadan temizlik yaptım, saçlarım bu sayede dağılmıştı ama boynuma taktığım fuları kafamda sabitledim. Hem bu sayede saçlarımın dağılmasını önleyecektim hem de kesildikleri belli olmayacaktı. Gerçi belli olsa ne olurdu sanki, burada benden başka kim vardı?

Elimdeki su dolu kovayı banyoya götürürken kapı çaldı. İrkildim. Kamer olabilir miydi? Kalbim nedensizce sıkışırken kovayı bıraktım ve tereddüde imkân tanımadan kapıyı açtım.

Hakan'dı.

"Hakan?" dedim kuşku dolu bakışlarla. Ona baktığımda ne hissettiğimi bilemedim. Kamer'le şu an bu noktadaysak onun yüzündendi birçoğu. Elbette ki sonunu bilemezdik ama Hakan'ın tek bir hareketi Kamer'in dilindeki zehri akıtmasını sağlamıştı.

"Ben işe gidiyordum, eve geldiğini öğrendim. Bilirsin, bu mahallede insanların ağzı bayağı gevşektir ve merak ettim, yani gerçekten geldin mi diye," Sustu ve gözlerimin içine baktı. "Döndün mü sahiden?"

"Hayır," diye yanıtladım düşünmeden. Hakan'a bu kozu veremezdim, her ne kadar Kamer'den uzaklaşmaya çalışsam da benim ruhum ona emanetti. O yüzden bu tip sorular karşısında fazla düşünmek, ipin ucunu kaçırmak demekti.

Hakan'ın yüzünün rengi attı. "Ya," dedi bozulmuş gibi. "Ben de artık ait olduğun yere geri geldiğini düşünmüş ve mutlu olmuştum."

İlginç bir şekilde güldüm. "Asıl ben senin adına mutlu oldum," Şaşırdı. "Pınar ve sen? Mutluluklar dilerim."

Bunu canı gönülden istiyordum. Sonuçta o benim için değerli biriydi; kabul, eskisi gibi kalamasak da onun mutlu olmasına üzülecek bir insan değildim. Lakin şu anda Hakan'a karşı içimde dinmek bilmeyen bir sinir vardı.

"Aymira, bak," dedi endişeye düşer gibi.

Muazzam bir soğukkanlılıkla omzumu silktim. "Bana açıklama yapmak zorunda değilsin. Gerçekten sizin adınıza sevindim." Ve ardından beceriksizce gülmeye çalıştım. Bana ifadesizce baktı. Hangi Hakan gerçekti peki? O gün bana ağlayarak aşkını itiraf eden, benim en sadık dostum dediğim adam mı? Yoksa şu an karşımda gördüğüm adam mı? Biliyor muydum? Aslında ikisi de zerre umurumda değildi. Hayat bir şeyleri kafaya takıp, onlara üzülecek kadar uzun değildi.

"Şebnem mi söyledi?" diye sorduğunda dudaklarımı büzdüm.

"Hayır. Bilirsin bu mahalledekilerin ağzı biraz gevşektir."

Hakan bozuldu ve bunu kurcalamadan geçiştirdi. "Peki, sen neden buradasın?"

"Babam öldüğünden beri uğramadım. Onun için geldim," dedim soğuk bir sesle.

Gözlerini kısarak mahcup bir sesle devam etti: "Ben üzgünüm, yanında olamadığım için."

"Sorun değil," diye geçiştirdim.

"Peki Alper?" diye sordu. "O nerede?"

"Yurtta kalıyor bir süredir," dedim hızla.

"Anladım," dedi sakince. Alper'i bunca sancının içine atamazdım. Ben bile oradan oraya savrulurken onun da benimle hiç olmasına razı olamazdım. Dersleri, şu an için tek düşüneceği şey olmalıydı.

"Peki, sen ve o?" dedi zar zor. Göğsümün kemiklerine vurduğum zincirlerin biri çözülmüştü. Onun adını başka biri telaffuz edince benim canım yanıyordu. "Siz..."

"Biz," dedim fırsat vermeden. "Biziz işte."

Ne olursa olsun aşkımın arkasındaydım. Sevdamın, verdiğim sözün elinden sımsıkı tutmuştum. Ben hiç olsam bile başkaları bunu bilmeyecekti; buna müsaade etmek sevgimin ayaklar altında çiğnendiğini görmek önce bana, sonra bize ihanetti.

Hakan giderek kasılırken bir şeyler mırıldanır gibi oldu ama onu duyamadım, daha doğrusu ilgilenmedim. "Tamam," Bir adım geriledi. "Ben gideyim o zaman. Hâlâ buralardaysan, pastaneye beklerim. Babamı görmek istersin belki."

Onu yanıtsız bıraktım. Vedat amcaya bir vefa borcum vardı. O tutmuştu elimden, o yardım etmişti bana. Başkaları beni işten kovarken o sahip çıkmıştı. Omuzlarım bir vefasızlığı daha yüklerken bedenime ben usulca kapıyı kapatıp içeri girdim. Kapının ağzına bıraktığım kovayı banyodaki lavaboya boşalttım ve yenisini doldurdum. Zihnim ancak bu şekilde canlı kalıyordu. Düşünmek, daha fazla düşünmek ve en sonunda kafayı yemek. Hayır, bunu istemiyordum.

Acıkmaya başlamıştım. İnsandım sonuçta ve yorgun düşüyordum. Mutfağa gittim, dolaptaki yumurtaları yiyebilirdim. Birini şimdi kırsam diğerini de akşam yerdim. Bir adet yumurtayı aldım ve köşedeki küçük yağ kavanozundan bir tavaya az miktarda döktüm. Yumurtayı ekmeksiz ve katıksız bir şekilde kızartarak yedim. Doymamıştım ama en azından içimdeki açlığı bastırmıştım.

Salonun ortasına geldim. Dikildim. Sağıma, soluma, önüme ve ardıma baktım. Kimse yoktu, duvarlar bile küsmüştü bana. Bağıracak, bana el kaldıracak bir babam bile kalmamıştı. Olduğum yere çöksem ve günlerce buradan kalkmasam, yokluğumu fark eden kimse olmazdı.

Ben şu an nasıl hissediyorum biliyor musunuz? İçimde bir öfke var, külü sönmemiş, acısı hâlâ taze bir öfke. Adına Kamer dedim. Ona tokat attım, hakaret ettim, içimi kustum. Adına Kamer dedim. İçimde bir özlem var, külü sönmemiş, kokusu ciğerimi dağlayan bir özlem. Adına Kamer dedim. Ona sarıldım, ona sığındım, yuvamı kurdum. Adına sevda dedim.

İtiraf et kalbim, hadi! Şimdi kapı çalsa, özür dilese ya da ne bileyim buradayım, seni özledim dese içim erimez mi hiç? Erir ama gururum içimden daha ağırdı işte.

Kapı çaldı.

Yutkunamadım.

Gelmiş miydi? Gelir miydi? Nefesimi tuttum ve sakin kalmaya çalışarak kapıyı açtım.

Karşımda gördüğüm kişiler Çetin ve Şebnem'di.

"Ya, güzelim benim," dedi Şebnem bir anda boynuma sarılarak. Nereden geldiğimi şaşırdım ve o bana sarılırken Çetin'e baktım. Bana ifadesizce bakıyordu.

Şebnem'in kollarından kurtulup kaşlarımı çattım. "Siz nereden çıktınız ya?"

Çetin hemen savunmaya geçti. "Vallahi Şebnem söylemese haberim olmayacak."

Şebnem'e baktım. Kızgındım. "Sen nereden öğrendin?" Sustu. Kaşlarımı çattım ve derin bir nefes aldım. "Hakan mı söyledi?" Susmaya devam ettiğinde sinirle güldüm. "Ağzını kırdığımın hayatında gidecek tek bir yerim var, orada bile rahat değilim."

"Senin gidecek tek yerin Kamer'in yanı," dedi Çetin buz gibi bir sesle. Ağzımı kapattım ve bir süre sustum.

Şebnem elini omzuma koydu. "Neler oldu?" Ona bakmadım, gözlerimi boş bir yere sabitledim ama her defasında Kamer'in karalarının silueti, zihnime damla damla düşüyordu. "Aymira, neden buradasın?" diye sordu Çetin.

Omuzlarımı düşürdüm ve acınası bir halde gülümsedim. "Bilmiyorum."

"Ne demek bilmiyorum Aymira?" dedi Çetin hayret dolu sesiyle. "Dün gece yemeğe inmedin. Sabah evde yoktun. Kamer desen ortada yok."

"Nerede o?" dedim kendime mâni olamadan.

"Bilmiyorum. Sabah yoktu, muhtemelen gece hiç gelmedi."

"Hayır geldi, gördüm ben."

Şebnem ve Çetin bana şaşkınlıkla baktıktan sonra daha fazla dayanamayıp içeri girdiler. Kapıyı kapattım. Çetin anında bana dönerek, "Siz ne haltlar ettiniz yine birbirinize?" diye sordu.

"Hiçbir şey," dedim dümdüz çıkan sesimle.

Çetin sinirle güldü. "Hiçbir şey olmamış halin seni bu..." diyerek sağa sola bakındı. "Seni ondan alıp buraya mı getirdi?"

"Burası benim evim," diye karşılık verdiğimde bana mesafeli bir şekilde baktı. Söyleyeceği şeyin devamını çok iyi biliyordum ve buna fırsat tanımadan devam ettim: "Benim evim burası. Sakın senin evin o falan deme!"

"Demiyorum," dedi Çetin rahat bir halde. "Ama bunu sen aklına getirdiğine göre, evinin o olduğunu bal gibi biliyorsun."

Şebnem, yorgun bir halde gözlerimin içine dikti gözlerini. "Kavga mı ettiniz?"

Gülmemeye çalıştım çünkü sinir uçlarım yıpranmıştı. Elimi alnıma koydum ve geri çekildim. "Bir şey olduğu yok, tamam mı? Burası benim evim ve neden burada olduğumu size anlatmayacağım bile çünkü çok komik. Hadi gidin, lütfen yalnız bırakın beni."

"Ya ne demek yalnız bırakın beni?" dedi Şebnem kızarak. Sonra sinirle gitti ve eline kumandayı alıp televizyonu açmaya çalıştı fakat açamadı. "Al, elektrik yok." Durmadı. Mutfağa girdi ve dolabın kapağını açtı. Gülüyordu ve bu çok sinir bozucuydu. "Bir tane yumurta. Ne güzel." Mutfaktan çıktı ve sinirle karşıma dikildi. "Komik olan bu! Her şey apaçık ortada ama sen inkâr ediyorsun."

"Etmiyorum," diye yükseldim. "Yalnız kalmak istiyorum ya, bunu anlamak bu kadar zor mu?"

"Sana yardım etmeye çalışıyoruz," dedi Şebnem, Çetin'i de savunurcasına.

Kendimi geri çekerek kollarımı hafifçe iki yana açtım. "Etmeyin. Bakın, elim ve ayağım var benim. Kendi başımın çaresine bakabilirim. Etmeyin bana yardım."

Onlara kızgın değildim, bu öfkem saatlerdir içimde tuttuğum şeyin dışa vurumuydu. Ağlayamamak öylesine zor geliyordu ki işin en kolayını seçmiştim bu yüzden. Sevdiklerimi, yanımda olmaya çalışan insanları kırmayı. Üzgünüm.

Şebnem, kırgın bir tavırla gölgeledi gözlerini. Bunun olmasını istemezdim ama sanırım artık ben de insanları kırmaktan korkmuyordum. Hak etmeseler bile bunu yapıyordum elimde olmadan.

"Lütfen," dedim cılız çıkan sesimle. "Beni kendimle bırakın." Sonra Çetin'e döndüm. "Ve lütfen, ona bir şey söyleme. Eğer ki sende şu kadarcık hakkım varsa."

"Aymira, ben söylemesem sanki öğrenmeyecek. Kusura bakma, onu eşek gibi tanıyorsun. Kapıyı kırar yine girer içeri," dediği an tekrar yükseldim.

"Nerede, hani nerede o zaman? Ben burada kendimi yiyip bitiriyorum onun için. Hani nerede o?" Gelmesini istediğim için değil, neler hissettiğini bilmediğim içindi bu çıkışım.

Çetin susmuştu. Omzumu silktim umursamamaya çalışarak, kahretsin ki bunu yapamıyordum ve yapmaya çalıştıkça canım acıyordu. "Kimseye bir şey söylemeyin yeter, benim için yapın bunu."

"Ama Aymira," dedi Çetin sözlerimi bölerek.

Onu durdurdum. "Çetin, rica ediyorum. Lütfen," derken fısıldamıştım.

"Yahu daha elektrik yok, gram ekmek yok evde, ne ricası? Geberip gidecek misin gözlerimin önünde?" Şebnem sinirliydi.

"Halledeceğim ben," dedim geçiştirerek.

"Hangi parayla affedersin?"

"Orasına karışmayın," dedim. "Hiçbir müdahale istemiyorum, tamam mı?" Birilerinden yardım beklemek benim gücümü kırıyordu. Ben buradayım, yaşıyorum ve sağlığım yerinde şükür. Kimseden bir beklenti içinde değilim.

Şebnem yanımdan geçerken kapıya yöneldi. "Akşama sana yemek getireceğim ve o çeneni bir daha açmaya kalkma!"

Gözlerimi devirirken Çetin, cebinden telefonumu çıkarıp bana uzattı. "Al bunu, Zeynep verdi." İsteksizce dururken elimi açtı ve telefonu koydu. "Seni arayacağım. Sen beni aramayacaksın biliyorum ama ben seni arayacağım. Eğer ki açmazsan Kamer'den önce kırarım bu kapıyı."

"Of," dedim derin bir iç çekişle. "Tamam, hadi gidin," diye pes ettim.

Çetin rahatlar gibi omuzlarını düşürdü. "Ulan ne inat çıktın be!"

"Yazıklar olsun," dedim sahte bir sitemle.

Çetin güldü. "Tamam, şaka yaptım. Kendine dikkat et ve benden sana söylemesi, Kamer'i azıcık tanıyorsam o, şu an kendini bile kaybetmiş bir haldedir."

İkisi de kapının dışında kaldıklarında olabildiğince derin bir nefes alarak gözlerimi irileştirdim ve kendime gelmeye çalıştım. Temizlik henüz bitmemişti, bitmezdi de zaten bir günde. Babamın odasına girememiştim, cesaretim yoktu. Kendi odamı topladım biraz, sonra Alper'in odasında oyalandım.

Akşam Şebnem bir şeyler getirmiş ve sonra da gitmişti. Hava karardığında elim ışıkları açmaya gitti, lakin elektrik kesik olduğu için bunu yapamadım. Güç bela birkaç mum buldum ve birini yakıp salondaki sehpanın üzerine koydum. Perdelerim sonuna kadar çekikti, hiç açmamıştım. Kendimi yorgun bir tavırla koltuğun üzerine bıraktım. Zihnim gitmemesi gereken, gezmemesi gereken yerlerde dolanıyordu ve buna karşı koymak çok zordu.

Karşımda bir saat, önümde bir mum vardı ve gölgem tavana yansıyordu. Elimi kaldırdım ve mumun izin verdiği kadar gölge çizdim tavana. Saatler geçiyordu, bugünü de bitirecektik az sonra. Koskoca bir gün geçmişti. *Bu bir günde, bin kez öldüm ben. Bir gün bile dayanamadım ama dayanmaya çalışıyorum hâlâ.*

Düşünceler içinde sızlanan bedenimi bir kapı sesi diriltmişti.

Yattığım yerden hızla doğruldum. Gelmiş miydi? Gece olunca çıkardı bütün kötüler ama o istisnaydı. Benim gecelerimin iyisi oydu. Heyecanıma yenik düştüm ve perdeyi azıcık sıyırarak çaktırmadan kapıya baktım.

Kamer gelmişti.

Kalbim delicesine çarpmaya başlamıştı.

Onu özledim. Onu özledim. Onu çok özledim.

Kapıyı bir kez daha tıklattı ama oldukça hafifti. "Beni duyuyorsun," diye konuştu. Sesi... Nefesimi kesti.

Sonra usulca alnını kapıya yasladı. "Allah belamı versin, kendimi yine sende buldum. İt gibi yine sana geldim... Aç kapıyı, lütfen." Sesi...

titriyordu. Hali, tavrı, ruhu apayrıydı. Onu öyle görünce içimdeki öfke yerini eli mahkûm hüzne bıraktı. Bana söylediklerini belki hiçbir zaman unutmayacaktım ama onu böyle görmeye dayanamıyordum. Dudaklarımı birbirine bastırdım ağlamamak için ve perdeyi biraz daha kapattım; beni göremesin diye.

Alnını kapıdan çekmeden tekrar konuştu: "Özür dilemeye gücüm yok. Saatlerdir, seni hak etmeyen aptal yüreğimi arıyorum," deyip acıyla güldü. "Ama bulamıyorum. Kalbim atmıyor saatlerdir. Ben..."

Sustu ve o susunca gözlerimdeki damlalar konuştu.

Gözlerini kapattı, elini kapıya koydu ve parmaklarını yavaşça kapının üzerinde gezdirmeye başladı. Gözlerimi irileştirdim. Elinde ne bir sargı bezi ne de bir yara bandı vardı. Bu, ona kızmam gereken bir mevzuydu. "Beni duyduğunu biliyorum ve bir hayvanlık yapıp kapıyı kırmayacağım. Gerekirse sabaha kadar bekleyeceğim burada." Alnını kapıdan çekti. "İyi veya kötü, tek bir lafını ne kadar sürerse sürsün bekleyeceğim."

Durdu öylece ve kapıyı açmamı bekledi. Açmadım, açmayacaktım. Acıya bağışıklık kazanmıştık zaten, üstesinden gelecektik fakat bu kadar kolayca olmayacaktı. Omuzlarını düşürdü ve geri geri giderek arkasını döndü, daha sonra merdivenin üst basamağına oturarak kollarını dizlerinin üzerine koydu ve ellerini birleştirdi. Yanına gidip başımı omzuna koymayı öyle isterdim ki; elindeki yarayı sarmayı, kaybettiği yüreğini bulmayı öyle çok isterdim ki...

Ama yapamazdım.

Perdeyi kapattım ve yerime geçtim.

Huzursuzca gözlerimi kapattım. O yokmuş gibi, hemen iki metre ötemde nefes almıyormuş gibi davranmak ne kadar zor olabilirdi? Uyumaya çalıştım ve kapattığım gözlerimi açmadım.

Saatler geçiyordu ve ben sadece gözlerimi kapalı tutuyordum. Geceyi çoktan parçalamış, ayı gökyüzünün en güzel yerinde seyretmiştik bile. Dayanamadım ve yine ayaklandım. Adımlarım yine pencere dibine gitti. Perdeyi usulca sıyırdım.

Hâlâ oradaydı.

Başımı sağa sola salladım. Yapamazdım, bu kadar hafife alamazdım bazı şeyleri, çabucak üzerini kapatamazdım. Otoriter bir karar aldım ve dudaklarımı ısırarak kendimden emin adımlarla kapıya gittim. Sonra ani bir duygu değişimi içerisine sürüklenmeden kapıyı açtım. Soğuk hava tenimdeki çıplak yerleri ısırmaya başladığında Kamer, eğik olan kafasını kaldırdı ve yorgun bir bedenle doğruldu. Az sonra göz göze gelecektik, gözlerimin bebeği onunkileri kucaklayacaktı. Yavaşça bana doğru döndü. Heyecanlandım, hem de aklımı kaybedercesine ama bunu belli etmemeye çalıştım.

"Seni burada görmek istemiyorum," diye başladım sözlerime. Kara gözleri, lacivert geceyi acımadan döverken yalnızca o karaları benim gözlerimin içinde eridi. Solgundu, çehresi yenikti. Yüzündeki yara izleri parlıyordu. Bir iki adım öne attığında kapı kulpunu deli gibi sıktım, sırf bir anlık irademe yenik düşüp de ona sarılmamak için.

"Evimin önünden gider misin?" dedim gözlerine bakmadan.

"Gidemem," dedi sessizce. "Çünkü şu an evimin karşısındayım."

Gözlerim yeniden takıldı gözlerine. Zaten kurşunun adres sormadığı gibi benim gözlerim de ait olduğu yeri çok iyi biliyordu. "Bunları duymak istemiyorum," dedim duygusuz çıkan sesimle.

"Duymak zorunda değilsin," dedi karşılık vererek.

"O zaman git," dedim.

"Buraya neden geldin?" diye sordu. "Tamam görme beni, tamam isteme beni ama gitme benden."

"Ben senden gitmedim," dedim. "Sen benden gittin," derken güldüm ve devam ettim: "Ha! Hiç gelmemişsin ki zaten."

"Yapma," dedi elini kaldırarak. Parmak uçlarının titrediğini gördüm. "Neler hissettiğimi biliyorsun."

"Bilmiyorum," dedim hızla. "Ve bilmek de istemiyorum, tamam mı? Tek bildiğim," dedim ve önünü arkasını alamadan konuştum. "Senden nefret ediyorum."

"Etmiyorsun," dedi başını sağa sola sallayarak. "Edemezsin."

"Niye, dokunulmazlığın mı var?" diye sordum hissiz bir biçimde. "Aa pardon, dokunmak falan şimdi arkası gelir bunun… Hani hoşuma gitmişti bir şeyler, belki içinde tuttuklarını kusarsın."

"Öyle söylemek istemediğimi biliyorsun," diye savundu kendini. O dışarıdaydı, bense içeride. Bedenimin bir kısmı kapının arkasında saklı duruyordu.

"Bilmiyorum, ilgilenmiyorum artık..." dedim geçiştirerek. "Kabul, ben de hatalar yaptım, hatalıyım birçok konuda ama ben hep kendimle yüzleştim, hep aynaya baktım ben. Sen bunu yapmadın," diye direttim. "Sen benim ne olursa olsun senden geçemeyeceğimi bildiğin için bunları umursamadın." Yutkundum. "Ama bak, öyle olmuyormuş."

"Benden... Geçtin mi?"

Daha ne kadar bu aptal maskeyi yüzümde tutardım, bilmiyorum. Onun canını yakmak istemiyordum ama bunu yapıyordum farkında olmadan. Sözlerimde haklılık payı vardı, hem de epey fazlaydı fakat asıl mühim olan bunu onun fark etmesini sağlamak istememdi. Dudaklarıma kilit vuruldu sanki. Gözlerimin içine öyle bir bakışı vardı ki öpsem göz kapaklarından, sızısı yine de dinmezdi.

"Şu an sana bir şey olsa, hiç bakmadan arkamı döner giderim," dedim dümdüz bir sesle.

Kafasını hafifçe eğip güldü. Çok masum bir tebessümdü bu. "Gidemezsin ki."

"Giderim."

"Gitmezsin."

"Gittim bile," dedim pürüzlü bir sesle. "Ve sen de git önce şu eline baktır, o yara bir sürü hastalığa davet çıkarır. Ölüp de iş açma başıma."

"Hani geçmiştin benden?" diye sordu hemen.

Çabucak dudaklarımı ıslatıp karşılık verdim. "İnsanlık adına yaparım zaten bunu."

Kamer bana derin derin bakarken içimden geçerek söylemediğim bu şeylerin gerçek olmadığını bal gibi biliyordu ve bu yüzden benden yana bir şüphesi yoktu, o sadece bana yaşattığı bu kırgınlığın peşindeydi. Konuşmadı, kömür gözleri saçlarıma kaydı. Gerildim. "Bir fular, bir insana bu kadar yakışabilir." Rahatladım. Anlamamıştı, anlamamalıydı. Alt dudağımı ısırdım ve konuyu değiştirdim. "Git ve eline baktır. Boşuna bekleme beni."

"Bekleyeceğim."

"Çok beklersin o zaman," dedim ve kapıyı sertçe yüzüne kapattım. Hızlı hızlı nefes alıp verdim ve gittim karanlıkta elimi yüzümü yıkadım. Uyku girmeyen gözlerimin önünü iyice açtım. Geceyi yarıladım, yarıladık. Koltukta bir sağa dönüyordum, bir sola. Sonra ayaklanıyor ve gidip gitmediğine bakıyordum.

Ama inatçı bu adam, yok, hareket dahi etmiyordu yerinden. *Sen inatsın ama ben senden daha inadım.*

Sabah olduğunda kendimi koltuğun üzerinde buldum, sanki başka nerede bulacaksam? Ellerimi gözlerime götürdüm ve ovuşturmaya başladım. Karşımdaki saat direkt gözüme çarptı. Henüz çok erkendi. Acaba gitmiş miydi? Düşünmeden ayaklandım ve perdeyi hafifçe sıyırdım.

Gitmemişti. Tüm gece boyunca orada mı oturmuştu?

Sinirlendim ve perdeyi serbest bırakıp kapıyı açtım. "Sen geri zekâlısın cidden." İrkildi ve ayağa kalktı. Berbat bir haldeydi, uykusuzluktan gözlerinin altı morarmıştı. Benim de aşağı kalır bir yanım olduğunu söyleyemezdim. "Hiçbir işe yaramayacak, duydun mu? Bu gece, yarın gece istersen her gece bekle burada ama yok, istediğin olmayacak."

"Ne istiyorum ki ben?" diye sordu, sesi tüylerimi ürpertmişti. "Bu Allah'ın belası yerden çıkmandan başka ne istiyorum?"

"Anlamıyor musun? Burası benim evim, doğup büyüdüğüm yer," dedim sert bir sesle. "Sanki başkasının evindeymişim gibi konuşup durmayı kes..."

Anında gözlerini kıstı ve yüzünü ekşiterek kelimelerimi idrak etmeye çalıştı. "Bir dakika, bir dakika." Aralık olan dudaklarımı kapattım. "O puşt buraya geldi değil mi?" diye sorunca yeniden nabzım yükseldi. "Meydanı boş buldu, it gibi damladı değil mi hemen?"

"Kimsenin bir yere damladığı yok, senden başka," dedim karşılık vererek. "Hem boş ver. O adamın elleri hoşuma gidiyor benim, saçlarıma dokunmasını seviyorum."

"Şunu söylemeyi kes," diye azarladığında üzerine gittim. "Niye? Sen de böyle düşünmüyor musun?" Nefesi nasır tutmuşçasına soluk alıp vermeye başladı. *Anla beni, beni nasıl kalıplara soktun, anla!* "Kendinden başkasını yakıştırmadın mı bana?"

"Konuşma dedim," diye emretti. Gözlerim kızardı çünkü canını acıtmak istedikçe kendimi yakıyordum. Başını kararlı bir biçimde aşağı yukarı salladı. "Topla eşyalarını, gidiyoruz."

"Gelmiyorum ben hiçbir yere," diye çıkıştım.

Üzerime geldiğinde doğruldum ve karşısına dikildim. "Habersizce çekip gittin, elimi kolumu bağladın ama bir gecesine daha tahammül edebileceğimi sanmıyorum," diye konuşurken, "Umurumda mı peki?"

diye sordum donuk donuk. "Gelemem, şu an için gelemem." Sinirle güldüm. "O kadar duvar gibisin ki bir şeyleri çabucak halletmeyi bekliyorsun. Öyle olmayacak işte, ben artık bir şeylerin üzerini kapatmaktan yoruldum, bunaldım. Şimdi seninle gelsem yine aynısı olacak, tekrar, tekrar ve tekrar..."

Beni çok iyi anlıyordu ama sabırsız bir adam olduğu için zamanın peşinden gitmek yerine zamanı peşinde sürüklemeyi tercih ediyordu.

"Bir gece bile tahammül edemiyorsan, tüm gecelerimin huzurunu bozacak laflar etmeyeceksin," dedim son vuruşu yapar gibi. "Hadi git, git ve gelme bir daha."

Dudaklarını birbirine bastırarak kendini yavaşça geriye çekti. Ayakları zemini süpürdü. Eline baktım o sıra, kurumuş kan parmak boğumlarında birikirken, kesik kısmı avucunun içine hapsolmuştu. "Gidiyorum. Ama bil ki önce o şerefsizden bunun hesabını soracağım, sonra da sen kapıdan çıkana kadar buradan ayrılmayacağım," dedi.

"Sana hayal dünyanda mutluluklar dilerim o zaman," dedim boş boş.

"Anlamıyor musun? Mutluluk umurumda değil, ben senin acını istiyorum. Çekeceksem eğer bu sancıyı, yanında, soluğunda çekmek istiyorum."

"İyi," dedim sessizce ve geriye doğru adım atıp kapıyı yavaşça kapatmaya başladım. Gözlerini gözlerimden bir an olsun ayırmadı, o kıvrımlı ve gür kirpikleri bir an olsun kıpırdamadı. "Hoşça kal."

Kapıyı kapattım. Daha sonra sırtımı kapıya yaslayarak elimi sımsıkı dudaklarıma siper ettim. Hıçkırıklarımı işitebilirdi, bunun olmasını istemezdim. Olduğum yerde çöktüm ve ağlamaya başladım. Son zamanlarda gözyaşlarım hemen gözümün ucunda duruyordu. Yaşadıklarım beni epey yıpratmıştı.

Bir süre omuzlarım sarsıla sarsıla ağladım. Yaşadıklarıma, yaşanacak olan ne varsa hepsine ağladım. Oturduğum yerden kalkmadan hiç, çenemi dizlerimin üzerine koydum ve kollarımla bacaklarımı kavrayarak zemine baktım. Aylar öncesinde burada, tam da burada babamın elleri bulaşmıştı ruhuma, bedenime. Beni o kurtarmıştı onun ellerinden. Ama şimdi aynı yerde, kurtardığı yere geri bırakmıştı. Bu araf değil de neydi? Bu acı değil de neydi?

Bir geceye tahammül edemeyen sen ve belki de tüm gecelerimi kendime düşman eden ben.

İşte aramızdaki uçurum bu. *Sen bir çırasın, ben de ıslak bir kâğıt. Sen yanmak istiyorsun, bense seni söndürmek.*

Çenemi dizlerimden kaldırdığım an, sırtımı yasladığım kapı çalmaya başladı. "İstemiyorum kimseyi," diye homurdandım ve gözlerimi sertçe silerek toparlandım. Kapıyı açarken, "Rahat bırakın beni..." dedim ama sesim kısılmış, Jülide Hanım'ı görünce içimde bir ürperti oluşmuştu. İrileşen gözlerim, onun bir katil, üstelik sevdiğim adamın annesi olduğunu bildiği için yerini şaşkınlıktan ziyade adlandıramadığım bir hisse bırakmıştı.

Karşımda dikiliyordu, gözlerimin içini deliyordu bakışları. "Siz?" dedim soğuk bir sesle.

"Ben," diye devam etti. "Sandık altına sakladığım geçmişi çıkarmaya geldim."

Kamer Alptekin
Geceye Doğmuş Ayın Ruhu

05.12.1993

Aralık, soğuğunu onun kalbinin içine bırakmış, doğarken ruhunu annesinin acısından çalmıştı.

Aralık, göz bebeklerinin içine dokunmuş, sıcağı ona yasak kılmıştı.

Ona adını iliştirmiş, ruhunu tıpkı bir doğum lekesi gibi göğüs kafesine mühürlemişti.

Kamer Alptekin...

Adını da, hayatını da cehennemin kuyusuna gömmüş, o dibe vuran ay ışığına sahip olan adamdı. Adının anlamını, gözlerinin içinde yaşattığı kadına sarmış, ervahını o kadına emanet etmiş adamdı. Kalbine giden yolların her biri tıkalıyken tek bir bakışları o yolları açan kadına vurgun adamdı. Tanımadığı ve izini bilmediği insanları bir çatı altında toplamış, varını, yoğunu onlar için ortaya koymuş adamdı. O bir tek kendine yaraydı ama sonra asıl yarasıyla tanıştı.

Yarasını sevdi, yarasına âşık oldu ve kader onu bir ömür boyu onunla kalacak bir yaraya mahkûm bıraktı.

Alptekin.

Henüz zihnim boş bir salıncaktan ibaret, ellerim salıncağın zincirlerini kavramış birinin beni sallamasını bekliyor, birinin beni büyütmesini bekliyorum.

Anne, beni büyütür müsün?

Sev demiyorum, sadece büyüt istiyorum çünkü büyümek sevmekten daha zor, biliyorum. Beni büyüt ki sevmeyi körelteyim. Büyüt ki beni, sevilmemeye alıştıkça gözyaşlarımı da ruhuma gömeyim! Sevgisizliği kendime borç değil, hak bileyim.

Ne olur, beni büyüt anne...

05.12.2003

Dışarıda keskin ve kuvvetli bir rüzgâr vardı. Üzerimde ise o rüzgârdan yama yaptığım, ince gri hırkam. En arkada oturuyordum ve sınıf oldukça kalabalıktı. En arkada oturuyordum çünkü ders dinlemeyi sevmiyor, onun yerine annemi düşünüyordum. Babamı da. Birazcık düşünüyordum ama çok değil. Tamam birazcıktan daha çok diyebilir miyim?

"Kamer," diye seslendi bir ses, ben dalgın dalgın otururken. İrkildim. Elimi çenemin altından kaldırarak başımda dikilen Suzan Öğretmene baktım. Gözlüklerini burnunun kemerine indirmiş, kadife ceketinin yakasını düzeltiyordu. Elinde de cetvel vardı.

"Efendim öğretmenim?" diye baktım yüzüne toparlanarak.

Kaşlarını çatarak gözlerime baktı. "Ödevin nerede?"

Yutkundum ve sonra elimi sıranın üzerinden çektim, geriye doğru yaslanarak başımı öne eğdim. "Yok."

"Ne demek yok, bu kaçıncı? Verdiğim hiçbir ödevi yapmıyorsun," diye sesini yükseltti. Sınıftaki birçok kişi kendi aralarında konuşmaya başlayınca dudaklarımı kapattım ve kendimi susturdum. Hep susuyordum ki.

"Sana diyorum çocuğum! Neden yapmıyorsun ödevlerini?"

"Anlamıyorum ki," dedim sessizce.

"Ne demek anlamıyorum?" dedi sert bir sesle. "Dersi dinlemezsen anlamazsın tabii ki."

Şu an herkesin gözü benim üzerimdeydi. Utanmıştım, hem de çok ama yapamıyordum işte. Bazen anlamıyordum o ödevleri, kimse de bana yardım etmiyordu. Anlamadığım yerleri de soracak kimsem yoktu. Arkadaşım bile yoktu ki benim.

"Anneni arayacağım, bu fazla oldu artık," dediğinde hızla çehremi doğrulttum ve gözlerimi kısarak konuşmaya başladım: "Hayır, ne olur, onu aramayın. Annem meşgul birisi, babam da çalışıyor. Çok yoğun insanlar, ben başlarına iş açmak istemiyorum öğretmenim."

"Evladım, onların senden daha mühim ne gibi işleri olabilir?" diye sorduğunda biri küçük kalbime bıçak saplamış gibi hissetmiştim. Oysa on yaşında bir erkek çocuğuydum ben, kendimi kandırmak yaşımdan daha da küçüktü. Öyle miydi sahiden?

"Lütfen öğretmenim, onları aramayın," dedim çaresizce. "Söz bir daha ödevlerimi yapacağım." Yapamadım... Annem bazı hafta sonları arar, bir dakika konuşur kapatırdı. Babam ise bunu daha az yapardı. Neden beni yurtta bıraktıklarına anlam veremiyordum ama çok işleri olduklarını söylerlerdi hep. Ben de üstelemezdim, yalan söyleyecek değillerdi ya!

Suzan Öğretmen omuzlarını düşürdü ve derin bir nefes alarak başını aşağı yukarı salladı. "Bir daha bana böyle bir mazeretle gelirsen direkt müdüre gideceğim. Anlaşıldı mı?"

Tepki vermeden gözlerine bakarken, yeniden ikaz etti. Bu sefer sesi daha gür ve tok çıkmıştı. "Anlaşıldı mı dedim sana?"

Kafamı aşağı yukarı salladım. "Hı hı."

"Aferin, şimdi aç avucunu," diye emretti. Kaşlarımı çattım ve ellerimi sebepsizce saklama gereği duydum. O cetveli benim için mi kullanacaktı? Gözlerimi kısarak geriye doğru çektim kendimi ama buna müsaade etmeden elimi hızla kavradı ve avucumun içini açtı. "Aç diyorum!"

"Acıtmayın ama," dedim kısık sesimle. Duymamıştı beni, duyuramamıştım. Annem de duymamıştı zaten.

Sınıftakilerin gözlerine baktım önce. Kimi ürkek harelerini gözlerime hedeflemiş kimi boş boş avucuma bakıyor, kimi de sanki düştüğüm durumdan keyif alıyor gibiydi. Gözlerimi usulca kapattım ve az sonra avuç içlerimi yakacak cetvelin acısına kalbimde yer açtım. Benim kalbim öyle kocamandı ki her acıya yer açabilirdim. Kocaman bir kalbim vardı benim, ben öyle olduğunu düşünüyordum. Kimse söylememişti ama ben biliyordum işte.

Sonra Suzan Öğretmen hızla cetveli avuç içime geçirdi. Öyle ki çıkan ses, sınıfın duvarlarında yankılandı. Avucumun içine cehennemden bir ateş konmuş gibiydi ama direndim, direnmeye çalıştım. Avucumun ateşini gözlerime boyadım ve onları yavaşça aralayarak Suzan Öğretmenin gözlerine baktım. Çok acımıştı canım ama ağlayamazdım ben de güldüm. "Acımadı ki."

"Dalga mı geçiyorsun sen benimle?" diye sordu sinirle. İfadesizce köşeli yüzünü izledim. *Öğretmenim, annemin kanattığı yerden öpseydiniz şayet belki dalga geçmek yerine gerçekleri söylerdim.*

"Hayır, acımaz benim ellerim," dedim aynı tonda devam ederek. Kadın sanki onunla dalga geçtiğimi düşünüyordu. Oysa ona gerçekleri söylüyordum çünkü benim gerçeklerim, yalanlarımın boğazına ilmek atmış, onları uçurumdan aşağı savurmuştu.

Arada böyle büyük büyük konuşurdum işte, kimse dinlemezdi ama ben konuşurdum yine de.

Suzan Öğretmen sinirle bir kez daha kaldırdı cetveli ama o anda ön sırada oturan İrem onu durdurdu. "Öğretmenim, bugün Kamer'in doğum günüymüş. Vurmayın daha fazla."

Ve bana hediye verdi öğretmenim. Sol elime vurmamıştı, aldığım en güzel hediye buydu. Teşekkür ederim.

Suzan Öğretmen cetveli indirdi ve gözlerimin içine derin derin bakarak arkasını dönerek uzaklaştı. O sırada zil çalmış, herkes dışarı çıkmıştı. Sınıfta tek başıma kalmıştım. Hiç arkadaşım yoktu, kimse benimle arkadaş olmak istemezdi. Bunun nedenini bilmiyordum, sanki vebalıydım ve herkes benden kaçıyordu.

Kimseyi de suçlamaya hakkım yoktu.

Başımı sıranın üzerine koydum, kollarımı da. Yüzümü kollarımın arasına gömerek karanlığa kafa tutan gözlerimi büyüttüm. Bugün benim doğum günümdü, belki annem beni aramak yerine görmeye gelirdi. Belki beni yurttan alıp evime, ait olduğum yere götürürdü. Bu kadarı haddimi aşan bir istekti kabul, belki sadece sarılır ve öyle giderdi.

Geleceksin, değil mi anne? Seni bekleyeceğim...

Ne olursa olsun seni bekleyeceğim anne.

Okul çıkışı direkt yurda gittim zaten yurt hemen okulun yanındaydı. Ranzalıydı ve ben üst katta yatıyordum. Bazı geceler düşmekten korksam da bunu kimseye söyleyemiyordum. Sekiz kişilik bir odaydı. Benden bir yaş küçük birisi daha vardı: Fatih. Onun annesi ve babası yoktu, ölmüşlerdi. Ama benim bir annem babam vardı, yaşıyorlar mıydı, bilmiyordum.

Bazen Fatih'le konuşurdum. Ben konuşmazdım o konuşurdu, ben sadece dinlerdim. Dokuz ve on yaşlarındaydık, konuşacak neyimiz olabilirdi ki? Uzaktan kumandalı arabamızın pili biterdi, onu konuşurduk hep.

Ya da öyle konuşmayı isterdik.

O gün akşam yemeğine dahi inmemiş, annem ararsa diye açlığımı bile görmezden gelmiştim. Sabırla yatağımın üzerine oturmuş, sırtımı duvara yaslamış ve bacaklarımı gövdeme doğru çekmiştim. Arayacaktı biliyordum. Arayacaktı hissediyordum.

Penceremin önündeki perde açıktı ve usul usul kar taneleri düşmeye başladı. Yüreğim hopladı o kar tanelerinin gözlerimin önünden süzülüşünü izlerken. Çenemi omzumun üzerine koydum ve gözlerimi kısarak onları izledim. Gülümseyerek ağzımı araladığımda onlara dokunmak istedim ama izlemek de güzeldi. Sanki dokunmuş gibiydim.

Gökteki aya doğrulttum suratımı. Orada kendimi gördüm. Kamer'dim ben, aydım. Adımın anlamı buydu ama ay kadar güzel değildim. Ay, bana gülümsüyor gibiydi sanki. Ben zaten karamsar bir çocuk değildim, en ufak bir ses tınısından bile mutlu olabilirdim. Gökyüzü karanlıktı ve yıldızlar hiç olmadığı kadar sönüktü bu gece fakat kar taneleri benim ışığımdı, karanlığı beyaza boyamıştı.

Ne kadar süre saf saf burada oturmuş, dışarıyı izlemiştim bilmiyorum. Odadaki herkes uyumuştu, ben ise bir yandan dışarıyı izliyor diğer yandan da annemden gelecek olan telefonu bekliyordum. Hadi anne, az bir vakit sonra doğum günüm bitecek. Yoksa unuttun mu?

Unutmazsın. Bir anne, evladının doğum gününü unutur mu hiç?

Ama unutmuştu.

Annem doğum günümü unutmuştu.

Saate baktığımda birkaç dakika sonra ertesi güne geçeceğimizi gördüm. Karnım çok açtı. Oturduğum yerde doğruldum ve odadakilerin uyuyup uyumadıklarını kontrol ettim. Evet, şu an emindim, herkes uyumuştu.

Parmak uçlarımda, merdivenlere basarak yataktan indim. Saatlerdir bir şey yemediğim için midem kazınıyor ve giderek halsiz düşüyordum. Bu haldeyken de uyumam çok zor oluyordu. Sessizce odanın kapısını açtım ve geriye doğru bakarak birinin uyanıp uyanmadığını kontrol ettim. Herkes uyuyordu.

Vakit kaybetmeden odadan çıkarak karşı koridorda bulunan Raşit abinin odasına yürümeye başladım. Anahtarlar onun odasında olurdu. Hem kantinin hem de okulun. Bir cesaret içeri girdim. Elini karnına koymuş horlayarak uyuyordu. Korku dolu gözlerle panodaki askılığa baktım. Tüm anahtarlar bir anahtarlıkta toplanmıştı. Dudaklarımı ısırmaya başlarken, fazla oyalanmamaya özen göstererek onları aldım ve hiç tereddütsüz odadan çıktım.

Yaptığım şeyden delicesine korkarken, az sonra karnımın doyacak olmasından da mutluydum. Belki bir kek alır, mum olmadan da kendi doğum günümü kendim kutlardım.

Nihayetinde yurttan çıktım. Hava rüzgârlı, soğuk değildi, aksine yumuşaktı çünkü kar taneleri soğuğa fısıldamıştı. Hevesli bir şekilde gülümseyerek kafamı yukarı doğru kaldırdım. Kar öylesine yumuşak dokunuyordu ki tenime, anneme ihanet olmayacaksa eğer, bu şimdiye dek hissettiğim en muazzam şeydi.

Az sonra üşüdüğümü fark ettim, zamanın da aleyhime işlediğini biliyordum. Koşarak okula vardım ve elimdeki anahtarlığa bakarak içinden gözüme kestirdiğimi deliğe soktum ama açılmadı. İkincisini denedim, olmadı. Üçüncüsünü denedim, olmadı ve sonunda dördüncü anahtar kapıyı açmamı sağladı.

Koca demir kapı aralanırken gözlerim büyüdü. Her yer zifirî karanlıktı ve az sonra o karanlık beni yutacaktı. Yutkunarak içeri girdim. Sanki bir filmin içine düşmüşüm de herhangi bir kapıdan dev hayaletler üzerime saldıracak gibiydi.

Bunları düşünmenin hiçbir faydası yoktu. Hızlı hızlı kantine indim ve hiç duraksamadan elimdeki anahtarlığa yeniden baktım. Birincisini denedim, olmadı. İkincisini denedim ve evet, kantinin kapısı açıldı. Bir yandan yaptığım şeyin bir hayli yanlış olduğunun farkındaydım ama sabah parasını verecektim, hem benim babamın çok parası vardı. Değil bir kek parası, kek kamyonu yığardı buraya.

Kantine girdiğimde, hemen alelacele bir çikolata aldım ve daha fazlasına uzanmadan çıktım. Nefesim düzenini kaybediyor gibiydi. Arkamı döndüm ve ellerimi titreterek anahtarı yerine taktım ama bu anahtar buraya ait değildi. Telaşa kapılmaya ramak kala, diğer anahtarları denemeye başladım. Çok geçmeden birini deliğe soktum ve onu sağa doğru büktüm. Kapıyı kilitlediğimden emin olduğum an derin bir nefes aldım ve tam bu sıra tepemde bir gölge belirdi.

"Bakın burada kimler varmış?" Bu seste insanı dehşete düşüren bir alay ve ürperti vardı. Olduğum yerde donakalırken yutkunmaya çalıştım ama yapamadım. "Yavrucak."

Bu ses Raşit abinin sesiydi.

Üzerime doğru eğildiğini hissediyordum. Soğuk nefesi saçlarımın dibini ısırırken dişlerimi kırarcasına sıkmaya başladım. Ondan korkuyordum, hep korkardım. Kapının oradaki anahtara uzandı. "Bu anahtarı nasıl almayı başarmış acaba?"

"Ben," dedim ürkekçe. "Ben..."

"Sen çok pis yakalandın."

"Özür di..."

"Ne için?" diye sıktı dişlerini. *Baba, lütfen gel ve şu an kurtar beni. Söz, açlıktan kıvransam da yapmam bir daha.* Anahtarı kilidinden çıkarırken, gözlerime bakmayı hedefledi. Delicesine titriyordum. Elimdeki çikolatayı saklama gereği duyarken sırıtarak bana baktı. Gözleri korkunçtu, çehresi daha da fenaydı.

"Aa," dedi alay eder gibi. Sonra elimdeki çikolataya bakıp gülmeye devam etti. "Acıktın mı sen?"

"Hı hı," dedim tiz sesimle.

Gülmeye devam ederken doğrularak derin bir nefes aldı. Üzerimdeki ağırlığından kurtulmaya başlarken konuştu. "Öyle desene, ben de başka bir şey yaptın sanmıştım."

Şaşkınlıkla dudaklarımı aralarken, ruhumun ufak bir yerinde nefes alan bir yırtığa rastladım. Bu iyi bir şey demek miydi yani? Raşit abi kalıplı biri olduğu için, ister istemez onu gören herkes korkardı. Ben de korkardım epeyce.

"Neden bana söylemedin ki? Ben açmana yardım ederdim," dediğinde saf saf gülümsemeye başladım. Ellerimin titreyişi azalırken dudaklarımın çizgisi giderek eğilmişti. Gülümsüyordum.

Suratımı kaldırarak gözlerine baktım. "Gerçekten mi?"

Bir süre koyu gözlerime baktı ve sonra tekrar gülümseyerek kolunu omzuma koydu. "Tabii ki evlat, hatta gel seni doyuralım güzelce."

Bunun olacağına inanamazdım. Bana yemek mi verecekti yani?

Hevesli bir halde beni koltuğunun altından çıkarmadan yürümeye başladık. Çok mutlu olmuştum; yaptığım şeye kızmamıştı, belki de doğum günüm olduğu için bu kadar görmezden gelmişti. Kantinden uzaklaşmaya başlarken bir alt kata doğru inmeye başladık. Şaşırmıştım ama sormamıştım da.

Koca okulda sadece ikimiz vardık ve karanlık, izbe bir yol gibi peşimizde sürükleniyordu. Alt kata indiğimizde, beni konferans salonuna yönlendirdi. "Burada bir sürü yemek var, emin olabilirsin." Anında tatmin oldum. Raşit abiye güven duymaya başlamıştım. Daha önce kimse beni bu kadar önemsememişti.

Konferans salonunun kapısı açılırken beni içeri soktu ve ardından o da girdi. Hemen ardımızdan kapıyı da kilitledi. Her yer karanlıktı. "Karanlık burası."

"Biliyorum, birazdan açacağım," dedi mesafeli bir sesle.

"Kapıyı neden kilitledin?" diye sordum sonra. Bir süre ses gelmedi. Kaşlarımı çattım. "Raşit abi?"

Raşit abi tehlikeli bakışlarla gözlerimin içine bakarken elindeki kemeri şaklatmaya başladı. Gözlerimi kırpıştırmaya başlarken geriye doğru çaktırmadan adımlar atmaya başladım ama arkamı göremiyordum. En sonunda bir koltuğun sırtına çarptım. Raşit abi pes etmeden üzerime doğru gelirken gözlerini gözlerimden ayırmaksızın burnunu çekti ve boynunu sağına doğru yatırıp derin bir bakış atarak sırıttı.

İşte bu ifade, tüm hayatımın dart panosunda tam on ikide yer alıyordu.

Ve ben belki de o hedefi tam on ikiden vurmak için tüm hayatımı bir adamın kollarına bırakmıştım.

"Yapılan her hata, kefaretini ödetmeden bedeni terk etmez!" Raşit abinin dudaklarından duyduklarımı tartıp biçme fırsatına erişemeden elindeki kemeri vücuduma rastgele savurdu. Acıyla sızlandığımda, "Sakın bağırayım deme!" diye beni ikaz etti.

Bağıramadım.

Elindeki kemeri hunharca bedenimin üzerinde kullanmaya başlamıştı. Canım öylesine acıyordu ki çığlık atarsam o çığlıkların beni boğacağını hissediyordum. Elimdeki çikolatayı hiç bırakmadım ama o geldi ve beni köşeye çekerek, üzerimdeki gri hırkayı çıkardı ve iç çamaşırlarımla bırakana dek beni soydu.

"Abi yapma, ne olur yapma. Söz bir daha yapmam, söz bunu da bırakacağım, hem ben sevmiyorum ki çikolata. Sadece çok acıktım abi, yemin ederim bir daha almayacağım," diye sızlandım ağlamaklı sesimle. Ağlamamak için direniyordum daha doğrusu ağlamayı beceremiyordum.

Beni dinlemedi üzerime eğilerek sertçe elindeki kemeri vücudumun çıplak kısımlarına vurmaya başladı. Etim etinden çekilircesine, canımdan kanımdan çıkarcasına acı çekiyordum. Bu çok fazlaydı. Bedenimi bir harabeye çevirmeye çalışıyordu sanki.

"Hırsızlık, ha? Demek ufacık beyninle beni kandırabileceğini düşündün?" diye konuştu acımasızca.

"Hayır, hırsız değilim ben," diye inledim kesik kesik. "Parasını verecektim yarın, yemin ederim verecektim abi."

"Kes ulan sesini, piç kurusu!"

Babam var benim, annem de var. Deme öyle yalvarırım, sahipsiz değilim ben.

Duvarın dibine sarıldım, oraya saklanmak istedim ama yapamadım. Bedenim önündeydi ve ona karşı koyamıyordum, cılız bir vücudum vardı, ayağa kalkmaya çalışsam bile tek bir darbeyle beni yerime gömerdi.

Bedenim kızarmaya başlamış, kemer izleri bir hayli derin izler bırakmaya başlamıştı. Dişlerimi dudaklarıma geçirmiş tek bir damla dökmemek için kendimle mücadele ediyordum. Hayır, hayır ağlamayacaktım. Bugün doğum günümdü benim, öldüğüm gün değil.

"Eğer birine bir şey söylersen seni bu sefer dövmem, öldürürüm!"

Yüzüm kanlar içinde kalmış, bedenimin hemen hemen her yerinde dev enkazlar oluşmuştu. Boylu boyunca uzanmıştım ama çikolata hâlâ elimdeydi. Bırakamamıştım. Gözlerim kapanıyordu, şakaklarımdan aşağı süzülen kan ağzımın kenarında birikiyor, oradan da boyun girintimde duruyordu.

Anne... Lütfen gel, ölmedim hâlâ, lütfen gel, sana sarılmak istiyorum.

Sarılırsan geçer belki. Lütfen!

Görüş alanımın giderek daraldığını gördüm. Raşit başımda bir şeyler homurdanıyor, olur olmadık tehditler savurmaya devam ediyordu. Ama onu artık umursamıyordum, zaten dibi görmüştüm yeterince, daha nasıl da derine inerdim?

Üzerime eğildi ve kanlı gözlerimin içine baktı. Suratını bulanık görüyordum, dudaklarımın kıvrımlarına sinen kanın tadı dilimi acıtıyordu. "Yazık oldu," dedi sessizce ve müthiş bir soğukkanlılıkla. Bayılacak gibiydim, üşüyordum, titriyordum, bacaklarımı gövdeme çekecek gücü dahi kendimde bulamıyordum.

Gözlerim eş zamanlı kapanıp açılırken o, yavaşça uzaklaşarak kapıya doğru gitti. Adımlarını saydım, tam on irili adım attı. Her bir adımı, yaşadığım her bir yıla saymıştı.

Kapıyı araladığında elimi kaldırmaya çalıştım ama yapamadım, sesimi duyurmaya çalıştım ama başaramadım. "A-anne!" dedim dişlerimin arasından kesik kesik. Kolumu ileri doğru uzatmaya çalıştım ama tüm kemiklerim kırılmıştı sanki, yapamadım.

Sonra o aralık olan kapı kapandı, içeri başkaları girdi. Birkaç ayak sesinin bana doğru yaklaştığını gördüm. Bu gece hayatımın kocaman bir enkaza dönüştüğü geceydi. Aldığım hasar yalnızca bedenimde değil, ruhumda da vardı ve ruhumun nefes alan yerini bile kapatmıştım. Orayı dikmiş, kendimi boğmuştum.

Neden kurtarmadın anne? Oysa seni beklemiştim, yine olsa yine beklerdim.

Keşke gelseydin...

İçeri girenlerin yüzünü göremedim. En son kapıyı kapatmışlar ve bana doğru yaklaşmışlardı. Gözlerimin önünde, ellerimin içinde aciz bir çikolata, kirpiklerimi derin bir hüzne boğan aciz bir gözyaşı... Ve o gece ağlamamaya ant içmiş olan ben.

Belki de ilk ve son gözyaşımı bu gece dökmüştüm.

İlk ve son damlamı birbiriyle tanıştırmıştım.

On yaşımı güzel bir hediyeyle karşılamış, gelecek yaşlarım için güzel planlar yapmıştım. Ben o gece, şeytanın zihnini satın almış, gözlerini de pusulam yapmıştım.

Zihnim bir karanlıktan ibaretti, gözlerim kötüyü görüyordu artık...

Anne, istemiyorum artık gelme.

Yaşarken yanında olmadığın oğlunun kefenine bile sarılayım deme sakın çünkü benim kefenim, senin kalpsizliğinin kumaşındandı, ben ağladığımla, sen yokluğunla kaldın.

01.10.2016

"Anlat bakalım evlat, nasıl gidiyor?" diye sordu Şevkat Dayı. Omzumu silktim hissizce. Şömine yanıyor, içine attığı odunların sesi, kulağımda yankılanıyordu. "Gidiyor be Dayı..."

Tabureye oturmuş boş boş parmağımdaki yüzükle oyalanıyordum. Bu yüzüğü beş sene evvel, buraya yolum düştüğünde Dayı vermişti. Beni bir nevi o büyütmüştü aslında. Yaralarımı sarmış, bana bir baba olmuştu.

"O yüzüğe çok bakma evlat," dedi derin derin. Kafamı kaldırmadan gözlerimi Dayı'nın çehresine çevirdim. Kır saçları giderek beyaza dönüyordu. "Zamanı gelince kullanacağını biliyorum," diye devam etti.

"Peki ya o zaman hiç gelmezse?" diye sordum dümdüz bir sesle.

Güldü ama sesli bir şekilde değildi, soluk ve soğuk gülmüştü. "Geleceğini biliyorum evlat," derken iç çekti ve başını aşağı yukarı salladı. "Ve o gün geldiğinde, bu yüzüğe bile ihtiyacın kalmayacak. Senin sonun, geleceğin olacak."

Alaylı bir şekilde gülerek, sırtımı doğrulttum. "Dayı yapma Allah aşkına, gelmesin kimse istemiyorum."

"Zaten istemezsen gelir, hayatın cilvesi bu," dedi bilmiş bir edayla. Dayının felsefi sözlerine kulak verirdim ama konu ne ara buralara gelir, güler geçerdim. Saçmaydı... Benim sonum bendim, bir başkası değil.

"Bir şeyi," dedim yüzüm ekşirken. "Bir kadını..." O kadar yapay ve emanet duruyordu ki ağzımda bu kelimeler, hissiyatı sıfırdı. "Bir kadın için yaşamak, dünyanın en bencil şeyi. Ben kendim için bile yaşamıyorum, bir başkası gelirse onu da yaşarken öldürürüm."

Dayı gözlerimin içine derin derin baktı. Onun ruhu benimkine göre daha derin, yaşlı ve daha naifti. Bazı geceler bana Maria'dan bahseder, ben de onu dinlerdim. Sevgiden gram bir bok anlamayan ben, onu dinlerken kendimi dünyanın en duygulu herifiymiş gibi hissederdim.

"Zaten sevda yaşarken ölmektir," dedi tok bir sesle. "Gözlerine baktığında dahi ölmüyor, canından can gitmiyorsa ben sevdalıyım deme kimseye."

Kaşlarımı çattım. Ateşin kokusu ve ısısı, tenimi kesiyordu. Çehremin yarısı aydınlanmış yarısı karanlıkta kalmıştı. Dayıya uzun uzun baktım ve geçiştirir gibi konuştum. "Aman be Dayı, sevda falan uzak işler... Hiç gelemem ben, hem kim ne yapsın beni... Benden kimseye bir bok olmaz, bana gelen sonunu bilir!"

Ben kimseye mutlu bir hayat vaat edemem, bunun sözünü veremem. Eğer ki olacaksa biri, sonunu gözlerimin içine sadece bir kere bakıp anlamalı. Benim göz bebeklerim cehennemin yedi kat derinine inen bir merdivendi ve ben bana bakan her hareyi, cehenneme taşımakla görevlendirilmiştim.

Ardından silik bir şekilde gülüp, elimi Dayı'nın heybetli omzuna koydum. "Ha! Eğer biri ölüm biletini alıp bana gelirse, söz onu sana getireceğim." Dayı içinden konuşuyordu sanki. Anlayamadım. Elimi omzundan çekmeden, gülümsememi genişletip devam ettim: "Ama böyle bir şey için ömrümün yetebileceğini pek sanmıyorum."

"Konuşma deli deli," dedi kuru bir sesle. Daha sonra ayağa kalktı ve kaynayan çaydanlıktan bir bardak çay doldurup bana uzattı.

"Sağ olasın," dedim sessizce bardağı kavrarken.

"Çay seven bir adam, ne zamandır yanına gelecek kadının eline ölüm biletini emanet eder oldu?" diye sordu bir anda.

Duraksadım ve nefesimi tutarak Dayı'nın yaşlı gözlerine baktım. "O gece on yaşımı toprağa gömdüğüm andan beri."

Üzerinden tam on üç sene geçmişti. On üç senenin sancısı geçmiş ama izleri hâlâ nabzımı yokluyordu. Eski ben yoktu; o sessiz, o ürkek, o aciz velet gömülmüş, yeni bir ben doğmuştu benden. Ya da doğmamış, hep var olanı dışıma vurmuştum.

"Unutamıyorsun, değil mi?" diye sordu sakince. Sesi mesafeliydi, ne zaman buraya gelsek sesine hep bir tuzak kurardı.

Başımı umursamazca salladım. "Unutmak değil ki mesele, bu çok başka bir şey..."

"Raşit'i öldürmek çözüm değil," dedi direkt. Bu isim sinirlerime dokunuyor, her defasında beni yoruyordu.

"Çözüm istemiyorum, adalet istiyorum sadece."

"Adalet mi?" dedi boş vermişlikle. "Adalet, o gece senin için öldü evlat, bir daha olmayacak. Kaybettiğin adaleti ararken, bulduklarının farkına bile varamayacaksın."

"Peki ne yapacağım?" diye sordum ciddi bir şekilde. "Söyle Dayı, nasıl olacak?"

Raşit ve oğlu Mahir... Hayatımdalardı, hayatlarının merkezindeydim ama beni bilmiyorlardı. Raşit, o gece dövdüğü çocuğu bilmiyordu. Mahir, o gece bıçak sapladığı adamı bilmiyordu. Geri zekâlı herifler!

"Sen hiçbir şey yapmayacaksın, onlar belalarını kendileri bulacak," dediğinde yüzümü ekşittim. "Bana adaleti kaybettiğimi söyleyen sendin. Onlar adaletin olmadığı yerde fink atan şerefsizler, haliyle belaya rast gelmeyecekler bile."

"Yanılıyorsun," dedi devam ederek. "İnsan zaten içindeki adaleti kaybetmişse, değil belayı bulmak, ruhunu bile toprağa gömmüştür... Demem o ki boşuna acele etme, onlar şu an mezarı kazılmış herifler. Sen ise onları mezarın içine koyacağın günü bekliyorsun... Bekle, ama bunu senin değil, onların bizzat kendinin yapacağı ânı bekle."

Derin bir acı canımı süzgecinden geçirdi. İçimdeki öfkenin ve hırsın büyüklüğünü kimse bilmiyordu. O gece bana yaşatılan şeyin devamını kimse bilmiyordu, korkumdan ilerisini kimseye anlatamamıştım... Kimseye de anlatmaya niyetim yoktu. O gecenin devamı benimle birlikte mezara gidecekti.

"Ee?" dedi Dayı gülerek. Konu değiştirmeye niyetlenmişti. O hep böyle bir adamdı zaten, bazen ben bile fark etmezdim canımın sıkkın oluşunu, o benden daha iyi bilirdi beni. "Bizim haytalar nasıl?"

Sol kaşımı kaldırıp indirirken çayımdan bir yudum alıp boğazımı temizledim. "Haytalar işte."

"Onları sevdiğini biliyorum," dedi kendinden emin bir şekilde. Sevginin ne olduğunu bilmiyordum. Yemin ederim, birini sevmeyi ya da biri tarafından sevilmeyi bilmiyordum. Birini seversem bile onu sevdiğimi anlamayacak kadar boş bir adamdım. Dayı'nın gözlerine bakıp konuştum: "Benden başka kimseleri yok." Ve sonra fısıldadım: "Birilerinin gölgesi olmak bu demekmiş Dayı."

Çetin, Zeynep, Andaç ve Aytaç... Biz aynı evin içinde yaşayan beş farklı dünyaydık. Aile değildik, kan bağımız yoktu ama bir ailenin ne demek olduğunu en iyi de biz gösterebilirdik.

"Sen... Farkında olmadan birçok kişiye çok şey oldun. İşte her şey burada başlıyor aslında, önce kendi sınırlarını kaldır sonra etrafına ördüğün telli duvarları."

Güldüm ve elimdeki bardağı köşedeki masanın üzerine bırakarak ayaklandım. "Sınırlar falan dedin, konu yine sevdaya düşecek belli."

"Bak, nasıl da biliyor," dedi benimle dalga geçer gibi. Derin bir nefes alarak doğruldum ve ellerimi şömineye doğru tutup dalgın dalgın konuştum: "Bir kadını bir ömre nasıl sığdırabildin?"

Bir ömür, kısacık bir zaman dilimi gibi gözükse de koskoca bir ömre bir kadını koymak, bir kadını hayatının merkezine yerleştirmek... Buna anlam veremiyordum, ben bunu yaşayacak kadar aklımı yitirmiş olamazdım ve olmayacaktım.

Dayı'nın derin bir iç çektiğini duydum. "Sığdıramadım ki... Değil bir ömür, bin ömür biçilseydi bana yine sığdıramazdım. Sen sanıyor musun ki oldubittiye gelir her şey..." Kafasını salladı usulca. "Hayır evlat, hayır. Bir kadın senden değil bir ömür, bin ömür de çalsa yine yetmez, yettiremezsin."

Düşünceyle yanan ateşi izliyordum. Onun bu tarz konularda tecrübesi çoktu; ben bu konularda epey toydum. Gönül, bağ, sevda meseleleri benim alanımın dışıydı. Şu hayattaki tek amacım adaletimi bulmaktı. Ondan sonrası koca bir boşluktu zaten. Bunun için yaşıyordum.

Dayı'yı derin derin dinlerken birden elimi hızla çektim. "Sikeyim," dedim dişlerimi sıkarak. Ateşin kıvılcımı sıçramıştı tenime. Dayı seslice güldü. "Ha! İşte bu iyi oldu. Bir gün sevdaya düşersen, elin değil canın yanacak böyle..."

Elimi ovuştururken ona dümdüz baktım. O da bunu fark ederek yanıma geldi ve elini omzuma koyarak, "Bakma öyle hiç, anlarsın ileride ne demek istediğimi," diye konuştu. Ardından ileri atıldı. "Eline bakalım mı?"

Omzumu silktim. "Çok mühim değil, dalgınlığıma geldi. Hem gideyim ben artık."

"Dikkat et," diye ekledi hemen.

Başımı eğdim ve aşağı yukarı belli belirsiz salladım. "Sen de. Hadi Allah'a emanet olasın."

Dayı'nın yanından ayrıldım ve motora binerek dakikalar içerisinde yola koyuldum.

Motor kullanmak, araba kullanmaktan daha rahat ve özgür hissettiriyordu. Karanlık bir cuma gecesi bana kollarını açmıştı ve gökyüzü her an nefretini bu aciz insanların üzerine haykırır gibi gürlemeye başladı. Gaza biraz daha bastım ve yağmura yakalanmamak için hızımı artırdım. Az sonra eve gidecek ve bir bok yapmadan kendimi direkt sıcak suyun altına atacaktım.

Gök delinecek gibi gürlemeye başladığında düz gittiğim yolda ilk virajdan döndüm. Bizim caddeye giden yol tehlikeliydi, Zeynep'i asla tek başına dışarı çıkarmazdım. İzbe yolları gözlerimi karaya boyarken bir anda nereden geldiğimi şaşırır gibi olmuş, motorumun tekerleğine denk gelen silah sesiyle duruldum. Tekerim patlarken freni basıp derhal üzerinden indim. Silah sesleri yakınımda değildi ama uzağımda da sayılmazdı.

Elim direkt deri ceketimin içindeki kar maskesine gitti ve onu başıma geçirmem yalnızca birkaç saniyemi aldı. Geriye doğru hızlı adımlarla kendimi sakladım ve belimdeki silahı kavrayıp nefes almadan bir iki kez ateşledim. Tek kişi değildi. *Hayır, şimdi ölmek istemiyorum!*

Etraf o kadar karanlıktı ki kimseyi göremiyor, sadece ateş ediyordum kendimi korumak için. Başımı öne çıkardığım sıra bir mermi omzumu teğet geçti. "Siktir," diye tısladım dişlerimin arasından. Sonra silahı bir el ateşledim. "İşte buna daha da siktir," dedim.

Silahta mermi kalmamıştı.

Dakikalar aleyhime işliyordu. Kaçmaktan başka çarem yoktu, ölüme kafa tutan bir adam olabilirdim ama o an bu an değildi. Silahı bırakmadan arkama döndüm ve deli gibi koşmaya başladım. Nefesim dudaklarımı deliyordu. Sokaklar öylesine boştu ki bir an önce kendimi cadde başına atmak istiyordum.

Dakikalarca koşmaya devam ettim ve sonra adımlarımı yavaşlatıp Çetin'i aradım. "Lan! Oğlum, kurşuna dizildim az önce."

"Dur, ne oluyor?" dedi şaşkınca. "Aga, neredesin sen? Lan, ne oluyor ne oluyor?"

Nefes nefese ona karşılık verdim. "Çetin, bilmiyorum oğlum, bilmiyorum. Motorun tekeri patladı, silahta mermi yok, adamlar peşimde mi bilmiyorum. Beni siktir edin siz, evdekileri kolla."

"Aga ne diyorsun sen? Geliyorum hemen!"

"Lan yavşak herif, evdekilere göz kulak ol diyorum." Çetin cevap vermemişti; bu esnada ben de cadde başına çıkmış, ışıkların orada durmuştum. "On dakikaya gelirim, ben gelene kadar ölmeyin sakın!" Kar maskemi çıkarmamıştım, ilerlerken ışıkların orada duran bir taksi gördüm, boştu.

Pes etmeksizin taksiye koştum ve hızla kapısını açıp içeri oturdum. Elimdeki boş silahı şoförün kafasına dayadığımda, şoför nereden geldiğini şaşırmış bedeni âdeta buz kesmişti. Bunu tüm ruhumla hissetmiştim.

"Tek kelime etme ve sür şu arabayı!"

Onu öldürmeyecektim, öldüremezdim. Bu silah dolu olsaydı dahi ben kimseyi durduk yere öldüremezdim. Katil değildim, psikopat hiç değildim. Masum birine zarar vermezdim.

Araç hareket etmeye başlarken şoför hiç kıpırdamadan dediğim her şeyi yaptı, sesini bile duyamadım. Silahı kafasından bir an olsun çekmedim.

"İlerideki sokağın başında dur!" diye ikaz ettiğimde başımdaki maskeden sesim kuru ve kesik çıkmıştı. Bunu istiyordum ben de. Şoför dediğimi yaptı ve sokağın başında durdu. Gözlerimi kırpmadan silahı hızla kafasından çektim ve kulağına doğru eğilerek fısıldadım: "Şimdi beni iyi dinle, buradan ayrıldığında polise falan gitmeyeceksin. Eğer ki gidersen emin ol bulurum seni," dedim ve ses tonumu karartıp biraz daha yaklaştım. "Beni görmedin, duymadın, bilmiyorsun. Bugünü hatırlarsan eğer, yemin ederim hayatın boyunca unutturmam sana!"

O an gözlerini ön cama çevirdi ve gözlerim ilk kez gözlerini gördü. Korkmuyor muydu sahiden? Korkmamış mıydı benden? Aynada gözlerini gördüğümde derhal gözlerimi oradan çektim. Oysa nereden bilebilirdim ki beni asıl kurşuna dizecek olanın aciz bir mermi değil de bu gözlerin olacağını.

Oysa nereden bilebilirdim ki kaderimin çizildiği şu geceyi her şeyden bihaber yaşadığımı.

Kamer Alptekin... Benim sonum en başından belliydi belki de. Her şeyi on yaşımda kaybettiğimi düşünen ben, asıl kaybı bu gece yaşamıştım. Bu gece, bir miladın başıydı, hiçbir zaman ucu bucağı gözükmeyecek olan bir miladın.

Ben de kafasına silah tuttuğum bedene ruhumu teslim etmiş, beni yaşatmasını istemiştim.

Çünkü her ruh asıl ölümü, öldürüldüğü kolların arasındayken fark ederdi.

Beni öldür ama yaşat!

Çünkü yaşamak buysa, ölümü senden başkası tattıramaz bana.

2. Bölüm

Sandıktaki Sırlar

Seni kalbimde dert diye taşıdım ben.

Sandık altına saklanan geçmişin anahtarı neredeydi, bilmiyordum ama sahibine bakıyordum: Jülide Hanım. Ona hanım demeyi bırak adını kullanmak bile bana büyük bir ihanetmiş gibi geliyordu. Bu ihanetti. O bir katildi, o benim babamı öldürmüştü. O bir anneydi, öz oğlunu öldürmüştü.

Her yerim zehirli bir sarmaşıkla sarılmış gibiydi, hareket edersem o ithamların her biri canımı yakacaktı.

Ankara'nın nezih bölgelerinden birinde bir kafeye gelmiştik. Ne ara evden çıkmış ne ara buraya oturmuştuk bilmiyordum. Jülide Hanım'a zerre güvenim yoktu ama kaybedecek pek de bir şeyim kalmamıştı açıkçası. *Üç canımdan başka.*

"Sizi dinliyorum," dedim, mesafeli bir sesle. Kadının gözlerine bakmak canımı hiç bu kadar yakmamıştı. Canım yanıyordu çünkü ben aptaldım, onunla buraya bana anlatacağı şeyleri dinlemeye gelmiştim. Çok da umurumdaydı ya sanki onca şeyden sonra.

"Nasılsın Aymira?" diye sordu. Sesine müthiş bir otorite ve soğukluk hâkimdi.

Dalga geçer gibi yüzümü ekşittim. "Size ne?"

"Sakin," dedi sakin bir ses tonuyla. Kadının ölümcül derecedeki suskunluğu tüylerimi ürpertiyordu.

Dudaklarımı ıslattım ve derin bir nefes alıp konuştum: "Bakın, şu an buradaysam Kamer için, onun için buradayım. Yoksa siz," dedim yüzümü buruşturup. "Siz konuşmaya değer biri değilsiniz. Siz..." Birçok şey söylemek geliyordu içimden, deli gibi bağırmak, nefretimi kusmak ama bir faydası olacağını sanmıyordum.

"Kamer ile aranız kötü mü?" diye sordu.

"Hayır," dedim direkt bir yanıtla. Kahverengi saçlarına takıldı gözlerim. Onu ilk gördüğümde saçları küttü, şimdi ise daha da uzamıştı. Kamer bana bir seferinde, saçlarımın annesinin saçlarına benzediğinden bahsetmişti. Oysa şimdi benim saçlarım kimseninkine benzemiyordu.

"Neden seni onun yanında bulmadım o zaman?" diye sordu kuşkuyla.

Kaşlarımı çattım ve kollarımı masanın üzerine koyarak kibirli bir biçimde gülümsedim. "Siz oğlunuzun yerini biliyor musunuz da bana bunu soruyorsunuz?"

Jülide Hanım'ın sert yüz ifadesi iyice taşlaşmıştı. Kafedeki insan sayısı bir hayli azdı ve ortam boğuktu. Usul usul işittiğim caz müzik keyfimi iyice kaçırmaya başlamıştı. Dişlerimi sıktım ve kollarımı geri çekip göğsümde birleşirdim.

"Bak Aymira," diyerek sözlerine başladı. Ellerini masanın üzerine koyduğunda parmağındaki alyans dikkatimi çekti. Kamer'in bir babası vardı, annesi böyle bir kadınsa babasını düşlemek fazlasıyla cesaret gerektirirdi. "Seninle ilk ve son kez böyle bir konuşma yapacağım. Ve bunu bir sen bir de... Bir de o biliyor."

"Kim?" dedim sesim titremeden. Yutkunduğunu fark ettim, ilk kez karşımda yutkunmuştu. Belli ki iyi şeyler söylemeyecekti.

Kafasını usulca sallarken koyu kahve gözleriyle gözlerimin içine düştü. "Bunu öğreneceksin ama anlatacaklarımdan sonra."

"Sizi dinliyorum," dedim beklemeden. Nasılsa buraya bunun için gelmiştim.

Derin bir nefes aldı. Aldığı nefesi geçmişin tozlu raflarına üfleyerek altta kalan kitabın kapağını açtı ve ilk satırını okudu: "Kamer sana o geceyi anlattı mı?"

"Evet, ama sadece bir kısmını," diye söylediğimde, kendinden emin bir halde kafasını aşağı yukarı salladı. "Tahmin ettiğim gibi," dediğinde kaşlarımı çattım. "O gece o konferans salonunda neler olduğunu Kamer bile bilmiyor."

"Ben," dedim kendimi zorlayarak. Sanki konuşma mecburiyeti içerisine itmiştim kendimi. Kamer, bunca senedir içinde bir hırs ve öfkeyle büyümüş, kendi büyürken onları da büyütmüş bir adamdı. Peki nasıl olurdu da annesi ondan daha çok şey bilip susabilirdi?

"Kamer o gece o konferans salonuna bilinçli bir şekilde götürüldü. Tüm o anahtarların yeri, okulun kapısının bu kadar kolay açılması... Hepsi bir planın parçasıydı." Susmaya devam ettim çünkü nasıl tepki verilir, nasıl konuşulur bilemiyordum. Şunu biliyordum ki az sonra çok da iyi olmayan şeyleri öğrenip ruhumun içinde biriken yaraya tuz basacaktım.

"Raşit," diye konuştuğu an gözlerimi sertçe kıstım. O adamı öldürmek istiyordum, ondan delicesine nefret ediyordum. Onu o hale getirdiği için. "Raşit sadece bir piyon," diye devam etti Jülide Hanım.

Ağzım şaşkınlıkla aralanırken alnımı kırıştırdım. "Piyon mu? Kimin?"

Uzun uzun baktı gözlerimin içine. Korkmuyordum ama kalp atışlarım normalin üzerine çıkmıştı.

"Necdet Alptekin'in."

Bu ismi ilk kez duyuyordum. Ama bundan sonra daha sık duyacağıma adım kadar emindim. Jülide Hanım bu ismi telaffuz ederken epey donuk ve ifadesizdi. Harfleri bir araya getirerek, gereksiz bir analizin ortasına ittim kendimi. Necdet Alptekin? Tahmin ettiğim kişi miydi?

"Bu," dedim gözlerimi kısarak. Dudaklarımdan dökülecek olan kelimeleri merak etmiyordu sanki, bu ismin kime ait olduğunu bildiğimi sanıyordu. Boğazımı ıslattım ve en uzak ihtimali söyledim. "Kamer'in babası mı?"

Mimiklerinde en ufak bir değişim olmadı. Koyu kahve göz bebeklerinde derin bir mana yatıyordu ama neler hissettiğini anlamıyordum. Jülide Hanım duygularını son derece iyi kontrol edebilen biriydi. Saçma... Kadın bir katildi ve onun gözlerine bakıp duygu aramak da benim aptallığımdı.

Beni cevapsız bırakırken alayla güldüm. Buna mâni olamadım. "Na-nasıl ya?" dedim şakaya vururcasına. "Babası, Kamer'in babası mı yan..." Devam edemiyordum. Çünkü hayır, böyle olmamalıydı.

Jülide Hanım tavrıma aldanmadan devam etti: "O gece, o konferans salonuna Kamer'i babası soktu, ona tüm bu acıları yaşatan kişi," diyerek başını hafifçe yüzüme yaklaştırarak fısıldadı: "Öz babası."

Baba? Bir evlat babasından ne isteyebilir, sevgiden ve merhametten başka ne isteyebilirdi? Bir baba, evladına sevgiden başka ne verebilirdi? Zor değil, ufacık bir tebessüm zor değil, uzak değil, minicik bir ses tonu uzak değildi. Oysa yaralar kapanmak içindir, açılmak için değil.

Kanım yavaşça bedenimden çekilmeye başladı. İhtimal vermedim, veremiyordum. Jülide Hanım uzun uzun gözlerime bakarken hislerimi ölçmeye çalışıyordu ama donup kalmıştım. "Bunlara inanmıyorum," dedim inkâr edercesine. Kamer'in babası tarafından bu hale getirildiğine inanmak istemiyordum.

Ben varım zaten babamdan kalan yarayla hayatta kalmaya çalışan, en sevdiğimin de bunları yaşamasına katlanamam. Yalan söyleyin, lütfen.

Kafasını sağa sola sallayarak geriye çekildi. "Raşit, Kamer'in kim olduğunu bile bilmiyordu. Raşit, Necdet'i bile bilmiyordu," dedi buz gibi bir sesle. Zihnim karman çorman bir ipin ucuna teslim olmuştu çoktan. Duyduğum her kelimeyi önüme koydum ve tıpkı bir yapbozun parçalarını tamamları gibi onları bir araya getirmeye çalıştım ama olmuyordu, eksik olan çok fazla parça vardı.

"Kamer ile daha önce duş aldın mı?" diye sordu aniden. İrkildim. Sonra düzeltti. "Elbette aldın." Gereksiz yere utanmıştım. "Peki," diyerek ses tonunu ortamın ses tonuna ayarlayarak konuştu. "Peki, bacaklarını gördün mü? Kalçasını gördün mü?"

Bu, apayrı bir soruydu ve ben daha önce hiçbir sorudan bu kadar korktuğumu hatırlamıyordum. "Hayır," dedim uzaklardan bir sesle konuşarak. Sesim dudaklarımı acıtmıştı.

Jülide Hanım soğuk bir biçimde gülümserken dudakları keyiften uzak bir halde kıvrıldı. "Tam tahmin ettiğim gibi en azından oğlumu bu kadar da olsa tanıyabilmişim..."

Neler oluyordu? Aklımı yitirecek gibiydim. Kalp atışlarım engel olamadığım bir biçimde hızlanırken, göğsümün içine yayılan ruh karartıcı kasvetli hava beni boğuyor gibiydi. Onca zamandır onunla birlikteydim ama daha önce kalça kısmını görememiştim, yani o hep pantolonla duş alırdı, ben de nedenini de sormazdım, soracak olsam da tatmin edici bir cevap alamazdım.

"Biraz açık olur musunuz?" diye sordum korkarak. Bu karşımdaki katilden değil öğreneceklerimden korktuğum için takındığım bir tavırdı. Bakışlarım beni ele verirken, Jülide Hanım'ın bir şeyleri anlatmak için hevesli oluşu gözlerimden kaçmamıştı. Aslında bu bir heves değildi, sadece o da artık saklanmanın manasız olduğunun farkına varmıştı. Her ne kadar geç olsa bile.

"O gece Kamer'in doğum günüydü. Benden veyahut babasından ufacık da olsa bir ses duymak istedi ama olmadı... O gece kantine indiğinde Raşit'e yakalandı, planlı bir şekilde," diye düzeltirken, ses tonundaki değişiklik dikkatimden kaçmadı. "Konferans salonuna girdiklerinde onları izliyorduk... Ben ve Necdet."

"Siz?" dedim aniden tüm tiksinme hislerime engel olamadan. Kendimi geri çekip, elimi alnıma koydum ve karşımda duran kadına ne kadar uzak ve boş bakılırsa bakmaya başladım. Bu kimdi? Bu kadın bir anne miydi gerçekten? "Siz ne söylediğinizin farkında mısınız? Oğlunuza yapılan şeyi bir de oturup izlediniz mi yani?" diye sordum sinirle. Jülide Hanım'ın bu suskun otoriterliği giderek sinirlerimi bozuyordu. Tavırlarıma aldırış etmeden devam etti:

"Raşit odadan çıkarken Kamer içeride kalmıştı ama yalnız değildi. O odaya birkaç kişi daha girdi ve ona dokunmaya çalıştı."

Nefes alamadım. Yemin ederim, biri sanki beni boğuyordu ve parmak boğumları arasından sadece kanın kokusunu alabiliyordum. Başım dönmeye başlamıştı, gözlerim kararıyordu ve kulaklarım bu kelimenin adıyla çınlıyordu tıka basa. Jülide Hanım hızla devam etti: "Ama bu olmadı, bu kadarına göz yumamazdım."

Davranışlarıma engel olamadan elimi hızla masaya vurdum; o sıra etraftaki birkaç kişi dikkatini tümüyle bana vermişti ama bakışları umurumda dahi olmadı. Dişlerimi kırılırcasına sıkarken, tüm nefretimi kusarak yüzümü ekşittim. "Siz bir canavarsınız. Artık kabullendim, siz korkunç bir şeysiniz. Midemi bulandırıyorsunuz."

"Öyleyim," dedi sakince.

Delirecektim. Ben kendimi kaybetmişken, karşımdaki insanın bu denli soğukkanlı olmasına dayanamıyordum.

Derin ve keskin soluklar alıp verirken masanın kenarında duran su dolu bardağı masada sürükleyerek bana uzattı. "İç ve sakinleş."

"Şaka mısınız siz?" dedim hayretle. Cevap vermedi, belli ki anlatacağı daha çok şey vardı. Başıma ağrılar girip çıkmaya başladı, hatta bir süre sonra başımı taşıyamaz oldum. *Kamer, canımın içi özür dilerim. Bunları yaşamış olduğun için, sana bunları yaşattıkları için ben özür dilerim. Keş-*

ke böyle bir aileye sahip olmasaydın, keşke seni hak edecek bir anneye sahip olsaydın. Ama bilemeyiz işte, ailemizi seçemeyiz.

Elimi masadan çektim ve kendime birkaç dakika mühlet verip o sudan bir yudum alıp tekrar masanın üzerine koydum. Elim ayağım deli gibi titrerken dudaklarımdaki kuruluk bir türlü dinmiyordu. Jülide Hanım her hareketimi sorgulamaya başladığında devam etti: "Kamer'e dokunmadılar…"

"Ama denediler," dedim hızla onu bölerek. "Ona zarar verdiler, onun canını yaktılar ve siz buna seyirci kaldınız! Hiç mi vicdan yok be sizde? Nasıl bir şeytansınız? Nasıl bu kadar iğrenç olabiliyorsunuz?"

Beni duymadı ve ekledi: "Pantolonla duş alıyor öyle değil mi? En azından seninleyken çünkü kalçalarında birçok iz var, ömrünün sonuna kadar geçmeyecek izler taşıyor bedeni ve bunu görmeni istemiyor muhtemelen…" Gözlerini kıstı. "Fark ettim de o aslında sana ruhunun kapılarını açmamış bile."

Bundan keyif alıyordu. Ruh hastası kadın!

"Ruh mu?" dedim ciddi ciddi. "Siz onda ruh mu bıraktınız? On yaşındaki çocuğun tertemiz ruhunu kirletip attınız be, yazık size!"

Sözlerim bir nebze de olsa canını yakmışa benziyordu, yanmalıydı da. Hızlı hızlı dudaklarımı kemirdim ve acıyla yutkunup elimi alnıma koyarak gözlerimi kapattım. Göz kapaklarım kapandığı an yaşadıklarını düşünmeye başladım. Hayır, hayır bu çok berbat bir şeydi. Ufacık elleri, bedenini kirletmeye çalışan leş bakışlara mâni olamadı. Sessiz haykırışları, sesini duyuramadı kimseye. Kamer… Bunları yaşadığın için üzgünüm. Canım canımdan sıyrılırcasına dek üzgün olacağım.

"Peki," dedim derin bir nefes alıp vererek. Elimi alnımdan çekip, gözlerimi açtım. "Başından beri sormam gereken soruyu soruyorum o zaman… Neden?" Omuzlarımı silktim. "Neden ya? Niye? Tüm bunları hak edecek ne yaptı? Bir çikolata yüzünden mi? Neden?"

Elbette bu yüzden değildi.

Jülide Hanım gözlerimin içine öyle bir baktı ki kelimeler değil bakışlar dile geldi. "Benim yüzümden."

"Efendim?" dedim idrak edemeden. Düşünmek değil, sadece söyleneni anlamak istiyordum. Zira düşünceler beni yoruyordu. Koyu kahve saçlarını eliyle geriye doğru attırdı. Bu hareketi yaparken oldukça donuk ve sakindi. "Raşit ile bir ilişkim oldu. Necdet de bunu öğrendi."

Bir çırpıda firar eden itiraflar tüm dengemi alt üst etmeyi bir kez daha başardı. Dudaklarım şaşkınca aralanırken hız kesmeden devam etti: "Necdet bunu öğrendiği zaman tepki vermedi çünkü o çok kurnaz bir adamdır, başka bir yöntem ile intikam almayı denedi ve bunu başardı."

"Kamer'i mahvederek mi?" diye sordum.

Kafasını hızla sağa sola salladı. "O Kamer'i değil, beni cezalandırmak istedi, Raşit'i kılını kıpırdatmadan öldürmek istedi."

"Boşansaydınız ya da ne bileyim başka bir şekilde..." dedim ardı ardına konuşarak. Delirecektim, aklımı ya da dengemi şaşıracaktım.

"Olamazdı, olamazdı çünkü Raşit'le olan ilişkimden bir bebeğim oldu," diye beklenmedik bir itiraf daha geldi.

Duraksadım.

Hayır... Hayır, tahmin ettiğim şey olmasın. Lütfen, yalvarırım olmasın.

"Bir dakika bir dakika," dedim kendimi geri çekerek. Dudaklarımı birbirine vurmaya başladım. "Siz evlisiniz ve eşinizi aldattınız, üstelik Raşit denen herifle. Üstelik bir de evladınız oldu..." Aklım bana bir oyun oyna, elimde avucumda ne varsa veririm ama lütfen bana bir oyun oynamış ol. Cesaretimi topladım ve Jülide Hanım'ın gözlerine baktım. "Evladınız..." Güçlükle yutkundum, daha doğrusu yutkunmaya çalıştım. "Mahir mi?"

Renkli bir avizeyi andıran gözlerinde şaşalı bakışlar yatması gerekiyordu ama onun gözlerinde patlamış bir lamba vardı. İsi yüzünün kıvrımlarına dağılırken karanlığı göz aklarına sinmişti. Yüzünü oynatmadan, beni onayladı. *"Mahir, Kamer'in kardeşi."*

Bedenimden aşağı soğuk sular dökülmeye başladı. Saçlarımın dibi yandı bu soğukta, beni âdeta bir kâbusun içine sürükledi sertliği. Gözlerimi kıstım ve belki de hayatımda bir insana daha önce hiç olmadığı kadar boş ve hissiz baktım. Birkaç saniye ya da dakika, belki daha fazla. Sorun, mühim olanın zaman değil gerçekler olmasıydı. Gerçek şu ki Kamer, düşmanı bildiği adamın oğluyla kardeşti ve bundan zerre haberi yoktu. Gerçek şu ki Mahir, leş bir herifti ve Kamer'in kardeşiydi.

"Kamer bunu bilmiyor, Raşit de öyle," dedi devam ederek. "Mahir dünyaya geldiğinde Kamer daha ufacıktı. Mahir'i bir şekilde belli bir yaşa kadar büyüttüm ama Raşit'in yanındaydı hep, şimdi karşısına dikilsem beni hatırlamaz bile ki öyle de oldu."

"Anlamadım?" dedim sersem bir şekilde. "Mahir bunu biliyor mu yani?"

"Birkaç gün önce öğrendi," dedi tok ve kuru bir sesle. Kaşlarımı çatıp evvelsi gün Mahir'in bana olan anlamsız konuşmasını hatırladım. Bahsettiği şey bu muydu? Ya da... Hayır daha fazlasını merak edemiyordum bile.

"Sonra Necdet bunu öğrendi. Raşit'ten ayrıldım ki o, benim evli olduğumu bile bilmiyordu," dedi sakince. Kadının sakinliği cidden beni ürpertiyordu. Elimi yüzüme koyarak diğer elimin tırnaklarını hızla kemirmeye başladım. Devam etti: "O günden sonra ne Mahir'i ne de Raşit'i görmedim."

"Peki," dedim elimi ağzımdan çekerek. Boğazımda sert bir yumru vardı, nefes alma alanım epey daralmıştı. Üst üste aldığım bu itiraflar altında kaldığım bir taş kütlesiydi. "Neden Kamer? Neden Mahir değil de Kamer aldı yarayı?"

Jülide Hanım muazzam derecede ölümcül bir çehreyle dudağının kenarını kıvırdı. "Necdet her zaman başka yolu tercih eden bir adam oldu. Kamer'i cezalandırdı çünkü oğlunu tanıyordu. Büyüdüğünde ona bunu yaşatanların hesabını soracaktı, böylelikle kılı dahi kıpırdaman benden ve Raşit'ten intikamını almış olacaktı ama hâlâ almış sayılmaz."

Yüzümü ekşittim. "Siz nasıl insanlarsınız Allah aşkına? Bir de bununla gurur mu duyuyorsunuz? Babası denen adam..." Yanlış bir kelime söylememek için kendimi susturmaya çalıştım ama ne fark ederdi ki? Tek bir doğruları yoktu, benim yanlış kelimelerimin ne önemi vardı? "Kamer sizi neden görmek istemiyor şimdi daha iyi anlıyorum. Üstelik tüm bunları bilmemesine rağmen."

Onda bir yara vardı. Birçok yara vardı, bedeninde, ruhunda yıllarca izi silinmeyecek darbeler almıştı. Belki o gecenin devamını hatırlamıyordu ama ona dokunmaya çalışmışlardı. Hem ruhuna hem de bedenine. "O adam," dedim sinirle. "Eşiniz... Nerede şu an?"

Asıl merak ettiğim nokta buydu zaten. Bir insan, oğlunun nerede ve ne yaptığını hiç merak etmez miydi? Başına bunca yarayı saran insanın vicdanı hiç mi sızlamazdı? "Kamer'i hiç merak etmiyor mu? Ya Şevkat Dayı bile ondan daha çok babalık yaptı be."

"Şevkat," dedi ve duraksadı. Bu isim dudaklarında emanet durmuyordu ve onu tanıyordu. "Şevkat her şeyi biliyordu ama sustu."

Dayının sözleri yankılandı kulağımda. *Yıllardır ondan sakladığım şeyler var, bana kızacak ama sen yanında olduktan sonra üstesinden gelecektir her şeyin...*

"Nasıl?"

"Her şeyi biliyordu, Mahir'in onun kardeşi olduğunu ama sustu."

Dayı kötü bir adam değildi, olamazdı da. Bunları söylemediyse Kamer'in bir delilik yapacağından korktuğu içindi. Zaten onu yıllarca durdurmaya çalışmıştı. Son nefesini Kamer'in kollarında veren o adam asla onun zararını istemezdi.

"O artık yok," dedim acıyla. "Bunları bilmemizin bir manası kalmadı," dediğim an hızla eğilip elini masaya koydu.

"Babam dediği adam yıllarca gözlerine nasıl bakmış, anlamıyor musun?"

"Bu mu savunmanız? Kendinizi böyle mi aklayacaksınız? Babası dediği adam onun iyiliği için yaptı her şeyi, peki ya öz babası? Oğlunu resmen bir buza çevirdi, onu yürüyen bir ceset yaptı," diye konuştum. Gözlerimdeki ve dilimdeki ateşle onu yakmak istiyordum.

Sertleşen ve keskinleşen yüz hatları bunca zamandır koruduğu soğukkanlı tavrını zedelerken, kendimi geri çektim ve alayla güldüm. "İşin garibi ne biliyor musunuz? Kamer'in ve Mahir'in sizin oğlunuz olması. Mahir tam da sizin gibi bir annenin evladı ama Kamer... Onu hak etmiyorsunuz, o size çok fazla."

"Laflarına dikkat et," dedi tehdit edercesine.

Anında gardımı aldım. "Bunu bana mı söylüyorsunuz? Farkında mısınız siz bir katilsiniz, benim babamı öldürdünüz. Siz benim karşınızda oturup sizi dinlediğime şükredin asıl. Belki de bu yüzden kendimi asla affetmeyeceğim ama her şey onun için. Ama siz bir katil olduğunuzu biliyorsunuz. Siz katilsiniz, katil!"

"Ona söyleyecek misin?" diye sordu sonra. Bundan delicesine korkuyordu, sonuna yaklaştığını biliyordu.

"Neyi değiştirir?" diye karşılık verdim. "Kamer'i geri getirir mi size?" Beni cevapsız bıraktı. Ekledim. "Bir gün her şeyi öğrenecek. Bunu belki ben sağlayacağım, belki siz."

"Bu yüzden senden yardım istedim, tüm bunları benden duyarsa nefreti daha da katlanacak ve tamamen kaybedeceğim onu," dedi soğuk bir sesle. Jülide Hanım'ın Kamer'i sevdiğini sanmıyordum, onun iyiliğini düşünmüyordu bile, o sadece bu işlerden en az zararla sıyrılmanın derdine düşmüştü.

"Peki," dedim dudaklarımı kemirerek. Belki saçma olacaktı ama bunu delicesine merak ediyordum. "Mahir sizi ve üstelik Kamer'in de abisi olduğunu öğrendiğinde ne tepki verdi? Mahir, babasının dövdüğü çocuğun, Kamer'in onlardan intikam almak için çabaladığının farkında bile değil."

Acı bir somut, birkaç bir şey vardı elimizde, elinde. Kamer bunca zamandır meğerse yanlış insanlara yapmış bunu, meğerse boşunaymış onun bu kini. O asıl darbeyi babasından yemişti ve bunu asla bilmiyordu.

Birbirimize benziyoruz Kamer, babalarımız güzel adamlarmış, gurur duyalım bununla.

"Hiçbir tepki vermedi," diye itiraf etti. "Bu tavrına şaşırmadım bile."

"Onun nasıl biri olduğundan haberiniz var mı? Kamer ile arasında olan münasebetin farkında mısınız?" diye sordum. Mahir gerçekten berbat bir herifti. Aytaç'ın kız arkadaşına zarar vermeseydi belki bir oluru olurdu ama yoktu işte. O asla kabul görmeyecekti. Üstelik Kamer'in kardeşi gibi gördüğü Aytaç'ın yarasının mimarı o iken.

"Birbirlerini kabullenmek zorunda değiller ama durum bu, onlar kardeş," dedi tek nefeste. Dayanamadım ve dirseklerimi masanın üzerine koyup, ellerimi şakaklarıma götürdüm. Şu an tek yönüm ona bakıyordu. Olmuşlara, olacaklara... Ne olacaktı şimdi? Tüm bu gerçekler başı hazırlamak yerine ya sonumuzu hazırlıyorsa?

"Sana bunları anlatmam gerekiyordu," dedi. "Kamer'i yumuşatman gerek..." dediği an ellerimi şakaklarımdan indirip kirpiklerimin altından kızgın kızgın kadının soğuk çehresine baktım.

"Böyle bir zorunluluğum yok, bunu siz düşünün. Ha!" dedim toparlanarak. "Onun yanında olacağım. Hani sizin yapmadığınız şeyi."

Ayaklandığımda bana bakmak yerine karşıya bakıyordu ve baktığı yerde sadece boş bir duvar vardı. İnsanlar zaten hep kolaya kaçarlardı. Kim karalı ve boyalı duvarı izlemek ister, kim bu karmaşayı kaldırabilirdi ki? Sadelik ve dinginlik herkesin aradığı olağan bir durumdu. Oysa bunu hak etmeyenler en çok bunu yapanlardı.

Kafeden çıktığım gibi elimi koyup dayanabileceğim bir yer aradım zira ayaklarımın beni taşıyacağını pek sanmıyordum. Zihnim öylesine düğüm olmuştu ki ipin neresinden tutup o düğümü nasıl açmam gerektiği hakkında zerre fikir sahibi değildim. Babası, yaşadıkları, Mahir... Hangi birine akıl sır erdireyim, hangi birinin olur tarafından bakayım, bilmiyordum... Aslında cevap hiçbirinin... Tüm bunlar derin bir bok çukurundan başka bir şey değildi.

Tüm bunlar koca bir yalanın ortasında yaşayan Kamer'in acı gerçekleriydi.

Gücümü toparlamaya çalıştım. Usul usul yürümeye başladım. Eve nasıl gideceğim konusunda pek bir fikrim yoktu zaten eve bu halde nasıl giderdim? Kapalı olan telefonumu açtığımda, elim ardı ardına titreyen bildirimlere kurban gitti. Çetin'den, Şebnem'den ve Kamer'den sayamayacağım kadar bildirim vardı. Mesajları okumadım bile. Rehbere girip Alper'i aradım. Şu an için tek gücüm oydu.

Birkaç saniye sonra açtığında, sesini işittim. "Abla!"

Ağlamamak için dudaklarımı ısırıp bir süre bekledim. Sanırım bu her şeyin üst üste gelmesinden olan duygusallığın var ettiği durumdu. "Abla orada mısın?" diye sordu varlığımı tenkit edercesine.

"Buradayım," dedim derin bir nefes alarak. Ardından kaldırıma çıktım, etraf gürültülüydü ve hava iyice kapatıyordu mavisini. "Sesini duymak istedim sadece."

"Dışarıda mısın sen?" diye sorduğunda, "Hı-hı," dedim hızla. "Bir hava almak istedim. Yanına gelmeyi istiyordum aslında ama başka bir gün geleceğim, tamam mı?"

"Sorun değil, sen iyi ol yeter," diye yanıtladı. "Bir sorun yok değil mi? Sesin biraz kötü geliyor," diye devam ettiğinde, şüphe teşkil etmemesi açısından seri bir cevap verdim. "Hayır Alper, gayet iyiyim ben. Sadece biraz sıkıldım öyle hava alayım dedim."

"Kamer abi yok mu yanında?" diye sordu kısık sesiyle.

"Hayır, çalışıyor o," diye yanıt verdim.

"Anladım."

"Sen nasılsın Alper? Derslerin, tatilin nasıl gidiyor? Seninle tatile çıkacaktık ama bunu ertelemek zorunda kaldım, üzgünüm," dedim sıkıntılı bir ses tonuyla.

"Abla, ne tatili Allah aşkına ya, boş ver sen beni. Ben iyiyim, yurdun kursuna gidiyorum bazen değişik şeyler yapıyoruz. Çok iyiyim inan. Sen sakın beni düşünme tamam mı?"

"Nasıl düşünmem Alper?" diye çıkıştım. Ona yetemiyordum, ihtiyacı olduğunda yanında olamıyordum. Bu zaten vicdanımı bir hayli kanatıyordu.

"Abla ben iyiyim diyorum!" dedi Alper yumuşak bir sesle. "Büyüdüm ve büyüyorum. Asıl bu saatten sonra sana bakmak, arayıp sormak benim görevim. Bunca yıl çektin beni zaten, daha fazlasına mühim yok, cidden."

"O nasıl laf öyle? Kardeşimsin sen benim, bunun hesabını yapma bir daha," diye söylendim. Art niyeti yoktu sadece babamın yokluğunu hissettirmemeye çalışıyordu. Hoş, sanki boşluğu dolacak bir babam vardı da. Aramızda huzurumu kaçıran bir sessizlik oluştuğunda gülümsedim. Artık bunu ne kadar içime sindirebildiysem, gülümsemeye çalıştım. "Eee? Şu kız... Şirin'di değil mi adı?" diye sordum.

"Abla!" diye uyardı. Yanımda olsaydı, gözlerini kaçırdığını ve yanaklarının kızardığını görürdüm. Ama bunu hayal etmek bile görmek kadar yeterli olmuştu. "Ne abla?" dedim sahte bir sinirle. "Hadi, bana biraz ondan bahset."

"Utandırmaya mı meyillisin?" diye sordu kısık sesiyle.

"Evet," diye yanıtladım hızla. "Hadi Alper, bana biraz anlatsana onu."

Sustu birkaç saniye. Kardeşim ilk kez birine karşı bir şeyler hissediyordu ve bunu benimle paylaşacak olması çok güzeldi. "Henüz konuşamadım. Yani Ankara'da değil, tatile çıkmış ailesiyle... Şey, onu Instagram'dan takip ediyorum da."

"Ne?" dedim gözlerimi irileştirerek. "Sen Instagram hesabı mı açtın?"

"Hı hı," dedi sessizce. Alper için bu tür mecralar boş ve gereksiz şeylerdi. O sadece dersleriyle ve kendiyle alakalıydı. Ama oluyormuş işte, hayatımızdaki gerekli insanlar bazı gereksiz şeyleri bile çekilir kılıyormuş. "Ama çok fotoğrafım yok," dedi hızla. "Sadece takipleşiyoruz."

"Fotoğraflarını beğeniyor mu bari?"

"Hayır," dedi bozularak.

"Peki sen onunkileri beğeniyor musun?" diye sordum.

"Evet... Abla çok güzel, bir görsen. Sadece fotoğraflarına bakıyorum uzun uzun, bu kadarıyla yetiniyorum."

"Ya sen bayağı yaktın abayı bakıyorum da," dedim onu kızdırmaya çalışarak.

"Abartma abla, öyle hoş kız yani," dedi kaçamak cevaplarla.

"Peki ne zaman karşısına çıkacaksın?" diye sordum. "Yani sonuna kadar fotoğraflarını beğenecek halin yok herhalde."

"Bilmiyorum," dedi kuru bir sesle. "Sanki hayatıma birini almaktan korkuyorum. Sanki birinin hayatına girmeye çekiniyorum. Sonuçta bir sen kaldın bana, başka kimsem yok ki. Nasıl sevilir, nasıl güzel şeyler söylenir bilmem ben."

Alper'in söylediği şeyleri işitince yürümeyi bıraktım ve bir evin çitlerine tutundum. "Sen çok güzel bir çocuksun," dedim iç çekerek. "İnan bana birini sevmek için güzel şeyler söylemen gerekmiyor, ona sadece bak. Çünkü senin bakışlarında kötülüğün zerresi yok. Lütfen bunu kendine yapma."

"Hayır," dedi itiraz ederek. "Yapmıyorum sadece çekiniyorum abla, anlasana işte. Ya başka birisi varsa aklında, ya beni umursamazsa?"

"Bunları sormadan bilemezsin öyle değil mi? Kalbin ne diyorsa ona kulak ver, gerisi boş."

"Sen de böyle mi yaptın?" diye sorduğunda, doğruldum ve dudağımın içini ısırdım. "Sıra bana geldiğine göre konu kapanmıştır." Daha sonra güldüm çünkü ciddiyete vurdurmak istemedim. Hava da git gide kararıyordu. "Alper, sonra konuşalım olur mu? Hava iyice karardı da."

"Tamam, hadi gir artık içeri sen de," diye konuştu. "Kendine dikkat et."

"Sen de," diyerek telefonu kapattım. Daha sonra telefonu cebime koyarak ellerimi kapüşonumun ceplerine soktum. Tabelalara bakarak evimin yolunu bulmaya çalıştım. Bir acelem yoktu ama çok da geçe kalmak istemiyordum. Ne de olsa bir bekleyenim yoktu.

Kaç dakika yürümüştüm bilmiyorum ama nihayetinde mahalleye girmiştim. Ellerimi kapüşonumun cebinden çıkarmadan yürüdüm bir süre daha ve sonunda evime ulaştım. Dalgın dalgın yürürken aniden duraksadım. Başımı usulca kaldırdığımda Kamer'in kara gözleriyle karşılaştım. Merdivenlere oturmuştu yine, beni beklemişti. Kalbim deli gibi atmaya başladı. Buna engel olamamıştım. Yavaşça ayaklandı ve hareket etmeden öylece durdu.

Saçları darmadağındı. Yüzü solmuş, dudakları kurumuştu. Eline baktırmamıştı bile, hâlâ parmak boğumlarında kurumuş kan lekeleri mevcuttu. Değişmeyen tek şey, bakışlarıydı. Şefkatli, mesafeli ama hep sıcacıktı.

Ellerimi cebimden çıkardım. Dudaklarımda bir sızı vardı, öpse geçer miydi? Kalbimde bir yara vardı, sevse iyileşir miydi? Ruhumda izler vardı, dokunsa siler miydi? Peki ya canım, canımda bir can daha vardı sarılsam canımdan can gider miydi?

Bana öyle bir bakıyordu ki... *Tamam, bitti her şey, bitsin bu saçmalık gel hadi, açtım kollarımı yalvarırım gel,* der gibiydi.

Ve durduramadım kendimi. Dolan gözlerime meydan okumadan onlara ayak uydurdum ve koştum ona doğru. Beni beklemedi, bana geldi. Hızla indi o merdivenleri ve sardı bedenimi. Kollarım ne ara kavramıştı sırtını, dudaklarım ne ara bulmuştu boynunu bilmiyorum... Tek bildiğim onu delicesine sevip, delicesine özlediğimdi.

Ağlamamak için dudaklarımı birbirine kenetledim. Elleri hiç rahat durmadı. Sırtımda gezindi, sonra enseme yaklaştı ama asla saçlarıma değdirmedi. *Yapma Kamer, lütfen fark etme onları.* Ilık nefesi omuzlarıma dökülürken, parmak uçlarımda doğruldum ve dudaklarımı boynuna bastırdım. Öpmedim sadece dokundum. Belki bu sayede ağlamazdım da.

"Seni çok özledim," dedi acı çeker gibi. Ses titriyordu, sesi ikimizi de titretiyordu. Kalbim sıkışıyordu dur durak bilmeden. Acele eder gibi son nefesini veriyormuş gibi devam etti: "Bir daha sana sarılamayacağım sandım, gittin sandım. Kaç saattir buradayım, öldüm sandım."

Konuşamadım. Ne diyebilir, ne söyleyebilirdim ki? Mühim olan affetmek veyahut bu ayrılığa son vermek değildi, ben sadece ona sarılmak istedim. Onun bana ihtiyacı olduğunu biliyordum çünkü benim de ona ihtiyacım vardı.

Birkaç dakika belki daha fazla hiç ayrılmadı bedenlerimiz. Kimse umurumda değildi, hiç kimse zerre ilgimi çekmiyordu. Kalp atışlarını duyuyordum sanki benimkiler gibi atıyordu. Sert ve hızlıydı. Sonra usul usul kaydı kollarımız birbirinin arasından. Kamer hemen şakaklarımı kavradı ve alnını alnıma yasladı. Başparmağıyla yanaklarımı okşarken, gözlerini kapatıp derince soludu tenimi. *Dayanamıyorum, lütfen bize bunu yapma.*

"Kamer," dedim tiz bir sesle. Adını söylemeyi seviyorum, sana ait olan her şeyi seviyorum ben. Acıyla gözlerimi kapattım ve şakaklarımda olan ellerinin üzerine koydum ellerimi. Buz gibiydi ama üşütmemişti. Ellerim korkarcasına ellerine dokunurken yutkundum. "Lütfen... Git."

Duraksadı. Yanağımda gezinen parmakları hareket etmedi bir daha. Ağlayamadım. Sadece doğrusunun bu olduğunu biliyordum. Özür dilerim, gitme diyemem ama kalma benimle. Çünkü kalırsan eğer bakamam gözlerine, ağlarım ve ben ağladıkça öldürürüm seni, acı çekeriz.

"Gidemem," diye fısıldadı. "Gidemiyorum."

"Lütfen," dedim sessizce. Hem duysun istiyor hem de konuşmak istemiyordum. Alnımı çektim alnından, bakamadım gözlerine. Bakarsam eğer pes ederdim. Bakarsam eğer ölürdüm, gözlerinde görürdüm bir musalla taşı. Bakarsam şayet, on yaşındaki çocuğun haykırışlarını işitir ona yardım edememenin acısını çekerdim.

Bir adım geriye gittim, gözlerine sahiden bakamıyordum. Gözlerime baktığını hissediyordum hem de tüm benliğimle. "Bu kadar mı kaybettim seni?" diye sordu. "Gözlerime bile bakamayacak kadar mı?"

Sesindeki acının ritmi kulaklarıma çarptı. Yapamam diye tekrar ettim defalarca. Art arda özür diledim hem kendimden hem de ondan. "Gözlerime bak," diye konuştu. Nefesim kesiliyordu. Bakamıyordum, buna direnmek ona karşı koymak hep zor olmuştu ve hâlâ da öyleydi. "Lütfen, bak bana," diye tekrar etti. Amansızca kendimi sıkmaya başladım, ona karşı koyamasam da kendime direnmeye çalıştım. Parmaklarıyla çenemi çehresine doğrulttu. "Aymira, bak gözlerimin içine."

Parmakları çenemi narince tutarken, gözlerimdeki kızarıklığı fark etmişti. Kara incilerini kısarak fısıldadı. "Seni bu hale ben mi getirdim?" Cevap veremedim. Hayır diyemedim. Kamer, ben şu an nasıl hissetmem gerektiğini bile bilmiyorum. Sorma daha fazla. "Hı?" diye üsteledi. Sonra bakışları saçlarıma kaydı, ürperdim. "Bu fuları çok sevmişsin anlaşılan, daha önce saçlarına bir şey taktığını görmemiştim," diye konuşup elini saçlarıma uzattı.

Hızla geriye ittim kendimi. "Dokunma!"

Elleri havada kalırken, gözleri boşlukta sallandı. Ürktü, korktu. Şaşkınlıkla bakmaya başladı. Hayır, öyle söylemek istemedim lütfen bakma bana öyle. Kaşlarını çattı, sonra yüzünü hüzne çevirdi sakince. Dudaklarım titrerken kafamı eğdim hafifçe. "Git... Lütfen."

Konuşamadı. Duramadım daha fazla. Döndüm arkamı ve koşarak kapıya çıktım. Anahtarları cebimden çıkarıp alelacele doğrusunu bulmaya çalıştım. "Gitmiyorum lan," diye bağırdı. Gözlerimi kapatıp, dişlerimi dudaklarıma geçirdim. "Gitmeyeceğim de. Bana bir kez gülmeden, bir kez daha sarılmadan gitmeyeceğim. Seni bu kadar kolayca bırakmam. Zor buldum, kolay kaybedemem."

Sesi gür çıkarken gözlerimden akan yaşlara karıştı ruhumun sancısı. "Gir içeri şimdi. Ama çıkacaksın biliyorum. Ne kadar sürerse sürsün bekleyeceğim... Son bir nefesim kaldıysa onu da senin kapında harcayacağım. Hadi gir içeri, gitmiyorum hiçbir yere ben."

Duraksadım yine. Ama dönemedim arkamı. Yapamadım. Kalbim başka aklım başka sözler iliştiriyordu bana. Kalbim kal dese aklım git diyordu. Bugün ne olmuştu sahi? Kamer'i dinlemiştim. Ondan başka herkesin ağzından onu dinlemiştim. Annesinden, babasından ve kardeşinden... Peki beni bu derece ikileme sokan şeyin adı neydi? Korku mu? Yenilgi mi? Yoksa bilinmezlik mi? Neydi bu yaşadığım?

Nefesini ensemde hissediyordum sanki ama uzağımdaydı. Gözlerimi sildim ve derin bir nefes alıp çenemi omzumun üzerine koyup işitebileceği bir biçimde konuştum: "Boşuna bekleme."

Sonra anahtarı hızla çevirip içeri girdim. Kapıyı kapatır kapatmaz banyoya koştum ve hıçkırıklarımı özgür bıraktım. Nefret ediyorum kendimden, ondan, bizden nefret ediyorum. Nefret ediyorum ona bunu yaşatanlardan, onun kalbini kıranlardan... Ona zarar veren herkesten nefret ediyorum ama en çok da kendimden. Çaresizce eğildim ve sesimin odanın içinde boğulmasına müsaade etmeden avuçlarımın arasına hapsettim hıçkırıklarımı. Gözlerimden yaş değil de kan akıyordu sanki. Gözyaşı dokunduğu her yeri yakmayı nasıl başarıyordu? Nasıl paramparça edebiliyordu beni böyle? Yoksa gözyaşı tenimizdeki acıyı silerken aslında onu ruhumuza mı bırakıyordu?

Olduğum yerde ağladım, ağladım, ağladım. Eğer ki bazı şeylerin düzelebileceğini bilseydim daha çok ağlardım.

Evin içi giderek kararmaya başlıyordu. Elektrikler yoktu çünkü faturasını hâlâ ödememiştim ve bu gidişle bir süre daha elektriksiz kalacaktım. Gücümü topladım ve aynaya baktım, lakin yüzümü zar zor görüyordum. Darmadağın olan saçlarım epey yorgun düşmüştü. Saçımdan düşen fuları aldım ve omzumun üzerine koydum sonra vakit kaybetmeksizin saçlarımı sımsıkı topladım. Bu duruma giderek alışıyordum, zorundaydım. Topladığım saçlarımın azlığı belli olmasın diye -fark etmesin diye- fuları tekrar bandaj gibi kafama sardım.

Gözlerimin altını parmağımla silerken dudaklarıma yapay bir tebessüm yerleştirip banyodan çıktım. Gittiğim ilk yer perde önü oldu. Acaba gitmiş miydi? Ellerim usulca ve ürkekçe perdeyi kavrarken, yutkunarak hafifçe sıyırdım.

Gitmemişti.

Merdivenlere oturmuş öylece bekliyordu. Bacağının tekini iki basamak alta koymuştu, diğerini de onun bir basamak altına. Omuzlarımı düşürdüm ve yenilmemek için perdeyi kapattım. Hava epey kararmıştı. Şimdilik mumları yakmayacaktım ama telefonun şarjı da çok az kalmıştı. Mutfağa gittim ve Şebnem'in evvelsi gün getirdiği paketi açtım. İçerisinde poğaça, bir miktar demlenmemiş çay ve şeker vardı. Yanında da kahvaltılık ürünler. Acıkmıştım. Onun da acıktığını biliyordum.

Beklemeden ocağa çay suyu koydum. Daha sonra elime geçen tabaklara poğaçaları yerleştirdim. Bayatlamamıştı ama taze de sayılmazdı. Mühim değildi. Kısa bir süre sonra çayı demledim ve suyunun kaynamasını bekledim. O sırada tekrar salona gittim. Sehpanın üzerinde duran telefonum titremeye başladı. Arayan Şebnem'di.

"Efendim?" diye yanıtladım direkt. "Hele şükür kızım be," dedi nefesini dışarı vererek. "Öldüm öldüm dirildim. Telefonun niye kapalıydı tüm gün?"

"Şarjı bitmesin diye kapatmıştım," dedim bıkkınlıkla.

"Elektrikler olmayınca tabii," diye ekledi hemen. "Yemek yedin mi?" diye sordu sonra.

"Yiyeceğim birazdan," dedim sakince.

"Tamam, bugün idare et, yarın sabah uğrayacağım yanına," dediğinde gözlerimi kıstım.

"Seni de zora sokuyorum anca," dediğimde anında kızdı. "He geri zekâlı, çok zor durumdayım anlatamam."

"Şebnem, teşekkür ederim."

"Ya bırak teşekkürü falan da," dedi geçiştirerek. "Nerede o?"

"Kim?" dedim bilmezlikten gelerek.

"Bakkal Rüstem," dedi ters ters. Gözlerini devirdiğini tahmin edebiliyordum. "Aymira! Kamer nerede?"

"Dışarıda," dedim hızla. Bu çok ani olmuştu. "Kapının önünde."

"Ne?" dedi fazlaca tepki vererek. "Sen de evdesin? Ne yapıyorsun sen ya? Paravanın kalkmasını falan mı bekliyorsun? Alsana kızım çocuğu içeri."

"Şebnem... Deme öyle lütfen," dedim belli belirsiz bir şeyler konuşarak. "Yapamıyorum, nasıl yapacağımı bilmiyorum." Bir yanım siyah ve bir yanım beyazdı. Ve ben grinin içinde boğulmak üzereydim.

"Ben sana anlatayım nasıl yapacağını. Kapıya git ve elini kapı koluna götür sonra onu sağa doğru bük... Hoppala, işte bitti. Bu kadar."

"Şebnem!" dedim sahte bir öfkeyle.

"Ne Şebnem? Ne? Aranızda ne yaşandı bilmiyorum ama çocuk hatasını anlamış ve kapına kadar gelmiş. Onu seviyorsun, belli ki o da sana karşı boş değil. E neyin inadı bu? Ulan sigara içsem bu gece size yakardım he." Kısa bir sessizlik yaşandı. "Çetin sigara içiyordu dur ona söyleyeyim de benim yerime de yaksın bir tane."

"Allah Allah," dedim hayretle. "Çetin'e söylermiş. Siz ne ara böyle oldunuz?"

Gerildiğini hissettim. "Ay lafın gelişi söyledim be, sen de hemen laf atacak yer arıyorsun..." Sessiz kaldım. "Neyse, eve geldim ben şimdi, sonra konuşalım," deyip sessizce konuştu. "Sen de al şu çocuğu içeri. Yazık, günah be."

"Görüşürüz Şebnem," dedim homurdanarak ve telefonu kapatıp sehpanın üzerine koydum. Daha sonra tekrar mutfağa gittim ve iki tane çay bardağı koydum masanın üzerine ama çay kaşığı koymadım çünkü o şekersiz içerdi ve beni de buna alıştırmıştı. Duraksadım ve saf saf yaptığım şeylere baktım. Masanın üzerinde iki tane çay bardağı vardı. Biri benim biri onun için.

Farkında olmadan kabullenmişim seni, tıpkı farkında olmadan sevdiğim gibi.

Fokurdayan çaydanlığın altını kıstım ve bir mum yakıp masanın köşesine koydum. Çok romantikti, evet kesinlikle öyleydi. Odanın içi ışınlanırken, derin bir nefes alıp mutfaktan çıktım. Aç olduğunu biliyordum, üstelik doğru düzgün uyku uyumadığını da biliyordum. Ona bunu yapmaya hakkım yoktu. Kapıya yaklaştım, nefesimi tutarak kapıyı sakince açtım. Bedenime nüfuz eden hafif esen hava dalgınlığımı örselerken, Kamer'in hareketsiz bir biçimde durduğunu gördüm. Arkasında olduğumu anlamıştı.

"Çay demledim," dedim sessizce. "Sen seversin." Çenesini omzuna doğru uzattı ve gözlerime bakmadan beni görmeye çalıştı. "Hem için ısınır biraz..." Dudaklarımdan firar eden bu kelimeler nedensizce kalbimi titretmişti.

Ayaklandı, göğsüm daraldı.

Bana döndü ve gözlerime baktı. Gözlerine baktım. Karanlıkta yüzünü seçmekte zorlansam da kara elmaslarının attığı nabzı tüm benliğimle hissediyordum. Sonra yanıma geldi ve karşımda durdu. Aramızda birkaç santim vardı ama uçurumdan farksızdı bu mesafe. Suskunluğumuzun manasızlığı bir son verip geri geri giderek içeri girdim ve onun da girmesi için yer verdim.

Tereddüt ederek içeri girdiğinde kapıyı kapattım ve ellerimle oynamaya başladım. "Işıklar neden kapalı?" diye sordu düz bir sesle.

"Sevmiyorum," diye yanıtladım. Ona bu durumdan bahsetmek istemedim. Konuşacak, kafa yoracak onlarca şey varken bu konulara parmak basmak bile safçaydı.

Kamer'in buraya üçüncü gelişiydi. İlkinde beraberdik, ikincisinde beni kurtarmıştı, üçüncüsünde beni bırakmıştı. Ama yine beraberdik.

Çayları koymaya başladım. Nasıl davranacağımı bilmiyordum. Yüzüne bakmaya korkuyordum çünkü sabah yaşadıklarım, geçmişi hakkında öğrendiklerim beni huzursuz etmişti. Yaşadığı şeyleri gözlerinde yeniden ve yeniden görmek bize sadece ıstırap verecekti. Çaydanlığı yerine bırakırken, sandalyemi çektim ve oturdum. Kamer hâlâ ayakta dikiliyordu. "Otursana," diye söylendim. Sanırım çekiniyordu çünkü şu an aramızdaki şeyler farklıydı. Her şey ikimizin de tek bir hareketine bakıyordu. Ya kırmak ya da toplamak için.

Sandalyesini çekti ve oturdu. Mum ışığı tavana vururken, duvara yansıyan gölgelerimize baktım. Kirpiklerinin gölgesi bile düşmüştü. Gülümsedim. Bunu fark etti. "Saklama gülüşünü."

Toparlandım ve önüme döndüm. "Gülümsemedim."

"Gördüm," diye itiraf etti. "Yoksa içim saatler sonra ilk defa böyle olmazdı."

"Nasıl ki şimdi?" diye sordum kaçamak bakışlarla.

Bana baktığını biliyordum. "Hiç olmadığı kadar sıcak."

"Çayını iç, soğumasın."

Poğaçamdan bir ısırık alırken, ardından damağımı sıcak çayla şenlendirdim. Kamer de bunu yapmıştı. Acıktığını biliyordum ve yememek için ısrarda bulunsa bile yemesi için diretecektim. Hiç konuşmadan bir şeyler yemiştik. Sonra çayındaki son yudumu içti ve masanın üzerine bıraktı. "Ellerine sağlık," diye konuştu. Sesi öylesine mesafeli ve düzdü ki en ufak bir renk kaymasının kötü şeylere sebebiyet vermesinden korkar gibiydi.

"Afiyet olsun," dedim sakince.

"Seni çok kırdım," dedi pürüzlü bir sesle. Sesindeki sisler hislerini saklayamıyordu. "Seni tahmin ettiğimden daha fazla kırdım, değil mi?" diye sordu.

"Bunun cevabını öğrenmen hiçbir işe yaramayacak," diye itirafta bulundum. Ona bakarken bakışlarımın değiştiğini fark ettim. Öğrendiklerim ağır ve fazla gelmişti, şimdiden bunca sırrı tek başıma nasıl taşıyacağımın derdine düşmüştüm.

Dudaklarını birbirine bastırdı ve gülümsedi fakat yanağına doğru tırmanan şey çiçekler değil dikenlerdi. Konuşacak gibi oldu ama bunu erteledi. İkimizde saf saf bakındık birbirimize. *Saçlarımın uçları sızlıyor Kamer, nedendir bilmem. Saçlarımın uçları acıyor Kamer, yarası mı vardır bilmem. Saçlarım ağlıyor Kamer, adını bilirim bunun, sen diye diye.*

Sonra kalktım masadan ve alelacele etrafı toplamaya başladım. Kamer oturduğu yerden kalkmadan, öylece kafasını duvara yasladı ve kısılan gözleriyle beni izlemeye başladı. "Biri beni izlerken, yaptığım işe odaklanamam. Bakmaz mısın lütfen?" dedim homurdanarak.

Yutkundu. "Yo, çok güzel odaklanıyorsun."

Kendi kendime sabır çektim ve etrafı çabucak topladım. Masanın üzerindeki mum usul usul dibi görürken, Kamer ayaklandı ve prize bastı. "Karanlıkta nasıl iş yapıyorsun?" Daha sonra elektriklerin olmadığını fark etti. "Elektrikler mi kesik?"

Onu cevapsız bıraktım. Üzerime geldi. "Ne zamandır?"

"Bilmiyorum," dedim sakince. "Elektrik bu, gider ve gelir."

Tavrımdan tatmin olmamıştı ve mutfağın perdesine yaklaşıp, ta ilerideki evlerin ışığına ve köşedeki sokak lambasına baktı. "Anlaşılan o ki bu sistemden kaynaklı bir durum değil." Huzursuzca soluklandım ve omzumu silktim. Arkasını döndü. "Elektrik olmadan mı kaldın? Neden bana söylemedin?"

"Neden söyleyeyim ki?" diye çıkıştım. "Bu kadarına müdahale etmene asla izin vermem."

Bana dik dik baktı. Dışarıdan sızan ışık yüzüne çarpıyor, yüzüne baktıkça nefesimi yitiriyordum. "Hem sen gitmiyor musun? Hadi git," diye zorladım onu.

"Ne fark eder ki?" dedi bıkkın bir tavırla. "İki metre uzağında olacağım zaten."

"Ya Kamer, yapma artık şunu. Bırak biraz nefes alayım, git sen de nefes al," dedim düz sesimle.

Gözlerini kısarak yüzünü ekşitti. "Lan ne yapma ne yapma? Neyin nefesi bu anasını satayım?" Üzerime yaklaşarak, elini göğsüne vurdu. "Yok anladın mı? Sen yoksan nefes de yok."

"Bağırma," dedim dişlerimi sıkarak.

"Bağırmıyorum," dedi yüksek sesle.

"Şu an ne yapıyorsun peki?" diye sordum aynı şekilde.

"Bağırmadığımı iddia ediyorum."

"Sabır ver Allah'ım," dedim iç çekerek.

Hızla kafasını aşağı yukarı salladı. "Bence de. Gani gani."

Elini göğsünden çekerken, parmak aralarından ve elinin yüzeyinden sızan kandamlalarını gördüm. Endişeyle gözlerimi aralarken, "Elin kanıyor," dedim.

Hızla elini indirdi ve umursamadı. "Kanayabilir."

"Ruh hastası," dedim sert sert. "İçeri geç, ben de birkaç parça bir şey bulup geleyim de sarayım."

"Olur," diye ekledi anında. Gözlerimi devirirken güldüğünü gördüm. Gülmesene şöyle, içim gidiyor. Kısa bir süre sonra çıktım mutfaktan ve banyoya gittim. Bizim evde o tür şeyler olmazdı pek. Yani tentürdiyot olsun, sargı bezi olsun. Odama gittim ve karanlıkta görebildiğim kadarıyla dolabımın kapağını açtım. Zaten çok da değerli şeylerim yoktu. Bir tişört bulup onu yırttım. Ardından vakit kaybetmeden, elimde ufak bir pamuk ve su dolu kapla salona gittim.

Kamer koltuğa oturmuştu. "Ateşin var mı?" diye sordum sonra düzelttim. "Tabii ki var. Verir misin şu mumları yakayım?"

"Romantik ortam hazırlamak için hiçbir fırsatı kaçırmıyorsun," diye konuştu, mayhoş mayhoş.

"Ya öyle böyle romantik değil," dedim onu alaya alarak. Daha sonra cebinden Zippo çakmağını çıkardı ve mumları yaktı. Mumlar odaya anında ışık verirken, onları sehpanın üzerine koyup yanına oturdum. Önüme koyduğum su dolu kabın içine bir miktar pamuk daldırıp onları ıslattım. Pamuklar ıslanınca kafamı kaldırdım. Kamer kafasını koltuğun sırtına koymuş, öylece gözlerimin içine bakıyordu. "Elini uzatır mısın?" diye sordum kısık sesimle. Yavaşça elini uzattı. Uzattığı eli kavradım, teni buz gibiydi. Yüzüm ekşirken, "Canın acımıyor mu Allah aşkına? Sana gidip baktırmanı söylemiştim," dedim.

"Senin bakmanı bekledim," dedi usulca. "İlk defa sabrım güzel bir yanıt verdi." Ardından iç çekti. "Hem de çok güzel."

"Sen beklemedin, ben izin vermedim," dediğimde kaşlarını çattı.

"Neye izin vermedin?"

İster istemez gerildim ve kaşlarımı havaya kaldırdım. "Mikroptan ölüp gitmene. Sana afili bir ölüm yakışır, ufacık bir mikrop... Komik."

"Sorun yok," dedi. "Gayet afili birisin."

Sonra ikimiz de sustuk. Mumun dalgalandığı tavanda nefeslerimizin gölgesi vardı. Bunun daha fazla büyümesine müsaade etmeden elini silmeye başladım. Kesiği tam göremesem de epey derin ve büyük olduğunu düşünüyordum. Üstelik sadece tek bir yerde değildi, irili ufaklı elinin çerçevesinde cam kesiğinin izleri vardı.

Pamuklar bir hayli kirlenirken pıhtılaşan kan yeniden akım kazandı fakat bunu önlemek adına yırttığım tişörtü elinin altına koydum ve sonra yavaşça onu avucunun içine bastırdım. Çaktırmadan gözlerine baktığım vakit bana bakarken yakaladım. "Acımıyor, devam et," dedi. Sessiz kaldım ve yavaşça tişört parçasını eline dolamaya başladım.

Kısa bir zaman sonra elini sardım ve derin bir nefes alıp doğruldum. "Bitti."

"Delireceğim," diye konuştu. Boşluğa düştüm, sonra devam etti: "Güzelliğinden."

Pozisyonunu hiç bozmamış, sadece sardığım elini çekmeden elimi kavramıştı. Gözlerimi kapattım. Teni tenimi tanımaya başladı. Buna neden izin veriyordum bilmiyordum ama ona dayanamıyordum. Gözlerindeki kıvılcımın büyümesini istemiyordum. Ona bakınca çocukluğu yara bere içinde geçmiş bir adamdan çok, ruhu sönmüş bir adam görüyordum.

Elimi tuttu, gözlerimi açmadan kafamı koltuğun sırtına koydum ve sonra açtım gözlerimi. İkimiz de göz bebeklerimizin içine bakmaya başladık. Çok yakındık, hem de çok. Yüzündeki çizgileri sayabilirdim, gözlerinin altındaki çukurda ölebilirdim. Onu sadece izleyerek bile sevebilirdim.

"Anladım ki," dedi sakince. Sesi tenimde yıkandı. Hareket edemedim, gözlerini çehremin kıvrımlarında gezdirmeye başladı. Duracağı yerin saçlarım olmamasını diledim. "Anladım ki, benim senden sonram diye bir şeyim olmayacak. Sonum da, sonram da hep sen olacaksın."

"Peki ya aynı şeyler benim için geçerli değilse?" diye söyledim. Bunu kalbimle değil, yalnızca dudaklarımla yapmıştım.

Gülümsedi ama acıtmıştı bu. "Bırakmam ki."

"Ama bıraktın. Bak, buradayım ben," dedim.

"Ama peşinden geldim. Bak, yanındayım ben," dedi.

Gözleri yorgun düşüyordu, sözlerinin aksine. Kalbim yenik düşüyordu, fikirlerimin tersine. Elimi bırakmadan diğer elini yanağıma götürdü ve tıpkı bir bebeğe dokunurmuş gibi okşadı. "Sana istediğim zaman dokunabilmek, bakabilmek... Asıl özgürlük bu."

"Özgür değiliz," dedim sessizce.

"Öyleyiz," dedi sonra. Gözlerimin içinden kayan gözleri dudaklarıma indi. Yanaklarım ısınmaya başlarken kalbimin ritmi arttı. Gözlerini kıstı yavaşça sonra başını kaldırıp yüzüme doğru yaklaştı. Kilitlenip kalmıştım. Yutkunamıyordum bile. İyice yüzüme yaklaştığında dudakları dudaklarımın üzerine değmek üzereyken durdurdum onu ama konuşunca değmişti dudaklarımız birbirine.

"Yapma," dedim acı çeker gibi.

"Elimde değil," dedi fısıldayarak. "Seni özlemeden duramıyorum."

Yutkundum ve bunu fark etti. "Lütfen, sadece bir öpücük..." Cevapsız bıraktığımda yeniden denedi şansını ama bu seferki ses tonu daha kısıktı. "Lütfen."

Gözlerimi kırptığımda kirpiklerimiz birbirine değdi ve ne olduğunu anlamadan dudaklarımız birbirinin oldu. Karnım ağrımaya, parmak uçlarım titremeye başladı. Kamer zerre ağırlığını vermeden öptü beni. Ama dudaklarımı zorlamadı sadece öptü. Elim saçlarına gitti ürkekçe ve saç diplerine dokundum. O sırada dudaklarını araladı. Üst dudağı alt dudağımı öpmeye başladığında ona karşılık vermeye başladım.

Her geçen saniye baskısını artırıyor, arzusunu belli ediyordu. Keza ben de öyle. Ağırlığını hissetmeye başlamıştım. Başımı geriye doğru çekerken üzerime doğru geldi. Bu esnada dudaklarımız birkaç saniyeliğine birbirinden ayrılmıştı. Ama hiç vakit kaybetmeden yeniden buldu dudaklarımı. Şu an tek dileğim, başımdaki fuların çözülmemesiydi. En azından ortam epey loştu ve bunu fark etmemesi için elimden gelen her şeyi yapacaktım. Evet, eninde sonunda görecekti ama buna hazır değildim. Yeniden yıkılmaya, yıkmaya hazır olamıyordum.

Eli yüzümü kavramıştı ve parmakları kulağımın dibine doğru kaymıştı. Beni öpmesini seviyordum çünkü kendimi bana hep değerli hissettiriyordu. Çünkü beni öperken hep nazik davranıyordu ve incinmemden korkuyordu. Ona dokunurken bir kalbim olduğunu, ona bakarken kalbimin attığını, onu severken kalbim de olduğunu anlıyordum.

Teması giderek hızlanmaya başladı ve buna ikimiz de dur diyemiyorduk. Dudaklarını dudaklarımdan çekip yanağıma sürttü, oradan çeneme. Dokunduğu her yeri öpmeye başladı. Mırıldandığını duydum: "Ben daha önce, hiç böyle hissetmedim. Böyle..." dedi kesik kesik. Kalbim deliriyordu. "Çok berbat bir his ama çok da güzel."

Dudakları tenimi iyiden iyiye ezberlemişti. Bedeninin ağırlığını fazlasıyla hissediyordum. Dudakları yüzümde gezinmeye başladı. Ilık nefesinin rüzgârı ruhumda demlenirken, gözlerimi bir an olsun açmadım. Açarsam kaybolmasına korktum.

"Ne kadar öpersem öpeyim, ne kadar bakarsam bakayım yetmiyor. Sanırım bir hastalığım var," derken gülümsediğini duydum. Sesi... Âşık olduğum sesi. "Sen yetmezliği."

Gülümsemedim çünkü o da gülümserken neşeli değildi. Ellerim saçlarını sevmeye başladı. Bedenini bedenimden aşağı hareket ettirirken dudakları boynuma indi. Köprücük kemiklerimi öptü. Göğsüm daralıyordu. "Hatırlıyor musun? Sana buranda yaşamak mümkün olsa keşke demiştim."

O ânı hatırlamaya çalıştım ve hatırladım. Dudaklarını köprücük kemiklerime sürttü. O sıra saçları dudaklarımın önüne serildi ve saçlarından öptüm. Devam etti: "Ben yaşamak değil, buranda ölmek istiyorum."

Onun dudaklarından ruhuma dökülen tek şey, basit bir kelime değildi. Bu bir istekti, bu bir çileydi, bu delilikti.

"Hayır," dedim dudaklarımı saç tellerine sürterken. Elimle ensesini kavradım yavaş yavaş dokundum. "Ölmene izin veremem. Ölmeni istemem."

Seviyordum. Çok seviyordum. Seviyorum. Çok demek bile az geliyor. İlk kez böyleyim, ilk kez sonuna kadar gitmek, sonunu düşünmeden sadece sevmek istiyordum. Ama şöyle bir güzelliği vardı. Severken acı çekiyordum. Çektirdiği acıyı bile seviyordum. Her zerresiyle.

Kıpırdandı. Dudaklarını köprücük kemiklerimin üzerinden kaldırırken, alnını alnıma yasladı. "O zaman," dedi kırık bir sesle. Ağlayacaktım. "Öldürme."

Nefesi karıştı nefesime. Fark ettim, birçok şeyi. Onsuz olamayacağımı, ondan geçemeyeceğimi, onu sevmeyi asla bırakamayacağımı fark ettim. Kırgınlık oluyordu, her yerimiz de. Kırıyorduk hem de hiç sakınmadan. Ama günün sonunda, güneşin yerini aya devrettiği anda yine birbirimize koşuyorduk. O yaralı bir adamdı, birçok insan gibi. O yarası derinde olan bir adamdı, birçok insan gibi ve o, yarasını ruhuna gömen, ne olursa olsun orayı asla diriltmeyen bir adamdı, tıpkı kendi gibi.

Alnını alnımdan çekti, sonra da ağırlığını üzerimden. Ellerim bedeninden sıyrılırken tırnak diplerime kadar sızladım. Beni zorlamamıştı, asla da zorlamazdı zaten. Kendini geriye doğru çekerken onu sakince takip ettim. Kafasını sağa yatırdı ve masumane bir şekilde gülümsedi. "Azıcık uyusam ya... Dizlerinde."

Bir an için sıfırladım her şeyi. Dünü, bugünü ve yarını. Olacakların önüne geçemiyorduk, olmuşların da çaresi yoktu. Sadece uyumak istiyordu. "Sonra gideceğim, ama sadece buradan. Merdivenleri özletmemek lazım."

Buruk bir şekilde gülümserken ona eşlik ettim ve arkama yaslandım. Kendini geriye doğru itti ve başını dizlerimin üzerine koydu. Elleri bacağıma dokunurken ürperdim ama bunu belli etmemeye çalıştım.

"Özür dilerim," dedi. "Yaptığım ve yapacağım her şey için özür dilerim. Buyum ben. Sana bir daha yapmayacağım diyemem, sana yalan söyleyemem." Sesi giderek kısıldı. "Özür dilerim."

"Ama yalan söylemeni istiyorum," dedim.

"Ama söyleyemem," dedi sonra. "Benim yalanlarım çirkindir, kirletir seni."

"Zaten temiz bir ruhum yok, bunu dert etmem," diye karşılık verdim. Cevap vermedi. Hangimizin ruhu tertemizdi ki? Günaha bulanmamış, kötüyü yaşamamış ruh öylesine azdı ki ve biz bunun asla yakınında olan insanlar değildik. Babası... Necdet Alptekin. Meğerse onun kaderi de baba acısıyla yazılmıştı. En büyük darbeyi babasından aldığını bilmiyordu.

"Kamer," diye seslendim.

"Hım," dedi uykuya yatkın bir sesle. Bunu sormak istemiyordum ama sormazsam gözüme uyku girmeyecekti. "Babanı seviyor musun?" Ardından bir hataya düşmüş gibi sorumu yineledim: "Onu özlüyor musun?"

Sorduğum soru canımı neden acıtmıştı? Canının acıdığını fark ettiğim için mi?

"Babam öldü ya," dedi kuru bir sesle. "Sen de oradaydın hatta."

Tıkandım. Boğazımda bir yumru öylece kaldım. Ağlamak istedim, bağırmak istedim, sana bunu yapanları öldürmek istedim.

Ne diyebilirdim ki daha fazla, daha neyin hesabını sorabilirdim? Cevabını vermişti, hem de en ağır yerden. Ellerim saçlarına gitti, dokunmak istedim. Bir süre öylece kaldık. Ne bir kelam ettik ne de nefeslerimizi işittik. Mumlar yarıya kadar erimişti bile ve çoktan uyumuştu.

Usulca öne doğru ittim kendimi ve gözlerine baktım. Kapalıydı, ilk kez kaşlarını çatmamıştı. Derin bir nefes aldım ve başımı omzuna koydum. Yeni yeni çıkan kirli sakallarına dokunmak istedim ama bunu yapmadım. Başımı omzuna koyup, fısıldadım: "Özür dilerim. Sen bunları yaşarken yanında olamadığım için. Özür dilerim. Böylesine yanarken sana dur diyemediğim için. Özür dilerim..." Gözlerimden bir damla yaş aktı ve dudağımın kıvrımında toplandı. "Senden geçemediğim için."

Sesimi duymasın diye buna son vermeyi denedim ama kendimi sıktıkça daha çok ağladığımı fark ettim. Dudaklarımı araladım, nefes aldım. Yapmam gereken sadece buydu. Başımı bir an olsun omzundan kaldırmadım. O gece hayatımın en güzel uykusunu tattım.

O dizlerimde uyudu ben de omuzlarında.

Bu gece ay ışığı ikimizi de uğradı.

Ertesi gün gözlerim aralandı. Gözlerim, gözlerinin önünde aralandı. Kamer hâlâ uyuyordu, hem de çok güzel uyuyordu. İyiden iyiye aralanan gözlerim içeri sızan güneş ışığıyla aydınlanırken, sakince iç çektim.

Dudakları hafif sarkmıştı, alnına dökülen saç tutamları asiydi. Yüzündeki yaralar henüz geçmemişti. Çok dikkatli bakınca insanın canını bile acıtıyordu. Elimi kolunun üzerinden çekerken, uyanmaması için çaba sarf ettim. Nihayetinde onu uyandırmadan elimi çektim ve yüzüne götürdüm. Dokunamadım ama dokunmadan da sevebildim.

Ne yapacağım ben Kamer? Bunca veballe nasıl yaşayıp, nasıl susacağım? Her şeyi bilip de gözlerine nasıl bakacağım?

Kendi acılarımı bile unutmaya hazırım, senden gelen acıyı bile unutmaya hazırım ben, yeter ki acımasın canın.

Derin bir iç çekerken, gözlerimi kapattım ve dudaklarımı boynuna bastırdım. Sıcacıktı boynu, dudaklarımı ısıtmıştı. Sonra kokusunu içime çektim dilediğimce, o uyanıkken bu kadar cüretkâr davranamıyordum. İstemeyerek de olsa dudaklarımı boynunda çektim ve sessizce doğruldum. Kıpırdanmamıştı hiç, uyandırmamıştım. Geriye doğru yaslanırken saate baktım, çok da geç sayılmazdı ama iyi uyumuştuk. Günlerce birbirimize uykusuzluğu yaşatmış, yine soluğu birbirimizin kollarında almıştık.

Bu yaşamak değil de ne?

Bitkince gözlerimi ovuşturduğum sıra sehpanın üzerinde duran telefonlarımız gözüme çarptı. Ve o an kaşlarımı çattım. Zihnimden geçenleri durduramıyordum ve bu safça değildi. Pes ettim ve aşırı sessiz bir halde sehpaya uzanıp telefonları aldım. Kendiminkini kucağıma koyarken, Kamer'in telefonunun kilit ekranını açtım. Şifresi vardı ve şifreyi biliyordum.

Diana.

Şifre kabul görünce yüzümde ister istemez bir tebessüm peydah oldu, lakin bunu hemen kaybettim. Çetin'den ve birkaç numaradan bildirimi vardı. Ama o tuşa basmadım ve böylelikle bildirimler kaybolmamış oldu. Dudaklarımı ısırdım ve Kamer'i kontrol edip rehberine girdim. Listeyi kaydırmaya başladığımda isimlere göz attım ve birinin üzerinde durdum.

Mahir.

Mahir cidden Kamer'in kardeşiydi, belki de değildi ama yalan olduğunu hiç sanmıyordum ve bunu iyice teyit etmek için Mahir'le konuşmam gerekiyordu. Çok uçuk bir fikir gibi görünebilirdi ama bunu yapmalıydım. Başta onun için. Vakit kaybetmeden Mahir'in telefon numarasını kendi rehberime kaydettim ve Kamer kıpırdanmaya başladığında alelacele telefonu sehpanın üzerine bıraktım. Boğazımı temizlerken, kısa bir süre gözlerimi kapalı tutup tekrar açtım. O esnada Kamer çoktan uyanmış ve usulca başını dizlerimden kaldırmıştı. Homurdanarak doğrulurken, "Saat kaç?" diye sordu.

"Azıcık uyunmayacak kadar geç," diye yanıtladım. Çenesini omzunun üzerine koyarak bana baktı. Gözleri hâlâ uykuluydu. "Dizlerinde uyandım, istersen bunu yapmaz başıma bir yastık koyardın."

Gözlerimi devirdim ve ayağa kalktım. "Sana da yaranılmıyor zaten." Sonra hemen arkamı döndüm, saçlarım dağılmış olabilirdi ve bunu fark etmemeliydi. "Ayrıca ben de uyuyakalmışım, yoksa bırak yastığı kapının önüne koyardım."

"Hım," dedi. "Acaba senin yastığın da benim omuzlarım mı oldu?"

İrkildim. Beni duymuş olamazdı, öyle değil mi? Hayır, kesinlikle duymamıştı. Duysaydı şayet tepkisi bu kadar normal olmazdı. Bozuntuya vermedim ve elimi enseme götürdüm. "Uyuyakalmışım dedim ya, ne bileyim başımı nereye koyduğumu," deyip konuyu dağıtmak istedim. "Hem sen en son gidiyordun. Git hadi."

Beni duymazlıktan gelip sehpanın üzerinde duran telefonunu kavradı. İstemsizce gerilmiştim. Dudaklarımı kemirmeye başlarken Kamer kilidi kaldırıp birkaç tuşa bastı. "Müşteri hizmetleriyim sanki, iyi ki bir gece sessize aldık telefonu."

Ardından bir tuşa basıp telefonu kulağına götürdü. Bekledi ve ben dudaklarımı kemirmeye devam ettim. "Ne var?" Kiminle konuşuyordu? "Aga bir şey oldu," diye bir ses işittim ve bunun Çetin'e ait olduğunu anladım.

"Ne oldu?" dedi Kamer sert bir sesle. Kaşlarımı çattım. Çetin susarken Kamer ayaklandı. "Lan ne oldu söylesene?"

"Aga, Mirza yok."

"Ne?" dedi Kamer yüzünü ekşiterek. Gözlerimi irileştirdim. "Ne demek yok lan? Çetin kafan mı güzel? Nasıl yok oğlum?"

"Aga vallahi yok, kaçmış." Çetin soğuk soğuk konuşurken Kamer sinirle dişlerini sıktı ve elini saçlarına götürüp onları geriye yatırdı. "Kapat telefonu. Ulan başlarım böyle işe." Kamer, dehşetle telefonu kapatırken sinirle solumaya başladı. Kalbim sıkışıyordu.

Olduğum yerde duraksadım ve onun gözlerine uzak uzak baktım. "O... Kaçmış mı?"

Bana döndü sakince ama bunu başaramadı çünkü gözlerinde sinir ve endişe hâkimdi. Siniri kendinden başka herkese, endişesi yalnızca banaydı. "Korkma. Bir şey olmayacak."

"Sana?" dedim ürkekçe. "Sana bir şey yaparsa ya?"

Kafasını sağa sola salladı ve alayla güldü. "Bana birileri bir şeyler yapıyor zaten." Duraksadım. Duraksadı ve gözlerini gözlerimin içine sapladı. "Sorun şu ki, hiçbiri seninki kadar acıtmıyor." Sonra toparladı ve karşımda dikildi. "Korkma tamam mı?" Gözlerimin içine bakmayı sürdürdü. "Şimdi gideceğim ama hemen geleceğim geri. Sen de Şebnem'i ara yanında dursun. Sonrası için benden başka kimseye ihtiyacın kalmayacak, söz."

Sözleri güven veriyordu hem de fazlasıyla. Ellerini şakaklarıma koydu ve dudaklarını alnıma bastırdı. Kapandı gözlerim, sadece onu düşledim ve bizi tekrar özledim. Bir süre dokunduğu yerden çekmedi dudaklarını sonra ayrıldı ve çenesini başımı üzerine koyup ellerini kulak mememin arkasına doğru götürdü. Huylanıyordum ama dokunuşu çok güzeldi.

"Hâlâ yalan söylememi istiyor musun?" diye sordu. Cevap vermedim, iç çekti ve sustu. "Dinle o zaman. Sana birazdan yalan söyleyeceğim."

Yüzüm boyun girintisine saklanmıştı. Elleri ve çenesi usulca kulağıma doğru kayarken nefesi tenimi yeniden aleve verip ateşinden ruhuma çaldı. Sonra o ateşle ikimizi de yaktı. "Hiçbir zaman..." Nefesim kesildi, acıyla yutkundum. "Senden öncem olmadı."

Buz kestim. Sözlerinden ne çıkaracağını bilemiyordum, bilememiştim. Düşünmeme fırsat vermeden devam etti: "Yalan bir adamın, yalandan sözleri işte bunlar." Ses tonu giderek azaldı. "Yalanı sev, yalanlarımı sar."

Beni sev... Beni sarmala...

Kamer dudaklarını kulağımın yakınından çekerken ellerini şakaklarımdan çekti. Gözlerimi açmaya korktum çünkü ağlamak istemiyordum. Bu kadar delicesine sevmek ikimizi de yoruyordu. Bu kadar özel hissetmek beni darmadağın ediyordu. Geriye doğru giderken bedeni, açtı gözlerimi. Bana gülümsedi ve o gülüşünün kıyısında on yaşındaki bir çocuğun ruhu belirdi. Yorgundum, bitkindim ve duygularım harap olmuş vaziyetteydi. Bir şeyler söylememi bekliyordu ama bunların üzerine ne söylerdim bilmiyordum. Ne söylersem söyleyeyim eksik kalacaktı. Konuşamadım o da beklemedi zaten.

Son bir kez güldü bana, yanağının çukuruna iki kişilik mezar kazdı ve çıktı gitti.

Ardından baktım. Koşup sarılmak istedim, sözleri veda eder gibiydi ama gitmeyeceğini biliyordum. Senden öncem olmadı… Ne demek istemişti? Birçok ilkini benimle yaşadığını söylerdi. İlk kez benimle uyuduğunu, ilk kez benimle güldüğünü… Peki, bu yalanın manası neydi?

Elimi yüzüme götürdüm ve kendime gelmeye çalıştım. Bu zordu ama imkânsız da sayılmazdı. Sonra etrafı toparladım. Mirza kaçmıştı ama korkmuyordum. Kendime gelecek zararlardan asla korkmuyordum. Çünkü asıl zarar korkmak değildi. Kötü bir şey yapmadığımı düşünsem de telefonu elime aldım ve Mahir'i aradım.

Kısa bir süre sonra açıldı. "Efendim?" diye bir ses işittim. Bu onun sesiydi.

Gayet soğukkanlı bir şekilde karşılık verdim: "Yarım saat sonra söylediğim adreste ol."

"Sen kimsin?" dedi.

"Tanımış olman lazım," diye yanıtladım.

Sustu ve bir şeyler geveledi. Gözlerimi devirdiğimde hayretle devam etti: "Vay vay, kimler arıyor beni de haberim yok."

"Adımı biliyorsan nasıl haberin yok, geri zekâlı?!"

"Ne konuşacağız?" diye sordu hemen.

"Sen biliyorsun ne konuşacağımızı," dedim kararlı bir şekilde. "Yarım saat sonra." Ardından telefonu kapattım. Aklımdaki soru işaretleri beynime batıyor, zaman geçtikçe büyüyerek kemirmeye başlıyordu. Vakit kaybetmeden Mahir'e mesaj attım ve üzerime bir ceket giyip evden ayrıldım.

Sağa sola bakınmadan mahalleden çıkmaya çalıştım. Hızlı hızlı yürümeye devam ederken birinin sesiyle duraksadım. Bu Şerife teyzeydi. Bir sen eksiktin he!

"Kız Aymira, nereye bu saatte?"

"Şerife teyze, neden soruyorsun ki bu saatte?"

"Sizin evden bir oğlanı çıkarken görmüşler. Kara yağız bir delikanlıymış. Kim o?"

Kaşlarımı çattım. "Size ne?"

Epey şaşırırken, elini ağzına götürdü. "Kız, dağıttın mı sen kendini? Ama bir şey de diyemiyorum ki, anasız babasız kaldın be kızım."

Canım neden bu kadar sıkılmıştı? İnsanlardan nefret ediyordum, insanların benim hakkımda bir şeyler düşünmesinden nefret ediyordum, bana acımalarından, beni yargılamalarından sıkılmıştım.

"Şerife teyze, bir dur artık. Allah aşkına biriniz durun artık ya," dedim isyan eder gibi. "Kimse karışmasın bana, ben size bir şey yapmıyorum. Ben kötü bir şey yapmıyorum. Sana teyze diyorum, ama bunun da bir sınırı var. Yeter, cidden yeter."

Ses tonum acımasızcaydı ama onlarınki kadar acıtmış olamazdı. Aslında hayatımda olmayan insanların canımı acıtması çok da umurumda olan bir şey değildi, lakin zihinlerine bir balta vurup onları parçalamak istiyordum. Etraftaki birkaç kadın bana bakarken Şerife teyze sustu. "Ben ne sizin aklınızdaki kişiyim ne de bir başkası. Buyum ben, Aymira'yım." Sonra omzumu silkip gülümsedim. Bir tebessüm ne kadar can yakarsa o kadar yakmıştı. "Ama bu kimin umurumda?" Susmaya devam ettikleri vakit, başımı kararlı bir biçimde sallayıp, "Neyse, saatler acımasız... En az sizin kadar," deyip arkamı döndüm ve ceketimin yakalarına sığınarak hızla oradan uzaklaştım.

Düşünmedim. Düşünmediler ve hep bu yüzden incittiler.

Hızlı hızlı mahalleden çıktım ve bir dolmuşa binerek söylediğim adrese gittim. Bir kafe değildi ya da bir park. Sadece çok çok eskiden geldiğim yıkık bir binanın arka tarafıydı. Ellerim cebimde binanın arkasına gittiğimde Mahir'in gelmiş olduğunu gördüm. Ondan asla korkmuyordum ve bana zarar verme düşüncesini zihninin yakınlarından bile geçiremezdi.

Uzaktan uzaktan yaklaştım yanına. Bana şüpheyle baktı. "Kamer, biliyor mu burada olduğunu?" Onu cevapsız bırakırken güldü. *Sen gülme, iğrençleşiyorsun.* "Tabii ki bilmiyor."

"Sen biliyorsun ama," dedim sert bir çıkışla. "Ondan daha fazlasını."

Ona sadece kardeş mevzusundan bahsedecektim, diğer kısımlar benim boyumu aşardı ve haddim değildi. Şimdi de pek haddim olan işler yapmıyordum ama vicdanım susmak bilmiyordu. "Doğru mu tüm bunlar?" Ona neyi sorduğumu anında anladı çünkü yüzünde hiçbir ifade yoktu. Kurnaz herif.

"Peki ne olacak şimdi?" dedim sıkıntıyla.

"Bak Aymira." Kamer burada olsaydı, bana adımla seslendiği için onu şu an mahvetmişti. "Ben de bilmiyorum, tamam mı ne olacak? Hâlâ inanamıyorum zaten. Herif azılı düşmanım ama kardeşimmiş. Abim lan herif resmen."

Tuhafıma gitmişti. Daha farklı bir tepki beklemiştim.

"Bir kadın çıkıyor karşıma, ben senin annenim diyor, sonra Kamer senin abin..." Yüzü bomboştu. "Bu ne lan? Bu hangi Yeşilçam repliği?"

"Bir ruh hastasının günlüğü olması lazım," dedim kaşlarımı çatarak. Bu bir espri değildi, bu ciddi bir şeydi. "Kamer öğrenirse ne olur biliyor musun?" diye sordum sonra.

"Ben öğrendim de ne bok oldu sanki?" dedi hemen sözlerimi bölerek. "Adam abim lan resmen. Ya, biz ölesiye düşmanız ama kadere bak kardeşmişiz falan mı?" Omzunu silkti. "Benim için değişen hiçbir şey yok. Annem varmış, çok da umurumda ya sanki."

"Biliyor musun?" dedim sakince. Gözlerime baktı. "İğrenç bir herif olmasan, sana bile güvenebilirdim ama değilsin, asla kabul görmeyeceksin, asla."

Aytaç'ın gözlerini hatırladım, sonra onun kalbine götürürken titreyen ellerini. Bir çocuğun kalbini yakmıştı o hem de en acı şekilde. Mahir kafasını sağa sola salladı. "Bunu inkâr etmiyorum, şerefsizin tekiyim ben."

"Bunun farkında olman güzel," dedim onu onaylayarak.

"Şimdi zamanı geriye alma fırsatım olsa, yapmam."

Dümdüz baktım. "Hep öyle derler." Canını acıtmak istedim ki bu zerre umurumda da değildi.

"Buna inanmak zorunda değilsin," Sonra devam etti: "Biliyor musun? Kamer aslında iyi bir adam."

"Biliyorum ama senin şuurun yerinde değil sanırım," dedim kuşkuyla.

Gülümsedi. "Hayır, yerinde. Geçen gün vurulduğumda beni hastaneye götürmüştü. Ölmem belki de işine gelirdi ama yapmadı. O..." dedi dudaklarını birbirine vurdurarak. "O, kahretsin ki iyi bir adam."

"Kardeşlik duyguların mı kabardı?"

"Hayır," dedi kafasını sağa sola sallayarak. "Belki de kardeşi olduğumu hiçbir zaman bilemeyecek çünkü artık onunla herhangi bir düşmanlığım kalmadı. Ben leş herifin tekiyim ama bu sonsuza kadar böyle sürsün istemiyorum."

"Ama sürecek," dedim düz sesimle. "Ne yaparsan yap, vicdanın seni elbet ele verecek."

"Bak, belki de ilk kez doğru düzgün bir şeyler söylüyorum sana. Bunların olmasını istemezdim, böyle baştan aşağı boktan bir herif olmak, ismim her akla geldiğinde insanların tiksinerek bana bakmalarını istemezdim ama olmadı. Bunlara ben sebep oldum."

Ona güvenmeli miydim? Aslında bu güven meselesi de sayılmazdı. O sadece yakarışlarını birine duyurmak istiyordu ve bunu az çok başarmıştı. İçim asla yumuşamadı ama onu anlamayı denedim, bir an için o yaptığı iğrençliği göz ardı etmeyi denedim lakin bu ihanetti. Önce Aytaç'a, sonra Ahu'ya sonra bana.

Kafamı sağa sola sallarken dudaklarımı sarkıttım. "Her şey için geç bunu biliyorsun."

"Biliyorum." Kararlıydı. Sonra gözlerimi kıstım. "Önceki gün bana bir şeyler gevelemiştin. Üç nokta, soru işareti falan diye... Bu mevzu muydu?" Fark ettirmemeye çalışsa da sanki gerilmişti.

"Evet," dedi. Peki, neden güven vermemişti? "Bakma öyle. Düne kadar orospu çocuğu deyip diyordu seninki, şimdi ne çocuğuyum?"

"İğrençsin," dedim hayretle.

"Ciddiyim bak. Düne kadar ne annem ne de kardeşim vardı. Önüne gelen piç deyip geçiyordu. Peki, söyler misin bana, bu da benim suçum mu?"

Sustum. Berbat hissetsem de haklıydı. Ona hak vereceğim aklımın ucundan bile geçmezdi ama öyleydi. Yeşile çalan göz bebekleri acımasızca duruyordu ama ürkütmüyordu. "Ben leş herifin tekiyim, bunu inkâr etmiyorum ama kimse de masum değil."

Kimse masum değil...

Omzunu silkti. "Ve bu zerre umurum da değil. Şu an hayatım değişmiş gibi görünebilir ama öyle hissetmiyorum. O kadını annem olarak görmüyorum, Kamer de abim olamaz zaten. Birileri bir anda bir yerlerden çıkıp ortalığın ağzına sıçamazlar."

"Bencilsin," dedim kuru bir sesle. "Sen böyle düşünüyorsun, peki ya Kamer? Bir kardeşi olduğunu öğrendiğinde hele ki bunun sen olduğunu bilmesi... Ne kadar kötü bir durum, değil mi?"

"Ne yapmamı bekliyorsun Aymira? Adamın karşısına çıkıp kollarımı açıp, kardeşine sarıl mı diyeyim?" Omzunu silkti yeniden. "Biz onunla asla kardeş olamayız. Kardeşiz ama değiliz işte. Anlıyorsun değil mi?" Suskunluğum en büyük cevabı verirken, derin bir nefes alıp gözlerini kararttı. "Bundan sonra karşınıza çıkmamaya çalışacağım. Özür bile dileyemiyorum çünkü saçma çünkü zavallıca..."

Dümdüz seyrettim onu. Nefret ettiğim bir şarkıyı dinler gibiydim.

Gülümseyerek gözlerimin içine baktı. "Sana ne yaparsa yapsın, ondan gitme. Şerefsiz herifi düşünür hale geldim lan duruma bak," dedi sonra. Kamer'e karşı düşünceli olmasına bir hayli şaşırmıştım. "Bunu söylediğime inanmak istemezsin belki, hatta ben de kendime inanamıyorum." Kaşlarımı çattım, sıkıntıyla soludu. "Tüm bunlar olmasaydı da ona kardeşim diyebilseydim."

Göğsüm daraldı. Mahir'i anlamak istiyordum ama bu kendimi çiğnememe sebep oluyordu.

"Neyse zaten Yeşilçam'a dönen hayatıma bir saçmalık da ben katmayayım," dedi gözlerini kaçırarak. Karşımda hiç bilmediğim, bu yönünü hiç görmediğim bir Mahir vardı. Belki de o en başından beri böyleydi ama tek bir hatası ki bu tek değildi onu kabul görmez bir adama dönüştürmüştü ve bu sonsuza kadar böyle sürecekti. Ona hata demek de benim dilimin acizliği olurdu. Mahir de bir katildi. Parmaklıkların dışında ve aramızda dolaşan bir katil.

Omuzlarını doğrulttu ve derin bir nefes soluyarak gözlerimin içine baktı. "Hoşça kal. Sana ne yaparsa yapsın, her şeyin bir nedeni olduğunu bil."

Neden bahsedip duruyordu bu herif böyle?

Sözlerine karşılık vermeme fırsat tanımadan yanımdan geçerek hızla gözden kayboldu. Arkasından bakakaldım. Sanki elime bir bomba bırakmış, onu birinin patlatması için vermişti. Üstelik bu kişiyi bariz ima etmişti. Kamer?

Elimi göğsüme koydum ve giderek tıkanan soluğuma bir çare aradım. Zihnim allak bullak olmuştu. Her şey birbirine girmiş, insanlar dağıtmışlardı. Hem kendilerini hem de beni. Binanın arkasından çıktım ve yavaşça yürümeye başladım. Bir hayli dalgındım ta ki ağzımda bir el, göğsümde bir ateş, kalbimde bir acı hissedene kadar.

3. Bölüm

Vicdanın Sahibi

Nerede ve ne zaman öleceğimizi bilseydik hayat daha mı kolay olurdu acaba?

Ya da kimin yanında son nefesimizi vereceğimizi bilmiş olsak, ölüm daha mı anlamlı olurdu?

Onlarca soru sormak istiyorum kendime, durmadan, yılmadan sürekli meşgul etmek istiyorum zihnimi çünkü bu soruların cevabının hiçbirini bilmiyorum. Eğer ki sürekli soru sorarsam kendime, diğerine cevap aramaktan kaçarım.

Nerede ve nasıl öleceğimi bilmesem de kimin için öleceğimi biliyordum yine de.

Başımda bir ağrı mevcuttu, sanki bedenim okyanusun dibine saplanmış ve derim soğuktan büzüşmüş bir haldeydi. Gözlerimi bir müddet açamadım. Göz kapaklarımı gözlerime dikmişlerdi. "Kamer," dedim sonra usulca. Dudaklarımın arasından dökülen ilk kelime onun adı oldu. Gözlerimi dahi açmadan onun adını söyledim, çünkü korkuyordum, ya yanımda değilse?

"Kamer, burada mısın?" dedim acıyla. Ardından göz kapaklarımı büyük bir yorgunlukla araladım. Yavaş yavaş aralanan gözlerim nihayetinde netlik kazandığında, dehşetle irkildim bir sandalyeye bağlı olduğumu idrak edince. Şaşkınlıkla sandalyeye bağlanan kollarıma ve ayaklarıma baktım ve olduğum yerde çırpınmaya başladım. "Ne oluyor burada? Neredeyim ben?"

Sesim koca depoda yankı yapıyor ve acıyla tekrar bana dönüyordu. Evet, şu an tam da o film sahnelerini andıran bir depodaydım. Oldukça büyük, duvar boyaları sökülmüş ve aydınlıktan arındırılmış bir kuyu dibindeydim. Birkaç lekeli cam, zemine ışık düşürürken bundan ben de nasibimi almıştım. "Kamer, neredesin?" dedim çaresizce bağırarak. Kalp atışlarım yükselirken kuruyan dudaklarımı ıslatmadım bile. "Kimse yok mu? Yardım edin!"

"Yardım dilemek için yanlış yerdesin." Bir ses, deponun içini doldururken gözlerimi şaşkınlıkla irileştirdim. Arkamdaydı ve bana doğru yaklaşan adım seslerinin ritmini tutmaya başlamıştım. "Öyle değil mi?" Hiçbir şey söylemeden sadece sesi dinledim. Bu oydu.

Bu ses haftalar önce vurduğum bedenin sahibiydi. Bu ses Mirza'ya aitti.

Yanımdan geçti ve anında bedenini bana çevirdi. Kolundan boynuna uzanan bir bandaj vardı, muhtemelen yarası hâlâ geçmemişti. Gebersin şerefsiz. Ona kaşlarımı çatarak baktım. "Ne istiyorsun benden?"

"Hımm," dedi düşünceli bir şekilde. "Bir bakalım." Gözlerini kısıp sağa sola bakındı. Kendi kendine bir şeyler mırıldanırken en sonunda duraksadı ve gülerek eğildi. Gözleri gözlerimin içini dehşetle hedef alırken, yüzündeki sahte tebessümü derhâl yok etti. "Neler istediğimi tahmin bile edemezsin."

"Kamer seni mahvedecek, bunu biliyorsun değil mi?" dedim anında.

"Dur bakalım, bundan o kadar emin olma. Belki şu an o çok sevdiğin adam nefes bile almıyordur."

Sesi kanımı dondururken ileri atıldım ama bu haldeyken bunu istediğim şekilde başaramamıştım. "Ne yaptın lan ona?"

"Sakin ol, sakin ol," dedi gevşek gevşek. Eli yüzüme doğru uzanırken başımı hızla savurdum fakat inatla beni takip edip yüzümü kavradı. Gergin gergin solumaya başladım. Parmakları çehremi sımsıkı kavradığında, açık kahverengi gözlerinde yanan ateşte kendimi gördüm. "Sadece küçük bir şaka küçük hanım. Hem," dedi parmakları gevşerken, "Onun ölümüne şahit olma şerefini kaçırmanı istemem. Bunu sen de istemezsin, öyle değil mi?" diye sorduğu vakit suratına tükürdüm.

"Sen hayatımda gördüğüm en şerefsiz adamsın. Keşke seni gebertseydim," diye hırsla bağırdım. Ellerini yüzümden çekip, tükürük olan yüzüne götürürken yavaşça doğruldu ve ölümcül bir sakinlikte yüzünü sildi.

"Hızlı başladın güzelim, biraz sakin ol."

"Çöz lan ellerimi çabuk!" Çırpınmaya başladım.

"Başka bir emrin var mı?" dedi bana yukarıdan bakarak. "Ayrıca bir gündür buradasın, bu enerjinin nereden geldiğini merak ediyorum?"

"Bir gün mü?" dedim hayretle. Ardından o ânı hatırlamaya çalıştım. En son Mahir ile konuşmuştum, sonrasında ise ağzıma kapanan bir el ve gerisi sünger gibi emilen hafızamdı. "Bir gündür beni burada mı tutuyorsun yani? Ruh hastası herif."

"Verdiğim haplar bayağı işe yaramış," diye eklerken, yüzümü ekşittim. "Ne hapı?"

Alayla sırıttığında kolunu biraz zorladığını fark ettim. "O da bende kalsın." El bileklerim ve ayak bileklerim bir hayli gergindi ve ben her hareket edişim de canım acıyordu. Koskoca bir günü burada geçirmiştim.

"Kamer'e bir şey yaptın mı, doğruyu söyle?" Ona bir şey olmuş olması ihtimali soluğumu kesiyordu.

Geri geri çekildi. "Fazla sabırsız çıktın. Biraz sabırlı ol."

"Ne sabrından bahsediyorsun sen be geri zekâlı?" diye hırladım. "Bu yaptığın resmen suç, beni düpedüz kaçırdın."

"Bunu da az kalsın katil olacak olan kişi mi söylüyor?" dedi hayretin içine devirdiği sahtelikle. Konuşmadan ona sinirli sinirli baktım. "Masum ayaklarını oynama bana, sökmez."

"Masum olduğumu iddia etmedim zaten geri zekâlı ama pişmanım," dedim sakince. "Keşke alnının tam ortasını hedef alıp leşini serseydim."

Güldü ve bandajlı koluna baktı. "Hayaller, hayatlar…"

Derin bir nefes aldım çünkü içinde bulunduğum durumu hâlâ idrak edemiyordum. Halsizdim ama bunu fark ettirmemeye çalışıyordum. Aç değildim fakat yorgun düşmüştüm. Üstelik saatlerdir bu aptal sandalyede elim kolum bağlı bir şekilde uyutulmuştum.

Mirza gözlerimin içine boş boş bakmaya devam ederken aklından geçen planları o kadar bilmiyordum ki ne yaparsam yapayım yetersiz kalacaktım. "Niye öyle bakıyorsun?" dedim ruhsuz ve nefret dolu bir sesle.

"Canını acaba nereden yakmaya başlasam diye düşünüyorum," dedi sakince. Sesi o kadar sakin ama o kadar netti ki bağırsa bu kadar ürkütmezdi. "Gözlerini oyabilirim ya da dilini kesebilirim…"

"Korkmuyorum senden," dedim hızla.

"Ama korkmalısın küçük hanım," dedi benimle zıt düşerek. Daha sonra tekrar yanıma doğru geldi ve eğilerek gözlerimin içine baktı. "Canını yakacağım çünkü." Aramızdaki mesafe bir hayli daraldığında nefesi yüzüme çarpmaya başladı. Bir anda dudaklarımda şeytani bir tebessüm meydana geldi.

"Bunun gibi mi?" diye sorup cevabını beklemeden canımın acımasını hiçe sayıp ona kafa attım. Evet, bunu yaptım. Hayatım boyunca ilk kez birine kafa attım.

Mirza geriye doğru sendelerken burnunu tuttu ve bana ters bir bakış attı. O sırada derin derin soluyordum. "Ne çeşit bir varlıksın lan sen?" dedi şaşkınlıkla.

"Yapma," dedim. Sesim de tavrım da bana ait değildi sanki ama beni bu hale o getirmişti. "Daha yeni başladık, seninle çok eğleneceğiz."

Elini burnunun üzerinden çekerken kanayıp kanamadığını kontrol etti. Sesli bir şekilde güldüm. "Korkma korkma, sert vurmadım, canının ne kadar tatlı olduğunu biliyorum."

"Bakalım bu cesur ve kendini aşmış hallerin seni buradan kurtarmaya yetecek mi?" diye konuştu.

"Tehditlerine boyun eğip korkacağımı sanıyorsan git avucunu yala," dedim inatla. Sonra yeniden güldüm. "A pardon, avucunu yalayacağın elin biraz sakatlanmış sanki muhtemelen iyi bir nişancının hedefinden geçmişsin."

"Çok iyi bir nişancıydı," dedi soğuk bir sesle. Daha sonra omuzlarını dikleştirerek, "Öyle ki bana sıktığı kurşunu kendine dahi saplayabilecek kadar iyi bir nişancıydı."

"Ne diyorsun? Açık konuş."

"Zeki biri olduğunu sanıyordum," diye karşılık verdi. Tavrında keyifli bir ifade vardı. "Beni epey şaşırtıyorsunuz küçük hanım."

"Bana ikide bir küçük hanım deyip durma, sinirlerimi bozuyorsun."

"Aptal kafam," dedi gözlerini kapatıp derin bir nefes alarak. O sırada etrafıma bakındım. Kocaman bir deponun göbeğindeydim. Duvar diplerinde çimento çuvalları ve tahtalar vardı. Büyük ihtimalle bir inşaatın içindeydik ama bu en alt kattı sanırım. Ya da ben tahmin ediyordum. Nerede olduğumuzun pek önemi de yoktu aslında, ne halde olduğumun bir önemi vardı. Gözlerini açtı ve yarım ağız gülerek fısıldadı: "Küçük hanım yerine Kamer'in küçük beslemesi ya da sürtüğü lafını nasıl da kullanamam?"

Sözleri zerre ilgimi çekmiyordu. Ona asla da karşılık vermedim. Ben ne söylediği kişiydim ne de düşündüğü. Bunu da ona ispatlama çabasına girecek değildim. "Sefil," diye tısladım dişlerimin arasından. "Bu sözlerinin canımı acıtmayacağını bilmeni isterim."

"Başka taktik dene diyorsun yani?" dedi göz kırparak.

Aksine gözlerimi devirdim. "Defol diyorum."

Herhangi bir karşılık vermeden birkaç saniye daha dümdüz gözlerime bakıp arkasını dönerek uzaklaştı. Perişan ve ne yapacağını bilemez bir halde sağıma soluma bakındım. Ellerim ve ayaklarım o kadar sıkı bağlıydı ki her hareketim haneme eksi puan getiriyordu. Çenemi omzumun arkasına doğru atıp ellerimi görmek istedim ama bunu kısmen yapabilmiştim. Parmaklarımla bileğimdeki halatı çözmeyi denedim ve başaramadım. Ayakkabılarımı çıkarmayı denedim onu da yapamadım. Her türlü önlemini almıştı pislik herif.

Elimden geldiğince çırpındım olduğum yerde ama bu bana sadece zaman ve enerji kaybı yaşatıyordu. Kafamdaki fuların gevşediğini hissediyordum. Ne olursa o oradan düşmemeliydi.

"Allah'ım sen bana yardım et," diye iç geçirdim kendi kendime. Yardım isteyecek kimse yoktu, kimsenin beni duyacağını da sanmıyordum. Güneş ışığı tüm sıcaklığıyla yüzüme vururken bundan epey zarar görüyordum. Susadığımı fark ettim ve dilimle dudaklarımı ıslatıp geri çektim.

"Çöz beni," diye bağırdım. Sesim depoda yankı yapmıştı. "Çöz beni, çöz," diye hayıflanırken az sonra hemen önümden kocaman bir lağım faresi geçti. "Anasını satayım, fare mi o?" Gözlerim dehşetle açılırken, fare hızlıca gözlerimin önünden kayıp gitti.

"Bak sen şu işe," diye içeri girdi Mirza. "Cesur kızımız, ufacık bir fareden korkuyor."

Sözlerine aldırış etmeden, "Çöz beni çabuk," dedim.

"Çok zekisin ama sen," dedi keyifle.

Elindeki içki bardağından keyifle bir yudum alırken, "Zıkkım iç," diye konuştum.

Beni duymazlıktan gelip bardağı tek seferde bitirdi. "Çöz ellerimi, tuvalete gitmem lazım," dedim aklıma gelen ilk cümleyle.

"Altına işe."

"Ağzına işeyebilirim istersen," dedim nefretle.

"Hay hay," diyerek zevkle güldü.

Ondan tiksiniyordum, bana bakarken yüzünün aldığı ifade sinirlerimi geriyordu. "Çözsene ellerimi, tuvalete gitmem gerek diyorum."

Bana şüpheyle bakarken onu ikna ettiğimi düşündüm. İçimde bir ferahlık belirirken Mirza, gözlerimin içine bakarak ıslık çaldı. "Buraya gelin, küçük hanımın yardıma ihtiyacı var." Kaşlarımı çatarken az sonra içeri takım elbiseli iki adam girdi. Bunlar Mirza'nın beş para etmez adamlarıydı. Onlara bakarken Mirza keyifle konuştu: "Küçük hanımın yanından ayrılmayın sakın, o size nerede durmanız gerektiğini söyleyecektir."

Adamlar hiç konuşmadan geldiler ve biri ellerimi biri ayaklarımdaki halatı çözmeye başladı. Asla kaçmayı düşünmedim çünkü kaçamazdım. Bileklerim ve ayaklarım nefes alırken, anında ellerime bakıp bileklerimi ovmaya başladım. Adamlar vakit kaybetmeden beni kolumdan tutup ayağa kaldırdı. "Dokunmayın bana!" diye hırladım.

"Şş," dedi Mirza. "Teşekkür edeceğin yerde hâlâ nankörlük yapıyorsun."

Yürümeye başlarken, yanından geçip ona ters bir bakış savurdum fakat o bundan keyif aldı. Adamlar kolumu tutmaya devam ederken, "Biraz nazik olun be, ayı gibisiniz," diye konuştum. Ancak ikisi de robot gibiydi ne bir tepki ne de bir konuşma yoktu. Sabrettim. Daha doğrusu bunun için çaba harcadım.

Yıkık dökük duvarların arasından geçerken çaktırmadan kaçış yolunu bulmaya çalıştım lakin bunun için çokça zamanım ve görüş alanım yoktu. En sonunda bir kapının önünde durduk ve kolumu serbest bıraktılar. Kollarımı kendime çekerken kaşlarımı çattım. "Tamam hadi gidin siz, ben hallederim gerisini."

"Patron ne diyorsa odur. Buradayız," dedi adamlardan biri.

"Sizin patronunuza başlarım şimdi," diye homurdanırken, yarım ağız gülüp arkamı dönerek yüzlerine baktım. "Hem yazık günah değil mi size? Allah bilir çoluk çocuk evde aç bekliyordur."

"Evli değiliz, sen rahat ol."

"Sizi kim ne yapsın ki zaten," dedim sonra burun kıvırarak. Bir şekilde dikkatlerini dağıtmak istiyor, bu yüzden abuk sabuk muhabbetlerin göbeğine atıyordum kendimi. Adamlardan biri tuvaletin kapısını açıp gözleriyle içeriyi ima etti. Dişlerimi sıkarak arkamı döndüm ve içeri girdim. Bu esnada gözleri hâlâ üzerimdeydi. "Pes. Terbiyesizlik yapmayın, gidin buradan," diye konuştum sert bir dille.

Sözlerime karşı bir duvar oluşturdular sanki. İkisi de yalnızca arkasını dönerken huysuzca bir nefes alıp kapıyı kapattım. Zaten bu kapı da pek emanet duruyordu. Kapıyı kapattığım an pencere aradım ama burada ufacık da olsa bir pencere yoktu. "Ulan ben böyle şansın..." diye fısıldadım kendi kendime.

Ellerim başıma giderken fularıma dokundum. Hiç vakitsiz onu yeniden bağlayarak sağıma soluma döndüm. Burası henüz yapım aşamasındaydı, fayans bile yoktu. Bir şekilde bu ânı değerlendirmeliydim. Elimle duvarlara dokundum sanki yıkabilecekmişim gibi. Aptalca onları itmeye kalktım ama haliyle hiçbir etki yapmamıştı. Sadece birkaç tuğla kırığı ayaklarıma düşmüştü.

Gözlerime ayaklarıma indirdim ve duraksadım. "Tabii ya," diyerek kendi kendime sessizce konuştum, ardından yere eğilip birkaç tuğla kırığını pantolonumun arka cebine koydum. Sonra da üzerimdeki tişörtün eteklerini çekiştirip kalçamı kapatmaya çalıştım. Bir şeyler yapmam gerekiyordu ve elimden yalnızca bu kadarı geliyordu.

Derin bir nefes alıp hiçbir şey yapmamış gibi kapıyı açtım. Yüzlerini yeniden bana döndüler. Bir adım öne çıktığımda ellerimle kendimi siper edip, "Tatsızlık çıkarmayacağım, dokunmayın," dedim. Bana istemeyerek de katılmak zorunda kalmışlardı. Birlikte büyük depoya gittiğimizde Mirza oturduğu yerden kalkıp bağırdı. "Lan, ne serbest geziyor bu karı?"

"Doğru konuş," dedim ters ters. "Hem bak onlar sadece parayla hareket etmiyorlarmış. Dene derim."

"Kes sesini," diye bağırıp, adamlara emretti. "Bağlayın şunu. Sımsıkı hem de."

"Kamer beni buradan kurtaracak biliyorsun değil mi?" O sırada adamlar beni oturtmuş ve ellerimi, ayaklarımı bağlamaya başlamışlardı.

"Hayal gücün sınırlarımı zorluyor bebek," dediğinde midem bulandı.

"O iğrenç tabirlerin de benim mide özsuyumun ağzıma gelmesini."

Mirza gülmeye başladı. "Ulan ne değişik bir şeysin sen. Kafa atıyor, yetmiyor laf yetiştiriyor."

Ona eşlik ederek güldüm ama benimki son derece yapay ve sinirli bir gülüştü. "Artı insan vuruyor." Sonra düzelttim. "Ah! İnsan dedim umarım alınmamışsındır."

Söylemlerim Mirza'nın keyfini iyiden iyiye kaçırmaya başlamıştı ve ben de bu durumdan çok sıkılmıştım. Amacım onu oyalamaktı çünkü biliyorum ki Kamer gelecekti. Beni asla yalnız bırakmazdı o.

"Bağlayın lan şunu artık," dedi emirler yağdırarak. Adamların işi bittiği vakit Mirza onlara kafasıyla işaret ederek çıkmaları gerektiğini söyledi. Gün giderek ağarıyordu ve benim bedenim giderek yorgun düşüyordu. Saatlerdir hiçbir şey yiyip, içmiyordum bu da beni bitkin bir vücudun içine sürüklüyordu. "Acıktın mı?" diye sordu Mirza başımda dikilerek.

"Hayır," dedim düz bir sesle. "Kesin zehir katmışsındır sen o yiyeceklerin içine."

"Zekâna hayranım," dedi düşünceli bir sesle.

"Ben de senin bu geri zekâlılığına."

"Kalbimi kırdın küçük hanım," dedi benimle alaycı cümlelerle konuşurken, "Senin kalbini..." dedim ve kendimi susturdum.

"Küfür edebilirsin, çekinme," dedi aynı tavrını sürdürerek.

"Sen de haklısın aslında, doğru düzgün konuşunca kendini bir bok zannediyorsundur," diye ekledim.

Mirza bandajlı koluna aldırış etmeden elini alnına götürüp düşünceyle orasını kaşımaya başladı. "Isınma turlarımız başlasın o zaman," deyip telefonunu çıkardı. "Bakalım seninki nerede, ne yapıyormuş?"

"Kamer'i mi arıyorsun?" dedim heyecanlanarak.

"Bak seninki deyince nasıl da anladın hemen? O değil de bu salak herif senin ona deli gibi âşık olduğunu da bilmiyordur kesin. Yazık lan adama, belki de ömründe ilk defa sevildi ama onu da kaybedecek."

Ömründe ilk defa sevildi. Bu cümleyi Mirza'nın ağzından duymak bile canımı acıtmıştı. Öyle ki cümlenin devamında beni öldüreceği imasını umursamamıştım bile. Benim canımın acısı Kamer'in yaralarına değene kadar sürüyordu.

"En azından seviliyor," dedim. "Ya sen? Senin o leş kalbin hiç birisi için attı mı? Ya da biri sevdi mi o çöplüğü?" Onun hakkında, geçmişinde bildiğim pek bir şey yoktu ve bu umurumda da değildi. İsterse yaralı bir kalbi olsundu, bu zerre beni alâkadar etmiyordu çünkü bize yaptıklarını asla hak etmemiştik.

"Kapat çeneni," diye azarladı beni. İlgilenmedim bile. Daha sonra telefonun kilidini kaldırıp aradan geçen birkaç saniye sonra telefonu yaklaştırıp hoparlöre aldı. Nedensizce göğsüm sıkışmaya başladı, aslında nedensiz değildi. Kamer'in sesini duyacaktım, bu bile bana bir güçtü bir ilaçtı. Belki onu göremeden ölecektim ama en azından sesini duymuş olacaktım.

"Sakın bağırmaya kalkma," diye uyardı beni.

"Hoparlöre de çekirdek çitleyeyim diye mi aldın angut kafa?" diye sordum. Gözlerimin dikine doğru bakarken, bir anda onun sesini duydum.

"Kimsin?" Heyecanla titremeye başladığım vakit Kamer sabırsızca tekrarladı. "Kimsin dedim, alo?"

"Beni özledin mi?" Mirza'nın tepkisine göz devirdiğimde Kamer anında ses tonunu artırıp bağırdı. "Özledim orospu çocuğu, burnumda tütüyorsun şerefsiz. Nerede lan o? Bir şey yaptın mı lan ona? Cevap ver soyunu sopunu soğana çevirdiğim."

"Sakin ol reis," dedi Mirza muazzam bir sakinlikle. "Hatun yanımda, ellerini ve kollarını bir miktar bağladım..."

"Ulan şerefsiz," dedi Kamer. Delirecek gibiydi, ses tonunu duydukça telaşını ve endişesini hissettikçe kalbim sızlıyordu. "Nerede lan o? Konuşsun benimle, sesini duyacağım."

Mirza'nın fırsat tanımasını beklemeden atıldım. "Kamer, Kamer benim."

"Aymira," dedi nefes nefese. "Korkma tamam mı sakın? Geleceğim ben, yemin ederim geleceğim. Sen yeter ki korkma."

O kadar hızlı konuşmuştu ki, telaşını gözlerimin önünde canlandırabilmiştim. "Ben iyiyim," dedim onu yatıştırmaya çalışarak. "Sen de endişelenme sakın."

Mirza bu esnada gözlerini devirmişti.

"Bana güveniyorsun değil mi?" diye sordu. "Güvendiğini biliyorum, o yüzden sabret güzelim tamam mı? Kurtaracağım seni, geleceğim söz."

"Güveniyorum," dedim sesimi bile titretmeden. Ses tonumda bir çaresizlik sezerse çok üzülürdü ve üzülüyordu, ben de çaresizdim ama elimden gelen bir şey yoktu.

Sözlerimin devamını getirmek için dudaklarımı yeniden aralarken Mirza buna mâni olup telefonu çekti. "Kızı duydun Alptekin, iyi o. Ama şu anlık," derken gözleri beni buldu.

"Ulan ona bir şey yaparsan var ya, seni doğduğuna pişman ederim lan, yemin ederim bu sefer öldürürüm seni."

"Kıvranıyorsun lan resmen," dedi Mirza. Bundan keyif alıyordu ruh hastası. "Keyiflendirdiniz beni. Az sonra burası şenlik alanına dönecek."

"Adres ver lan it," dedi Kamer tehditkâr bir sesle.

Mirza derin bir nefes alırken, "Bilirsin, polis takma peşine ve yanında birini getirme," diye konuştu.

"Karşında beş yaşında velet yok. Adres ver lan çabuk," diye bağırdı bu kez. Kamer cidden delirmişti ve onu o halde hissetmek yüreğimi dağlıyordu.

Mirza aksi bir şekilde gülerek, "İşte bunun için adamlarımı yollayacağım. Söylediğim adrese gel, gerisini ben hallederim," dedi.

"Tamam lan, eğer ki ona bir şey yaparsan seni darmaduman ederim anladın mı?"

"Anladık lan anladık," dedi Mirza. Şu an tamamen bir kandırmacanın içine itiyordu onu. Biliyordum hem bana hem ona zarar verecekti. Biliyorum şu an sadece fırtına öncesi sessizliğin ilk temellerini atıyordu.

"Aymira?" diye seslendi Kamer. Adımı her söylediğinde kalbim titriyordu. "Geliyorum ben, tamam mı? Az kaldı, kurtaracağım seni."

"Dikkat et kendine lütfen," dedim zorla konuşarak. Mirza o anda hoparlörü kapatıp kulağına yasladı ve Kamer'e adres vererek direkt telefonu kapattı. Derin derin nefes alıp tüm hırsımın belli bir kısmını üzerine sıçrattım. "Ona zarar verirsen yarım bıraktığım işi tamamlarım," dedim.

Mirza, telefonunu kapatırken ölümcül derecede soğuk bakışlarını gözlerime dikti. "Bana zarar vermenize vaktinizin yeteceğini pek sanmıyorum. O yüzden o çeneni kapat, yoksa kapatırım."

Yüzümü ekşittim ve ellerimi çözmeye çalıştım. "Kendini hırpalamayı da bırak. Bana yer kalsın," diye gülümsedi soğuk soğuk.

"Şerefsiz," diye tısladım dişlerimin arasından lakin beni umursamayıp depodan çıktı. Etrafıma bakındım, keşfedemediğim yerlerin olup olmadığını anlamaya çalıştım fakat burası öylesine düz ve kapalı bir yerdi ki kocaman depoda ufacık pencereler vardı. Başımı hafifçe hareket ettirip ellerimin bağını genişletmeye çalıştım. Parmaklarım pantolonumun arka cebine ulaşamıyordu bile. Dişlerimi sıkarken kendimi bunun için zorladım. Oturduğum sandalyeye bir hayli sıkı bağlanmıştım ve kollarım arkaya doğru esnemekten acıyordu. "Hadi be," dedim sinirle. Bir şekilde o tuğla parçalarına ulaşıp bu halatı kesmeliydim. En azından denemeliydim.

Kaç dakika uğraşmıştım bilmiyorum ama başaramamıştım. Şakaklarımdan aşağı ufak ufak ter damlaları dökülmeye başladığında, vücudumda sıkkın bir sıcaklık oluşmaya başladı. Hava çok sıcaktı ve sandalye tam da güneş alan yerde duruyordu.

Çabalarım olumlu yanıt vermezken biçare bir halde pes ederek kendimi serbest bıraktım. Olmuyordu, denemelerim bile yanıt vermiyordu. İç sesimi hırpalarken, deponun içini dolduran seslenmelere kulak kabarttım. Bu Kamer'in sesiydi. Yutkundum ve sesine kulak verdim.

"Nerede lan o?" Yerimi belli etmek için ağzımı araladığımda Mirza benden hızlı davranarak elindeki silahı bana doğrultup içeri girdi. "Konuşursan sıkarım." Ses tonu sessiz çıksa da etkisi güçlüydü. Sustum. Hemen sonra Kamer içeri girdi. Gözleri bağlıydı ve o iki adam onu zar zor kolundan kavramıştı.

"Bırakın lan beni!" Kamer güçlükle çırpınırken onu o halde görmek canımı acıtmıştı. Konuşamadım, ben buradayım diyemedim eğer ki konuşursam ölebilirdim ya da ölebilirdi. Bunca şeyin sonucunu aptal bir sese bağlamak istemezdim.

Adamlar nihayetinde onu da bir sandalyeye oturttular fakat Kamer o kadar yerinde durmuyordu ki değil iki kişi beş kişi zor zapt edebilirdi. Gözleri bağlıydı, elleri ve ayakları gibi. Gözlerimin önünde onu mahvediyorlardı ve ben buna sadece sessiz kalıyordum. Sinirlerim hiç olmadığı kadar gerilirken, anlamsızca yerimde çırpınmaya başladım. Mirza silahı biraz daha havaya kaldırıp beni uyardı.

Adamlar Kamer'i bağladıktan sonra Mirza'nın işaretiyle depoyu terk etti. Kamer karşımdaydı, aramızda çok bir mesafe yoktu ama uzağımdaydı işte. Gözlerinde siyah bir bezle sarılmış, elleri ve kolları sımsıkı bağlanmıştı. Hiç durmadan kendini hırpalıyor, deli gibi bağırıyordu.

"Çözün lan beni... Ulan ben buradan bir çıkayım, bir kurtulayım buradan size çok güzel mezar kazacağım."

"O mezarın içine girecek olan kişi sensin," diye konuştu Mirza.

Kamer sesi teyit ederken kafasını kaldırdı ve sağa sola çevirdi. "Neredesin lan sen piç? Aç lan gözlerimi."

"Açacağım," dedi keyifle. Mirza elindeki silahı indirip yavaş adımlarla yanıma geldi ve silahı elinde tutmaya devam ederek yüzüme doğru yaklaştı. Kendimi geri çektim ama buna müsaade etmedi. "Belki küçük hanımla biraz eğlendikten sonra."

"Lan! Nerede lan o? Eğer ona dokunursan var ya seni paramparça ederim."

Mirza alayla konuştu. "Ağla."

"Kes lan sesini şerefsiz," diye susturdu onu fakat Kamer sonra aynı hırsla devam etti. "Aymira, Aymira ses ver güzelim." Gözlerimi Mirza'ya çevirdim ve ona sert bir şekilde baktım. Silahın varlığını hissediyordum, yüzümde gezinin leş ellerini de. "Aymira oradasın değil mi? Sesini duymak istiyorum."

"Buradayım," dedim sakin kalmaya çalışarak.

Kamer'in nefesi giderek hızlanıyor ve epey sabırsızlaşıyordu. "Korkma lütfen korkma. Ben buradaydım, yanındayım ben."

"Korkmuyorum," dedim onu yatıştırmaya çalışarak. Eğer ki korktuğuma dair bir şeyler anlarsa daha çok endişe duyardı ve kendini hırpalardı, bu da Mirza'nın işine gelirdi. Ona istediğini asla vermeyecektim. Hemen iki tık ötemde barutun kokusunu hissetsem bile.

"Bir şey yaptı mı sana?" diye sordu alelacele. Gözleri kapalıydı, istediği gibi hareket edemiyordu ve buna daha ne kadar katlanabilirdi, katlanabilirdik bilmiyorum.

"Yapmadı," dedim ikna edici bir sesle. "Lütfen yorma kendini."

"Lütfen yorma kendini, kıyamam," diye taklit etti Mirza beni.

"Aç ulan gözlerimi, görmek istiyorum onu. Aç lan çabuk!"

Kamer ardı ardına emrivakilerini sıralarken Mirza derin bir nefes aldı ve usulca Kamer'in karşısında dikildi. "Gözlerini açmadan seninle biraz eğlensek ya Alptekin?"

"Eğlendireceğim ben seni, şu durumdan bir kurtulayım unutulmaz bir an yaşatacağım sana."

"Hımm," dedi Mirza silahı Kamer'in kafasına doğru kaldırarak.

Gözlerimi irileştirdim. "Sakın ona zarar verme."

Mirza beni duymazken silahı Kamer'in çehresinde gezindirmeye başladı. "Tek bir tetiğe bağlı lan hayatın ama sen hâlâ artistlik peşindesin."

Kamer yüzünü silahtan sakınmamıştı bile fakat ben tekrar bağırdım. "Ona bir şey yaparsan seni parçalarım."

Sesim son derece tok ve tehditkârdı. Eğer ki o silahı tekrar elime alabilme fırsatım olursa, gözümü dahi kırpmadan yarım bıraktığım işi tamamlayacaktım. Mirza omzunun üzerinden bana bakıp göz kırptı. "Sakin ol bebeğim, sadece biraz eğleniyoruz."

"Doğru konuş lan puşt," diye hırladı Kamer. "Açsana lan gözlerimi. Amma korkak çıktın."

Mirza gözlerini gözlerimden çekip, Kamer'in yüzüne doğru eğildi. "Çaresizsin Alptekin ve bundan keyif alıyorum."

"Çünkü kansız bir orospu çocuğusun!" Konuşma sırası Kamer'e geçtiğinde sözlerinin devamını getirdi. "Öyle olduğunu biliyorsun. Sahi?" dedi alayla konuşarak. "Babanı özledin mi? Cevap versene?" diye ısrar etti Kamer. Sesinde soğukluk vardı ama bundan haz alıyordu. Mirza sessiz kalırken şu an yüzünün aldığı ifadeyi merak ediyordum, eminim ki ona unuttuğu şeyleri hatırlattığı için tuhaf hissediyordu. "Ne oldu lan, özlemedin mi babanı?" diye tekrar sorduğunda Mirza sinirle doğruldu ve Kamer'in yüzüne sert bir yumruk darbesi indirdi.

"Dokunma ona," diye bağırdığımda Kamer'in oturduğu sandalyenin sendelediğini gördüm. "Kamer iyi misin?" Yüzünü göremiyordum, yeniden bağırdım. "Kamer, ses ver lütfen, iyi misin?"

Mirza sağlam kolunu ağzına götürürken geri geri çekildi ve ben de bu sayede Kamer'in yüzünü görebilmiştim. Suratı sağa doğru yatmıştı ve yüzü ekşiyordu. "Kamer lütfen konuş benimle," diye âdeta yalvardım. Derin derin nefesler alıyor, olduğum yerde çırpınıyordum.

Usulca doğruldu ve bana ses vermeden gülerek konuştu. "Bu kadarsın lan sen işte elim, kolum, gözüm bağlıyken gücün yeter anca."

"Kes lan sesini," dedi Mirza sinirle. Onu fazlaca sinirlendirmiştik ve bu hiç de iyiye işaret değildi. "Sizi mahvedeceğim oğlum. Gözlerinizin içine baka baka öldüreceğim sizi."

"Onu bırak o zaman," dedi Kamer düz bir sesle. "Derdin benimle senin, o sana hiçbir şey yapmadı. Bırak onu, bana istediğini yap."

Gözlerimi korkuyla büyüttüğümde Mirza güldü ve derin bir nefes alıp Kamer'in etrafında dönmeye başladı. "Peki şöyle yapalım o zaman," diyerek saçlarına dokundu ve sımsıkı geriye doğru çekti. Kamer'in yüzü acının ve hırsın baharatıyla harmanlanırken, "Yapma," diye bağırdım. Canım sızlıyordu ve buna dur bile diyemiyordum. Mirza eğildi ve Kamer'in kulağına yüksek sesle bir şeyler söyledi. "Gözlerini açtığımda kızın suratına bak, bir şeyler söyle ki onu öldürmeyeyim."

Kanımı donduran ses tonu ve bakışları üzerimde hissettiğimde yutkunamadım. Kaşlarım çatılmıştı. Mirza, Kamer'in saçlarını serbest bırakırken Kamer doğruldu ve hemen sonra gözlerinin üzerindeki siyah örtü açıldı.

Gördüm onu, baktı bana ve bir kez daha yenildik.

Kara gözlerini seçebiliyordum, o sevdiğim gözbebeklerinde kendimi göremesem de hissediyordum bir şekilde. Saatler sonra birbirimizi bu şekilde görmek nasıl bir histi bilmiyorum ama buradan bir an önce çıkıp ona sarılmak istiyordum.

"Hadi Alptekin, kıza bir şeyler söyle ki onu öldürmeye bile uğraşmayayım." Tüm dikkatimi Kamer'e vermiştim, nerede ve nasıl durumda olduğumuz umurumda değildi bile, bana ne söylerse söylesin kabulümdü ve eminim ki söyleyeceği şeyin gerçeklik payı zayıftı.

Mirza sabırsızca nefes alıp verirken Kamer gayet donuk bir suratla gözlerimin içine bakıp konuşmaya başladı. "Onu öldürmen bir işe yaramaz çünkü senin amacın benim canımı yakmak ama bilmelisin ki onu öldürünce benim canım yanmayacak çünkü umurumda değil." Duygusuzca sözlerini dinledim ve o da bunların devamını getirdi: "Zaten ne kazanacaksın ki? Ben bu dünyada kimseye acımam, ona da acımıyorum kendime de. Değmez. Bırak gitsin, derdin benimle senin. Hem," dedi Kamer sessiz ve acılarla dolu sözlerin acı vermeyen hissi gibi. "Ben de ona olan bu sahte bağı koparmış olurum. Ayak bağı oluyor zaten ve değeri gün geçtikçe azalıyor. Öldürmen bir şeye yaramaz, bırak gitsin."

Kamer net bir dille konuşmasını tamamladıktan sonra Mirza kahkaha atmaya başladı. İkimizin de bakışları koyulaşırken onun kahkahası tüm depoda yankı uyandırıyor tüylerimi diken diken ediyordu.

"Ayak bağı oluyormuş da, zerre değeri yokmuş da bilmem ne," diye tekrarlamaya devam ederken sahte kahkahasından korkmaya başlamıştım. "Lan," dedi sonra buz gibi bir sesle. Ardından yeniden Kamer'in saçlarını kavrayıp ensesini geriye doğru yatırdı. "Ulan sen kimi kandırıyorsun? Kıza bakarken için gidiyor, canını verirsin lan onun için. Daha neyin palavrasını atıyorsun?"

Kamer, sinirle burnundan solumaya başladığında boynundaki damarlar patlayacak gibi oldu ve bağırdı: "Asıl sen kimi kandırıyorsun lan? Sen beni ne zannediyorsun? Kendi kıçımı kurtarmak için onu yem edeceğimi mi? Siktir git pezevenk."

Mirza, Kamer'in saçlarını acımasızca tutmaya devam ederken Kamer sırıttı. "O kalın kafan hâlâ almıyor değil mi? Sen, onunla benim aramdaki sorun bile olamazsın... O siktiri boktan tehditlerini de götüne sokacağım, bekle."

Mirza, Kamer'in canını yakabildiği kadar yakmaya çalıştı lakin Kamer'in ilgisini dahi çekemiyordu. Canının acıdığını biliyordum, hissediyordum da ama o bunu belli etmemeyi çok iyi başarıyordu. Kamer'in ruh hali iyiden iyiye dağılırken Mirza pes etti ve kafasını sertçe serbest bıraktı. Derin bir nefes alıp gözlerine baktım. Yüzündeki tebessüm gitmiş yerine daha donuk bir adam gelmişti. Diğer yandan hava giderek kararıyordu. Mirza başını sallayıp, "Biraz daha hareket getirsek diyorum. Ama ama," dedi üzülmüş gibi yaparak. "Küçük hanımın karnı acıkmıştır. Önce onu doyuralım."

"İstemiyorum hiçbir şey," diye tersledim onu. Acıkmıştım ama ona ufacık bir güvencem yoktu. Ya zehir katardı ya da başka bir şey.

"Mütevazılığın gözlerimi yaşartıyor," diye söylendi.

"Onunla konuşma lan, gözlerini dahi değdirme," dedi Kamer ters ters konuşarak.

Mirza, sağlam omzunu silkerken, "Gözlerinin önünde ona neler yapacağımı göreceksin Alptekin, ben de senin onun için elinin kolunun kıvranışını zevkle izleyeceğim," diyerek güldü ve usulca depodan çıktı.

Mirza depodan çıkarken dehşetle arkasından ona baktım. Kanım çekiliyordu, ölümün kokusunu alıyordum ve damağıma yapışmış acı bir tat vardı.

"Bana bak," dedi Kamer yüksek sesle. "Oraya bakma, bana bak." Hipnoz olmuş gibiydim çünkü korkuyordum. "Bana bak lütfen... Diana bak bana, buradayım ben."

"Ne yapacak bize?" dedim şaşkınlığın yanında getirdiği ürkeklik ve endişeyle. "Sana neler yapacak bilmiyoruz. Kamer, korkmaya başlıyorum," diye itiraf ettiğim vakit beni sesiyle kendine çevirebilmeyi başardı. "Bukalemun!"

"Efendim?"

"Eğer ki korkarsan beni öldürmesine izin veririm, ölmemi istemezsin öyle değil mi?" diye sordu sakince.

"Saçmalama," diye konuştum yüzüm acırken. İkimiz de o kadar çaresizdik ki ne o bana yardım edebilirdi ne de ben ona. "Canın acıyor mu?" diye sordum çekinerek.

"Düşünme bunu," diye karşılık verirken, bileklerine bağlı olan halatı gevşetmeye çalıştı fakat başaramadı. "Tüküreyim böyle işe," diye homurdanırken derin bir nefes alıp gözlerimin içine baktı. "O herif seni nasıl buldu? Nasıl kaçırdı, aklım almıyor. Dün geceden beri girmediğim delik kalmadı. Neredeydin?"

Sustum. Bunun cevabını verebilirdim ama şu an bunu cevaplamam yersizdi, saçmaydı. "Bilmiyorum," dedim geçiştirerek. "Ben hava almak istemiştim, o sıra ne olduysa oldu. Anlamadım hiçbir şey."

"Bana doğruyu söyle, sana bir şey yaptı mı?" diye sordu ürkek bakışlarla. Saçları darmadağındı. Elmacık kemiğinin üst kısmında hafif bir morluk meydana gelmişti. Canı acımıştı, hep acıyordu. "Aymira, lütfen bana doğruyu söyle, sana dokundu mu?"

Adımı her söyleyişinde kalbim deli gibi çarpıyordu. "Hayır," dedim kafamı sağa sola sallayarak. "Hiçbir şey yapmadı."

"Dayan biraz daha," diye konuştu gözlerini gözlerimden ayırmadan. "Bizim için."

Bizim için...

Bu cümleye binlerce anı sığdırıp ömrümü sadece birkaç harfe adayabilirdim. Dediğini yapmalıydım ki elimden geldiğince yapıyordum da. O sadece bana güç veriyordu, yanımda olması, varlığını hissetmem bile beni uçurum kenarına itmekten alıkoyuyordu.

Birbirimize bakmaya devam ederken Mirza elinde bir kutuyla içeri girdi. "Ne yaptınız ben yokken çifte kumrular?" Kamer sinirle soluduğunda, gözlerimi devirdim. Mirza bandajlı koluna rağmen son derece rahattı. Şeytan herif. Elindeki kutuyu yanında sürüklediği sandalyenin üzerine bıraktı ve kapağını açarak bana bakıp gülümsedi. "Hazır mısın, akşam yemeğini getirdim."

Ruhsuz bir biçimde ona bakarken, az sonra kutunun için büyük bir çikolata kavanozu çıkardı. Gözlerimin önüne perde inerken direkt Kamer'e baktım. Mirza'nın elinde tuttuğu cam kavanoza bakan gözleri geçmişin makasından bir sefer daha geçti. Yine ve yeniden.

"Duydum ki Kamer çikolatayı çok seviyormuş ama bunu senin yemeni istiyorum. Kadınlara öncelik tanımak lazım," deyip bana doğru yaklaştı. "Bu kadar düşünceli davranmam hoşuna gitmiştir umarım Alptekin."

"Ulan seni var ya," dedi Kamer gözlerini kısarak. "Mahvedeceğim."

"Sana da yaranılmıyor hakikaten, kızın karnını doyuruyorum ama hâlâ mızmızlanma peşindesin." Mirza'nın alaycı ve sinir bozucu tavrına deli oluyordum. Burada bize yaptıklarına ve yapacaklarına seyirci kalmak öyle katlanılmaz bir durumdu ki... Nihayetinde karşımda dikildi ve kavanozun kapağını açarak gözlerime baktı. Açık kahve göz bebekleri ürkütücü ve tiksinç gözüküyordu. Çikolatanın burnumu sızlatan o kokusuna direnmeye çalıştım.

Çok güzel kokuyordu ve ben çok acıkmıştım.

Çok berbat kokuyordu ve karşımda Kamer vardı.

"Çek şunu gözlerimin önünden, yemek istemiyorum," diye itiraz ettim. Beni duymadı.

Üstelik kaşığı kavanoza daldırarak bir miktar çikolatayı ağzıma doğru uzattı. "Hadi ama bebek, acıktığını biliyorum." Ondan kaçmaya çalıştım. Dudaklarımı birbirine kenetleyerek başımı olabildiğince oynattım. "Yoksa senin de mi kötü anıların var?" diye sordu bu kez.

O an duraksadım, buz kestim. Mirza bana keyifle bakarken ona istediğini istediğim yolla verme kararı aldım. Bu yaşanacaksa böyle yaşanacaktı. "Pekâlâ. O çikolatayı yiyeceğim, acıktım." Kamer'in şaşkın ama o bana güvenen bakışlarını üzerimde hissetmiştim. Bu beni daha özgüvenli bir hale sokmuştu. Ekledim. "Ve lütfen eğilir misin, çikolatayı bu dolgun dudaklarımın arasında nasıl yediğimi izlemeni istiyorum."

"Vay vay," dedi hayretle Mirza. "Alptekin, senin hatun bayağı manyak, ateşli biriymiş."

Kamer susuyordu, sadece beni izliyordu. Ona bakmadım, bakıp da az sonra yapacağım şeyin berbat olmasını istemiyordum. "Hadi, bekletme," dedim üzerine giderek. Mirza sol kaşını havalandırırken hafifçe eğildi ve çikolata dolu kaşığı aralanan ağzımın içine itti. Muazzam bir soğukkanlılıkla damağıma sinen çikolatayı kabullendim ve dudaklarımı kapattım. Çikolatayı asla yutmadım, sadece onu ağzımın içinde iyice sıvılaştırdım. Mirza bu esnada bana sapık gibi bakmaya devam ediyordu. Ona göz kırparak biraz daha yaklaşması gerektiğini söyledim. Nefesi yüzüme vururken, "Ulan ne kadınsın," diye iç geçirdi. Kamer'in durumunu kontrol etmek şu sırada akıl almaz bir durum olurdu.

Dudaklarımı aralamadan çikolatayı ağzımın içinde sıvılaştırmaya ve istediğim kıvama getirmeye çalıştım. Acıkmıştım ve istesem bunu direkt mideme indirirdim fakat hayır, karşımda çaresizce bana bakan bir adam için bu çikolatayı yemektense açlıktan ölürdüm. Mirza'nın o iğneleyici ve beni rahatsız eden bakışları bir an olsun eksilmezken ona son bir defa gülümseyip derin bir nefes aldım.

Bana hipnoz olmuş gibi bakıyordu ve o bakışları tek bir hareketimle mahvettim. Ağzımdaki çikolatayı tüm gücümle yüzüne tükürüp yüksek sesle bağırdım: "Siktir git lan, şerefsiz!"

Mirza'nın çehresinin büyük bir kısmı çikolatayla kaplandığında gözlerini sımsıkı kapattı ve irkilerek geriye gitti. Durmadım ve olduğum yerde deli gibi çırpınmaya başladım. "Eğer ona bir şey yaparsan, eğer bana dokunmaya kalkarsan yemin ederim buradan kurtulmanın bir yolunu bulur, seni öldürürüm."

Kamer bana şok olmuş gözlerle bakarken delirdiğimi hissettim çünkü saatlerdir ağır bir psikolojinin ortasındaydım. Elim, kolum bağlıydı ve burada oturup sıranın bana gelmesinden başka bir şey yapmıyordum. Burada oturup onun canının yanışını izlemekten başka bir şey yapmıyordum.

Ağzımın kenarına bulaşan çikolataları dilimle yaladım ve hızlı yere doğru tükürdüm. Kalp atışlarım ve nefesim düzensizdi. Bileklerim kanıyordu belki de. Mirza, yüzüne sinen çikolataya aldırış etmeden pis pis sırıttı ve elini yüzüne götürüp çikolata bulaşan parmaklarını yaladı. Bunu gözlerime bakarak yaptığında kusma istediğimi bastırmaya çalıştım. Gözlerini üzerimden indirmeden Kamer'e seslendi: "Kızını iyi eğitmişsin Alptekin."

Kamer, "Doğru konuş lan, köpek mi de onu eğiteceğim? O zaten nerede ve nasıl davranmasını gerektiğini çok iyi bilen biri, az önce de gördüğün gibi," diyerek burnundan soludu. "Bir daha ona zarar vermeye kalkarsan boş konuşmadığımı ispatlarım."

Kamer, Mirza'ya kuvvetlice cevap verirken sakin kalmaya çalışıyordum. O sırada olağandışı bir şey oldu ve herkes sustu. Birkaç dakika, belki daha fazlasıydı ama kimse konuşmadı. Mirza olduğu yerde hareket dahi etmezken gözlerini kapatıp önce bana bakıp gülümsedi, ardından Kamer'in gözlerini hedef alarak, "Bunun gibi mi?" diye sorduğunda yanağımda dev bir acı hissetmem sadece birkaç salisemi aldı.

Mirza bana tokat atmıştı.

Yüzüm acıyla sağa doğru dönerken kulağımı delen o sesle sağır oldum. "Lan! Lan ne yapıyorsun sen? Allah'ım delireceğim..." Kamer deli gibi bağırıyor, belki de şu an damarlarını patlatırcasına küfür ederek bağlı kaldığı yerden kurtulmayı düşünüyordu. "Bırak onu, onu bırak gebertirim seni piç kurusu! Bırak onu lan! Dokunma ona!"

Mirza durmadı, yanıma geldi ve saçlarımı kavrayıp kafamı enseme doğru yatırdı. Dişlerimi sıktım, gözlerim kızarmıştı ama ağlamayacaktım. Canım acıyordu ama daha fazlasını hissetmemek için direniyordum. "Nasıl, dokunmam hoşuna gidiyor mu?" diye konuştu sinsi sinsi, Kamer'in üzerine oynayıp ikimizi de acıtırken.

Kamer deliriyordu. "Bırak onu, Allah belanı versin lan, bırak onu. Tamam beni öldür, şimdi öldür ama bırak onu."

Mirza'nın elleri ise saçlarımı iyice kavradı ve bir şeyler çözülmeye başladı. Parmakları saç tellerimin arasında hoyratça gezinirken kulağıma doğru eğildi. "Sana çok eğleneceğimizi söylemiştim." Kanım dondu. Doğruldu ve ellerini saçlarımdan indirip bir tokat daha attı.

Yüzüm diğer tarafa savrulurken bir şeyler koptu.

"Seni öldüreceğim!" Kamer dur durak bilmeden bağırıyor ve küfürler ediyordu ama bir süre sonra kulağım tıkandı ve gözlerim buğulandı. Göremez, duyamaz oldum. Kendime gelemez oldum. Yüzümü düştüğü yerden kaldırmak kolaydı ama kaldırırsam dik durmak, işte asıl zor olan da buydu. Kalbim titrerken aralık olan dudaklarımı kapattım. Dudaklarım kapanınca bir şeyin tadını ve varlığını hissettim: *Kanın.* Yara açmıştı bana, yüzümde yaralarım için kendine yer açmıştı. Doğrultmaya çalışırken duraksadım. Kanım çekildi, damarlarımın içinden oluk oluk acı akmaya başladı ve saçlarım açıldı.

Başımdaki fular usulca yere düşerken toka da onu takip etti. Omuzlarıma zor uzanan saçlarım, beni bu sefer yalnız bırakarak ortalığa döküldü.

Ve o anda Kamer sustu. O deli gibi bağıran adam, benim için çırpınan adam ölümün sessizliğine kaptırdı kendini. Yutkunamadım. Nefes alamıyordum. Hayatımın en zor anlarından birini yaşıyordum. Kapattım gözlerimi ve saatlerdir akmaması için direttiğim gözyaşlarımı serbest bırakıp başımı doğrulttum.

Acı dudaklarımın arasındaydı, acı saçlarımın mimarıydı, acı gözlerime bakarken darmadağın olan adamın adıydı.

Gözlerimi güç bela Kamer'in gözleri ile birleştirdim. Ağlıyordum ama bu epey silik ve sessiz bir feryattı. Saçlarımı görmüştü, nihayetinde onun için feda ettiğim saçlarımı görmüştü. Konuşmuyordu. Dudaklarını kapattı, belki de nefes almayı bile bırakmıştı. Bu bakışına ilk kez rastlıyordum ve asla unutacağımı sanmıyordum. Hissizdi, ruhsuzdu ve mahvolmuştu. Gözleri bir idam masasını andırıyordu. Elinden gelse kendinin celladı bile olurdu.

Ah, Kamer... Kamer'e bakan gözlerim onun bana olan bakışıyla yıkılmıştı.

Ağlamaya devam ettim. Dudağım patlamıştı ve bunun sızısını hissetmiyordum bile. Mirza şüpheyle kaşlarını çattı ve Kamer'in yanına yürüdü. O ise bakışlarını zerre yüzümden ayırmadan bana donuk olsa bile ruhumu titreten derin bakışlarıyla bakmaya devam etti. Gözleri kıpkırmızı kesilmişti. Yanıyordu.

"Lan," dedi Mirza başında dikilerek. "Ağlıyor musun sen?"

Buna inanırdım ama istemezdim.

Mirza, Kamer'in bembeyaz olan suratını kavradı ve kendine çevirdi. "Bak lan bana... Ulan harbiden ağlayacaksın."

Kamer iyi değildi. İyi olsaydı şu an Mirza'ya kafa atmış olurdu ama o ufacık bir tepki bile vermemişti. İyi değildim, değildik. Zaten yeterince yıpranmıştık, bunca çileye bir tutam daha acı da ağır gelmişti.

"Tamam lan, ağla hadi," dedi Mirza alayla ve onun suratını serbest bıraktı. Kamer'in yüzü önüne doğru düşerken gözleri yeniden beni buldu ve fısıldadı: "Benim yüzümden." Çehresinin her kıvrımında çaresizliğin noktası vardı. Başımı sağa sola sallarken ağlamaya devam ettim. *Şu an sırası değil. Lütfen benden önce ölme.*

Hissettiğim şeyin tarifi yoktu. Bu daha önce yaşadığım hiçbir şeye benzemiyordu. Ne babamın bıraktığı acıya ne de onun bana tattırdıklarına. Bu çok ağırdı ve ben buna dayanamıyordum ama dayanmalıydım. Bizim için demişti, bizim için dayanacaktım.

Mirza bana dönerken kaşlarını çatıp saçlarıma baktı. "Anlaşılan o ki senin kız merdiven altı kuaförlere gidiyor, berbat bir saç kesimi."

"Dokunma sakın!" diye emretti Kamer bir anda sessizliğini bozarak. "Tehdit etmiyorum, sana söylüyorum. Ona dokunma. Bana istediğini yap ama ona dokunma."

Mirza, "Tadı çıkmıyor öyle," diye konuştu gülerek. "Ama bir oyun oynamak isterim elbette," dedi ve olduğu yerde durup yan döndü. "Kim kime daha çok değer veriyor? Ya da şöyle düzelteyim; ilk büyük itiraf kimden gelecek?"

Bahsettiği şeyi tahmin ediyordum. Benim ona karşı duyduğum hissi biliyordu ve bunu kendi aleyhinde kullanacaktı. Bu sorun değildi belki ya da bu büyük bir sorundu. Eğer ki yapılması gereken bir itiraf var ise bunu bu şekilde yapmak istemezdim ama artık saklayacak bir durum da yoktu.

"Önce küçük hanımdan başlayalım," dedi ve bana döndü. Gözyaşlarımı geri yolladım. Güçlü olmalıydım. Mirza yanıma geldi ve Kamer'in gözlerine bakarak bana sordu: "Ona hiç yalan söyledin mi?"

Evet.

"Hayır," dedim hızla. Bunu Mirza'nın bilmesine gerek yoktu, asla önemi yoktu. Mirza şüpheyle konuşurken, "Demek o gün Mahir'le konuştuğunu Kamer biliyor," dedi.

Siktir!

Kamer kaşlarını çattı ve bana dümdüz baktı. "Biliyor," dedim sonra gücümü yitirmeden. Mirza direkt bakışlarını Kamer'in soru işaretleri içerisinde yüzen irislerine çevirdi. "Biliyor musun? Doğru mu söylüyor?"

Beni yanıltmaması için ona baktım ve beni yanıltmadı. "Biliyorum."

Rahat bir nefes almıştım ama bu geçiciydi. Biliyordum ki Kamer bu yarığın içini deşmeden beni asla rahat bırakmayacaktı. "Tamam. Diğer sorumuza geçelim o halde." Derin bir nefes aldım. "Onun için neyini feda edersin?"

Hiç düşünmedim. "Canımdan başka bir şeyim yok. O da zaten onun için."

"Etkileyici," diye konuştu Mirza.

Dümdüz çıkan sesimle ekledim. "Seni etkilediğime sevindim, onun bunun çocuğu."

Güldü ve sinirlerimi darmaduman etmeye devam etti: "Sansür eklemene gerek yok bebek, dümdüz girebilirsin."

"Orasını Kamer'e bıraktım."

İçerisi gitgide kararmıştı ve akşamın kızıllığı güneşin sarısına veda etmişti. Bir ölünün günlüğünü ele geçirmiş ve o paragrafların arasında kendime bir yer edinmiş gibiydim.

"Son soruma geçeyim o halde," dedi ve derin bir nefes alıp ekledi. "Aynı şeyler onun için de geçerli değilse, bunun için onu zorlar mısın ya da kendinden mi vazgeçersin?"

Neyi ima ettiğini anında anlamıştım ve bunu şifreli bir şekilde konuşmak tamamen kendi tercihiydi. Düşünmedim çünkü şu an hiçbir şeyi sağlıklı düşünecek halde değildim. "Belki de çoktan kendimden vazgeçmişimdir?"

Kara gözleri saçlarıma ilişti. Saçlarım bile adını inleyerek haykırdı, lakin bu feryadı ondan başka herkes duydu.

Aramızdaki mesafede onca nefesi eskittik. Onca sayfalar yırttık. Mirza başını kararlı bir şekilde sallarken, "Bakalım Kamer de senin kadar net olabilecek mi?" deyip yanımdan ayrılarak onun yanına yürüdü.

Mirza önce Kamer'e ardından bana bakarak gülümsedi. Sabahtan beri yüzünde var olan bu tebessüm midemi bulandırıyordu. "Peki sen Alptekin, ona hiç yalan söyledin mi?"

Soruyu idrak etti ve beklemeden cevap verdi: "Söyledim."

"Vay vay," dedi Mirza eğlenerek. "Bu iyi bir itiraftı... Peki ne gibi konular hakkında? Biraz ipucu ver hadi."

"Siktir git," diye direkt tersledi.

Zihnim *söyledim* kelimesine asılı kalırken her şeyi sıfırladım. Ne gibi bir yalandan bahsediyordu? O sabah bana yalan söyleyeceğim deyip kulağıma fısıldadığı şeyler yüzünden mi?

"Tamam, bu seferlik öyle olsun," dedi Mirza geçiştirerek, ardından kulağına doğru eğilerek fısıldadı: "Onu üzmekten korkuyor musun?"

"Korkuyorum," dedi hızla ama birkaç kelimeyle ama sanki koca bir paragraf gibi gelmişti kulağıma.

Sesinin bana yansıdığı tonu içimi eritirken, Mirza memnuniyetle diğer sorusuna geçti. "Okkalı bir soru soracağım şimdi..." Ses tonu pürüzlüydü. "Bu kız hayatının neresinde?"

Bildiğim, ezberlediğim her şeyin cevabını bu soruya adayabilirdim. Onun hayatındaydım, bunu biliyordum, aslında beni nereye koyduğu pek de mühim değildi çünkü bizim birbirimize verecek canımızdan başka bir şeyimiz kalmamıştı.

Kamer gözlerini kapattı ve gülümsedi. Dudağının kenarı yanağına doğru çekilirken konuştu: "Bu kadın," dedi ve ardından gözlerini açarak gözlerimin içine baktı. "Benim hayatımın merkezinde." Ardından Mirza'ya seslendi: "Bir şey daha söyleyeceğim, biraz yaklaş lan."

Kaşlarım çatıldı. Mirza kuşkusuzca Kamer'in karşına geçip onun boyuna kadar eğilirken Kamer erkeksi bir iç çekişin ardından sakince konuşarak, "Ve sen de ona bir daha dokunmaya kalkarsan hayatının merkezini, yani boktan kalbini söküp götüne sokarım," dedi ve ne olduğunu anlayamadan ona okkalı bir şekilde kafa attı.

Mirza sendeleyerek yere düşerken Kamer avazı çıktığı kadar haykırmaya başladı: "Dokunmayacaksın lan ona, dokunmayacaksın. Duyuyor musun lan beni? Oğlum ben buradan kurtulacağım, ant içtim kurtulacağım buradan ve seni ellerimle geberteceğim. Sen benim sonum değilsin, benim sonum en başından beri belli zaten, sen hiçbir halta yaramayacaksın, duydun mu?" Daha kuvvetli bağırdı. "Kalk lan ayağı, çöz ellerimi de şartları eşitle yavşak, kalk lan!"

Kamer'in şakaklarından aşağı düşen ter damlaları boyun girintisine akarken dudağımdaki yara devamlı nabzımı yokluyordu. Fakat bunu düşünmenin vakti değildi. Mirza'nın bize neler yapabileceğini bilmiyorduk, Kamer'in daha ne kadar delirebileceğini tahmin edemiyordum, göğsümde daha ne kadar acıya yer ayırabilirdim bilmiyordum. "Ulan senin kalıbına sıçayım," dedi Kamer kin dolu bir sesle. "Senin cibilliyetine çomak sokayım."

Mirza sakat kolunun üzerine düşmüştü. Omuz bölgesinde bir kanama meydana gelmişti. Usulca doğrulduğunda sızlanarak kolunu kavradı ve omzuna baktı. "Sikeyim..."

"Geber," diye tısladım hırsla. Öfke saçan gözleri beni buldu. "Bitti. Bu gece ikinizden biri ölecek." Kolunu kavradı ve ayaklarını güçlükle sürükleyerek Kamer'e baktı. "Karar verin lan aranızda. Az sonra geri geleceğim ve bu sefer bu oyunu bitireceğim."

"Siktir git, puşt!" Kamer bitmek bilmeyen bir öfkeyle ona yanıt verirken, Mirza sustu ve depodan çıktı ama biliyordum ki az sonra geri dönüşü olmayan yolların içine girecektik. Yara almadan iyileşmeyi bekleyemezdik lakin bizler en başından beri yeniğiz her şeye, iyileşmek hamurumuzda yoktu.

Depoda büyük bir sessizlik meydana gelirken, gözlerim sakince Kamer'in bana olan yıkılmış bakışlarıyla karşılaştı. "Kendimi öldürmek istiyorum," diye konuştu. "Seni o hale getirdiğim için kendimi mahvetmek istiyorum." Saçlarımı ima ediyordu. Sonra güldü ama sanki dudaklarının arasından gözyaşları dökülüyordu. "Ulan ben buna değecek bir adam değilim, neden böyle bir şey yaptın?"

"Senden geçemediğim için," dedim yutkunarak. "Saçlarımdan geçtim."

"Benden geçseydin canım bu kadar acımazdı," diye söylendi sessizce. Sesinde binlerce pişmanlık, tonlarca hissizlik mevcuttu. Kara gözleri suratımın her yerinde gezinmeye başladı. Gözlerim, kulaklarım, saçlarım, dudaklarım… "Benim yüzünden," dedi kafasının sağa sola sallayarak. "Sana bu acıyı ben yaşatıyorum."

"Anlamıyorsun değil mi?" diye sordum burnumu çekerek. "Ben fiziksel bir acı çekmiyorum… Saçlarımı kestim çünkü artık bir şeyleri tükettiğimizi düşündüm. Bu elle tutulur bir şey değil, keşke elimle tutsam ve söküp atabilsem içimden ama öyle değil işte…"

Keşke seni severken acılarını devre dışı bırakabilsem ama aşkın da cilvesi bu, aşkı çekilebilir kılan da bu… Mutluluğun peşinde sürüklediği yarayı bile kabullenmek. Ben onun bana çektirdiği acıya bile âşığım.

"Beni affetmeni istemiyorum, beni sakın affetme," dedi kendinden nefret eder gibi. "Çünkü ben artık hiçbir zaman saçlarına dokunurken kendimi özgür hissedemeyeceğim. Sen aslında saçlarını kesmedin," dedi ve birkaç saniye düşünüp cümlelerini toparladı. "Beni öldürdün."

"Bir önemi yok," dedim geçiştirerek. Elbette ki vardı fakat şu an içinde bulunduğumuz durum bunu konuşmak için fazla tehlikeliydi. Saçlarımın sırası değildi. "Ölecek miyiz, Kamer?" diye sordum ürkekçe. Ölümden korkmuyordum ben sadece söylemediğim ve yapamadığım onca şeyin eksik kalmasından korkuyordum ama ölüm de böyleydi. Ansızın ve hesapsızdı.

"Hayır, hayır, buna asla müsaade etmem," dedi şaşkınlıkla. "Sana yalvarıyorum bunu düşünme. Çıkacağız buradan, sana yemin ederim bir şekilde kurtulacağız." Daha sonra ayaklarını birbirine vurdurmaya çalıştı ve halatı koparmayı denedi ama çabaları boşunaydı. Kaşlarımı çattım ve elim tekrar arka cebimde duran tuğla parçalarına gitti. Olmuyordu. Ellerim yüksekte bağlı olduğu için kalçama uzanmıyor.

Kamer bu çabamı fark edince, "Ne yapıyorsun?" diye sordu.

Sıkıntıyla yanıtladım. "Cebimde birkaç tuğla kırığı var, onları alabilirsem halatı kesebilirim ama defalarca denememe rağmen bunu başaramadım."

"Nereden buldun onları?"

"Bir şekilde buradan kaçmalıydım ama elimden sadece tuvalete gidebilme fırsatı gelmişti. Oradan buldum ama ulaşamıyorum." Tuğla parçaları kalçamı acıtmıyordu ama varlığını epey hissediyordum. Öfkelendim. "Olmuyor, olmuyor, olmuyor."

"Kendini suçlamayı bırak," dedi Kamer buna müsaade etmeden. "Artık zarar görmeyeceksin, duydun mu beni? Canın yanmayacak. Hadi bana güven, güven bana ki yaşamak için bir sebebim olsun."

"Güveniyorum tabii," dedim yumuşak çıkan sesimle. "Nasıl güvenmem Kamer?" Aramıza örülen mesafe kalbinin ritmini duymama engel değildi, göz bebeklerindeki ateşi hissetmeme mâni olmuyordu. Bizi bitiren şey mesafeler değildi, hiçbir zaman da olmamıştı. Bizi, biz bitiyorduk. "Sen de bana güven olur mu? Ne olursa olsun seni hep… Seni her zaman göğsümün içinde hissettiğimi unutma." Böyle söyledim ona.

Ne olursa olsun seni sevdiğimi unutma.

Gülümsedi. Saatler sonra ilk defa öyle güzel gülümsemişti ki bir an için attığım tüm kahkahaları yok saydım. Benim tebessümlerim onun gülüşüne rastlayana kadar anlamlı geliyordu. Ona bakarken ısınan kalbim tüm harabeyi yerle bir ediyordu. "Unutmam," dedi gülümseyerek. "Ben," dedi sonra Kamer hevesle yüzüme bakarak. Gereksiz bir heyecanın içinde buldum kendimi ama o heyecan içeri Mirza'nın girmesiyle yerle bir oldu.

Kamer susmak zorunda kalırken, Mirza yeni bandajını takmıştı bile. "Karar verdiniz mi? Hanginiz ölüyor?"

"Anan," dedi Kamer gülerek. "Ama baban ölmüştü senin, değil mi? Ne yüzünden?" diye kendi kendine sordu ve gözlerini kıstı. "Ha! Şu asla sahip olamayacağın yüzük yüzünden."

Mirza duraksadı. "Aynı yüzük birinin ölümüne daha sebep oldu Alptekin, hatırlamışsındır umarım."

Dayı.

Kamer beklemedi. “Unutmam. Unutmam çünkü onu öldürmekle kendini öldürdüğünü bilmeni isterim. Geri zekâlı değilsindir umarım.”

İkisi arasında yaşan bu soğuk esinti hoşuma gitmiyordu ama Kamer’in Dayı yüzünden canının yanmadığına sevinmiştim, elbette ki hâlâ üzgündü ve hep sürecekti ama Mirza’ya belli etmemesi akıllıca bir davranıştı.

“Son sözlerin için fazla ukalasın,” dedi Mirza tehdit ederek. “Bence onun gözlerine bak ve söylemek istediklerini söyle. Biraz etkileyici olursa sevinirim.”

Mirza’nın ölümcül sakinliği kanımı dondururken, Kamer’in konuşmasına fırsat tanımadan elindeki silahı direkt bana doğrulttu ve kafasını sol tarafa doğru eğip sinsice gülümsedi. “Ya da vazgeçtim, seni öldürmek istiyorum. Bu sayede bir taşla iki kuş vurmuş olurum.”

“Ulan, bir adım daha ileri gidersen seni öldürürüm,” dedi Kamer hiddetle. Mirza inadına yaparmışçasına bana yaklaşmaya devam etti. Kamer’in giderek artan siniri yerinde debelenmesine sebep oluyordu. “Zavallı Alptekin, kıvranışından öyle bir haz alıyorum ki bunun için mısır patlatıp seni öylece izlemediğim için kendimi asla affetmeyeceğim.”

“Ruh hastası piç,” diye hırladı Kamer. Dudaklarımı kapattım ve yutkunmak için derin bir nefes aldım. Aldığım en kuvvetli nefeste alnımın ortasında buz gibi soğukluk hissettim, bu silahın namlusundan başka bir şey değildi.

Titreyen bedenim hissettiğim sertlikle buna son verirken kapalı olan gözlerimi açtım. Barutun kokusu burun kemiklerimi sızlatıyordu. Gözlerimi Mirza’nın gözlerine sabitlerken ona bir şeyler söyledim. Korkuyordum ama sözlerim her zaman bununla ters düşmüştü. “Beni şu an öldürmezsen çok gülerim be.”

“Öldüreceğim,” dedi keyifle. “İstersen son kahkahalarını benimle paylaşabilirsin.”

“Yok,” dedim zoraki bir gülücükle. “Bu mutluluğu sana tattırmayacağım.”

“Sen bilirsin,” diye konuştu rahat bir sesle. Daha sonra hiç hareket etmeden Kamer’e seslendi. “Ona son defa bir şeyler söylemek ister misin Alptekin? Bir itiraf mesela ama bu diğerlerine benzemesin. Biraz daha duygusal olsun, keyifleniyorum çünkü.”

“Yapacağım tek itiraf, senin muazzam bir puşt oluşundur. Kanın bozuk senin," diye sertçe konuştu. Mirza dişlerini göstererek gülerken midemin bulanması çok uzun sürmedi. Bu saatlerdir yüzüne bakınca gösterdiğim tepkiydi. Devam etti: "Bu laflarını az sonra yaşayacağın acı kaybın yerine sayıyorum."

"O tetiğe basarsan eğer, ant içtim seni öldürürüm. Gözüm karadır, bilirsin."

"Benim de başladığım bir işi yarım bırakma huyum yoktur sen de bunu bil," dediğinde Kamer'in cevabı gecikmemişti. "Bilmez miyim? Anadan doğma karaktersizin tekisin. Ölene kadar da bu böyle sürüp gidecek."

Şu an sadece zaman geçiyordu, kazanım yoktu kayıplar olacaktı. Mirza bu laf dalaşına bir son verdi ve dişlerini sıkarak, "On saniyeniz var, birbirinizin gözlerine bakın ve vedalaşın," dedi. "On!"

O an bedenim titremeye başladı çünkü bu bir gerçekti. Gözlerimi direkt Kamer adadım. "Sakın korkma," diye söyledi bana ama o da biliyordu artık sona gelmiştik. Son değildi fakat zaman ellerimizi bağlamış bir ipti.

"Kamer," dedim ağlamaklı çıkan sesimle. Diğer yandan Mirza geriye doğru sayımını sürdürüyordu ve şu an yediyi bitirmişti. "Ben üzgünüm," dedim acıyla. Söylemediğim, senden sakladığım her şey için üzgünüm. Umarım beni affedersin.

"Altı!"

"Tamam lan ne istersen yapacağım, yüzüğü de geri vereceğim ama yeter ki ona zarar verme," dedi Kamer nefes nefese. Bu Mirza için bir önem teşkil etmişe benzemiyordu. "İş işten geçti artık Alptekin, can alma sırası yine ben de." Dedi ve elini tetiğe götürdü. İrkildim ve gözlerimi kapattım.

"Beş!"

"Dört!"

"Yapma lan yapma, beni öldür. Onu bırak yeter ki, ne istersen vereceğim ama onu bırak," dedi Kamer bağırarak. Sesi kalbimin içinde var olan adamın ruhunu öldürüyordu. O kendi kendini öldürüyordu ve bundan zinhar haberi yoktu. Mirza'nın gülüşünü duydum ve duyduğum son sesin bu olmaması için Kamer'e seslendim. "Ne olursa olsun hayatımın en güzel günlerini seninle geçirdim ben. Bu asla değişmeyecek."

"Üç!"

"Daha güzel günlerimiz olacak, böyle söyleme," dedi zorla.

"İki!"

Derin bir nefes aldım ve sadece kendimin duyacağı şekilde fısıldadım: "Seni seviyorum."

Gözlerimi kapattım ve derin bir nefes alıp gülümsedim. Şimdi ölebilirdim. Mirza'nın tetikte olan parmağının hareket ettiğini hissettiğim an ruhumu bedenimden sıyırdım.

"Bir!"

Ve o an bir silah sesi duyuldu.

Ardından tanıdık bir ses.

"Nerede kalmıştık, bro!"

Alnımın üzerindeki baskı yok olurken gözlerimi dehşetle açtım ve Mirza'nın bedeninin yere yığılışını, hemen ardından Mahir'in keyifle gülümseyişini görmem bir oldu. Yaşadığım şoku atlamazken Mahir bana doğru tuttuğu silahı indirdi ve gülerek yanımıza yürümeye başladı. "Son dakikaların adamı olmaktan gurur duyuyorum lan."

Kamer henüz Mahir'i görmemişti ve işittiği sesle büyük çaplı bir şoka girdi. "Siktir! Bu nereden çıktı lan?"

"Bana biyoloji konularını açtırma istersen," diyerek kendini Kamer'e belli etti.

Kamer, onu karşısında görünce yaşadığı şoku atlatamamıştı, keza ben de öyle. Ayaklarımın dibinde bir hareketlenme meydana gelirken Mirza'nın henüz ölmediğini anlamıştım. "Kamer," diye hızla bağırdığımda Mahir döndü ve Mirza'nın elindeki silahı ayağıyla diğer tarafa itip kendi silahıyla onu hedef aldı.

"Sakın!" dedi Kamer hızla. "Onu öldürürsen seni öldürürüm."

"İyice polisiyeye çevirdiğiniz lan olayı," diye homurdandı Mahir.

Kamer net bir dille tekrar konuşurken, "Onu kendi ellerimle mahvedeceğim. Çöz ellerimi çabuk," diye emretti.

Mahir gözlerini devirirken Mirza'yı hedef alan silahını çekti ve duraksayıp gözlerini kıstı. "İçimde kalmasın lan." Sözlerinin ardından Mirza'nın karnına ayağıyla sert bir şekilde vurdu.

O çok garip biriydi. Bu tarz bir adamın neden bu kadar kötü olduğuna anlam veremiyordum. Ona ısınmaya çalıştığım her an Aytaç'ın yüzü gözlerimin önüne geliyordu ve bunu yaptığım için kendimden nefret ediyordum.

Mahir gitti ve Kamer'in ellerini çözmeye başladı. "Ellerimi çözdüğün ilk an git ve onun ellerini çözerek buradan çıkar. Anasını satayım, öyle boktan bir an ki onu resmen sana emanet ediyorum. Bir yamuk yaparsan sıra sana da gelir, Mahir."

"Rica ederim," diye yanıtladı Mahir. "Teşekkürlerini sonra kabul ederim."

Kamer sabırsızca davranarak bağlı olduğu yerden kalktı ve bileklerini ovuşturarak Mahir'e yeniden ikaz verdi. "Çıkar onu buradan!"

Şaşkınlıkla olduğum yerde olanları izliyordum. İkisi birlikte üzerime geldiler. Mahir kollarımı çözerken, Kamer ise Mirza'yı kavradı ve onu yerde sürükleyerek ileri taşıdı. "Kalk lan ayağı." Mirza'nın bedeninden aşağı süzülen kanlar, sürüklendiği zeminde kırmızı lekeler bırakmaya devam etti. Bu görüntü benim kâbusumdu.

O sırada Mahir kollarımı ve ayaklarımı çözmüştü. Onu yok sayarak ileri atıldığımda beni durdurdu. "Sakin ol."

"Çekil önümden," dedim hüzünlü bir sesle. "O zaten öldü, ölü biri yüzünden katil olmasına müsaade edemem."

"O katil olmayacak," dedi Mahir gözlerimin içine bakarak. İlk defa güven vermişti sözleri ve ben buna alışkın değildim. "Hayatımda ilk defa böyle hissediyorum ama o katil olmayacak." Bakışlarında, yüzünde derdini anlamamız için çırpındığın bir ruh vardı. Seni anlamayı çok isterdim ama sen kendini bu hale getirerek bizi çoktan yok saydın, Mahir.

"Mahir, çıkar diyorum onu buradan!" Kamer'in sesiyle yeniden dağıldım ve ona döndüm.

"Gitmem," dedim ona doğru koşarak. "Hadi, gel sen de. Buradayım ben, iyiyim." Ağlamak hiç bu kadar zor olmamıştı. Kamer beni duymuyordu ve Mirza'yı öylece yere sermişti. "Allah aşkına çık şuradan. Sana yaptıklarını ödetmeden rahat olamam."

"İstemiyorum. Ben sadece seni istiyorum," dedim yanına doğru yaklaşmaya çalışarak.

"Gelme," diye ikaz etti.

Onu dinlemedim. Onu dinlemiyordum. Kamer sinirlendi ve olduğu yerden ayrılıp bana doğru yürümeye başladı. Titriyordum. Geldi ve karşımda dikildi sadece baktı, dokunmadı. "Lütfen git. Lütfen..."

Ve bir silah sesi daha işittik. İkimizin de gözleri irileşirken Mahir'in olduğu yere baktık. Elindeki silahı bize doğru doğrultmuş gibi gözükse de Mirza'yı öldürmüştü. Onu tamamen yok etmişti. Kamer ve ben ona dümdüz bakarken o, doğrulttuğu silahın namlusunu kendine çevirdi ve ucunu üfleyerek konuştu. "Bitti."

"Öldü mü?" dedim korkuyla.

Kamer konuşmuyordu, Mahir yavaş adımlarla yanımızdan geçerken Mirza'nın başında dikildi ve onu ayağıyla kontrol edip, "Ölmüş. Boktan bir herifim lan ben zaten, katil de oldum sonunda, ne olacak ki," diyerek omzunu silkti. Çok rahattı ama bu rahatlığının altında yatan vicdanı ve her şeye geç kalmış adamı görebilmeyi başarmıştım.

Mirza ise ölmüştü. Düşmanımız saydığımız, bize en büyük kötülükleri yaşatmış olan adamlardan biri ölmüştü.

Gözlerim kararıyordu ve tutunacak bir yer aradığımda Kamer benim elim ayağım oldu. Belimden kavradı ve alnını alnıma yasladı. Kalbim yerinden çıksa bu kadar acır mıydı acaba? "Geçti," dedi sıcacık bir sesle. Gözlerimi kapattım ve ağladım. Yorulmuştum ama ölmemişti ve bize bir şey olmamıştı ya gözyaşlarımın kuruması da sorun olmazdı. "Geçti güzelim, geçti," diyerek eliyle yanağımı sıvazlamaya başladı.

"Neyse," dedi Mahir. "Siz şey yapmaya devam edin. Aile var burada," dediğinde alınlarımızı ayırıp ona baktık. Devam etti: "Ya da düzeltiyorum hemen, aile var burada demeyi çok isterdim ama ben onun bunun çocuğuyum lan, ne haddime."

Bir şey koptu içimde. Ya çok acıdığından ya da acımaya bile korktuğundandı.

Mahir, birkaç saniye Kamer'in gözlerine baktı ve daha sonra elindeki silahı bırakmadan çıkışa doğru ilerledi ta ki Kamer'in sesiyle duraksayana dek. "Mahir!"

Mahir omzunun üzerinden bize baktı. "Eyvallah." Kamer'in teşekkürüyle hepimizin arasında soğuk bir an yaşanırken Mahir'in dudaklarında ufacık bir tebessüm meydana geldi. Bu teşekkürüne karşı bir tepkiydi ve bunu daha fazla büyütmeden önüne dönerek depodan çıktı.

Mahir'in vicdanı gözlerindeki bebeği bile diriltecek kadar ağır basmıştı. Onu görüyordum ama ona ne zaman baksam kendime kızıyor, kendime acıyordum. Mahir sadece bu kadardı. O bir hayal kırıklığı, o bir katil ve o, Kamer'in en talihsiz yarasıydı.

4. Bölüm

Ayın Altında

Hayatımın merkezinde... Kalbimde.

Bir söz bir itiraftı belki de beni yaşatan, bir bakış bir gülüştü hayata tutunmamı sağlayan.

Bugün bir ölüm yaşandı, nefis tadacağı en acı şeyi tattı ve öldü. Bir beden daha sonsuzluğu kucakladı. Günahıyla, sevabıyla. Bugün iki ölüm daha yaşandı. Ruhlarımız tıpkı bir yılanın derisini değiştirmesi gibi eskisini çürütüp yenisine gebe kaldı. Acıdan başkasına sahiplik yapamayan kalbimiz günler, aylar sonra ilk kez bu denli feraha kavuştu.

Bugün bir kavuşma yaşandı, evet. Ne hayal ettiğim gibi ne de hayalimdekinden daha ileri.

Ilık suyun, birbirine ait olmuş bedenlerimizin üzerinden sıyrılışını dinliyorduk. Yarı çıplak bedenim Kamer'in yarı çıplak bedenine sarılmıştı. Yüzüm boynunun boşluğuna hapsolmuş ve dudaklarımın arasından sızan ılık nefesimi hissettiğini biliyordum. Kollarıyla sırtımı öylesine sıkı sarmıştı ki bu hissettiğim en güvenli şeydi. Kaç dakikadır buradaydık bilmiyordum, sadece ılık ve akımı az olan suyun altında öylece bekliyorduk ve teni öylesine sıcak ki tenim soğukta kalmaya hasret yaşayacaktı bir süre.

"Üşüdün mü?" diye sordu dakikalar sonra. Daha birkaç saat önce o leş yerden kurtulmuştuk ve direkt buraya gelmiştik. Ne ben eve geri dönmek için bir çaba göstermiştim ne de Kamer beni buna zorlamıştı. Saatler sonra dudaklarından dökülen ilk cümle de bu olmuştu.

"Hayır," dedim, ellerim çıplak sırtını iyice sahiplenirken. Elleri saçlarıma hiç değmemişti, yalnızca sırtıma dokunmuştu. Korkuyor muydu? Cesareti mi yoktu? Yoksa eskisi kadar güzel hissettirmiyor muydu?

"Dudağın acıyor ama, değil mi?" diye sordu dalgın dalgın.

Yüzünü, gözünü göremesem de suratının portresini göz kapaklarımın üzerine çizebilirdim, sırf her bir kapanışta kendini bende görsün diye. "Çok değil," dedim sakince. "Senin yaraların?"

"Seninkiler kadar değil," dedi fısıldar gibi. Mirza bana şiddet uygulamıştı, defalarca vurmuştu ve yüzümü bir harabeye çevirmişti ama acı olan bunu Kamer'in gözleri önünde yapmış olmasıydı. O anları unutmak istesem de henüz çok tazeydi. "Keşke senin acılarını da ben taşısam, ben çeksem," dedi sonra.

"O zaman hissetmenin ne manası kalır?" diye sordum. Bu biraz kendime yönelik bir sualdi. Parmaklarımın arasından sızan su damlaları sırtında daha rahat gezinmemi sağlıyordu. İç çektim ona fark ettirmeden. "İkimiz de bu acıyı hak ettik."

"Sen hak etmedin," dedi ses tonunu biraz daha artırarak. "Gözlerimin önünde sana vurmasını, sana yaptıklarını," dedi ve yutkundu. Bu zaman diliminde bile hissettiğimiz şeyin adını koyabilirdim. "Sana yaptıklarımı hak etmedin."

Kaşlarımı çattım ve ellerimi sırtından usulca indirip yüzümü boynunun boşluğundan ayırdım. Elleri zoraki bir şekilde sırtımı terk ederken yavaş yavaş yüzüne baktım. Dudaklarına, ıslanmış kirpiklerine hâlâ birkaç yaranın olduğu çehresine. Dağılmıştı. Onu ilk gördüğüm adam değildi, onu ilk gördüğüm anda hissettirdikleri gibi değildi. Bu çok başkaydı, çok kuvvetli bir duyguydu ve ben bundan her ne kadar memnun olsam da bu hale gelmesinde payım olduğu için üzülüyordum.

Elleri tenime dokunuyordu, parmakları dirseklerimi kavradığında ellerimi sakince yüzüne doğru kaldırdım ve yanağına koydum. "Ben de sana bir sürü şey yaptım." Usul usul okşadım yanağını. "Biz iki salak birbirimizi kırmaktan korkmadık."

Buruk bir şekilde gülümserken gülümsedim. Gözleri aniden saçlarıma gitti ve dudağının kıvrımı çözüldü, benimkiler de. "Saçların," diye konuştu zorla. "Saçlarında bir idam var. Saçlarında bir ölü var, Diana... O benim."

"Hayır," dedim itiraz ederek. "Sen değilsin." Daha ne kadar kötü hissetmemesini sağlayabilirdim, bilmiyordum. Ama boşunaydı, bu halde olmamın sebebinin kendi olduğunu biliyordu. Belki kötü bir haldeydim, evet ama bu tamamıyla onun hatası değildi. "Gözlerime bak lütfen," dedim onu ikna etmeye çalışarak. İki elimle yüzünü kavradım ve gözlerime bakmasını sağladım. "Saçlarım senden önce bile ölüydü benim. Onların yaşadığına sen inandırdın beni."

Daha birçok şeyi de.

"Çok güzel yalan söylüyorsun," dedi, bu esnada dudakları yeniden kıvrıldı.

"Hayır, söylemiyorum," dedim ona binaen gülümseyerek. "Bu arada yalan demişken," dedim toparlayarak. "Bana yalan söylediğini itiraf ettin. Neydi o yalan Kamer?"

Hiç tereddüt etmeden, "Bir gün söyleyeceğim," dedi.

"Bundan korkmalı mıyım?" diye sordum.

Boş boş yüzüme bakarken, "Bu söyleyeceğim şey bir yalan da sayılmaz aslında, belki bir itiraf," deyip ardından bakışlarını kaçırdı. "Ama sana başka yalanlar da söyledim. Özür dilerim."

"Ne için?" dedim korkuyla. "Bu bizi üzecek mi yani?"

"Bilmiyorum," dedi nefes almadan. "Sadece sana yalan söyledim işte. Şu an son derece dürüstüm," diyerek alnını alnıma koydu. "Özür dilerim."

Ne olduğunu anlayamıyordum. Benden bir şeyler gizlemişti ve bunu hâlâ gizli tutuyordu. Kötü bir şey miydi? Bu zamana kadar hiç belli etmediyse neden son günlerde sürekli bunu deyip duruyordu?

"Korkuyorum ben," dedim içimdeki sesi bastırmadan. "Yine mi yara alacağız?"

"Biz zaten anadan doğma yaralıyız ki güzelim benim," dedi elleri yüzümü kavrarken. Annesi, anlatacaklarım, geçmişi, dünü, bugünü hepsi dilimin ucundaydı. Söyleyecektim evet, zaten bunca zaman ona hep yakın bildikleri susmuştu, ben de susarsam ne farkım kalırdı?

"Bu arada," dedi Kamer gerilerek. Alnını alnımdan çekip kaşlarını çattı. "Sen de bana yalan söyledin. Hava almaya çıktığını söylediğinde Mahir ile ne yaptın? Yanlış anlama, asla art niyetle sormuyorum, o evreleri atlattım artık. Ben sadece o zibidiyle olan münasebetini merak ediyorum."

"Dedim ya, hava almaya çıktım ama karşılaştık. Ben de anlamadım zaten. Ayaküstü ters ters konuştuk ve o ara ne olduysa oldu işte. Mahir, beni kaçırılırken görmedi." Eğer ki bir şeyleri anlatmaya başlarsam kesinlikle giriş cümlem Mahir olmayacaktı.

"Bak, bana yalan söyleyeceksen eğer bunu başkasından öğrenmeyeyim sonra, gel kendin söyle sana yalan söyledim diye," diye konuştu. Neden sürekli huzursuzlaşıyordum?

"Peki, bana bir gün söylediğin yalanları anlatacak mısın?" diye sordum kuşkuyla.

Yüzü düştü, cevap veremedi. *Kalbim nefes alıyordu az önce, lütfen sil şu gözlerindeki rengi, bu kadar ürkütücü bakmasınlar.*

Tabii o sırada hâlâ su akıyordu bedenlerimize doğru. "Kapatsak ya suyu? Fatura kabarmasın sonra," dedim bu anlamsız soğukluktan kaçmak isterken.

Omzunu silkti. "Siktir et." Ardından güldü. "Bu arada benden daha güzel küfür ediyorsun."

Anında güldürmeyi başardı. "O küfürleri hak etmişti ama."

"Aksini iddia etmedim zaten," dedi kafasını sallayarak. Daha sonra derin bir nefes alıp tekrar alnını alnıma yasladı. "Sen bensin, benimlesin. Orada öyle çaresizce otururken benim için çırpınman, gözlerimin önünde canının yanmasını izlemem... Bunları ömür boyu unutamam."

"Sen de," dedim şakaklarımdaki ellerini kavrayarak. "Sen de aynılarını benim için yaptın. O herif alnımı hedef aldığında bana olan bakışlarını asla unutmayacağım. O pislik herife seni öldürmesi için bağırdığını asla unutmayacağım," dediğimde gözlerini kapattı ve konuştu. "Bunu birlikte atlatacağız. Sana söz veriyorum."

"Biliyorum ki," dedim sakince. "Artık her şeyi birlikte atlatacağız."

Sustuk. Dilimin ucuna kadar gelip de bir türlü dökülmeyen öyle çok şey vardı ki, bunca sırrı tek başıma nasıl ona anlatacaktım hiç bilmiyordum. Vereceği tepkileri, hissedeceği şeyleri öylesine merak ediyordum ki korkumdan tahmin dahi yürütemiyordum.

"Kamer," dedim fısıldayarak.

"Söyle güzelim?"

Yutkundum. Beni yanlış anlamasını istemiyordum ama merakımdan delirecek gibiydim. "Pantolonunu çıkarır mısın?"

Duraksadı. Heyecandan kalbim çıkacaktı.

"Anlamadım?" dedi şaşkın bir ses tonuyla. Anlamıştı. Alnını alnımdan çekerken bedeni de buna eşlik eden taraf olmuştu. Bana tuhaf tuhaf bakarken utandığımı hissettim ama bu umurumda değildi, hem de hiç.

"Anlamayacak bir şey yok. Pantolonunu çıkarmanı istiyorum. Ben sadece seni hiç pantolonsuz görmedim. Yani bunca zamandır beraberiz ama hep onunla yatıyorsun, duş alıyorsun," diye konuşurken sözümü kesti.

"Sadece seninleyken pantolonla duş alıyorum."

"Sebebi nedir peki?"

"Alışkanlık," dediğinde yüzümü ekşittim.

"Bu bir bahane değil sanki ha?"

"Hayır, değil," dedi direterek. "Eşofmanla uyuyamadığımı biliyorsun, inkâr etme." Evet bu konuda haklıydı çünkü bunu en başında söylemişti. Eşofman fazla rahat geliyordu ona. "Ama beni çıplak görmeye bu kadar meraklı olduğunu bilseydim hiç giyinmezdim." Ses tonunda belirgin bir muziplik mevcuttu.

"Ya, işi hemen benim tarafıma ne güzel de çeviriyorsun," dedim şaşkınca. "Tamam, yalan yok. Önceden utanıyordum, yani seni boxerlı görmek garip hissettiriyordu, daha önce seni hiç öyle görmedim," diyerek sözlerimi kanıtlar nitelikte devam ettim. "Ama artık öyle hissetmiyorum. Hem baksana bana, iç çamaşırlarımlayım."

"O konuya hiç girme," dedi kendini zor tutarak. "Gözlerinden aşağısına bakmamak için kendimle savaşıyorum."

"Ya bak," dedim aniden gülerken. O da gülümsemişti.

"Kamer," dedim sonra ikimizi de susturarak. "Lütfen, çıkarır mısın pantolonunu?"

Tavrım gözlerindeki o muzip simayı silerken yavaş yavaş gerilmeye başladığını fark ettim. Onu incitmek, acıtmak gibi bir niyetim yoktu. Asla da olmazdı. Bacaklarındaki, kalçasındaki izleri merak ediyordum. Ona nasıl zarar verdiklerini görmek beni acımasız bir insan yapmazdı elbette.

Kafasını sağa sola salladı. "Bunun iyi bir fikir olduğunu sanmıyorum."

İşte şimdi annesi olacak kadına inanmıştım, bu midemi bulandırsa da. Benden sakladığı şeyler vardı. Akan su saçlarını alnına yapıştırdığında orayı eliyle dağıtıp kafasını tekrar sağa sola salladı. "Bu iyi bir fikir değil, gerçekten."

"Neden böyle söylüyorsun?" dedim ürkek bir ses tonuyla. Canını acıtmamak için debeleniyordum âdeta. "Sadece pantolonunu çıkarmanı istedim."

Konuşmadı. Sert göğsüne düşen su darbeleri usulca kaslarını seyrediyor, ardından siyah kotunun içine doğru kayıyordu. Pantolonu bacaklarına yapışmıştı. Omuzlarını düşürdü ve gözlerini gözlerimden ayırmadan elleri pantolonunun fermuarına ilişti. Boğazım kuruyordu. Bu tahrik olmak ya da başka türlü bir şey değildi, bu kesinlikle az sonra yaralarının derinliğini göreceğim içindi. Nefesimi tutmuştum. Bunu neden yaptırdığımı bilse kızar mıydı acaba? Peki ben ne tepki verecektim? Bilmezlikten gelmek en mantıklısıydı. Fermuarını indirirken çıkan o sesler kulağımı sağır etmişti. Çehresi öylesine donuk ve hissiz bakıyordu ki ondan böyle bir şey yapmasını istediğim için beni pişman etmiş sayılırdı.

Nihayetinde pantolonunu çıkarmaya başladı. Islaktı ve bacaklarına yapıştığı için onu biraz zorlasa da başarmıştı. Bacaklarına bakamıyordum, daha doğrusu diz kapaklarının üzerine. Pantolonu ayağıyla geriye doğru iterken siyah boxerını gördüm. Utanmıyordum ama çok daha rahat olduğumu iddia edemezdim.

"Çıkardım," dedi ruhsuz bir sesle. "Ne oldu?"

"Ben," dedim nefes nefese kalır gibi. "Sadece artık daha cesur olduğumu ve utanmadığımı belli etmek istedim." Evet bu bir yalandı, bu gerçeklerimin önüne sakladığım koca bir kandırmacaydı.

"Utanmana hiçbir zaman gerek olmadığını biliyorsun, bunu sana defalarca kez söyledim," diye ekledi.

"Biliyorum," dedim ve çekinerek başımı yere eğdim. O sırada diz kapağının epey üzerinde bir yaraya rastladım "Bacağına ne oldu?" diye sordum kısık sesimle. Biraz geri çekilerek onu daha rahat görebilme şansını yakaladım. Diz kapağına kadar düşüyordu bu yara ve inanılmaz ürkütücü görünüyordu.

"Küçükken bisikletten düşmüştüm, hâlâ geçmedi," dedi sakince.

Yalanlarını sevdiğim.

Yarası büyük ve derindi, benim bile canımı sızlatmıştı. "Bacaklarıma bu kadar meraklı olduğunu bilmiyordum," diye konuşurken yüzüm pembeleşti. Tek yarası bu değildi biliyordum.

"Başka yaraların da var mı?" diye sordum gözlerine bakmadan.

"Önemi yok," diye geçiştirdi. "Boş ver."

"Var yani," dedim kaşlarımı yukarı doğru kaldırarak.

Bana dümdüz bakmaya devam ederken, "Bir şey mi oldu sana?" diye sordu.

Tedirginleştim. "Hayır, sadece merakımdan soruyorum."

"Çok soru soruyorsun ama," diye söylenirken fıskiyeyi kapatmadan belimi kavradı ve beni sakince göğsüne yatırdı. Kalbim delirmiş gibiydi. Yüzüne çarpan su gözlerini kırpıştırmasıyla bana sıçradı. "Öpersem eğer acır mı dudakların?" diye sordu.

"Belki öpersen geçer," diye konuştum.

"Öpüyorum o zaman, benden günah gitti bak," dedi tatlı tatlı homurdanarak. Acıyla gülümsedim ve ona fırsat tanımadan parmak uçlarımda yükselip dudaklarımı dudaklarına bastırdım. Anında kabullendi beni. Üst dudağımın sol köşesinde taze bir yara vardı ama kimin umurumdaydı? Ellerim sırtını aşıp saçlarının dibine doğru yol almaya başlarken, elleri yüzümü kavradı ama zinhar saçlarıma dokunmadı. Bunu fark etmiştim. Büyük bir açlıkla dudaklarımı öpmeye devam etti, keza ben de onu öyle. Ellerim farkında olmadan saçlarını sıkıyordu. Elleriyle yüzümü kavradı ve sevdi. Ilık su ile yaptığımız bu ahenk karnıma tatlı ağrılar saplarken ne kadar zor olsa da dudaklarımı dudaklarından çekip, alnımı dudaklarına yasladım. Alnıma bastırdı bu sefer dudaklarını. Göğsüm inip kalkarken nefesim amansızca kendini sınırlandırıyordu.

"Beni," dedi dudaklarını alnımdan çekerek. "Fena zorluyorsun. Biliyorsundur umarım bunu."

"Utandırmasana," dedim kısık sesimle.

Bedenimi usulca itti ve gözlerime baktı. "Eğer bir daha o dudaklarından *utandırmasana*, diye laflar duyarsam yemin ederim güzel dudaklarını kanatana kadar öperim seni."

"Cani," dedim ters ters. "İnsan kıyamaz öperken."

Gözlerini devirdi. "Zaten kıyamadığım için doğru dürüst öpemiyorum, neyin edebiyatı la bu?"

"Kitap okur musun bana?" diye sordum sonra.

"Yaranamayanlar'ı mı?" dedi kaşlarını çatarak. "Yazarı Kamer Alptekin." Gülümsedim. "Yanlış mıyım?"

Sevimli sevimli sırıtıp kaşlarımı yukarı kaldırdım. "Değilsin." Ardından ellerimle saçlarını düzelttim. Bu esnada bileğimi öptü.

"Sen şeyin yazarı olursun bak," dedim bilmiş bilmiş. "Anasını Satamayanlar'ın."

Ellerimi saçlarından çekerken gözlerimin içine öyle bir bakışı vardı ki sanırım hiçbir şey hissedememiştim. "Çok mu kötüydü?" diye sordum çekinerek. Hâlâ bir cevap yoktu ne sesinde ne bakışlarında. "Kamer, kötü bir manada söylemedim ki." Kendimi bir anda anlamsız bir savunmanın içinde bulurken düz çizgi halinde olan dudakları daha fazla dayanamadan kıvrıldı ve bu tebessüm kocaman bir gülüşe yol açtı.

Verdiği tepkiyle derin bir nefes alırken koluna minik bir yumruk attım. "Korktum be geri zekâlı herif, ne tepki vermedin öyle?"

Ben sinirle homurdanırken o karşımda saf saf gülmeye devam ediyordu. "Ulan seni çok özlemişim ben, yemin ediyorum şu hallerini, sevimli tipini, abuk sabuk mizahını..."

Sözlerini kestim. "Abuk sabuk değil."

Kafasını sağa sola sallarken gülmeye devam etti. Ben niye gülüyorum peki? "Tabii ki öyle," diyerek eğildi, yanağıma bastırdı dudaklarını ve birkaç saniye öylece bekledi. Ardından yanağımın belli kısımlarını öpmeye başladı. Bu beni huylandırırken olduğum yerde çaresizce debelenmeye başladım. "Ya huylanıyorum."

"Huylan diye yapıyorum zaten," diye söylendi öpmeye devam ederken. "Ne pisliğim ama."

Yüzü boynumun çukuruna girdiğinde ıslak saçları tenimi yalamaya başlamıştı, bu cidden beni fena huylandırıyordu. Sesli bir şekilde gülerek onu kendimden uzaklaştırmaya çalıştım. "Yapma ya." Güldüğünü duydum. Duraksadı ve yüzünü boynumdan çekip gözlerime bakmadan dudaklarını alnıma bastırdı. Gözlerim kapanırken ellerimle boynunu sardım. Kısa bir süre sonra göz göze geldik.

Aralık olan dudaklarından ılık buharlar yükselirken dudağının kıvrımlarına biriken su damlalarını yuttu ve erkeksi bir nefes alıp, "Sen her şeysin," diye fısıldadı.

Gülümsemiyordu ama suratı mahkemeyi de andırmıyordu. Göğsüm daralırken aptal aptal sırıttım ve ona sarılıp kulağına fısıldadım: "Her şey sensin."

Hemen ardından boynundan öptüm uzun uzun, hasret giderir gibi. Onu öyle çok seviyordum ki yemin ederim bir gün ömrümün onu daha fazla sevmeme mâni olmasından korkuyordum. Kollarımı daha sıkı sardım boynuna kalp atışlarını dinlemek ister gibi başımı göğsünün üzerine koyup gözlerimi kapattım. Elleri bel çukurumu sahiplendiğinde derin bir nefes aldım. "Yatağımıza gitsek ya artık, zatürreden öleceğiz burada."

"Gidelim," dedi ve dudaklarını kulağıma yaklaştırdı. "Yatağımıza."

Sakince gülümsedim ve çok kısa bir süre sonra ikimiz de kurulanmış bir vaziyette banyodan çıktık. Islanan iç çamaşırlarımı banyoya gidip tekrar değiştirdikten sonra odaya geldim. Kamer o sıra dolabından çıkardığı sert mavi kotunu giyiyordu. Kaşlarımı çattım. "Yine mi?"

Omzunu silkti. "Alışkanlıklarımdan kolayca vazgeçemem."

"Sen bilirsin," dedim ve saçlarımı havluyla kurutarak, üzerimdeki tişörtün kollarını kıvırıp yatağın üzerine oturdum. "Günler sonra tekrar burada olmak garip hissettirdi."

"Günler sonra yeniden yanımda olman iyi hissettirdi."

Omuzlarımda toplanan hüzün bu odadan çıktığım ânı hatırlatırken durgunlaştım. Kamer bunu fark etti ve sakince yatağın üzerine oturup eğik olan yüzümü parmaklarıyla kaldırıp gözlerine doğru kaldırdı. "Böyle hissetmene sebep olan benim, üzgünüm." Gözlerini kıstı ve acı dolu bakışlarla yutkunarak saçlarıma baktı. "Saçlarını ben mahvettim. Saçlarını kesmene sebep olduysam tahmin ettiğimden bile fazla yaralamışım seni. O rivayetler doğru, biliyorum."

"Önemi kalmadı artık," dedim gülümseyerek. Belki bunu çok belli edemese de dağıldığını görüyordum, hissediyordum. Çenemdeki parmaklarını kavradım, avucunun içini açıp koklayarak öptüm. "Bu ellerin bir daha saçlarıma dokunmayacaktı, kendime böyle bir söz vermiştim. Hatta bunu sen ima etmiştin," deyip başımı kararlı bir şekilde salladım. "Ama her şey o kadar boş ve anlamsızmış ki bunu bugün birbirimize veda ederken sarf ettiğimiz o sözlerden anladım. Bugün sen ya da ben ölseydik elimize ne geçecekti ki? Tamam kırıldım, kırıldık ama geçti. Geçmek zorunda, yoksa yeniden kalkamayız ayağa."

Tam anlamıyla böyle hissediyordum. Göğsümün sancısından bir miktar mürekkep çaldım kalemimin ucuna ve hislerimi yazıya döktüm. Evet, tam olarak bunu hissediyordum.

Avucunun içini açtım ve yanağımın üzerine koyup ona masum masum baktım. "Canımın içi."

Güzel dudakları usulca kıvrıldı ve gözlerinin içi parladı. "Can içim."

Bir adamı sevmenin ne demek olduğunu anladım, bir adam tarafından değer görmenin ne kadar huzur verdiğini anladım. Seni çok seviyorum Kamer, seni canım kadar hatta canımdan daha çok seviyorum. Bunu biliyorsun, fark ediyorsundur da ben söylemesem bile sen anlıyorsun biliyorum. Zaten bunca acıyı bizim için yüklenen kalbim dudaklarımdan çıkacak iki kelimeye muhtaç kalmadı ya.

"Peki ya," dedim avucunu yanağımdan çekerken. "Mahir'in bizi kurtarmasına ne diyorsun?"

Elini çekerken alayla kafasını salladı. "Ben o zibidiye hiçbir şey demiyorum."

"Bu iyi bir şey mi?" dedim şüpheyle.

"Bilmiyorum," dedi kararsız kalmış gibi. "O iyi bir insan değil, anlıyor musun? İçini dışını bok götürüyor. Benim kardeşimin canını yaktı o," dediğinde nefes alamadım. "Ha, eyvallah, hayatımı kurtardı ona bir şey diyemem. Ömrüm boyunca bunu unutmam ama bu onu aklamaz, hiçbir şekilde bende bir kabulü yok onun. Olmayacak da."

Gözlerinde net bir kararlılık görüyordum. Bu beni ürkütüyordu, ona anlatacaklarım için fazlasıyla cesarete ihtiyacım varken bu tavrı bunu yıkıyordu. Elbette ki olacakların önüne geçemezdim ama nedense üzülmüştüm. Mahir'i kabullenmemesinden değil daha fazlasını öğrenip de yeniden yıkılacağından.

Bana mesafeyle bakarken, "Hadi be," dedi bir anda pişmanlık duyar gibi.

"Ne oldu?" dedim doğrularak.

"Lan ben nasıl unuttum bunu?" diye hayrete düştü tekrar.

Gözlerinin içine baktım. "Kamer, ne oldu?"

"Yarın Çetin'in doğum günü," deyip dudaklarını birbirine bastırdı. "Unutmazdım hiç."

"Unutmadın ki zaten. Hem sen önemser miydin böyle şeyleri?"

Kamer, "Önemserim tabii, kardeşim o benim," diye konuştu. Sözleri yüzüne uzun uzun bakmama yol açtı. Bunu fark ederken duraksayıp dudaklarını sarkıttı. "Ne?"

İç çektim. "Bazen seni çözemiyorum. Başkalarını kendinden daha çok önemsiyorsun. Sen hayatımda gördüğüm en güzel adamsın."

"Buna sevinebilirdim ama hayatında kaç adam gördün ki?" diye sordu sakince.

Güldüm. "Seni görene kadarmış hepsi."

"Kurnaz," dedi gözlerini kısarak.

"Yo."

"Gayet de he."

"O değil de," dedim düşünceli düşünceli. "Şebnem'e haber versem mi?" Sonra toparladım. "Yani kutlayacak mıyız ki?"

"Her sene o aptal kulübe gideriz," dedi bıkkın bıkkın. "Aşağıdakilere değişiklik oluyor. Bu sene de öyle olur."

"Kutlayacağız yani?" dedim emin olmak istercesine.

Dümdüz bakıp, "Haber ver yani arkadaşına," diye yanıtlayıp oturduğu yerden kalktı. "Çetin de az değil, iki arada bir derede yaptı yapacağını."

Onu takip edermiş gibi ben de ayaklandım ve oturduğum yerden kalktım. Yatağın üzerindeki havluyu alırken, "Şebnem de ona karşı boş değil," diye konuştum. Kamer oralı bile olmazken pikeyi kaldırdı ve yatağın içine girdi. Çıplak gövdesi gözlerimin önüne serilirken dudaklarımı ıslattım. Başını yastığa koyduğunda kolunu açıp beni çağırdı. "Gel hadi, uyuyalım."

İtiraz etmeden usulca sokuldum. "Yalnız benim doğru dürüst bir elbisem yok, yine o aldığın siyah tulumu giysem sıkıntı olmaz değil mi?" diye sordum.

"Yarın Zeynep ile seni götürürüm ben alışverişe," diye yanıtladı.

"Boş ver, belki Zeynep'in kıyafetlerinden giyerim," diye itiraz ettiğimde gülüşünün sesi saçlarımın dibine doğru aktı.

"Onun tarzı hiç senlik değil, olmaz."

"Nasılmış ki benim tarzım?" diye sordum kendime pay çıkartarak. Parmakları çıplak kolumda gezinmeye başladı, aşağı yukarı doğru.

"Kendini aşan cinsten. Pantolondan başka bir şey giymem diyen sen, bir elbiseyle beni yeniden yeniden vuran yine sen," diye konuştu.

Aptal âşıklar gibi sırıtırken kendime mâni olamadan dudaklarımı göğsüne bastırdım. İrkildi. "Olur olmadık zamanlarda öpme, deliriyorum."

"Kime?" diye sordum kaşlarımı çatarak.

"Ebeme, anasını satayım, kime olacak?"

"Ha, sıkıntı yok o zaman," dedim dudaklarımı dişleyerek.

Parmaklarıyla kolumu usulca sıkıp güldü. "Öyle kurnazsın ki bile bile saf ayağına yatıyorsun."

"Huyum kurusun," dediğimde, "Yok yok kurumasın, bu hallerin fazla hoşuma gidiyor," diye söylendi.

Zaman geçiyordu, ay bile geceyi terk etmemek için zor duruyordu. Pikeyi usulca yukarı doğru çektim ve gözlerimi kapattım. "İyi geceler."

Sessizce aldığı nefesi duyduğumda elimde olmadan soluğumu durdurdum. Dudaklarını saçlarıma bastırdı ve bir süre öylece bekledi. Saçlarım onun için yeniden bana sarıldı. Celladı o iken ona yeniden hayat olan adam için canlandı. "Seninleyken benim gecelerim hep iyi ki."

Günler sonra yeniden büyüdüm, yeniden büyütüldüm.

Günler sonra bu sofraya yeniden oturabildim.

Sakin ve biraz ürkek adımlarla mutfağa ilerlerken onları yeniden görmek beni mutlu etmişti. Saçlarımı toplamıştım, her ne kadar bunu pek beceremesem de. Göreceklerdi ama en azından daha iyi bir halde görmelerini isterdim, en azından sebebini merak etmemelerini isterdim. Derin bir nefes aldım ve mutfak masasına gittim. Herkesin gözü beni bulurken Andaç, hayret ve keyif dolu bakışlarını benden sakınmamıştı. "Ooo, yengem gelmiş hoş gelmiş. Vallahi özledim kız seni."

Elimde olmadan utandığım vakitte, Kamer arkamdan gelip sahte bir öksürükle Andaç'ı dürttü. O da bunu fark edip düzeltti. "Aymira bacım, ablam, kurban olduğum hoş geldin tekrar. Seni öyle özledim ki eksikliğini öyle hissettim ki. Ah ah... Şu burnum tütmekten alev aldı."

"Abartma lan sen de," dedi Çetin ters ters.

"Sen sus," dedi Andaç. "Duygusuz peze..."

Çetin, "Anlamadım?" diye anında çıkışırken Andaç sevimli sevimli sırıtıp, "Duygusuz peteğim benim. Arım, balım, böceğim."

Kamer alayla ve bıkkın bir ifadeyle kafasını sallayıp otururken, gülümseyerek ocağa döndüm ve çaydanlığa uzandım. Bu esnada Çetin tekrar konuştu. "Dünya'nın en saçma herifisin."

"Ayıpsın kayınço," dedi kibirli bir sesle. "O şeref tabii ki bana ait."

Bir an ters bir şey söyleyeceğini düşünmüştüm ama o Andaç'tı. Yüzüme yeniden baktığında, "Dudağına ne oldu?" diye soruverdi. O an herkesin gözü beni buldu.

Kamer hızlı bir savunma yaparak geçiştirdi. "Sakar biridir, bilirsiniz."

Ağzımı açmadım bile zira bunu öğrenmelerine gerek yoktu. Kamer bunu öğrenmelerini istemediğinden cevabı kendine hak görmüştü. Zoraki bir şekilde gülümseyerek üzerimdeki sorgulayıcı bakışlarından kurtuldum. Arkamı döndüm ve çay bardağımı doldurup hemen Kamer'in bardağını da tamamladım. O sırada Andaç tabana kuvvet çay bardağındaki çayı bitirdi ve önüme uzattı. "Güzel yengem şunu da tazelersen ne makbule geçer he." Yüzü... Çocuk yandı bildiğin.

"Ulan yaktın kendini koyduğumun salağı," dedi Çetin dalga geçerek.

Andaç saf saf sırıttı. "Allah yakmasın abi."

"Amin," dedi Zeynep.

Andaç'ın çayını da tazeleyip çaydanlığı bıraktım ve yerime oturdum. Birkaç gün burada olmamak bile bu masayı özlememe ziyadesiyle yetmişti. "Şimdi Kamer abim, ciğerim bana kızmazsa bir soru sormak istiyorum," dedi Andaç, Kamer'e bakarak.

Kamer, "Demek ki kızacağım bir şey," diye ters ters gözlerini dikti.

"Pek değil."

"Sor," diye karşılık verdi Kamer, çehresindeki bıkkınlık gülümsetmişti.

"Birkaç gün ortalarda yoktun ya hani Aymira, evine mi döndün geri?"

Kamer, Andaç'ın ensesini ovarken dudaklarını onun kulağına doğru yaklaştırıp, "Onun evi burası ve bu konu tartışmaya kapalı," diye söylendi. "Anlaşıldı mı?"

"Edebiyat öğretmenim ol, köpeğin olurum abi." Kamer gözlerini devirmeden boş bir suratla eski yerine dönerken, Aytaç konuştu. Bu ses tonu dikkatimi dağıtmıştı. Onun sesini ve varlığını bilmek bana gereksiz yere mutluluk veriyordu. "O değil de, senin şu karne işi ne oldu?"

"Hiç sorma bro," dedi Andaç keyifsizce konuşarak. "Siz üst *level*, ben *game over*."

"Seni okulda bırakan hocanın elinden öperim," dedi Çetin keyifle, ardından ağzındaki zeytini çiğnemeye başladı.

Zeynep, "Abi, hakikaten Andaç'ın karne işi ne olacak? Sınavlarını veremedi bacağı yüzünden," dedi üzülerek.

Çetin omzunu silkti. "Ne bileyim kızım ben, oradan bakınca eğitim görevlisi gibi mi duruyorum?"

"Hayır," dedi Andaç. "Minnoş bir kayınço gibi duruyorsun," Sonra masaya doğru fısıldadı. "Bugün doğum günü ya, az şımartayım şunu."

"Kes lan sesini," dedi Çetin, Andaç'ın kafasına yalandan vurarak. "Minnoş ne? Zeynep miyim ben?"

"Hayır ama onun benden sonra en değerlisisin."

Çetin, "Senden sonra?" dedi kaşlarını yukarı kaldırarak. "Sen yokken ben vardım lan zibidi!"

Zeynep, "Ay hayatımda ilk defa iki erkek benim için kavga ediyor ama gel gör ki biri abim, biri sevgilim," diye homurdanırken, Kamer araya girdi. "Başka ne olacaktı hanımefendi? Tüpçü Rıfkı'yla kuruyemişçi Halil amca mı?"

Andaç gözlerini büyüterek, Kamer'e baktı. "Abi sen nasıl bir kralsın ya?" Daha sonra Zeynep'e döndü ve bir hayli sahte bakışlarla kaşlarını çattı. "Ayrıca ayıp oluyor minnoşum. Hep izlediğin filmler yüzünden böylesin sen. Git biraz belgesel izle, ufkun açılsın."

Çetin, "Demek ki belgesel izlemek de işe yaramamış," dedi Andaç'ın suratına bakarken.

Buna Aytaç dahil hepimiz güldüğümüzde Andaç saf saf yüzümüze baktı. "Lan herif iki arada bir derede laf sokup duruyor," dedi ve Çetin'in keyifli çehresine baktı. "Ama dua et ben sana karşılık vermiyorum yoksa var ya..."

"Hadi lan oradan," dedi Çetin boş vererek.

Andaç derin bir nefes alıp boğazını temizledi. "Neyse, onu bunu boş verin de," Ardından kolunu Çetin'in omzuna attı ve Çetin buna itiraz etmedi. Şaşkınlıkla Andaç'a bakmaya devam ettim. "Bugün hayatımın anlamının doğum günü," diye konuşup Çetin'e yöneldi. "Kaç yaşına bastın lan kerata?"

"Yirmi üç."

"Vay anasını be," dedi Andaç gözlerini karartarak. "Elimizde büyüdün de haberimiz yok." Çetin sadece gözlerini devirdi hepimiz gibi lakin bu durum Andaç'ı asla susturmadı. "Ne yapıyoruz akşama? Gidiyoruz değil mi kulübe? Valla benim hediyem bile hazır. Yalnız paketini kırmızı kalpli yapmış salak herifler. Hayatımın anlamına demiştim, onlar da böyle bir paket uygun görmüşler. Umarım bu seni üzmez kayınçocuğum."

"Üzmez zıkkımın kökü, üzmez." Daha sonra devam etti: "Hediye paketi kalpliyse içinden ne çıkacak merak ediyorum."

Andaç bıyık altından güldü. "Zevklerimi sorgulama istersen kayınço."

Çetin cevap vermezken Aytaç konuştu: "Abi ben şimdiden doğum gününü kutlayayım senin, hatta hediyeni de vereyim ama akşama gelemeyeceğim."

"O niye oğlum?" dedim Çetin kaşlarını çatarak.

Aytaç, "Bu aralar biraz kötü hissediyorum, işe gidiyorum ya dinlenirim biraz," diye yanıt verirken Kamer'in sesi kulağıma ilişti.

"Oğlum yoruluyorsan zorlama kendini, senden çalışmanı istemedik, biliyorsun."

"Biliyorum abi de," dedi Aytaç mahcup bir halde. "Çalışmam gerekiyor. Hem para kazanıyorum hem de boş vakit geçirmekten kaçıyorum. Bir de bu sıralar mesaim var. Biraz idare edelim."

Kamer derin bir nefes alıp parmaklarının arasında tuttuğu çay bardağını usulca masanın üzerine bıraktı. "Bir sıkıntın olursa konuş bizimle, yoksa fena bozuşuruz."

"Yok abi, eksik olma."

"Ya," dedi Andaç yine ve her zamanki gibi sözleri keserek. "Ben senin kardeşin olamam diyeceğim de ikiziz lan. Bir kendime bakıyorum bir de Aytaç'a. Herif Mercedes, ben Tofaş."

Güldüm. Çetin de bana eşlik eden taraf olmuştu. "Helal lan sana, kırk yılın başı doğru dürüst bir şey söyledin."

"Ama bu hâlâ karşı konulmaz bir adam olduğum gerçeğini değiştirmiyor," deyip kendine pay çıkarmayı da unutmadı.

Çetin, "Ona ne şüphe. Sana laf sokarken kendime asla karşı koyamıyorum," diye konuştu.

Andaç isyan etti. "Şu halimi Küçük Emrah görse, oturur haline şükreder. İnsan biraz acır."

"Acıyorum, hissettin mi?"

"Hayır."

"İyi, zaten acımamıştım."

"Yakıyorum," dedi Andaç hüzünle, "Ama kendimi, daha az acıtır bu canımı." Göz kırptı. "Edebiyat yaptım fark ettiniz mi?" Senkronize bir şekilde kafalarımızı sağa sola salladık. Devam etti: "Bu beni üzer."

"Bu beni bayağı mutlu eder," diyerek ayaklandı Çetin, son yudumunu alıp bardağını masaya bırakırken. Sonra Kamer'e döndü. "Aga ben şu mevzuyu kapatayım." Kaşlarım çatılırken neyi ima ettiğini anlamıştım. Biz dün gece eve geldiğimizde Çetin oraya gitmişti. Mirza'nın cesedi neredeydi bilmiyordum ama bu olanlardan evdekilerin haber yoktu, olmamalıydı da.

Kamer, "Tamam geliyorum ben," diye toparlandığında dudaklarını sıkıp duraksadı. "Ama kızları alışverişe götürecektim akşam için."

Zeynep'in gözleri anında parlarken, "Oha ben de mi gideceğim?" diye sordu.

Kamer bıkkın bir şekilde, "Oğlum bu evde herkesin kafa bin beş yüz lan. Yok sen otur, belki bilmediğimiz bir kız çıkar bir yerden," diye saydırdı. "Tövbe ya Rabbim."

Zeynep suskunluğu tercih ettiğinde söz aldım: "Sen dert etme bizi, biz kız kıza gezeriz biraz."

"Olmaz," dedi Kamer düz bir sesle. "Ne zaman yalnız kalsanız başınıza bir şey geliyor."

"Tuvalete de götürüyor musun Aymira'yı, abi?" Andaç'ın garip sorusu beni utandırırken Kamer hafif sayılmayacak cinsten ensesine bir tane vurdu. "Sana ne lan, sen şu kahvaltını bitir önce."

"Peki anne."

"Kamer biz gerçekten gideriz kendimiz," dedim Zeynep'e bakıp kaş göz yaparak.

Zeynep bana destek oldu. "Aynen öyle. Hem kız kıza takılamıyoruz ki pek. Ayrıca zaten yedi yirmi dört onunlasın abi, iki saatten bir şeycik olmaz."

Al işte.

Kamer, "Ulan size ne benim özelimden," diye isyan ettiğinde Andaç kıkırdadı. "Yenge, duy bunları yenge."

"Sen sus," diye emretti Kamer.

Andaç hiç alınmadan kahvaltı tabağını bitirmeye devam etti. O arada fırsattan istifade Kamer'in yanına gidip sessizce konuştum. "Bak ben iyiyim tamam mı? Hem Şebnem'e de söylerim o da gelir. Sen sıkılırsın ki."

Uzun uzun gözlerime baktı ve pes etti. "İyi öyle olsun ama telefonun ikinciye çalmayacak ona göre." Gülümseyerek gözlerimi kapatıp açtığımda konuşmaya devam etti: "Yukarı çıkacağım şimdi, komodinin üzerine senin için para bırakacağım onu al."

"Teşekkür ederim," diye fısıldadım. İtiraz edemezdim çünkü hiç param yoktu ve Kamer de buna asla imkân vermezdi. Daha sonra beklemediğim bir anda alnımı öptü, farkında olmadan gözlerim kapandı. Bu beni delicesine mutlu ederken, üzerimde hissettiğim gözler karnımın ağrımasına yol açmıştı. Dudaklarını alnımdan çekti ve dudağının kenarını kıvırıp yanımdan geçerek yukarıya çıktı. "Çetin sen çık, iki dakikaya geliyorum."

Çetin hiç konuşmadan evden ayrılırken Zeynep bana baktı. "Heyecanlandım. Ne zamandır alışverişe çıkmıyordum."'

Andaç, "Yazık yazık, sana o kadar güzel şey söylüyorum heyecanlanmıyorsun alışverişe çıkacağım diye heyecanlanıyorsun," diye sitem ederken Zeynep omzunu silkti. "Alışverişin yeri başka sen anlamazsın."

Andaç burun kıvırarak oturduğu yerden kalktı ve Aytaç'a baktı. "Neyse siz gidin biz kardeş kardeş takılırız." Sonra gülümseyerek Aytaç'a göz kırptı. "Ee, bir PES atarız artık." Bu görüntü içimi sıcacık ederken Aytaç boynunu eğdi. "Olur."

"İyi," dedi Andaç göğsünü kabartarak. "Gel de alayım bir boyunun ölçüsünü. Korkma çok acıtmayacağım."

Aytaç, "Hadi lan oradan, en son ağlayacak omuz arıyordun," diye karşılık verirken birlikte mutfaktan çıkıp salona yürüdüler. Onları ilk kez bu kadar samimi ve neşeli görmüştüm. Bu çok iyi bir şeydi, aralarındaki buzların erimiş olması beni mutlu etmişti. Zaten aralarında herhangi bir soğukluk yoktu ama kardeş gibi değillerdi, artık bunun olmayacağını düşünmek onlar adına sevindirici bir haberdi.

Zeynep'le etrafı toplamaya başlarken duraksadım ve sessizce mırıldandım. "Bir sakıncası yoksa Şebnem'i çağırsak ya?"

Gözlerini kıstı ve boş boş baktı. "Arkadaşındı değil mi? Hani abim eve bırakmıştı onu."

"Hı," diye yanıtladım Zeynep'in beni yanıltırcasına tepki vermesinden korksam da bunu yapmadı ve başını sallayarak gülümsedi. "Biliyor musun? Bu abim için bayağı iyi bir doğum günü olur."

"Bence de," dedim keyiflenerek ve ona eşlik ettim. "Bu arada," dedi Zeynep düşünceli düşünceli. O konuşurken sofradaki kahvaltılıkları toplamaya başladım. "Onların arasında bir şeyler mi var?"

"Hayır," dedim sakince. "Ama bu olmayacağı anlamına gelmez. Sanırım ikisi de birbirine karşı pek de boş değil."

"Allah'ım şükürler olsun," dedi Zeynep dua ederek. "Abim nihayet bizi rahat bırakacak."

Elimdeki kahvaltılıkları buzdolabının üst rafına dizerken, "Yani umut fakirin ekmeği sonuçta Zeynep," dedim. Tavrımdaki ironiyi fark etti lakin umursamadan sofrayı toplamaya devam etti. Kısa bir süre elimizi çabuk tutarak evden ayrılmıştık. Hafta sonu olduğu için Şebnem'in izin gününe denk gelmişti, hoş çalışıyor olsa bile o mutlaka bir şekilde izin almasını bilirdi.

Zeynep'le on beş dakika kadar süren bir dolmuş yolculuğunun ardından büyük bir alışveriş merkezine gelmiştik. Hava epey sıcak olduğu için üzerimde sadece ince bir tişört ve bacağımda kot bir pantolon vardı. Alışveriş merkezine girdiğimizde Şebnem bizi kafeterya tarzı bir yerde beklemişti. Oturduğu yerden kalktı ve çantasını omzuna takarak gülümsedi. "Çok beklettik mi?" diye sordum mahcup bir tavırla.

"Yok, beş dakika falan oldu ben de geleli," deyip gözlerini irileştirdi. "Zaten evden ne ara nasıl çıktım bilmiyorum. Anneme de bir yalan uyduruverdim."

"İyi yapmışsın," deyip Zeynep'e baktım. "Siz önceden biliyordunuz zaten birbirinizi."

"Evet," dedi Zeynep sıcacık bir tebessümle Şebnem'e bakarken. Aynı karşılık Şebnem'den geldiğinde Zeynep derin bir nefes alıp, "Üst kata çıkalım mı? Güzel elbiselerin olduğu bir mağaza biliyorum," diye konuştu. "Olur," dedim ve birlikte yürüyen merdivenlere yöneldik. Zeynep önde biz arkada giderken Şebnem kolumu dürttü. "Sen dur daha, ben senin ifadeni almadım. Ne ara ne oldu kızım sana? Dün geldim evde değilsin, önceki gün geldim yine öyle. Kamer'e geri mi döndün?"

"Sonra anlatırım," dedim fısıldayarak. "Zeynep detayları bilmiyor, huzuru bozulmasın."

"Aymira ne oldu sana? Kesin bir bokluk var ama sen bana söylemiyorsun. Dudağındaki o iz ne?" Kaşlarımı çattığımda çoktan yürüyen merdivenlerden inmiştik. "Fırsatım yoktu. Lütfen sonra konuşalım, olur mu?"

Güven vermeyen bakışlarını sergilemekten çekinmezken sıkıntıyla soluklanıp saçlarını geriye doğru attı. "Öyle olsun." Her şey daha çok tazeydi, hatta belki de benim şu an evden dışarı çıkmam bile doğru sayılmazdı ama yapamazdım ki, elim kolum bağlı evde duramazdım. Bazı şeyleri atlatmak için onları arkamda bırakmalıydım, üstesinden gelmeliydim.

Zeynep bizi mağazaya götürürken gülerek Şebnem'e döndüm. "Akşam için ne yalan söyleyeceksin annene?"

"Söylemeyeceğim," dedi kısık sesiyle. "Onlar uyuyunca kaçacağım evden. Babamı biliyorsun, kızıyor. Anneme de bunu açıklamak, ohoo... O değil de Çetin biliyor mu benim geleceğimi, yani davetli bile değilim ki. Saçma olmaz mı biraz?"

Keyifle başımı sağa sola salladım. "Emin ol son derece memnun kalacaktır," deyip dudaklarımı büzdüm. "Ayrıca seni neden davet etmedi anlamadım. Yani ne de olsa bir muhabbetiniz vardı az çok."

"Bilmiyorum ama asla kırılmadım," dedi tebessümle. "Sonuçta bizim aramızda adı konmuş bir şey yok."

Omzumla onunkini dürttüm. "Hissediyorum, bu gece bir şeyler olacak," deyip ellerimle bir şeyler çizdim. "ŞebÇet gümbür gümbür geliyor."

Utanarak sağına soluna ve Zeynep'e bakıp ellerime vurdu. "Kızım sussana sen bir ya. Bak tüm gün böyle utandırıp duracaksan beni giderim." Tatlı ve zararsız tehdidine sesimi çıkarmaya tenezzül etmediğimde Zeynep sağa dönüp omzunun üzerinden bize baktı. "Bu mağazada bir şeyler deneyebiliriz."

"Olur, girelim hadi," dedim onu tatmin ederek. İçerisi epey ferahtı ve birçok elbise vardı. Pul detaylı elbiseler gözlerime çarparken bu tip bir kıyafetin pek de tarzım olmadığını biliyordum.

"Sen alacak mısın bir şeyler?" diye sordum Şebnem'e yönelerek. "Hayır, evde birkaç elbisem var, uydururum bir şeyler." Sonra sessizce konuştu, Zeynep'e sesini duyurmak istemiyordu, ondan çekiniyordu sanki. "Hediye alacağım ama ne alacağıma karar vermedim. Parfüm çok klişe olur ve bir insana parfüm hediye edilmez bence, saat de öyle, tişört de..."

Dalgın dalgın etraftaki kıyafetlere bakınıp konuştum: "Birazcık düşünsen aklına müthiş şeyler gelebilir."

"Gelmiyor işte," dedi homurdanarak. O esnada ben de etrafa bakınmayı sürdürdüm fakat burada çok ağır ve hiç tarzım olmayan elbiseler vardı. Dikkatli bir biçimde ilerlemeye devam ettiğimde şiddetli sayılacak bir ses işittim. Endişeyle arkama baktığımda bunun Şebnem olduğunu gördüm. "Ne oldu?"

"Buldum," dedi ağzı kulaklarında bir çehreyle. "Ona ne hediye alacağımı buldum."

"Ne alacaksın?" dedim heyecanla.

Gözlerini kaçırdı. "Akşam görürsün."

"Sen bilirsin," dedim fazla üstelemeden. Yeniden önüme döndüğümde Zeynep elinde pileli bir elbiseyle karşımda dikildi. Sırıtarak, "Sence bu yakışır mı bana?" diye sordu.

"Şüphem yok," dedim gülümseyerek. "Tam senin tarzın." Yani bu tarz elbiselerden uzak durmalıydım.

Zeynep, Şebnem'e de danıştıktan sonra deneme odasına girip kıyafetini giymeye başladı. Çaresizce omuzlarımı düşürdüm. "Ben mi çok zevksizim yoksa burada hiçbir şey yok mu?"

Şebnem, "Kesinlikle birinci seçenek," diye dalga geçti ve ruh hali birdenbire değişiklik gösterip kolumu tuttu ve beni sağa doğru çevirdi. "Aranan kan bulundu dostum." Hız kesmeden beni bir cansız mankenin önüne getirdi. "Harika, değil mi?"

Koyu kırmızı renkli, incecik bir omuz askısı ve diz kapağının bir karıştan daha az üzerinde olan bir elbiseydi. Göğüs kısmındaki zarif detaylar beni kendine çekerken, beli sıkıca kavrayıp kalçadan aşağısına doğru genişleyen bu elbiseyi düşünebilirdim fakat muallaktaydım. "Güzel de koyu kırmızı çok abartı sanki. Yani doğum günü olan Kamer olsa anlarım da... Siyahını alayım ben bunun varsa."

"Abartma ya, ne olacak sanki?" dedi inatla. "Hem bu renk sana mükemmel olur, keza elbise de öyle. Aşırı cüretkâr bir şey değil ki buna gerek de yok dediğin gibi." Şebnem beni elbiseyi almam için ikna etmeye devam ederken, "Hem köprücük kemiklerinin güzelliği ortaya çıkar, hop bir de saçlarını açarsın dökümlü dökümlü oh mis... Kamer Enişte Bey delirsin artık."

Saçlarım...

Şebnem okumaması gereken bir kelimeyi okumuş gibi durdu ve gözlerini büyüterek, "Ayrıca saçlarının hali ne böyle?" dedi gelişigüzel topladığım saçlarıma bakarak. "Fazla bakımsız duruyor." Şebnem'in haberi yoktu henüz, öğrenecekti de fakat şu an yeri değildi.

"Tamam," dedim geçiştirerek. "Ben alıyorum bu elbiseyi, denemeye gerek yok," dedim ve fiyatına baktım. Yani sanırım bu tarz bir elbise için gayet uygundu.

"Ne demek denemeye gerek yok?"

"Ya zaten otuz altı bedenim, olur bana bu," diye homurdandım. "Şebnem cidden denemeye gerek yok."

Şebnem, "Pes," dedi hayretle ve gönülsüzce, "İyi tamam, sen öyle diyorsan," diye ekledi. Hiç beklemeden çantamdan cüzdanımı çıkardım ve Şebnem'in eline Kamer'in verdiği paranın birçoğunu verdim. "Sen bunu al, hatta Zeynep'inkini de alın. Benim ufak bir işim var, tamam mı?"

Şebnem bir hayli şaşkınlıkla bana bakarken, "Ne oluyor be?" diye söylendi. "Ne işin var?"

"Şebnem, cidden yirmi dakika kadar falan sürer," dedim onu ikna etmeye çalışarak. "Dediğim gibi sen bu elbiseyi al ve Zeynep'le ilgilen, ben sana mesaj atacağım."

Mağazadan ayrıldım ve hızlı olmaya çalışarak bir kuaför salonu aradım. Bulabilirsem şayet.

Beş dakika kadar alışveriş merkezini tabiri caizse talan etmeme rağmen bir kuaför bulamamıştım; ben de direkt alışveriş merkezinden çıkarak birkaç dakikalık mesafe ilerideki kuaför salonuna yürüdüm. İçeri girdiğimde sarışın bir kadın beni gülümseyerek karşıladı. "Merhaba. Hoş geldiniz."

"Hoş buldum," dedim hızla. "Saçlarım biraz kötü kesim kurbanı oldu da. Onları düzeltmenizi istiyorum, yalnız zaten kısalar sizden ricam buna dikkat etmeniz."

Kadın memnuniyetle gülümsedi ve beni ilerideki siyah koltuğa davet etti. "Tabii, önce saçlarınızı bir yıkayalım, durumuna sonra bakarız." İtirazsız bir şekilde dediğini yaptım ve saçlarımı çözerek gidip o koltuğa oturdum. Kadın kafamı arkaya doğur yatırdı ve saçlarımı yıkamaya başladı. Zaten geri dönüşü yoktu bu işin, madem vazgeçmiştim onlardan bari doğru düzgün olsundu.

Kadın saçlarımı yıkadı ve birkaç dakika beklettikten sonra beni kaldırarak ilerideki aynanın önünde duran siyah deri koltuğa yönlendirdi. Sakince bunları yaptım. Kuaföre gelmeyeli o kadar çok zaman olmuştu ki en son gittiğim tarihi bile hatırlamakta güçlük çektim.

İçeride birkaç müşteri daha vardı. Kimseye bakmadan yalnızca kendime odaklandım. Sarışın kadın arkamda belirdi ve eline aldığı tarakla nemli saçlarımı taramaya başladı. "Hımm," dedi düşünceyle. "Bayağı kötü bir kesim gibi duruyor."

"Maalesef," dedim samimiyetten uzak bir sesle. Kadın ile aynada göz göze geldiğimizde gülümseyerek saçlarımı taramaya devam etti. Sanki tüm hislerim ve hissetmem gereken şeylerin ruhumdan sıyrıldığını hissediyordum. Kadın bir süre sonra eline makası ve saçlarımın uçlarını kesmeye başladı. Sadece sustum ve saçlarımın yeni halini bekledim. Kadın saçlarımı güzelce düzeltti ve onlara güzel bir bakım yapıp beni hazır hale getirdi. Aynaya bakıp saf saf duraksadım. Bu bendim gerçekten, kendimi epey tuhaf hissetmem normaldi sanırım. Saçlarıma bakan biri değildim, Kamer de hep bundan yakınırdı ama onların kıymetini geç de olsa anlamıştım. Bu beni üzmemişti sadece biraz buruk hissettirmişti o kadar.

Kadın üzerimdeki saç tellerini temizledikten sonra bana bakıp, "İşte bitti, umarım beğenmişsinizdir," diye konuştu. Gülümsemeye çalışarak oturduğum deri koltuktan kalkarak, "Teşekkür ederim, çok beğendim," diye yanıtladım. Eskisine oranla kat be kat daha iyi olmuştu.

Orada daha fazla kalmadan ücreti ödedim ve hızlı olmaya çalışarak çıktım ve yaklaşık dört dakika sonra yeniden alışveriş merkezine girdim. Şebnem mesajıma hemen dönünce onları buldum. İkinci kattaki kahveciye ilerlerken nedensizce kalbim sıkışmıştı. Sanki buradaki insanların gözü tamamen benim üzerimdeydi. Saçmaydı ama öyle hissettirmişti.

Sakin ama heyecanlı adımlarla kahveciye girdim. Etrafıma bakınıp Şebnemleri aradım ve nihayet buldum. Yanlarına yürüyerek kolumdaki çantayı masaya koyup, sandalyeyi ektim ve oturdum. "Geldim."

Şebnem, "Hoş gel..." demeye kalmadan bana irileşen ve şaşkınlıktan aralanan gözlerle bakmaya başladı. "Bu ne hal?"

Omzumu silktim. "Ne varmış ki halimde? Çok mu kötü olmuş?"

Zeynep'in uzak bakışlarını üzerimde hissettiğimde ona sakince baktım. Zeynep biliyordu ama Şebnem bilmiyordu. Şu an için bilmesine de gerek yoktu. "Kötü değil de," dedi hayretle. "Ne bileyim bir garip olmuşsun. Yani neden bunu yaptın ki?"

"Değişiklik her zaman iyidir," dedim ağır bir sesle. Mecbur bırakılmadığın zamanlarda istisnaydı tabii ve ben de o istisnaydım. Şebnem'in tuhaf bakışları üzerimden gitmezken bunu büyütmek istemedim ve derin bir nefes alıp, "Eee, aldınız mı?" diye sordum. Daha sonra yan sandalye üzerinde duran poşetleri gördüm. "Aldık," dedi Zeynep. "Benim başka bir şeye ihtiyacım yok, senin?" diye ekledi.

Dudaklarımı sarkıttım. "Benim de öyle," dedim ve karamsar bir sesle konuşmamı sürdürdüm. "Ama ben Çetin'e bir hediye almadım. Gitmeden bir şeyler bakalım mı?"

"Gerek yok Aymira," dedi Zeynep yumuşak bir sesle. "Abim bunu dert edecek biri değil. Biliyorsun."

"Öyle ama olsun," dedim gülümseyerek. "Zaten çok iyi bir şey olacağını sanmıyorum, hediye seçme konusunda iyi değilimdir. Bir tişört ya da başka bir şey olabilir."

"Tamam o zaman," dedi Zeynep üstelemeden. "Bakarız bir şeyler."

"Senin hediyen hazır galiba," dedim sol kaşımı kaldırıp gözlerinin içine bakarak. İç çekti. "Kendimi bildim bileli abime karşı her zaman hazırım ben Aymira."

"Buna sevindim," dedim mutluluğunu paylaşarak. Çetin ve Zeynep'in ailesi yoktu, Kamer ailelerini bir yangında kaybettiklerini söylemişti ve öyleydi. Birkaç akrabası dışında kimseleri yoktu, zaten onlarla da görüşmüyorlardı. Çetin ve Zeynep'in ailesi bizdik, tıpkı benim ailemin de onlar olduğu gibi. Alper'in de içinde olduğu, ruhuyla bile bize bir şeyler kattığı koca bir aileydik.

Kısa bir zaman sonra kahveciden ayrılmış, Çetin için ufak bir hediye aldıktan sonra Şebnem'le akşam için sözleşerek ayrılmış ve eve gelmiştik. Eve geldiğimizde etrafta kimse yoktu, ta ki Andaç'ı mutfakta görene kadar. Elimizdeki poşetleri sıkıca kavrayarak salona doğru ilerledik. O sıra Andaç kafasını buzdolabının kapağının üzerinden gösterdi ve gözleri beni görünce anında irileşti. "Yenge!"

Ne tepki vereceğimi bilemediğim anları yaşarken olduğum yerde kalmayı tercih ettim. Andaç dolabın kapağını kapattı ve şaşkın bir yüz ifadesiyle öne çıkarak gözlerime baktı. "Sen, yengeme ne yaptın?"

"O benim zaten," dedim hissiz bir konuşmayla. "Abartma istersen."

Andaç kaşlarını çattı. "Ya bazen kendimi Amerikan dizilerinin içinde hissediyorum, bakma sen bana," deyip beni süzmeye devam etti. "Bu değişikliğinin sebebi nedir?"

Anlatmak istemiyordum, kimseye daha fazla açıklama yapmak istemiyordum. Zeynep hislerimi anlarmışçasına Andaç'ın yanına yürüyerek, "Ay sana ne ya," dedi. "Gayet güzel olmuş, bir sebebi mi olması lazım?"

Andaç, "Haydaa," dedi dev bir hayretle. "İyice yolgeçen hanına döndüm. Gelen geçen bana vuruyor. Stres topu muyum lan ben?"

Zeynep usulca Andaç'ın yanağına uzandı ve kuru bir öpücük bırakıp geri çekildi. "Tabii ki değilsin."

Andaç hipnoz olmuş gibi bakışlarını Zeynep'e yöneltirken, "Diğer yanağımın hakkını da versene, hatta dudaklarımın da," diye konuştuğunda, Şebnem onun koluna vurdu ve odasına doğru yöneldi. Onların bu haline gülümsedim ve daha fazla olduğum yerde durmaktan kaçınarak ileri doğru yürüdüm. O esnada Andaç beni durdurdu. "Aymira, şaka yapmıştım az önce, umarım alınmamışsındır. Hem beni ciddiye almaman gerektiğini bilmeni isterim."

"Sorun değil," dedim sıcacık bir gülüşle.

Ekledi. "Bu beni mutlu eder... Bu arada saçların cidden güzel olmuş."

"Teşekkür ederim," diye karşılık verdim ve derin bir nefes alıp yukarı çıktım. Kamer henüz gelmemişti, acaba o gelene kadar hazırlansam çok mu erken olurdu? Elimdeki poşeti yatağın üzerine bırakırken içindeki elbiseyi çıkardım ve boylu boyunca yatağın üzerine serdim. Bunun altına o siyah ayakkabılar olurdu.

Üzerimi değiştirmeden önce hemen Zeynep'in odasına indim. Kapıyı tıklatarak içeri girdiğimde ayna karşısında aldığı kıyafeti üzerine giymeden tutuyordu. "Zeynep," dedim ses ederek. "Efendim Aymira?" dedi elbiseyi üzerinden çekerek. "Bana birkaç makyaj malzemesi verir misin? Ya da ben hemen kullanayım, geri getiririm," diye izah ettim.

"Tabii tabii," dedi sıcakkanlı bir şekilde, daha sonra masasının üzerinde duran makyaj çantasını bana uzattı. "Al bunları, ben gelir alırım sonra."

Makyaj çantasını alırken, "Teşekkür ederim," dedim.

"Önemi yok," dedi gözlerini devirerek.

Gözlerimi kısarak kendimi geri çektim. "Peki. Görüşürüz o halde."

Zeynep, "Görüşürüz," diye cevap verdikten sonra kapısını kapattım ve koridorun başına doğru yürüdüm o esnada Aytaç'ı odalarından çıkarken gördüm. Beni görür görmez kaşlarını çatarak gözlerime baktı. Dudağıma yerleştirdiğim tebessümün emanet gibi durmaması için bir çaba verirken, "Merhaba," dedim.

"Saçların," dedi gözlerini kısarak. Sahiden herkes aynı tepkiyi vermek zorunda mıydı? Dümdüz suratına bakarken hafifçe gülümsediğini gördüm. "Yakışmış."

Sonra aniden ruh halimi değiştirip gülümsemesine eşlik ettim. "Teşekkür ederim." Konuşmadı ve yüzündeki o esintiyi yok etti. "Bu arada," dedim ekleyerek. "Akşam neden gelmiyorsun ki? Evde yalnız kalmak sıkıcı olmaz mı? Yani kafa dağıtmış olursun hem."

"Yok," dedi beklemeden. "Ben iyiyim böyle."

Üstelemedim. "Sen bilirsin." Konuşmadı ve elimdeki makyaj çantasını sıkıca kavrayarak yanından geçtim. "İyi akşamlar o zaman sana."

"Size de," dediğini işittiğimde duraksamadan odaya çıktım. Belki de herkesin içinde yalnız kalmaktansa yalnızlığının içinde yapayalnız kalmayı tercih etmişti.

Kamer gelmeden bir an önce hazırlanmak istiyordum. Elimi çabuk tutarak elbiseyi giyinmeye başladım. Koyu kırmızı pek tercihim olan bir renk değildi. Ah! Zaten elbise giymek de hiçbir zaman tercihim olmamıştı ya. Tabii, aynen. Tahmin ettiğim gibi elbise üzerime tam olurken etek kısmını çekiştirip makyaj çantasını alıp direkt banyoya girdim. Detaya inmeden, farklı farklı malzemeleri kullanmadan yüzüme biraz fondöten sürüp onu iyice yedirdim, ardından kendi çapımda gözlerimin üzerine elbiseye uygun koyu renk bir göz farı sürdüm. Eyeliner çekmeyi pek beceremesem de bunu denemeye çalıştım. Kuyruğunu çok uzatmadan göz kapağımdan geriye doğru çektim. Elimi kaldırmadan yaptığım için kötü durmamıştı pek. Derin bir nefes alıp aynı şeyi diğer gözüme de yaptım. Daha sonra biraz rimel sürdüm ve tamamlayıcı olarak hafif tonlarda bir rujla makyajımı tamamladım.

Hazırlığımı bitirdikten sonra kalbime sakin kalmasını söyleyerek banyodan çıktım. Tabii bu odaya girip Kamer'i yarı çıplak görene kadar sürmüştü.

İçeri girdiğimde elindeki koyu lacivert gömleğiyle bana döndü ve donup kaldı. Yutkunarak ilerledim ve kapıyı kapatarak sakin adımlarla yanına yürüdüm. Şaka yapıyorum tabii ki, sakin falan değildim, heyecandan kalbim çıkacak ve onu Kamer bile tutamayacakmış gibi hissediyordum.

Karşısında dikildim. Kaçamak bakışlarımın aksine, gözlerini gözlerimden ayırmayarak belli ediyordu. "Ben," dedim bir şekilde aramızda geçen bu suskunluktan sıyrılmak isteyerek.

Kafasını belli belirsiz aşağı yukarı sallarken, "Sen," dedi, sesi derinden geliyordu. Boğuktu. Bizi boğmak üzereydi. "Sen, benim görüp görebileceğim en güzel şeysin."

Sonra elindeki gömleği yatağın üzerine bıraktı ve bir adım yaklaşıp, elini saçlarıma götürdü, dokunmadı sadece uçlarını teğet geçti. Parmakları titriyordu. İkimiz de konuşmuyorduk. Parmakları saçlarıma dokunmamak için âdeta mücadele verirken, suratında herhangi bir ifade yoktu. Bakışları yüzündeki duyguyu örseliyordu.

"Saçların uzadığında onları benden sakın," dedi ağır ağır. "Çünkü yeniden kırmaktan korkarım. Seni yeniden yıkmaktan, yüzüne her bakışımda sana yenilmekten korkarım."

"Bir gün saçlarım uzayacak," dedim ona inatla. Gözleri gözlerime değdi. "Sırf sen kokla, sen sarıl diye."

Parmakları saçlarımın ucundan usulca inerken, tenime değdi ve omzumun üzerinde gezinmeye başladı. Bu huylandırıyordu. "Çok güzel olmuşsun," dedi. "Saçlarındaki ve ruhundaki yaraya rağmen çok güzelsin... Bana rağmen çok güzelsin."

"Hayır," dedim düz bir sesle. Parmakları omzumun üzerinde durdu. "Seninleyken güzelim ben, sen bakıyorsun diye."

"Teşekkür ederim," dedi birdenbire.

Kaşlarımı çattım. "Ne için?"

"Hayatımı yaşanılabilir hale getirdiğin için, bana rağmen benimle kaldığın için..."

Sözlerine kendimden bir şeyler ekledim. "Bana rağmen benimle kaldığın için."

İnsanlar böyle şeylerin çetelesini tutamazlardı. Sen beni daha çok kırdın, ben seni iki kez ağlattım, sen hatalısın ve yenildin, sen bana bağırdın ama ben de sana yalan söyledim. Bunlar asla hesap veyahut tartışma konusu olacak şeyler değildi. Biri birinden daha çok severdi, diğeri daha güven verirdi ya da üzerdi. Ama hep bir denge vardı bir şeyde olmalıydı. Birinin öfkesi diğerinin sakinliğine karışırsa bir şeyler anlamlı olurdu. Hayat bir terazi gibiydi. Üç beş eksik fazla olmasındansa, yeteri kadar sevgi bunu dengede tutabilirdi.

"O yüzden," dedim sakince. "Arkamızda bıraktığımız enkazda kalırsak eğer, beni asla düşürdüğün yerden kaldıramazsın."

Ne demek istediğimi o kadar iyi anlamıştı ki, dudakları bir şeyler konuşmak için aralandığında yanlış cümle kurmaktan kaçtı ve derin bir nefes alıp ılık dudaklarını omzuna bastırdı. Gözlerimi kapattım ve öpücüğünü tümüyle hissettim. Yaşadığımı hissettim, kalbimin olduğunu hissettim, varlığını hissettim.

Biraz sonra dudaklarını omzumdan çekti ve başı geriye doğru giderken dudaklarını kıvırıp gülümsedi. "Bu gece... Her şey çok başka olacak."

"İyi bir şey değil mi bu?" dedim ürkek çıkan sesimle.

Gülümsemesini büyüttü. "Sanırım... Yani bilmiyorum işte. Sadece kalbim ağrıyor biraz ama geçecek biliyorum. O yüzden sen sakin kal."

"Ama sen böyleyken ben nasıl sakin kalırım?"

Omzunu silkti. "Çok kolay," Sessizce fısıldadı. "Sakin kal."

Alayla gözlerimi devirdim. "Bu yaşta bu zekâ! Takdire şayan."

Kamer, yatağın üzerinde duran lacivert gömleği aldı ve üzerine geçirmeye başladı. Düğmelerini iliklerken bana göz kırptı. *Yalnız kalp var bende hani, hızlı çarptırma şunu, durduramıyorum sonra.* "İltifatın hoşuma gitti, bir daha yapsana."

"Yo," dedim keyifle gülerek.

Dudaklarını büktü ve düğmelerini iliklemeye devam ederken üst taraflarını açık bıraktı. "Öyle olsun."

"Olsun," dedim hızla. "Her zamanki kulüpte olacak değil mi? Şebnem'e oranın adresini verdim de."

"Evet," diye yanıtladı hızla. Bu beni tatmin ederken meraklı gözlerle gözlerine baktım. "Bu arada ne hediye aldığını benimle paylaşacak mısın?"

"Az önce ona hediyesini verdim," dedi anında.

Gözlerimi irileştirdim. "Sahiden mi? Ne aldın ki?"

"Bağlama," dedi sakince. "Neşet Ertaş'ı ne kadar çok sevdiğini biliyorsun, zaten gitarı da iyi kullanıyor. Bağlama çalmak konusunda pek başarılı olamasa da sürekli pratik yapması onu geliştirir. Bir gün çalarsa, dinleriz."

"Bu hoş bir fikir," dedim düşünceli bir sesle fakat ona bağlama alması da son derece ince fikirli olduğunu göstermişti. "Ben," dedim mesafeli bir sesle. "Ona sadece bir tişört aldım. Hediye almak konusunda fazla beceriksizim."

Gömleğinin yakasını düzeltirken, "Buna gerek bile yoktu," dedi.

"Olsun," dedim sakince. "İçimden geldi hem."

Konuşmadı, sadece gözlerimin içine uzun uzun bakmakla yetindi. Bir garip hissediyordum kendimi ve bu kötü hislerden çok beni heyecanlandıran türde bir şeydi. Artık yara almaktan çok yaşamak istiyordum.

Saatler akşama doğru yol alırken fazla vakit kaybetmeden evden ayrıldık. Kamer ile biz birlikte giderken, Çetin Zeynepler ile gitmişti. Sakin ve ferah bir yolculuğun ardından çok geçmeden kulübe gelmiştik. Buraya birkaç defadan fazla gelmiş ve artık alışmıştım. Alışmak kulağıma uzak bir kelime gibi gelirken aslında buna mecbur olmadığımı da biliyordum.

Arabadan indiğimizde Kamer arabayı valeye teslim etti ve uzanıp elimi kavradı. Gözlerime bakmadan ilerlemeye başladığımızda derin bir nefes alıp kulüp girişine doğru yürüdük. Kapıda yaşları henüz yirmi civarında olan görevliler yer alırken onlara bakmadan içeri girdik. Koyu ama canlı renklerin hâkim olduğu koridorda ilerledikçe işittiğim müzik sesi giderek canlılığını artıyordu. Kamer ellerimi hiç bırakmadan ilerledik ve bizimkileri aradık. Köşede bir locada oturuyorlardı. Çetin de oradaydı. Doğum günü sahibi olduğu için bu gece şarkı söylemeyecekti. Yani sanırım.

Yanlarına geldiğimizde Andaç bana bakıp, "Yenge bu ne afetlik, bu ne depremlik kız?" diye konuştuğunda teşekkür edip oturdum. Zeynep sahte bir sitemle Andaç'a bakarken, Andaç durumu hemen toparladı. "Ama benim minnoşumdan sonra." Ardından Zeynep'in burnundaki piercing'e baktı. "Ya o değil de şunu bir çıkar şu burnundan Allah aşkına. Burnunu ısırsam dişim kırılacak diye korkuyorum."

"Isırma sen de," dedi Çetin tok bir sesle. Andaç gözlerini devirerek, "Ha! Bunun da bir kulağı hep bizde zaten," diye homurdanırken Çetin kaşlarını yukarı kaldırdı. "Bir şey mi dedin?"

"Diyorum ki ben ne sevap işledim de Allah bana senin gibi bir kayınço nasip etti."

"Duygularımız o kadar karşılıklı ki," dedi Çetin gönderme yaparak. O esnada Kamer yanıma oturmuş kolunu boynuma doğru atarken parmakları boynumda gezinmeye başlamıştı. İçim bir hoş oluyordu her temasta.

Andaç, "Ee, ne zaman kesiyoruz pastayı?" diye sordu. "Vallahi ben sırf pasta yemek için geldim."

Kamer, "Oğlum az mütevazı ol lan ayı," deyince Andaç güldü.

"Ha, seni örnek almayayım yani." Kendime mâni olamadan gülümseyip hemen ardından dudaklarımı birbirine bastırdım.

Kamer, "Beni örnek alamazsın zaten," diye konuştu.

Andaç hemen pes etti. "Büyüksün abi, ailecek seviyoruz seni."

Kamer alayla başını sallarken Çetin'e seslendi. "Oğlum az keyiflensene, ne bu bıkkınlık?"

"Aga her zamanki halim işte. Alt tarafı bir doğum günü: Biraz müzik, bir dilim pasta," diye konuşurken Andaç, "Vallahi ben iki dilim yerim ona göre," diye araya girdi.

Kamer, "Sana zıkkımın kökü girsin," diye homurdanırken Andaç gözlerini kıstı. "Girsin abim benim. Yalnız nasıl bir şeyin gireceğini pek bilmediğim için girsin dedim. Acıtan cinsten mi?"

"Yok," dedi Kamer dümdüz. "Daha çok kanatıyor."

Andaç, "Peki," dedi ve yeniden sessizliğe büründü, bunun çok süreceğini sanmıyordum.

Salonun ortasındaki koca disko topunun ışıkları locadaki masanın üzerine motifler düşürürken Çetin ayaklandı. "O zaman söyleyeyim de pastayı getirsinler."

Şebnem nerede kalmıştı acaba? Kimseye fark ettirmeden mesaj attım.

Kime: Şebnem

Nerede kaldın, pastayı keseceğiz. (10.12)

"Sen niye söylüyorsun?" dedi Kamer şaşırarak. "Getirirler," deyip ilerideki görevliyi bulup kaş göz yaptı. Çetin yerine otururken, telefonum titredi.

Kimden: Şebnem

İki dakikaya oradayım. (10.14)

Geri dönüş yapmadan telefonu masanın üzerine bıraktım. Andaç, "İyi ki doğdun seremonisi yapacak mıyız? Yoksa direkt pastaya mı yumulacağız?" diye sordu.

Kamer dik bir sesle, "Seni pastaya mum diye diker, yakarım," dedi.

Andaç çenesini Zeynep'in omzuna koyup sahte bir hüzünle Kamer'in gözlerine baktı. "Seni o kadar iyi anlıyorum ki..."

Kamer ve Andaç kendilerini masanız bir bakışmanın içinde bulurken pasta masaya geldi. Bir görevli bardakları dizerken diğeri pastayı masaya bıraktı. İçecek olarak sadece asitli olanları tercih etmiştik. Garsonlar bizi yalnız bırakırken diğer insanlara aldırış etmeden ayaklandık. Zaten herkes kendi halinde takılıyordu. Dudağımın içini kemirmeye başladığımda kapıya baktım, Şebnem hâlâ ortada yoktu. Çetin karşımıza geçerek bize bakarak gülümsedi. "Bir yaşımda daha sizsiz kalmadım. Umarım bir yaşımı da sizinle beraber geçiririm."

Bu kalbimi tırmalamıştı.

Andaç, "Beni de ağlatacaksın lan, hadi kes artık yiyelim artık şunu," diye söylendi.

Çetin ona hiç takılmadan direkt Zeynep'e yöneldi ve yanağından bir makas aldı. "Güzelim benim."

Bu görüntü içimi ısıtmıştı, yalnız benim değil Kamer'in ve Andaç'ın da. Çetin derin bir nefes alırken umutsuzca başımı sağa sola salladım. "Oğlum ben üflemeyeyim lan, komiğime gidiyor."

Çetin'in bu itirafı Andaç'ı anında harekete geçirdi. "Ben üflerim. Rica ederim kayınçocuğum ne demek."

Andaç locadan inerek Çetin'in yanına geldiğinde Çetin hiç itiraz etmeden buna müsaade etti. "O zaman iyi ki doğdun kayınço," diye mumlara yöneldiğinde bir ses herkesin dikkatini dağıttı.

Şebnem nefes nefese kalmış bir şekilde, "İyi ki doğdun," diye konuşurken Çetin'in gözleri ve dudakları şaşkınlıktan aralandı. Güldüğümü belli etmemek için başımı diğer yöne çevirirken Zeynep'in bana göz kırpıp abisini işaret ettiğini gördüm. Bu daha çok gülümsetmişti.

Kendimi dizginlediğimde tekrar önüme döndüm. Çetin'in heyecanını hissettiğimde Şebnem'in gözlerine bakıp, "Hoş geldin," dediğini duydum. Şebnem, "Hoş buldum. Yani beni Aymira davet etti," derken beni gösterdiğinde alnımı kırıştırdım. "Rahatsız etmedim umarım."

"Hayır," dedi Çetin hızla. "Sevindim... Yani gelmene... Yani..."

Andaç fırsattan istifade Çetin'in koluna vurdu. "Terliyorsun sanki kayınço. Az yavaş, kızın ciğeri söküldü," deyip Şebnem'e baktı. "Merhaba Andaç ben, hoş zaten daha önce tanışmıştık. Sen de yeni yenge olmalısın." Çetin gözlerini dehşetle büyütürken dirseğini Andaç'ın karnına sapladı. Andaç'ın canı yanarken devam etti: "Yenge adayı demek istedim, biraz patavatsızımdır da."

"Ya ya," dedi Çetin sinirle dişlerini sıkıp Andaç'a bakarak. "Kapat lan çeneni, her şeyi mahvedeceksin."

"Mutluluğunuza mâni oluyorsam ben aradan çekilirim abi, kendimi Semra Kaynana gibi hissettim de bir an."

Kamer, "Şu mumları üfleyin de bu saçma muhabbet bitsin artık," diye homurdandı. Aniden bir suskunluk olduğunda Çetin, Andaç'a bırakmadan mumları üfleyip tek nefeste hepsini söndürdü. Andaç elini ağzına götürüp ıslık çalarken Zeynep ben ve Şebnem alkışlamaya başladık. Çetin kafasını kaldırdığında Kamer locadan inerek, "Ulan," dedi Çetin'e bakarak. "İyi doğdun lan."

"Kardeşim," dedi Çetin gülümseyerek. Daha sonra birbirlerine sarılıp ayrıldılar. Oradan konuştum. "İyi ki doğdun Çetin, güzel bir sene geçirmeni dilerim."

Başını eğdi. "Eksik olma Aymira."

Zeynep aşağı indi ve abisine sımsıkı sarılarak ayrıldı. Çetin kardeşinin yanaklarından öperken Andaç arkadan belirdi. "Ya şaka falan yapıyoruz da," dedi düzgün bir şekilde konuşarak. "İyi ki doğdun lan kayınço. Sen de olmasan... Duygulandım lan."

Çetin gülümseyerek, "Gel lan buraya zibidi," dedi ve Andaç'ı kendine çekerek sarıldı. Bu sarılma çok uzun sürmezken Andaç ve Zeynep yerlerine geçti. Şebnem'le göz göze geldiğimizde bu çok kısa sürmüştü çünkü Çetin ona döndü.

Şebnem yutkunarak, "Tekrar iyi ki doğdun," diye konuştu.

Çetin, "Teşekkür ederim," dedi sakince. Ama şu an deli gibi hissediyordum ikisinin de heyecanını.

Ayakta daha fazla dikilmeden yerimize geçip oturduk. O sırada garsonlar pastayı götürmüşler bir süre sonra tabaklara koyarak servis etmişlerdi. Çetin ve Şebnem yan yana oturuyordu ve ikisi de sürekli gözlerini birbirinden kaçırıyordu. Kamer bir şey yemezken ona döndüm. "Cidden hiçbir şey yemedin. Bari bir parça yeseydin şu pastadan."

"İstemiyorum, ye sen," dedi gözlerimin içine bakarak. Üzerine gitmedim.

Pastamızı yerken Andaç yanındaki poşeti Çetin'e uzattı. "O zaman ben başlayayım. Buyur kayınço, tepe tepe kullan."

Andaç'ın uzattığı poşeti kavrayan Çetin, herkesin merakını gidermek için poşeti açtı ve içinden bir Fenerbahçe forması çıkardı.

"Lan," dedi Çetin gözlerini büyüterek. Formayı incelerken sevinçten ağzı kapanmamıştı. "Ha siktir, imzalı lan üstelik."

"Ee," dedi Andaç kibirli bir şekilde. "Siz daha beni beğenmeyin."

"Oğlum," dedi Çetin gülerek Andaç'ın gözlerinin içine bakarken. "Sağ ol lan."

"Ne demek abi," diye karşılık verdi Andaç. "Vurduğun gol olsun abim."

Hemen sonra Zeynep elindeki ufak kutuyu abisine uzattı. "Bu da benim."

Çetin iç çekti. "Zeynep Hanım abinizi neden duygulandırıyorsunuz?" Zeynep sırıtarak abisinin kavradığı kutuya baktı ve Çetin kutunun içinden birkaç adet misket, daha sonra yıpranmış bir jelibon paketi, en son olarak da Çetin ile ikisinin küçüklük fotoğrafını bir çerçeveye koymuştu.

"Bunlar küçüklük hatıralarımız," dedi Zeynep. "Hatırlıyor musun abi, babam bana en son jelibon almıştı içinde kalan son jelibonu da sen yemek istemiştin de vermemiş kendim yemiştim." Sesindeki ruhsuzluk bile en güzel ruhu barındırıyordu. "Babamdan geriye tek hatıra bu kaldı. Sonra her şey paramparça oldu zaten. Ben de salak gibi o evden sadece bu jelibon paketini, birkaç misketi ve bize ait bu fotoğrafı çıkarabildim."

Anılar bizi biz yapan, kim olduğumuzu, arkamızda neleri bıraktığımızı hatırlatan değerli şeylerdi. Mühim olan hatıraların büyüklüğü ya da çokluğu değil anımsattıklarıydı.

Çetin'in gözlerine bakamıyordum çünkü onu aklımı yitirecek kadar anlıyordum, hissetmek bunun daha ötesinde bir şeydi ve ben buna cesaret bile edemiyordum. Çetin dudaklarını birbirine bastırdı ve gözlerini kapatıp açarak Zeynep'i kendine çekti ve saçlarından öptü. Onlar çok güzeldi. Çok.

Ortamın duygusallığını bozmak istemesem de onları üzen şeyleri pek sevmiyordum. Yanımdaki poşeti Çetin'e uzattım. "Bu da benim hediyem, yani öyle pek şey değil ama almak istedim."

Çetin, "Ne gerek vardı Aymira?" dedi şaşkınlıkla uzattığım paketi alırken. "Olsun," dedim dudağımın kenarını kıvırarak. Çetin paketi açtı ve içinden çıkan siyah tişörtü görünce gülümseyerek tekrar bana döndü. "Cidden gerek yoktu ama teşekkür ederim."

"Rica ederim, güle güle kullan," diye karşılık verdim.

Ortamın havası giderek değişirken Şebnem bana kaş göz işareti yapıp daha sonra çekingen bir tavırla Çetin'e yönelip ona hediyesini verdi. "Bu da benim hediyem, yani biraz ani oldu ama..."

Çetin hayretle, "Ne gerek vardı ki buna?" diye sordu. "Yani gelmiş olman bile yeterli."

Arkama yaslanırken Kamer'in kulağına fısıldadım. "Oldu bunlar. Vallahi oldu."

Kamer dalgın bir şekilde, "Arap atı gibi sonradan açıldılar anasını satayım," diye söylendiğinde gülümsedim ve bunu büyütmemek için odağımı tekrar Çetinlere çevirdim. Şebnem'in uzattığı kutuyu açarken biraz doğruldum ve hediyeyi iyice seçebildim.

Çetin'in gözleri aldığı hediye karşısında irileşirken gözlerimi kıstım. Kutunun içinden bir albüm çıkardı. Bu daha çok ajandayı andırıyordu aslında. Kapağını açtığında içinde Neşet Ertaş'a ait türkülerin notaları, Neşet Ertaş'ın fotoğrafları mevcuttu, üstelik Şebnem ona Neşet Ertaş'ın kasetini de almıştı.

Şebnem, "Ben," dedi söze başlayarak. "Çok aceleye geldi, yani ne alacağımı pek düşünmedim ama Neşet Ertaş hayranı olduğun aklıma gelince böyle bir şey hazırlamak istedim."

O esnada Kamer kulağıma doğru fısıldadı. "Al bak, ben de bağlama almıştım, artık kızın gözlerine baka baka yanık yanık türkü söyler."

Sersem gibi gülümsedim. Çetin şaşkın gözlerle Şebnem'e bakarken, "Ben ne diyeceğimi bilmiyorum inan. Yani ben Neşet Ertaş'a gönülden bağlı biriyim, üstüne bir de bu… Teşekkür ederim, çok teşekkür ederim."

"Beğenmene çok sevindim," dedi Şebnem sessizce. Ortamın gürültüsü onları duymama mâni değildi ama sanırım bu biraz kalp atışlarını hissetmeme engeldi. İkisi de birbirilerinin gözlerine baktığı esnada dans müziği çalmaya başladı.

Andaç ve Zeynep'i ne ara olduğunu anlamadan dans ederken gördüğümde onları izledim. Andaç'ın Zeynep'in gözlerinin içine bakması, üzerine titremesi, belini tutarken ki o naifliği…

Başımı Kamer'in omzuna yasladığımda ellerini omuzlarımda gezindirmeye devam etti. Çetin sıkıntıyla ayağa kalkıp elini ensesine götürdü ve orayı ovuşturarak Şebnem'e elini uzattı. "Dans edelim mi?"

Şebnem, Çetin'in uzattığı eli tutarken benimle göz göze geldi. Yanakları pembeleşmişti biraz. Ona göz kırparak güven vermeye çalıştım. İşe bak, benden daha tecrübeli olmasına rağmen ona akıl veren ben olmuştum.

Çetin ellerini usulca Şebnem'in bel çukuruna yerleştirirken Şebnem de ellerini onun omuzlarına koymuştu. İç çekerek Kamer'in boynuna doğru iyice sokuldum ve gözlerini kapattım. Dans etmektense burada onunla saatlerce oturabilirdim. Az sonra elleri yanağıma gitti, hafifçe doğruldu ve konuştu. "Gidelim biz."

"Nereye?" dedim kaşlarım çatılırken. Gözlerime baktı ama konuşmadı. "Eve mi gidiyoruz?" diye sorduğumda beni yine yanıtsız bırakmayı tercih etti ve usulca ellerini yanağımdan çekip ayaklandı. Şaşkınlıkla ayağa kalktığımda Kamer locadan inerek Çetin'in kulağına bir şeyler söyledi ve sonra elimi kavrayarak dışarıya çıkardı. Bunu yaparken asla kaba değildi ama merak etmiştim işte. Üstelik sorularım yanıtsız kalmıştı.

Çok kısa bir zaman sonra vale arabayı getirmiş ve biz hiç beklemeden binmiştik. Kamer hiç konuşmadan emniyet kemerimi taktı ve fazla vakit harcamadan arabayı sürmeye başladı. "Nereye gittiğimizi söylemeyecek misin?" dedim önüme bakarak.

"Az kaldı," diye yanıtladı. Sesi ne mesafeliydi ne de sıcaktı.

Sustum. Sabredip sadece sustum.

Geceye kıymık gibi batan ay ışığı yüzüme doğru vururken kendimi daha önce hiç gelmediğim bir yerde buldum. Kamer arabadan indi ve kapımı açarak elimi nazikçe kavradı. Kamer elimi hiç bırakmadan beni dışarı çıkarırken rüzgârdan gözlerime batan sertliğe doğru gözlerimi kıstım. "Niye geldik ki buraya?"

Daha sonra elimi bıraktı ve ellerini cebine koyup beni arkasında bıraktı. Burası tenha ve yüksekte bir yerdi. Ay gökteydi ve biz parlıyorduk.

"Bana," dedi sakince. "Beni anlatsana."

Duraksadım. Neden bahsediyordu, yoksa her şeyi ben anlatmadan evvel anlamış mıydı?

"Anlamadım?" dedim sesimi duyurmaya çalışarak.

Omzunu silktiğini gördüm. "Anlamayacak bir şey yok. Anlat işte beni, kendimi bir başkasından duymak istiyorum. Benim bile fark edemediğim şeyleri öğrenmek istiyorum belki."

Kalbimin üzerinde bir taş hissettim. Bir acı, bir ağırlık, işte adı her neyse... Konuşamadım, eğer ki benden istediği geçmişiyse bunu ona verecektim ama hiç böyle hayal etmemiştim. Suskunluğumu fark ettiğinde omzunun üzerinden gözlerime baktı. "Yavrum, anlatsana hadi."

Dudaklarım birbirine çarptı. "Sen..."

"Ben?" dedi istekli bir şekilde. Ama sanırım duymak istediği şeyler aklımdan geçenler değildi, olsaydı bu kadar sakin kalacağını sanmıyordum. Şansımı denemek istedim. "Mesela çayı şekersiz içersin," diye başladığımda güldü. Evet, sanırım benden bunları duymayı bekliyordu, bilmediklerini değil.

Gözlerimi kapattım ve derin bir nefes alıp soğuk havayı içime içime soludum. "Sonra sigara içmeyi seversin. Uyurken kaşların hep çatık durur, pantolonla yatarsın, kalkar hatta duş alırsın," deyip düzelttim. "Ha! Tabii bunu ben varken yapıyorsun." Gülümsediğini görebiliyordum ve parmaklarımla oynamaya başlayarak yanına doğru yürüdüm. "En sık kullandığın cümle anasını satayım... Sevdiklerini korursun, onlara güven verirsin... Özelsin işte, anlıyor musun? Hayatımda gördüğüm, bildiğim en güzel şeysin."

Neden aptal aptal titriyordum ki sanki?

"Hatırlıyor musun?" diye sordu yavaşça bana dönerek. Konuşmadım. Kara gözleri gözlerimin içine yuva kurmuştu. "Çok başındaydık, sen bize sipariş getirmiştin."

"Hatırlıyorum," dedim gülümseyerek. "Belki de her şey o gün başladı."

"Sana o gün yalan söyledim."

"Efendim?" dedim zorla konuşur gibi. Bakışları çok sık rastladığım türden değildi ama güven veriyordu işte bir şekilde.

"O masada bir şeyler konuşmuştuk, sen de bana, 'Niye, pezevenk misin sen?' diye sormuştun ya hani... Bir cümle üzerine hatırladın mı?"

Kamer gözlerime benden bir cevap beklermiş gibi bakarken istediğini alamadı ama biliyordum ben o cümleyi, hiç unutmamıştım ki.

Bir adım bana doğru yaklaştı ve yutkunarak gülümsedi. "Benim ilişkilerim tek kişilik değil, tek gecelik olur demiştim." Neden bunu yapıyordu? Kalbim artık atmak yerine durmayı daha cazip kılıyordu. Başını sağa sola salladı. "Sana o gün yalan söyledim."

"Anlamadım?" dedim nefessiz kalır gibi.

"Anladın," dedi gülerek, ardından elleriyle yüzümü kavradı ve kahverengi irislerimin içine adını kazıdı. "Aymira... Ben senden başka hiçbir kadına dokunmadım, öpmedim, bakmadım..."

Yüzüne, gözlerine ne kadar uzun ama ne kadar kısa bakılacaksa baktım. Zamanı şu an ikiye bölsem biri ileri gider beni sonumuza ulaştırırdı, biri de bizi burada sonsuza kadar bırakırdı. Hangisini yaşamak daha güzel olurdu bilmiyordum lakin zaman şu an çok güzeldi.

Elleriyle yüzümü okşarken beklemediğim itirafı karşısında kısık sesimle, "Ama sen demiştin ki," dediğimde gözlerini kapatıp açtı.

"Kandırdım seni."

"Peki ama neden?" dedim ağlama hissimi durdurarak. Şu an mutluydum, evet deli gibi mutluydum ama ne tepki verebileceğimi o kadar bilmiyordum ki dudaklarımın arasından sızabilecek üç beş aptal lafın onu kırmasından korktum.

Ellerini yüzümden çekti ve tekrar yönünü aya doğru çevirdi. "Çünkü kendime bir söz verdim. Bir gün hayatıma bir kadını alacak olursam eğer, kendimi boktan bir adammış gibi hissetmek istemedim. Bir gün hayatıma birini aldığımda, gözlerine bakarken gözlerimi ondan ayırmamayı, onu daima korumayı yalnızca ona dokunup onu hissetmeyi hayal ettim." Sonra tekrar beni buldu gözlerini. "Meğer ben hep seni beklemişim."

Tepki veremiyordum, bu yaşadığımız rüya değildi bunu biliyordum.

Devam etti. "Bu kimine göre saçma, kimine göre gülünç gelecektir çünkü erkekler böyledir. Benim iyi bir ailem olmadı, ben iyi bir adam olamadım belki ama geleceğime güzel bir sayfa bırakabilmek istedim. Bunu da doğru kişiyle yapabilirdim. Üç, beş dakikalık zevkler bana göre değildi, hiçbir zaman da olmadı. Gelecekte hayatımı adayabileceğim kadına kötü bir geçmiş bırakmak istemedim. Birbirimizin gözlerine bakarken bana baktığında aklına başka kadınlara dokunmuş olmam hissini görmektense yalnızca kendini görsün istedim. Bana baktığında yalnızca beni görsün istedim çünkü biliyorum kendimi, kalbime sadece bir kişi dokunabilirdi ve o da sen oldun."

"Kamer ben..."

"Sen," dedi ve susturdu beni. Arkasını döndü sakince ve derin bir nefes alarak iç çekti. "Sen bu hayatta benim dokunduğum, hissettiğim ilk ve tek kadınsın. Senden öncem yok demiştim ya hani," dediğinde aklıma direkt bana söylediği o yalan geldi. "Doğru söyledim orada. Senden öncem olmadı... *Yalan bir adamın yalandan sözleri bunlar...*"

Ağlarsam eğer bu gece; gözlerinin içindeki derinliğe gömülsün gözyaşlarım zira Kamer onları orada ölene kadar saklı tutacağını bildiğim tek kişi.

Hissizleştirmektense beni adını koyamadığım şeylerin içine sürüklemişti. Orada öylece savunmasız kalmamı beklemeden geldi ve şakaklarımı kavrayıp alnını alnıma yasladı. Kapandı gözlerim, ruhumun kapıları sonun kadar açık. "Aymira?"

"Efendim?"

"Sana yemin ederim biz birbirimizin ilkiyiz," diye fısıldadı. Nefesi yüzüme çarparken dudaklarım kıvrıldı. "Senden öncem olmadığı gibi sonram da olmayacak çünkü ben bir daha kimseye karşı böyle hissedemem." Alnını alnımdan çekip elimi kavradı ve kalbinin üzerine koydu. Kalbi... Kalbi delirmiş olmalıydı. "Çünkü bir daha atmaz böyle, çarpmaz bir başkası için... Hissediyor musun bunu?"

Başımı aşağı yukarı sallarken dudaklarımı birbirine bastırdığımda gözlerimden bir damla yaş aktı fakat bunu görmemesi için kollarımı boynuna sardım. Kalbi sağ göğsümün üzerinde atıyordu.

"Sen," dedi bana sıkı sıkıya sarılıp burnunu saçlarımın dibine gömerek. "Benim her şeyimsin."

Güldüm ve o kıvrımlara birkaç damla gözyaşı gömdüm. "Her şeyim."

Duraksadı ama bu çok kısa sürmüştü. Beni göğsünün içine sokarcasına sarılmaya devam etti. Ruhum ruhuna çoktan ait olmuştu bile, bizi birbirimize ait kılmıştı. Ay ışığı bu gece öyle güzel parlamıştı ki; bir daha böylesine parlayacaksa şayet onunla olmadan olmazdı, ay o olmadan parladığında bir anlamı zaten olamazdı.

5. Bölüm

Karahindiba Tozları

Belki de benim hikâyem o caddeye düştüğümde değil, gözlerinde gözlerimin bebeğini gördüğümde başlamıştı.

Bir adam… Gece kadar karanlık bakışları, gökyüzü kadar sonsuz derinliği vardı. Girdap gibi her bakışımda beni yanına çekiyor, istesem de ondan uzaklaştıramıyordu. İlk başlarda her şey olması gerektiği gibi değil, olmaması gerekenlerle yaşanıyordu. Konuşmalarımız, ses tonlarımız, ruhlarımızın arasındaki mesafeler bile hepsi en başından bir uyum içinde gibiydi. Uyumsuzluğun içinde bir uyumdu bu.

Sana yalanlar söyledim diyordu, hâlâ diyor belki de…

Ama birkaç yalanını devirdi dün gece kalbimin içine. O çıkardığı kıvılcımı aylarca bekletti içinde ve en sonunda közünü kalbimin içine bastırıp yaktı. Ha! Acıtmadı hiç çünkü közünde bile ateş değil güller vardı.

Düşünüyorum, saatlerdir kalbimin ve beynimin içinde dönüp duran kelebeklerin ne zaman öleceğini, ruhumun ne zaman bu mutluluktan sıkılacağını düşünüyorum.

İlk olmak…

Birbirimizin ilki olmak…

Bu o kadar derin ki, bu o kadar özel ki… Kalbimi iyi ki ona sakladığımı bildiğim gün hayatımın tek doğrusunu yaptığım gündü.

Tek doğrum sevmemdi. Onlarca inada rağmen sevmeye devam edip, tüm yanlışları yok saymaktı. Geceler hataların üzerini kapatan bir örtüydü ve ben onu kalbimin üzerine kapattım, o yüzden hiç uyanmayalım olur mu?

Bilirim çünkü geceyi severken, seni yaşamanın hissini.

"Kamer," diye fısıldadım, saatlerdir bakmakta olduğum gözlerinin içine. Eli yanağının altı ve yastığının üzerinde kalmıştı. Öylece bana bakıyordu. "Hımm?" dedi sessizce.

"Biz ne yapıyoruz saatlerdir?" diye sordum öylesine konuşur gibi.

Dudaklarının kenarı kıvrılır gibi olurken gözlerini kısarak konuştu. "Saat oldu mu ya? Bak sen şu işe."

"Ne demek saat oldu mu?" dedim düz bir sesle, sitem eder gibi. "Birazdan hava aydınlanacak ve biz geceden beri sadece gözlerimizin içine bakıyoruz. Ne konuşuyoruz, ne uyuyoruz ne de başka bir şey yapıyoruz."

"Bir düşünelim," dedi alay eder gibi. "Şu an yataktayız, uyumuyoruz ve konuşmuyoruz... Diğer seçenekler acayip cazip geldi bak, ne dersin?"

"Neden aklına direkt fesat şeyler geliyor?"

"Kimin?" dedi gözlerini irileştirerek. "Ben uyumaktan bahsetmiştim." Sustum ve bunu fırsat bilerek devam etti: "Yoksa senin aklındaki şeyler değil yani."

Ellerimi yastığımın altına iyice sokarken dudaklarımı ısırdım. "Hiç de bile. Ben..." Sözlerimin devamını getiremedim. Çok değişik hissediyordum, mutluydum hem de çok. Ona sarılmak, deli gibi atan kalbini dinlemek ve heyecandan kuruyan dudaklarını öpmek istiyordum. Onu çok seviyordum; bunu iki kelimeye dökemeyecek kadar derin, o derinlikten hiçbir zaman çıkamayacakmış gibi hissederken, deliriyordum.

"Bir şey soracağım ama çok klişe olacak," dedim utana sıkıla gözlerine bakarak.

"Merak ettim sor hadi," dedi dümdüz bir tınıyla.

"Hani bu gece bir şeyler oldu ya," diye fısıldadım. "Yani birkaç itiraf..."

"Evet, oldu bir şeyler," dedi.

Sözleri bana cesaret aşılarken duraksadım ve elimi usulca yastığımın altından çekip üzerine koydum. Bu sayede dudaklarımdaki ve yüzümün kıvrımlarındaki garip simayı gizleyebilirdim. "Bizim aramızdaki şeyin adı ne bilmiyorum, bunu aslında önemsemiyorum da. Yani biz şuyuz, buyuz değil olay. Biz biliyoruz değil mi bir şeyleri?" Susmayı tercih ederken gözleri sonsuzluğu kucaklar gibi sarıldı göz bebeklerime. "Ama merak ediyorum işte, bize bakınca ne görüyorsun?"

"Bize bakınca kahvehanede okey oynayan iki bıçkın delikanlı görüyorum," diye söylendi anında.

Gözlerimi devirerek elimi yastığımın üzerinden kaldırıp yanağına hafifçe vurdum. "Dalga geçmesene, ciddi bir şey soruyorum şurada."

"Ama sen bana böyle baktıkça ben ciddi kalamıyorum ki," diye homurdandı. Elimi yanağından çekmeye teşebbüs ettiğim vakit beni durdurdu ve elini, elimin üzerine koydu. "Bir isme ihtiyaç duymuyorum, bu seni üzmesin sakın çünkü dediğin gibi, biliyoruz kendimizi. Biz birbirimizin miladıyız." Gülümserken güldüğünü gördüm. "Ha, illaki bir isim gerekiyorsa şöyle diyeyim: Bizim çocuklar sana yenge diyor. Anladın mı?"

Eli elimin üzerine konmuş bir kuş misali gibi oradan ayrılmazken suskunluğum onu bir şeyleri tekrarlamaya itmişti. "İyi bir şey söyledim."

Dalgınlığım dudaklarımın kenarında filizlenen bir gül gibi yeşerirken, "Fark ettim," dedim. "Daha doğrusu şu an çok değişik hissettim." Güldüğünde avucumun ortasında bir boşluk hissettim çünkü gülünce çıkan gamzesine dokunmuştum. "Ayrıca," dedim gülmemek için dişlerimi dudaklarıma saplayarak. "Şebnem de sana enişte diyordu zaten."

"İdeal bir baldız olduğunu kanıtlaması hoşuma gitti," diye konuştuğunda dişlerimi göstererek sırıttım. Bana eşlik etmesi çok vaktini almamıştı. Elini elimin üzerinden çekerken onları da yanında götürerek dudaklarına bastırdı. Bunu yaparken titreyen göz kapakları derin bir nefes almamı sağlamıştı. "Sen hep böyle bak bana, böyle beni delirtecek kadar gül yeter," derken parmaklarımızı birbirine kenetleyip beni kendine doğru çekti. "Ben seni izlerken gözlerimi bile kaçırmam."

Alnım alnına değdiğinde kan akışım hızlanmış, odanın içine doğru sızan ay ışığı yerini usul usul güneşe doğru bırakmıştı. Ona sormam gereken onlarca soru vardı, hatta bu soru havuzu giderek artıyor herhangi bir yerden patlak vermek yerine üst üste katlanarak dalgaları da yanında getiriyordu. "Uykun geldi mi?" diye sordu sakince.

"Bilmiyorum," dedim. "Senin?"

"Geldi vallahi."

"Gözlerimi kaçırmam demenin üzerinden on saniye geçti, azıcık daha bekleseydin bari," dedim sahte bir sitemle.

"Ne yapayım yavrum, romantikliğin de bir sınırı var. Hem rüyalarımda da yanımdasın. İçim dışım sensin işte anlasana."

"Tamam, demedim bir şey," derken güldüm.

"Allah'tan demedin he," diyerek gözlerini irileştirdi, ardından kolunu kafamın altına uzatarak beni çıplak göğsüne çekti. İtirazsız onu kabullenip beline sarıldım. Dudaklarını saçlarımın üzerinde hissettiğimde kalbinin sakinliği dikkatimi çekti. Ne çok hızlıydı ne de aşırı yavaş sadece çok güzel atıyordu, benim için olduğunu bildiğimden olsa gerek.

"Kalbinin sesi," dedim gözlerimi kapatarak. "Çok güzel."

"Senin için," dedi kollarıyla bedenimi sarmalarken. "İki gün sonra serenat da yapar o. Benim kalbim bayağı yeteneklidir ha."

Dudaklarım yanaklarıma doğru çekilirken gülümsediğini duydum. "Şanslıyım o zaman," diye itiraf ettim. "İstek parça da alıyorsa müthiş olur."

"Yok," dedi yapay bir ciddiyetle. "O ne söylemesi gerektiğini bilir. Sen sadece başını oradan hiç kaldırma yeter."

Derin bir nefesle birlikte hisli bir iç çekip ona daha sıkı sokulurken, "Hiç," diye fısıldadım. "Hiç kaldırmam Kamer."

"Biliyorum," dedi sakince. "Biliyorum Diana."

Belini sardığım kollarımı hafifçe gevşeterek başımı göğsünden kaldırıp çenemi koydum üzerine ve ona alttan alttan baktım. Başını yan yatırmıştı ve çenesi gözlerimin hapsine giren ilk detaydı. "Bir şey daha soracağım."

"Joker hakkı da ver o zaman anasını satayım, iyice şey ettin insanı," diye homurdanırken kaşlarımı çattım. "Tamam sor," dedi uzatmadan. Çatılan kaşlarım inerken kollarımı göğsünün üzerinden çekip elimi kalbinin üzerine götürdüm. Kasılmıştı, bunu fark etmiştim.

"Neden yalan söyleme gereği duydun?" diye sordum sessizce. "En başından beri neden böyle biriymiş gibi hissettirdin? Aslında Şule seninle arasında hiçbir şey olmadığını söyleyince bir şeyler anlamıştım ama..."

"Şule?" dedi kaşlarını çatarak. "Sana bunu mu söyledi?"

"Evet," dedim gayet olağan bir sesle. "Bana yatak muhabbetlerinizden," deyip gözlerimi devirdim. "Olmayan yatak muhabbetlerinizden bahsetmişti. Sonra onu bir gün tuvalette ağlarken gördüm, senin için ağlıyordu... Ve aranızda hiçbir şey geçmediğini ama senin için her şeyi yapabileceğini söylemişti." Sözlerim canımı acıtacak bir noktaya doğru sürüklenirken devam ettim: "O seni seviyordu Kamer."

Seni seviyorum Kamer, diyememekten daha acısı da, *o seni seviyordu Kamer,* demekti sanırım.

Huzursuzca soluklanırken dudaklarını ıslattı ve ellerini saçlarıma götürüp onları okşamaya başladı. Saçlarıma dokunurken ilk kez tereddüdünü bu kadar yoğun hissetmiştim ama dokunmuştu. "O beni sevmiyordu, beni bir hırs haline getirmişti. Sevgi bu değil," dedi yüzünü ekşiterek.

"Peki, sence sevgi ne?"

Duraksadı, lakin saçlarımda gezinen parmakları hızını kaybetmedi. Gözleri gözlerimin içine doğru akarken, koyu rengin büyüsü sabahın ışıklarıyla aydınlandı. Konuşacak mıydı? Bana bunun anlamını söyleyecek miydi? Ben biliyordum sevgiyi, bilmiyorsa şayet öğretirdim ona da.

"Sevgi," dedi dudaklarını aralayarak. Kalbim bu kadar çabuk sıkışan bir şey olmayı huy haline getirmiş olmalıydı. "Sevgi, hoş bir kadının parmaklarını kalbimin üzerinde gezindirirken hissettirdikleri kadar güzel bir şey," deyip yutkundu. "Olmalı..."

Kalbinin üzerinde gezinen parmaklarım suçüstü yakalanmışçasına aniden duraksarken, dudaklarımı kapattım ve yalnızca burnumdan nefes vermeye başladım. "Sevgi," dedim gözlerinin içine cüretkâr bir biçimde bakarak. "Yüreği güzel bir adamın, ruhuna dokunan parmakları ısıtması kadar güzel bir şey," deyip fısıldadım. "Olmalı..."

Çenemin göğsünü acıttığını düşünerek, yönümü ondan çevirmeden yanağımı yasladım göğsüne ve derin derin baktım benim olan gözlerine. "Niye sakladın kendini benden? Neden susturdun sürekli?" Sonra aptalca güldüm. "Sana pezevenk demiştim ben sırf bu yüzden... Utandım şu an."

Gülümsedi. "Sadece böyle olması gerektiğine inanıyordum. Bunu hayatımı adayacağım kadın ile paylaşmak daha mantıklı geliyordu, o yüzden o dönem senden sakladım... Çünkü o zamanlar birbirimizin hayatında bile değildik."

"Peki ne zaman anladın hayatını bana adayabileceğini?" diye sordum farkında olmadan.

"Bunu bilmiyorum. Ne ara ne oldu bilmiyorum..." Sonra yeniden baktı gözlerime. "Sence bu kötü bir şey mi?"

Saf saf sırıtarak kaşlarımı yukarı doğru kaldırdım. "Hayır çünkü aynı şeyler bende de var."

"Ha, iki salak bulduk birbirimizi yani?" dedi gülerek.

Gülmeye devam ettim. "He."

"He," dedi eğlenerek. Kendimi tutamadım ve yükselip çenesinden öpüp geri çekildim. "Aman iki santim üste çıkıp öpme dudaklarımdan, aman," diye homurdanırken omzumu silktim. "Beğenmiyorsan kapı orada."

"Uykum geldi, hiç uğraşamam," deyip esnedi. Bu hali beni gülümsetirken, kolları bedenimi iyice sardı ve kapattı gözlerini. Kendimi daha da özgür hissedip kapalı gözlerini fırsat bilerek izledim o güzel çehresini.

"Biliyorum, lanet olası bir tipim var ama nazar değecek, az yavaş izle," diye konuşuverdiğinde gözlerimi irileştirip dikkatimi çektim oradan. "Seni izlemiyorum ben."

"Tabii kesin," diye keyifle söylendiğinde gözlerimi kapatıp kendimi yalnızca onun kollarında bulduğum sonsuz huzurun eşiğine bıraktım.

Birkaç saat sonra güneş tamamen ışığını odanın içine soğurduğunda gözlerimi kırpıştırarak araladım. Bu oldukça rahatsız etse de yine de hâlâ delicesine uykumun olduğunu biliyordum. Elimi yan tarafa doğru attığımda fark edilir bir boşluk sezdim. Kamer çoktan uyanmıştı bile. Üzerine geçirdiği bordo tişörtünün kollarını kıvırırken, "Saat kaç?" diye sordum.

"Henüz akşam olmadı," diye dalga geçti.

Baygın baygın baktım. "Ciddi bir şey sordum."

"Çocuklar kahvaltı yapıyorlar," diye geçiştirirken, "Sen niye uyandın ki?" diye sordum sonra. Başımda dikildi ve gözlerime baktı. "Kardeşinle vakit geçiririz diye düşündüm... Yani neden böyle düşündüm bilmiyorum ama sanırım artık onunla daha yakın olmam gerektiğini fark ediyorum."

Sözleri kalbimi ısıtırken, mayhoş gözlerim direkt dirildi ve kafamı yastığın üzerinden kaldırdım. "Sahi mi?"

"Sahi," dedi başını aşağı yukarı sallayarak. "Hem bugün pazar ve yapacak bir işim yok. Birlikte bir şeyler yaparız. Hiç bana göre değil bu tip programlar ama nihayetinde bir kayınçom var ve onunla vakit geçirmesini istediğim bir ablası var. Öyle değil mi?"

"Öyle," dedim sırıtarak. Ne de çok sırıtıyordum şu sıra, sanki günlerdir içinde bulunduğum buhran yok oluvermişti bir anda. Gözlerimi ovuşturarak yataktan çıkarken direkt gardırobu açtım. "Şimdi giyineyim mi? Yoksa sonra mı gideriz?"

"Aslında kahvaltıyı birlikte yaparız diye düşünmüştüm," dedi sakince. Onu duyar duymaz hevesli bir halde gözüme kestirdiğim birkaç parça kıyafeti alıp dolabın kapağını kapattım. Kıyafetlerimi göğsümde toplayıp kapıya doğru yöneldiğimde Kamer önümü kesti. "Sence de birlikte duşa girip ama ne hikmetse kıyafetlerini banyoda değiştirmen biraz şov değil mi?"

"Yo," dedim saf saf.

"Tabii ki öyle," dedi ve dudaklarını yaladı. "Değiştir burada üzerini."

"Rahat edemiyorum ki, bu utanmak da değil," diye kendimi ifade ederken sol kaşını yukarı doğru kaldırıp, "Benim yanımda da rahat edemiyorsan ne diyebilirim ki," diye söylendi. Bu sitemden çok alaya davetiye çıkaran bir sesti. Aramızda geçen bu anlamsız bakışmaların büyümesine izin vermeden omuzlarımı düşürdüm ve geriye doğru çekilip arkamı döndüm.

Utanmıyordum, sadece eğleniyordum.

"Hey Allah'ım," diye söylendi ve kapıyı açtı. "Sen giyinene kadar ben de bir bardak çay içeyim."

"Fazla uzun sürmez," diye arkasından bağırdığımda, kapıyı çoktan kapatmıştı. Kendi kendime gülmeye devam ederken çabucak hazırlandım ve saçlarımı güzelce düzelttim. Aslında çok da düz kalsın istemiyordum, biraz dağınık daha hoş duruyordu. Üstelik onlara giderek alışıyordum.

Yatağımızı da toparlayarak odada fazla vakit öldürmeden banyodaki işlerimi de halledip aşağı indim. Çıkmadan önce saate baktığımda henüz on civarıydı ve bu gayet iyi bir zaman dilimiydi, yani sabaha karşı uyuduğumuzu varsayarsak. Kahvaltı masası yine tam ekip kurulmuştu. Andaç iştahla patatesleri yerken, "Gel yenge gel, kayınçom hazırlamış sofrayı," diye seslendi.

"Yok size afiyet olsun, biz gideceğiz," dedim Kamer'e bakarak. İstifini bozmadan elindeki bardağını dudaklarına götürdü ve bu esnada bana göz kırptı. Dudaklarıma bir buse düşerken Zeynep konuştu: "Otursana, ayakta kalma."

Kamer'e baktığımda ses etmedi, demek ki henüz çayı bitmemişti. İtiraz etmeden oturdum ve derin bir nefes aldım. "Çay doldurayım mı sana?" diye sordu Zeynep. Başımı sağa sola salladım. "Yok, teşekkür ederim."

Andaç, "Şu ketçabı uzatsana," diye seslendi Aytaç'a. O ise ağzındaki zeytin çekirdeğini usulca tabağına bırakıp kardeşine ketçabı uzattı.

Andaç sanki son nefesini verirmişçesine patatesine ketçabı sıkarken Çetin'e sırnaşmayı unutmadı. "Ya o değil de, bu hamaratlık falan nereden geliyor kayınço? Yoksa isteyenin mi var?"

Çetin, "Sana ne lan," diye tersledi.

Andaç istifini bozmadan keyifle kafasını sağa sola salladı. "Hadi hadi, yeme bizi. Dün gece ense kökünden kuyruk sokumuna kadar inen teri görmeseydim bir şey demezdim ama," deyip ketçabı masanın üzerine bırakarak Çetin'in gözlerine bakarak onu taklit etti. "Yani merhaba... Yani hoş geldin... Yani iyi ki geldin."

Kendime engel olamadan gülmeye başladığımda Zeynep'in, Kamer'in hatta Aytaç'ın da benimle beraber güldüğünü gördüm. Şu an masada gülmeyen tek kişi haliyle Çetin'di. Andaç asla durmadan devam etti: "Lise talebesi gibiydin lan kayınço, bir göz kaçırmalar, bir dil tutulmaları falan." Ardından elini Çetin'in ensesine attı. "Çen büyüdün de âşık mı oldun lan kerata?"

Çetin hızla ensesindeki eli itip, "Ne aşkı lan dingil? Kız o kadar gelmiş, zahmete girmiş ne yapsaydım ya?" diye sordu. Aynen Çetin, çok haklısın fakat bu masadakiler senin bu sözlerine inanacak yaşı çoktan devirdi haberin olsun.

Andaç gözlerini devirerek, Kamer'e döndü. "En sevdiğim Kamer abim, külahın varsa versene kayınçoma uzatayım da ona anlatsın biraz."

Kamer hissiz bir halde, "Kayınçon diş biliyor şu an sana, tutmam haberin olsun," diye konuştu.

Andaç, Çetin'e dönerken, "O kıyamaz bana, öyle değil mi?" diye sordu.

Çetin cevap vermeden çayından bir yudum alarak ayaklandı. "Çıkıyorum ben."

Kamer vakit kaybetmeden seslendi: "Biz bugün buralarda olmayacağız. Sen de kaybolma bir yere, malum her an çakmakla ev yakabilecek kapasitede insan yaşıyor."

Andaç sözleri direkt üzerine alınırken omuz hizasından Kamer'e baktı. "Ayıp. Vallahi ayıp. Çakmak ne ya, versene senin Zippo'nla yakayım az afili olsun."

"Kendini yak da, sen de kurtul biz de," dedi Kamer düz bir sesle.

Andaç, "Seni çok iyi anlıyorum," diye yanıt verip önüne döndü.

Aytaç bu esnada çay bardağını masaya bıraktı. "Abi benim de işlerim var biraz."

"Ne işi oğlum?" dedi Kamer ciddi bir sorguyla.

Aytaç sıkılgan bir şekilde, "Öyle hava alırım biraz, iyi gelir," dediğinde Andaç ayaklandı bu sefer.

"Tamam hadi beraber gidelim öyleyse. Kardeş kardeş takılırız, minnoşum da gelir."

"Şu kıza minnoş deyip durma," dedi Çetin ters ters.

"Sen bize bir yenge ver önce de, bak sen nasıl hitap ediyorsun," deyip tekrar taklit etti. "Bebeğim, çiçeğim, böceğim..."

Çetin bir anda, "Şebnem derim oğlum, başka ne diyeceğim?" diye bir cümle kurduğunda, gözlerimizi irileştirerek ona baktık ve bu şaşkınlığın getirdiği gülüşlerimizi dışarı vurduk. Çetin fena köşeye sıkışmıştı, buna kendi sebep olmuştu. Andaç meydanı boş bularak usul usul Çetin'e doğru yaklaştı ve kolunu onun omzundan aşağı sarkıtıp, "Ne ne ne! Şebnem mi dedin?" diye sordu, tavrı yüzümdeki tebessümü giderek genişletiyordu. "Bir daha söylesene!"

"Lafın gelişi dedim lan," dedi Çetin bakışlarını kaçırarak.

Andaç, "Aha! Dün gece de böyle kaçırıyordun bakışlarını," deyip hızla kolunu, Çetin'in omzundan indirip alkış tutmaya başladı. "Evet sayın seyirciler, yeni yengemizi takdim ediyorum. Şebnem..." deyip bana baktı. "Soyadı ne?"

"Aslan," dedim anında. Çetin kaşlarını çatarak bana bakarken bu haline gülerek karşılık verdim. Andaç bu sırada devam etti: "Şebnem Aslan, yeni yengemiz. Kıymetlimiz."

"Tıkayacağım kıçına pamuğu ha," dedi Çetin sinirle Andaç'a bakarak. Gergin tavrı tamamen utanmasından ve üzerine gidilmesinden kaynaklanıyordu. Sinirinin geçmesini beklemeden çatık kaşlarla Kamer'e baktı. "Tamam, buralardayım ben."

Kamer başını hafifçe eğerken Çetin, Andaç'a ters ters bakıp evden ayrıldı. Andaç, "Bak bunlar hep aşk belirtisi," diye homurdandı.

Kamer derin bir nefes alıp ayaklanırken, "Tamam lan sen de kes zevzekliği, adam mutlu belki de ne üzerine gidip duruyorsun," dediğinde Andaç hayretle, "Bıyık altından kıs kıs gülerken öyle demiyordun ama abi?" diye mırıldandı.

"Çok konuşma," dedi Kamer.

Andaç bana bakıp kafasını sağa sola salladı. "Görüyorsun değil mi yenge, yine yaranamadım. Sanırım o şarkı benim için yazıldı. Yaranamadım yavrum yaranamadım..."

"Oksijen israfısın sen yemin ediyorum," dedi Kamer ve daha sonra kara gözlerini bana çevirdi. "Hadi çıkalım biz." Nedensizce heyecanlanarak ayaklandım ve Zeyneplere bakıp, "Görüşürüz," diye fısıldadım.

Ben masadan ayrılırken arkamdan, "İyi eğlenceler," diye seslendi. Gülümseyerek geçiştirdiğimde Kamer yanıma geldi ve kolunu omzumdan aşağı sarkıtıp beni göğsüne çekti. Nefessiz bir huzurun eşiğinde bulurken kendimi, kollarım belini sardı ve sakince evden ayrıldık.

"Alper'i alacağız değil mi ilk?" diye sordum sakince, tamirhaneye inen merdivenleri takip ederek.

"Aynen," diye kısaca cevapladı. Daha sonra konuşmadan tamirhaneye indik. Burada en son şiddetli bir tartışma yaşamıştık ve yerde hâlâ cam kırıkları vardı. Onları fark edince Kamer atıldı. "Doğru dürüst temizlenmemiş, bir ara yeniden elden geçiririm."

Kötü günleri geride bıraktık artık, ileride ne yaşayacağız bilmiyorum ama şu an için mutluydum. Sevdiğim her şey benimleydi ve biz birdik, bu yüzden kötüyü düşünmek akıllıca bir seçim değildi.

Arabaya yaklaştığımızda birbirimizden ayrılmak zorunda kalmıştık. Kamer, kolunu nazikçe boynumdan çekerken kollarım belinin çukurundan aynı hissiyatla ayrıldı. Çok geçmeden arabaya bindiğimizde, emniyet kemerimi taktım ve o ara çoktan yola koyulmuştuk bile. Hava epey sıcak olduğu için rahat bir şeyler giymeyi tercih etmiştim ama yine bunaltıcı bir esintiden nasibimi alıyordum. Kamer durumu fark edince arabanın camlarını açtı. Yüzüme değen ılık rüzgâr beni ferahlatırken gülümseyerek ona çevirdim yönümü. "Çok sıcaktı, teşekkür ederim."

"Fark ettim," dedi gözlerini yoldan ayırmadan. "Sıcak sevmiyorum ben, kar yağsa da kapışsak yine, gömsem seni oraya."

"Kim?" dedim hayretle. Güldü. "En son karın içinden beyaz bayrak sallıyordun."

"Kesin yaşanmıştır ha bu," diye alay ederken gülmeye devam etti, onun keyfi bana da bulaştı.

"Kamer," diye durgunlaştım sonra, başımı koltuğun başlığına yaslarken derin derin baktım gözlerinin kıyısına.

"Hımm," dedi sakince. Tüm yolculuğu ona bakarak geçirebilirdim, hiç konuşmadan gözlerimi dahi kırpmadan...

"Neden bunu yapıyorsun? Yani, sen dediğin gibi hiç bu tip programların adamı değilsin."

Parmakları direksiyonu iyice kavrarken zihnine düşen kelimelerin pişmesini bekledi ve birkaç saniye sonra dudakları aralandı. "Senin için yapıyorum, kardeşin için," deyip gözlerini bana çevirdi fakat yüzü temelli bana dönmemişti. "Ve bizim için. Belki de en başından yapmalıydık, kardeşinle daha çok vakit geçirmeliydin, bunun için kendimi suçlu hissediyorum," diye söylenirken gözlerini tekrar yola doğru çevirdi.

Kaşlarım farkında olmadan çatılırken, "Hayır, hayır, lütfen saçmalama. Elimizde olmayan şeyler vardı. Belki de tam tersidir, Alper benden ne kadar uzakta kalırsa o kadar güvende olur," deyip acıyla gözlerimi kapattım ve aldığım nefesin göğüs kafesimi çerçeveleyen kemiklere battığını hissettim. "Ne zavallıca bir ablayım değil mi? Kardeşini yapayalnız bırakmış, salağın teki."

"Kendine hakaret etmeyi bırak," dedi hızla. "Az önce onu korumak adına yalnız kalmasını söylüyordun şimdi ise onu yalnız bıraktığın için kendine kızıyorsun. Af edersin," deyip yüzünü buruşturdu ve bana baktı. "Yavrum sen geri zekâlı mısın?"

"Öyle miyim?" dedim saf saf.

Duraksadı ve tavrımdaki donukluğa kayıtsız kalamadan güldü. Ah! O gamzelerinin içine mutluluklarımızı gömsem ya, her baktığımda ya da her ihtiyacım olduğunda öper hayat bulurum. "Birazcık."

Dudağımın kenarı kıvrıldığında bunun içten bir tebessüm olduğu adamakıllı belliydi. "Alper'in haberi var mı peki bu plandan?" diye sorduğum vakit, onun yurdunun önüne gelmiştik bile. Ardından kapının önünde Alper'i görmemle sorumu cevaplar nitelikte olmuştu. Gülümseyerek Kamer'e döndüğümde, çarpık gülüşü gözlerimin ağına takıldı. Konuşmadan arabayı direkt kapının önüne sürüklerken, durduğunda emniyet kemerimi hızla çıkarıp arabadan indim ve bir iki adım sonra kollarımı Alper'in boynuna doladım.

Kolları sırtımdaki boşluğu anında kapatırken, burnumu saçlarının dibine götürüp iyice kokladım. Bahar gibi kokuyordu. Saniyeler sonra birbirimizden ayrıldık ve ellerimi Alper'in omuzlarına koydum. "Nasılsın?"

"İyiyim ben," dedi tok bir sesle. Sanırım sesi günden güne erkeksi bir hâl alıyordu ve bu bayağı hoşuma gitmişti. O artık koca bir adam olmuştu. Gözleri yüzümün kıvrımlarından ayrılıp, saçlarıma yöneldiğinde çehresi büzüldü. "Ben iyiyim de, senin saçlarına ne oldu? Yıllardır onları kestirdiğini görmedim hiç, yani hep uzundu."

Alper'in şüpheci yaklaşımı, iki adım yanımda duran Kamer'e ulaşırken kaçamak bakışlarla onun gözlerine kaydı gözlerim. Hissiz ve soğuk bir tavırla bana bakarken, onu bir kez daha yaralamanın iyi bir fikir olmadığını fark ettim ve bu durumu derhal geçiştirdim. "Öyle oldu," dedim elim boynuma giderken. "Yoksa beğenmedin mi?"

"Yok canım," dedi boş vermişlikle. "Çok güzel olmuşsun, ben şaşırdım sadece. Bir tuhaf geldi ama alışırım," dedi ve gülerek Kamer'e baktı. "Ama sanırım bu haline alışması gereken sadece ben değilim."

Kamer güneşten kısılan gözleriyle pespaye bir duruş sergilerken Alper'in yanına geldi ve elini uzattı. Alper'in de ona karşılık verdiği eli kavrayarak kısaca bir sarılmanın ardından karşısında durdu. "Koca adam olmuşsun görmeyeli."

Kamer ortamdaki manasız durgunluğu gidermeye çalışırken Alper buna kayıtsız kalmadan güldü lakin bakışlarını minik bir çocuğun utangaçlığını andırmıştı. "Doğrudur."

Alper'in üslubuna yakışır yanıtından sonra, konuştum. "İzin aldın değil mi yurttan, beraberiz tüm gün?"

"Abla sen benim kaçak göçek iş yaptığımı nerede gördün ki? Fazlaca inek biriyim."

Kamer, "Biz ona kısaca örnek öğrenci diyoruz koçum," diyerek elini onun ensesine koyarak hafifçe sıktı. Alper hoşnut bir ifadeyle gülümserken orada sıcağın altında beklemekten kaçarak arabaya bindik ve sadece on dakika kadar sonra ferah bir kahvaltı edebileceğimiz bir yere geldik.

Kamer arabayı park ederken, biz çoktan Alper ile mekâna girerek dışarıdaki masalardan birine oturduk. Alper benim yanıma oturmuştu.

Kamer'i beklerken kısaca etrafı süzmeye başladım. Yeşil bir bahçe ve ufak bir gölet, içinde yüzen birkaç ördek... Evet sanırım huzurun göbeğine oturmuştuk. Huzur zaten ikisinin de yanımda olmasıydı, bir de böyle bir ortam iyice dozu artıran taraf olmuştu.

Sessizce etrafı izlerken Kamer sandalyesini çekip tam karşıma oturdu. Dikkatim varlığıyla dağılırken bana göz kırparak gülümsedi. Karnımın içindeki karıncalanma garsonun masamıza menüyü koyana kadar sürmüştü, aslında temelli bir kesinti olduğunu söylemek basbayağı bir kandırmaca olurdu.

Kamer garsonun bıraktığı menüyü hızla açtı ve uzaktan uzaktan listeyi inceledi, aynı şekilde ben de. Alper'in mesafeli ve durgun tavrı Kamer'i ona yöneltmişti. "Baksana koçum menüye."

"Bakıyorum," dedi Alper sıkılgan bir tavırla. Sanırım bu vaziyeti, bu tarz paylaşımlardan uzak kaldığı içindi. Zaten pek de konuşkan ve girişken bir hali yoktu, yapısı böyleydi, üstelik aylardır birbirimizden uzakta olduğumuz için hâlâ normal insanlar gibi bir şeyler konuşmamız garibine gitmişe benziyordu.

Masada birkaç dakika sessizlik yaşanırken Kamer başını kaldırarak gözlerime baktı. "Tamam mıdır?"

"Öyle fazla şeye gerek yok, sıradan bir kahvaltı işte. Birkaç dilim salatalık ve peynir yeterli," diye konuştuğumda bıkkın bir şekilde elimdeki menüyü aldı. "İyice eriyip gideceksin."

Dudaklarımı aralayacakken bunu fırsat bilip Alper'e döndü. "Senin tamam mı koçum?"

Alper, "Ben de ablamın siparişinden alayım," diye söylendi. Kamer hepten şaşırırken, Alper'in elindeki menüyü alırken homurdandı. "Bilseydim iki simit alır, parka götürürdüm sizi." Boş bir bakış savurdum. Kamer garsona seslenirken o esnada gözleri beni buldu ve yapay bir halde bakışlarını kararttı. Bu haline gülmekten başka bir şey yapamadım.

Garson bey çok geçmeden karşımızda dikilirken, Kamer elindeki menüleri ona uzattı ve konuşmaya başladı: "Bizim şu masayı bir hallediversen."

"Tabii," dedi garson memnuniyetle. Kamer, "Eyvallah," diye teşekkürlerini ilettiğinde garson bey yanımızdan uzaklaştı. Alper ve ben suskun bir şekilde Kamer'e bakarken, bize odaklanması kısa bir zamanını aldı. "Hiç bakmayın öyle anasını satayım, efendi gibi bir gün geçirecek sek herkes aşacak sınırlarını. Bakın bana..."

"Bakıyoruz," dedim saf saf.

"Daha dikkatli bakın!"

"Bakıyoruz abi," dedi Alper sakince.

"Aferin."

Daha sonra hep birlikte aptal aptal sırıtmaya başladık. Alper gülüyordu, uzun zaman sonra ilk kez sıcacık gülüyordu. Kamer'in sayesindeydi bu içimdeki ferahlık. "Ee?" dedi Kamer, Alper'e bakıp göz kırparak. "Nasıl gidiyor durumlar?"

"İyi gidiyor," dedi Alper derslerini kast ederek.

Kamer gözlerini kısarak bana kısaca bir bakış savurup dolgun dudaklarını yeniden araladı. "Onu biliyoruz oğlum, büyük insan olacaksın ona inancım tam. Ben gönül işlerinden bahsediyorum."

Hafifçe öksürdüm ve parmaklarımı yanaklarıma doğru çekilen dudaklarımın üzerini kapatarak kullandım. Alper elini ensesine götürdü ve bakışlarını kaçırdı. "Abi, gönül işi falan yok ki."

"Lan oğlum, oradan bakınca salak herifin tekine mi benziyorum?" diye sordu ciddi ciddi. "Her halinden belli bir şeyler olduğu, bak gözler falan kaçıyor, hem olabilir yani niye olmasın ki?"

"Allah Allah," dedim hayretle elimi dudaklarımın üzerinden çekerken. "O kadar profesyonelsin yani, birinin birine karşı bir şeyler hissettiğini anlayabilecek kadar." Sol kaşım imayla yukarı doğru havalanırken, Kamer sinsi bir tebessüm yerleştirdi dudaklarına ve kollarını masanın üzerine koyup derin derin baktı gözlerime.

"Yok," dedi iç geçirerek. "Benim profesyonellik, bir tek sana işlemiyor."

Ona durgun durgun baktım.

"İşte senin ablan böyle Alper," dedi.

"Nasıl?" diye sordu Alper sakince. Kamer'in vereceği cevaba kendimi odaklarken, gözleri beni buldu ve iç geçirerek konuştu.

"Güzel... Çok güzel."

Kamer beni utandırmayı başardığında, masanın başında iki garson belirdi ve hızlı bir şekilde sofrayı kurmaya başladılar. Kendimi geriye çektim ve sükûnetimi koruyarak işlerinin bitmesini bekledim. Çok geçmeden çaylarımızı dahi doldurup gittiler. Kamer derin bir nefes alıp,

"Hadi öyleyse, afiyet olsun," diye baktı bize ve direkt bir dilim ekmeği aldı ve ucundan bölerek sahanda yumurtaya bandırdı. Daha sonra onu bir iştahla ağzına attı ve yemeye başladı. Saf saf olduğum yerde onu hayranlıkla izlerken kafasını sağa sola salladı. Bu tavrı iyiden iyiye beni güldürmeye devam ettirirken, derin bir nefes aldı ve kafasını sağa doğru çevirip, elinde tuttuğu dilim ekmeği kopardığı yerden biraz daha kopardı ve yumurtaya bandırarak ağzıma uzattı. Gözlerimi irileştirirken, "Nimet bu nimet, bir de açmıyor bak bak," diye homurdandı.

Gözlerimi devirdim ve ağzımı açtım, Kamer hiç zaman kaybetmeden ekmeği ağzıma attığında onu direkt kabullendim ve çiğnemeye başladım. Kamer geriye doğru çekilirken parmağını emdi ve bu sefer Alper'e döndü. "Sen neyi bekliyorsun? Hayda!"

"Yiyorum abi estağfurullah," dedi Alper ekmeğinden bölerek.

Kamer, "Günler sonra adamakıllı bir nefes alalım dedik, söylettirmeyin insana," diye konuştu. Kızgın değildi aksine kendi de gülüyordu.

Kahvaltımızı yaptıktan sonra bir müddet daha sohbet edip kalktık. Günler sonra böyle hoş bir günün başlangıcına rastlamak epey iyi gelmişti. Kamer sakince arabayı çalıştırırken ona baktım. "Şimdi nereye gidiyoruz beyefendi?"

Dudakları söylemimle kıvrılırken, çenesini omzunun üzerine koyarak Alper'e döndü. "Uzun zamandır yapmak istediğim bir şey var."

Kaşlarımı çattım. "Ne ki o?"

"Gidince görürsün," diyerek beni susturduğunda Alper'e döndüm. Gözlerimle konuşması için imalar yaparken, bakışlarını kaçırarak susmayı tercih etti. "Ha! Bravo size vallahi. Ne bu, erkek dayanışması mı?" diye sordum tiz bir sesle.

"Kıskandın mı?" dedi arabayı hareket ettirmeye başlarken.

Gözlerimin kenarından baktım gözlerinin karasına. "Evet."

"İyi," dedi keyifle. "Hoşuma gitti."

Masum bir utanç ve karıncalanan yanaklarımla başımı diğer yöne çevirip sırıttım. Güldüğünü de fark ediyordum. Alper acaba ne düşünüyordu bizim hakkımızda? O var diye çok rahat davranamıyordum ama Kamer benim gibi değildi, asla bir çekincesi yoktu ki öyle de olmalıydı. Sanırım ben sadece biz iken sınırlarımı yıkıyordum.

Yaklaşık yirmi dakika süren bir yolculuğun ardından, duraksadık. Kamer arabayı kaldırım dibine yanaştırdığında şüpheyle başımı çevirdim. "Geldik," dedi gözlerimin içine bakarak. Alnım kırışırken gözlerimi ayırdım gözlerinden ve camın arkasında kalan büyük binaya baktım. "Halı saha?"

"Hı," dedi mırıldanarak, ardından Alper'e bakıp, "Kardeşinle kapışacağız," deyip tekrar bana döndü. "Yalnız işin zor tarafı sana düşüyor." Anlamamış gibi baktım suratına. Bunu fark etti ve devam etti: "Kardeşin golleri yerken onu teselli edip beni de tebrik etmek biraz zor olacak."

Alper, "Orası pek belli olmaz," diye yanıt verirken, kıkırdadım ve elimi dudaklarımın üzerine götürdüm.

Kamer hiç bozuntuya vermeden devam etti. "Uzun yıllardır oynamıyorum ama sanırım seninle güzel bir açılış yapacağız koçum."

Alper, "Rica ederim," diye söylenirken daha çok güldüm.

Kamer, Alper'e takılmadan derin bir nefes aldı ve anahtarı çıkardı. "Ha," dedi aklına bir şey gelmiş gibi. "Sen hangi takımlıydın?"

Alper, "Fenerbahçe," diye yanıtlarken Kamer güldü.

"Beşiktaşlı bir adam karşısında pek de şansın yok o zaman."

"Bilirsin," dedi Alper kendinden emin bir duruşla. "Şans çaresizlerin işidir, ben ayaklarımı sağlam ayakkabıya emanet edeyim yeter."

Gözlerim iri iri olurken Kamer'in değişen yüz ifadesi beni deliye çevirmişti. Neler oluyordu böyle? Kamer ve Alper tahmin ettiğimden de iyi, hatta hayallerimin ötesinde bir ikili olmuştu ve olacağı da gerideydi. Alper'in özgüvenli hali çok hoşuma gitse de Kamer'in her şeyi sırf onu mutlu etmek için yaptığını bilmek de ona karşı olan bağımı günden güne kalınlaştırıyordu.

Kopacağımız da yoktu zaten.

Çok vakit kaybetmeksizin arabadan indik ve halı sahaya girdik. Daha doğrusu burası kapalı bir yerdi ve koca alanda kimsecikler yoktu. Kamer ve Alper formalarını giyinirken ben de tribüne geçmiştim. Öyle çok büyük bir tribün değildi ve en öne geçip oturmuştum. Olduğum yerde salak salak sırıtmaya başlayıp, gözlerimi bir noktaya sabitledim.

Alper ve Kamer... İkisi de şu hayattaki yeri ve önemi tartışmaya kapalı kişilerdi. Onları böyle görmek beni deliye çeviriyordu, mutluluktandı bu. Benim kardeşim yıllarca benimle bile doğru dürüst iletişim kurmazken, şimdi onun Kamer ile olan bağı çok farklıydı ve sanırım bu Kamer'den kaynaklanıyordu. Mecbur değildi, yapmayacağı şeyleri yapmaya kimse zorlayamazdı onu ama dediği gibi sınırları aşmak gerekirdi bazen. Mutlu olmak ve edebilmek için.

O, ikisini de en başından başarmıştı bile.

Bir süre daha gözlerim takılı kaldığı yerden ayrılmazken Kamer ve Alper'in içeri girişiyle dalgınlığım, karahindibanın tozlarını rüzgârda uçuşu gibi dağılıvermişti. Kamer üzerine siyah sıfır kol bir tişört altında dizlerinde bir şort giymişti, aslında bu bir formaydı. Onu ilk kez böyle görmek garip hissettirmişti. Yani pantolondan başka bir şeyle görmek, üstelik az sonra futbol oynayacak olması gibi dev bir ayrıntıyı da içine hapsederken.

Alper'i birçok kez böyle gördüğüm için garipsememiştim ama ikisini yan yana keyifle izlemek kalbimi şimdiden bulutların üzerine taşımıştı bile. Kamer kolunu Alper'in omzuna atıp bana döndü. "Ablana söyle, seni iyi teselli etsin."

Kaşlarımı havalandırırken Alper bıyık altından güldü. "Abla, Kamer abiye söyle, fazla ağlatmayacağım."

"Galatasaraylı birinden size destek çıkmasını istiyorsunuz beyler," dedim keyifle. "Yok size teselli de destek de."

Kamer derin bir nefes alıp verirken, kolunu Alper'in omzundan çekerek geriye doğru gitti. Bu esnada saçları iyice alnına dökülmüştü. "Tamam. Teklif var ısrar yok," deyip bana göz kırptı. "Nasıl olsa duramayacaksın."

"Göreceğiz," dedim ona meydan okuyarak. Kamer imasını sürdürürken aklına yeni bir şey gelmiş gibi Alper'e döndü. "Neyine oynuyoruz?"

Alper, "Bilmem," dedi sakince. Kamer fazla düşünmeden, "Kazanan belirlesin, işin ucunda bir ödül olması lazım," deyip tekrar bana baktı. "Yoksa tadı çıkmıyor."

Alper konuşarak yerinde hareketlendi. "Bana uyar."

Kamer soluklanarak, "Güzel," derken, yerinde ufak ufak zıpladı ve dudağının kenarını kıvırarak konuştu: "Başlayalım o halde."

Kamer, fazla beklemeden topu ayaklarıyla buluşturdu ve Alper'in karşısına geçti. Koca sahada yalnızca ikisi vardı. Kocaman sahada üçümüzden başka kimse yoktu. Kamer göğüs kafesini şişirdi ve saçlarını eliyle geriye iterek topu Alper'e çarptırdı ve tekrar kendiyle kavuşturduğunda maçı başlatmış oldu. Oturduğum yerden kalkıp ellerimi sıkmaya başladım. İster istemez manasız bir heyecanın ortasında bulmuştum kendimi. Teke tek bir maçtı ve ikisi de tek şanslarının kendileri olduklarını son derece iyi biliyordu. Kamer, topu ayaklarıyla ustalıkla taşırken onu izlemenin keyfinin doruklarında olduğumu fark ettim. Hiç alışık olmadığım biri gibiydi. O forma ve halı sahanın içinde tıpkı içindeki kanı durduramayan lise çağındaki delikanlılar gibiydi.

Kamer, ayaklarındaki mahareti göstermekten kaçınmazken ilk golünü çoktan atmıştı bile. Alper, ümitsizce başını sağa sola sallarken Kamer bundan son derece keyif almıştı. Ona inat elimi kaldırdım ve Alper'e bağırdım: "Sen benim kardeşimsin, pes etmek yok. Ye onu."

Kamer, nefes nefese kalmış gibi solurken, "Ben yiyeceğim seni bekle," diye konuştu.

Dudaklarımı birbirine kenetledim ve omzumu silkerek Alper'e tekrar seslendim: "Hadi Alper."

Asla ikisi arasında ayrımcılık yapamazdım benim amacım sadece Kamer'i sinir etmekti çünkü onunla uğraşmayı seviyordum. Alper, topu ayaklarının önünde sürüklemeye başlarken Kamer, çoktan önünü kesmiş ve ona geçit vermemeye başlamıştı lakin Alper, çok şık bir hareketle onu atlatmayı başarmış ve düz bir atışla boş kaleye golünü atıvermişti.

"Aferin sana be," dedim coşkuyla ona destek verirken. Alper, sıcacık bakıp gülümserken hafiften terleyen saçlarını ellerini kullanarak geriye doğru tararken Kamer'in sert ama korkutmayan bakışlarını yeniden üzerimde hissettim. Sonra gülümseyerek, "Daha yeni başlıyoruz beyefendi," diye konuştum.

Kamer başını aşağı yukarı sallayarak, "Aynen," diye yanıtladı. Oyun yeniden hareketlenirken olduğum yerde konuşuyor ve işlerine biraz heyecan katıyordum. Hatta bir ara öyle çok konuşmuştum ki Alper'in, "Abla Allah aşkına sus, konsantre olamıyorum," dediğini bile duymuştum.

Ne yapayım, heyecan varsa bir yerde durduramıyorum kendimi. Hem korku filmlerindeki insanlarla bile konuşan insanım ben, azıcık mazur görün bu halimi.

"Kaç gol atan kazanıyordu?" diye sordum yüksek sesle.

Alper, "Yirmi," diye cevapladı topu Kamer'in yanından kaçırarak.

"Tamam, bir gole ihtiyacın var o zaman." O esnada Kamer bana bakıp ölümcül bir bakış savurdu. Kıskançlık bakışlarıydı bunlar, bunu fark etmiştim. Sevimli bir şekilde gözlerimi kapatıp açtığım vakit Alper golünü atarak maçı kazanan taraf olmuştu.

Kendimden emin bir şekilde elimi kaldırdım ve söylenerek sahaya indim. "Veee..." Alper son derece keyifliyken Kamer'in tadı iyiden iyiye kaçmıştı. Ortalarına geçtim ve ikisinin de ellerini kavrayıp derin bir nefes aldıktan sonra Alper'in kolunu havaya kaldırdım. "Kazanan Alper."

Alper havada kalan koluyla bana bakarak, "Abla, yanlış spora gitti herhalde aklın ama olsun," diye söylenirken, "Biliyorum herhalde," diye karşılık verdim. Daha sonra havada kalan kolunu indirdiğinde ellerimin arasından kurtulup, "Ben soyunma odasına gidiyorum," diye konuştu. Sonra aniden duraksayıp Kamer'e döndü. Yüzünde bir hayli keyifli kıvrımlar gölgelenirken elini uzattı. Kamer elimi bırakmadan diğer elini uzattı. Bu detayı beni içten içe mutlu etmişti.

Alper, "Bir dahaki sefere artık," diye mırıldanırken Kamer homurdandı. "Sırf ablan için verdim bu maçı."

Alayla başımı sallarken Alper'in tebessümü dudaklarındaki yerini aldı. "Bilmez miyim?"

Kamer'in soğuk parmakları parmaklarımı iyice kavrarken beni yanına doğru çekti ve diğer eliyle Alper'in omzuna hafifçe vurup geri çekildi. "Sıkı maçtı, iyiydin."

"Teşekkür ederim," dedi Alper sakince. Elimi saçlarına götürdüm ve geriye doğru yatırdım, saç dipleri epey terlemişti. "Terlisin, hadi çıkar üzerini git de."

"Tamam, gidiyordum zaten," dedi ve bize bakmadan halı sahadan çıktı. O çıkana kadar asla birbirimize bakmadık. Ellerimiz hâlâ sıkı sıkıya kenetliyken Kamer beklemediğim bir anda beni kendine çevirdi ve ağırlığını üzerime vererek bana sarıldı. "Romatizma mı var lan bende yoksa? Yoruldum."

"Ay saçmalama," dedim gülerek. Kolları sırtımı kavrarken yüzünü omzuma koymuştu. Çıplak kollarına dokundum ve ellerimi terli saç diplerine götürdüm. "Yalnız senin de terin kurumasın, hasta olursun sonra."

"Siktir et," diye homurdandı ve sonra huzursuzca geri çekilip kaşlarını çatarak bana baktı. "Ayrıca unutmayacağım bu yaptığını." Beni taklit etti. "Hadi kardeşim, ye onu kardeşim."

"Kıskandın mı yoksa?" dedim gözlerimi kısarak.

"Kardeşini mi?" dedi gözlerini devirerek. Başımı olumlu manada aşağı yukarı sallarken, "Çocuk değilim," dedi.

"Kıskanmanın yaşı da mı oluyormuş?" diye sordum sonra. Beni cevapsız bırakmayı tercih ederken, ona bir adım yaklaştım ve kolumu boynuna sararken diğer elimle terden alnına ve şakaklarına yapışan saçlarını düzeltmeye başladım. Bu sırada gözlerini gözlerimden ayırmadı.

"Kamer," dedim nemli saçlarıyla oynamaya devam ederken, "Hım," diye mırıldandı. "Teşekkür ederim. Bugün için, bizim için yaptıklarını unutamam. Ben yıllar sonra kardeşimin bu kadar mutlu olduğunu görüyorum ve bunu sen başardın. Çok teşekkür ederim."

"Biliyor musun?" dedi sakince. "Asıl teşekkür etmesi gereken kişi benim... Yıllar sonra bana yeniden bir aile kazandırdınız. Beş kişilik bir aileme öyle güzel girdin ki sen ve kardeşin..."

Beş kişilik ailen... Kamer öyle güzeldi ki onları canı biliyordu, onları kanından varsayıyordu. Hiç mecburiyeti olmadığı halde bizleri de öyle kabullenmişti.

Sözlerine karşılık verirsem eksik kalacağından korktuğum için alnını alnıma yasladım ve ense kökündeki nemli saçlarını okşadım. "Benim tek ailem sizsiniz. Bana yeniden aile olmayı öğreten kişisin."

Elleri yüzümü kavradığında, gözlerimizin kapalı olma detayı daha özgür hissettirmişti. "Benim her şeyim." Sesi ılık ılık ruhuma dökülürken gülümsedim. Parmakları tenimi sıvazlarken nefesi de onu takip etti. "Terin kurumadan çıkar üzerindekileri."

"Sen çıkarsana," diye mırıldandığında, alnımı alnından çekip ağzına hafifçe vurdum.

Gözlerini kırpıştırıp açarken, "Ama ayıp," deyip güldü. "Tamam, öp şimdi de. Yok öyle, bir vurdum iki kaçtım."

"Ne çıkarcı bir adamsın sen ya."

Keyifle gözlerini kıstı. "Kurusun mu huyum?"

Kaşlarımı yukarı doğru kaldırıp, sırıttım. "Yok, kurumasın."

"İyi," dedi hızla. "Öp hadi beni." Düz düz baktım kara gözlerine. Sonra devam etti. "Öpüşmek bir dakikada 6.4 kalori yaktırıyormuş, antrenman yapalım mı? Hazır ortam da müsait."

Gözlerimi kocaman açıp, "Allah aşkına bu gereksiz bilgiyi nereden öğrendin ve ben bunu hafızamdan nasıl sileceğim?" diye ciddi ciddi sordum.

"Silme," dedi fısıldar gibi. Daha sonra gözlerini dudaklarıma kaydırıp hiç beklemeden öptü. Gözlerim anında kapanırken öpüşüne karşılık verip birkaç saniye sonra ondan ayrıldım. "Tamam, Alper içeride bak, görür falan vallahi rezil olurum. Hem kalori yakmamı gerektirecek bir bedenimin olduğunu düşünmüyorum."

Kaşlarını çatarak beni usulca süzdü ve dudaklarını büküp, "Fark ettim de kilo almışsın, bu demek oluyor ki kalori yakman gerekiyor. Öpüşmek en güzel yol ve sana seve seve yardımcı olurum," dedi.

"Ay adam delirdi," dedim isyan eder gibi.

Kolunu omzuna atarak çıkışa doğru yöneldik. "Sen delirtiyorsun haberin yok sanki."

"Kızayım mı kendime?" diye sordum öylesine bir şeyler geveleyerek.

"Yok," dedi düz bir sesle. "Ben kızarım."

"Peki," dedim sessizce. Nihayetinde halı sahadan çıkmış ve koridora varmıştık. Kamer beni soyunma odasına götürürken duraksadım. "Tamam, ben bekleyeyim burada sizi."

"Gelsene sen de," dedi alay ederek.

Gözlerimi devirdim ve elimle omzundaki kolunu kavrayıp altından sıvıştım. "Yok, ben burada gülmekten ölmeye başlayacağım birazdan. Hadi, git sen."

"Yardıma ihtiyaç olursa seslenmen yeterli," deyip soğukkanlı bir halde içeri girdi. Arkasından saf saf sırıttım ve kollarımı göğsümde birleştirip sırtımı duvara yaslarken onları beklemeye başladım. Birkaç dakika, mermer zemininin karelerini ezberlemeye başladığımda soyunma odasından sesler gelmeye başladı. Kaşlarımı çattım ve içeriye doğru kulak kabarttım. Bu Alper'in sesiydi.

"Abi," dedi Kamer'e seslenerek. Sessiz olmaya çalışarak kapıya yaklaştım ve pürdikkat onlara odakladım kendimi. "Bunu sorup sormam yanlış mı olur bilmiyorum ama sormak istiyorum." Bir süre sessizlik yaşanırken muhtemel Kamer boş boş onun gözlerine bakıyordu. "Ablama karşı hislerin ne durumda? Onu... Seviyor musun?"

Ve o an kalbim delicesine sıkışmaya başladı. Ne diyecekti? Cevap verecek miydi? Bunları duymaya ihtiyacım yoktu ki zaten, biz birbirimize aittik ikimizin de kalp haritası birbirini gösteriyordu. Bir kuru lafa ihtiyacım yoktu. Ha! Elbette ki duymak isterdi herkes, ben de isterdim, yalan söylemeyeceğim ama o bundan daha güzellerini vermişti bana. Kalbini, ruhunu, her şeyini... Bundan daha mühim ne olabilirdi sanki?

"Bak koçum," dedi Kamer sözlerine başlayarak. "Ablan benim hayatımdaki kadın, hayatımın içindeki kadın, anlıyor musun? Sadece o var ve sadece o olacak. Duygularımın bir adı varmış, yokmuş bunları geç, umurumda da değil zaten... Ben sadece onu ve kendimi biliyorum. Ondan geçemem, geçmem."

Alper devam etti: "Hani maçı kazanan ödülü belirleyecekti ya..." Yeniden sessizlik olmuştu, muhtemelen Kamer onu başıyla yahut gözleriyle onaylamıştı. "Abi ben senden hiçbir şey istemiyorum. Sadece ablamın yanında ol, onu sakın bırakma. Bu yaşıma kadar bana hep o baktı, sırf beni okutmak için üniversite okumaktan vazgeçti, derslerine doğru dürüst bakamadı bile... Beni o büyüttü. Sürekli kendini suçluyor biliyorum, beni yalnız bıraktığını düşünüyor. Değil..." Gözlerimin önü kararırken Alper'i gözlerimin içine bakarken hayal ettim. O uzak ve ürkek bakışlarını nasıl da saklayabiliyordu herkesten. "Değil abi," dedi yeniden konuşarak. "O hep benim yanımda. Zaten kendimi suçlu hissediyorum, ona haksızlık yaptım, defalarca kez onu yalnız bıraktım... Babam... Babam ona el kaldırırken babamın karşısında, ablamın da yanında duramadım abi. Bunu yapamadım, oysa o benim için her şeyinden vazgeçmişti ama ben elinden tutup kaldıramadım işte..."

Alper neler söylüyordu böyle? Kendini suçlu hissetmesi manasızdı ama yüreğim tırmalanmıştı ve yüzümde buruk bir tebessüm meydana gelmişti. Bazı şeyleri bana söylemese bile kalbinden geçenleri duymak hem iyi hem kötü gelmişti.

"Senden sadece onun yanında olmanı istiyorum. Biliyorum sen yürekli bir adamsın, ablam sana güvenmişse vardır bir bildiği zaten. Yoruldu o, ben uzağındayım ama hissediyorum. Yoruluyor... Belli etmez pek ama kardeşiyim ben onun, az çok hissediyorum gerçekten," deyip yorgunlukla nefesini dışarı verdi. "En azından bu kadarını yapabiliyorum."

İçinde neleri tutmuştu böyle?

"O yüzden," dedi. "Onun hayatına nasıl bir güneş gibi doğduysan ay gibi de ışığını eksiltme."

Ay gibi...

Biri derin bir nefes alırken bunun Kamer'e ait olduğunu anlamıştım. "Alper, seninle açık konuşacağım. Birincisi, ablan bunları öğrenirse üzülür. İkincisi, sen de benim bir kardeşimsin artık ve beni ablanın hayatındaki adam yerine değil de abin yerine koyarsan daha iyi olur. Üçüncüsü ise," dedi ve bir saniye kadar duraksayarak devam etti: "Ben ablanın hep yanında olacağım çünkü tuttum ulan bir kere o ellerinden, nasıl bırakırım? Canıma kastım mı var?"

Ya...

"Diyeceğim şu ki kendine bunları dert etme koçum," diye devam etti nakış nakış kalbimi ördüğü cümleleriyle. Şu an ise onun gözlerine bakarak güven veriyor ve sanırım omuzlarını sıkıyordu. Onu öylesine ezberlemiştim ki. "Sen bırak bizi de senin şu iş ne oldu asıl?" Kamer birdenbire şişenin ucunu Alper'e yöneltti. "Adı neydi?" diye sordu ve kendi cevapladı: "Şirin? Ha, Şirin'di, evet."

"Abi söyleme şöyle, vallahi utanıyorum," dedi Alper çekingen bir tavırla.

Kamer, "Ohoo, utanırsan nasıl olacak oğlum bu işler?" diye mırıldanırken dudaklarımı büzdüm ve daha dikkatli bir vaziyette dinlemeye başladım.

"Peki sen nasıl kazandın ablamı? Yani nasıl tutabildin elinden?" diye sordu Alper.

Üst üste itiraf almak bünyemi epey zorlayacağı benziyordu. Henüz dün geceyi sindirememişken bunlar da üzerine biniyor beni gereğinden fazlasıyla mesut ediyordu.

Kamer, "Yani aslında ablan tuttu ellerimden, ölüyordu benim için ben de kıyamadım işte," diye söylenirken şaşkınlıkla gözlerimi irileştirdim. "Ablan beni ilk gördüğü an vuruldu bana."

Evet, yüzündeki kar maskesiyle ve o karanlıkta âşık oldum sana geri zekâlı.

Kamer ciddi ciddi bir şeyler anlatırken olduğum yerde kendi kendimle cebelleşmeye başladım, içeri girmemek için kendimi zor tutuyordum âdeta. Alper, "Gerçekten mi?" diye sordu.

Ay bu da saf.

"Tabii gerçek oğlum, ablanın bana dibi düşüyordu dibi," dediğinde herhangi bir ses çıkma ihtimaline karşıt dişlerimi dudaklarıma sapladım. Alper'in bunları ciddiye almadığını düşünüyordum. "Peki senin?" diye sordu bu kez Alper.

Hadi cevap ver şimdi Kamer Efendi!

Kamer bir anda ruh halini değiştirerek, "Sana şu kadarını söyleyeyim." Ses tonu giderek azaldı. "Ben geceysem ablan ay."

Bu söz beni durgunlaştırırken dudaklarından firar eden bu cümleyi birkaç kez içimden mırıldandım. Alper, "Yani önce gece olmak gerekiyor ayı bulmak için öyle mi?" diye sorarken bu soru beni sersemletmişti.

Kamer, "Hayır," dedi net bir dille. "Önce ayı bul, o zaten geceye doğacaktır."

Beni buldun ve sana doğdum.

"Ulan akıllı adamsın," dedi Kamer gülerek. "Bir kadını kırmadan, incitmeden hayatında tutabilmelisin. Bunu biz erkekler çoğu zaman yapamıyoruz ve elimizde olmadan kırıyoruz ama kadınlar narindir, onların kalbi bazen bizim öylesine söylediğimiz sözler yüzünden paramparça olabiliyor."

Canımın içi.

Alper, "Bilmiyorum abi," dedi sakince. "Öyle çok yeni daha benim hislerim, belki de bir heves. Hem önümde kocaman bir sınavım ve hayallerim var. Ablama söz verdim, anneme sözüm var avukat olacağım. Aşk meşk biraz geride dursun."

Kamer histerik bir biçimde güldü. "Bir şey daha... O dediğin şey var ya, aşk mı ne bilmiyorum. Her şeyi tepetaklak eden illet bir duygu. Planlarını güzel yapmışsın ama hiç ummadığın bir anda o geride dursun dediğin şeyin köpeği olursun da haberin olmaz."

"Bu sen misin?" diye sordu Alper anında Kamer'e doğru konuşarak. "Abi? Sen ablama âşık mısın?"

Âşık olmak? İnsan nasıl âşık olur ki? Size biraz bahsedeyim o halde. Bazıları vardır ilk görüşte anlar sonunu, ilk bakışta vurulur kalbi bir acı sevdaya. Bazıları vardır, günler geçtikçe büyür içindeki ateş ve kocaman bir yangını doğurur. Gülüşü düşer dudaklarının kıyısına, sonra göz bebekleri sarılır gözlerinin çukuruna... Düşünemezsin kimseyi, ondan başka kimseyi düşünemezsin. Bencilleşirsin, körleşirsin, delirirsin... Bunları elinde olmadan yaparsın çoğu zaman. Ah! Aşk, güzel giden şeylere ya tuz atar ya da bal.

Benimki çok başka türden. Acı bal... Hani fazla bal yediğinde dili yanar ya insanın, bu da öyle bir nevi. Fazla sevince insanın kalbi yanıyor, fazla sevince kalp yaktırıyor. Ama şikâyetim yok hiç, yanacaksa eğer onun yüzünden yansın kalbim çünkü sebebi oyken bu güzelliklerin sonuçlarının muazzamlığına bakar da mutluluktan ağlarım.

Bir dakika kadar bir süre ses gelmedi içeriden. Ellerim titremeye başladığında Alper'in sesiyle irkildim. "Abi?"

"Hı," dedi Kamer uykudan uyanırmışçasına bir edayla.

"Ablama âşık mısın diye sordum?"

Kamer derin bir nefes aldı ve bunu öylesine hissetmiştim ki sanki aldığı soluk beni göğüs kafesimin içine dolmuştu. "Ne alakası var lan? Ben bir yorum yaptım sadece."

Yalan bir adamın yalandan sözleri...

"Ne bileyim sanki..." Alper'in konuşmasına müsaade etmeksizin cümlesine müdahale etti. "Ulan beni de iki dakikada felsefe dersinden fırlama denizci adama çevirdin."

"İyi de sen söyledin," dedi Alper müthiş bir soğukkanlılıkla.

Bu esnada kafamı umutsuzca sağa sola salladım. Kamer cevap vermekten kaçınırken harekete geçti. "Neyse ne. Hadi çıkalım, ablan beklemekten ağaç oldu."

İyiydik ya böyle aslında, ne güzel itiraflar, kaçak dövüşler hoşuma gitmişti.

Hızla kapının arkasından çekildim ve elimi kısa saçlarıma götürüp onlarla oynamaya başladım. Şu an safa yatma moduna geçmiştim, evet. Az sonra ikisi birlikte soyunma odasından çıkarken, hiçbir şey duymamış ve haberdar olmamış gibi yönümü onlara çevirdim. "Sonunda. Ne yaptınız içeride, parti falan mı?"

"Köpük banyosu yaptık, sen de gelseydin keşke," dedi Kamer düz bir sesle. "Tövbe ya Rabbim. Geldik işte."

"Ay tamam, ne agresifleşiyorsun?" dedim kaşlarımı çatarak.

Aynı tepkiyi verdi. "Ben mi?"

"Yok," dedim kaşlarım yukarı kalkarken. "Alper'e söyledim. Çocuk konuşmadan da agresif olabiliyor. Tövbe ya Rabbim."

"Bana da âmin demek düşüyor galiba." Alper olaya farklı bir pencereden yaklaşırken duraksadık ve birbirimize bakınıp saf saf sırıttıktan sonra halı sahadan çıktık.

Gün henüz bitmemişti ve bu akşam Alper bizimle yemek yiyecekti. Eve gitmeden evvel markete uğradık. Birkaç malzemeyi gizli saklı alıp onların hesabını ayrı kasadan yaptım. Alper için pırasa, Kamer için ise nohutlu pilav yapacaktım. En sevdiği yemeğin o olduğunu biliyordum ama bunca zaman nasıl yapmamıştım aklım almıyordu. Bizim için yaptıklarına bu çok kuru bir teşekkür olarak kalacaktı ama yüzündeki ufak bir tebessüme sahip olmak bile dünyanın en tarifsiz hissiydi.

Çok geçmeden eve geldiğimizde vakit henüz ikindiye yaklaşıyordu. Kamer elindeki poşetleri mutfak masasına bırakırken, Alper'in yanından ayrılmadan kapıyı kapattım ve birlikte içeri geçtik. "Kimse yok mu?" diye sordu Alper sessizce etrafa bakınırken. "Dışarı çıkacaklardı bugün, hâlâ gelmediler demek ki," diye konuştuğumda kapı çaldı. "Geldiler." Geriye döndüm ve gidip kapıyı açtım.

Andaç ve Zeynep el ele içeri girerken Aytaç'ta sakince arkalarından onları takip etmişti. Andaç, "Hoş bulduk yenge," diye bir şeyler gevelerken arkamda duran Alper'i gördü ve gözlerini irileştirip sırıttı. "Vay vay, bizim küçük enişte de buradaymış."

Zeynep, "Ay, soyağacından bir haber bu da," diye keyifle gülerken onlara eşlik ettim ve kapıyı kapattım.

Alper ve Andaç selamlaşırken Zeynep de başını sallayarak, "Hoş geldin," diye konuştu.

Alper, "Hoş buldum," dedi.

Aytaç sakin adımlarla ilerledi ve Alper'in karşısında durup elini uzatarak, "Hoş geldin," diye selamladı. Alper ona hemen karşılık verirken birlikte içeri doğru yürümeye başladık. Kamer o esnada elindeki poşetleri bırakmış ve mutfaktan çıkmıştı. Andaç gülerek, "Aha, emekli maaşı kokusu alıyorum," dedi.

Kamer ters ters bakarken, "Gel, harçlık da vereyim sana," diye konuştu.

Andaç, "Harbi mi?" diye yerinden fırlarken Kamer soğukkanlı bir tavırla gülümsedi ve onu onayladı. Andaç hızlı adımlarla Kamer'in karşısında dikilirken, Kamer cebinden çıkardığı beş lirayı Andaç'ın eline tutuşturup, "Hadi git ekmek al, para üstü olursa şeker al kendine," diye söylendi.

Onların bu haline bakarken etrafta manasız bir mırıldanma yankılandı. Andaç omuzlarını düşürdü ve elindeki beş liraya baktı. "Ama abi bu para bayağı çok. Nasıl harcayayım, nerede yiyeyim ben bunu?"

"Zıkkımın dibinde."

"Güzel fikir," dedi Andaç durağan bir ses tonuyla. Daha sonra arkasını dönerek Kamer'in taklidini yaptı. Kamer anlamış gibi, "O ağzını yüzünü dağıtırım senin," diye havada kalan bir tehdit savurdu. Andaç durumu toparlamak maksadıyla hiçbir şey söylemeden evden ayrıldı.

Bu sırada ben de mutfağa girdim ve Zeynep de beni takip etmişti. Vakit öldürmeden direkt poşetlerin içindeki malzemeleri çıkarmaya başladım. "Neler aldınız böyle?" dedi Zeynep bana yardımcı olurken. "Birkaç sebze falan işte, yemek yapacağım," dedim. "Siz neler yaptınız?"

Zeynep poşetin içinden çıkardığı domates ve salatalıkları dolabın içine yerleştirirken, "Sinemaya gittik," dedi. "Hım," dedim tatmin edici bir sesle. "Üçünüz takıldınız değil mi?"

"Evet," dedi sıcak bir sesle. "Siz neler yaptınız?"

Derin bir iç çekip, elimdeki nohut konservesini tezgâhın üzerine bırakıp pirinç poşetini de yanına koydum. "Önce kahvaltı yaptık, sonra da Alper ve Kamer futbol oynadı."

Zeynep olduğu yerde duraksayıp gözlerini büyüttü. "Maç mı? Kamer abimi asla öyle hayal edemedim."

Gülümseyerek omzumu silktim. "Yo. Gayet güzeldi, yani çok keyifli vakitlerdi."

"Ona şüphem yok zaten," dedi yanlış bir şeyi ima etmiş gibi toparlamaya çalışırken. "Ben şaşırdım sadece. Biliyorsun işte, pek bu tarz bir adam değil."

"Biliyorum," dedim başımla onaylayarak. "Ama kendi istedi böyle olmasını. Alper uzun zaman sonra ilk kez bu kadar mutlu, gözlerindeki ışığı görmen lazımdı Zeynep."

Buzdolabının kapağını kapatarak ayaklandı. "Belli oluyor Aymira, merak etme."

Birlikte gülüştükten sonra kollarımı sıvadım direkt işe koyuldum. Kamer ortalıkta gözükmüyordu ve çok yüksek ihtimalle tamirhaneye inmişti. Alper ve Aytaç ise salonda sohbet ediyordu.

Önlüğümü giyindim ve ellerimi yıkadım. Sonra da yemekleri yapmaya başladık.

"Bugün bayağı doyacağız sanki," dedi Zeynep masanın üzerindeki boş poşetleri iç içe geçirirken. Derin bir nefes aldım ve tezgâhın üzerini toplamaya başladım. "Uzun zamandır hiçbir iş yapmıyordum, iyi oldu."

Zeynep, "Sanki mecburmuşsun gibi konuşmasana," diye homurdanırken gülümsedim ve direkt pırasaları doğramaya başladım. Alper'in en sevdiği yemek pırasaydı. Hele bir de limonlu olunca daha da bayılırdı.

Yaklaşık iki saat kadar mutfakta zaman geçirmiştik. Nohut ve pırasa çoktan pişmişti, ek olarak pirinç pilavını da yapmıştım. Zeynep salata yaparken ben de marketten aldığımız yoğurt ile ayran yapmaya başladım. Kendi halimizde takılırken Andaç'ın sesiyle gülümsedik. "Hamaratlık kazanacak."

Sonra geldi ve Zeynep'in rendelediği havuçlardan aldı. Zeynep sinirle eline vururken, "Ya az sabırlı ol sabırlı, herkesle beraber ye," diye konuştu.

Andaç bunu sahte bir biçimde içerledi. "Beni herkesle bir mi tutuyorsun yani? Yazık yazık, kalbimde koca bir yılan beslemişim." Zeynep kaşlarını çattığında Andaç dayanamadan güldü ve Zeynep'in yanağından bir makas aldı. "Ama ben yılanları severim. Tıs."

"Tövbe ya," dedim kendi kendime eğlenerek.

Andaç bana doğru seslendi: "İlişkimizi kıskandığını belli etme yenge."

Buna daha çok gülerken Zeynep hayretle, "Emin ol kıskançlıktan çatlıyordur, emin ol," diye mırıldandı. Onları bir yandan dinliyor diğer yandan ayranımı çalkalıyordum. Kısa bir müddet sonra hava karamış ve içerideki ışıklar yanmıştı. Zeynep'le birlikte sofrayı kurduktan sonra onlara seslendik. Usul usul dolan masa nihayet Kamer'in de gelmesiyle tamamlanmıştı.

"Sabah patates kızartması, şimdi de Allah ne verdiyse." Andaç'ın iştahlı hali beni mutlu ederken dilimlenmiş ekmekleri de masanın üzerine bıraktım. Zeynep ile birlikte çorbaları servis ettikten sonra geçip oturduk. Kamer henüz nohut ve pilav yemeğinden bir haberdi.

Kamer çorbasından bir yudum alırken, "Ulan bir kere de konuşmadan ye şu yemeğini," diye düz bir sesle onu uyardı. Andaç susarken, Alper'le göz göze geldiğimizde ona göz kırpıp gülümsedim. Kamer'in ikazı masada otorite sağlarken kısa sürede çorbalarımızı içmiş ve yemeğe geçmiştik. Önce Alper'in tabağına biraz pırasa koydum ve önüne uzattım. Bunu görünce gözlerinin içi parladı. "Teşekkür ederim."

"Afiyet olsun," diye gülümseyip Kamer'in tabağına biraz pilav hemen yanına da nohut koydum. Zeynep de diğerlerinin tabaklarına servis yapıyordu. Sakince Kamer'in yanına gittim ve tabağını önüne koydum. Ani bir tepkiyle, "Ha siktir," dedi. Herkes ona baktığında, "Yani tövbe bismillah, nohutlu pilav mı bu?" diye sordu şaşkınca.

Andaç, "Yok, Pekin ördeği o," diye dalga geçtiğinde Kamer ona asla takılmadan kafasını bana çevirdi ve gözlerimin içine baktı. "Ellerine sağlık."

Sıcacık tebessüm edip "Afiyet olsun," diye mırıldandım. Daha fazla ayakta dikilmeden kendime de bir servis açıp, ayranları da doldurduktan sonra yerime geçip oturdum. Kamer iştahla nohutları pilavın içine karıştırdı ve ağzına götürdü. Çaktırmadan onu izlerken yüzünün aldığı ifadeyi delicesine merak ediyordum. Dudakları usul usul hareket ederken gözlerini kapatıp derin bir nefes aldı. Gözleri açıldığında gözlerimiz buluştu ve göz kırpıp güldü.

Çok güzel göz kırpıyorsunuz Kamer Bey, âşık oldum.

Utançla başımı öne eğdim ve yemeğimi yemeye devam ettim. Masada hiç kimse konuşmuyor sadece yemeğini yemekle meşgul oluyordu. Aytaç tabağını ilk bitiren kişi olurken masadaki peçeteye uzandı ve ağzının kenarını silerek, "Ellerinize sağlık," dedi.

"Afiyet olsun," dedim yeşil gözlerine bakarken. Onu Çetin takip etti, daha sonra da Alper.

Andaç tabağında kalan pirinç tanelerini parmağıyla sıyırırken, "Sünnetleyelim şunları da sevap kazanalım az," dedi.

Bu tavrı beni memnun ederken, o hiç aldırış etmeden tabağını sünnetledi ve derin bir nefes alıp doğruldu. "Oh be vallahi, ne doydum ha."

Kamer, "Tosuncuk seni," diye laf atarken Andaç gözlerini devirerek Kamer'in boş tabağına baktı. "Diyene bakın hele, gel beni de ye abi."

Kamer epey doymuş bir halde konuştu: "Çok şükür gırtlağıma kadar doydum, bu bana bir on gün yeter."

"Herife bak on gün diyor," dedi Andaç dalga geçerek. "Ulan ben utanmasam günde on öğün yemek yiyeceğim."

"Bu utanmış halin mi?" diye sordu Kamer anında.

Andaç sakince masadan kalktı. "Şu an utanmaya gidiyorum, izninizle."

Ve gitti.

Zeynep peşinden giderken hallerine sırıtmadan edemedim. Kollarımı masanın üzerine koyduğumda, çenemi de omzumun üzerine yaslayıp derin derin Kamer'e baktım, bana bakıyordu. "Beğendin mi?" diye sordum sakince.

"Sence?" dedi soruma soruyla yanıt vererek. "Uzun zamandır böylesine karnımın doyduğunu hatırlamıyorum, üstelik nohutlu pilav bu."

"Sevdiğini söylemiştin, geç bile kaldım aslında yapmakta," diye itiraf ettiğimde kolunu uzattı ve parmaklarıyla yanağımı hafifçe okşadı. Bir şeyler söylemek ister gibi bir hali olduğunu fark etsem de bundan vazgeçip kaşlarını çattı ve parmaklarını çekti. "Alper'i yurda bırakmam lazım benim, geç olursa arıza çıkarmasınlar çocuğun başına."

"Ben de seninle geleyim," dedim çenemi omzumun üzerinden kaldırarak.

"Olmaz," dedi kaşlarını yukarı havalandırırken. "Oradan Mahir'in yanına geçeceğim. Şu olaylardan sonra adamakıllı konuşamadım it herifle." Bedenim garip bir dürtünün içine hapsolurken bildiğim gerçekleri düşündüm ve ondan sakladıklarımı. Bir türlü uygun vakit bulamamış olmama canım sıkılıyordu. Bu gece ya da yarın ama mutlaka anlatacaktım.

"Beni artık Mahir'den korumana gerek yok," dedim hissiz bir biçimde, sonra devam ettim: "Yani evet, berbat biri ama hayatımızı kurtardı değil mi?" Kesinlikle ona minnet duyacağım aklımın ucundan bile geçmezdi ama yapmıştı.

"Ben senin yerine de iletirim teşekkürlerini," dedi Kamer ayaklanarak.

Onu takip ettim. "Ben de geliyorum dedim!"

Olduğu yerde duraksadı ve kararlı tavrımı görünce, "Sabır ver Allah'ım, sabır," diyerek söylendi. Hava epey karardığı için Alper'in yurda giriş saatini kaçırmak istemiyorduk. Zeynep ile birlikte ortalığı hızla toparlayıp evdekilerle vedalaşarak yola çıktık. Sessiz ve huzurlu bir yolcuğun sonunda nihayetinde yurdun önüne gelmiştik. Alper arabadan inerken ona eşlik edip dışarı çıktım ve hızla sarıldım. "Dikkat et kendine, en kısa zamanda yine görüşeceğiz tamam mı?"

"Sen boş ver beni abla," dedi sırtımı sıvazlarken. "Sen iyi ol, bu bana yeter."

Göğüs kafesi kemiklerimi kırmak istercesine ona sığınırken, kollarını sırtımdan çekti ve ayrılırken saçlarımı öptü. Bunu... Bunu ilk defa yapıyordu. Kardeşim ilk kez beni saçlarımdan öpüyordu.

"Abla," dedi gözlerimin içine bakarak. Kumral cildi gecenin esintisinden iyice solmuştu. "Belki geç kaldım ama iyi ki varsın. Hep ol."

"Hiçbir şeye geç kalmadın," dedim saçlarını düzeltirken. "Düşünme böyle."

Konuşmadan sadece gözlerimin içine bakmakla yetindi. "Hadi, gir içeri üşütme daha fazla," dedim ısrarcı davranarak. Gülümserken onunla yeniden vedalaştım ve arabaya geçtim. Ben içeri girince Kamer dışarı çıkmıştı. Kaşlarımı çatarak onu takip ederken Alper'in omzuna kolunu attı ve sırtını bana döndürerek bir şeyler konuştu ve onunla vedalaşıp arabaya bindi. Alper yurda girene kadar onu izledim ve daha sonra derhal Kamer'e odaklandım. "Ne konuştunuz?"

"Onunla benim aramdaki bir mesele," dedi sakin bir ses tonuyla.

"Allah muhabbetinizi artırsın Kamer Bey," dedim içten bir gülümsemeyle.

Arabayı hareket ettirirken, "Sağ ol yavrum," diye mırıldandı. Elimi çenemin altına koydum ve başımı cama yaslayarak öylece gidene kadar gökteki yıldızları ve geceye doğan güneşi izledim.

On dakika kadar sonra Mahir'in mekânına gelmiştik. Neden bilmiyorum ama eskisi kadar korkmuyordum. Bu hem kendimi bir şeylerden tatmin ettiğim hem de Mahir'in bana zarar vermeyeceğini bildiğim içindi. Onunla ilgili zihnimde şekillenen bu düşünceler kötü hissettirse de gerçek olan buydu ama daha fazlası asla olmayacaktı.

Kamer elimi hiç bırakmadan alt kata indik ve odasının önünde durup kapısını çaldık. İçeriden ses gelmeyince Kamer hızla kapıyı itti. Mahir odada yoktu. "Nerede bu sıfatına sıçtığım?"

Hemen arkamızdan bir ses işittim: "Oo, kimleri görüyorum?"

"Neredesin lan sen?" dedi Kamer sorgulayıcı bir tavırla. Mahir kapıdan içeri girip karşımızda dikildi. Kamer artık beni ondan koruma gereksiniminde bulunmuyordu çünkü bunu ben istemiştim. "Tuvaletten yeni çıktım, oldu mu?" dedi boş boş.

Kamer herhangi bir şey söylemezken Mahir ile göz göze geldik. Biliyordu, ikimizin de aynı şeyi bildiğimizi ve bunu Kamer'in bilmediğini biliyordu. Peki, söylemek niyetinde miydi?

"Bak Mahir," dedi Kamer sözlerine başlayarak. "Senden nefret ediyorum lan, leş herifin tekisin ama bir hayat borcum var sana hatta iki...

Bunları görmezden gelemem, yok sayamam anlıyor musun? O yüzden yeniden eyvallah demeye geldim."

Mahir, derin bir nefes alıp umursamazca takıldı. "Bana olan duyguların gözlerimi yaşarttı Alptekin ama biliyor musun, teşekküre gerek yok çünkü ben olması gerekeni yaptım."

Kamer sessizleşirken onların kardeş olduğu düşüncesi zihnimin içinde fokurdayıp duruyordu. Mahir, hissizce devam etti: "Dediğin gibi iğrenç biriyim ve elimi kana bulamak benim için yeni bir şey değil, o yüzden gelip de bana tekrar eyvallah çekme zahmetine girme. Hak etmiyorum çünkü."

Mahir'in sözleriyle duraksadık hem ben hem de Kamer. Gözlerinde bir derinlik yatıyordu, pişmanlık mı özlem mi yoksa geç kalmışlık mı, bilmiyorum ama sonucu tek bir şeye çıkıyordu: *Yazık oldu.* Hem o kıza hem Aytaç'a hem kendine hem de Kamer'e yazık oldu.

"Garip," dedi Kamer donuk bir sesle. "Hayatımı kurtardığın için günde on kez arayıp tekrar etmen gerekirdi."

Mahir, buruk bir şekilde tebessüm etti. "Hayatınızı mahvettiğim için günde on kez özür dilesem de yetmez."

Keşke böyle biri olmasaydın da Kamer sana sarılabilseydi, güvenebilseydi.

"Hayırdır, iki aylık ömrün mü kaldı lan ne bu duygusallık?" dedi Kamer eğlenerek aksine Mahir son derece soğukkanlıydı. Belki de onun abisi olduğunu bildiği ve asla normal bir abi kardeş gibi olamayacakları içindi. Mahir konuşmama kararı alırken Kamer uzatmadı. "Her neyse..." Duraksadı ve yanından geçerken gözlerinin içine baktı.

Kamer, dudaklarını araladı lakin tek bir kelime etmeden onu arkamızda bırakarak mekândan çıkmamızı sağladı. Sakin adımlarla arabaya binerken Kamer'in ani durgunluğu Mahir'in tuhaf tavrından kaynaklıydı, bunu gözlerinden anlayabilmiştim. Arabayı çalıştırdı ve sürmeye başladı. "Ne dedi lan şimdi bu?" Mahir'i kast ederek kendi kendine sorular sormaya başladı. "Kafasını bir yere mi çarpmış bu it?"

"Bu iyi bir şey mi?" diye sordum çekinerek. Aklım sıra onu söyleyeceğim şeyler öncesi yumuşatıyor nabzını yokluyordum, sanki her şeyi kontrol edebilirmişim gibi.

"Bilmiyorum," dedi düşünceli düşünceli. "Ona güvenemiyorum, kesin bu suskunluğunun, bu ani değişiminin arkasında bir boklar dönüyor ve ucu bana dokunacak hissediyorum."

"Neden böyle hissettin ki şimdi?" dedim ürkekçe konuşarak. Şu an belki de tam sırasıydı, her şeyi anlatmak için doğru zaman gelmiş miydi? Kamer'in içine bir şüphe düşmüştü çoktan ve benim bildiğim adam bunu böylece yok sayacak biri değildi. Belki de her şeyi benden duyması işleri farklı kılardı. Gücümü topladım ve ona doğru baktım. "Kamer, benim sana anlatmam gereken şeyler..."

"Ha siktir!" dedi arabayı ani bir şekilde frenleyerek. Öne doğru savrulurken korkuyla gözlerimi irileştirdim ve Kamer'e döndüm. "Anne?"

Ne olduğunu anlayamadan yönümü önüme çevirdim ve karşımda gördüğüm manzara ile dona kaldım. Jülide Hanım arabanın hemen önünde duruyordu. Saçları dağınıktı ve yüzündeki makyaj ağlamaktan akmıştı. Yüzüne gelen araba farları bedenindeki dağınıklığı ise basbayağı belli ederken nefesim kesildi.

"Kamer?" dedim zorla.

"Bekle burada," dedi aceleyle konuşarak.

"Kamer," diye tekrar ettiğimde, "Bekle dedim!" diye ikaz etti ve dışarı çıktı. Neden kalbim delicesine atıyordu sanki neden az sonra her şeyin mahvolacağı düşüncesi sarmıştı ruhumu?

Kamer koşarak annesinin yanına gittiğinde Jülide Hanım'ın korku ve ürkek dolu bakışları gözlerimin içine işledi. Sorun şu ki sanki o korkuyor ama hissiyatını ben yaşıyordum. Aklım en kötüsüne giderken parmaklarımla oynamaya başladım. Jülide Hanım o sırada tekrar ağlamaya başladı, Kamer'in gözlerine bakarak ağlıyordu.

Yoksa?

Hayır söylememiş ol, lütfen bunu bize yapma.

Dudaklarım titrerken yutkunamadığımı da fark ettim. Zaman geçmiyordu ve Jülide Hanım asla ağlamaktan vazgeçmemişti. Sonra bir sessizlik yaşandı. Gökteki ay bile ışığını çekti üzerimizden, çekti gözlerinden beni. Kamer usulca arkasını dönerken yaralı ruhu da onu takip etmişti.

Bana bakıyordu uzaktan uzaktan... Bakışlarında bir mesafe, bir soğukluk vardı. Pişman olmuş bir adamın izleri miydi bu kendimi gördüğüm yoksa yenik bir siluetin mi? Konuşmadı, hareket dahi etmedi ve ölümü ruhuna borç biçmiş bir adamın haykırışları ilk defa bu kadar sağır etmişti.

Sonra dudaklarımdan kalbine o sözler döküldü: "Özür dilerim."

6. Bölüm

Gözlerin Katili

Sonsuza kadar mutlu oldular cümlesini masallardan bilmeseydik, böyle bir şeyin aslında tamamen koca bir yalan olduğuna bizi kim inandırabilirdi?

Oysa derler ki; sonsuza kadar mutlu yaşadılar... Ama hiçbir masal bunun devamını yazmaz... Nihayetinde kazanılmış bir huzurun devamlılığı için mi, yoksa uyduruk birkaç teselli lafları mı? Kimse bilmez.

Ama ben bilirim, hayat bize masallardaki kırmızı ve ağız sulandıran elmayı yememek, irademize sahip çıkmak için türlü türlü fırsatlar sunar veya o koca, çirkin cadıya kanmamak için aklımızı kullanmamız gerektiğini öğretir. Çoğu zaman bunu beceremeyiz ve sonucunda üzülen taraf yine biz oluruz ama yine biliriz ki hiçbir masal mutlu sonları yazdığı için kaderimize rehberlik edemez, etmez.

Şimdi bir masal değil de bir resmin ortasındayım. Küçükken sürekli çizdiğim o mavi bulutlar siyaha, o sapsarı güneş ise yerini parlaklığını közlemiş aya vermişti. Zifiri bir karanlığın içinde birkaç ruh vardı, bunlardan biri ben biri Kamer, diğeri de bu resmin kötü karakteriydi.

Jülide Alptekin'di.

Ellerimin titremesi sanki dudaklarıma vurmuştu. "Özür dilerim," diye fısıldamıştım birkaç saniye önce. Kamer'in gözlerime bakan o boş ve uzak irisleri o kadar dokunmuştu ki kalbime, sanki onu canlı canlı mezara sokmuştum. Olduğum yerden ayrılmadım, sadece oturdum ve ağlamadan daha doğrusu ağlayamadan ona baktım.

Jülide Hanım iç çeke çeke ağlamaya devam ediyordu. Her şeyi anlatmış mıydı? Her şeyi anlatırken beni de hesaba katmış mıydı?

Bir süre öylece kaldık birbirimizde. Sonra Kamer, annesine döndü. Doğruldum ve elimi kapı koluna attım lakin açamadım. Belki her şey isteğim dışı olmuştu ama şimdi de tutarsız bir davranış sergileyip olayları çıkmaza sokmak mantıklı bir tutum olmazdı. Bir müddet onları izledim. Kamer, son derece soğukkanlı hatta insanın tüylerini ürpertecek derecede bir duruş sergiliyordu. Bu beni korkutmuştu. Annesi ise iç çekip ağlayarak ona bir şeyler anlatmaya devam ediyordu.

Sonra duraksadı. Kamer, hiçbir şey söylemeden ona uzun uzun baktı ve ardından bana döndü. Adımlarını annesinden uzaklaştırarak onu arkasında bıraktı ve bana doğru yaklaştı. Jülide Hanım ise oğlunun arkasından ağlamaya devam ediyordu. Bir an için gözlerimiz tokuştu. Dehşete düştüm çünkü yüzü korkunç bir kâbusa bilet veriyordu. Gözyaşlarını eliyle sildi ve geriye dönüp buradan derhal uzaklaştı.

Derin bir nefes aldım ve az sonra olacaklara kendimi hazırladım. Çok geçmedi ama hayatımın en uzun saniyelerinin ortasına attım kendimi. Gözlerimi sımsıkı kapatıp açtığım vakit geceyi kucaklayan karanlık bana bir adamın ruhunu sundu kollarıma. Kamer kapıyı açtı ve karanlığın doğurduğu soğuğu da yanında getirdi fakat asla sorun teşkil etmemişti.

Hiç konuşmadan içeri girdi ve kapıyı kapattı. Susuyordu, hiç konuşmamıştı. Gözlerime baktığında, o zifiri ve derin bir okyanusu andıran gözbebekleri iyiden iyiye kararmıştı. Yüzümü ekşittim ve ona dokunamadan, "Kamer," diye fısıldadım. Ne söylemeliydim? Özür dilemek yeterli miydi ya da pişmanlık bildiren onca manasız sözler kabul görür müydü?

"Ben," dedim kırık bir sesle.

"Benim annem neden bu kadar kötü biri?" diye sordu birdenbire.

Duraksadım. Ses tonunda binlerce çocuk ölmüştü, ses tonu öyle saydamdı ki elime alabilseydim eğer gözlerinin içini bile görebilirdim. "Neden?" dedi sonra acıyla yüzünü ekşiterek. "O bir anne, annem bile demek gelmiyor içimden... Neden lan, bir insanın kalbi nasıl bu kadar taş bağlar? Bir insan nasıl bu kadar kötü olabilir?"

Neler diyordu? Jülide Hanım ona neler anlatmıştı? Her şeyi anlattıysa eğer, Kamer bana neden sinirlenmemişti?

"O... sana bir şey mi söyledi?" diye sordum ürkekçe.

Direkt konuştu. "Keşke söylemeseydi, keşke bana zarar verseydi sadece." Kaşlarımı çattığımda, Kamer dişlerini sıktı ve elini yumruk yapıp ağzına götürdü, sinirleri bir hayli gerilmişti. "O bebek... Hatırlıyor musun Zeynepler bir bebek bulmuştu." Bana döndü. "O bebek kimsesizmiş, annem..." deyip anında sımsıkı kapattı dudaklarını ve gözlerini yumduğumda kendini dinledi. Anlamamıştım? Jülide Hanım ona tahmin ettiğim şeylerden bahsetmemiş miydi yani? "O kadın, o masumu bir çocuk esirgeme yurdundan almış..." Gözlerim korkuyla büyürken, acıyla tebessüm etti fakat bu tatmin edici değildi. "Bu kadar kötü biri olduğunu bilmezdim... Tamam ulan annem işte, ne yaparsa yapsın annem ama yok... Yok anladın mı?" dedi üzerine basa basa. "Ne kadar annem olsa da yok işte... Böyle bir kadına anne diyecek kadar yüreğim kirlenmedi."

Ellerim yüzünü kavramak istemişti o an ama bunun ona iyi gelip gelmeyeceğini düşünmek canımı yakmıştı. Zihnim nasıl bir ikileme, boşluğa bırakmışsa kendini, Jülide Hanım'ın söylediklerinin farklılığı beni ferahlatmıştı, bu demek değildir ki Kamer'in canı yanmadı, her anlamda yanardı ama yine de her şeyi benden dinlemesi için koca bir fırsatı yeniden kucaklamıştım.

"Peki neden?" diye sordum. Bebek olayının Jülide Hanım'ın yaptığını biliyordum, bunu bana itiraf etmişti ama sebebini bilmiyordum.

Kamer silik bir iç çekti. "Biliyor musun? Karşımda gözyaşı dökerken 'neden yaptın ulan' bile diyememek çok koydu. Nedenini bilmiyorum, bir insan neden bunu yapar aklım almıyor anlıyor musun?" Sonra hayretle başını geriye yatırdı ve öylece tavana baktı. "Sanırım benim annem son çocuk bükücü."

Güldürmedi, zaten buna kendi bile gülmemişti. Bu gülünç bir vaziyetten ziyade bu sözcüğün gölgesinde saklanan aciz gerçeklerdi.

Bakışlarımdaki ürkeklik hâlâ aynıydı. Bir ara elimi yüzüne doğru havalandırmaya çalıştığımda bunu yarıda bırakıp boğazımı temizledim. Sözlerine devam ederek, "Neden yaptı? Aklım almıyor, aklımın alacağı türden bir şey de değil ki zaten. Neden?" diye sorular sormaya başladı.

"Sana sadece bu kadarını mı söyledi?" diye sordum sessizce.

"Evet," demekle yetindi. Fazlasına gerek duymadı. Şu an içinde bulunduğumuz durum fazlasıyla donuk ama bir o kadar da karışıktı. Bebek olayı patlamış, diğer yandan bildiğim daha doğrusu sakladığım sırların henüz meydana dökülmemiş olmasının ferahı epey dağınık bir görüntüydü.

"O kadar kanımı dondurdu ki bu yaptığı, yemin ederim hiç kimse onunki kadar midemi bulandırmadı," dediğinde dehşete kapıldım. Annesinden nefret etmek yerine başka şeyler hissediyordu. Allah bilir ya, her şeyi anlattığım zaman bırak annesini ortada birileri kalabilecek miydi? Buna kendi de dahildi.

"Onun sağlıklı bir insan olmadığını biliyordun sen," dedim sessizce. "Kadın, babamı öldürdü, yetmedi beni tuvalete kilitledi, üstüne bu bebek olayı..."

Dişlerimi dudaklarıma sapladım ve başımı umutsuzca sağa sola salladım. "Normalde annendir yapma, söyleme böyle derdim ama diyemiyorum. Diyemem de." Mırıldandım. "Bunun için bana kızmıyorsun, değil mi?"

Başını usulca gözlerimin hizasına doğru devirip histerik bir biçimde gülümsedi. "Kızmak mı? Asıl bana teselli cümleleri zırvalasaydın sana kızardım." Bir şeyler düşünüyordu ve bu şeyler zihninin ona şu âna kadarki sağlıklı kalmayı başarmış kısımları değildi. "Sanırım onu hastaneye yatırmam gerekiyor."

Zihninin ölçüp biçtiği kumaşlar, annesinin üzerine dikilecek olan o kıyafetin parçalarıydı.

"Bunu onu cezalandırmak için değil, onun iyiliği yapacağım ve bu benden aldığı son şey olacak," dedi ardından.

"Baban?" diye istemsizce dudaklarımın arasından fırladı birkaç harf.

Yüzünü ekşiterek başını yeniden çevirdi sinir bozucu bir şekilde güldü. "Babam mı? Al birini vur ötekine. İkisi de umurum dışı."

Nasıl söyleyeceğim sana? Hiçbir şey bilmediğin halde bu kadar nefret doluyken söyledikten sonra nasıl olacak? Nefretin bile ayakta tutmaya yetebilecek mi seni? Her geçen saniye göğsümde bir yara, devası olmayan bir oyuk açıyordu. Şu an yapamazdım. Şu an söylemezdim. Ama söz verdim, yarın bu iş inceldiği yerden kopacaktı.

"Gerçekten bunu yapacak mısın?" diye sordum çekinerek. Şaka yapmıyordu ama doğruluğunu sorgulamakta pek tutarsızca değildi.

Gözlerime bakmadan kararlı bir halde başını aşağı yukarı salladı. "Tedavi olmadığı her an birine daha zarar verecek. Baban, sen ve o bebek... Sıradaki kim?"

O kadın sağlıklı biri değildi, adına ne denirdi bilmiyordum ama yardım alması elbet gerekliydi. Bu onun için bir cezadan çok dev bir yardımdı.

Geceyi arkamızda bırakıp eve geldik. Kamer sakince kapıyı ardımdan kapatırken tüm ışıkların kapalı olduğunu gördük. Hiçbir şey söylemeden odamıza çıktık. Kamer, "Işıkları açma," dedi.

"Açmam," dedim sakince. "Uyuyalım mı?" diye sordum sonra aynı sakinlikle. Hiçbir şey söylemedi ve direkt yatağa ilerleyip öylece uzandı. Kendimi kötü hissetmiştim fakat bunu ona asla belli etmedim ve üzerimdekileri çıkarıp yanına uzandım.

Sonra sırtını çevirdi bana. Boğazımda bir yumru, damağımda bir zehrin tadı, geceyi kucaklayan ruhun adı. Kollarımdaydı hepsi, belki göğüs kafesimin içinde. Olması gereken tek kişi, olmaması gerekenleri bana bırakmış ve geceyi kollarıma kelepçelemişti.

Tavrı bana değildi, bunu biliyordum ve onu anlıyordum en azından deniyordum. Bile isteye yapmıyordu bunları, sadece şu an zihninde çok şiddetli bir savaş başlamıştı ve şimdiden kayıplar vermeye başlamıştı. İşin ucunda annesi vardı, işin ucunda sıradaki kişi vardı çünkü biliyordu ki o kadın her şeyi yapabilecek delilikteydi. Ufacık, masum bir bebeği bile iğrenç oyunlarına alet edecek kadar kendinde değildi.

Sonra ben de ona sırt çevirdim. Yalnız kalmak istediği belliydi, bu her ne kadar can sıkıcı gözükse de yalnızlık insanın ruhunu doyuran bir gereksinimdi.

Dakikalar saatleri dövüyor, yelkovan akrebin peşin hiç bırakmadan onu takip ediyordu ama biz uyuyamıyorduk. Elimi yastığın altından çekmeden kendi halimde huysuz bir nefes alıp verdim. "Uyudun mu?" diye sordum, daha doğrusu mırıldandım.

Kamer, "Hayır," diye yanıtlarken sesinin tok ve ama cansız oluşu, gözlerini bir defalığa mahsus da olsa uzunca bir süre kapatmamış olmadığını anlamamı sağlamıştı. "Uyuyamıyorum."

"Ben de," dedim ilave ederek. "Oysa bugün doğru dürüst uykumuzu alamamıştık bile, uyumamız gerekiyordu."

Arkamda bir hareketlilik hissettiğimde elimi yastığımın altından çektim. Kamer ayaklanmıştı. "Nereye?" diye sordum merakla. Cevap vermeden masanın üzerinde duran sigara paketini kavradı ve onu sallayıp içinden bir dal sigara çıkarıp dudaklarının arasına koydu. "Sigara içeceğim biraz, uyu sen."

"Bu saatte?" dedim sorguyla.

Saatin kaç olduğunu bilmesem de odanın zifiri karanlığı az çok belli ediyordu bir şeyleri. Pencerenin dışından içeri soğurulan ay ışığı ise loş bir ton katmıştı sadece. Kamer kaşlarını çatarak bana baktı. "Alt tarafı bir sigara," diye homurdandı. Üstelemedim.

Daha sonra dudakları arasındaki sigarayı sıktı ve kaşlarını çatmaya devam ederek Zippo çakmağıyla sigarayı ateşe verdi. Siyahın içine kızıl bir güneş gibi doğan ateşin rengi bir adamın dudaklarında her seferinde o rengi kaybediyor, yeniden ve yeniden dirildikçe ölmeye devam ediyordu. Zippo'nun kapağını sertçe kapattı ve onu masanın üzerine hoyratça bırakarak dumanı iyice içine çekti ve beklemeden sandalyeye oturdu. Ben de yönümü ona çevirdim ve öylece onu izlemeye başladım. Kafasını duvara yaslamıştı, bacakları da biraz aralıktı. Arada sigarayı parmaklarıyla buluşturuyor sonra ustaca külünü, hemen masanın üzerinde duran kül tablasına döküyordu.

Onu derin derin izlemek çok güzeldi, sanki hiç sahip olmadığım bir özgürlüğü ellerime bırakmış gibiydi. "Uyusana," dedi düz bir sesle. Kendini bir şeyler için frenliyor gibiydi.

"Demesi kolay," dedim sakince. Sonra yastığımı biraz gevşek bırakıp derin derin gözlerinin içine baktım. "Şu anda neler hissettiğini ya da ne yapmak istediğini o kadar merak ediyorum ama o kadar da tahmin edemiyorum ki... Senin için ne yapabilirim Kamer? Lütfen, sana ne iyi gelirse söyle yapayım, uyutayım mı seni?"

Saf saf tebessüm etti. "Benim güzelim, bana iyi gelen tek şey senin varlığın, tek şey ruhun... Kendini ve benliğini kaybetme, yeter."

Hani demiştim ya az önce, kollarıma bir kelepçe vurdu diye. Aynı adam nasıl olur da hem kilidi hem de anahtarı kalbinde taşıyabilirdi? Biliyorum, Kamer'in şu anki ruh hali bana değildi, onu anlıyordum. Annesi, annesi yahu annesi... Onu hastaneye yatırmaktan bahsetmişti birkaç saat evvel önce, belki ilelebet bir mahkumiyete teslim edecekti, ama kalbi güzeldi onun, ailesinin ona yaptıklarından bihaber olmasına rağmen bile hâlâ onları düşünüyor, uykularını ve huzurunu acımadan zedeliyordu.

"Anneni," dedim yutkunarak. Sanırım söyleyeceklerim için nabız yoklayacaktım birazdan. "Sevmeyi ne zaman bıraktın?" Ne kadar acımasız ne kadar bencildim ben böyle? Sonra toparladım. "Yani öyle demek istemedim..."

Sıkıntıyla iç geçirdiğimde bunu fark etti. "Diyebilirsin. Artık onların geçtiği hiçbir cümle benim canımı acıtamaz. Dahası yok çünkü. Bunun bir üstü olamaz anlıyor musun?"

Göğüs kafesimin kemikleri içime içime batmaya başladı. Sahiden bunu hissettim. Nasıl yapacağım, nasıl her şeyi anlatıp da seni tek parça tutacağım bilmiyorum. Zira ruhunu yeni yeni toparlamışken onu kendi ellerimle dağıtmak epey sancılı olacaktı. Ama mecburum, bunu benden öğrenmen belki de sancıların en hafifi olacak. Dahası enkaz, dahası uçurum.

Yattığım yerden doğruldum çünkü daha sağlıklı bir iletişim için kendimi zinde hissetmem gerekiyordu. Sırtımı yatak başlığına yasladım ve saçlarımı kulağımın ardına sıkıştırdım, bu esnada Kamer her hareketimi izlemişti. Sonra dudağının kenarıyla gülerek sigarasını dudaklarından çekip önce elindekine sonra da bana baktı. "Şu Allah'ın belası şeyi bile güzel kılan tek şeysin sen. Durduk yere zihnimi bulandırma, efendi efendi sigaramı içiyorum şurada."

"İçmeyiver o zaman," dedim nispet yapar gibi.

Kaşlarını yukarı kaldırarak inadına, onu tekrar dudaklarının arasına aldı. "Olmaz. Hatırı kalır."

Gülümsedim ama sanki çok zoraki ve yapay bir olaydı bu. Kamer düşünmemeye çalışsa da, kaçmaya çalışsa da bunun olmayacağını biliyordu. Hem de çok iyi.

"Sana bir şeyler sorabilir miyim?" demenin üzerinden saniyeler geçti. "Ama biraz can sıkıcı olabilir." Annesi belliydi, ona olan tutumu artık gözlerimin önünde seriliydi ama babasına karşı ne hissettiğini hiçbir zaman açık açık söylemiş sayılmazdı. Hep üstü kapalı nefret cümleleri beni tatmin etmiyordu.

Omzunu silkerken, sigaranın külünü döktü. "Sıkacaksan sen sık canımı, razıyım ben."

Kollarımı bacaklarıma doladım ve dudaklarımı ıslatıp konuşmaya başladım: "Babanı özlüyor musun? Ya da bana ondan bahseder misin biraz? Ona karşı tam olarak neler hissettiğini bilmek istiyorum. Lütfen aç bana duygularını."

Sigaranın külünü dökerken eğik olan kafası bir süre öylece kalakaldı. Bacaklarımı kavrayan kollarım karıncalanmaya başlarken sımsıkı tuttuğu nefesini öyle bir bıraktı ki sanki yılların tozunu üfleyivermiş gibi olmuştu. Dikkatle her halini izlemeye devam ederken buna fazlaca fırsat tanımadan külü tamamıyla söndürdü ve doğrularak yeniden eski duruşuna döndü. Kafasını soğuk duvara yaslayarak kolunu masanın üzerine diğerini de sandalyenin sırtına usulca atmıştı. Tavrı epey rahattı, içinin aksine.

"Açacak bir duygum olsa inan açarım," dedi. "Çok kısa konuşacağım sana. Onun eksikliğini hissetmiyorum. Yemin ederim hissetmiyorum. Keşke şu zamanımda yanımda olsaydı diyebileceğim biri değil o. O gece... o gece beni yapayalnız bıraktıklarında akıllarına bile gelmediysem eğer, aklıma bile gelmemeyi ziyadesiyle hak etti ikisi de. Bunda suçlu ben değilim, onlar," dedi dümdüz kelimelerini sıralarken. "İki yıla yaklaşıyoruz babamla, bu süre zarfında ne bir görüşme ne bir iletişim yok, olmadı. Adamın varlığımdan haberi yok anlıyor musun? Karısından haber yollayıp duruyor," derken yüzünü buruşturdu. "Ne kadar duygusal değil mi?" Sessizlik ikimizi de acıtmıştı. "Bu kadar işte Aymira, sadece bu kadarız biz... Ailem burada benim, kan bağını neyleyeyim, yüreğe dokunmadıktan sonra."

Dakikalardır tuttuğum kendimi nihayetinden serbest bıraktım, yataktan inip yanına giderek anında bacağına oturdum ve kollarımı boynuna dolayıp yüzünü boyun çukuruma hapsettim. "Her şeyim," dedim iç çekerek.

Ne olduğunu anlamamıştı, afallamıştı. Sonra çok bekletmedi ve kolları anında sırtımı kavradı. "Deli," dedi gülerek. Aksine ben gülmedim ama ona daha sıkı sarılıp yanında olduğumu, onu ne olursa olsun seveceğimi hissetmesini istedim.

Dudaklarımı saçlarının üzerin götürerek gözlerimi sımsıkı kapattım ve derince koklayıp ondan ayrıldım. Eli bel çukuruma doğru düşerken, ellerim sert yüzünü kavradı. Saçlarını düzelttim usul usul, sonra gözlerinin altından öptüm güzelce. Doyamamak bu olsa gerekti. "Ne olursa olsun yanında olduğumu unutma olur mu?" dedim fısıldayarak.

Belimdeki parmakları tıpkı bir piyanonun üzerindeymiş gibi gezmeye başladığında alnımı alnının üzerine koydum ve gözlerimi kapatıp kokusunu içime çektim. Evet, epey sigara kokuyordu ama olsun ben yine de seviyordum. "Unutmam," dedi tane tane. "Sihirli kelimemizi de söyleyeyim mi?" diye sordu hemen ardından. Sesi biraz neşeli çıkmıştı.

"Söyle," dedim ona ayak uydurmaya çalışarak. Gülüşünü işittim. Kalbim eridi.

"Anam avradım olsun ki unutmam."

"Aynından," diye eklerken sırıttım. Daha sonra alnını hızla alnımdan çekip dudaklarını hatta dişlerini yanağıma geçirdi. "Ay," diye irkildim saf saf. "Vampir mi oldun başıma?"

Kamer, "Nohutlu pilav yiyen vampir mi olur anasını satayım?" diye sorduğunda sesli bir biçimde gülmüş, bunu fark edince dudaklarımı boynuna gömerek sesimi engellemeye çalışmıştım.

"Ne diyorsun sen?" dedim gülmeye devam ederek.

O da güldü. "Diyorum ki hâlâ nohutlu pilav var mı?"

Yüzümü boynundan çekerken gözlerimi irileştirdim. "Acıktın mı?"

"Hayır," deyip ekledi. "Ama yarın yüksek ihtimalle acıkırım. Olağan durumlar, biliyorsun."

Alay eder gibi gözlerimi devirdim lakin çok eğleniyordum. "Andaç veya başkası yemediyse olması lazım," dedim. Homurdandı. "Sen bir daha böyle nohutlu pilav falan yapacağın zaman tencereyi sakla ha! Aç kurt gibiler, yerler hepsini."

"Diyene bakın hele… Tencere saklamak? Cidden mi?"

"Evet."

"Peki."

Kendime mâni olamadan esnedim, gülümsedi. "Uykucu şirin."

Esnerken nemlenen gözlerim kısıldığında, elimi hafifçe yüzüne vurdum. "Somurtkan şirin."

Yüzünü ekşitti. "Şirin mi? Kusayım mı yüzüne?"

"Aman sakın," dedim ters ters. Sonra bacağından kalktım ve telefonuna baktım. Saat üçü geçmişti. "Al işte, yine sabahı ettik."

Kamer, "Geceler bizim salla sabahı," dediğinde gülümsedim. Telefonu hâlâ elimdeydi ve dudaklarımı sarkıtıp ona baktım. "Bizim seninle hiç fotoğrafımız yok biliyor musun? Bu beni üzer."

"Bizim yok ama," deyip hızla telefonu elimden aldı. "Senin bende yığınla fotoğrafın var."

Heyecanla yükseldim. "Atıyorsun?"

"Yo... Çekiyorum, saklıyorum, bakıyorum ama asla atmıyorum, merak etme," deyip göz kırptı ve dudağının kenarıyla öyle bir gülümsedi ki yanağındaki çukuru öpesim geldi. "Ne ara çekiyorsun sen beni?" diye sordum.

Ayaklandı. "Yeteneklerimi sorgulama istersen yavrum."

"Peki, ifşa falan var mı?"

Elini ağzına götürdüğünde şaşkınlıkla ona odaklandım. Bildiğin gülmemek için kendini zor tutuyordu. "Ne?" dedim ciddi ciddi. Konuşmadan kendini tutmaya devam etti. "Ha var yani? Oh ne güzel ya, abuk sabuk her şeyi çek anasını satayım."

"Şş," dedi derhal kızarak. "Her zerren mükemmel senin. Tamam belki uyurken ağzın şu kadarcık," derken eliyle gösterdi. "Açılıyor olabilir ama ne yapalım..."

"Gül sen, gül," dedim meydan okuyarak. "Bak gör elime düşeceksin sen benim."

"Düşürsene hadi," dedi çarpık bir gülüşle. "Hadi düşür beni kendine."

Başka bir manayı çağrıştırıyordu sözleri de bakışları da ama ben ne yapacaktım. İşte bunu! Delicesine davrandım ve tişörtünü tuttum ve önce kendimi yatağa sonra da onu üzerime düşürdüm. Kamer hayretle bana bakarken anında toparlandı ve incinmeyim diye ağırlığını biraz hafifletti. Sol kaşımı kaldırırken nefes nefese kalışım dikkatinden kaçmamıştı. "Vahşi kızım benim."

"Düşür dedin, düşürdük işte," diye konuştuğumda direkt dudaklarıma yönelerek hemen onların üzerinde durdu ve konuşurken birbirine değdi. İçim fena halde hoş olduğunda karnımın ağrıdığını hissetmeye başladım. "Sıra bende," deyip kapattı gözlerini. "Düşüyorum dudaklarına."

"Düş..." dememe kalmadan kapandı dudaklarımın üzerine. Tuttuğum nefes tamamen göğsüme geri emilirken, baskısı pek de ağır sayılmazdı. Bacağımın tekini farkında olmadan kendime çekmeye başladığımda, elinin teki yatağın içine gömülü diğeri de sıkı sayılmayacak derecede çenemi kavramıştı. Dudaklarımız yavaşça hareket etmeye başladığında kirpiklerimiz birbirine değmiş, içim tamamen bir hoş olmuştu. Ellerim ensesine tırmandığında saçlarında hoyratça gezinen parmaklarım yanmaya başlamıştı.

Hiç ara vermeden öpüşmüş, kokularımızı birbirimizin üzerine sindirmiştik. Nefes nefese ayrılırken gözlerimin içine baktı. Şakakları terlemişti ve göğüslerimiz senkronize bir halde nefes alışverişi yapıyordu. Ellerimle alnına ve şakaklarına yapışan saç tellerini düzeltirken yutkundu ve boğuk boğuk konuştu: "Bir gün seninle, bir olmak için sevişeceğim." Dudaklarını ıslatıp çekti. "Ve o gün, gözlerin bile kaçamayacak gözlerimden."

Bedenim beni ele veriyordu, bedenim âdeta bir heyecanın içine düşmüştü. Biz birbirimizin ilki olacaktık, evet; bu yarın ya da başka bir zaman bile olmuş olsa biz birbirimize ait olacaktık. Zaten aittik ki...

Hiçbir şey söylemezken gözlerini yumdu ve kendini biraz üste çekip dudaklarını alnıma bastırdı. Dudaklarım çenesine değerken boş durmadım ve çenesinden öptüm. Uzunca alnımı öptü ve aynı boğuk tonla devam etti: "Artık utanmak ya da kaçmak yok çünkü biz aslında çoktan aştık her şeyi."

Utanmak değil bu, tamam yalan da yok ama bilmiyorum. Heyecanlıyım sadece, ona teslim olmak onun bana ait olacağı günü düşledikçe kalbim dengesizleşiyordu. "Hadi," dedi sonra gülümseyerek. O esnada burnunu burnuma sürttü. "Uyuyalım."

"Olur," dedim mırıldanarak. Gülümsemesini silmeden dudaklarını bir kez daha bastırdı dudaklarıma ve sonra üzerimden kalktı. Hiç beklemeden doğruldum ve nefesimi düzene sokup arkamı döndüm, yatağın içine sindim. Saniyeler sonra başımı yastığa değil de ayın parladığı yer olan göğüs kafesinin üzerine koyup gözlerimi kapattım.

...

Saatler sonra yanımda kimseyi bulamamış, üzerime çekidüzen verdikten sonra aşağı inmiştim. Kamer ve Çetin, hararetli bir sohbetin içindeyken Andaç ve Zeynep ise bir yere gitmeye hazırlanıyorlar gibiydi. Sanırım Aytaç da çoktan işe gitmişti.

"Günaydın," dedim sağıma soluma bakınarak. Kamer ile göz göze geldiğimizde göz kırpmakla yetinmişti. Andaç, "Günaydın," diye karşılık verirken durdum ve hallerine baktım. "Hayırdır, bir yere mi gidiyorsunuz?"

Andaç anında başını aşağı yukarı salladı. "Evet. Zeynep ile iş bakacağız kendimize hem tatilde boş durmamak hem de para kazanmak için."

Şaşkınlıkla dudaklarımı büzdüğümde Çetin arkasını dönemden konuştu: "Lan oğlum gerek yok, oturun oturduğunuz yerde."

Andaç, "Kayınçom bana kıyamıyorsun ama kendimi cidden aşırı boşlukta hissediyorum. Vasıfsız herifin tekiyim," diye izah etti. Sözlerinde ciddi miydi yoksa bildiğimiz Andaç nidalarını mı sıralıyordu anlam verememiştim. Zeynep'e baktığımda kafamı salladım. Gülümsemekle yetindiğinde kararlarının doğru olduğunu anladım.

Kamer oturduğu yerden seslendi. "Tamam, insanın kendini bilmesi güzel bir şey de," deyip omzunu silkti. "Abiciğim gerek yok, biz hallediyoruz işte her şeyi."

Kamer ve Çetin'in bu halleri öyle hoşuma gitmişti ki. Her ne kadar Andaç'la takışıp dursalar da onu sevdikleri her hallerinden belli oluyordu. Andaç, kolunu Zeynep'in omzuna atıp onu kendine çekti. *Yalnız, fazla şirin ve tatlısınız siz.*

Kendimi yalnız hissetmekten kurtardım ve Kamer'in yanına gidip arkasında durarak kollarımı boynuna geçirdim ve kafasını gövdeme çektim. Çetin oralı bile olmazken, Kamer'in saf saf sırıttığını hissediyordum. Bizi böyle gören Andaç işi fırsata döküp Çetin'in sırtına bakarak konuştu: "Yalnız yenge aramızda sap olanlar var, yapma şöyle hareketler."

Çetin, "Andaç defol git lan başımdan," diye homurdandığında, Andaç güldü. "İyi de isim vermedim ki. Belki kendimden bahsediyorum. Sap gibi adamım ya, işsiz güçsüz, o bakımdan kayınço," deyip usulca yaklaştı ve Çetin'in kulağına doğru fısıldadı. Zeynep de haliyle ona ayak uydurmak zorunda kalmıştı. "Yani seni kast etmiyorum... Yani belki kast etmiş de olabilirim... Yani olmayabilirim."

Andaç, Çetin'i taklit ederken kendime mâni olamadan güldüm. Çetin bana buz gibi bir bakış savurduğunda susmayı denedim ama yapamadım. Üstelik yalnız değildim, Kamer de gülmüştü. Çetin, gözlerini irileştirerek Kamer'e baktı. "Aga, sen yapma lan bari. Gülme şu salağa, abartıyor biliyorsun."

Kamer keyifle omzunu silkerken, "Neydi?" diye sahte bir düşünceyle susup ardından daha büyük bir keyifle devam etti. "Ha! Şebnem derim oğlum başka ne diyeceğim?"

Kamer'in sözlerinden sonra ortam iyice keyiflenmişti. Çetin şaşkınca Kamer'e baktı. "Ha, bravo vallahi."

Kamer, "Takılıyoruz lan, alınma hemen," deyip durumu toparlamaya çalıştı.

"Tamam alınmadım da yapmayın oğlum şöyle şeyler."

Andaç, Kamer'e göz kırptı ve gözlerini kısarak türkücü edasıyla, "Ela gözlüm ben bu elden gidersem..."diye mırıldanıp sonra duraksayıp kaşlarını çattı. "Yengenin gözleri hangi renk kayınço?"

Çetin direkt konuştu: "Ela."

Andaç büsbütün keyiflenerek kahkaha attığında Çetin âdeta kandırıldığını fark etmişti. "Ohoo, tamam abi olmuşsun lan sen." Andaç ellerini Çetin'in ensesine koydu ve ovmaya başladı. "Kazandığım ilk parayla sana düğün hediyesi alacağım. Söz yatak başlığın benden, hadi çarşafınızı da ben alayım."

Zeynep, Andaç'ın karnına dirsek attığında daha fazla gülmemek için kendimi ne kadar tutardım bilmiyordum.

Çetin sinirlendi ve ayağa kalkıp Andaç'a döndü. "Lan elimde kalacaksın! Yürü git."

Andaç aksine memnun bir tavırla, Zeynep'i kendinden ayırmadan geri geri giderek, "Hay hay efendim. Bu agresif haller aşk belirtileri kayınço seni o kadar iyi anlıyorum ki... Ama merak etme geçecek, geçecek abisi inan bana."

Asla akıllanmayan bir Andaç.

Çetin ileri atıldı. "Bak cidden elimde kalacaksın!"

"Tamam tamam," dedi ve bize döndü. "Hadi, Allah'a emanet olun sap olmayan tayfa. Saplara da sahip çıkmayı unutmayın."

Kamer, "Andaç diyorsun ki illa gelin ağzımı yüzümü kırın, olmaz ki böyle abisi," diye yapay bir ciddiyetle konuşurken Andaç derhal elini ağzına götürdü ve dudaklarının üzerini tıpkı bir fermuar edasıyla kapattı. Daha sonra vakit kaybetmeden Zeynep ile evden çıktılar.

Ortamda kısa bir sessizlik olurken kollarımı Kamer'in boynundan çekip yanına oturdum. Sonra bana dönüp, "Şu meseleyi iyice öğrenmem gerekiyor, bugün pek ortalarda olmayacağım," dediğinde doğruldum. "Ben de geleyim mi seninle?" Anında reddederek başını sağa sola salladı. "Hayır. Çetin buralarda zaten, bir sorun olursa biliyorsun ne yapacağını."

Çetin, "Aynen Aymira, buralardayım ben merak etme," dediğinde hem Kamer'e hem de bana güven sözleri vaat etmişti. Benim artık güvenden yana pek bir endişem kalmamıştı. Bu cadde eskiye nazaran tehlikeli değildi yahut bana zarar verebilecek bir Mirza ya da Mahir yoktu. Asıl tehlike insanın zihninde kemirip durduğu yersiz düşüncelerdi.

Kendimi manası olmayan bir şüphenin içine düşürdüğümde Kamer bunu fark edip, elini yanağıma götürdü ve tüy gibi dokunuşlarla biraz gezindi. "İyisin."

Kedi gibi bakıp gülümsedim. "İyisin."

Birbirimize bakmaya devam ederken Çetin'in sahte öksürüğü dikkatimizi dağıttı. Eli ensesine giderken, "O zaman ben çıkayım," diye konuştu.

Kamer elini yanağımdan çekti ve ayaklanarak tişörtünü düzeltti. "Yok, sen kal burada biraz. Gidiyorum ben."

Yönümü ona çevirdiğimde beni fazla bekletmedi ve elleriyle yüzümü kavrayıp yanağıma sıkı bir öpücük bıraktıktan sonra evden ayrıldı. Çetin ile baş başa kalmıştık, aslında bu iyi olmuştu. Eğer ki benimle konuşmak isterse onunla konuşmaya dünden hazırdım ben.

"Kahvaltı yapsana," diye ikaz etti beni sakince. Geçiştirdim. "Yaparım bir ara."

Bir şey söylemedi ve başını eğerek düşünceli bir şekilde önündeki ince belli çay bardağıyla oynamaya başladı. Ellerimi sıkıntıyla masanın altına ittiğimde bunun gereksiz bir duruş olduğunu fark edip onları masanın üzerine çıkardım ve boğazımı temizleyerek dudaklarımı araladım. "Çetin?" dedim olağan bir fısıltıyla.

Başını kaldırmadan direkt gözlerini çevirdi gözlerime. "Efendim Aymira?"

Fazla beklemeden son derece otoriter bir sesle konuşmamın devamını getirdim: "Şebnem'e bir ilgin var değil mi?"

Elbette ki vardı, ben sadece pat diye kaba bir giriş yapmaktan kaçınmıştım. Gözlerini direkt kaçırdı ve derin bir nefes alarak bir süre öylece beklemenin ardından doğruldu ve yeniden gözlerimin içini hedef aldı. "Yok diyemem. Desem ne olacak ki?"

Gülümsedim. "Yanlış anlama, bir şey olmasından değil ben sadece seni anlamaya daha doğrusu Şebnem'i anlamaya çalışıyorum. Benimle paylaşabilirsin duygularını," deyip gülüşümü biraz daha genişlettim. "Hem sen de zamanında benim Kamer'e olan hislerimi sorgulamıştın, sorgulamaktan ziyade bilmiştin diyelim. Aynı şeyi ben de yapabilirim. Anlıyor musun?"

Kahverengi gözleri kısılırken hafifçe öne doğru eğilerek dirseklerini masanın üzerine koydu. "Duygularımdan kaçmıyorum, eğer ki iddia ettiğin buysa. Ben sadece içimdeki şeyin doğruluğunu tartıyorum. Emin olmam lazım ki, sana dökebileyim içimi."

"Emin olmamış halin buysa," dediğimde cümlemin devamını tahmin etmiş gibi güldü ve ona eşlik ettim. "Bak, Şebnem benim kardeşim gibidir, bunu yakınım diye söylemiyorum harbi kızdır! Tamam biraz deli dolu yanları olabilir, haliyle tabii... Ama iyidir işte."

Sözlerimi onaylar gibi kaşlarını çattı. "Zaten aksini düşünmüyorum Aymira." Geri kalan sözleri bakışlarını kaçırmakla devam etti. "Şebnem hoş kız, yalan yok. Enerjisini beğeniyorum, tavrını ya da ne bileyim bunlara da gerek yok aslında... Ben gözlerine bakınca gerisi çok boş geliyor işte. Bilmiyorum," dedi yumuşak bir sesle. "Daha önce birkaç kişiyle bir şeyler yaşadım ama hiçbiri böyle hissettirmedi. Sanki yaşadığımı hissediyorum." Kaşlarını çatarken, sorguyla gözlerimin içine baktı. "Sence bunlar emin olmam için yeterli mi?"

Hiç düşünmedim, zerre sorgulamadım ve kafamı aşağı yukarı salladım. "Evet, evet öyle. Belki bir şeyler yaşamaktan çekiniyorsun ama buna gerek yok. Engel yok önünüzde, yani olmasın. Sen iyi bir adamsın zaten olmasan Şebnem'e seni anlatmam..." Ve büyük bir pot kırıp gözlerimi sımsıkı yumdum.

Çetin, "Anlamadım? Sen ona beni mi anlatıyorsun?" diye sordu.

Dilimize ayar verebilseydik eğer bu kadar tatlı yakalanmalar doğurmazdık. "Biraz... Yani anlattım işte yalan yok, ama merak etti seni. Hem sanki siz Kamer'le hiç konuşmuyorsunuz!"

"Hayır," dedi kafasını sallayarak. Sesi soğuktu. "Kamer, bana senden bahsetmez. Anlatmaz seni."

Bunu duymak güzel ve farklı hissettirmişti. Bocalamadan devam ettim: "Kız kıza muhabbet işte Çetin. Hem bu iyi bir şey, Şebnem'in seni merak edip ilgilenmesi." Aşıyorum kendimi, vallahi aşıyorum.

Çetin utanır gibi olurken sözlerimi sürdürdüm: "Elinden tut demiyorum hemen, ona karışamam da zaten. Ben sadece duygularınıza sahip çıkın istiyorum." Ses tonum azalırken mahcubiyetin gölgesi bedenimin üzerine doğru titredi. "Böyle de çok akıl verir gibi oldu ama anladın işte."

Çetin, "Anladım Aymira, anladım," diye tatmin olmuş gibi konuştu.

"Güzel," deyiverdim sessizce.

Başını eğdi ve çay bardağının içindeki kaşıkla oynarken fısıldadı. "Güzel."

Birkaç dakika öylece oturduk. Saat pek geç sayılmazdı ve henüz kahvaltı yapmamıştım. Çetin'in de yaptığı söylenemezdi. Kamer ile sadece çay içmişlerdi. Yerimden kalktım. "O zaman ben kahvaltı hazırlayayım."

"Gerek yok," dedi başını kaldırarak. "Sen doyur karnını, ben biraz dolanayım bir etrafı."

Kaşlarımı yukarı doğru kaldırdım. "Olmaz. Yarım saate hazırlarım, sen de gelirsin tamam mı?"

İlk anda olumlu bir duruş sergilemese de sonra ikna olarak evden çıkmıştı. Kapı kapanır kapanmaz yüzümde âdeta bir Joker sırıtması yer aldı. Yapacağım iş belliydi. Beklemedim ve odaya çıkarak direkt telefonuma sarıldım. Çok geçmeden Şebnem'le konuşmaya başladım.

"Efendim Aymira?" diyerek açtı telefonumu. Aptal bir heyecanla yerimde duramadığımı fark ettim. "Şebnem nasılsın diye sormayacağım çünkü nasıl olduğunu gözlerimle görmek istiyorum."

"Ne diyorsun, anlamadım?" dedi dalgın dalgın.

"İki poğaça bir meyve suyu diyorum Şebnem," dedim hevesimi körleştirerek ama bu ciddi bir söylemdi. "Sipariş veriyorum Şebnem, getirirsin değil mi?"

Şebnem, "Getiririm tabii," dedi anında keyiflenerek. "Yalnız mısın?"

Sırıttım. "Yo."

"Ne demek yo?"

"Yalnız değilim," dedim ve çabucak geçiştirdim. "Ya ben seni oyalamayayım, elinizi çabuk tutar mısınız Şebnem Hanım? Adresi konum atacağım sana."

"Tamam be," dedi kızarak. Gülmemek için dudaklarımı birbirine sımsıkı bastırdım ve onunla tam anlamıyla vedalaşmadan telefonumu kapattım. Yüzümdeki o sersem gülümseme yeniden belirdiğinde seke seke merdivenlerden indim ve kahvaltıyı hazırlamaya başladım. Zeytin tabağını masaya koyarken Çetin içeri girdi.

Gülümsedim. "Hoş geldin," dediğimde karşılık vermeye kalmadan kapattığı kapı yeniden çaldı. Şebnem gelmiş olmalıydı. Çetin arkasını döndüğünde başımı öne doğru çıkardım ve onu izledim. Kapıyı sakince açtığında Şebnem'in yüzüyle karşılaştı.

Çetin, "Merhaba," dedi epey şaşkın bir şekilde. Şebnem de bir hayli utanarak elindeki poşeti hafifçe yukarı kaldırarak gülümsedi. "Siparişinizi getirdim."

Çetin, "Sipariş?" diye sorgularken devreye giriverdim. "Ha! Geldin mi Şebnem?" dedim sanki hiçbir şeyi planlamamış gibi. Çetin bana dönerken oralı olmadan kapıya vardım elindekileri alıp onu içeri davet ettim. "Hadi gel, birlikte yiyelim."

Şebnem gözlerini irileştirerek, "Mesai saati yalnız," diye konuştu.

"Biliyorum," dedim düz bir sesle. "Ama bir on dakikadan bir şey olmaz, öyle değil mi?"

Bu sahne bana kendimi hatırlatmıştı. İlk günlerimizi. Belki de her şeyin patlağı tam da o an yaşanmıştı. İçeri girmeseydim, sipariş getirmeseydim, Kamer'le o masada sohbet etmeseydim şu an burada olmazdım. Kamer belki de hayatıma bu şekilde girmezdi.

Şebnem'in ikileme düşen halleri ve Çetin'in kaçamak bakışlarının ardına gizlediği hayranlığı iyiden iyiye beni bile heyecanlandırmaya başlamıştı. Çetin ummadığım bir anda, "Aymira haklı, buraya kadar gelmişsin bir çayımızı içmeni isterim," dedi ve öksürerek bana baktı. "İsteriz yani... Hem geç kalırsan ben bırakırım seni, sorun olmaz."

Şebnem fazla itiraz etmeden, "Tamam," dedi ve kapıyı iyice araladığımda içeri girdi. Çetin önden ilerlerken kapıyı kapattım ve hemen Şebnem'in koluna girdim. O an koluma bir çimdik attı. Yüzüm ekşirken, "Ne yapıyorsun?" dedim.

"Asıl sen ne yapıyorsun ya?" dedi gözlerini kısarak. "Oyuna getirdin resmen beni."

Gözlerimi devirdim. "Hadi hadi, hoşuna gitmedi sanki?"

Bir anda havası değişirken konuyu da değiştirmeyi ihmal etmeden eve göz gezdirdi. "Demek burada yaşıyorsun ve ben ilk kez geliyorum... Yalnız bayağı değişik ama güzel. Sevdim şimdiden." Şebnem'in onayını da aldıktan sonra ikimiz birlikte mutfağa girdik. Çetin ortalıkta gözükmüyordu. Elimdeki poşeti tezgâhın üzerine koyduğumda Şebnem'in eğreti duruşuna kaşlarımı çattım. "Biraz rahat olur musun, Allah aşkına?"

"Ay ne bileyim kızım," dedi biraz yüksek bir sesle. "Bir garip oldum işte." Zamanında benim olduğum gibi. "Kamer yok mu?" diye sordu.

"Hayır, biraz işi var," diye yanıtladım. Şebnem cevap vermezken mesai saatini hesaba kattım ve daha hızlı olmaya çalışarak çayları doldurdum. O sırada Çetin de gelmişti. Şebnem'e bakarak, "Otursana. Bu arada kapıda diyemedim. Hoş geldin!" dedi.

Şebnem bir miktar çekingen davranarak, "Hoş bulduk," diyerek sandalyeyi çekip oturdu. Çayları kısa bir vakitte doldurduktan sonra poğaçaları da tabağa koyup ben de masadaki yerimi aldım. "Kamer ile konuştun mu Çetin?" diye sessizliği bölerken, Çetin kaşlarını yukarı kaldırıp indirdi. "Hayır ama bir sorun yoktur, merak etme."

"Yok," dedim kötü düşüncelere fırsat tanımadan. "Ben merakımdan soruyorum."

Şebnem, "Diğerleri nerede?" diye sorunca Çetin hemen atıldı. "Aytaç çalışıyor, Zeynep ve Andaç da iş bakmaya çıktılar. Herkes meşgul anlayacağın."

Şebnem, "Anladım," derken henüz tabaklara dokunmadıklarını fark ettim. "Hadi, bir şeyler atıştırın. Şebnem sen de lütfen," dedim gözlerimle işaret ederek.

Beni reddettiğinde Çetin devreye girdi. "Olur mu hiç? Lütfen buraya kadar gelmişsin, bir şeyler ye bence."

Bence de.

"Bu zaten benim işim," dedi Şebnem son derece haklı bir savunma ile. "Teşekkür ederim."

Çetin, "Ne demek," dedi gayet seviyeli bir şekilde. Çetin'i oldum olası sevmişimdir, gerçi ben bu evdeki herkesi ilk gördüğüm anda benimsemiştim. Bana iyi geleceklerini, benden biri olduklarını anlamıştım. Çetin de öyleydi işte. Kaba bir adam değildi, Andaç'ı es geçersek tabii. Düşünceliydi, korumacıydı. Nihayetinde Kamer'in can kardeşiydi. Nasıl kötü olmasını beklerdim ki?

Poğaçadan bir ısırık aldığımda Şebnem'i gözümle ikaz ederek onu yemeğe davet ettim. Pek de çekingen bir tip değildi ama Çetin'i görünce ya da onunla aynı ortamda olunca bu normal bir durum gibi geliyordu.

Çetin, "Senin kardeşin var mıydı?" diye sorduğunda Şebnem soğukkanlı bir halde, "Evet, abim var," diye yanıtladı. Abisi hapishanedeydi. Çetin gözlerini kararttı ve dudaklarını büktü. "Evet, sanırım söylemiştin daha önce. Kusura bakma, hatırlayamadım."

Şebnem tebessüm etti. "Yok, ne kusuru, olabilir."

Çetin tebessüm etti. "Olsun."

Olsun bence de. Olur musunuz lütfen?

"Zeynep ile iyi geçinebiliyor musun?" diye sordu Şebnem.

"Klasik abi kardeş işte."

Şebnem sakince, "Mutlu kardeşlere klasik deniyor sanırım," diye ifade etti. Şebnem'in abisini biliyordum, pek de sevmiyor değildim. Sonuçta bana bir zararı olmamıştı hiç ama Şebnem ile anlaştığını söylemek doğru olmazdı. Çetin, Şebnem'in üzüldüğünü hisseder gibi olduğunda nedensizce paniğe kapıldı, bunu çok belli etmese de dudak ve göz hareketlerinden anlamıştım. "Bilmem, belki," demekle yetindi. Sanırım doğru cümleyi bulamamıştı.

Şebnem tatsızlığa yol açmadan, "Neyse, Zeynep iyi kız, tatlı kız," dedi.

Çetin, "Anlaşmanıza sevindim," dediğinde benim bile kalbim sıkışmıştı. Şebnem'in hislerini tahmin etmek kolay değildi. Birkaç dakika sessiz kaldıktan sonra Şebnem saatine bakıp toparlandı. "Benim gitmem lazım artık, geciktim zaten."

Çetin onu takip etti. "Ben bırakayım seni, sorun olursa."

"Yok, giderim ben," dedi Şebnem itiraz ederek.

Çetin bunu kabullenmeden kapıya doğru yürüdü. "Biraz emrivaki gibi olacak ama ben bırakırım seni." Şebnem konuşamadan Çetin çoktan çıkmıştı bile. Gülerek yerimden kalktım ve Şebnem'in karşısında dikildim. "Duydun zilin sesini."

"Duydun zilin sesini," diyerek beni taklit ettiğinde, sol kaşımı büyük bir ima ile kaldırdım. "Hayır niye inkâr ediyorsun ki? Hoşuna gidiyor işte, Allah Allah."

"İnkâr etmiyorum," dedi. "Sadece boş bulundum Aymira. Hazırlıklı değildim."

"Pardon ne yapacaktın acaba? Yirmi sayfa not tutup ezber mi yapacaktın?" diye sorarken gözlerini alayla devirdi. "Hem boş ver," dedim koluna dokunarak. "Çetin seni zorlayacak biri değil ki. Yahu daha geçen gün dans ediyordunuz siz, biz daha onun kritiğini bile yapamadık!"

Güldü. "Hakikaten ha," dedi kafasına sonradan dank etmiş gibi. "Neyse bir gün anlatırım sana uzun uzun."

"Ha uzun uzun anlatacak kadar şey yaşadınız?" diye üzerine giderken sahte bir azarlamayla.

"Ay iyi ki bir şey dedik. Neyse ben gideyim artık, bekletmeyim daha fazla," dedi.

Gönülsüz bir tavırla omzuna dokundum. "Öyle olsun madem." Birlikte kapıya kadar yürüdük, sonra onunla vedalaştım ve tekrar içeri girdim. Yine kocaman evde yalnız kalmıştım.

Saat öğleyi geçiyordu ve Kamer hâlâ gelmemişti. Yukarı çıktım ve telefonumu alarak aşağı indim. Aramamıştı ama ben aramalıydım. Sakince oturdum ve direkt adını tuşlayıp telefonu kulağıma yasladım. Nedensiz bir endişenin göbeğine atmıştım kendimi.

Çalıyordu.

Çalıyordu.

Çalıyordu.

Açan yoktu.

Usanmadan defalarca kez bu döngüyü devam ettirdim ama hâlâ açmamıştı. İyiden iyiye meraka düşmüştüm. Mesaj attım, daha doğrusu mesaj yığını. Görüyor muydu yoksa görmezden mi geliyordu bilmiyordum. Ama Kamer beni kırmazdı, bilerek yapmazdı. Yapmamalıydı, akşam için kendimi bu kadar savunmasız hissederken beni kendinden uzaklaştırmamalıydı.

Uzun ve sabır gerektiren uğraşlarım ne yazık ki yanıt vermemişti. Bir süre oturduğum yerde gözlerimi kapatarak kendimi dizginledim. Dinledim. Bu büyük bir sorumluluktu. Birkaç saat sonra ona her şeyi anlatacaktım, bunun bilincini ve mühimini anlamış mıydım hâlâ koca bir soru işaretiydi. Nasıl başlanır, ne denir hiçbir hazırlığım yoktu. Tek bildiğim artık bunun bir uzatma olmaktan çıkması ve herkesten önce her şeyi benden öğrenmesiydi.

Dakikalarca oturduğum yerden kalkmazken kalbimi telaşa düşüren o zil sesini işittim.

Arıyordu.

Sakinim.

Heyecanla ikinci seferi çaldırmadan aramayı kabul ettim ve direkt konuştum: "Kamer neredesin sen ya? Delirdim, öldüm meraktan."

"Sakin," dedi son derece soğukkanlı bir halde.

Yüzümü ekşittim. "Sakin mi? Kaç defa aradım, mesaj attım farkında mısın acaba beyefendi?"

Saf saf güldüğünü hissettim. "Bildirimler ağzına kadar dolu hanımefendi. Haklı bir isyan ama telefon arabada kalmış, duymamışım."

"Sen neredeydin?" dedim kaşlarımı çatarak.

Duraksadı ve saniyeler önceki sesini çöpe attı. "Onun yanında işte."

Anne diyememek...

Durgunlaştım. "Nasıl şu an?"

"Bilmiyorum," dedi Kamer. "Sadece neden burada olduğumu sorguluyorum, düşünüyorum ama yok... Bir sonuç bulamıyorum Aymira."

"Ne zaman geleceksin peki?" diye sordum merakla.

"Birkaç saate gelmiş olurum," dedi. Üstelemedim, aslında ne kadar geç gelirse o kadar iyiydi benim için. Allah'ım göğsüm sıkışıp duruyordu. "Tamam, ben bekliyorum seni," dedim düz bir sesle.

"Çetin nerede?" diye sordu anında. "Bir yere kadar gitti," dediğimde hafiften sinirlendiğini fark ettim. "Lan niye gidiyor, nereye gidiyor?"

Aksine ben daha çok sinirlendim. "Ya adamın işi gücü var, başımda beklemesi gereken biri değil, ben de çocuk değilim."

"Sakin."

"Sinir ediyorsun, sonra sakin ol diyorsun," dedim.

"Hayır," dedi aynı sakinlikle. "Sadece seni merak ediyorum ve aklım istemsizce sende kalıyor."

"Gel o zaman çok merak ediyorsan," diye biraz yükseldim.

Şaşırarak güldü. "Hemen hanımefendi. Hemen!"

Onun bu haline kayıtsız kalamadan gülümsedim "Tamam. Bekliyorum seni."

Kamer, "Bunu duymak güzel hissettirdi," deyince dişlerimin meydana serildiğini fark ettim. "Güzel hisset."

Daha fazla uzatmadan kapattım telefonu ve etrafı toparlamaya başladım. Bir yandan bir şeylerle meşgul oluyor diğer yandan akşamki konuşma için kendi kendime hazırlık yaptım. Saatler geçiyordu ama hâlâ ne bir gelen vardı ne giden. Çetin bir ara uğramış daha sonra kendini işlerine bakmıştı. Saat akşam vaktine gelmişti bile. Hava da kararmak üzereydi. Daha fazla içimin içimi kemirmesine fırsat tanımadan telefonuma yeniden sarıldım. Tam onu arayacağım vakitte kapı açıldı ve gelen oydu.

"Nerede kaldın?" dedim heyecanla yanına giderek. "Geldim işte," diye konuştuğunda boş boş yüzüne baktım. "Vallahi mi?"

"Hı hı."

Başımı alayla sağa sola sallarken kolunu omzumdan aşağı attı ve beni kendine çekip saçlarıma uzunca bir öpücük bıraktı. İşte bu birtakım huzursuzlukları unuttursa da zinhar ertelememe müsaade etmemişti. "Kamer?" diye fısıldadım olduğum yerde.

"Hım?" dedi saçlarımın dibine doğru mırıldanarak. "Bir yere gitsek ya, ne bileyim mutlu olabileceğimiz, senin kendini daha da iyi hissedebileceğin bir yere."

"Canın mı sıkıldı evde?" diye sordu.

"Hayır ama dışarı çıksak ya beraber?"

"Olur, çıkalım." Üstelemediğinde kolunu boynumdan çekmeden evden ayrıldık. Hava iyiden iyiye kararmıştı. Biz sakin sakin ilerliyorduk. Gittiğimiz yöne dikkat ettiğimde, geçen gece beni getirdiği o yere gittiğimizi gördüm. Ay ışığının altında söylediği o güzel sözleri, kalbinin ritmini tattığım o yer... Hiçbir şeyden haberi yoktu ve ben ona nasıl konuşacağımı bilmiyordum.

Çok geçmeden istediğimiz yere geldik. Birlikte arabadan indik. Yaz ayı olmasına rağmen akşamları hafif tatlı ama ten ısıran bir rüzgâr muhakkak oluyordu. Kamer kolunu bana açtığında hiç beklemedim ve kolunun altına girdim. Sırtımızı arabaya yasladık ve öylece lacivertin altına tuttuk kendimizi. Henüz yıldız yoktu ama ay şimdiden çıkmış, bize doğru bakıyordu.

Hâlâ konuşmuyorduk. Susmak en güzel şeydi ama bazen sustuklarımız en güzel şeylerin katili olabiliyordu. Bugün yahut başka bir gün, bunları öğrenecekti. En azından benden duymasını istiyordum, bunları ondan gizlediğimi anlarsa geri dönüşümüz zor olabilirdi.

Kolum belini sıkıca kavrarken, boynumdan aşağı inen elleriyle çıplak tenimin üzerinde hafif hafif dokunuşlar bırakmaya başladı. "Mutlu musun?" diye sordum bir şekilde. Giriş cümlem için aşırı yanlış bir şey seçmiştim.

"Sanırım," dedi sakince. Gözlerimi sımsıkı kapattım ve artık bir yerden başlamam gerektiğini düşündüm.

"Kamer, canını sıkmak istemiyorum ama hani bana o geceyi anlatmıştın ya ama çok azını... Devamında ne olduğunu bilmiyorum, anlatır mısın seninle ilgili bilmediğim şeyler kalsın istemiyorum."

Cümlelerimin dudaklarımı yırtıyordu, sanki dilim paramparça olmuş gibiydi halbuki henüz adamakıllı bir başlangıç bile sayılmazdı bu.

"Devamı yok ki," dedi sakince. Sakindi gerçekten, hiçbir tepki vermemişti.

"Ama olduğunu söylemiştin," diye ısrar ettiğimde sakinliğinin ufaktan sivrilmeye başladığını hissetmiştim.

"Ama devamını bilmene de gerek yok çünkü ben de bilmiyorum."

Jülide Hanım'ın da dediği gibi Kamer'in bile bilmediği şeyler vardı.

"Hem," dedi şüpheci bir yaklaşımla. "Neden bunu şimdi sordun? Mutlu olmak için geldik buraya, bu da neyin nesi?"

Gücüm lütfen tükenme, lütfen benimle kal. Birazdan gücünü kaybedecek ve ben ona etimle kemiğimle yetebileyim.

Bir müddet susmayı kendime borç bildim. Uzatmanın bir manası yoktu, ben de öyle yaptım. Bekledim. Onu acıtmadan, onu incitmeden nasıl sıyrılacaksak bu işten öyle bekledim fakat bunun bir işe yarayacağı yoktu. Yara alacaksak bu kaçınılmazdı. Olacakları önleyemezdik. Derin bir nefes alıp sızlayan dudaklarıma inat konuşmaya başladım. "Kamer, annen benimle bir şeyler konuştu."

İşte tam şu anda aralandı geçmişin perdesi, bir çocuğun kalbinin içindeki ışığı emdi.

Omzumda gezinen elleri buz keser gibi duraksarken göğsümün içindeki yangın fitilini vermişti. "Anlamadım?" dedi müthiş bir şüphenin doğurduğu soğukkanlılıkla. Gözlerine bakarak konuşmak daha kolay olurdu sanırım. Kesinlikle, bana baksın da öleyim diye değil mi? Ona her bakışımda yeniden ruhuma küseyim diye değil mi?

Kolunun altından çıktım ve karşısında dikildim. Kaşları bir hayli çatıktı ve gözlerini kırpmıyordu bile. Bu kadar dikkatli bakması cesaretimi kırmaya yetse de buna izin vermedim. Boğazımı temizledim. "Şimdi, sana soru sormayacağım. Sadece beni dinlemeni istiyorum, ne olursa olsun dinle beni tamam mı? Lütfen!"

Suratı kuruması için bırakılmış bir tabloyu andırıyordu. Tek bir mimik bile yoktu. Bana böyle bakarken ona nasıl söylerdim ki...

Rüzgâr kısa saçlarımı minik dokunuşlarla savururken bunu umursamadım. "Öncelikle bana kızmanı istemiyorum. Annen benimle bunları bizim aramız bozukken konuştu ve ben henüz söyleme fırsatı bulabildim. O beni tehdit etse bile ben buna boyun eğmedim, senden saklayamadım..."

"Neyi?" diye sordu, sesindeki kırgınlığı ve bir şeyleri anladığı tonu yakalandığımda.

"Seni işte," dedim gözlerim dolduğunda. *Yapamayacağım. Yapamayacağım.*

"Beni mi?" diye sordu aynı şekilde.

Başımı hızlıca aşağı yukarı salladım ve dudaklarımı araladım. "Sen aslında yanlış oyunda, yanlış kişiyi kovalıyorsun. Raşit senin düşmanın değil."

Gözlerini kıstı. "Ne diyorsun?"

"Necdet Alptekin," dediğim anda kısılan gözleri irileşti ve aralık olan dudaklarını sertçe kapandı. Bu ismin ondaki reaksiyonu şimdilik buydu, devamını duyduğunda gözlerinin katili olacaktım. "Jülide Alptekin... Senin katilin Raşit değil Kamer," dedim ve acıyan boğazımı kurutmadan gözlerinin için içine baktım. "Senin katilin annen ve baban."

Bir bedenin katili olmak nasıl bir acımasızlıktı? Üstelik gözlerinin önünde onun paramparça edilişini izlerken. Bedeniyle kalmadılar, onun ruhunu defalarca yok saydılar elindeki masumiyeti çalmaya çalıştılar, gözlerindeki umudun ferine kibrit suyu döktüler... Bunları hiç acımadan yaptılar, bile isteye onu ölümün kapısına itip öldürmeden süründürerek o kapıdan tekrar aldılar. Yalnız atladıkları bir şey vardı. Eğer ki bir ruh, ölümü bir kez tatmış ise yaşamın zehrini ölümden daha çok benimserdi.

Duraksadı. Bedenim baştan aşağı titriyordu. Bu kolay değildi, ben anlatırken bu kadar acı çekiyorsam onun içindeki acıyı elime almaya korkardım. Korkuyordum da. Kızaran gözlerime inat çattığı kaşları anında gevşedi ve ufak çaplı bir kahkaha attı.

"İyi misin sen? Jülide Hanım seni bayağı keklemiş," deyip eliyle tişörtünü kaldırdı ve üzerini dövme ile kapattığı yarasını gösterdi. "Ulan, bu ne biliyor musun sen? Bu o gecenin bedeli bile değil, bu sikik bir yara ve katili belli..." Hayretle gözlerimin içine bakarken gülmeye devam etti. "Sen de saf saf yedin mi bunları? Ne babası ne annesi... O gece kimse yoktu orada."

"Vardı," dedim gözlerim kıpkırmızı olmaya yakın. "O gece annenin d, babanın da her şeyden haberi vardı." Ses tonum kırıldı, boynum büküldü. "Çünkü seni bu hale getiren onlar. O geceyi planlayan, Raşit'in eline o kemeri veren senin ailendi."

Acımasızdım. *Acımasın canı diye, acısına sığındım.*

Gözlerinin karasını gözlerimin kahvesine dolarken, içimdeki çığlık çığlığa inleyen kız çocuğunun kalbine ihtiyacı vardı. Hiçbir şey söylemiyordu. Söyleyemiyordu. Bir adım ileri attım sarsılmayan bedenine doğru. Ayaklarım ayakkabısının ucuna çarptığında, kendimi tutamadım ve gözlerimi yumduğumda ıslanan birkaç kirpiğimin olduğunu hissettim. Hiçbir şey söylemiyordu, konuşmuyordu, gözlerimin içine boş boş bakıyordu. Kalbim deli gibi sıkışırken, gücümü topladım ve ellerim titreye titreye ona dokunmaya çalıştım lakin bunu yapamadım. Aramıza dev bir duvar örmüş gibiydi, onu aşamıyordum ben de kırmayı denedim.

"Bacağındaki izler bisiklet yarası değil," dedim dudaklarım titreye titreye. Konuşmuyordu. "Benden saklamana gerek yok." Sadece gözlerimin içine bakıyordu. "Kendini benden sakınmana, kendini kendinden korumana gerek yok Kamer..." Kendimi daha fazla tutamadım ve hıçkırarak gözlerinin içine baktım. "Canımın içi, sana ne yaptılar?"

Bir ölüyü kaç defa daha öldürebilirdiniz? Düşüşünde üzerine basmak yerine elinden tutup kaldırmayı denemediniz, ağladığında gözlerimin kenarındaki yaşları silmeye tenezzül etmediniz, dizleri kanadığında öpmeye yeltenmediniz... Söyleyin hadi, daha ne kadar vicdanınızın sesini kulak ardı edeceksiniz? Nereye kadar kalbinizin pasını yutmuş kelepçeyi daha da derine gömeceksiniz?

Ben söyleyeyim mi?

Bir çocuğun en büyük pişmanlığı olduğunuzu bildiğiniz vakit, kalbinizin sesini kâinata küstüreceksiniz.

Gözyaşlarım artık durmuyordu, durduramıyordum. O ise sadece gözlerime bakıyordu. Hiçbir tepki vermiyordu. Ne bir öfke ne bir üzüntü. Rüzgâr saçlarının kokusunu saçlarıma karıştırırken, gözyaşlarım boynuma saklanmıştı. Ellerimi güç bela kaldırdım ve yüzüne koydum. Bu kadar soğuk olması gözlerindeki közü bile dondurabilirdi. "Her şeyim," dedim kesik kesik cümlelerle. Şoka girmiş gibiydi ve beni duyduğundan emin değildim. "Canını çok mu yaktılar?"

Amacım acılarını hatırlatmak değildi, acılarından kaçmasını sağlamaktı. Onlarla yüzleşmesini istiyordum. Ellerimle yüzünü sımsıkı kavradım ve kendime doğru çevirdim. Bu esnada boynu biraz eğilmişti.

Gözleri soğuktan mıdır bilmem giderek kızarıyordu. Parmaklarım sıkı sıkıya yüzünü kavrarken, iç çeke çeke ağlamaya devam ettim, bunu yapmamalıydım ama elimde değildi. Gözyaşlarımın cezasını kendim kesemiyordum.

"Kamer," dedim ona biraz daha sokularak. Teni buz gibiydi. Kalbinin atışlarını duyamıyordum. "Ruhunun kapısında bekliyorum, beni içeri alacak mısın artık?"

"Ben," diye başladı sözlerine. Gözleri ölümcül derecede soğuk ve donuk bakıyordu. "Ben kimseye bir şey yapmadım. Yemin ederim kötü bir söz söylemedim hiç." Gözleri seğirdi. "Onlardan tek bir şey istedim, ufacık, boktan bir sevgi. Karnımı doyuracak kadar değil, tadını bilecek kadar olsa yeterdi. Zaten birazcık bilseydim, hissetseydim gıkım çıkmazdı yemin ederim." Cümlelerini söylerken sesi titrememişti ta ki son cümlesine kadar. "Gıkımı da çıkaramadım ki zaten."

Ellerimin arasındaki yüzü titremeye başlarken dayanamadım ve alnımı alnına koydum. "Kimsenin sevgisine ihtiyacım olmadı ama anne baba ya hani insan biraz bir şeyler bekliyordu anlıyor musun?" diye konuştu uzun uzun. Ona içindeki durumun yanlışlığını ima etmiştim ama o hâlâ anne ve babasını düşünüyordu. Yaşayamadığı çocukluğu içindi bu ya da henüz içinden çıkamadığı şokun.

"Ben hiç," dedi acıyla titrerken sesi. Kulaklarımın zarı bile sızlıyor olabilirdi çünkü onun ses tonu benim yaralarımın adıydı. "Hiç çocuk olamadım Aymira."

Ağlıyordum, ağlamıyordu ama keşke böyle konuşmak ya da bakmak yerine ağlasaydı belki daha az acırdı canım, canı.

"Ben üzgünüm, böyle bir aileye sahip olduğun için. Keşke yanında olabilseydim, elinden tutabilseydim," derken alnını alnımdan çekti.

"Önemi yok ki, sen de başkasının sana yaşattıklarının acısını çekiyordun benim gibi ama keşke..." diye söylemeye başladığında onu durdurdum.

Ve kalbimin içine ektiğim aşkımı dilimde yeşerterek gözlerinin içinde büyüttüm. *"Seviyorum."*

Bir kez daha duraksadı. Cesur davranmıştım, nihayetinde onu tam anlamıyla anlamıştım. Yanımda olduğunu onu daima sevdiğimi bilmesine ihtiyacı vardı.

Hızlı hızlı kafamı salladım. "Seviyorum ben seni... Kimse umurumda değil, kimse sevmesin seni ben seviyorum duydun mu?" Susuyordu, şaşırmış mıydı? "Çok seviyorum."

Donuk donuk bakan gözlerinin ardından bir adam vardı ve onu benden saklıyordu, tanıdığım biriydi ama canı şu an orada kalmak istiyordu. Dudaklarıma akan gözyaşlarımı umursamadan elimle yüzünü sımsıkı kavrarken naif bir şekilde parmaklarımı kullanarak onu sevmeye başladım. Bana karşılık vermek zorunda değildi, aynı şeyleri söylemek zorunda da değildi. Çünkü biliyordum, onun da hisleri vardı bana karşı. Çünkü bana böyle bakan bir adam asla hissiz olamazdı.

İç çektiğinde gülümsedi ama fark etmediği tek şey, gülüşünün kıyısına doğru akan bir damla gözyaşıydı. Aptal aptal sırıtmaya başladık. Ağlıyordum ama gülüyordum da. Tek bir damlası vardı yüzünde ama mutlu görünüyordu. Dayanamadı, omuzları sarsılırken yüzünü benden saklamak için bana sarıldı ve kollarını belime doladı. Tek beden haline getirdi bizi.

Gözyaşlarım serbestçe boynunun çukuruna doğru akıyordu. Söylemiştim. Onu sevdiğimi. Bunu hesaba katmamıştım ama mutluydum çünkü o mutlu olmuştu. İşin ucunda gözyaşlarının ardından gelecek minik bir tebessüm de olacaksa eğer, ben onun için tüm kahkahalarımı feda etmeye hazırdım.

Birbirimize doyana kadar sarıldık, bu elbette ki sadece laf kalabalığıydı yoksa ona doymak mı? Asla. Kollarımız birbirinden ayrılırken dağılan saçlarımı topladı ve elleriyle yüzümü avuçladı. Garip hissediyordum çünkü hiç böyle hayal etmemiştim çünkü henüz sözlerimin devamını ve asıl vurguyu yapmamıştım. Yapmalıydım, hem de şu an.

Bana derin derin bakan gözlerine baktım. "Ve senin çocukluğun belki de tek bir hatanın ya da rezaletin kurbanı oldu." Kaşlarını çattı, sözlerimin devamının olduğunu beklemiyor gibiydi. "Çok zor inan söylemesi çok..."Derince soludum. "Annen ve Raşit..."

Yüzünü ekşittiğinde dudakları aralandı. "O ve o?"

İsimlerini telaffuz etmeye bile yeltenmeyen bir adam, hayatının gölgesine oturanları nasıl affedebilirdi?

"Annen ve Raşit'in yasak bir ilişkisi..."

Ellerini hızlıca çekti yüzümden ve bir adım yana kaydı. "Deme," dedi sertçe. İşte bu en dayanılmaz olanıydı. "Devamını söyleme."

"Kamer," dedim üzerine giderek. Yapmalıydım.

"Söyleme lütfen," dedi ısrarla.

"Mahir senin..."

Ve anladı.

Anladığı an ellerini kafasına geçirerek saçlarını dağıttı ve arabanın tekerine yumruk attı. "Ulan Allah belanızı versin." Durmadı, deli gibi aklını yitirmiş gibi arabanın tekerine, kapısına çıldırmış gibi tekmeler atmaya başladı. Bu onu mahvetmişti. Az önceki sessizliği, darmaduman halinden eser kalmamış bilakis o dumanla ortalığın tozunu ayaklandırmıştı. O üzgündü ama o öfkesine sarılmıştı. O yaralıydı ama o yara vermek istiyordu. "Hayatımı mahvettiniz lan. Bitirdiniz lan beni, bitirdiniz!" Korkuyla ellerimi ağzıma götürdüm ve dindirdiğim gözyaşlarımı yeniden serbest bıraktım. "Allah belanızı versin, Allah sizi kahretsin!"

"Yapma," diye bağırdım. Beni duymuyordu.

"Ulan ben ne derim Aytaç'a?" diye döküldü dudaklarından çaresizce bir soru.

Duraksadım. Aytaç... Aklına ilk gelen isim o olmuştu, kendini bile hiçe sayarak onu düşünmüştü.

Eli, kolu bağlı bir şekilde bağırmaya devam etti: "Yalan de bana." Bunun yalan olmasını istedi. Benden inatla bunu duymayı bekledi. Gözlerindeki ateşi gördükçe yanmaya başladım. "Bana bunun yalan olduğunu söyle. Lütfen bana bir oyun, boktan bir acıtma olduğunu söyle."

"Senin suçun değil," dedim tükenircesine. "Yalan değil."

Derin derin soluyor, nefretini belli etmekten asla kaçınmıyordu. Yanına yaklaşmaya çalışırken buna müsaade etmedi ve hızla arabanın kapısını açtı. Gidiyordu. Beklemedim, arabaya bindim. Hiçbir şey söylemedi çünkü siniri bana değildi. Telefonunu çıkardı ve sadece saniyeler sonra konuşmaya başladı.

"Neredesin lan?" Kimdi o? Burnundan soluyarak gözlerini kararttı. "Bekle!"

Telefonu kapatır kapatmaz arabayı çalıştırdı. "Kimdi o?"

Cevap yok.

"Kamer kiminle konuştun?"

Cevap yok.

"Kimdi o diyorum?"

Kafasını bana çevirdi ve dik dik bakıp hiçbir şey söylemeden arabayı buradan derhal uzaklaştırdı. "Kemerini tak, çünkü yavaş kullan dediğinde muhtemelen seni duymayacağım," dedi.

"Dilediğince hızlı sürebilirsin, bu saatten sonra seni hiçbir şey için durdurmam," dedim.

Başını tam anlamıyla çevirmeden gözlerinin kenarıyla gözlerimin içine bakıp, "Biliyorum," dedi ve yeniden yola odaklanıp daha sert ve hırsla gaza bastı. Çok değil belki de on dakika kadar bir yolculuk olmuştu. Daha önce hiç bu kadar hızlı araba kullandığına şahit olmamıştım.

Garip bir şekilde eve geldiğimizde, arabayı park etmeden çabucak indi ve koşar adımlarla eve çıktı. Onu takip ettim. Anahtarla uğraşmak yerine evin kapısını tekmeledi. Kamer, korkutucu görünüyordu. Sanırım anlattıklarımı sindirememiş, tek bir şeyin üzerine patlayacaktı.

Mahir'in.

Zeynep dehşete düşer gibi kapıyı açtığında Kamer rüzgârı dahi delecek şiddette içeri girdi. Zeynep bana korku dolu gözlerle bakarken onunla vakit kaybetmeyip direkt içeri girdim ve sonra duvara çarpmış gibi durdum.

Mahir buradaydı.

Çetin, Andaç ve Zeynep buradaydı. Biz de öyle.

Kamer sadece birkaç saniye soluklandı ve Mahir'in yakasını kavrayıp ona sağlam bir kafa attı. "Siktir git!"

Çetinler araya girmeye çalışırken Mahir çoktan yere düşmüş, elini kaşına götürmüştü bile. Kamer kimseyi dinlemeden bağırmaya ve ona yumruk atmaya devam etti. "Sen benim hiçbir şeyim değilsin lan duydun mu? Sokaktaki it bile senden daha değerli. Siktir git hayatımızdan!"

"Ne?" dedi Çetin durumu anında fark ederek. Mahir yerde nefes nefese kalmış Kamer'e bakıyordu. Çetin kaşlarını çatarak gözlerini kırpıştırdı. "Bir dakika bir dakika! Neyin ki bu senin?"

Kamer'in sinirden inip kalkan göğsü, Mahir'in donuk ve boş bakışları, benim ürkek tavrım her şeyi özetlemişti. Kayış çoktan kopmuştu biz de dönülmez bir yolun içine girmiştik. Mahir, güç bela kendine gelirken baygın gözlerle önce bana sonra Kamer'in gözlerine baktı ve konuştu: "Kardeşiyim."

Andaç, "Ha siktir lan!" diye bağırırken Zeynep ağzını iki karış açmış, "Aynından," diyerek ilave etmişti.

Çetin ne tepki vereceğini şaşırırken, Kamer burnundan soluyarak kafasını sağa sola salladı. "Asla, asla benim hiçbir şeyim değilsin."

Ve bir ses işittik.

Kapının oradaydı.

Kamer hepimizden evvel oraya döndüğünde bir çocuğun iki gözünde kendini gördü.

"Aytaç..."

Arkamı döndüm. Aytaç oradaydı. Yenilen taraf yalnızca Kamer değildi. Kimse konuşmuyordu. Aytaç ise sadece tek bir kişinin gözlerine bakıyordu. Kamer'in...

Hani demişlerdi ya masallar mutlu sonlarla biter diye. İddia ediyorum, yine yeniden iddia ediyorum, mutlu bir son olsaydı eğer hiç bitmezdi.

7. Bölüm

Yaralayanların Yarını

Olmaması gereken her şey olmuştu. Bir adam onca acıyı sinesine çekmiş, hırsını ve intikamını kollarının altına almıştı. Bir çocuk kalbini defalarca kez başkalarının avuçlarından almış, belki de hâlâ kendine bırakamamıştı. Bilinmeyen birkaç siluet daha vardı. İşte bunlar tüm bu kayıpların kazananlarıydı. Tüm bu yaşananlarının oyun kurucuları gibi.

Halbuki bu bir oyun değildi çünkü Allah kullarını, masumlara zulüm etsinler diye yaratmadı. Ama insanoğlu nankörlüğü tıpkı bir pamuk şeker yemiş gibi benimsedi. Acıttılar, kırdılar, yaraladılar... Bir kere damaklarına yapışınca o şeker, bunun devamını istediler, doyamadılar...

Bu fiziksel bir sancıdan ibaret değildi elbette, bilirsiniz işte ruh yarası daha derindedir kanamaz ama hiçbir yara bandı da kapatmaz orayı.

İşte bu yüzden bir yanım Aytaç bir yanım Kamer...

Biri içindeki intikamın boşluğuna şaşkın diğeri onun boşluğundaki kötüye düşman. Hangisinin verdiği mücadele daha ağır? Hangisinin yitirdiği zaman boşa?

Bunu bilemem.

Bilirim ki, sonucunda kazanan ya da kaybeden yok, *herkes yara aldığı yerden yaralar. Herkes yara aldığı yerden kanar.*

Aytaç kapının oradaydı. Ne içeride ne de dışarıdaydı. Gözlerini görmeye korkuyordum, o yüzden onlara sadece bakmakla yetindim çünkü biliyordum ki görmek bakmanın ötesinde bir eylemdi ve ben canının acısını yahut hissiyatını bilmeye hazırlıklı olmadığım için bunu yapmaya cesaret edemiyordum.

"Aytaç..." Kamer bir kez daha adını telaffuz ettiğinde Aytaç, sadece birkaç saniye daha onun gözlerine baktı ve sonra hızla burayı terk edip çıktı. Kalbim ağrımaya başladığında Kamer'in hızla kapıya yanaştığını gördüm fakat bunu anında engelleyip önünde durdum.

"Ben giderim," dedim sakince. Sakin miydim gerçekten yoksa onun hırsını benim bu ruh halimin içine mi gömmek istiyordum? Kamer beni görmezden geldiğinde bu sefer elimi göğsüne koydum ve sakinliğimin üzerine bir tık daha ektim. Gözleri gözlerimi bulduğunda yeniden fısıldadım: "Ben giderim."

Kamer, "Benim hatam değil," dediğinde ellerimi anında yüzüne koydum ve parmak uçlarımda hafifçe yükseldim. "Tabii ki senin hatan değil, her şey çok ani oldu... Hem onun hem de senin için."

"Benim için de," diye bir ses konuşmamıza ilave olduğunda bunun Mahir olması Kamer'i bir hayli germişti. Ellerim bedeninin hızla arkaya dönmesiyle boşluğa düşerken Kamer sinirle üzerine yürüdü. "Sen kapat çeneni oros..."

Mahir, "Şşş," deyip onu ışık hızıyla duraksattı ki zaten Kamer ondan önce davranarak cümlesinin devamını getiremedi. "Artık bana küfretmeden önce iki kez düşüneceksin."

Andaç, "Onun yerine ben ederim, çapsız pezevenk," diye söylendiğinde dişlerini sıkıyor oluşu sinirini gözlerimin önüne sermişti. Nasıl sinirlenmesin nasıl sinirlenmeyelim ki? Bu acı sadece Aytaç'ın değil bizlerin acısıydı, bu acı tüm Ahuların acısıydı. Mahir oturduğu yerden doğrulmaya çalışırken bir eliyle de dudağındaki kanı silmişti. Kamer'in deliriyormuşçasına alıp verdiği nefesler hepimizin içindeki merak ve endişe ateşine odun atmaktan başka bir işe yaramıyordu.

Kamer, "Siktir git buradan," diye bağırırken Mahir'in gözleri beni buldu. Kaşlarımı çattığımda Kamer önümü kesti ve tekrar bağırdı. "Sana diyorum lan, duydun mu beni? Kendi çöplüğüne def ol."

Mahir, "Kendi çöplüğüm? Neyin çöplüğünden bahsediyorsun sen? Annen, annemmiş lan! Sırf sen değilsin bunu yeni öğrenen, sırf sen değilsin bunu kabullenemeyen," diye konuşmaya başladığında ona hak vermemek için kulaklarımı tıkamak istedim ve az önce Aytaç'ın evden çıktığını fark etmiştim.

Kamer, "Ne halde olduğun zerre umurumda değil ama ne bok yediğin umurumda," diye karşılık verirken konunun Aytaç'a dolandığını anlamıştım. "Şimdi git. Seninle sonra halledeceğiz bunu, karşımda durmaya devam ettiğin sürece elimden bir kaza çıkacak."

Zeynep'in vaziyeti beni bile ürkütmüştü. Elleri Andaç'ın kolunu sıkı sıkıya kavramıştı ve kedi gibi her şeyi geriden izliyordu. Çetin'in çehresinde kocaman bir boşluk, Andaç'ın gözlerinde ise kardeşinin yarası ve sızısının resmi mevcuttu.

Herkesin zihninde dev bir soru işareti belirmişti. Aslında soru işaretleri kendini üç noktaların üzerine devirmeyi tercih etmişti çünkü artık soru işaretleri değildi mesele, bu yarım cümlelerin nasıl tamamlanacağıydı.

Kimsenin dikkatini çekmeden evden ayrıldım. Aytaç nerede olabilirdi bilmiyordum, tahmin yürütecek kadar onu tanıdığımı sanmıyordum. Sağıma soluma bakınmadan evvel direkt tamirhaneye yöneldim. Merdivenlere inen kapıyı araladığımda hızlı hızlı basamakları inen ayaklarım aynı hızın tersine giderek duraksamıştı çünkü Aytaç en sondaki basamakta oturuyordu.

Sırtı bana dönük olduğu için suretinin halini görememişim fakat görmeye gerek yoktu hissetmek daha da kahrediciydi. Derin bir nefes aldım ve sessizce yanına gidip oturdum. Ellerini birbirine kenetlemişti ve öylece, kendine bir hedef seçmiş orayı izliyordu. Zihninin içinde boğulduğunu biliyordum ve elimden bir şey gelmemesi berbat hissettirmişti.

İyi hissetmesi için ne söyleyebilirdim?

Belki de onunla konuşmak yerine onunla susmalıydım. Bu birçok kelimeden daha anlamlı olabilirdi. Susmayı tercih eden taraf olurken ben de kendime bir hedef seçtim ve oraya kilitlendim. O esnada Aytaç konuşmaya başladı: "Neden her şey kötüye gitmek zorunda?"

Sorusuyla boğazımdaki yumrunun sertliğini hissettim. Ona istediği cevabı veremezdim çünkü bunu ben de bilmiyordum. Aytaç, "Neden hiçbir şey iyi yönde ilerlemiyor?" diye sordu sonra.

"Bunu engelleyemiyoruz bazen," dedim kuru bir sesle.

"Peki, buna sebep olan bizler miyiz?" diye sordu sanki kendi kendine konuşuyormuş gibi.

Dudaklarımı büktüm. "Başkaları," deyip iç çektim boş bir heves ile. "Ama her zaman değil."

"Ahu'ya ben sebep oldum," dedi birdenbire. "Onu buraya getirmeseydim, onu abilerimle tanıştırmak istemeseydim bunların hiçbiri yaşanmayacaktı. O yavşak onu öldürmeyecekti."

İçim sızlarken omurgalarımı doğrulttum ve yönümü ona çevirdim. Kendini kilitlediği yere epey odaklanmıştı fakat hisleri bundan nasibini alamamıştı. Ellerimi omzuna götürmeye yeltendiğimde bunun iyi bir fikir olduğunu hesaba katamadım. Bu yüzden bunu yapmadım. "Ben sebep oldum."

"Hayır, hayır," dedim hızla. "Sen bilemezdin ki. Kamer buranın sadece tehlikeli olduğunu söylemişti, zarar görebileceğinizi söylemişti ama asla Mahir'in o rezilliğinin devamının olmadığını belirtmişti," dedim. "Ahu en şanssızımız."

Bunları kötü hissetsin diye söylemiyordum, ona gerçekleri yeniden hatırlatıyordum. Aytaç, gözlerini sımsıkı kapattı ve dişlerini sıkmaya devam etti. İçindeki öfkeye tutunuyordu. "Hem Mahir gibiler için zamanın ve mekânın bir önemi olmaz. Onlar cehennemin dibini bile göremeyecek kadar batıklar, ruhlarından ve zihinlerinden leş akıyor."

"Yine de böyle olmamalıydı Aymira," dedi yeniden konuşarak. "Her seferinde kendimi aşmayı deniyorum, tamam olacak bu sefer toparladım kendimi dedikçe hayat sanki, 'nah toparladın,' deyip silleyi çakıyor suratımın ortasına."

Söyledikleri empati yapmamı sağlıyordu ve onu anlamamak delilikti. Duraksadım ve belki de en merak ettiğim şeyi sormaya karar verdim. "Kamer'e kızgın mısın?"

Aytaç, hapsolduğu noktadan kurtularak kafasını bana çevirdi. Yeşil gözlerinin kenarlarında kan lekeleri birikmişti. "Ona neden kızayım?" dediğinde ses tonu o kadar ince ve titrek çıkmıştı ki camı dahi çizebilirdi. "İsterse beni öldürsün ama yine de o kızamam Aymira. Hayatımızı kurtaran adamdan bahsediyorum, ömrümün sonuna kadar minnet duyacağım kişiye bu sebepten ötürü nankörlük edersem benim ayıbım olur."

Bu tanımlayamayacağım kadar iyi hissettirmişti. Aytaç'ın ona olan sadakatini dile getirmesinden ziyade ses tonu bile birçok şeyi anlatıyordu. Gülümsedim. "Buna sevindiğimi söylemeliyim çünkü vereceğin tepkiden korkuyordu." Gözlerime boş boş bakınmakla yetinirken devam ettim: "O da bugün öğrendi, üstelik..."

"Üstelik?" dedi merakını belli ederek. Bunu söyleyemezdim, Kamer bile yeni öğrenmiş henüz içinde sindirememişken onunla paylaşmak düşüncesizlik olurdu.

"Boş ver," dedim geçiştirerek. Tatmin olduğunu söyleyemezdim. Gözlerini benden kaçırdı ve kafasını çevirerek o noktaya hapsoldu. "En kötüsü de ne biliyor musun? O şerefsiz her boku yediği halde buna dur bile diyemiyorum, cezasını kesemiyorum ve etrafta fink atmaya devam ediyor. Bu o kadar ağır ki sana anlatamam."

"Onun cezasını sen kesemezsin," dedim düz bir sesle. "Bunu Ahu da istemezdi."

Elleri saçlarına gittiğinde düşünceyle kıvırcık olan tellerini karıştırmaya başladı ve bir süre sonra duraksayıp derin bir nefes aldı. "Bunları konuşurken aklıma hep ne geliyor biliyor musun?" Yanıtımı beklemeden kısa bir iç çekişin ardından devam etti: "O eğer şu an yanımda olsaydı biz geleceğimizle ilgili hayallerimizi inşa ediyor olacaktık... Aynı okulu kazanmak, aynı şehirde nefes almak, aynı filmleri defalarca kez izleyip aynı yerlerde gülmek aynı yerlerde duygulanmak, aynı yastığa baş koymak. Bu basit bir eylem olmayacaktı, bu bizim sonsuzluğumuz olacaktı anlıyor musun?"

Cevap veremedim. Ne denirdi buna? Hayalleri yarım kalmış birinden daha sancılı kim olabilirdi?

Aytaç, "Ama olmadı, sence bu kader mi?" diye sordu. Duraksadım. Ahu'nun buraya gelmesi kader miydi? Başına gelenler onun sayfalarına işlenmiş birkaç paragraf mıydı? Keza benim için de aynı şey geçerliydi. O gece Kamer'in taksiye binmesi ve sonra ardından yaşananlar kaderimizden miydi? Evet, belki de öyleydi. Belki yaşadıklarımızı hak ederek kadere bağlı kaldık ama sorun şu ki Mahir gibiler kaderden değil seçimlerinden dolayı böyleydi.

İnsanlar kaderleri değil seçimleri sayesinde insandır.

"Aytaç sana bir şey sormak istiyorum ama çekiniyorum," diye söze başlarken sorduğu soruyu yanıtsız bıraktığımın da farkındaydım çünkü o net bir şey söylemek imkânsızdı.

Aytaç kaşlarını çatarak şüpheyle bana baktı. "Sor."

"Ahu'dan sonra yeniden sevebilir misin birini?"

Bunu beklemiyordu ama merak ediyordum çünkü ona yardım etmek bir şekilde iyi gelmek istiyordum işte. Bu şekilde değildi elbette ben sadece yardıma uzanan yolda kendime sağlam dayanaklar arıyordum. Konuşmadı, asla bir tepki göstermedi sözlerimin üzerine. Bu bir cevap mıydı yoksa kaçış mıydı anlayamamıştım. İnsanlara sorduğum soruları kendi içimde cevaplandırmak beni yorsa da kimseyi suçlayamıyordum.

Aytaç derin bir nefes alırken gülümseyerek toparlandı. Gözlerimi kıstım, ne olmuştu? Ayaklandığında onu takip ettim. "Nereye?" diye sorduğumda omuzlarını biçare düşürdü. "Bilmiyorum, biraz dolanırım öyle."

"Bak, Mahir yüzündense eğer o çoktan gitti," diye onu ikna etmeye çalıştım.

Kafasını sağa sola salladı. "Hayır, sadece temiz bir hava iyi gelecekmiş gibi hissediyorum... Lütfen üsteleme."

"Peki," demek mecburiyetine sürüklenirken ekledim. "Telefonunu açık tut ama Kamer seni muhakkak arayacaktır."

"Görüşürüz Aymira," dedi ve yanımdan geçip gitti. Arkamı döndüğümde merdivenleri usul usul çıkıyor oluşu gibi ruhundaki bunalımı fark ettirdi. Onu takip etmeksizin olduğum yerden ayrıldım ve eve girdim. Çetinler salonda şaşkın şaşkın oturuyordu. Mahir ortalıkta yoktu ve muhtemelen gitmişti. Kamer içeri girdiğimi görünce hızlı adımlarla yanıma geldi. "Nerede o?"

"Bilmiyorum, hava alacağını söyledi," diye konuştum. Telaşla dudaklarını ıslattı. "Sakin ol," dedim. "Sana kızgın değil, sadece yalnız kalmak istiyor."

"Ulan yalnızlığı artık onun en yakın arkadaşı oldu, daha neyin yalnızlığı?" diye homurdanırken, "Zor bir akşam oluyor ikiniz için de. Sana bir yorgunluk çayı demleyeyim mi?" diye söylendim. Berbat bir öneriydi ama o kadar arafta kalmıştım ki ne yaparsam yapayım kabul görmeyecekti.

"Şaka mı?" diye sordu bana sinirle.

"Değil," dedim düz bir sesle. "Onun yalnız senin de sakin kalmaya ihtiyacın var. Bunu anlamak bu kadar zor olmamalı."

Kamer'in psikolojisinin sağlıklı olduğunu düşünmüyordum. Ona asla kızmıyordum çünkü bu akşam hayatının inşaatında kimlerin parmağı olduğunu öğrenmişti. Annesi ve babası onun asıl düşmanlarıydı ve o bunları öğrenmişti. "Sakin kalamam," dedi sinirle. "Bunu benden isteme."

"Ama böyle olmak zorunda," dedim ikna eder gibi. "Öfkeden kimseye yarar gelmez."

"Doğru," dedi gözlerime bakarak. Kara irislerine dokunsam beni yakabilirmiş gibi duruyordu. "Öfke insanı yıllarca mal gibi ayakta uyutur."

"Senin suçun değil," diye fısıldadım, kalbim öyle acıyordu ki ona iyi gelememek beni deliye çevirmişti. Ellerim yüzünü bulduğunda yutkundum ve tekrar fısıldadım: "Senin suçun değil." Yüzü sertti ve dişlerini sıktığını anlamıştım. O sinirliyse ben sakin kalmalıydım yoksa tüm bunların altından kalkamazdık. Bu süreç içerisinde beni bile kırabilirdi ama onu anlayan taraf olmalıydım çünkü beni asla bile isteye kırmayacaktı.

Ellerimi yüzünden indirerek bana boş ama içinde derin manalar yatan bir bakış savurarak evden ayrıldı. "Kamer," diye seslenerek arkamı dönsem de onu durduramadım ve gidişine sadece seyirci kaldım. Müthiş bir hüznün içine atılmış gibi hissediyordum kendimi. Açık kalan kapının önünde öylece beklerken yüzüme yüzüme esen soğuk rüzgâr ruhumdaki alevi de söndürse fena olmazdı lakin bu rüzgârın işi değildi. Gözlerim kızarırken, ellerimi yüzüme götürerek güçlü bir nefes aldım. Hemen ardından kendimden emin adımlarla kapıyı kapatarak arkamı döndüm. Çetin, Andaç ve Zeynep'in gözleri benim üzerimdeydi. Onlara bakarsam eğer yenilir ağlardım. Bakmadım. Bana seslenişlerini bile duymazdan gelerek yukarı çıkıp kapıyı kapattım.

Yalnızdım.

Bunu hak etmiş miydim?

Hiçbir şey yapmadan öylece yatağın kendime ait olan kısmına kıvrılarak cenin pozisyonuyla gözlerimi kapattım. Gözlerimi kapattığım an dev bir kargaşa meydana geliyordu hemen. Tüm bu yaşananlar ne kadar ağır bir sınavdı, nasıl bir imtihandı bu böyle? Her şeyi bir kenara bırakırsak eğer ben bugün ona itiraf etmiştim.

Onu sevdiğimi ona söylemiştim.

Karşılık vermemişti ama gözlerinden akan o bir damla gözyaşı yetmişti.

Gözlerinden akan bir damlanın manası dudaklarımdan firar eden o kelimeyle eş değerdi belki daha fazlasıydı.

Aradan saatler geçmişti belki de bilmiyorum ama ne bir gelen vardı ne ses eden. Gözlerim sadece kapalıydı ve ben uyumanın yanından bile geçemiyordum çünkü uyku bile beni terk etmişti.

Birkaç dakika sonra odanın kapısı açıldı. Gözlerim kapalıydı ve Kamer'in beni uyuyor sanmasını istedim. Duruşumu asla bozmadan içeri girip kapıyı kapatışını dinledim. Muhtemelen bir müddet ayakta dikilerek uyuyup uyumadığımı kontrol etmişti. Sakin adımlarla yatağın üzerindeki çarşafı ayaklarımdan yukarısına doğru taşıyarak üzerimi örtmeye başladı. Üşümüyordum ama insan uyurken üşürdü. Nefesinin sesini alamamak canımı sıkmıştı, varlığını sadece hareketlerinden hissediyor gibiydim.

Çarşafı omuzlarıma kadar çektikten sonra yüzümün duvar tarafına dönük olan kısmına geldi ve eğilerek öylece bana bakmaya başladı. Gözlerim kapalı olmasına rağmen bile beni nasıl izlediğinin resmini çizebilirdim. Derin bir nefes aldı nihayet, evet bu kesinlikle canımın soluğuydu. Soğuk parmakları saçlarıma gitti, kısa saç tellerim yanaklarımın üzerinde duruyordu ve elleriyle onları kulağımın arkasına iteledi.

Gözlerimi açmak istemiyordum sanki böyle daha rahat anlaşıyorduk, en azından Kamer için öyleydi.

"Hayatımdaki tek doğrumsun," diye fısıldadı. Bu acıtmıştı. Devam etti: "Ve onca yanlışın içine doğan ben seni kaybetmek istemiyorum."

Bir şeyler mi söyleyecekti?

"Günün birinde benden gidecekmişsin gibi hissediyorum ve buna ben sebep olacağım biliyorum," diye devam ettiğinde nefes alamadığımı ve her geçen saniye karnımın içinde dev bir ağrının filizlendiğini hissediyordum. Ona bunları söylettirecek bir şey mi yapmıştım? Ondan nasıl vazgeçerdim?

Ilık nefesi tenimi iyiden iyiye tanırken, narin dokunuşları sözlerinin dikliğini yumuşatmaya yetmemişti. Yüzü yüzüme çok yakındı, bunu delicesine hissediyordum. Gözlerimi açarsam şayet kirpiklerimizin dahi birbirine sarılacağını biliyordum.

"Benim güzel Aymira'm," diye fısıldadı usul usul. Neden canım acıyordu? Neden bu sözleri ona sarılarak hıçkıra hıçkıra ağlama hissi uyandırmıştı?

Parmakları yüzümde korkarcasına gezinirken konuşmaya devam etti: "Yaşadıklarımı bildiğin halde benden geçmeyen güzel kadınım." Ve acı bir iç çekiş... "Seni anlatabileceğim bir annem olsun isterdim. On beşlik delikanlılar gibi sırıta sırata anneme senden bahsetmek, babamın karşısına elinden tutup çıkmak ve işte ömrümü adadığım kadın diyebilmeyi çok isterdim."

Sesindeki heves bile kursağında kalmıştı.

"Ben bugün ne öğrendim?" diye sordu kendi kendine. "Ben bugün kimin cenazesine bir kez daha katıldım?"

Gözlerimi açarsam ağlardım, gözlerini görürsem bir daha kapatamazdım.

"İnsan bu hayatta kaç defa anne ve babasının cenazesine katılır ki?"

Bunu bana sorarsan canının acıyacağı türden cevaplar veririm sevgilim, çalıştığım değil yaşadığım yerlerden sormayı çok iyi biliyorsun. Ama bilmelisin ki canımız yanacak canımın içi.

"Ben şimdi ne yapayım? Kime neyin hesabını sorayım bilmiyorum. Annem diye bildiğim o kadına mı yoksa kalıbına tükürdüğüm babam denecek şerefsize mi? Ben kime neyin davasını açayım? Açsam ne olacak, hesap sorsam ne olacak? Öz oğullarına biçtikleri kefenin metresini nasıl anlatacaklar bana?"

Dudaklarım titremeye başlamıştı ve bunu engelleyemiyordum. "Onca yılın boşa geçmişliğine mi üzüleyim yoksa yanlış kişiyi kancaya taktığıma mı? Mahir denen itin kardeşim olmasına mı yanayım? Ruhumdaki yaraların sahiplerinin anam babam olmasına mı?" Hisli hatta üzerinden yüklü bir çuvalı yere atarmışçasına nefes verdiğinde, "Ulan ben kendimi bataklıkta yaşıyor sanıyordum meğer bok çukurundaymışım," diye tamamladı.

Sözleri gülümsetmiyordu aksine gözyaşlarım görünmez olmuş dudağımın kıvrımına zehir diye düşüyordu.

Sonra biraz daha yaklaştı ve burnunun ucu burnuma değdi, içimde garip bir ürperti meydana gelirken olabildiğince yüzeysel bir halde yutkundum. Elinin tersiyle yanağımı hafifçe okşamaya başladı. Parmağındaki yüzüğün soğukluğu farklı bir ısıyı bedenime kavuşturmuştu. "Ama sonra sen geldin işte, yanımdasın. Bataklığın içindeki beni aldın yanına çektin, ben seni kendi bataklığıma çekerim sanıyordum ama bunu sen başardın."

Hakikaten öyle mi olmuştu?

"Hayatımda ilk defa kendimi değerli biriymişim gibi hissediyorum, sanki bir halta yarıyormuşum gibi," diye fısıldadı. Bir müddet sonra dudakları alnımın üzerindeki yerini aldı ve derince öptü. "Hayatımda ilk defa bu denli delirecek gibi hissediyorum ve bunun sebebi sensin."

Mutluydu, hüznü veya çaresizliği daha ağır bassa da o şu an mutluydu çünkü biliyordum ki buna ihtiyacı vardı, kötü şeyler her an ensemizdeydi ama iyi şeyler ansızın ve arada bir uğruyordu.

"Teşekkür ederim," dedi başımı başımın yanına koyarken. Muhtemelen dizlerini zemine koymuştu. Ellerini yüzümden çekip yatağın üzerine bıraktı. Her hareketini sanki onu izliyormuşçasına canlı canlı takip ediyordum. Onu ziyadesiyle ezberlemiştim ve bu ezberin bozulması mümkün değildi. "Teşekkür ederim, beni ilk defa mutluluktan ağlattığın için."

Kalbim bu sözlere daha ne kadar direnç gösterebilirdi?

Dakikalar geçiyordu ve ben gözlerimi hâlâ açmamıştım. Korkuyor muydum yoksa? Açarsam eğer ki gözlerimi başucumda görür müydüm onu? Ve açtım gözlerimi, gördüm güzel suretini. Damla damla ışık vuran elmacık kemiklerinden öpmek, pare pare dizilmiş kirpiklerine kıvrılmak geçti içimden. Nefesimi tuttum ve başımı usulca geriye doğru hareket ettirip onu daha sağlıklı görmek istedim.

Uyumuştu.

Nasıl da güzel uyuyordu.

Ama rahat değildi, biliyordum. Ellerim yüzüne gittiğinde onu sevmek istedim fakat canının rahatsız olması içimdeki dürtüleri frenlemişti. "Kamer," diye fısıldadım. "Yatağa geçmelisin."

Dudaklarını hareket ettirdi. "Beni yatağa atmalısın."

Gözlerimi irileştirirken mayhoş çıkan ses tonu, uykunun henüz başında olduğunun kanıtıydı. "Bu cüsseyi nasıl hareket ettirebilirim?"

"Öpersen bu cüsse kendiliğinden harekete geçer ki," diye mırıldanmaya devam etti. Gözleri hâlâ kapalıydı ve şu an inanılmaz derecede sevimli duruyordu. Kamer ve sevimli durmak?

Bir dakika! Onu neyin harekete geçireceğini biliyordum.

Kızmasa bari...

Dudaklarımı yüzüne yaklaştırıp sinsice güldüm. "Ponçik Kamer."

Gözleri aniden açıldı, yüzünün aldığı şekil görülmeye değerdi çünkü her an kusabilirmiş gibi duruyordu. "Şunu deme ya deme."

"Öpersem kıymetli olurum ama," diye imalar savurduğumda derin derin gözlerimin içine bakıp sakince soluklandı. "Sen bir öp bakayım önce."

Farkında olmadan dudaklarımın yanağıma doğru çekildiğini hissettim. Başımı hafifçe doğrultup dudaklarımı yanağına bastırdım. Kendimi geri çekerken dudakları dudaklarımı yakaladı. Beni öperken yüzümdeki ani değişim bunun beklenmedik oluşundan kaynaklanıyordu. Kamer dudaklarımızı ayırmadan ayağa kalktığında ağırlığını üzerime vermeden yatağın üzerine çıktı, bu esnada ben de sırt üstü gelmiştim. Fazla süre geçmeden dudaklarını dudaklarımdan ayırdı ve alnımdan öperek gülümsedi. "Bak nasıl işe yarıyor gördün mü?"

"Gördüm," dedim gülümseyerek. Kamer başını yastığına koyduğunda ona yeniden arkamı dönmemle bana arkamdan sarılması yalnızca birkaç saniyesini almıştı. Kolları belimi sıkı sıkıya kavrarken çenesi omzuma değiyor, dudakları ise omzumun çıplak kalan kısımlarını öpüyordu.

"Seni öperek uyutayım mı?" diye mırıldandı, omzuma minik minik buseler kondurmaya devam ederek. Dudaklarım kıvrılırken, "Bu daha çok uykumu açıyor," diye karşılık verdim. Omzumda olan dudakları sakince duraksadı ve öpmekten vazgeçti. Kolları karnımı sıkı sıkıya kavrarken bir an için bedenimin kaybolacağını düşündüm.

"Kamer," diye fısıldadım.

"Hım," diye mırıldanırken gözlerimi kapattım. "Daha iyi misin?"

"Daha iyiyim," diye anında yanıtladı. Sahiden iyi miydi? Elbette değildi, bence şu an sağlıklı düşünemiyor ve henüz yatıramamıştı bir şeyleri kafasında.

"Neredeydin?" diye ekledim sonra.

"Hava aldım," derken sesindeki pürüzler oldukça huzursuz ediciydi. "Ama hiçbir yer senin yanın kadar iyi gelmiyor."

"Beni korkuttun," diye küçük bir serzenişte bulunurken. "Evden öyle bir çıkışın vardı ki ya kendine ya da bir başkasına zarar vereceksin sandım."

"Şş," diyerek sakinleştirdi beni. "Kendime zarar vermem, bunu sana nasıl yaparım?"

Kaşlarım çatılırken aklıma az önce beni uyuyor sanırken söylediği şeyler gelmişti. Onu bırakacağımı sanıyordu, üstelik buna sebep olanın da kendi olacağını iddia ediyordu. Sormalı mıydım?

"Senden gerisi yok," dedim düz sesimle. Tabii ki Alper'i bu tarz şeylerin dışında tutuyordum, onun yeri her zaman sarsılmazdı. "Ve ben seninle birlikte her şeyi aşmaya hazırım. O geceyi de birlikte aşacağız söz veriyorum."

Kamer o geceyi aştığını dile getirse de bunun olmadığını pekâlâ kendi de biliyordu. Kötü hissetmesine izin vermeden ona iyice sokuldum ve karnımın üzerinde duran ellerine sarıldım. Parmaklarımızı birbirine kenetleyerek derin bir nefes aldım. "İçindeki duygu her neyse onu birlikte söndüreceğiz, artık tek değilsin ve bu uzun zamandır böyle."

"Sen?" dedi kuru bir sesle. Konunun diğer cephesine taşınmıştı. "Bunları ne zamandır biliyordun?"

Yutkundum ve onu anlamı olmayan dakikaların içinde yalnız bırakmadan konuştum: "Eve geri döndüğümde annen beni buldu ve bunları bana anlattı. Öyle bir bakıyordu ki gözlerimin içine, dedim bu kadın, benim..." deyip sustum. Yanağımı yanağına sürttüm. "Dedim bu benim sevdiğim adamın annesi olamaz."

Sevdiğim adam...

Ne kadar özgür hissediyorum oysaki, nasıl güzel bir şey bunu dilediğince haykırabilmek...

Kamer'den ses çıkmazken devam ettim: "Sana yaptıklarını anlatırken çaresizce onu dinlemek o kadar ağır gelmişti ki senin bunları yaşarken neler hissettiğini hayal edemedim bile..."

Susmaya devam ediyordu, uyumamıştı sadece beni dinlemek, konuşmamak daha iyi geliyordu. En azından ben öyle düşünüyordum. "Sonra beni tehdit etti, bu konuşmanın öncesinde de vardı böyle tehditler ama ben boyun eğmedim, sana ihanet etmedim." Bu sırada karnımın üzerinde olan elleri usulca kıpırdandı. Bu bir tepkiydi ve hoşuma gitmişti. ''Yapamadım Kamer... Herkes sırtını dönmüşken sana ben de sussaydım bir farkım kalır mıydı? Hislerimin altında ezilir kalırdım," der demez kesik kesik mırıldandım: "Yine de böyle olmasını engelleyemedim."

"Daha fazlasını yapamazdın," dedi sakince. "Bunu ben bile engelleyemedikten sonra senin etin kemiğin nasıl direnensin güzelim?"

Gözlerimi yeniden kapatırken gözlerimin altında çukurlara oluk oluk acı sinmişti. Sanırım gözlerimi kapattığım her an onun on yaşındaki minik bedeni gözlerimin önüne gelecekti, orada olmasam bile oradaymışım gibi hissettiren çaresiz çığlıkları ve gözyaşları... Bu bize iyi gelmiyordu, hiçbir sevgi sözcüğü bunun önüne geçemiyordu. Ama sorun geçmek değildi belki de aşmaktı.

"Aytaç'la konuştun mu?" diye sorduğumda cevapsız bırakması cevabımı aldırmıştı. "Ben konuştum. Sana kızgın değil, olamaz da zaten," diye ekledim. "Her şey üst üste geldi. Önce senin sindirmen gerekiyordu, hoş bu mümkün değil ama yine de seninle birlikte Aytaç'ın da yara alması zor bir durum oldu."

"Bak ben bugün hayatımın bir yalandan ibaret olduğunu, bir kez daha anne ve babamın olmadığını anladım. Mahir denen o dallama benim kardeşimmiş, değilmiş zerre bir şey fark etmez ben Aytaç için üzgünüm."

"Sahiden mi?" diye sordum şüpheyle. "Mahir'in kardeşin oluşu hiç mi etkilemedi seni?"

"O pisliğe baktıkça içim ekşiyor," diye başladı sözlerine. "Benim kardeşim hiçbir masumun canına kast edemez, benim kardeşim bu kadar kendinden geçemez. Sahiden bu adam mı benim kardeşim?" Anladım ki eğer bunlar olmasaydı Mahir, Ahu'ya zarar vermeseydi oluru vardı çünkü Kamer yürekli ve merhametli bir adamdı. Ona kurşun sıkanlara rağmen bile.

"Mahir'in penceresinden bakmayı denedin mi?" diye konuşurken hemen düzelttim: "Var sayalım ki o olay hiç yaşanmadı. Kardeşin yerine koyar mıydın? Ona bir şans tanır mıydın? Sana bunları neden soruyorum biliyor musun?" diye sorup tepki vermesini beklemeden devam ettim: "Çünkü o benimle konuştu. 'Tüm bunlar olmasaydı da ona abim diyebilseydim keşke,' dedi."

"Siktirsin gitsin," diye homurdandığında onu tersledim. "Bak amacım onu savunmak değil, asla. Ben sadece olayı iki taraflı teyit etmeni istiyorum. O da yeni öğrendi. Düşünsene, annesinin varlığından bile haberi yokken anne dediğin kadın annesiymiş meğer. Aynı kandansınız."

"Kanını siktiğim." Gözlerimi devirirken sözlerimin devamını getirmeme müsaade etmedi. "Ne demek istediğini anlıyorum ama anlamamak işime geliyor. O itin adını anma bir daha. Ona bir can borcum vardı bitti, gerisi yok. Önce kardeşimden aldığı canı versin hem de iki tane," diye sertçe konuşurken derince soludu. "Böyle bir adama nasıl kardeşim derim ulan ben? Hiç mi saygım kalmadı kendime, bu kadar mı kansız oldum?"

"Deme öyle," dedim onu sakinleştirmek adına mırıldanarak. "Ben sadece canın sıkılsın istemiyorum artık." Kısa bir iç çekişin ardından devam etti: "Bende artık sıkılacak bir can kalmadı korkma. Bu saatten sonra dibi görür müyüm bilemem ama," demesinin ardından sanki ayağını kırık bir camın üzerine koymuş gibi sustu. Kaşlarımı çattım. "Ama?"

"Boş ver," dedi üstelemeden. Konu bendim, bendim değil mi?

"Hayır, boş vermem, lütfen devam et," dedim ısrarla.

"Günün birinde benden gideceksin," diye söylendiğinde kendimi müthiş bir şekilde kötü hissettim. Ona bunu düşündüren neydi? "Buna ben sebep olacağım."

Karnımın üzerindeki elleri taşlamıştı ve sanki orayı tekmeliyordu, yoksa nasıl bu kadar acıtabilirdi? Huzursuzca soluklanıp yüzümü öne çevirdim, bu sırada yüzünü usulca geri çekti. Bel çukuruma dolanan parmakları gevşerken karanlıkta parıldayan elmacık kemiklerine bakıp hemen ardından siyah irislerine odaklandım. "Neler oluyor? Neden bunu söylüyorsun ki şimdi?"

"Hissediyorum," dedi düz bir sesle.

"Ben neden hissetmiyorum peki? Ruh eşim değil misin yoksa?"

"Hop!" dedi sahte bir sinirle. "Orada duracaksın. Benden başkasının ruhunu dikerim ona göre."

"Ee ayrılacağız diyorsun, ne yapayım gencecik yaşımda ortada mı kalayım?" diye sordum saf saf. Ciddi bir şekilde değildi elbette fakat onu dize getirmenin tek yolu buydu. Kamer kafasını yastığa koymamıştı ve üstten üstten bakıyordu. Saçları alnına serpilmişti. Gözlerinde çözemediğim bir anlam yüklüydü ve susması bile çare değildi. Ellerimle yüzünü avuçlayıp başparmağımla sakallarını okşamaya başladım. "Bana anlat lütfen, anlat bileyim hadi!"

"Hoşuna gitmeyecek şeyler yaptım," derkenki göz kaçırması ve ses tonu beni derin ve karanlık bir kuyunun içine düşürürken gözlerimi irileştirdim.

"Beni aldattın mı yoksa?"

"Yuh anasını satayım yuh," dedi ani ve gür bir tepkiyle yönünü tekrar bana çevirerek. "Ciddi değilsin değil mi? Senden başkasına dokunduğumu falan düşünmüyorsun?"

"Hayır," dedim sakince. "Ben sadece hoşuna gitmeyecek şeyler deyince, ne bileyim aklıma direkt bu geldi." Sonra dudaklarımı sarkıttım fakat gözleri gerçekten keskin ve öfkeli bakıyordu. Onu sinirlendirmiş miydim yani? "Tamam özür dilerim benim hatam ama ne yapayım Kamer sürekli kötü kötü imalar yapıp duruyorsun... Şunu bil ki ben seni, bana sadakatsizlik yaparsan bırakırım ancak o da olmayacağına göre," derken sesim yumuşacık çıkmıştı. "Bu saçma teorilerin ya da ileri görüşlü hislerin sınıfta kaldı."

"Öyle ama," dedi ve derince bir nefes aldı, o aldığı nefeste benim bile göğüs kafesi kemiklerim iç içe geçmişti. "Bilmiyorum kendimde değilim sanırım."

Buruk bir tebessüm düştü dudağımın kıvrımına. Zihni bulanıklaşmıştı ve bunun sorumlusu bendim. Her şeyi tepetaklak öğrenip henüz birini dahi hazmedemeden buna kat çıkması onu ruhundan itelemişti, belki de benim de onu yalnız bırakacağımı düşünüyordu. Bu sızlatmıştı.

"Ne olursa olsun," dedim gözlerinin içine bakarken. "Ben hep baktığın yerde olacağım."

"Hep," dedi düşünceli düşünceli.

"Evet," diyerek onayladım onu. Sonra gülümsedim ve doğrularak gözlerinin altındaki çukurdan öptüm. Onun sevgiye ve sevilmeye ihtiyacı vardı, kimin olmazdı ki zaten? Ama onun daha fazlaydı işte, ben sevgisiz de yaşayabilirdim ama o artık yıpranmıştı. Yüzüme donuk donuk bakarken gülümsemeye devam edip ellerimi yüzünden çektim ve boynuna sarılarak kafasını göğsümün üzerine koydum. "Rahat mısın?"

"Sence?" dedi dişlerine birkaç hareketli harf dolayarak. Ensesindeki saçları sevmeye başladığımda elleri yeniden karnımın üzerini buldu ve bana sıkıca sarıldı. "Güzel bir rüya görmek dileğiyle kapatsak ya gözlerimizi?" diye sordum mırıldanarak.

Kamer, "Ben o rüyayı yaşıyorum ki şu an," dediğinde gülüşümü saçlarının arasına sakladım. Kafası göğsümün üzerindeydi ve kalp atışı kaburgalarımın arasında sıkışıp kalmış minik bir serçeydi. "Tamam," dedim ikna olur gibi. "Hadi bu rüyanın hakkını verelim o halde."

"Yetmez."

"Biliyorum."

"O zaman?"

"Hiç uyanmayacağız."

"Geceler..."

"Bizim."

"Hayırdır Kavimler Göçü'nü mü tekrarlıyorsunuz?" Kamer ile aşağı inerken Andaçların ve Çetin'in dışarı çıkmaya hazırlandığını gördüm. Andaç kapüşonun fermuarını yukarı doğru çekerken yüzünü ekşitti. "Üstat! O nasıl tespittir be!"

Kamer karşılık vermezken nihayetinde merdiven basamaklarını tamamlamış, salona onların yanına doğru ilerlemeye devam ettik. Çetin gitarının kabını geçirirken konuşmaya başladı. "Aga, ben kulübe gidiyorum, gündüzleri de çalışacağım artık. Ha! Tam gün değil merak etme, buralardayım."

"Nereden çıktı lan şimdi?" diye konuşurken kaşlarının çatıklığı ses tonundaki gerginlikle doğru orantılıydı. "Önce Aytaç, sonra şu ikisi şimdi de sen ilave iş. Şirket işletmiyoruz oğlum, karnımız doyuyorsa sıkıntı yok."

Onun bu hakikatli ve tıpkı bir baba, abi tavrı benim aşırı hoşuma gidiyordu. Zeynep sakince Kamer'in gözlerine baktı. "Büyüyoruz abi, haliyle gelir gider artıyor ve boş durmak iyi hissettirmiyor, özellikle abim ile sen çalışırken."

Zeynep'in haklı konuşması kendimi kötü hissettirmişti. O haklıydı. İnsanlar aileleri için çalışır ve çabalardı onlar da bunu yapıyordu ama ben? Ben tam bir kamburdum. Onların sırtlarına kendimi yaslamış, asla bir faydası olmayan bir kambur. Bu üzmüştü.

Kamer, "İş buldunuz mu bari?" diye mesafeli bir sesle sorarken Andaç sırıttı. "Bize iş vermeyenin ağzına edeyim abi o derece. Özellikle de benim şu seksi tipimi görüp cazibeme dayanamayanlardan bahsediyordum." Andaç'ın konuşması Zeynep'in dirseğiyle biterken Kamer alay ederek, "Oğlum sen daha çocuksun lan, neyin cazibesi?" diye söylendi.

Andaç, "Yahşi cazibe anasını satayım," diye sinirlenirken ekledi. "Ya ben büyüdüm büyüdüm, eşek kadar oldum ama anlayan yok. Benim içim çocuk sadece, siz ne anlarsınız?"

O an yosun tutmuş kayanın altından firar eden sözcükler Kamer'in direkt kalbini hedef aldı. Gözlerim usulca gözlerine kayarken suratındaki derin ve soğuk bakışları nasıl hissettiğini sere serpe fark ettirmişti. Neyse ki buna fazla müsaade etmeden konuştu: "İçine de dışına da başlatma lan amip!"

Andaç konuştu: "Büyüksün reis."

Sonra Zeynep onun yerini devraldı. "Hem tam bizlik bir iş bulduk ki." Kamer ile benim şaşkın ve meraklı bakışlarım Zeynep'in minik irislerine odaklandığında Çetin'in yüzündeki o alaycı ifade ufaktan ipucu verir gibi olmuştu. "Doğum günleri organizasyonlarına gidiyoruz. İşte oyunlar hazırlıyoruz, müzik seçimleri, oda dekoru gibi gibi..." Gözleri Andaç'a kayarken gülmemek için kendini tutmaya başladı. "Ama dün Andaç palyaçoluk yaptı."

Dudaklarım keyifle kıvrılırken Kamer de tepkisiz kalamamıştı. "Ruh işi mi denir şimdi buna? Cuk oturmuş lan. Hatta sen makyaj falan da yapma, sadece konuş yeterli olacaktır."

Andaç ters ters, "Mesleğim için gerekirse soyunurum ben, dalga geçme abi iki dakika," diye konuştuğunda gözlerimi kıstım ve yüzümü ekşittim.

Kamer kendini geri çekerek, "Ulan bu saatten sonra iş açma başımıza," diye homurdandı.

Andaç, "Şaka yapıyorum, ben ve diri bedenim henüz buna hazır değil," derken Çetin, gözlerini devirerek gitarını sırtladı. "Aga, gidiyorum ben, bir iş çıkarsa ararsın beni." Sonra Andaçlara baktı. "Hadi lan çıkalım artık, sabah sabah Andaç'ın fantezi dünyası midemin içine sıçtı."

Andaç ağzının içinden homurdanmaya başlarken Kamer şüpheyle sağa sola bakarak, "Bu arada Aytaç nerede lan?" diye sordu.

Zeynep, "Dün geceden beri eve gelmedi," derken Kamer ileri atıldı. "Nasıl gelmedi? Benim niye haberim yok?"

Andaç, "Kusura bakma abi, gece gece Aymira'yla yatağınızın ortasına kara kedi gibi damlayıp rapor veremedik," diye savunma yaparken bu beni epey utandırmış ve zora sokmuştu. Kamer sinirlenerek, "Bahanenize başlarım sizin," deyip Zeynep'e baktı. "Gerçi Zeynep Hanım şaşırtmadı değil zira kendisi her anın içine çok güzel ediyor da."

Zeynep utançla kaçırdığında Kamer üstelemeden yeniden sordu: "Oğlum nerede bu çocuk?"

Çetin kaşlarını yukarı kaldırdı. "Bilmiyoruz. Dün geceden beri yirmi kez aradım, caddeyi baştanbaşa turladım ama yok. Merak etme bir şey olmamıştır."

"Lan nasıl merak etmem, hele de..." Kamer âdeta buz bir kayaya çarpmış gibi kendini durdururken Andaç sakince devam etti: "Hele de Mahir denen dallamanın mevzusundan sonra." Gözleri kararmıştı bir anda. Solgun çehresini Kamer'in yüzüne çevirdi. "Abi sahiden mi? Sahiden o kansız senin kanından mı? Onun gibi bir çapsız senin kardeşin olamaz. Hele bizim hiçbir şeyimiz."

"Sakin," dedi Kamer. "Kimse kimsenin hiçbir şeyi değil. Dün bunu öğrendiğimde içimde bir şeyler öldü ama ben direniyorum. Öyle bir şey yok tamam mı? O it benim kardeşim falan değil."

Zeynep, "Ama dün..." derken Kamer son derece otoriter bir tavırla müdahale etti. "Dün dünde kaldı tamam mı abisi? Yok bize dün."

Çetin yavaşça konuşarak, Kamer'e baktı. "Bunu sonra seninle bir konuşalım olur mu? Şimdi işe gitmemiz lazım."

Kamer sıkıntıyla soluklanırken kafasını aşağı yukarı salladı. "Aytaç'tan haber alırsanız hemen dönün bana, ben de bir bakacağım şim..."

Kamer'in sözleri açılan kapıdan içeri giren Aytaç'ın suretiyle kesilmişti. Hepimiz bir dikkatle Aytaç'a odaklanmıştık. Hiçbir şey söylemeden kapıyı kapattı. Fena halde yorgun ve uykusuz görünüyordu. Çetin durumu toparlayarak, "Neyse haydi biz gidelim," diyerek Zeyneplerle birlikte evden çıktı. Çıkmadan evvel Andaç elini Aytaç'ın sırtına vurarak bir nevi onun yanında olduğunu hissetmesini istemişti. Aytaç usulca başını salladıktan sonra Andaçlar evden ayrıldı.

Nedensiz yere gerilmiştim. Kamer, olduğu yerde duruyor ve sabırla Aytaç'ın vereceği tepkiyi bekliyordu. Az çok ben tahmin ediyordum çünkü Aytaç ile konuşmuştum. Kamer gözlerini kısarak kaşlarını çattığında Aytaç, usul usul yaklaştı ve tam Kamer'in karşısında durdu. Sanırım tüm geceyi uykusuz geçirmişti. Nerede ve ne yaptığını kimse bilmiyordu.

Sorsak anlatır mıydı? Sanmam.

Gözlerim Kamer'in kısılan gözleriyle tokuşurken Aytaç'ın dudakları yavaşça kıvrıldı ve dirseğini aşağıya doğru kırarak elini Kamer'e uzattı. Yüzümde kendiliğinden beliren bir tebessüm onların görüntüsüne âdeta bir tepki olarak düşmüştü.

Kamer şaşkınlıkla Aytaç'ın uzattığı eli kavrarken Aytaç kıvrılan dudaklarını gevşetmeden Kamer'e sıkıca sarıldı. Ellerim anında ağzıma giderken kendimi tıpkı duygusal bir filmin ortasındaymışım gibi hissetmiştim. Aytaç kollarını Kamer'in sırtına bastırırken birkaç kez vurmayı da ihmal etmemişti. Kamer sanırım bunu beklemiyordu. Ben de beklemiyordum desem yalan olurdu fakat böyle olması çok daha mutlu etmişti.

Bir müddet sonra ayrıldılar. Kamer'in yüzündeki şaşkınlık hâlâ dipdiriydi. O hakikaten Aytaç'ı incitmekten korkuyordu. Aytaç saf saf bakıp, "Ne? Kafa mı atacağım abi sana?" diye sordu.

Kamer, "Lan oğlum..." deyip sustu.

Aytaç kafasını aşağıya doğru sallarken, "Aymira bana bir şeyler anlattı, o yüzden merak etme sana kırgın değilim," der demez kafasını kaldırıp gözlerini irileştirdi. "Hem nasıl kırgın olurum ki? Minnetsiz bir herif değilim, hele şımarık bir velet asla."

Aytaç'ın sözleri öyle güzel, öyle kendinden emindi ki bir kez daha onun farklı bir insan olduğunu anlamıştım. Ruhunun içinde beslediği adama her geçen gün yaklaşıyordu, bunu ben dahil kendi de fark ediyordu. Öyle de olmalıydı, artık toparlanmalı ve derin bir nefes alarak önüne bakmalıydı.

"Neredeydin lan sen it?" dedi Kamer sahte bir sinirle. Aytaç kaçamak bakışlarla, "Hava aldım biraz," diye mırıldandı.

Kamer, "Lan dün geceden beri ne havaymış anasını satayım, al al bitmedi mübarek," diye karşılık verdi.

Aytaç, "Abi biliyorsun işte," diye yumuşak bir sesle konuştuğunda Kamer direkt ruh halini değiştirerek dudaklarını düz bir çizgi haline getirdi. "İyi geldi hem bana da."

"Koçum iyi gelmiştir gelmesine de haber etseydin keşke," diye söylendi Kamer. Aytaç dudaklarını sarkıtıp kafasını sallarken konuya dahil oldum. "Neyse olsun, sonuçta buradayız ya işte." Aytaç beni onayladıktan sonra kolundaki saate baktı. "Neyse ben bir duş alayım sonra işe gideceğim."

Kamer, "Oğlum uykusuzluktan öleceksin ne işi lan? Gitme bugün bırak," derken

Aytaç hemen reddetti. "Olmaz abi, kendi işim değil öyle kafama göre takılamıyorum hatta geç bile kaldım. Neyse idare edeceğiz artık bugün."

Kısacık bir an Kamer'le bakıştıktan sonra Aytaç derin bir nefes alarak, "Görüşürüz o halde," deyip odasına gitti ve muhtemelen kısa bir süre sonra da evden ayrılacaktı. Kamer arkasından seslenerek, "Konuşacağım seninle sonra," diye bağırdığında Aytaç elini yukarı doğru kaldırıp onu hem onayladı hem de durumu geçiştirdi.

"Bak, gördün mü?" diyerek döndüm yüzüne. "Kırgın falan değil sana işte."

"Gördüm," dedi sakince. "Ne bileyim, hiç böyle geri dönüşlere açık değilim."

Dudaklarım yanaklarıma doğru çekilirken, avına yaklaşan aslan misali Kamer'in yanına yaklaşarak gözlerinin içine baktım. Kamer bunu fark etmişti. "Kızmayacağım söyle hadi!"

"Yok," dedim aksini söyleyerek. "Kızacağın türden bir şey değil yani belki..." Yutkundum ve göğüs kafesimde biriken nefesi tazeleyerek devam ettim: "Herkes çalışıyor ben de çalışmak istiyorum artık. Kendimi aşırı derece rahatsız hissediyorum anlıyor musun?"

Ruhsuz bir vaziyetle başını sağa sola salladı. "Yo."

Dişlerimi sıktım. "Ya anlıyorsun işte kandırmasana."

"Kandırmıyorum da," deyip sol dudağının köşesini muzipçe kıvırdı. "Anlamamak işime geliyor."

"Ohoo," dedim isyan eder gibi. "Sen bile böyle yaparsan işim iş benim ha!"

"Ohoo," dedi beni taklit ederek. "Ben bile böyle yapıyorsam işin iş benimle ha!"

Tavrı, mimikleri ve ses tonu yüzümde ilkbahar tozları serpiştirirken ciddileştim. "Kamer ben gerçekten ciddiyim bak. Çalışmak istiyorum, ne iş olursa yaparım ama yeter ki çalışayım."

"Canımın içi, ben sana çalışma demiyorum ama şu an olmaz anlıyor musun? Her şey yoluna girsin bir, iki güne kadar mermi altındaydın iki gün sonrasını nereden bileyim? Her dakika aklım sende kalacak bu ne demek biliyor musun?" diye sorduğunda onu cevapsız bıraktım. Devam etti: "Ben bunu yaşadım ama daha fazlasına gücüm yok. Bir dur bakalım, önce şu başımızdaki şeyleri bir atlatalım da," deyip kolunu boynumdan aşağı sarkıtarak beni bedenine çekti ve saçlarımın üzerinde uzun ve derin bir öpücük bırakıp geri çekildi. "Sonrasına bakacağız artık."

Onun benimle böyle konuşması beni o kadar tatmin ve mutlu etmişti ki bunu tarif edemezdim. "Tamam böylesi daha mantıklı."

"Ha şöyle," dedi keyiflenerek. O keyiflenince ben de keyiflenmiştim. "Kahvaltı yapalım mı?" diye sordum.

"Aslında benim gitmem gereken bir yer var," dediğinde ihtimalleri değerlendirdim.

"Babanın ya da annenin yanı mı?" diye ürkekçe sordum.

Histerik bir biçimde güldü. "Yanı mı? Uzağında bile kalamamışım yanları nasıl olayım?" diye sorarken gözlerim karardı fakat bunu toparladı. "Ama yok orası sonraki mesele. Biraz içimde sindirmem lazım bunları. Yoksa korkuyorum kendimden."

"Kamer?" dedim şüpheyle gözlerine bakarak.

"Korkma," dedi yatıştırıcı bir ses tonuyla. "İrademe yenik düşmeyeceğim. Şu an sakin kalıyorsam senin hatırına, olmayan evlatlık hatırıma."

"Deme öyle," dedim başımı göğsüne yaslayarak. "Sen zaten iradene her zaman sahip çıkan bir adam oldun." Dudakları ve burnu anında saçlarımın dibine gömüldüğünde mırıldandı: "Ona ne şüphe." Utanmamalıyım, utanmamalıyım, utanmamalıyım.

Utanmadım.

"Sonra gitsen ya nereye gideceksen?" diye ona söylendiğimde dudaklarını saçlarımdan çekti. "Birlikte yapalım kahvaltıyı işte, hem kimse yok," diye de eklediğimde Aytaç'ın henüz evde olmasını hesaba katmamıştım. Ama o da gidecekti birazdan. Aniden yüzümde pis bir ifade belirdi ve kolunun altından sığışıp elinden tutarak onu mutfağa doğru çektim. "Dur ne yapıyorsun?" dedi şaşkın bir ifadeyle.

"Sürüklüyorum."

"Yapma ya!" dedi boş bir hayretle.

"Yaptım ya," deyip onu sonunda mutfağa sokmayı başardım. Kamer saf saf ayakta dikilmeye devam ettiğinde çekmeceye yöneldim ve içinden bir mutfak önlüğü çıkarıp Kamer'in boynuna doğru yönelttim lakin kendini geri çekerek, "Hop hop! Giymem onu," diye tersledi.

Kendimden emin bir halde sol kaşımı kaldırdım. "Giyeceksiniz beyefendi. Hiç kusura bakmayın, zaten bir fotoğrafımız bile yok, bu çok koyuyor bunca zaman sonra ilk kez birlikte mutfağa girmişiz çok mu anasını satayım, hı?"

Yüzündeki ciddiyet tavrım sayesinde erirken kaşlarını mekanik bir halde indirip kaldırarak, "Değil," diye konuştu. "Ama sen çok taktın bu fotoğraf işine. Ne olacak ki alt tarafı bir fotoğraf işte."

"Değil," dedim hızla. "Nasıl göründüğümüzü telefondan da görmek istiyorum."

"Merak etme," dedi bilmiş bilmiş konuşarak. "Haddimizi aşarak yakışıyoruz birbirimize. Hem ben varım yanında, yakışmama ihtimalimiz Andaç'ın mantıklı konuşması kadar olanaksız."

"Sensin çirkin," dedim burun kıvırarak. Daha sonra elimde kalan önlüğü boynuna geçirdim, memnuniyetsizce homurdanırken arkasına geçtim ve önlüğün iplerini bağladım. Daha sonra önüne geçtim ve mahsustan yakasını düzeltip gözlerine baktım. "Hazırız şefim, ne pişirelim?"

"Zıkkımın kökünü."

"O Andaç Bey'e özel bir tarif lütfen hatları karıştırmayalım," diyerek eğlendim. Kamer boş boş yüzüme bakarken arkamı döndüm ve buzdolabını açıp sebzeliğe baktım. Elimizde birkaç adet domates ve biber vardı. "Menemen yapalım. Zaten sabah sabah kuzu çevirme yiyecek halimiz yok."

Kamer tavrından ödün vermeden öylece beklerken elime aldığım birkaç sebzeyle doğruldum ve dolabın kapağını kapatıp Kamer'e baktım. "Ne duruyorsun orada öyle? Hadi şu domatesin kabuklarını soysana."

"Ha, sen ciddisin?" dedi dik bir sesle.

"Niye ciddi olmayayım?" deyip elimdeki domatesleri yıkayıp tezgâhın üzerine, hemen ardından bir bıçakla koydum. O esnada çaydanlığın altına su koyup ocağın altını yaktım. "Çaysız olmaz."

"Olmaz," dedi ve derin bir nefes alıp tezgâha yaklaşarak eline bıçağı aldı. "Ben daha önce hiç domates kabuğu soymadım."

"Danaya girmiyorsun Kamer, abartma," dedim düz bir sesle. "Elma kabuğu soyar gibi işte ama daha yüzeysel bu."

Kamer oralı dahi olmazken kendi halimde eğlenmeye başlayıp mutfak tahtasını çıkardım ve biberleri doğramaya başladım. Çıkan ses bana huzur veriyordu, bir evin mutfağında yemek pişiyorsa o evde illaki huzur oluyordu. En azından bunu deneyebiliyorduk. Biberleri doğrarken diğer yandan da Kamer'i kontrol etmeyi de ihmal etmedim. Soyduğu domatesi görür görmez gözlerim yuvalarından fırladı. "Yuh," dedim tepkiyle. "Ne kaldı ki geriye?"

"Sen," diye dalga geçtiğinde aptal gibi sırıttım ve elindeki bıçağı aldım. "Bak, şöyle soyacaksın."

Kamer yanıma geldi ve kolunu tezgâha yaslayıp başını da mutfak dolaplarına koyarak beni izlemeye başladı. "Bana değil ellerime bak," dedim dümdüz bir sesle.

"Dur bir kızım ya, keyfini çıkarıyorum işte şu anın," diye yanıtladı.

"Menemen yapıyoruz ama yine de sen bilirsin," dediğimde, "Ha börek açsak falan bakabilirim yani. Tamam," diye konuştu. Gözlerimi kısarak ona baktım. "Bugün sence de aşırı iyi anlaşmıyor muyuz biz?"

"Her zamanki halimiz yavrum," dedi ve dudağının kenarını kıvırarak elimdeki bıçağı aldı. "Tamam ver şunu bana, işi ustasına bırakacaksın."

"Gördük ustayı gördük," dedim söylenerek biberlerimin başına giderken. Kamer sözlerime cevap vermezken elindeki bıçağı domatesin kabuğuna sürttü ve onları yavaşça yüzmeye başladı. "Hadi hadi," dedi onu izlediğimi anladığında. "İtiraf et güzel soyuyorum."

Bozuntuya vermeden dikkatimi yeniden biberlere verdim. "Çabuk kaptın olayı desek daha iyi olur, hem daha kırk fırın ekmek yemen lazım."

"Sen değil miydin danaya girmiyorsun abartma diyen?" diye sorarken sinsice sırıttım. "Sen değil miydin domates çorbasına domates giriyor mu diye soran?"

"He, bendim."

"İyi."

"İyiyim tabii," diye homurdandığında küçük bir tava aldım ve biberleri içine atıp bir miktar yağı üzerinde gezdirdikten sonra ateşin üzerine koydum sonra hemen ardından çayı demledim. Kamer soyduğu domatesleri küp küp doğramaya başlarken belimi mutfak tezgâhına yaslayarak kollarımı göğsümde birleştirdim. Parmakları uzun ve ince olduğu için elleri bu tür şeylere yakışıyordu, onu izlerken inanılmaz keyif alıyordum.

"Yumurtalı olacak değil mi?" diye sordum sakince. "Hım," diye ağzının içinden mırıldanırken arkamı döndüm ve biberleri karıştırmaya başladım daha sonra da Kamer'in doğradığı domatesleri içine atıp tavanın kapağını kapattım. Kamer derin bir nefes alıp verirken kollarını hafifçe iki yana açıp bana baktı. "Tamam hadi çöz beni."

Kıkırdadım. "Tövbe ya Rabbim, sanki mahkûm ettik he."

"Çöz kız çabuk," diye ikaz ettiğinde gözlerimi devirdim ve arkasına geçip önlüğündeki iplerin boğumlarını bollaştırıp çözdüm. Kamer önlüğü boynundan çıkarıp direkt ellerini yıkamaya başladı. Ama bir yıkayış ki sanırsın çamurla oynadı beyefendi. "Sence de abartmadın mı Kamer?"

"Neyi?" diye sordu ellerini yıkamaya devam ederek. "El yıkama işini. İstersen bir bıcı bıcıya falan sok. Hayır anca temizlenir imajı veriyorsun."

Sol yanağına baktığımda dudağının keyifle kıvrıldığını gördüm. Musluğu kapattı ve ellerini kâğıt havluyla kurulamaya başlarken bana baktı. "Komik misin acaba?"

Dudaklarımı büktüm. "Bilmem."

Kaşlarını hızla yukarı kaldırıp indirirken nemlenen kâğıt havluyu çöp kovasına attı. "Değilsin, o yüzden bir daha espri yapma."

Suratına boş boş bakmam ona verecek mantıklı bir cevabım olmadığını anlatırken, arkamı döndüm ve menemeni karıştırmaya başladım. "Aslında bazen düşünüyorum da biz basit gibi görünen şeyleri hiç yaşayamadık," diye dalgın dalgın söylendim. "Ne bileyim. Aynı kulaklıktan müzik dinlemedik, duygusal bir film açıp başım dizlerinde uyumadım, el ele özgürce sokaklarda gezemedik ya da doğru düzgün bir gün bile geçiremedik." Yanlış anlaşılmaya müsaade etmeksizin devam ettim: "Tamam, seninle geçirdiğim her güne şükrediyorum ama çok basit gibi görünse de bunların hiçbirini doya doya yaşayamamak biraz kötü hissettirdi."

Sanki kısıtlı bir vaktimiz varmış gibiydi.

Kamer'in mutfak masasına yaslanmış bir halde bana baktığını hissetmiştim. "Kendin diyorsun işte, basit. Biz birbirimize kafa atıyoruz ya hani."

"Dalga geçme," dedim sakince. "Cidden böyle hissediyorum."

Bir müddet sükûnetini korudu ve sonra derince soluklanarak, "Zaman oluşturamadık diyelim. Yoksa yapılmayacak şeyler değil ki güzelim," dedi. "Ama o duygusal film işine girme sakın. Hiç sevmem."

"Titanic'i izlemiş olsaydın böyle konuşmazdın," deyip gözlerimi kısarak çenemi omzunun üzerine koyarak gözlerine baktım. "Sahi, izledin mi onu?"

"Hayır."

"Bir gün birlikte izleyim o zaman," deyip gülümsedim.

Dalga geçer gibi, "İzlediğin filmi izlemekten zevk mi alıyorsun?" diye sorduğunda kara gözlerine hapsolarak konuştum: "Evet, aynı yerde aynı repliklerde ağlamaktan zevk alıyorum ve iddia ediyorum sen de etkileneceksin."

Kendinden emin bir halde gözlerini irileştirdi. "Ben?"

"Evet, sen."

"Bir film için duygulanacak yaşı çoktan devirdim," dediğinde kaşlarımı çattı. "Yaş ile ne alakası var? İstersen seksen yaşında ol, yüreğini titretiyorsa yetiyordur."

Kamer, "Sanmıyorum," dediğinde üzerine gittim fakat bu kaba bir tutum değildi. "Bir gün beraber izleyeceğiz tamam mı?"

Konuşmadı, belki birkaç saniyeden fazla susmayı tercih ettiğinde, "Tamam," diye mırıldandı. Gözlerine derin derin bakarken çenemi omzumun üzerinden çektim ve önüme dönerek menemenin kapağını kapattım. Az bir vakitten sonra hazırdı. Bardakları çıkarırken Aytaç'ın saçlarını düzelterek salona girdiğini gördüm. Kamer arkasını dönerek, "Gel, bir şeyler ye de öyle git," diye onu davet ederken Aytaç uzaktan bir tebessümle, "Yok abi size afiyet olsun," deyip onu reddetti.

Kamer, "Lan oğlum süper kahraman mısın sen? Yemek yeme, uyku uyuma... Başka?" diye homurdandı. Aytaç mütevazı bir şekilde ellerini saçlarından çekip salonun ortasında dikildi. "Yok abi, hiçbiri değilim ama cidden sağ ol. İştahım yok."

Kamer, "İştahına başlatma lan," deyip kızarken Aytaç sakince kafasını sağa sola sallayıp eline kaldırarak bize selam verdi. "Neyse akşam görüşürüz."

"İyi... Görüşürüz," deyip arkasından bağırdı. "Telefonun açık kalsın."

Aytaç'ın net duyamadığım ses tonu muhtemelen tatmin ediciydi çünkü Kamer itiraz etmemişti. Bardakları dizip, sofrayı hazırladıktan sonra menemenin yumurtasını kırdım. O esnada Kamer de çayları doldurmaya başladı. İkimizin de işi bittiğinde, Kamer karşıma geçip oturdu ve birkaç dilim ekmeğin olduğu sepeti masanın üzerine bıraktım. Tavanın kapağını açtığımda burnuma nüfuz eden o şahane koku iştahımı kabartırken diğer yandan da sıcacık bir yuvanın hayalini kurdurtmuştu.

Kamer ekmeğinden bir parça kopardı ve yumurtanın üzerine bastırıp onu patlattı. "Ben patlatacaktım onu," diye söylenirken keyifle güldü. "Ağzını açana kadar gözünü aç!"

"Hı," dedim yüzümü ekşitip onu taklit ederek. Kamer istifini bozmadan ekmeği ağzına attı ve onu çiğnemeye başladı. İyi de bu tam ponçik. Şu tipe bak.

Gülmemek için bakışlarımı kaçırdım ve menemenden yemeğe başladım. Ağzımdaki bitince, "Yalnız iyi iş çıkartmışız. Bir menemen de olsa başarı başarıdır," dedim.

Kamer çayından bir yudum alırken bana göz kırparak gülümsedi. Ay bu da iyice âşık ediyor ha beni kendine. "Ay," dedim içimdeki ses sersemce dışarı vururken.

"Ne oldu?" diye sorduğunda bardağı ağzından çekip kaşlarını çattı.

"Kalbim," diye mırıldandım. "Bir garip oldu işte."

"Üzdü mü seni?"

"Hayır," dedim gülerek. "Mutlu etti."

Kamer hiçbir şey söylemezken çayından bir yudum daha aldı. Sakince yemeğimizin geri kalanını yemeğe devam ederken dikkatimi dağıtacak türde kapı çalmaya başladı. "Kim ki?" diye Kamer'e bakarken sakince ayaklandı ve kapıya yürümeye başladı. "Bizimkilerden biridir, kim olacak başka?" der demez kapı açıldı ve Jülide Hanım'ın sureti bizi karşıladı.

Yerimden derhal kalktım ve kapıya doğru ilerledim. Jülide Hanım iki gün önceki halinden daha iyi gözüküyor sayılmazdı. Suratı cenaze gibiydi. İtiraf etmeliyim ki zerre umurumda değildi ve sonuna kadar bunu hak ediyordu.

Kamer kapının kolunu sıkmaya başladığında içinde başlayan yangının şiddeti dev bir kasırgaya dönüşüyordu. "Ne istiyorsun?" dedi Kamer buz gibi bir sesle. Jülide Hanım titreyerek içeri girmeye çalışırken Kamer buna müsaade etmedi. "İçeri girebilirsin demedim. Derdin ne? Daha var mı benimle bir sorununuz, kaldı mı içinizde ukde?"

Kamer'in söylediği sözler o kadar nokta atışı ve kinayeliydi ki annesinin yüzüne, 'böyle yaptınız,' demektense bunları söylemeyi tercih etmişti. Jülide Hanım elini kaldırarak, "Oğlum yapma böyle, beni bir dinlese..."

Kamer öfkeyle bağırdı. "Ne oğlumu lan? Ne oğlumu? Senin neyini dinleyeyim ulan ben? Yeterince mal yerine koydunuz zaten, sen de o kocan da."

"Deme öyle," dedi Jülide Hanım kısık sesiyle. İğreniyorum bu kadından, midem dahi böylesi bir vakayı ilk kez görüyordu. Kamer, "Bak geldiğin gibi geri git tamam mı? Bir daha da çıkma karşıma. Kocana da söyle çıkmasın," deyip devam etti: "Ha! Hazır elin değmişken şerefsiz flörtüne ve biricik piç evladına da söyle. Hayatımın ağzına sıçtınız lan!"

Jülide Hanım ince sesiyle, "Sen de benim evladımsın, söyleme öyle," diye konuşurken onlarla aramdaki mesafe beş metre kadardı. Kamer'in dişlerini sıktığını hissediyordum, bunu hissetmeye dahi gerek yoktu ki. "Tek bir şey soracağım sana, çünkü daha fazla yüzünü görmeye tahammül edemiyorum," dediğinde dudaklarımı sıkmaya başladım. Jülide Hanım üzgün bir halde Kamer'in yüzüne bakarken nefesinin kesik kesikliği ruh halini bir hayli belli etmişti.

Kamer, "Niye?" diye sordu dümdüz bir sesle.

Jülide Hanım, "Ne niye?" diye sorgularken Kamer daha da sinirlendi lakin sorusunu tekrarlamaktan kaçınmadı ama bu sefer ki üslubu daha sertti. "Niye yaptınız? Niye lan niye? Ruh hastası mısınız lan siz?"

"Oğlum..."

Kamer, "Yok oğlum lan yok," diye bağırırken elini hızla kapıya vurdu. Dehşetle irkildim çünkü sinir katsayısı giderek yükseliyordu. "Niye diyorum söylesene, bana bir cevap ver. Hayatında bir kez olsun anneymişsin gibi hisset ve benim sorumu cevapla. Niye?"

Jülide Hanım suskunluğunu gözyaşlarıyla tamamlarken Kamer sinirle geri çekildi ve elini saçlarına geçirip, "Ağlama karşımda. Yemin ediyorum zerre önemi yok o gözyaşlarının," deyip durdu ve birkaç saniye nefesini dinleyip fısıldadı. "Çünkü siz benim çığlıklarımı duymak yerine onları görmezden geldiniz. Hatta buna bizzat siz sebep oldunuz."

Boğazıma oturan yumru Kamer'in şu anki değil yıllardır yaşadığı bunalımın ufak somut bir örneği olamazdı ama asla onu tam anlamıyla anlayamazdım, kimse anlayamazdı.

Jülide Hanım ağlamaya devam ederken Kamer annesinin tam karşısında dikildi ve dedi ki: "Sana anne diyemiyorum artık, bu Allah'ın gücüne gider mi?"

Jülide Hanım artık kendini tamamen salmıştı ve onun sorularını devamlı cevapsız bırakıyordu çünkü yaptığı canlı cinayetin bir açıklaması yoktu. "Söylesene Jülide Alptekin! Sana anne diyemiyorum, içimden gelmiyor artık. Kimin yüzünden bu? Bunun günahı da bana mı?"

"Değil," dedi gözyaşlarını dökmeye devam ederek. "Ben üzgünüm oğlum."

Kamer birden dev bir yumrukla kapıya vurdu. "Ne diyorsun sen ya? Hayatımı siktiniz diyorum, beni mahvettiniz diyorum aldığım cevaba bak, aldığım söze bak... Üzgünmüş, dalga mı geçiyorsunuz?"

Kamer gerçekten çok sinirliydi ve annesiyle konuşurken artık laflarını seçmekten kaçınmıyordu.

"Nerede o?" diye sordu ses tonunu değiştirerek bu hali iyiden iyiye kötüye gidiyordu. İradesi onu devirmek üzereydi.

"Kim?" diye sordu Jülide Hanım.

Kamer dişlerini sıkarak, "Kocan," dedi ve ilave etti. "Resmî olanından bahsediyorum. Diğeriyle hesabım ayrı."

Jülide Hanım iyice yerle bir olmuştu, Kamer hiç acımadan pat pat laflarını esirgemeden onun yüzüne vurdukça kadın giderek dibe yaklaşıyordu. Jülide Hanım'ın elleri saçlarına giderken, "İş yerinde," dedi uzaktan bir sesle.

Kamer'in babasının mesleği neydi?

İçi boş bir beden üzerine afili bir siyah takım giyse, insan gibi gösterir miydi acaba?

"Tamam," dedi Kamer sertçe. "Hadi git sen de ve bir daha çalma bu kapıyı."

"Oğlum yapma, lütfen yapma böyle," diye direttiğinde Kamer son derece soğukkanlı davranarak kapıyı kapatmadan evvel son sözlerini söyledi. "Daha bir şey yapmadım merak etmeyin sakın. Yaptığımda ağlarsın böyle, boş yere yorma kendini."

Sonra kapandı kapı ve kadın dışarıda kaldı.

Ellerimle oynamaya başladım telaşlı telaşlı. Kamer'e yaklaşamazdım çünkü çıldırmış gibiydi, onu anlamaya çalışıyordum fakat zihni bir mayın tarlası gibiydi. Bir süre öylece bekledi ve sonra hızla arkasını dönerek bana bakmadan iri ve hızlı adımlarla yukarı çıktı. Endişeyle onu takip ettim, koştum peşinden. Odaya girdiğimde dolaptan çıkardığı silahı beline koyduğunu gördüm. Dehşete kapılırken bağırdım: "Kamer ne yapıyorsun sen? Allah aşkına otur bir konuşalım."

"Konuşacak bir şey yok," dedi acele acele ve dolabını kurcalamaya devam etti.

"Ne arıyorsun?" diye sordum titreyerek yanına yaklaşmaya çalışırken. Hummalı bir arayışın ardından elinde bir defterle arkasını döndü ve kapağına baktı. Bu defter? Vahit Korlu'nun evinden çaldığımız defterdi ve içinde babasının adı yazıyordu.

Çatık kaşlarıyla çenesini kasmaya devam ederken beni görmezden gelip yanımdan geçti ama onu durdurdum ve kolundan tuttum. "Nereye gidiyorsun?"

Duraksadı.

Derin bir nefes aldı.

Ve fısıldadı: "Necdet Alptekin ile yeniden tanışmaya."

8. Bölüm

Kalbe Düşen İntiharlar

İçimdeki endişeyi haklı çıkararak Kamer'in peşinden koşmaya başladım. Çıldırmış bir vaziyette kapıyı çarpıp çıkışının ardından sadece on saniye geçmişti, ben ise sanki bu on saniyenin beni zihin çürüten bir kum saatinin içine hapsettiğini düşünüyordum. On saniyeler belki geri dönüşümü bu kadar kısa olmayacak zaman dilimlerine sebep olacaktı. Hayır, bu korkunçtu.

"Kamer," diye bağırdım evin kapısını açıp, aynı hızla kapatıp direkt tamirhaneye inen merdivenlere yürüdüm. Koşar adımlarla basamakları geçtikten sonra gri renkli demir kapıyı itekledim. Kamer arabayı çoktan çalıştırmıştı ve hareket etmek için sanırım bir saniyesi vardı. Gözlerim dehşetle irileşirken koştum ve tam önünde durdum.

Göz göze geldik.

Gözlerinde bir çocuğun cesedi vardı.

O ceset,

Ona aitti.

"Çekil önümden," diye bağırdı. Fevri davranıyordu, gerçi geç bile kalmıştı ama bu tavrı ona zarar verecekti bunu biliyordum. Karşısında sapasağlam durdum. Sinirle diliyle dudaklarını yaladı ve tekrar bağırdı. "Çekil dedim sana!"

"Çekilmiyorum," diye bağırdım. "Ezecek misin beni?"

"Yaparım," dedi öfkeyle.

Güldüm. "Yap o zaman."

Kaşlarını çattı, aksine içim rahattı çünkü bunu yapamayacağını kendi de biliyordu. Benim endişem bu bir anlık öfkesinin esiri olup da arkasında dev enkazlar bırakacağından emin olduğumdan kaynaklıydı. "Hadi," dedim onu tahrik ederek. "Yapsana," deyip kollarımı iki yana açtım. Bu onu caydırmaya yardımcı olabilirdi belki.

Ama olmadı.

Asla kendinden taviz vermedi. Kafasına koymuştu, babasına gidecekti ki gitmemeliydi de ama bu şekilde değil hele ki belinde o silah varken hiç değildi. Derin bir nefes alıp verdim. Kollarım sanki bir çarmıha gerilmişti ve ben onun hedefindeydim. "Kamer," dedim ses tonumu ayarlayarak. "Allah aşkına in bir konuşalım. Bak kötü şeyler olacak."

Bana bakıyordu ama gördüğünü sanmıyordum.

Ne yaparsam yapayım onu bundan vazgeçtiremeyecektim biliyorum. "Tamam," dedim başımı sakince aşağı yukarı sallarken, o esnada kollarımı indirirken dudaklarımı ısırdım. Gözlerim kapandı birkaç saniye ve ben makine yağı kokan bu havayı soluyarak içimi ekşittim. Mantıklı değildi, mantık buraya uğrayacak gibi de durmuyordu.

Pekâlâ...

Sinirle güldüm ve çok kısa bir süre içinde arabaya koşup kapısını açtım ve oturdum. Bunların hepsini belki de on saniye içinde yapmıştım. Kamer bana dönerken gözlerini kısarak, "İn arabadan aşağı," diye konuştu. Ses tonu sivriydi, bakışları gibi insanı deliyordu, delirtiyordu.

Kaşlarımı yukarı kaldırdım. "İnmiyorum. Fino köpeği miyim ben?" Bağırıp devam ettim: "İn, bin, çekil, sus..."

"Öyle ima etmediğimi biliyorsun," diye yanıtladığında, "Evet, tam da böyle ima ediyorsun," dedim. Sanırım amacım zihnini dağıtmak ve şu anki fokurdayan öfkesini başka yönlere sıçratmaktı. Hızlı hızlı solumaya başlayarak hayretler içerisindeymiş gibi sinirle güldü ve kafasını diğer tarafa çevirdi. "Sabır ver kurban olduğum, sabır."

"Bence de," dedim.

"Bak," dedi yeniden bana dönerek. "Bana ne yapıp yapmayacağım konusunda sakın karışma."

"Öl o zaman geri zekâlı," dedim hırsla. Sustu. Sanki canını sahiden acıtmıştım ama şu an ikimiz de o kadar farklı duygular içerisindeydik ki ne canımızın acıdığı belliydi ne de yandığı... Gözlerimi kapatıp açarken sakin kalmaya çalıştım. "Ya benimle birlikte buradan inersin ya da seninle gelirim."

"Ya ikisini de yapmazsam?"

"O zaman," dedim ve yutkunmadan konuştum. "Giderim."

Bu önü açık bir mevzuydu. Gitmek? Kimden? Ondan gitmekten bahsetmiyordum ama bunu öyle anlamasını istiyordum ki sanırım öyle de anlamıştı. Suratında beliren tarif dahi edemeyeceğim o ifade göz kapaklarıma kâbus gibi çökmüştü.

Baktı... Baktı... Baktı.

Neyi düşünüyordu ya da düşünebiliyor muydu devamını?

İkimiz de sustuk. Kamer, konuşmadan önüne döndü ve direksiyonda olan ellerini hafifçe gevşetti. Yönüm tamamen ona dönük değildi ama ona bakıyordum. Nefesinin sesini duyamamaya başladım, kalp atışlarını hissedemiyordum. Bana bakmadan ayağını gaz pedalının üzerine koydu ve çatık kaşlarla arabayı hareket ettirdi. Ürküyordum ve buna ben sebep olmuştum. Tamirhaneden dışarı çıktığımızda direkt caddenin asfaltının üzerindeydik. Kamer vitesi değiştirirken bana bakıp, "Bir daha sakın beni kendinle tehdit etme," diye konuştu.

Sözlerine değil de gözlerine bakınca anladım ki asıl tehdit edilen bendim.

Yol boyunca hiç konuşmadık. Sanki birbirini tanımayan iki yabancı gibiydik. Bir müddet sonra şehrin tamamen içine girmiştik ve o alışkın olduğum ortamlar bana bu hayatın çok uzağındaymışım gibi hissettirmişti. Uzun uzun binaların olduğu ve çevresinde lüks restoranların bulunduğu bir yere gelmiştik. Garip bir biçimde geçtiğimiz yerleri izlerken nihayetinde bir yerde durduk.

Başımı Kamer'in yönüne çevirdiğimde çok büyük olmasa da kendi halinde bir şirketin önünde olduğumuzu anladım. Babası burada mıydı? Babasının bir şirketi mi vardı? Bana bahsetmişti sanırım ama hayal meyal hatırlıyordum. Babasının meşgul ve yoğun bir hayatı olduğundan söz etmişti sadece devamını sanırım o da bilmiyordu.

Kamer bacaklarıma doğru uzanırken torpido gözünü açarak o defteri aldı, daha sonra belindeki silahı kontrol etti. Arabadan indiğinde onu takip ettim. Beni bekledi. Arabayı kilitledikten sonra bana bakmadan elimi kavradı. Bu ne olursa olsun iyi hissettirmişti. Sıcak rüzgâr ikimizin de saçlarını dağıtıyor, tişörtlerimizi hareketlendiriyordu. Kamer bana kısacık bir süre baktı ve daha sonra elimi bırakmadan yürümeye başladı. Adımlarımız hızlıydı ama temkinli değildi. Çok kısa bir süre sonra defter tuttuğu eliyle döner kapıları itekleyip bu otomatik düzene hız kazandırdı. Az sonra ışıltılı bir yerin içine girdik ve hemen köşede danışman, onun sağ tarafında da güvenlik vardı. Kamer elimi bırakmadan yürümeye devam ederken, hızına ayak uydurmaya çalıştım.

Güvenlik elindeki cihazı bize doğru uzatmaya yeltendiğinde Kamer oralı bile olmadan, "Başlatmayın kontrolünüze lan," deyip sert bir biçimde çıkıştı. Güvenlik görevlisi beyefendi arkamızdan bağırırken Kamer homurdanmaya başladı. "İçindeyken bize ve başkalarına zarar verecek kadar büyük çaplı bir şey olmayacak, it herifler."

Öfkesinde hafifleme yoktu. Elim terlemişti ve bunu ona belli etmemeye çalışıyordum. Yaptığım tek şey onun yanında olmaktı, zaten bu da yapabileceğim her şeye bedeldi.

Birkaç dakika sonra üçüncü kata çıktık. Kamer daha önce buraya gelmiş olmalıydı, yoksa her şeyi bu kadar çabucak bilmesi tesadüf olamazdı. Dar ve uzun bir koridoru geride bırakırken önümüze yan yana iki oda çıktı. Hemen önünde de sekreterlik. Sekreter kız yanından geçtiğimizi fark ettiğinde aceleyle ayaklanarak, "Durun. Necdet Bey toplantıda... Size diyorum!" diye bağırdı.

Kamer, "Toplantısını sikeyim onun," deyip büyük ve geniş olan kapının önünde durduğumuzda elimi bıraktı ve çok acele konuşarak, "Burada bekle, içeri de gireyim deme," dedi ve kapının kulpunu kırarak içeri daldı.

Sekreter kız koşarak kapıdan içeri girerken dudağımın etini kemirmeye başladım ve yerimde duramayarak göz ucuyla içeri baktım.

Uzun bir masa vardı, onun etrafında da toplanmış üç beş takım elbiseli insan.

Sekreter kız, "Beyefendiye söyledim toplantıda olduğunuzu ama duymadı," diye açıklama yaparken bir adam gözlerimin merceğine düştü. Kır saçlı, yüzü topluydu ve muhtemelen yeni tıraş olmuştu. Üzerinde fiyakalı bir takım elbise vardı. "Tamam," dedi tok bir sesle. "Sen çık."

Bu adam Necdet Alptekin olmalıydı.

Kamer'i göremiyordum. Masanın etrafındaki insanlar şaşkınlıkla olanları izlerken sekreter kız başını öne eğerek dışarı çıkarken, birkaç dakika sonra da toplantıdaki diğer insanlar onu takip etti. Nihayetinde içeride kimse kalmamıştı. Kamer ve babasından başka.

Parmak uçlarımda kapıya doğru ilerlemeye çalıştığımda, bunun devamı gelemedi çünkü sanki bir duvar suratıma kapandı.

Korkunun içini delen endişe bedenimi ele geçiriyordu. Dudaklarımı ısırmaya başlarken kulaklarımı kapıya yasladım ve o sırada sekreter kız başını önündeki dosyalardan kaldırıp tuhaf tuhaf bana bakmaya başladı. Onunla bu münasebeti sonlandırdım ve ellerimle oynamaya başlayarak tüm ilgimi içeriye verdim.

Bir süre ses soluk gelmedi, herhangi bir hareketlilikte yoktu. Burada böylece kaçak göçek durmak o kadar zor bir durumdu ki içeride neler olup bittiği düşüncesini öğrenememek beni mahvediyordu.

"Uzun zaman oldu," diye konuştu biri ve bu ses babasına aitti. Necdet Alptekin'e.

Kamer, "Zaman kavramından anladığın sadece bu değil mi?" diye sordu. Sesinde fark edilir bir öfke ve mesafe vardı.

"Bir şey içer misin?" diye sordu babası. Gözlerim hayretle irileşirken Kamer anında konuştu: "Buraya senin bu mide bulandıran ve komik dahi olmayan tavrını izlemeye gelmedim."

Babası oturduğu yerden ayaklanmış olmalıydı çünkü sandalyenin tekerleklerinin çıkardığı ses bundan böyle bir çıkarım yapmamı sağlamıştı. "Mesele nedir?" diye sordu.

Kamer, "Sana, bana bunları bunları yaptın, daha doğrusu karınla hayatımın içine sıçtın deyip ağlamaya gelmedim," dedi ruhsuzca. Kelimelerinden âdeta zehir akıyordu. Sonra devam etti: "Bu defterde adın var ve sanırım sebebini biliyorum."

Kulakları sağır edecek birkaç saniye kadar süren sessizlik.

Kamer, "Vahit'le iş birliği yaptın, o şerefsiz Raşit'i piyon seçtin çünkü öz oğlunun hayatını mahvetmek için böyle bir canavar olman gerekiyordu değil mi?" diye sordu. Ses tonu giderek artarken, sabrım dakikalar geçtikçe paspasın altına iteklenen çöpler gibi yok olmaya başlıyordu ama asla tamamen bitmiyordu.

"Değdi mi ulan?" diye üzerine gitti Kamer. "Beni kendinden tiksindirince eline bir şeyler geçti mi?" deyip hırsla fısıldadı: "Baba?"

"Her şeyi senin iyiliğin için yaptım," dedi Necdet Alptekin. "Ben senin babanım, senin iyiliğini en çok isteyen kişiyim."

Kamer, "Benim tek bir babam vardı," dedi ve bağırdı. "O da öldü."

Dayı...

Birkaç saniye yine o sessizliğin kuytularına sinerken bunun derine gömülmesine müsaade etmedi. Adam gülmeye başladı, kahkahası giderek artarken boş bir çehreyle onları dinlemeye devam ettim. "Şevkat," dedi adam, sesinde epey belli bir keyif vardı. "Şevkat her şeyi biliyordu. Madem babandı, sana bunları anlatması lazımdı."

Gözlerimi sımsıkı kapattım çünkü Kamer bu mevzuyu bilmiyordu. Dayı, bu planı tasarlayanlardan, içinde yer alanlardan biri değildi o, sadece iş işten geçtikten sonra öğrendiklerini susmaya yemin etmiş bir adamdı. Yine de onu suçlamak doğru olmazdı çünkü o bizim haykırışlarımızı duymayacak kadar uzaktaydı.

"Ne o?" dedi babası. "Sustun. Hadi savun babanı, hadi!"

Kamer beklenilenin aksine sakince konuşmaya başladı: "Babamdır, sustuysa muhakkak bir bildiği vardır."

Dudaklarımdaki o somurtkan çizgi usul usul kendini belli eden bir sevince dönüştü ama bu tam anlamıyla böyle değildi sadece iyi hissettirmişti. Kamer devam etti: "Ne kadar zavallı bir adamsın sen. Beni bununla mı vurmaya çalışıyorsun? Kendini böyle mi aklayacaksın sanki?" dedi ve elini bir yere vurdu. Ses oldukça yüksek çıkarken olduğum yerde irkildim. Sekreter kız şüpheyle bana baktığında oralı bile olmadım. "Uyuyabiliyor musun geceleri, o yediklerin boğazından geçiyor mu gerçekten? Sahi, sen en son ne zaman bir iyilik yaptın?"

Necdet Bey de sinirlerine hâkim olamayarak yükseldi, sanki buna hakkı varmış gibi. "En iyi okullarda okuyabilirdin, en iyi hocalardan en iyi eğitimi aldıktan sonra bu işlerin başına geçebilirdin ama sen gittin o çöplüğü seçtin."

"Hâlâ anlamıyor musun değil mi? En iyilerde gözüm yoktu ve hiçbir zaman da olmadı, ben birazcık sizi istedim sadece, gerisi zaten hallolurdu," dedi Kamer ses tonunu zar zor ayarlayarak. "Hem bu pişkinliğinize hayranım, vallahi bak. Her boku yiyin sonra hiçbir şey olmamış gibi senin için yaptım, senin için yaptım..."

"Masum bir çocuktun sen," dedi babası. "Eğer o olay yaşanmasaydı hiçbir zaman böyle bir adam olamayacaktın. Şu an bu kadar güçlüysen benim sayemde. Bak gözlerinden nefret ve öfke akıyor, tam da olmasını istediğim gibi."

Elimi ağzıma götürdüm, götürdüm çünkü kusacaktım. Kelimelerim tükenmişti, daha ne kadar ileri gidilebilirdi? Hesaba katmak benim aptallığım olurdu.

Kamer, "Kobay mıyım lan ben?" diye bağırdı. "Şu an böyle biriysem bu tamamen benim sayemde çünkü öfkem sadece size. Sana ve o beş para etmez karına."

"Zaten tüm bunların sebebi o," dedi babası. "O kadın beni aldatıp, bir de o it heriften bir piç peydahlamasaydı tüm bunlar olmayacaktı."

"Kendini savunmak için bir amuda kalkmadığın kaldı Necdet Bey... Ama biliyor musun bu benim zerre umurumda değil," dedi Kamer sonra acıyla ekledi: "Ve size de hakkım asla ve asla helal değil."

Necdet Bey, "Bir gün bunları yaşadığın için bana teşekkür edeceksin oğlum," diye konuştu.

Kaşlarımı çattım. Oyunun içinde oyun olduğunu mu iddia ediyordu bu adam? Öyleyse şayet dahasını duymaya halimiz kalmamıştı.

Kamer, "Sana ne zaman teşekkür edeceğim biliyor musun?" diye sorup derin bir nefes alıp verdi. "O tetiğe bastığın zaman!"

Gözlerim dehşetle açılırken kalp ritmim hızlanmaya başladı. İçeride neler olup bittiğini görmesem de biliyordum. Kamer silahı babasının eline vermiş olabilirdi. Bu düşünce zihnimi bir hayli zedelemişti. "Hadi, madem bu kadar meraklısın işe yaramaya, bas o tetiğe de ben de helal olsun diyeyim."

Kamer aklını yitirmiş olmalıydı. Sekreter kız her an bana söylenecekmiş gibi bakıyordu, çok da umurumdaydı sanki. İçeriden sesler gelmemeye başladı, muhtemelen anın boşluğu ve manasızlığını tartıyorlardı. "Sana diyorum Necdet Alptekin, bas o tetiğe de görelim yüreğinin gücünü."

Derin bir nefes aldım ve kendime mâni olamadan içeri girdim.

İki adam vardı. Birinin elinde silah diğeri de silahın karşısındaki avdı.

Gözlerim şaşkınlığın var ettiği hayretlikten bir şey kaybetmeksizin onlara bakarken Kamer asla yüzüme bakmadı. Yüzünün yarısını görebiliyordum ve benim geldiğimi anlamıştı. Necdet Bey elindeki silahı hafifçe doğrultmuş boş bir suratla gözlerime bakıyordu.

"Kamer," diye sessizce konuştum.

Beni ikaz etti. "Sana içeri girme dedim! Çık çabuk!"

"Kamer yapma gözünü seveyim," dedim usul usul onlara yaklaşmaya çalışarak lakin buna asla müsaade etmeden sesini yükseltti ve bağırdı: "Sana dışarı çık dedim, anlamıyor musun?"

Kuruyan boğazım rahat nefes alıp vermemi engelliyordu. Hızlı hızlı dudaklarımı ıslatmaya başlarken gözlerimi kıstım. Ağlayacaktım, bu durumda olmaktan nefret ediyordum ama ağlamak üzereydim. Gözü dönmüştü ve beni geçtim kendini bile duymuyordu.

İç çekerek titredim. "Beni sevi..." Cümlemin devamını getiremeden babasının elini tuttu ve silahı alnının ortasına koydu. "Sıksana lan sen de!"

Elim, ayağım titremeye başladı ne ileri gidebiliyordum ne de geriye. Necdet Bey son derece soğukkanlı bir şekilde bana bakıp konuştu: "Küçük kız bunun olmasını istemez, baksana şu haline."

"O seni ilgilendirmez," dedi Kamer aceleci konuşarak. Daha sonra ısrarla silahı alnına iyice bastırdı. "Korkak mısın sen? Çeksene lan hadi şu tetiği!"

"Bunu yapmayacağımı biliyorsun," dedi babası gözlerini benim üzerimden çekerek. Boyu uzundu ve Kamer'den bir iki santim aşağı kalıyordu. Kır saçları gürdü ve yüzünde yılların bile eskitemediği o ifade vardı. Soğukkanlılık... Zaten her katilin yüzüne taktığı her maskenin kumaşı bundan ibaretti. Soğukkanlılık. Ama Necdet Alptekin'in kumaşı bir maskeyi oluşturamayacak kadar kötüydü.

Kamer nefesini sıkarak, "Niye? Vicdanın mı sızladı yoksa?" diye sordu. "O gece de böyle sızlamış mıydı? Yoksa elinde patlamış mısırla mı izledin her şeyi?"

Mantıklı düşünemiyordu. Haklıydı, sadece o haklıydı ama kendini onların önüne atması ve son vuruşu yapmalarını istemesi delilikti, üstelik ona daha yeni kavuşmuş bu kadar duygularımı açmışken. Kendini düşünmüyordu, beni de mi düşünmüyordu hakikaten?

Hiç mi?

Kamer burnundan solumaya devam ederken Necdet Alptekin kendini hızla geriye çekerken silahı anında Kamer'den uzaklaştırıp onu itti. "Kendine gel. Yapamaz mıyım sanıyorsun? Seni öldüremez miyim sanıyorsun?" Konuşan kimse olmadı. "Yapmam, yapamam," diye de ekledi. "Çünkü burası senin, ben öldükten sonra her şeyim senin. Benden sonra soyadımı devam ettirecek tek bir oğlum var."

"Götüne sok soyadını," dedi Kamer bağırarak. "Senden gelecek zerre bir şey kabulüm değil, olmayacak da. Ulan hâlâ menfaat peşindesin, yazık lan yazık!"

Bu süre zarfında odaya göz atmaya başladım. Alışılagelmiş bir toplantı masası, hemen köşede Necdet Bey'in kişisel masası. Üzerinde birkaç dosya ve adının yazılı olduğu mermer taşlar. Masanın üzerinde birtakım çizimler vardı. Babası ya mimardı ya da inşaat gibi işlerde çalışmalar yapıyordu.

Kamer işaret parmağını babasının üzerine doğru doğrulttu. "Onca sene kendi başımın çaresine baktım, bundan sonra da öyle yapacağım. Sakın beni kendi pis işlerine bulaştırmaya kalkma Necdet Alptekin, sakın!"

"Daha rahat bir gelecek senin de hakkın," dedi babası.

Kamer sinirle gülerek bir iki adım öne çıktı. "Daha iyi bir geçmiş benim de hakkımdı."

Bu tam anlamıyla bir yüzleşme değildi belki ama yine de bazı şeylerin Necdet Alptekin'e dokunuyor olması güzeldi. Tabii hâlâ taş bağlamamış bir kalbi varsa. Gözlerim Necdet Bey'in tek eliyle arkasına doğru sakladığı silaha kaymıştı keza defter de masanın üzerinde duruyordu. Silahın ruhsatı Kamer'e aitti ama kendinde değildi. Korku dolu gözlerle olduğum yerde durmaya devam ederken Kamer arkasını döndü ve bana bakmadan kapıya yanaştı. Ta ki iki saniye sonra durana dek. Yanımdaydı. Yan yanaydık ve o babasına dönmüş bir vaziyetteydi.

"Eğer," diye başladı sözlerine. Ses tonu kırılgandı, içimi titretmişti. "Allah nasip eder de bir gün bir evladım olursa, ona senin bana vermediğin her şeyi vereceğim. Canımı bile."

Canım titredi, nasıl titremezdi?

Saçma bir şekilde kafamın içinde o görüntüler canlanmaya başladı. Kamer'in baba oluşu, o bebeği sevişi, öpüşü, sarılışı... Onun için feda ettiği tüm tebessümleri... Onu kucağında ilk kez bir bebekle gördüğüm zaman anlamıştım. Eğer ki bir gün bunun gerçeği nasip olursa, o dünyanın en güzel babası olacaktı.

Necdet Alptekin suskunluğu ağzına pay edilirken Kamer sinirini yeniden omuzladı ve bana bakmadan odadan çıktı. Arkasında bıraktığı esinti tenimi ürpertirken Necdet Bey ile göz göze geldik. Ondan asla korkmuyordum çünkü bu korkaklık olurdu. Adam kısık gözlerle kahvelerimin içini ezberlemeye başladığında boğazımı temizledim ve kapıya yaklaştım. "Eşinize çok benziyorsunuz... İkiniz de onu zerre hak etmiyorsunuz."

Adam sadece baktı.

Bunca zaman konuştuklarına sayardı.

Kapıyı hızla çarpıp Kamer'in peşinden koşmaya başladım. Benden epey öndeydi ve arkasında kalmıştım, geri zekâlı beni unutacak mıydı burada?

"Kamer bekler misin?" diye bağırdım fakat duyduğunu sanmıyordum. Etrafımda bir sürü takım elbiseli adamlar ve kadınlar vardı. Bana iguana görmüş tavşan gibi baktıklarına emindim ama bu kimin umurundaydı ki sanki?

Çok geçmeden Kamer döner kapıdan çıkmış ardından saniyeler sonra da ben çıkmıştım. "Beklesene be adam," diye bağırmaya devam etsem de beni asla duymuyordu. Hava iyice kararmaya başlamıştı, sanırım saat yedi sularıydı. Kamer hızla arabanın kilidini ve kapısını açarak içeri girdi. Deli gibi koşuyordum, insanlar tuhaf tuhaf baksa bile bunu yapmak zorundaydım.

En sonunda arabaya vardım ve kapıyı açıp içeri girdim. Nefesim dudaklarımı kesiyordu, göğüs kafesimin pili bitmiş gibiydi. Hızlı hızlı soluk alıp vererek Kamer'e baktım. "Duymuyor musun sen beni ya?"

Duymadı ve duymamaya devam etti.

Arabayı kısa bir süre içinde çalıştırıp buradan derhal uzaklaştı. Kaşları çatıktı, tavrı gergindi ve ben ona nasıl yaklaşırdım bilmiyordum. Kalp atışlarım çıldırmış gibiydi ve bunun birçoğu az önce sarf ettiğim enerjiden kaynaklıydı.

"Kamer bir şey sordum sana, beni böyle arkandan koşturman hoşuna gitti mi sahiden?"

"Sana içeri girme dedim, bok mu vardı da damladın?"

"Ben mi suçlu oldum şimdi de?" dedim hayretle. "Girmeseydim ne olacaktı, baban değil de sen mi öldürecektin kendini?"

"Bu benim meselem tamam mı? Sen karışma!" diye kükredi âdeta. Gözlerim acıyordu, sinirden gerilen yüzüne baktıkça, kalbim sızlıyordu beni dudaklarından firar eden her sözle yaraladıkça.

Arabanın gazına iyice yüklenmeye başladı ama bu ikimizin de umurunda değildi. Benim bile. "Pardon ya," dedim dev bir hayal kırıklığı içinde. "Ben bir an hayatındayım zannetmiştim... Meğer ne kadar salakmışım."

Kamer, "Laflarımı çarpıtma," diye yükseldiğinde, "Sen de bana emir vermeyi kes," diye konuştum. Sonra hiddetle ona döndüm. "Hiç düşünmedin değil mi? Ben ölürsem bu kız ne yapar diye? Aklının ucundan bile geçmedi değil mi?" Gözlerinden ateş çıkıyordu sanki. Devam ettim: "Bunu göze alabildin yani Kamer? Sen beni kaybetmeyi göze alabildin."

İşte hep böyle oluyordu. Aramızdaki bu yaralar hep başkalarının oyunları yüzünden meydana geliyordu. Başkaları onu kırıyordu o da beni. Ben Kamer'i biliyordum, bana değer verdiğini benim için öleceğini de biliyordum ama bu çeşit bir ölüm değildi o. O bir anlık hırsına, babasının karşısındaki eğilmez duruşunu kanıtlamak için verdi o silahı onun eline, öldürsün diye.

"Böyle bir amacımın olmadığımı eşek gibi biliyorsun, hem de çok iyi," dedi bana bakmadan. Direksiyonu sıkı sıkıya kavrayan parmakları ve sertçe kalkıp inen göğüs kafesi pimi çekilmeye hazır bir bomba gibi duruyordu.

Üzerine gittim. "Ya neydi peki?"

Sustu.

Anca sus zaten anca sus.

"Susarsın işte böyle," dedim katı bir sesle. "Verecek mantıklı bir cevabın bile yok," dedim yüzüne yüzüne. Gözlerini gözlerimden çekip yola odaklandı, olması gerekeni yaparak. Ama ben susmadım, susmayacaktım da. "Eline bir şey geçti mi peki? Beni bu kadar kırıp, kendini o kadar riske attıktan sonra eline bir şey geçti mi?" diye tekrarladım. Cevap vermiyordu ve bu suskunluğu bağırıp çağırmasından daha kötüydü. "Sana diyorum, bana bir ceva..."

Cümlemi tamamlayamadan, elini hızla direksiyona geçirerek hiddetlendi. "Bir kere de duracağın yeri bil ulan, anladın mı? Bir kere de yerini bil!"

Ruhumda şiddetli bir deprem meydana gelmeye başladı. Aralık olan dudaklarımı kapadım. Bunu bana nasıl söylerdi? Beni hadsizlikle nasıl suçlardı? Bu adam benim sevdiğim adam olamazdı. Dün gece saçlarımdan öperek uyutan, başımın ucunda bekleyip güzel sözler fısıldayan adam olamazdı. Bu benim Kamer'im olamazdı.

"Peki," dedim sakince ve geri çekildim. "Yerimde duruyorum. Sen de arabayı durdur!"

"Ne?" dedi boş bulunmuş gibi.

"Arabayı durdur dedim," diye söylendim. Her ne kadar kırılsam da bu duygunun bedenimi ele geçirmesine izin vermeyecektim.

Kamer gergin bir şekilde, "Saçmalamayı kes, eve gidiyoruz," dedi.

Bağırdım. "Arabayı durdurmazsan kapıyı açar atlarım, yemin ederim yaparım bunu."

"Bir bok yapamazsın," dediği an gözümü dahi kırpmadım ve açtım kapıyı. Yüzüme esen keskin rüzgâr soluğumu kesmeye başladığında öne atıldım fakat atlayamadım çünkü Kamer kolumu tuttu. "Geri zekâlı mısın sen? Kapat şu kapıyı," diye bağırdı.

"Kolumu bırakmazsan ısırırım ya da tekme atarım. Bir şekilde ineceğim bu arabadan," dediğimde derin bir nefes aldı ve ani bir frenle arabayı durdurdu.

Bu fren beni silkerken gözlerimi sımsıkı kapatıp açarak kolumda olan ellerini hızla itip ona bakmadan arabadan indim. Trafiğin yoğun olmadığı bir yoldaydık ve kaldırım dibinden yürüyordum. Hava az önce karanlığına bir siyah boya daha sürmüştü. Ağlamamaya çalışarak hızlı adımlarla yürümeye başladım.

"Nereye gittiğini sanıyorsun?" diye bağırdı Kamer arkamdan gelerek. Onu cevapsız bıraktım, tıpkı onun yaptığı gibi. "Tamam evde trip at, küs, bağır," diye devam etti. Derdim buydu ya sanki benim.

"Peşimden gelme," diye tersledim onu. "Yerimi biliyorum ben, sen de bil."

"Yapma böyle," dedi koşar adımlarla.

Yanımdan hızla bir araba geçerken konuştum. "Sen yapma asıl. Yoruldum anlıyor musun? Her defasında cezayı bana kesmenden yoruldum. Yanında olmaya çalıştıkça beni yanından itmeye çalışmandan yoruldum."

Kamer, "Böyle biri değilsin, bunu nasıl düşünürsün Aymira?" diye peş peşe ekledi. "Gitme..."

"Gelme."

"Gitme."

"Gidiyorum," dedim ters ters sonra yutkundum. "Dediğini yapıyorum, yerimi biliyorum."

"Senin yerin benim yanım," dedi pürüzlü bir sesle. Sesi de tavrı da yatıştırıcıydı. Bile isteye söylemediğini bilsem de beni kırmaya hakkı yoktu.

"Gördük az önce," dedim ona nispet yapar gibi. Gözlerim acıyordu ama gözyaşlarım hazır da değildi, bu güçlü hissettirmişti.

Kamer güçlükle devam etti: "Gitme, gözünü seveyim gitme."

Ses tonunu işittiğimde bir an duraksar gibi oldum ve başımı sağa doğru çevirdim. Kamer'in yüz ifadesi gözlerimin önündeydi sanki. Belli bir pişmanlık, belli bir acı vardı her bir zerresinde. Şimdi dönerdim arkamı ama yapamıyordum bir türlü. Ezilmiş olan duygularımın üzerine sünger çekemiyordum.

Kamer durdu, adımlarım yavaşladı, hava karardı...

Arabalar geçiyordu cadde üzerinden ve biz iki aptal gibi yolun kenarında kalmış bir adım yana kaysak ölüme kardeş olacaktık. Kamer olduğu yerde durduğunda, beni tıpkı bir mıknatıs gibi kendine çekmeye başladı, bundan kastım ondan gidememekti. İleriye gidiyordum ama aynı hırsla ve hızla değildi. Onu arkamda bırakma düşüncesi beni mahvediyordu.

Kollarını iki yana açtı, sonra bağırdı: "Ulan seviyorum ya ben seni..."

Duraksadım.

"Adına ne denir bilmiyorum anasını satayım. Yanmak, ölmek, yaşamak... Bilmiyorum, kalbimin içinde aylardır bir haller var ve bu artık çığırından çıkmak üzere, ölüyorum. Yapamıyorum Aymira, yapamam artık. Böylesine vurulmuşken sana, çaresizce gidişine, beni böyle ardında bırakışına sessiz kalamam."

Neler söylüyordu? Kulaklarım bana bir oyun oynamıyordu değil mi? Elimi kalbimin üzerine koydum ve bu alev alev fokurdayan şeyin ritmini tattım, ilk kez böyle atıyordu.

Kamer duruşunu bozmadan, "Biliyorum seni üzüyorum, kırıyorum belki daha fazlası, belki hak etmiyorum seni ama yemin ederim canımdan çok önemsiyorum. Ben hayatımda hiçbir şeyi bu kadar çok sevip, beni bu kadar dağıtacağına inanmazdım ama öyle değilmiş işte..." dedi ve delirmiş gibi omzunu silkti. "Aklımı başımdan alıyorsun, seninleyken kendimi kontrol edemiyorum ve kırıyorum... Ama lütfen gitme, beni kendine bu kadar yenik düşürmüşken gitme."

Kalbim ağzımda atıyordu sanki. O... o beni sevdiğini söylüyordu. Tamam, beni sevdiğini biliyordum yani hissediyordum ama bunu kendinden duymak, arkamdan haykırışını dinlemek çok başkaydı.

Nefes nefese kalır gibi dudaklarımı hızlı hızlı yalamaya başlayıp, göğsümün üzerinde duran ellerimi göğüs kafesime iyice bastırdım.

Kamer kendini tutamıyordu, patlayan bir volkan gibi konuşmaya devam etti: "Ve eğer ki böyle gidersen... Az önce alnımda olan silah şimdi kalbimin üzerinde durur," dedi ve histerik bir biçimde güldü, bunu fark edebilmiştim. "Ve patlar."

Yüreğim hopladı.

"Diana," diye fısıldadı. "Seni seviyorum."

Gözlerim sözlerine karşılık tek bir damla gözyaşı armağan etti ona, o da zaten tüm yalanları gerçek kılmaya yetmişti.

Arkamdaydı. Tamam, arkamı dönsem onunla burun buruna gelmezdim hemen ama koşsam tutardı beni, sarılırdı ve asla bırakmazdı. Yapmalıydım, bu kadar berbat bir haldeyken, herkes ona sırt çevirmişken gidemezdim üstelik söylediği onca şeyden sonra. Yutkunarak arkamı döndüm, bana bakıyordu ve gözlerinde saf bir acı vardı, bu acı yüzünün her yerine sinmişti. Kollarını usul usul indirmeye başladığında, rüzgâr ve yanımızdan geçen arabalar saçlarımızı dağıtıyor, yüzümüzdeki deriyi sertleştiriyordu. Kalbim deli gibi atıyordu, bunun doğru tanımı sanırım buydu.

Birkaç dakika öylece birbirimize baktık. Omuzları çökmüştü ve sanki bana olan ümidi de sönmüştü ama yine de arkasını dönüp gitmedi beni bekledi, ne olursa olsun öylece bekledi. Bir şey beni tutuyordu, korktuğumdan mı yoksa yorulduğumdan mı bilmiyordum ama bu çok aptalcaydı.

Kamer gülümseyerek kafasını aşağı yukarı salladı ve elini ensesine götürdü. Bakışlarını benden çekti, benden çekinmişti. Duramadım, gözlerini benden uzağa ittiğinde ona doğru koşmaya başladım. Kafasını kaldırdı ve ona doğru koştuğumu fark ettiğinde ensesindeki elini indirip, gülümsedi fakat hareket edemedi.

Nefes nefese yanına varır varmaz kollarım büyük bir hasretle sardı boynunu, kolları büyük bir özlemle sardı bedenimi. Elleriyle beni iyice kendine bastırdı sanki kayıp gidecekmişim gibi, sanki biri beni ondan alabilecekmiş gibi. Tek bir damlanın devamı gelmeye başladı, gözyaşlarım boynunun çukuruna doğru süzülmeye başladığında, sağ eli saçlarıma gitti. "Şş," dedi hızlı hızlı. "Kurban olurum o gözünden akan her bir damlaya."

O böyle yüreğimi titrettikçe, konuşurken titredikçe ağlamamak çok zor oluyordu. "Özür dilerim," diye fısıldadı acı çeker gibi. "Yaptığım her şey için, söylediğim her şey için özür dilerim. Hiçbirini hak etmiyorsun, ben aptalın biriyim ama sen çok güzelsin. Ben çok çaresizim ama sen çaremsin. Ben kalpsizim ama sen kalbimsin. Özür dilerim, özür dilerim..."

Kollarımı boynundan çekerken, ağlamanın peşinde sürüklediği o burun çekme işlemi de kendini belli etmişti. Burnumu çekerken Kamer gülümseyerek gözlerimin içine baktı ve eliyle gözlerimin altındaki nemi sildi, gözyaşlarımdan öpüp geri çekildi.

"Benden özür dilemeni istemiyorum," diye söyledim kara gözlerine içine içine. "Ben artık yanında olduğumu anla istiyorum çünkü sen her defasında öfkeni ikimizin arasına sokuyorsun..." Konuşamadı, kendini kötü hissettiğini biliyordum. Burnumu çekerken gözlerimi kaçırıp güldüm. "Gerçi iyi oldu... Sonunda itiraf ettin."

"Sonunda?" dedi kaşlarını yukarı kaldırarak.

Anında ona baktım. "Aynen öyle. Sevmiyor muydun önceden?"

"Ya," dedi ses tonunu kısıp bana bakmadan konuşarak. "Kızım kendime itiraf etmem kolay olmadı. Tutamadım daha fazla," dedi ve alnını alnıma yaslayıp gözlerimin içine baktı. "Hem söylememe gerek yok ki, hissetmiyor muydun?"

Gülümsedim ve gözlerimi kapatıp açtım. "Hissediyordum."

"Biliyorum."

"Ben de."

Elleriyle yüzümü kavradı ve kokumu içine çekip dudaklarını alnıma uzunca bastırdı. Bu öyle güzel bir vakitti ki sanırım, zaman durmuş bizim için akmamaya yemin etmişti. Dudaklarını alnımdan çekerken, "Beni o halde görmeni istemezdim," diye konuştu. "Kendimi kaybettiğimin farkındayım ama yine de..." Dudaklarını ısırırken, gözlerimi kısıp parmaklarımı ağzının kenarına götürdüm. "Bunun farkında olman güzel ama bak buradayız, beraberiz fakat lütfen fevri davranma. Bak, ben seni sana rağmen anlamaya çalışıyorum, senin yanında oluyorum ama lütfen Kamer, lütfen bir daha öyle olma."

Kamer son zamanlarda önce konuşup sonra düşünüyordu, gerçi onun bazı davranışları böyleydi ama son zamanlarda bu iyice fazlalaşmıştı. Ona da kızamıyordum bir yerde, öğrendikleri yenilir yutulur cinsten şeyler değildi ki. Masum masum gözlerimin içine bakarken gülümsedim, aksine gülümsemedi ve ağzının kenarında olan parmaklarımı öptü.

"Gitsek ya," dedim sağa sola bakınarak. Hava epey kararmıştı, artık araba farları ve sokak lambalarıydı şehri aydınlatan. Kamer konuşmadan başını salladı ve ellerimden sımsıkı tutarak beni kendine çekti ve sakin adımlarla arabaya doğru yürümeye başladık. Kısa bir vakit sonra arabaya bindiğimizde derin bir nefes alıp boğazımı temizledim.

Kamer sakin bir halde arabayı çalıştırarak ilerlemeye başlarken, "Dayının olayını biliyor muydun?" diye sordu. Ses tonu oturmuştu.

Yönümü ona çevirmeden, "Biliyordum," diye fısıldadım. "Ama onun bu olaylarla bir ilgisi olduğunu sanmıyorum Kamer."

"Biliyorum," dedi tatmin edici bir ses tonuyla. "O bana sırt çevirecek bir adam değil ve hiçbir zaman da olmadı. Ben sadece bunca yıl neden sustuğunu merak ediyorum."

"Belki üzülmenden korktu, belki ondan duymuş olmandan," dediğimde bana yandan bir bakış savurarak, "Belki de öldürülmektendir ha?" diye sordu. Kelimelerim boğazıma sıra sıra dizilirken bu ihtimalin olasılığı gözlerime inen prangaların sesiyle çınladı. "Sonuç ne olursa olsun," dedi Kamer boğuk bir sesle. "O adam beni iyileştirip ayağa kaldırdı ve eminim ki ne yaptıysa benim iyiliğim için yaptı."

Gülümsedim ve hayranlıkla Kamer'e bakmaya başladım. Onu izlediğimi anlayınca dudaklarını sarkıtıp birkaç saniyeliğine kafasını bana çevirip, "Ne oldu?" diye sordu.

"Biliyor musun? O seninle hep gurur duydu ve emin ol yaşamış olsaydı hâlâ da duyardı çünkü onu sorgusuz sualsiz kabullenmişsin, ona çok sadıksın Kamer."

Gülümsedi lakin bu neşeden uzak, özlem doluydu. "Allah'ın benim için karşıma çıkardığı kişilerin kıymetini iyi bilmeye çalışıyorum sadece," deyip bana baktı. "Tıpkı senin gibi."

Nedense bu sözü kalbimin bir köşesine usulca sinivermişti. Sanki mütemadiyen orada kalacaktı ve ben kötü hissettiğim her an elimi oraya götürüp, sesini dinleyince geçecekti her şey. Kamer'in dudaklarından dökülen her şey kalbime nakış nakış işleniyordu ve ben onları iyi muhafaza ediyordum. Hiçbir sözünü israf etmiyor, hiçbir bakışını es geçmiyordum. Boşuna değildi bu sevmeler, boşuna değildi bu sevda.

Ona uzun uzun bakmakla yetinirken, güldü. "Acıktın mı?" diye sordu.

"Ha?" dedim saf saf.

İyice keyiflenerek gözlerini kıstı. "Anladım acıkmışsın, baksana beynine kan gitmiyor," deyip taklidimi yaptı. "Ha?"

"Ay ne dalga geçiyorsun?" dedim sahte bir serzenişle. "Bir anda sorunca böyle oldu işte."

Kamer keyifli bir halde benimle dalga geçmeye devam ederken telefonunu çıkardı ve birkaç tuştan sonra hoparlöre alıp tek eliyle tutmaya başladı. Saniyeler sonra Çetin'in sesini işittim.

"Efendim?" diye konuştu Çetin.

Kamer, "Son durum alayım," diye yanıtlayınca Çetin memnuniyetsiz bir halde iç çekip, "Sağımda Andaç solumda Zeynep var. Son durum nasıl sence?" diye sorduğunda gülmemek için ellerimi dudaklarıma götürdüm. Kamer gülümserken, "On dakikaya evdeyiz. Bu akşam yemeği Dayının mekânında yiyoruz haberiniz olsun. Geldiğimizde hazır olun," deyince kaşlarımı çattım ve Dayının mekânını düşündüm. Tabii ya, Kamer'le baş başa lahmacun yediğimiz yer. Romantik bir andı bizim için.

Andaç atıldı. "Obaa. Bu kulaklarım bana bir oyun oynamıyor değil mi ciğerimin sol köşesi?"

Kamer, "Oynamıyor yumruğumun sol kroşesi," dediğinde Çetin ve Zeynep'in keyifli sesini işittim, bu beni de mutlu etmişti. Andaç sakince, "Ve kapanış, saygılar hürmetler," konuşarak geri çekildi.

Çetin telefon hâkimiyetini yeniden sağlarken Kamer ile bir süre daha konuşup ardından kapattı. Kamer telefonu kapatıp, el freninin oradaki bölmeye koyarken, "Onlar çok şanslılar biliyor musun? Senin gibi birine sahipler," dedim.

Bana bakmadan, "Ben de öyleyim," dedi. "Ve sen de öyle."

Sırıttım. "Aksini iddia etmedim beyefendi."

Sırıttı. "Bir zahmet hanımefendi."

Uslanmaz bir herif olduğunu bir kez daha hatırlayıp gözlerimi devirdim. Yaklaşık on dakika sonra eve gelmiştik. Saat henüz sekize geliyordu ve vakit güzeldi, üstelik yaz akşamları aşırı keyifli olurdu. Gerçi biz birlikte dolu dolu bir gün geçirmiş sayılmazdık hiç.

Üzerime hoş bir gömlek geçirdim ve saçlarımı da güzelce taradıktan sonra aşağı indim. Herkes hazır sayılırdı. Aytaç da bizimle beraberdi. Kamer, Çetin'e dönerek, "Ben çocukları alırım, sen gelirsin arkamızdan," dediğinde kaşla göz arasında bir şeyleri ima eder gibi konuşmuştu.

Çetin kuşkusuz başını sallarken Andaç homurdandı: "Yav ayrı gayrı iş yapmayın abi. Hepimiz sığışırız bir yere, olmazsa ben canım kayınçomu kucağıma alırım."

Çetin, "Bagaja binsen daha iyi olur," deyip kafasını sallaya sallaya evden ayrıldı.

Andaç masum bir endişeyle, "Oha harbiden yerimi kapmaya mı gitti şimdi?" diye sorduğunda Kamer elini yüzüne götürüp derince bir soluk aldı. "Neyse," dedi sakince. "Hadi gidelim."

Birlikte evden ayrıldık. Ben Kamer'in yanındaki yerini alırken ikizler ve Zeynep arkaya oturmuştu. Yola çıktığımızda Andaç konuşmaya başladı: "Abi vallahi sağ ol, işten geldiğimde ölü balık gibiydim ama lahmacun kokusunu ta buradan hissedebiliyorum."

Kamer aynasına bakıp, "Şükret işte böyle, hah," dedi öğüt verir gibi.

Andaç şaşkınlıkla, "Birincisi, bunun konumuzla ne ilgisi var benim bilgi geçirmez kafam anlamadı. İkincisi, yine Sokrates'siniz maşallah. Üçüncüsü, Sokrates gavurdu ne bilsin şükretmeyi. Dördüncüsü, sen ne dersen haklısındır ciğerimin sol köşesi. Beşincisi, biri beni durdursun lan çabuk!" diye nefes nefese konuştu.

Zeynep ani bir müdahaleyle ellerini Andaç'ın ağzının üzerine koyarak onu susturdu. Kamer derin bir nefes alıp Zeynep'e seslendi: "Yerinde müdahale, aferin abisi."

Arabanın içinde belli belirsiz homurdanmalar başladığında Kamer, "Aytaç bir sıkıntı yok değil mi koçum?" diye sordu. Homurdanmalar dinerken, "Yok abi," diye karşılık verdi. Ses tonu gayet normaldi ve bizimleydi. Aytaç'ın artık bizim içimize karışmış oluyor olması memnun edici bir hadiseydi. Aslında o hep bizimleydi ama bunu belli etmiyordu.

Aradan birkaç dakika geçtikten sonra Zeynep kırık bir ses tonuyla, "Keşke o da bizimle olsaydı," dedi. Dayıdan bahsediyordu. Kamer sıkıntıyla nefes alıp verirken, "Yapacak bir şey yok abim," diye yanıtladı.

Gecenin kuytusuna doğru ilerlediğimiz şu vakitlerde nihayet mekâna gelmiştik. Birlikte içeri girerken Kamer ile göz göze geldik. Sanırım minik bir dejavu söz konusuydu. İçerisi kalabalık değildi. Cam kenarlarındaki hasır köşe koltuklara doğru yürüdük, malum kalabalıktık. Boğuk bir havanın hâkimiyetini sürdürüyor olmasına rağmen içerisi beni epey ferahlatmıştı. Andaç ve Zeynep yan yana otururken Aytaç da hemen karşılarına oturmuştu. Ben ve Kamer de koltukların köşe kısımlarına geçmiştik.

Andaç, "Nerede kaldı acaba canım kayınçom?" diye sorarken, Kamer, "Gelir birazdan," diye mırıldandı. Ses tonu ve kaçamak cevapları ondan şüphelenmemi sağladı. Gözlerimi kısarak Kamer'e baktığımda oralı bile olmadı.

Bir müddet sonra Garson Bey yanımıza geldi ve sıcak bir karşılamayla bizi selamladı. "Hoş geldiniz."

Kamer, "Eyvallah," diye karşılık verdi. Andaç ise onun taklidini yapmaya başladı. Dudaklarımdan herhangi bir ses çıkmaması için onları birbirine bastırdığım sıra Garson Bey elindeki menüleri masaya bırakarak uzaklaştı. Andaç büyük bir iştahla menünün kapağını açıp, "Yalnız hesabı kim ödüyor? Ona göre sipariş vereceğim de," deyip sayfaları çevirmeye başladı.

Kamer homurdandı. "Ben ödüyorum. Kusana kadar zıkkımlanabilirsin."

Andaç keyifli bir şekilde, "Eyvallah ciğerim," dedi ve Zeynep'e omzunu çarptı. "Güzelim ne bakıyorsun mal mal, seçsene ne yiyeceksen, tığ gibisin az ele gel."

Kamer kaşlarını çatıp alttan alttan Andaç'a baktı. "İyi ki Çetin burada yok, yoksa gösterirdi sana ele gelmek nasıl oluyormuş."

"Ya ben onun iyiliği için söylüyorum abi, yoksa sıkıntı değil yani sarılırken kemiklerinin etime batması... Hiç sıkıntı değil."

Zeynep, "Az önce bana sarılmaktan şikâyetçi oldun," diye sivrilirken Kamer kendine mâni olamadan güldü, ben de ona katıldım. Andaç isyan eder gibi kafasını geriye doğru yaslarken, "Hayda! Ne alakası var Zeynep?" diye sordu.

"Kıvırma be."

"Bana bak kız," dedi Andaç yönünü Zeynep'e çevirerek. Ses tonunu kısarak kulağına yaklaştı. "Sen yine özel günündesin değil mi? Ondan bu bir taraflarından anlama şeyin."

Zeynep'in gözleri irileşirken, benimle göz göze gelmesi ve çekingen bir ifadeyle bakışlarını kaçırarak Andaç'ı kibarca kendinden uzaklaştırması bir oldu. Az bir vakit herkes menüsüyle ilgilenirken Aytaç, "Abi ben iki lahmacun alayım yeter," diyerek menünün kapağını kapattı.

Andaç kardeşine bakarak, "Oğlum az kardeşine çek lan, iki ne?" diye sorarken Aytaç, "Abartma, yeter o kadar," dedi.

Andaç ani bir değişimle, "Bana da bir beş yazın," derken menünün kapağını kapattı ve benimle göz göze geldi. "E anca yengem anca."

Allah affetsin, Andaç bana yenge dedikçe içim bir hoş oluyordu.

Kamer elini kaldırarak garsonu yanına çağırdı. "Abi sen bizim masayı doldur ne varsa. Lahmacunlar soğanlı soğansız yarı yarıya ayarlarsınız." Sonra bize seslendi: "Kola mı ayran mı?"

Andaç, "Şalgam," diye konuştu. Tavrı ciddiydi. Zeynep yüzünü ekşiterek, "Ay nasıl zevksizsin nasıl, anlatamam," diye homurdandı. Andaç, Zeynep'e doğru omuz silkti. "Zevksiz olsam senin gibi bir kızla ne işim olur? Ha hem ruhen hem bedenen çirkin olduğunu ima edersen orası ayrı."

"Sensin çirkin."

"Anladım ki ikimiz de zevksiziz Zeynep."

Kamer sert bir sesle, "Lan oğlum iki dakika sus," deyip yeniden garsona yöneldi. "Ayran, kola, şalgamları da getir abi sen. Onun dışında mezeydi falan halledersiniz."

Garson Bey menüleri toplarken başını eğdi. Kamer sanki sonradan aklına bir şey gelmiş gibi, "Yalnız iki kişi daha gelecek, ona göre ayarlarsınız iyi olur," dedi. Masadaki şaşkın gözler Kamer'in üzerinde toplanırken Andaç konuştu: "Kayınçom iki canlı mı yoksa?"

"Tövbe estağfurullah."

"İki kişi dedin ama?"

Kamer sıkıntılı bir nefes alıp vermeyle, kendini geri çekip konuşacakken aralanan kapı Kamer'in konuşmasına gerek kalmadığını pekâlâ fark ettirdi.

Çetin ve Şebnem yan yanaydı.

İrileşen gözlerimle Şebnem'e baktım. O buradaydı. Şaşkın bir vaziyette yanımıza yaklaşmalarını bekledik. Oturduğum yerden kalktım ve Şebnem'in yanına gittim. "Şebnem? Senin ne işin var burada?"

"Sana da merhaba Aymira," dedi. Onu burada gördüğüme elbette mutlu olmuştum, ben sadece şaşkındım o kadar. Tepki çekmemek için ses tonumu azalttım. "Haber falan da vermedin. Ne iş?"

"Kızım benim de yeni haberim oldu zaten," deyip kulağıma doğru fısıldadı. "Çetin aradı, böyle böyle bir durum var... Beni de davet etti işte."

"Nasıl çıktın bu saatte? Babanlar?" diye sorduğumda, "Anneme erken yatacağımı söyleyip odama kapandım. Zaten biliyorsun pek üzerime düşmezler," dedi. Soğukkanlı bir duruş sergilemişti bu sözleri sarf ederken. İçim sıcacık olurken kollarımı açtım ve ona sarıldım. "Hoş geldin."

Bana sarıldı. "Hoş bulduk."

Sarılıp ayrıldıktan sonra masaya döndük. Kamer'in yanındaki yerimi alırken Şebnem de yanıma oturmuştu, Çetin ise onun karşısına.

Zeynep, Şebnem'i gülümseyerek karşılarken Andaç kendi üslubunca konuşarak, "Çetin Bey'in niye geç geldiği anlaşıldı şimdi," deyip hem Çetin'e gönderme yaptı hem de Şebnem'i selamladı.

Etrafımızdaki masaların hepsi dolu değildi ve sakin bir ortam vardı.

Çetin, "Siparişleri verdiniz mi?" diye sorduğunda Kamer gözünü kırpıp başını eğdi. Masada birkaç dakika sakin geçerken nihayetinde siparişlerimiz gelmeye başladı. Birkaç garson özenli bir uğraştan sonra gülümseyerek buradan uzaklaştı. Andaç kollarını sıvayarak, "Hadi afiyet olsun," dedi ve lahmacunu kıvırarak bir ısırık aldı.

Gömleğimin kollarını sıvamaya çalışırken Kamer sakince bana yardım etti. "Teşekkür ederim," diye fısıldadım. Bunu pek dikkate aldığı söylenemezdi. Şebnem'in salata yediğini gördüğümde ona döndüm. "Aç değil misin?"

"İştahım yok pek," dediğinde Çetin belli bir endişeyle, "Hasta mısın?" diye sordu.

Şebnem, "Hayır. Sen aramadan önce yemiştim," deyip, sonra hemen yanlış bir söz söylemişçesine durumu toparladı. "Ben nazik davetini kırmamak için geldim."

Çetin gülümsedi. Kahverengi gözleri kısılırken dudağının kenarındaki kıvrım iyice kendini belli etmeye başladı. "Hoş geldin."

Şebnem de utangaç bir tavırla, "Hoş bulduk," diye yanıt verir vermez Andaç ağzındaki lokmayı temizleyerek saf saf onlara baktı. "Abi söyleseydin, lahmacunun ortasına iki mum diker romantik bir ortam hazırlardık."

Çetin'in yüzündeki o ifade usul usul silikleşirken dişlerini sıkarak Andaç'a ithafen konuştu: "Lütfen sus, Allah'ın adını verdim sus bu akşam."

"Tamam."

"Teşekkür ederim."

"Rica ederim."

Masadaki sessizlik bedenlerimize sindiğinde Kamer dürüm yaptığını lahmacunundan iştahla bir parça kopardı, ben de lahmacunumu dürüp bir parça ısırdım. Güzel bir an yakalamıştık. Evet, şu an hunharca lahmacun yiyorduk.

Usul usul yemeklerimizi bitirmiştik ve mekânda hemen hemen bizden başka kimse kalmamıştı. Kamer ayran içerken, Andaç hevesli bir şekilde, "Abi hazır ortam müsait, feleğinden bir gece yapsaydık ya rakılı falan," dedi. Kamer ayranı dudaklarından çekip ters ters konuştu. "Zıkkımın dibini iç. Çok mu meraklısınız oğlum zıkkımlanmaya?"

Andaç, "Çetin abim ve sen arada içiyorsunuz ama," dediğinde kaşlarımı çattım. Kamer yükseldi. "Lan hepi topu iki sefer ha içtik ha içmedik. Ayrıca iyi bir şey değil, uzak tutun kendinizi. Bu da benden size bir abi tavsiyesi."

"Uzak durmak zorunda olduklarımız iyi bir şey olsalardı zaten içmezdik abi," dedi Andaç. "Ama nefis bu işte. Merak ediyorum ne yapayım?"

Kamer derin bir nefes alıp, "Merakına başlatma şimdi, kızların yanında," derken Andaç'ın suratı epey kasıldı. Kamer onların iyiliğini düşünüyordu. Kendine zarar verecek şeyleri bizzat kendi yapıyor olmasına rağmen, başkalarına izin vermiyordu.

Andaç asık suratla, "Tamam ya demedim bir şey," deyip kendini geri çekti. Gözlerim Kamer'in gözlerine gittiğinde dudaklarını yaladı ve sabırsızca soluk alıp Andaç'a doğru konuştu: "Tamam lan, bir gün seninle içeceğiz."

Andaç'ın gözleri irileşti. "Harbi mi?"

Kamer keyiflenerek başını aşağı yukarı salladı. "Harbi anasın satayım harbi."

"Kral adamsın vesselam."

Herkesin gözlerinde mutluluğun ve keyfin portresi vardı. Hayatımızı istediğimiz gibi şekillendirmek her zaman bizim elimizde olan bir şey değildi ama hayat kalitemizi artırmak bizim elimizdeydi. Güzel vakit geçirmek, geçirdiğin vaktin değerini bilmek bunların sadece somut birer örneğiydi.

Andaç başında ampul yanmış çizgi film karakteri Tom gibi gözlerini irileştirip, "Buldum. Madem tüm aile burada ve ortam müsait hadi herkes bir itiraf yapsın," diye sesini yükseltti. Herkes bıkkınlıkla gözlerini devirirken bu tablo o kadar komiğime gitmişti ki...

Zeynep, "Ha ben de merak ediyordum, ne zaman böyle abidik gubidik şeyler söyleyeceksin," diye mızmızlanırken Andaç kaşlarını çattı. "Sen sus bir kız, ne yapalım yani? Şurada eğlenmek bizim de hakkımız."

"Her itiraf eğlendirmez yalnız," dedi Kamer dümdüz bir sesle. Bu duraksamam sebebiyet verdiğinde Andaç hiç bozmadan, "Sıkıntı yok sıkıntı yok," diye geçiştirdi. Ardından boğazını temizleyerek derin bir nefes aldı. "Başlıyorum o halde ben."

Kafamızla onaylarken gözlerini kapattı ve yüzünü ekşiterek güldü. Hepimiz amansız bir merakla onun itirafını beklerken gözlerini açarak fısıldadı: "Üç gündür büyük abdestimi yapamıyorum. Sanırım kabızım."

Zeynep, Aytaç ve Kamer gözlerini devirirken ben gülmüştüm. Kamer sakince, "Bizimle bu harika itirafını paylaştığın için ne kadar mutlu olduk bilemezsin. Hatırlat da kıçına tıkaman için sana bir fitil alalım belki işe yarar," diye söylendi.

Andaç'ın gözleri büyüdü. "Oha aklıma gelmedi hiç. İşe yarar değil mi?" Boş bir an. "Valla affedersiniz sıçamamak öyle zor ki. Allah düşmanımın başına vermesin."

Aytaç mesafeli bir tavırla kardeşine, "Bir an cidden umutlanmıştım, sahici bir itiraf yapacağını sanarak," dedi. Andaç, Aytaç'a döndü. "Dibine kadar sahici bir itiraf kardeşim, sıçamıyorum diyemiyorum lan."

Gülmemem gerekiyordu ama buna mâni olamıyordum. Andaç'ın ses tonu ve kendini savunma biçimi yapmamam gerekenleri bana yaptırıyordu. "Tamam," dedi Andaç ufak bir sitemle. "Sen yap o zaman sahici bir itiraf da görelim."

Aytaç sustu, sanki çok konuşuyormuş gibi.

Doğrusunu söylemek gerekirse Kamer'den sonra itirafını en çok merak ettiğim isimdi. Bize kendini hep kapalı tuttuğu için, kendiyle olan paylaşımları haliyle çok azdı. Tüm gözler Aytaç'ın üzerinde toplanırken o ise belirli bir noktayı hedef alarak dalıp gitti. "Geceleri bir şeyler yazıp çizmeden uyuyamıyorum. Gün içinde içimde birikenleri bir yere dökmeden gözlerimi kapatamıyorum."

Harfleri tane tane telaffuz edişi bile gecelerin onunla olan irtibatının seviyesinden belliydi. Andaç, "Aytaç Uyar konuştu," deyip hemen ekledi. "Turgut Uyar sever de kendisi. Bak bu da bir itiraf olsun benden size."

Aytaç'ın ruhunun böyle olduğunu zaten en başından anlamıştım ve biliyordum da. Yazmayı ve okumayı kendine kalkan edinmiş savaşçı ruhlu çocuk. Elinde silah veyahut mermi yoktu. Kalem ve kitapları vardı. Bir mermi bir kalemi kıramazdı ama bir kalem de bir mermi yüzünden yazmayı bırakacak değildi.

Andaç, Kamer'e döndü. "Ve! Büyük oynayalım biraz. Abiciğim bize söylemek istediğin bir itirafın varsa alalım. Hatta direkt istiyoruz."

"Ben bugün bir itiraf yaptım zaten," dedi yumuşak bir sesle. Kalbimin içinde minik minik tepinmeler başladı. Masanın etrafındaki gözler bana çevrildiğinde, Şebnem ayağını ayağıma çarptı. "Yok size itiraf."

Andaç homurdanarak önce bana sonra Kamer'e baktı. "İtirafın sahibi belli de biz başka bir şey istiyoruz. Hadi be abi, hiç mi yok aklına gelen bir şey?"

Kamer sakince yelkenlerini suya indirdi ve gözlerin karartıp, dikkatini önündeki yarısı boş ayran bardağına verdi. "Lisedeyken fizik dersinde kopya çekmiştim." Gülümsedim. Devam etti: "Sınıfın en güzel bacaklı kızının yanına oturdum ve bacağına yapıştırdığı kopyalardan faydalanmıştım."

Andaç kafasını sağa sola sallayarak mırıldandı: "Çapkın liseli seni!" Sonra ciddileşti. "Abi umarım bacaktan kastın, topuk kısmı falandır. Hani yengemin yanında olmaz..."

"Yo," dedi Kamer gayet soğukkanlı bir halde. "Dizlerinin iki karış üzerindeydi."

"Ölçtün mü bir de?" diye sordum kendime mâni olamadan.

Gözlerime bakıp dudağının kenarını kıvırdı. "Göz kararı diyelim."

"Gözün çıksın," dedim dişlerimin arasından. "Erkek değil misiniz hepiniz aynısınız."

Kamer şaşkın bir şekilde yükseldi. "Hayda!"

Andaç hemen atıldı. "Valla ben değilim, yemin ederim ben sizin bildiğiniz erkeklerden değilim. Mesela ben sınıfta kopya çekmek için bizim kıllı Nuri'nin yanına oturuyorum. Çocuğun bacağına yazdığım kopyaları kıldan biz bile göremiyoruz ama olsun yakalanma riskimiz az en azından."

Çetin elini çenesine koyarak Andaç'a baktı. "Ya sen tüm iğrenç şeyleri üzerinde toplamış bir fabrika falan mısın acaba?"

Andaç dudaklarını araladı. "Ulan herifin kıllı olması da benim sorunum? Hayda!"

Çetin hoşnutsuz bir şekilde sabır çekerken onun bu halleri Şebnem ve beni gülümsetmişti. Andaç fırsatı kucağını düşürdüğü ilk anda bize bakıp, "Siz iki elti de az değilsiniz he," diye konuştu. Çetin epey gerilirken Kamer tabiri caizse salak salak sırıtmaya başladı. Andaç ekledi. "Madem öyle. Sıra Aymira yengem de. Hadi, bir itiraf alalım."

Dudaklarımı ıslattım. "Benimki pek itiraf gibi değil de bir hayal gibi... Ben hep kendime ait bir iş yerim olsun istedim. Biliyorsunuz önceden bir kafede çalışıyordum ve hâlâ da çalışmak istiyorum ama en dipten zirveye çıkma hayalim var. Küçük, kendi halinde ama zararsız bir iş. Bir itirafım yok sadece hayalim."

Andaç olumlu bir şekilde kafasını salladıktan sonra Kamer dahil kimseden ses çıkmamıştı. Öyle bir hayalim vardı hakikaten. Uzun zamandır çalışmıyordum ve bir şekilde artık iş hayatına atılmak ve kendi paramı kazanarak ayaklarımın üzerinde durabilmek istiyordum. En nihayetinde kendi işimi kurup her şeyin kontrolünü sağlamayı düşlüyordum. Biliyorum, ayrıcalıklı bir sorumluluk gerektirse de yapamayacağım şeyler değildi.

Andaç, Şebnem'e dönüp, "Varsa bir itirafınız alayım?" diye sordu. Şebnem'in hemen hemen her sırrını bildiğim için onun söyleyeceği şeyin için ayrıca bir heyecan olmamıştı üzerimde. Yutkundu ve sakin bir ses tonuyla itiraf etti: "Daha önce hiç âşık olmadım."

Gözlerim direkt Çetin'e gittiğinde memnuniyetle gülümsediğini gördüm. Andaç kıkırdadı. "Hiç merak etme, o işlere Çetin kayınçom bakıyor zira kendisi itinayla âşık eder de."

Şebnem'in utançtan pembeleşen yanakları, Çetin sinirden kızaran gözleriyle kıyasıya yarışır bir hale girmişti. Andaç, kurnaz bir halde Çetin'in ona kızmasına müsaade etmeden ona döndü. "Sıra küçük enişte de. Hadi dökül eteğindeki taşları."

Çetin derin bir nefes aldı. Önce sinirden konuşamaz sanıyordum ama sonra kendini frenleyerek Şebnem'e ithaf eder gibi mırıldandı: "Daha önce hiçbir kadının gözlerinin içine bakarak şarkı söylemedim."

Şebnem utançtan gerilirken ben ve Zeynep göz göze gelip sırıtmaya başladık.

Andaç iyiden iyiye keyiflenmişti. "Allah'ım ne bereketli bir gece. Dökülün dökülün."

Zeynep döküldü. "Sıra ben de!"

"Söyle minnoşum."

"Saçlarımı griye boyatacağım."

Andaç homurdandı. "Bir boyatmadığın o kalmıştı zaten, tam oldu Zeynep. Trafik lambası gibisin he."

Çetin kızdı. "Doğru konuş kardeşimle."

Andaç kedi gibi küçülerek Zeynep'e sarıldı. "Ya sen ne yapsan yakışır. Bok rengi bile olur sana kurban olduğum... Bak bok dedim üç gündür sıçamadığım aklıma geldi. Üzülüyorum Allah'ım."

Aytaç, hoşnutsuz bir şekilde kafasını sağa sola sallarken Çetin, ayaklanarak bize baktı. "Tamam ulan madem biz bizeyiz. Bekleyin beni."

Andaç derhal Zeynep'e sarılmayı bırakarak heyecanlandı. "Bayılırım sürprizlere. İnşallah güzel bir şey olur."

Çetin yanımızdan ayrılırken usulca arkama yaslandım. Kamer kolunu omzuma atarak beni kendine çekti. "Demek kopya çekiyordun," dedim belli bir hırsla gözlerinin içine bakarak.

Dudaklarını kulağıma yaklaştırdı. "Kıskanç."

"Bu doğru," dedim gülerek.

Dudaklarını şakağıma bastırdı. "En güzel doğrum."

Gözlerimi kapatırken başımı omzuna koydum. Kanım hâlâ deli gibi çağlıyordu. Onun yanındayken heyecanlanmamak çılgınca olurdu zaten. Çetin dakikalar sonra elinde bağlama ile yanımıza geldiğinde, başımı koyduğum yerden kaldırdım. Kamer keyifle, "Öğrendin mi lan çalmayı?" diye sordu.

Çetin, kendinden son derece emin bir duruşla yerine geçip otururken, sandalyesini usulca geriye itip bağlamayı kucağına koydu. "Üzerinde çalışıyorum diyelim. Bir deneyelim mi?"

"Olur," dedik birkaç kişi ile birlikte. İçeride neredeyse bizden başka kimse kalmamıştı ve dışarı zifiri gibi karanlıktı. Salonun ortasındaki büyük ve antika avizenin gerekli ışığı sağlaması gayet güzeldi. Heyecanla Çetin'i beklemeye başladık. Şebnem kendini geri çekip, kollarını göğsünde birleştirdi. Ben de yeniden başımı Kamer'in güzel omzuna yasladım.

Çetin derin bir nefes aldı ve elindeki minik aleti bağlamanın tellerine dokundurdu.

Bu tını...

Öyle derin ve hoştu ki bu tarz bir müzik sevmeyen birinin bile kalbine çok rahat dokunabilirdi.

Çetin bağlamanın telleriyle âdeta dans etmeye başlamıştı. Sanırım epeydir üzerinde çalışıyordu, ki zaten o yetenekli bir adamdı.

Üç dakika boyunca parçaya girmesini bekledik. Halimizden zinhar şikâyetçi değildik keza burada bulunan üç beş kişi de öyleydi. Bir ara bağlamanın telleri gevşedi ve Çetin'in o güzel sesi işitildi.

"Cahildim dünyanın rengine kandım..."

Yüreğim sızlıyordu.

Kamer'e iyice yaslanıp ona tıpkı bir koala gibi sarıldım.

"Hayale aldandım boşuna yandım,

Seni ilelebet benimsin sandım..."

O esnada Kamer kulağıma parçayı fısıldadı:

"Ölürüm sevdiğim zehirim sensin,

Evvelim sen oldun ahirim sensin..."

Dudaklarım naif bir edayla kıvrılırken, dudakları saçlarıma dokundu ve bir süre öylece orada durdu. Gözlerimi hafifçe aralayıp etrafıma bakındım. Andaç ve Zeynep, birbirine yaslanarak parçayı dinlerken Aytaç ise uzaklara dalıp gitmiş gibiydi.

Şebnem az önceki pozisyonunu asla bozmazken Çetin, gözleri kapalı bir vaziyette parçayı okumaya devam etti.

Çetin'in sesi yavaş yavaş sessiz bir tınıyla sonlanırken gözlerimi açtım. Gözlerimi açtığımda Şebnem'e bakıyordu. Gözlerini kısmıştı ve sanki daha fazla bakmak için kendiyle mücadele ediyordu. Bağlamanın telleriyle olan münasebetini kestiğinde, etrafımızdaki birkaç kişi onu alkışlamaya başladı keza biz de öyle.

Çetin mahcup bir tavırla başını öne eğdi. "Eyvallah... Usta kadar iyi söyleyemesek de kendi üslubumuzca okuduk bir şeyler."

Kamer, "Ağzına sağlık kardeşim," diye konuşurken, Çetin, "Eyvallah kardeşim," diye yanıtladı. Çetin'e bakıp gülümsediğimde Şebnem kollarını göğsünden çekip hafifçe öne doğru eğilerek Çetin'in yüzüne baktı. "Çok güzel söyledin."

"Teşekkür ederim," dedi Çetin utangaç bir hal ile.

Bir müddet daha sohbet ettikten sonra Kamer hesap için ayaklanmıştı. Tahminimden daha geç bir sürede masaya geldiğinde Çetin'e baktı. "Siz eve geçin, bizim bir işimiz var," diye konuştu beni ima ederek.

Çetin ayaklanarak Kamer'in karşısında dikildi. "Ne oldu?"

"Sonra anlatırım," diye yanıtladı Kamer, hemen ardından bana çevirdi başını ve göz kırptı. Biraz endişeli biraz meraklı bir şekilde kaşlarımı çatarak ayaklandım. Şebnem geçmem için bana yer verirken haliyle o da ayaklanmış oldu. Kamer, "Evde görüşürüz," dedi masaya doğru. Apar topar Şebnem'le vedalaşarak Kamer'in uzattığı eli tuttum.

Ellerimiz bir olmuş bir halde çıkışa doğru yürümeye başladık. "Nereye gidiyoruz?" diye sordum endişemin içine merakımı düşürerek. Mekânın kapısını tek eliyle iteklerken soğuk havanın tenine sinmesiyle dudaklarını araladı. "Dayının evine."

Yarım saatten daha az bir vakit sonra Dayının evine gelmiştik. İçeri girdiğimizde Kamer usulca elimi bırakıp, ışıkları yaktı. İçerisi öylesine boş ve soğuktu ki, bu soğukluk ruhani bir yokluktu. Kamer ağır adımlarla etrafı izlemeye başladığında, "Neden geldik buraya?" diye sordum.

Kaşlarını çattı. "O garson çocuk olmasa, Dayının bana yazdığı mektuptan haberim dahi olmayacak."

"O sana mektup mu yazmış?" diye sordum saf saf. Başını belli belirsiz sallarken, adresini bildiği yolda ilerlemeye devam etti ve paslanmış şöminenin yanındaki çekmeceyi sakince açtı. Kapağı açılan çekmeceden bir adet katlanmış kâğıt çıkarırken gözlerini kapattı ve onu sıkıca kavrayarak çekmeceyi kapattı. Olduğum yerde onu izlemeye başladım. Ağır adımlarla, Dayının her zaman oturduğu sandalyesine oturarak kâğıdın katlarını açtı ve okumaya başladı.

Duvar dibine sinerek onu izlemeye başladım. Gözleri satırların arasında salıncak kurmuş, bir geçmişe bir geleceğe doğru gidip geliyordu.

Mektubun sonlarına doğru kendini sıktığını fark ettim. Yanına gitmem gerekiyordu ama yapmadım, bunu kendi başına aşmalıydı. Ağlayacaksa şayet ona mâni olmamalıydım. İçine atması işime gelmez, canıma gelirdi.

Birkaç dakika boyunca kendimi ses soluğun kesik olduğu bir ütopyanın içindeymişim gibi hissettim. Kamer mektubunu bitirdiğinde gözlerini kapattı ve kâğıdın katlarını kapatmadan öylece elinde tutmaya başladı. Gözleri bir yere daldığında, sessizce yanına yürüyüp, "Okuyabilir miyim ben de?" diye sordum.

Konuşmadı, kâğıdı bana uzattı. Yutkunarak karşısına geçip oturdum. Sanki Dayı hâlâ yaşıyordu ve bu da ondan bize gelen bir seyahat mektubuydu. Gözlerim kararırken iç çektim ve mektubu okumaya başladım.

Oğluma...

Bundan altı sene evvel bir delikanlı düştü benim sokağıma. Çaresiz görünüyordu ve çare kendiydi. Kimsesiz görünüyordu ve öyleydi ama güçlüydü bedeninden sızan kanlara ve yaralara rağmen tanıdığım en güçlü yabancıydı. Kamer... Bunları hayattayken yazıyorum sana ve ne zaman okursun bilmiyorum evlat. Belki de yüzüne bile söylemeyeceğim şeyleri yazmak kolayıma gittiği için bu yolu seçtim, belki korkak bir ihtiyarın tekiyim ama şunu bil ki ben bu zamana kadar sustuysam sırf senin iyiliğin içindi. Kendini kaybedeceğini, iradene yenik düşüp hayattan vazgeçeceğini biliyordum ta ki seni durduracak, hayatta kalmanı sağlayacak biri çıkınca her şey değişmeye başladı... Evet, ay ışığından bahsediyorum. Bana uzun uzun anlattığın güzel Aymira'ndan... Benim bir oğlum olmadı ama Allah seni bana gönderdi bunun için, benim bir ailem olmadı ama Allah sizi benim karşıma çıkardı. Çetin'i, cimcime Zeynep'i ve güzel ruhlu ikizleri. Benim güzel evlatlarım, her zaman iyi insanlarla karşılaşırsınız umarım... Bu hayatı ziyadesiyle yaşadım, her şeyi kararında tattım. Pişmanlığım olmadı ama çok keşkeler bıraktım arkamda, sen böyle olma. Demem o ki, bir anlık hırsın uğruna canından, ca-

nanından vazgeçme deli oğlum. Sevdiğin kadına sarıl ve nefes al. Sözüm vardı, tuttuğun eli bırakırsan eğer hakkımı helal etmem diye... Benim yüzümü kara çıkartma kâfi. Senden ve sizlerden başka kimsem yok bu hayatta. Oturduğum ev ve şehrin dışındaki taş ev senindir. Aynı zamanda hisselerin büyük bir payına sahip olduğum dükkânım da. Hepsi senin, sizlerin. Tek bir vasiyet bırakıyorum... Birbirinizi bırakmayın sakın çünkü hayat bir ağaçtır rüzgâr nereye eserse yaprakları da oraya savrulur, siz de hep aynı yöne savrulun... Dayım demişti dersiniz...

Baban...

Mektubu zar zor bitirmiştim, sanki her bir satırı ruhumu sarmıştı ve bana nefes aşılamıştı. Dayı... Sanırım ben dahil, Kamerlerin başına gelebilecek en iyi insandı. Baba olmak için kanından gelmesine gerek yok efendim, gönül bağı kanın bağındaki düğümleri pekâlâ yerle bir edebilirdi.

Gözlerim dolu dolu olduğunda başımı kaldırdım ve ayaklanarak Kamer'in yanına gittim. Oturuyordu ve ben ayaktaydım. Ellerim yüzüne gittiğinde titredi. İrkildim. Buruk bir tebessümle gülümserken dizlerimi kırdım ve önüne çöktüm.

"Kim bilir ne zaman yazdı bunu?" diye sordu, sesi boş bir odanın içinde bağırmış gibi âdeta yankı yapmıştı.

Ellerimle yüzünü sevmeye başladım. "Senden oğlum diye bahsetmiş."

Kamer, "Babam çünkü," diye konuşurken ses tonu kırıldı. İnsanın ses telleri bile acır mıydı? Onunki acıyordu. Gözlerime derin derin bakarken sanki ona sarılmamı ister gibi bir beklenti içine girdi. Öyle de yaptım. Kollarımı hızla boynuna doladım. Kolları bedenimi sardığında çenesi omzunun üzerinde durdu.

Zaman gibi.

Uzun uzadıya sarıldıktan sonra kolları bedenimden çekildi ve elleri çenemi kavradı. Kirpiklerinin ışıltısı gözlerimin külünü ateşe verdi. "Sanırım artık yeni bir işimiz var," dedi umut vaat eden bir ses tonuyla. Kaşlarımı çattım ama bu seferki güzel bir şaşkınlıktan kaynaklıydı.

Başparmağıyla yanağımı okşarken sahici bir tebessümle mırıldandı: "Hayallerin gerçek oluyor sevgilim."

Bin defa vurulduğum adam sanırım ancak böyle yerle bir edebilirdi beni. Güzel bir yenilgisin sen, her daim yenildiğim.

Dayının evinden çıktığımız gibi eve doğru yol almaya başladık. Uykum geliyordu ve gözlerim ara ara kapanıp açılıyordu. Kamer bu halime baktı ve güldü. "Yormasana kendini, uyu hadi."

"Az kaldı, eve gidince uyurum," dedim yarım yamalak uykulu bir halde.

Kamer, "Şu an da pek ayık sayılmazsın zaten," diye söylendi.

Onu umursamadan başımı koltuğun başlığına yasladım ve gözlerimi kapatarak yönümü cama doğru çevirdim. Esnerken ağzımı elimle kapattım ve dudaklarımı araladım.

"Kamer?"

"Hım?"

"Hani bugün dedin ya... İleride bir evladım olursa onun için her şeyi yapacağım diye."

Ses etmedi.

Esnedim ve uykuya ramak kala fısıldadım: "Nasip olur da olursa bir gün. Sen dünyanın en güzel babası olacaksın."

9. Bölüm

Düşlerin Varlığı

Kalbim uğruna infaz edeceğim en güzel şey çünkü orada sen varsın.

Ertesi sabah yanağımda hissettiğim yumuşak ve ılık dudakların hissiyle gözlerimi kırpmaya başladım. Hemen ardından gülümseyerek mırıldandım: "Günaydın öpücüğü?"

"Hım," dedi mırıldanarak. "Hadi yine iyisin."

Yanımda değildi çünkü elimi uzattığım vakit boş bir alana düşüverdim. "Kamer, sorması ayıp tam olarak neredesin sen?"

Dudaklarını yanağımdan çekti ve elini usulca sol göğsümün üzerine koydu. "Şurandayım."

Gözlerimi henüz açmamıştım, o da ellerini göğsümün üzerinden çekmemişti. Kalbimin atışlarını dinliyordu zannımca. Hafifçe gülümsedim. Sıcaklığını hissedebiliyordum ve muhtemelen üzerinde bir şey yoktu. Dudaklarını kulağıma yaklaştırıp, "Duşa giriyorum, gelsene sen de," diye seslendi.

"Keseleyeceksin yani beni?" dedim ve saf saf kıkırdadım.

Kamer gülümsedi, bunu hissedebildim. "E bir kese atarız artık."

"Bugün bonkör gününüzdesiniz sanırım Kamer Bey?"

"Her zaman öyleyim," dedi sakince.

Aradan birkaç saniye geçtiğinde Kamer'in gölgesi üzerimden kalkar gibi oldu. "Hadi, kalk artık ne uyudun be," dedi yalandan sitem ederek.

Gözlerimi sakince açtığımda Kamer karşımda dikiliyordu ve tahmin ettiğim gibi çıplaktı. Yani üst tarafı. Ellerimle gözlerimi ovuşturup hafifçe esnedim, gülmeye başladı. Elimi ağzıma götürüp, "Ne oldu?" diye sordum. Esnerken gözlerimin kızarmasını sevmiyordum.

"Şu an miskin bir kedi gibisin," dedi keyifli keyifli.

"Hı," dedim doğrularak. "Biraz sonra tırmalayacağım seni haberin olsun o zaman."

Dudağının kenarını kıvırırken göz kırptı. "Buna itiraz edeceğimi sanmıyorum."

Ellerimi saçlarıma götürdüm ve zaten dağınık olan tellerini iyice dağıtarak beklemediği bir anda ona elimin altındaki yastığı fırlattım. Şaşkınlıkla yüzüne gelen yastığı atik bir hareketle kavrayarak yüzünde bir müddet tuttu. Tövbe estağfurullah. "Kamer, kendini mi boğmaya çalışıyorsun yoksa bana mı öyle geliyor?"

"Bu yastıkların içinde kuş tüyü var, şimdi sana atsam sen de bana atsan bu böyle saçma sapan bir hal alsa, etrafı bok götürür biliyor musun?" deyip yastığı yüzünden çekti. "Onu düşünüyordum."

Hayretler içerisinde gözlerine bakmaya başladığımda, yastığı kucaklayarak bana sevimli sevimli bakmaya başladı. Yanaklarını sıkmak istemiştim nedensizce, bu kadar hoşuma gitmesindendi tüm nedeni.

Derin bir nefes aldı ve elindeki yastığı yatağın üzerine bırakarak, "Suyu ayarlıyorum, çok geç kalırsan almam içeri," diye tehdit etti aklı sıra. Gözlerimi devirdim. "Sen beni almayacaksın içeri?" dedim kaşlarımı yukarı kaldırarak. Elini kapının kulpuna attı ve duraksayıp çenesini, çıplak geniş omzunun üzerine koyarak gözlerini kırpıştırdı. "Aynen."

Kafamı alayla sallayıp kapıdan çıkışını izledim ve fazla zaman kaybetmeden yataktan inerek önce burayı topladım sonra da temiz çamaşırlarımla birlikte banyoya yürüdüm. Duş kabininin kapıları kapalıydı ve şimdiden camları buhar tutmuştu. Dudaklarımı ısırdım ve üzerimdekileri çıkarıp derin bir nefes alarak duş kabininin kapısını açtım. Kamer suyun altındaydı ve saçlarından damlayan su damlaları sıkı vücudunun üzerinden süzülerek akıp gidiyordu. Elini uzattı ve beni yanına çekip hemen ardından duş kabininin kapısını kapattı. Bedenimle anında temas eden su damlaları irkilmemi sağladığında kısık bir sesle gözlerimin içine bakıp, "Sıcaklığı iyi mi?" diye sordu.

Başımı aşağı yukarı sallayarak gülümserken, gülümsedi ve ellerini saçlarıma götürüp, "Önce saçlarını şampuanlayalım," dedi ve saç tellerimi narin narin yıkamaya başladı. Ellerim tutunacak bir dal ararmış gibi ya da bir dayanağa muhtaçmış gibi belini kavradığında istemsizce ona iyice yaklaştım. Boy farkımız hemen hemen yirmi santim kadardı ve bu benim hoşuma gidiyordu, en azından ona sarılınca kendimi minik bir kedi yavrusu gibi hissetmek farklı hissettiriyordu.

Hiç konuşmadan şampuana uzandı ve saçlarıma sıkıp, şampuan kutusunu yerine koydu. "Kapat gözlerini, yanarsın," diye konuştu.

Omzumu silktim. "Sen yakacaksan sorun yok."

"Şirinlik yapma kız," dedi keyifle ve yeniden gözlerimi kapatmam için uyardı. Gözlerimi kapattım ve gülmeye devam ederek kendimi onun ellerine teslim ettim. Saçlarımı sakin ve derin derin yıkamaya devam ettikten bir müddet sonra suyu tekrar açtı ve saçlarımdan aşağı elindeki fıskiyeyle beni yıkadı.

Yüzüme yapışan saçlarımı da bir yandan kulağımın gerisine itti. "Açayım mı gözlerimi?" diye sordum sakince. Birkaç saniye ses vermediğinde, gözlerimin üzerinde hissettiğim dudakları kalbimin içindeki minik kelebekleri kozasından çıkarmaya başladı.

"Aç," dedi dudaklarını gözlerimin üzerinden çekerek. Sakince gözlerimi araladım ve gözlerime çarpan kara irislerini kucakladım.

Kamer saçlarımı yıkadıktan sonra usulca geri çekildi ve köşedeki askılıkta hoyratça duran kırmızı renkli keseyi alıp bana uzattı. "Al," dedi düz bir sesle. "Kesele beni."

"Ciddi misin?" diye sordum şaşkınlıkla. Sanki dünyanın en anormal olayıymış gibi.

"Evet," dedi ciddi bir kararlılıkla.

Üstelemedim ve uzattığı keseyi aldım. "Tamam," dedim ve keseyi köprücük kemiklerinin altındaki bölgeye koydum. "Buralarından başlıyorum o zaman."

Ses etmeden gözlerini kapatıp açmakla yetindi. Histerik bir biçimde gülümsediğimde Kamer suyun akış hızını azaltarak bana yardımcı oldu. Keseyi usul usul derisinin üzerinde gezindirmeye başladığım vakit kaşlarını sahte bir tavırla çatarak, "Az bastır, korkma," dedi.

"Elimin ayarı yok ya, acıtırım diye korkuyorum," dedim sakince.

"Bir şey olmaz, sürt yavrum korkma ya," dedi son derece rahat bir sesle. Sonra keyifli bir şekilde güldü. "Kesele beni kesele."

Bu serseri tavırlarına daha fazla kendimi tutamadan güldüm ve bakışlarımı diğer yöne çevirip keseyi sürtmeye devam ettim. Aradan birkaç saniye geçti ve gülümsememi güç bela sonlandırıp, yapay bir şekilde boğazımı temizleyerek işimin ciddiyetini kavradım.

Kamer Alptekin'i keseliyorum efendim, çok ciddi bir mesele lütfen.

Keseyi köprücük kemiklerinin aşağısına doğru kaydırdım yavaş yavaş ve sürtmeye devam ettim. Derisi giderek kızarıyordu ve bundan etkilendiğini sanmıyordum. Benim dikkatim yaptığım işteydi ama onun dikkati tamamen benim gözlerimdeydi. Bu kadar dikkatli bakması rahat hareket etmemi engelliyordu. "Kamer, bakma şöyle vallahi odaklanamıyorum," diye mırıldandım.

"Benim sorunum değil," dedi omzunu silkerek. Kaşlarımı çattım ve göğsünde olan elimi orada bırakıp kafamı kaldırdım. Bakışlarımın sertliği onu etkilememiş, bilakis giderek dudaklarıma yönlendirmişti. Aralık olan dudaklarımı kapattığımda, dudağının kenarı kıvrıldı lakin asla konuşmadı, sadece dikkatini asla ve asla dağıtmaksızın dudaklarıma bakmaya devam etti. Kendimi çok garip hissetmiştim. Bir an içimden, 'öpeceksen öpsene be' diye geçirdim hatta bunu seslice dile getirmeyi düşündüm fakat yapamadım.

Kamer gözlerini kısarak dudaklarıma bakmaya devam ederken, "Ulan ben de seni öperken bir şey batıyor deyip duruyordum," dediğinde korkuyla gözlerimi irileştirip, kendimi bir adım geri çekerek elimle ağzımı kapattım. "Bıyıklarım mı çıkmış yoksa?"

Ah! Rezillik!

Kamer gülmeye başladığında onun tam aksine utançtan kızarmaya başlamıştım. "Kamer ciddi misin sen ya?" diye sordum. "Çıkmış mı?"

Adam epey keyifli bir şekilde çıplak kolumu kavrayarak beni kendine çekip, elimi de ağzımın üzerinden çekerek, "Dur bir daha test edeyim, belki yanlış anlamışımdır," diye konuştu.

"Ya manyak mısın? Neyi test ediyorsun be adam," diye hiddetlendim ama bu pek inandırıcı görünmüyordu zira Kamer'in keyiften kısılan gözlerinden bunu anlamak için dahi olmaya gerek yoktu.

Kamer beni kendi bedenine yasladı ve eliyle çenemi kavrayarak hafifçe öne çıkardı. Duş kabininin içi epey sıcaktı ve buhardan gözlerini sisli görüyordum. Sıcak su tepemizden aşağı sakin sakin dökülürken, saçlarımızın ucundan özgürlüğe uzanan su damlalarının dansı kalp atışlarımızla eş değerdeydi. Beni iyiden iyiye yüzüne yaklaştırdığında dudaklarını dudaklarımın hemen karşısında hissettim ama asla dokunmadı. Bir konuşsam veyahut konuşsa dudaklarıyla buluşacaktım lakin bunu yapmadı. Gözlerimi kapattım ve sanki esir düşmüş bir savaşçı gibi kendimi ona bıraktım. Bir elim göğsünün üzerindeki keseyi tutarken diğeri boşlukta sallanıyordu âdeta.

Nefesimi tutmaya başladım. Ne öp diyebiliyordum ne de öpme. Eğer ki söylediği şey doğruysa bu hoş bir durum olmazdı ve sanırım öyleydi. Allah'ım ne kadar aptalım.

Dayanamadım ve konuştum. "Kamer..." Devamını getiremedim çünkü kelimelerimin üzerini dudaklarıyla kapatmış onları yeniden oraya tıkamayı başarmıştı. Kendimi bir anda güneşin altında eriyen kar tanesi gibi hissettim ve boştaki elimi boynuna götürüp, diğer elimi de onunla buluşturdum. Kese sanırım yere düşmüştü.

Dudaklarımın üzerindeki baskısı artırmaya başladığında bir elini belime koydu ve beni iyice kavradı diğeriyle ise boynumun arkasına ulaştı. Tavrı her geçen saniye hoyratlaşırken bunun devamının gelmeyeceğini ikimiz de biliyorduk çünkü şu an burada ve bu halde oldukça saçma olurdu. Bu meseleleri onunla pek konuşmuyorduk. Biliyordum, ben onun ilki o da benim ilkim olacaktı, bunu düşünmekten karnıma girip çıkan ağrıların haddi hesabı da yoktu ama yine de her bir hareketimizde ikimiz de en iyisinin, en doğrusunun olacağını bildiğimizden kendimizi tutabiliyorduk. Bu konular içinde bulunmayı tercih ettiğim şeyler değildi ve öyle de oluyordu. Biz, bizim için en doğru zaman neyse onu bekleyen iki âşıktık sadece.

Birkaç dakika sonra nefes nefese ayrıldık birbirimizden. Alnını alnıma yasladığında, kalkıp inen göğüs kafesimin hareketlerine bir dur diyememek sanırım damarlarımda gezinen kanın nasıl da delicesine çağladığının kanıtıydı. Kamer parmaklarını narince ıslak bel çukurumda gezindirmeye başladığında, gözlerini açmadan alnını alnımdan çekip oraya ıslak bir öpücük bıraktı.

"Buraya bu öpücüğü emanet bırakıyorum," deyip dudaklarını alnımdan çekti. "Vakti geldiğinde yeniden alacağım."

Ses tonunun ağırlığı ve hissettirdikleri en az sözleri kadar güzeldi. Bir adamın beni bu denli sevebileceğini hayal bile edemezdim, bir adamı bu kadar seveceğime inanmazdım bile. *Kamer öyle güzel bir adamsın ki, sanırım seni görene kadar ettiğim büyük lafların hiçbir önemi yokmuş.*

Gözlerimin içine bakmaya başladı. Bunu seviyordum. Hiçbir şey konuşmadan, yapmadan direkt ve sadece gözlerimizin çukuruna saplanmayı, orada dakikalarca kalmayı ve birbirimizi buradan kurtarmak için asla çaba sarf etmemeyi seviyordum. İkimiz de özgür hissediyor olmalıydık, en azından benim açımdan durum böyleydi.

"Ömrümün sonuna kadar gözlerinin içine bakabilirim," diye fısıldadı. "Yaşadığımı hissetmek bu, yaşamak bu."

"Yaşamak bu," dedim onu onaylar gibi ve kollarımı boynuna iyice dolayarak sıkı sıkı sarıldım ıslak bedenine. Su sanki bizi birbirimize bağlamış kör bir ip gibiydi, kördüğüm etmişti. Ayrılırsam o ip kopardı ve eskisi gibi olmazdı bir daha.

Parmak uçlarımda hafifçe yükselmem ona daha rahat sarılmamı sağlıyordu. Kamer dudaklarını çıplak ve ıslak omuzlarımın üzerine bastırdığında gözlerimi kapattım ve aniden kaşlarımı çattım. Bu irkilme şiddetini bir hayli belli ettiğinde kollarımı boynundan indirmeden Kamer'in yüzünü gözlerimin merceğine aldım. "Kamer, ben sana şeyi söylemeyi unuttum."

"Neyi?" dedi şüpheyle.

Endişeli bir tavırla dudaklarımı yaladım. "Silah? Silahın babanda kaldı, evet onu baban almıştı en son hatırlıyor musun?"

"Yani?"

"Yani mi?" dedim hayretle. "Ya silahın babanda diyorum sana. Ruhsatı sende değil mi? Affedersin bir şey olsa kabak senin başına patlayacak. Biliyorum ben ya biliyorum, kesin bir halt olacak. Gör sen."

"Bu aralar çok film izliyorsun sen sanırım," dedi kuşku dolu bakışlarının ardından yükselen ses tonuyla. "Tamam, anlıyorum aklından geçen senaryoları ama bir şey olmaz merak etme."

"Kamer bak söz konusu baban..."

"Söz konusu babam," dedi hemen cümlemin bitişiğine kendini nefretini düğümleyerek. "Ondan her şeyi beklerim, beklersin ve haklısın ama merak etme bir şey olmayacak," dedi ve tatmin olmadığımı anladığında omuzlarını düşürerek derin bir nefes aldı. "Tamam," dedi başını kararlılıkla aşağı yukarı sallayarak. "Tamam, bugün o meseleyi halledeceğim."

"İyi olur," dedim sakince. Artık hataya yer vermek istemiyordum hayatımızda, bir başkaları yüzünden suçsuz yere ceza almaya aşina olan bedenimiz dahasına göz yumacak kadar körleşmemişti.

"Neyse," dedi Kamer saçlarımı geriye doğru iterek. "Hadi çıkalım artık."

Daha fazla suyun altında kalmadan banyodan çıktık ve üzerimizi giyinerek birlikte aşağıya indik. Saat henüz çok geç değildi, Andaçlar hâlâ işe gitmediğine göre durum böyleydi. Mutfakta sadece Zeynep ve Andaç vardı. Kaşlarımı çatarak merdivenlerden inerken Kamer, "Çetin nerede lan?" diye sordu.

O esnada esneyerek saçlarını karıştıran Çetin görüş alanımıza girdi. Andaç elindeki çaydanlıkla kaş göz yapıp Çetin'i gösterdi. "Geliyor üstat."

Çetin, "Günaydın," dedi ve ekledi. "Ben bir elimi yüzümü yıkayayım, geliyorum."

Andaç yüksek sesle çayları koyarken, "Gel kayınçom bugün yemekler benden, sana balık ekmek kızarttım gel," diye bağırdı. Yüzümde oluşan tebessüm Andaç'ın maharetindendi. Bunca vakittir buradaydım ama daha önce onu hiç böyle görmemiştim.

Kamer alay edercesine, "Hayırdır bayram değil seyran değil, ne iş?" diye sorduktan sonra sofradaki salatalığı alıp ağzına attı. Nemli saçlarımı kulağımın ardına sıkıştırırken Andaç gözlerini kısarak önce bana sonra Kamer'e bakıp, "Valla iş sizde abi? Sıhhatler olsun," dedi.

Hayda!

Kamer ağzındaki salatayı yutmadan dişlerini sıkıp, "Dikerim ağzını senin," diye söylendi. O sırada Zeynep'le göz göze geldik, bana imalı imalı bakarken gözlerimi irileştirdim zihninden geçenleri yok etmesini istedim.

Andaç ağzının içinden homurdanarak, "Tamam abi ya, ne dedik sanki?" deyip çayları koymaya devam etti. Aytaç sanırım işe gitmişti, yoksa şimdiye sofrada olurdu. Sandalyemi çekip Kamer'in karşısına oturduğumda sofradaki balık ekmekler iştahımı kabartmıştı.

"Ellerine sağlık Andaç," dedim. "Sofra çok güzel görünüyor."

"Afiyet olsun yengem," dedi çaydanlığı ocağa koyarak. Daha sonra ellerini birbirine vurdu ve hevesli hevesli sofraya oturdu. Kamer çatalını balık ekmeklere uzattığı sıra Andaç ona mâni oldu. "Abi kayınçomu beklesek ya? Kırk yılın başı bir sofra hazırlamışım, herifin gözüne gireyim ya azıcık."

Kamer gözlerine devirerek onun itirazını kabul etmeden çatalı ekmeklere batırdı. "Andaç boş yapma koçum."

Sonra çatalı ağzına götürerek bir ısırık aldı. Zeynep ve ben hayretle Kamer'i izlerken Andaç'ın yenik sesi ve boğazında kalmış lokmaları oltaya takıldı. "Ne diyebilirim ki... Afiyet olsun ciğerimin sol köşesi."

Kamer halinden memnun bir şekilde ağzının içindekini çiğnerken Çetin sandalyesini çekip oturdu. "Günaydın tekrar."

Andaç, "Günaydın kayınço," deyip Çetin'in tabağına balık ekmek, zeytin ve peynir koyarak onun önüne uzattı. "Bak nasıl düşünüyorum seni."

Çetin uykulu bir ses tonuyla oralı bile olmazken, "Menfaat kokusu yirmi metreden geliyor lan zibidi, ne istiyorsun yine?" diye sordu.

Çayımın içindeki kaşığı masanın üzerine bıraktığımda Kamer ile göz göze geldik. Andaç sanırım benim artık şekersiz çay içtiğimi hatırlamamıştı. "Ya ne menfaati?" dedi Andaç haklı bir savunmayla. "Ulan herife iyilik yapıyorum, illa bir bit yeniği arayacak altında ha!"

Zeynep gülümserken ben de ona eşlik ettim. Çetin keyifle çatalını ekmeğe dürterken, "Tamam lan, ellerine sağlık," diye düzeltti. Andaç pek somurtmaksızın önündeki yemeğe odaklandığı vakit Kamer farklı bir ses tonunu masaya yayarak, "Dün Dayının evine gittik," diye konuştu.

Bu masadaki herkesi susturmuştu.

Kamer soğukkanlı bir şekilde doğruldu ve devam etti: "Bize bir mektup yazmış. Haftalar sonra bulmam biraz zoruma gitse de nihayetinde okudum... Dayı işte, bizi düşünmüş yine," diye mırıldanırken Zeynep'in gözlerinin anında dolduğunu gördüm. O belki de aramızdaki en hassas yürekli olan kişiydi. Güçlüydü de ama. Annesizliği ve babasızlığı bu derece ruhuna alıştırmış bir kızla henüz karşılaşmamıştım. O benden bile güçlüydü ama tek bir rüzgârla eğilebiliyordu da.

Andaç, "Onu özlüyorum," dedi kuru bir sesle. Bu acıtmıştı, ona sarılmak istemiştim ama yüzüne bakıp gülümsemekten ve koluna dokunmaktan ileri gidememiştim. Kamer bu sırada devam etti: "Onun ailesi bizdik, tıpkı babamızın da o olduğu gibi."

Bu ailede olduğum için kendimi delicesine şanslı hissediyordum.

Zeynep yutkunarak, "Keşke onu son bir defa görebilseydik," dedi. Gözlerimin içi karardı çünkü Dayının son nefesini Kamer'in kollarında vermiş olması gözlerimin önünde belirmişti. Kamer'in haykırışları, gözyaşları... Bunlar hakikatli duygulardı, bunlar gerçek bir baba oğul vedasıydı.

Kamer gözlerini kapatıp açarak sanki başka bir konuya, henüz derine inmediğimiz duygusallıktan çıkmayı hedefleyerek kaşlarını çattı. "Elinde avucunda ne varsa bize bıraktı. Evi, dükkânı ve şehrin dışındaki taş evi..."

"Nasıl lan?" dedi Çetin kuşkuyla. "Onca şeyi bize mi bıraktı?"

Kamer biraz mesafeli bir halde, "Dükkânı ve taş evi unutun," deyip ekledi. "Oraları Aymira'nın üzerine geçireceğim."

Gözlerimi irileştirerek, "Olmaz. Ben kabul edemem böyle bir şeyi. Hakkınıza giremem Kamer," dedim.

"Sana fikrini sormadım," dedi düz bir sesle, gözlerime dik dik bakarken. Bu cidden hoş bir tablo değildi. Ben bunu hak etmiyordum, bu haksızlıktı. Bu insanlar benden daha fazlasına sahip olmalıydı. "Dükkândaki şerefsiz ortak haftalarca ses çıkarmamış, garson çocuk söylemese haberim olmayacak."

Andaç dudaklarını bükerek, "Nasıl yani? Dayının ortaklığına düşen parayı da mı cebe indirmiş şerefsiz?" diye sordu.

Kamer kafasını aşağı yukarı salladı. "Aynen öyle ama ben göstereceğim onlara dünya kaç bucakmış. Atacağım onları ortaklıktan."

Çetin alay eder gibi gülerek, "Hangi parayla?" diye sordu.

"Kredi çekeceğim, gerekirse bir yerden bulacağım," dedi. "Benim bu tarz itlerle hiçbir hesabım olamaz."

"Kamer bak, ben bunu kabul edemem, yani sizin hakkınıza giremem," dediğim anda gözlerimin içine baktı. "Sen bir susacak mısın artık? Kimsenin hakkına girmiyorsun."

Çetin gülümseyerek, "İçin rahat olsun Aymira, kimse sana karşı olumsuz bir tutum sergilemez bunu biliyorsun. Hem bir evimiz varmış yokmuş çok umurumuzda değil," dedi. Andaç devam etti: "Aynen öyle yengem. Ha sen, ha ben..."

"Ben ne diyeceğimi bilmiyorum," dedim mahcup bir tavırla. "Bu çok ama çok fazla. Bunu istemiyorum. Dün hayallerimden bahsederken bunu kast etmemiştim yemin ederim. O sizin, benim değil."

Çetin, "Aymira bunu şu an konuşmayalım en iyisi," diye geçiştirdi. "Lütfen."

Kamer çayından bir yudum aldıktan sonra bardağı masanın üzerine bıraktı. "Bugün seninle şu meseleleri bir halledelim," dedi Çetin'e bakarak. "Sonra bankaya uğrayacağım ve kredi çekeceğim."

"Abi çok borca girersin be, aramızda toplardık," dedi Andaç.

"Ulan uzaktan kumandalı araba almıyorum geri zekâlı, üç beş kuruşla neyin para toplamasından bahsediyorsun?"

"Ama çok borç."

"Ama yok para."

Kamer'in kesin tavrı masadaki itirazları dindirirken içimdeki kara leke, hep bir olumsuzluğu tetikte tutuyordu. Bunu kabul etmemeliydim, gerçekten böyle yapmalıydım. Hazıra konmak çok acımasızcaydı, bu çok ağırdı benim için.

Kamer çayından bir yudum daha alıp ayaklandı. "Neyse biz yokuz bir süre buralarda," deyip boş bir çehreyle bana baktı. "Sen yalnız kaldın."

"Sorun değil," dedim onu yatıştırarak. "Küçük bir kız çocuğu değilim ya, yalnız kalabilirim."

"Olmaz," dedi Kamer sert bir dille. Andaç atıldı. "Buldum. Aymira da bizimle gelsin. Biz zaten günübirlik çalışıp günübirlik para alıyoruz, belki ona ihtiyacımız olur."

Bu fikir çok hoşuma gitmişti. "Sahi mi?"

Kamer, "Ne sikko bir fikir lan o?" diye homurdanırken, otoriter bir tavırla ona karşı çıktım. "Beni eve kapatmandan ya da başıma birini dikmenden daha iyi."

Andaç, "Yengem vurdu fileler havalandı."

Kamer, "Andaç havalandıracağım ben seni," dediğinde, bunun uzamasına fırsat tanımaksızın tekrar konuştum: "Kamer buna karşı gelme. Hem ne olacak ki? Zeynep ve Andaç'ın yanında olacağım."

Kamer bir süre sadece gözlerimin içine bakmakla yetindi. İtiraz etmesini gerektirecek herhangi bir durum söz konusu değildi. "Tamam," dedi kuru bir sesle. "Ama akşamdan önce alacağım seni, muhtemelen ikindiden sonra."

"Niye ki?" dedim alnımı kırıştırarak.

"Bilmem ki," diye masumane bir ses tonuyla omuz silktiğinde, gülümsedim ve onu da gülümsetmeyi başardım. Gözlerimiz birbirinden ayrılırken Kamer, Andaç'a seslendi. "Andaç sen iki dakika bir yanıma gelsene."

"Ha siktir, heyecan yaptım." Andaç yerinden kalkıp Kamer'in kolunun altına girdiğinde arkalarını dönüp mutfaktan uzaklaştılar. O esnada Çetin bizimle vedalaşarak dışarı çıktı. Kamer ve Andaç konuşmalarını sürdürürken merakım git gide büyüyordu. Zeynep çayından bir yudum alıp bana seslendi: "Aymira hadi ye bir şeyler, çıkarız birazdan."

Yönümü Zeynep'e verdiğimde, "Bir sıkıntı olmaz değil mi? Ben de yardım edersem size?" diye sordum. Soğukkanlılıkla omzunu silkti. "Sanmam."

Üstelemeden tabağıma baktığımda Andaç'ın buraya geldiğini, Kamer'in de kapıdan çıkıp gittiğini gördüm. Bir şey söylemeden çıkmış olması kendimi kötü hissettirmişti. Bunu pek belli etmeksizin Andaç'a baktım. "Ne konuştu seninle?"

"Lütfen yenge," dedi Andaç kendi üslubunda bir tavırla. "Özel hayata saygı. Lütfen."

Şaşkınlığımı gizlemeden, "Peki," diyebildim. Zeynep acele eder gibi saçlarını geriye atarak, "Biraz hızlı olalım, geç kalacağız," dedi.

"Bugün nereye gideceğiz Zeynep Hanım?"

"Dün akşam aradılar beni, bir doğum günü organizasyonu için garsonluk yapacağız."

Başımı aşağı yukarı salladım. "Bana uyar."

Andaç sırıttı. "Bana hepten uyar. Beleş pasta lan dahası var mı?"

"Yok," dedi Zeynep ayaklanarak. "O yüzden let's go!"

...

Bir saat sonra şirket tarafından temin ettiğimiz kıyafetleri giyerek doğum gününün olduğu eve gelmiştik. Açıkçası siyah bir etek ve beyaz bir gömleği reddetmek çok da zor olmamıştı. Etek boyu kısa olup üstüne bir dar olduğu için bundan rahatsızlık duyacağım aşikârdı. Keza Zeynep de öyle.

Burası şehrin lüks bir sitesiydi. İçeri girmeden güvenlik onayı aldığımızdan belliydi zaten. Biz gelmeden evvel aşçılar ve diğer organizatörler hazırlıkları tamamlamışlardı. Hızlı bir şekilde eve girerek direkt görevimize başlamak için hazırlanmaya başladık.

Andaç, "Eve bak lan? Sanırsın Prenses Diana'ya yaşıyor," diye mırıldandı. Cümlenin içinde geçen özel isim gülümsememe yol açarken, tepsiyi elime aldım ve tezgâhın üzerine bırakıp bardakları dizmeye başladım.

"Kimin doğum günü acaba?" diye sordum boş bulunmuş bir sesle.

O sırada içeri yirmi yaşlarında bir adam girdi. Açık kahverengi saçları ve bal rengi gözleri gözlerimi bulduğunda, "Benim doğum günüm," diye konuştu. Üzerinde afili ve renkli detayları olan gömleği pek pahalı bir şeye benziyordu, gerçi ben insanları asla bu tür konular üzerinden yargılamazdım ama adam resmen ben buradayım diye bağırıyordu.

Yanımıza yaklaştı ve ellerini cebine koyarak, "Bir aksilik istemiyorum, sürekli ikram yapılırsa iyi olur," dedi ve dik dik gözlerimin içine bakmaya başladı. Bundan aşırı derecede rahatsızlık duymuştum ve bu yüzden başımı diğer yöne çevirip yeniden işime odaklandım.

Adam birkaç dakika bizi izlemeye devam etti ve arkasını dönerek mutfak kapısına doğru yürüdü. "Bu arada," dedi bana bakarak. "Adım Yağız."

Yani?

Andaç görüş alanımı kapatarak, "Memnun olduk Yağız Bey," diye geçiştirdi. Kamer abisine çekmiş. Adının Yağız olduğunu öğrendiğimiz adam mutfaktan çıkarken Zeynep yanıma gelip fısıldadı: "Sana asıldı sanki?"

"Abartma Zeynep," dedim bun ihtimal dahi vermekten kaçınır gibi. "Yok öyle bir durum."

"Ne bileyim," dedi dudaklarını büzerek. "Bana öyle geldi o zaman."

"Bence de," dedim hızla geçiştirerek. Bu konunun üzerine düşmeden tepsilere dizdiğim bardaklara içecekleri doldurmaya başladım. "Genç bir kitle var içeride sanırım," dedim kaşlarımı çatarak. Kulağıma dokunan yüksek sesli müzik ve temposu bunun kanıtlar nitelikteydi, bir de üzerine insan sesleri.

Andaç masanın üzerindeki renkli kurabiyelerden birini ısırıp, "Biz de bunamadık yenge," diye konuştu.

"Ben içecek servisi yapacağım o halde," deyip Zeynep'e döndüm. Beyaz önlüğünün yakasını düzeltiyordu. "Zeynep ve sen de şu kanepe dedikleri şeyleri servis edersiniz artık."

Andaç muazzam bir alayla masanın üzerinde duran kanepelere baktı. "Ulan kürdanla yediklerinde kendilerini elit mi zannediyorlar?" Sonra o kanepelerden birini aldı ve tek lokmada ağzına attı. "Bu ne be?" dedi yüzünü ekşiterek.

Zeynep kızdı. "Ya hepsinden mıncıkladın resmen. Sayılı onlar sayılı."

"Ben insan değil miyim?"

"Konumuzla çok alakalı haklısın," dedim ve derin bir nefes alıp omurgalarımı düzleştirdim. "Hadi başlayalım da bitsin bir an önce."

Derin bir nefes aldım ve aylar sonra kendimi bir işin başında bulduğumu fark edip, bunun ciddiyetiyle salona doğru yürüdüm. Salona uzanan koridor dar ve uzundu fakat insanlar hemen hemen her köşede konaklayarak eğleniyordu. Doğum günü için erken bir vakit seçmeleri garibime gitmişti aslında, yani rahat bir aileye benziyorlardı bu yüzden gece daha uygun olabilirdi. Her neyse bu benim sorunum değil, ben üzerime düşen vazifeyi halledip günümü değerlendireyim en iyisi.

Elimdeki tepsiyi hemen koridorun başındaki çifte uzattığımda, yüzüme bakmadan içeceklerden aldılar. "Afiyet olsun," dedim ve yanlarından ayrılarak büyük topluluğun olduğu salona doğru yürümeye başladım. Nedensizce endişeliydim, sanırım aylar sonra yeniden ait olduğum mesleği bir seferliğine olsa yaşadığım içindi.

Salona girdiğimde dev bir müzik sistemi, devasa bir avize ve açık renklerin hâkimiyet kurduğu mobilyalar gözüme batan ilk detaylardı. Müziğin şiddeti ve ritmi rahatsız edici tarzdaydı ve en kötüsü de buna katlanmak zorundaydım.

Salonun sağ tarafındaki bahçeye açılan kapı açıktı ve orada da birçok kişi vardı. Doğum günü sahibi anlaşılan o ki fazla dost canlısı biriydi.

Masaların üzerindeki boşları yenileriyle değiştirmeye başladım. Sağ tarafımdaki sarışın çocuğun kız arkadaşını öptüğünü gördüğümde, gözlerimi onlardan çevirdim. Kötü bir rastlantıydı. Başımı öne eğerek işimi halletmeye devam ederken adının Yağız olduğunu öğrendiğim çocuk yanıma geldi ve ellerini cebinden çıkarıp, gömleğinin yakasını düzeltti. "Şirket böyle taş hatunları nereden buluyor ya?"

"Anlamadım?" dedim gözlerimi kısıp, sakin kalmaya çalışarak. Başımı henüz kaldırmadığımda laubali bir şekilde kulağıma doğru eğilip, "Senin gibi güzel biri için yanlış bir meslek," dediği vakit kendimi hızla geri çekip yutkundum.

"Haddinizi bilin!" Sakin kalmalıydım, eğer ki şimdi bir huzursuzluk çıkartırsam Andaç ve Zeynep'in elindeki işi kaybetmelerine sebep olurdum.

Alay eder gibi ellerini kendine siper ederek güldü. "Vay vay, işte şimdi daha da ilgi çekici oldun," diyerek elimde tuttuğum tepsiden içeceğini aldı ve gözlerimin içine baka baka onu yudumladı. Buna bir son vermeliydim ve öyle de yaptım.

Kendime sakin kal komutları vererek arkamı döndüğümde Andaç'ın şüpheli bakışlarını üzerimde hissettim. "Aymira? Bir sorun mu var?"

"Yok," dedim hızla. "Hiçbir sorun yok."

"Emin misin?" diye sordu pürüzlü bir sesle. Zeynep'in her şeyin farkındaymışçasına olan gözleri beni ürkütse de dudaklarımı gerçeklikten oldukça uzak bir biçimde kıvırıp, "Eminim. Hadi servise devam edelim," deyip yanlarından ayrıldım.

Saat ikiye doğru yaklaşıyordu ve parti beş gibi bitecekti, kulaktan dolma aldığım duyumlarla gece de bunun devamı olacaktı yani bir gece kulübünde. Alt tarafı bir doğum günü yahu, bunlar da bir garip. Dudaklarımı ıslatıp geri çekerek elimdeki boş tepsiyi mutfağa götürdüm. Yemeklerle ilgilenen kadın bana doğru, "Yoruldun mu kızım?" diye sordu.

Gülümseyerek kadına baktım. "Yok yorulmadım, teşekkür ederim düşündüğünüz için."

"Olur mu hiç?" dedi kadın tatlı bir ses tonuyla. Daha sonra bıkkın bir şekilde omuz silkti. "Burada yorulmamak mümkün değil."

"Niye ki?" diye sordum kaşlarımı çatarak. Kadın etrafı kolaçan eder gibi gözleriyle sağı solu süzüp bana yaklaştı. "Evin büyükleri sürekli yurtdışındalar, doğru düzgün eve uğramıyorlar bile. Yağız Bey, yani oğulları her akşam bir parti bir eğlence canımı çıkartıyor resmen. Ekmek parası ama çok israfçılar çok."

"Neden yalnızsınız peki? Bunca şeyi tek başınıza halletmek zor değil mi?" diye sordum sessizce.

Kadın, "Yok yalnız değilim, bugünlük böyle oldu," diye savundu kendini. Üstelemeden başımı sallamakla yetindim. Kadın geriye çekildi ve iç çekerek, "Neyse kızım, sen de çok durma burada hadi servise devam et," dedi.

Konuşmadım ve bardakları temizleriyle değiştirip onları doldurdum. Tepsiyi elime alacağım sıra önlüğümün içinde duran telefonum titredi. Elime alıp kilidi kaldırdığımda yüzümdeki tebessüm çiçek gibi açılıverdi.

Kimden: *Kamer*

"Nasıl gidiyor hanımefendi?" (14.03)

Kime: *Kamer*

"İyi gidiyor beyefendi. Sizin nasıl gidiyor?" (14.03)

Aradan dakikalar geçmeden yanıtladı.

Kimden: *Kamer*

"Konuşuruz yüz yüze. Birkaç saate alırım seni." (14.03)

Kime: *Kamer*

"Tamam o halde."

Yüksek sesli müzik cidden baş ağrısı yapıyordu. Dikkatleri üzerime çekmeksizin yüzümü buruşturarak salona yürüdüm. Zaten aktif olarak bir salon bir bahçede takılıyorlardı. Elimdeki tepsiyle birlikte masa başlarına gittim ve boşları dolularıyla değiştirmeye başladım. Gözlerimin merceği Zeynep ve Andaç'ı benimserken gülümsedim ve onları selamladım. Andaç boynundaki papyondan bir hayli rahatsız olmuşa benziyordu.

Bahçeye çıktım ve ayaklarım çimenlerin üzerine bastı. Masalardaki boşları toplarken Yağız denen adamın hemen büyük çam ağacının altındaki hasır koltukta oturduğunu gördüm. Bir anlık dalgınlığım, üzerimde gezdirdiği gözlerine takıldığında dudağının kenarından pespaye bir kıvrılma söz konusu oldu. Bundan son derece rahatsızlık duymuştum. Zeynep yanıma gelerek, "Aymira, şu adam cidden sana bakıyor," diye söylendi.

Kaşlarımı çattım ve ona dönerek, "Zeynep az bir vaktimiz kaldı zaten, hadi huzursuzluk çıkmadan halledip gidelim," dedim. Onları düşünmek zorundaydım, başlarına iş açacak vakit değildi.

Zeynep huzursuzca, "Ya ama," diye itiraz ettiğinde, "Şunu tazeler misin?" diye bir serzeniş işittiğimde bunun sahibinin Yağız denen adam olduğunu anlamam fazla uzun sürmemişti. Ona bakmadan derin bir nefes alıp verdim, Zeynep, "Ben götüreyim ver sen," dedi.

Kaşlarımı çattım. "Saçmalama. Dikkat çekeceğiz," dedim ve sert bir fısıltıyla kulağına yaklaştım. "Bir şey olmaz, beni biliyorsun."

"Biliyorum da," dedi gönülsüz bir tavırla. "Neyse, sorun yok."

"Bence de," dedim ve gülümsemeye çalışıp, "Hadi devam edin siz de," diyerek onun yanından ayrılıp Yağız denen adamın yanına gittim. Yaylana yaylana oturduğu yerden kalkma zahmeti göstermeyerek elindeki boş bardağı tepsiye koydu ve bu esnada gözlerini yüzümde gezdirdi. Sinirle bakışlarımı diğer tarafa çevirdim ve dolu bardağı alana kadar öylece orada kaldım ama sanki bundan keyif alıyormuş gibi o kadar yavaş hareket ediyordu ki bir an için elimdeki tepsiyi sertçe yüzüne atmamak için kendimi zor tuttum.

Nihayetinde bardağı aldı ve gevşek bir hareketle arkasına yaslandı. Ona bakmadan, "Başka bir isteğiniz var mı?" diye sordum.

"Var," diye cevapladı. "Benimle odaya çıkmanı istiyorum."

Tüm bedenim tarif edilemez bir sinirin altına girdiğinde gözlerimi kıstım ve yutkunarak ona döndüm. Dudakları alayla kıvrılırken elindeki bardağı usul usul gözlerimin içine bakarak ağzına götürdü. Tepsiyi tutan parmaklarım her an kayışı kopabilecek bir savunma sergiliyordu. Bardağı dudaklarından çekip güldü. Bu iğrençti. "Eminim sen de istersin."

Kendimi daha fazla tutamadan elimdeki tepsiyi hızla üzerine attım. "Ne diyorsun be sen? Aşağılık herif!"

Bir anda bahçedeki tüm gözler bizim üzerimizde toplandı. Kendimi hiddetle geriye çekerken onun üzerine dökülen birkaç bardak dolusu içecek her yeri lekelemişti. Hayretle gözlerime bakarak, "Yavaş," diye hırladı. Nefes nefese kalmış bir halde dişlerimi sıkmaya başladığımda ne olduğunu anlamadan Andaç arkamda belirerek, "Ne oluyor lan burada?" diye bağırdı.

Endişeyle Andaç'a baktığımda sinirden gerilen suratı, beni görmeden direkt Yağız denen adamı sorgulamaya başladı. "Ne dedi bu sana?"

Yağız denen adam, "Seni ilgilendirmez velet," diyerek ayaklanırken üzerinden dökülenleri etrafa sallamaya başladı. Kendimi daha da geriye ittiğimde Andaç, aksine birkaç adım daha öne çıkarak alayla güldü ve adamın yakasından tutup, "Yapma ya," diyerek kafasını suratına geçirdi.

Kocaman olmuş gözlerle Andaç'ı zapt etmeye çalışırken Zeynep de bana yardımcı olmaya çalışıyordu fakat nafileydi tüm çabalarımız. Andaç, bizden kurtularak sendelemekte olan adamın yakasını tekrar kavrayarak onun gözlerinin içine baktı. "Ona ne söylediysen gel bir de bana söyle, pezevenk!"

Zeynep, "Andaç sakin ol. Andaç gidelim hadi," diye telaşlı telaşlı onu kollarından çekiştirerek Yağız denen adam pis pis sırıtıp Zeynep'in yüzüne baktı. "Bu da fena değilmiş," deyip yeniden o alaycı gözlerini benim gözlerime sapladı. "Ama ben bunu istiyorum."

Andaç derin ve huysuzca nefes alarak, "Lan ne diyorsun sen şerefsiz?" deyip ona bir yumruk attı. Etraftakiler Yağız'ı kendilerine çekmeye çalıştıklarında birkaçı Andaç'ı itekledi. "Bas git lan buradan!"

Andaç canhıraş bir halde onlardan kurtulurken, "Siktirin lan siz," diye âdeta kükredi. Onu ilk kez bu kadar çıldırmış görüyordum ve açıkçası şaşırmamıştım. "Bana bak lan, tipine soktuğumun yavşağı," deyip Yağız'ın üzerine eğildi lakin bu biraz güç olmuştu. "Doğum günü kutlamak yerine git de iki ahlak dersi al."

Yağız denen adam, "Kes lan sen velet," dedi tiksinerek. Daha sonra onu tutan kolların arasından kurtulup Andaç'ın sol gözüne bir yumruk attı. Zeynep çığlık atarken Andaç'ı derhal arkama alıp Yağız denen çapsızın karşısına dikilip, suratına tükürdüm. "Şerefsiz!"

Bana sinirle el kaldırdığında Andaç ani bir hareketle önüme geçip, havadaki elini tuttu ve bükerek ayağıyla karnına sertçe vurarak onu yere düşürdü. "O elini siker, bir yerine sokarım."

Kalbim deli gibi çarpıyordu. Kendimi son derece kötü hissediyordum. Çalan müzik durmuş, içeridekiler de dışarı çıkarak bizi, oluşturdukları aptal dairenin içine almışlardı. Andaç öfkesini kusmaya devam ederek, "Veletmiş," dedi biraz eğlenir gibi. "Sen erkek olmuşsun da ne olmuş, tipini siktiğimin salağı!"

Etraftakiler Andaç'ı uzaklaştırmaya çalıştıklarında, Andaç onlardan kurtulup, "Çekin lan elinizi üzerimden," diye bağırdı. Yağız denen adam ayağa kalkıp, kaşından akan kanı umursamadan derin derin nefeslerle bize bakıp gülmeye başladı. Kaşlarımı çattım, bu herif neyin peşindeydi. Herkes susmuş yalnızca o gülmeye devam ediyordu. Duraksadı ve gözleri beni buldu. "Varoş seni!"

Gözlerimi güçlükle kırpıştırıp açarken Andaç bu sefer resmen onun üzerine saldırarak, "Lan daha ne konuşuyorsun sen?" diye yükseldi. Zeynep bir yandan ağlıyor, diğer yandan ise çıldırmış bir vaziyette onu durdurmaya çalışıyordu. Yağız denen herif yüksek sesle, "Çağır lan güvenliği, atın bu varoşları dışarı çabuk," diye emretti.

Kendimi tuttum, kendimi tutmaya çalıştım. Kendimi topladım ve Andaç'ı kolundan tutup onu çektim. "Andaç hadi gidiyoruz."

"Aymira bırak beni!"

"Aymira bırak onu," dedi, Yağız çapsızı taklit ederek. "Bırak da saldırsın üzerime, bir şikâyet edip attırayım onu hapse."

"Lan sen kimi tehdit ediyorsun piç?" diye soludu Andaç. Dişlerimi dudaklarıma geçirdim ve Andaç'ı kolundan sımsıkı kavrayıp onu kendime çevirdim. "Andaç gidiyoruz hadi."

"Ama Aymira..." dediğinde otoriter bir sesle konuştum. "Andaç lütfen gidelim buradan, lütfen."

Bu öylesine bir istekti ki bir an önce bu kâbusun bitmesini istiyor, sadece Kamer'e sarılmak ve onun benim başıma gelen en iyi adam olduğunu bir kez daha anlayarak şanslı olduğumun farkına yeniden varmak istiyordum. Dünyada bu tip insanlar oldukça, Kamer'in varlığı her daim şükür sebebim olarak kalacaktı, hatta onun varlığına şükretmem için herhangi bir dayanağa da ihtiyacım yoktu. O, elimi sol tarafıma koyduğumda dudaklarımın arasından çıkan duaların adıydı.

Andaç'ın yüzüne baktığımda, kaşında ufak bir çizik olduğunu gördüm ve o çizikten ince ince kan sızıyordu şakağından aşağısına. Bunu şu an burada dile getirmektense dışarı çıkıp gerçek bir müdahale etmek daha verimli olacaktı.

"Size diyorum lan, atın bunları dışarı çabuk!"

Kulağımızın dibinde bağırılan sesi duymamaya çalıştım. İnsanların bizi ezikler tarzdaki bakışlarına aldırmamaya çalıştım. Bu oldukça zor olsa da üstesinden gelebilmeyi bildim. Zeynep kesik kesik ağlamaya devam ederek Andaç'ın koluna girdi ve onu bahçeden çıkarmaya başladı. Ben de gücümü topladım ve dudaklarımı aralayarak arkamı döndüm.

Yağız şahsiyetsizi söylediklerinden sonra hâlâ bir karşılık bekliyormuş gibi gözlerimin içine bakmaya devam ediyordu. "Ne o?" dedi sakince. "Fikrin değişti sanırım."

Gülümsedim.

"Bu evet demek sanırım ha?"

Gülümsemeye devam ettim.

Yağız pisliği kollarını açarak etrafa seslendi: "Hanımlar, beyler eğlence devam ediyor. Dağılabilirsiniz."

"Durun," dedim düz bir sesle. Daha sonra gülümsememi usul usul dindirip bir adım karşısına çıkarak gözlerinin içine dik dik baktım. "Fikrim değişmedi. Keşke üzerindeki gömleğin fiyatı kadar da karakterin olsaymış..." Kısa bir sessizlik sonrası gergin bir biçimde gülerek adımımı geriye doğru atıp beni süzerek aşağılayıcı tarzdaki bakışlara döndüm. "Ama ne yapalım... Yetersiz bakiye!"

İnsanların bana olan bakışları değişirken kasılmaktan kıracağım çenemi serbest bırakarak üzerimdeki önlüğü çıkarıp Yağız denen adamın üzerine attım. "Aynen," dedim bağırarak. "Eğlence devam edebilir."

Daha sonra ardıma bakmadan bahçeden ayrıldım. Güçlü değil, kırık hissediyordum. Gözyaşlarımı dışıma değil içime akıttığım vakit güçlü olmak ifadesi benden çok uzağa düşüyordu. Evet, benim lügatimde bu böyleydi.

Hızlıca evden çıktığımda Andaçların beni güvenliğin dışında beklediğini gördüm, daha doğrusu Zeynep, Andaç'ı bir yandan sakinleştirip diğer yandan yarasına bakıyordu. Yanlarına gittiğimde yüzümü düşürerek, "Ben üzgünüm. Böyle olsun istemedim," diyerek mahcubiyeti gözlerimin içine yerleştirdim. "İşinizden ettim sizi."

Andaç öfkeyle, "Başlarım lan işine," dedi. Sonra gözlerime baktı, yeşil harelerinde alev alev yanan bir çocuk vardı ve bu ateş onun öfkesinin içine attığı odunlarla iyice korlaşıyordu. "Bizim kazandığımız iki kuruş para, senin ya da Zeynep'in incinen gururundan daha mı önemli?" deyip elini oturduğu taşın üzerine vurdu. "Ulan ben böyle işin."

"Andaç tamam," dedim elini tutarak. "Kendine yeterince zarar verdin zaten."

"Aklım almıyor ya," dedi hayretle. "Bu itler bu cesareti nereden buluyor?"

Omuzlarımı düşürdüm ve sıkıntıyla soluk alıp verdim. "Böyle cesaretin ağzına edeyim ben." Zeynep o esnada Andaç'a dolu gözlerle bakıyordu. Andaç bunu fark edip, Zeynep'in çenesini kavrayarak gözlerinin içine baktı. "Zeynep gözünü seveyim ağlama artık."

Zeynep, "Şu haline bir bak," dedi kısık kısık, ardından elini titreterek Andaç'ın kanaması durmuş kaşına uzattı. "Çok acıyor mu?"

Andaç gülerek kafasını sağa sola salladı. "Acımıyor."

"Yalancı."

"Tamam, biraz acıyor."

Zeynep burnunu çekti ve gülümseyerek Andaç'ın yanağına bir buse kondurdu. "İyi gelir belki bu."

Andaç dudaklarını memnuniyetle kıvırırken, onu kolunun altına alıp saçlarından öptü. "Gelmezse, diğer kaşımı da ben kanatırım."

"Ruh hastası," dedi Zeynep gülerek. O sırada, hâlâ üzerimizde şirketin kıyafetleriyle olduğumuzu fark ettik. "Kıyafetlerimiz?" diye sordum kaşlarımı çatarak. Kafalarını kaldırıp bana baktı ikisi de.

Andaç omzunu silkip, "Alırım ben onları, dert etmeyin," dedi.

"Artık bir işimiz yok mu yani?" diye sordu Zeynep saf saf. Andaç keyifle gülerek yanıtladı: "Bu macera burada bitti, mutsuz son ama biz kazandık. Boş ver," dedi Zeynep'in yanağını okşayarak. "Bize macera mı yok sanki?"

Kendimi gerçekten kötü hissediyordum. Onların elindeki işi almıştım sahiden, buna ben sebep olmuştum. Karamsar bir şekilde başımı öne eğdiğimde telefonum titredi. Mesajı okudum. "Kamer, on dakikaya gelecekmiş," diye konuştum ve ardından ufak bir telaş ile Andaçlara baktım. "Bu olanlardan ona bahsetmek yok tamam mı? Konu burada kapandı."

"Yarası?" diye sordu Zeynep benim telaşıma ortak düşerek. "Yarasını anlar."

"Bir şey olmaz," dedi Andaç. "Siler, saklarım orayı." Sonra huzursuz bir çehreyle gözlerime odaklandı. "Ama yine de bilmesi iyi olur yengem."

"Hayır," dedim net bir şekilde. "Bunu öğrenirse olaylar büyüyüp gidecek. Kamer'i hepimizi tanıyoruz."

"Valla hak ediyor o şerefsiz de," deyip derin bir nefes aldı. "Neyse susacağım senin için."

Cevap vermeden gülümsediğimde Andaç bir yolunu buldu ve kıyafetlerimizi aldı fakat onları burada da değiştiremedik sanırım eve gitmemiz gerekiyordu. Birlikte yolun kenarında Kamer'i beklemeye başladık. Çok geçmeden geldiğinde kapının penceresini indirip bize baktı. "Andaç, bitti mi iş?"

"Bitti," diye atıldım ve onları gözümle işaret ederek arabaya geçmelerini belirttim. Hemen ardından elimde kıyafetlerimle ön koltuğa kuruldum. Kamer bana döndü ve kaşlarını çatarak, "At mı koşturdunuz? Kıyafetleriniz niye hâlâ üzerinizde?" diye sordu.

"İçeride müsait bir yer bulamadık, evde değiştiririz," diye konuşuverdim. Bu onu pek tatmin etmişe benzemiyordu. Kamer kafasını arkaya çevirerek onlara baktı. "Ne biçim iş lan bu?"

"Abi iş işte," dedi Zeynep kısık sesiyle. Durumu fark ettirmemek adına bir çabanın içine düştüğümüzü fark ettiğimde olaya yeniden dahil oldum. "Ya tamam neyi sorguluyorsun daha? Hadi gidelim."

Kamer donuk bir şekilde gözlerime bakarak birkaç saniye öylece baktı. Ters giden bir şeylerin olduğunu ona fark ettirmek istemiyordum. Derin bir nefes aldı. "Tamam, eve gidiyoruz," dedi ve bana yandan bir bakış savurdu. "Sen de fazla oyalanma tamam mı?"

"Nereye gideceğiz?"

"Hayalini kurduğun şeylere."

Alnım kırışırken bu halimden keyif alırmış gibi gülümsedi ve daha sonra gaza yüklenerek buradan ayrıldı. Sakin bir yolculuğun içine düşmüş gibiydik sanki, en azından şu anlık durum gayet iyiydi. On dakika kadar kimse konuşmadığında Kamer dikiz aynasından Andaç'a bakıp, "Andaç o dediğim işi biz gelmeden hallediyorsun bugün," diye konuştu.

İrkildim. "Neyi?"

Kamer beni takmadığında Andaç'ın sakin ses tonu devreye girdi. "Tamam abi, halledeceğim merak etme."

Kamer, "Tamam..." dedi ve gözlerini irileştirerek yükseldi. "Lan! Çevir kafanı sola doğru."

Yutkundum.

Andaç kuru bir sesle, "Anlamadım abi?" diye sordu. Kamer arabayı hızla sağa çekti ve arkaya doğru dönüp eliyle Andaç'ın suratını kavrayarak başını hızla sola doğru çevirdi. "Bu kaşının hali ne lan senin?"

"Abi..."

"Kamer bir sakin ol," dediğimde, "Neyin sakini? Ne oldu diye soruyorum sadece," diye yanıt verdi. Karın ağrım nüksettiğinde kolunu kavradım ve onu sakinleştirmeye çalıştım. "Bir şey olduğu yok. Ufak bir kaza sadece."

Andaç beni desteklerken Kamer şüpheli bir şekilde ikimizin de gözlerine bakmaya başladı. Son derece soğukkanlıydım ama karşımdaki adam ne yazık ki saf biri değildi. "Geri zekâlıya benzer bir halim mi var sizce benim?" diye sordu.

Andaç mesafeli bir sesle mırıldandı: "Estağfurullah abi."

"Andaç diğer kaşını da ben patlatırım koçum," dedi Kamer tehditkâr bir sesle. "O yüzden bana ne olduğunu anlat hadi."

"Bir şey olmadı abi."

"Lan bak çarpacağım ha," dedi Kamer giderek yükselen ses tonuyla. Kendimi salmıştım çünkü şu dakikadan sonra öğrenmemesi imkânsızdı. Hatta sakince konuştum: "Partide bir çocukla kavga etti."

"Sebep?"

"Çünkü bana laf attı."

"Ne?" dedi Kamer bana bakarak. "Ne dedi lan sana o yavşak?" Anından alev alan gözleri ve dili onu sakinleştirmeme yardımcı olmuyordu. "Kamer boş ver, geçti gitti," dedim.

"Ne diyorsun sen? Elin herifi sana laf atıyor, yetmiyor bu çocuk dayak yiyor..."

"Şş," dedi Andaç. "Orada duracaksın delikanlı. Yengem şahit, vallahi herifin ağzına sıçtım ha, ağzına."

"Andaç!"

Kamer'in huzursuz hali öfkesine değmişti bile çoktan. Gözlerini hızlı hızlı kapatıp açtı. "İsmi ne lan, puştun?"

"Kamer sakın," dedim düz sesimle. "Uzatma artık boş ver."

Kafasını hızlı hızlı sallamaya başlayarak gözlerini kıstı ve ölümcül derecece soğukkanlılıkla söylendi: "Uzatacağım uzatacağım merak etme. Laf atmak neymiş göstereceğim."

"Of," dedim huysuzca. Ellerimi başımın üzerine koyarak kafamı eğdim. Kamer'in siniri arabayı her an yakabilecekmiş gibi duruyordu. "Oflama!" dedi mekanik bir sesle. Başımı kaldırdım ve ona boş boş baktım. "Ben artık hayalini kurduğum şeyleri yaşamak istiyorum Kamer, kavga ya da gürültü değil."

"Ona da sıra gelecek," dedi. "Ama bu konu bundan böyle benim meselem."

"Ne yapacaksın?" diye irkildim. Göz temasımızı sonlandırarak arabanı gazına yüklendi. "Orasına karışma. Kendi üslubumla, o piçin ağzının payını vereceğim."

Bitkin bir ifadeyle gözlerine bakmaya devam ettiğimde, tavrımı vurdumduymaz bir halde karşıladı ve arabayı yeniden harekete geçirdi. Bir eli saçlarında stresli stresli geziniyor, diğeri direksiyonu tutuyordu. Sert bir şekilde alıp verdiği nefesler, her an patlayacak bir trafoyu andırıyordu. Kavga etmek istemiyordum bu yüzden sessiz kaldım.

Oldukça gergin bir yolculuğun ardından sonunda eve gelmiştik. Kamer kapının önüne duraksadı ve bana bakıp, "Hadi değiş de gel üzerini, bekliyorum burada," dedi. Ses tonu güzeldi, en azından az öncekine nazaran daha sakindi. "Tamam," dedim ve başımı sallayarak arabadan indim. Andaçlarla birlikte eve girdik. Kimse yoktu.

Zeynep, "Gel şu yüzünü bir temizleyelim," diye konuştu Andaç'ın koluna girerek. Onları arkamda bırakıp odaya doğru yöneldim. Andaç'ın sesini işittiğimde yüzümde kaçamak bir gülüş yer edindi. "Zeynep... Evde kimse yok, baş başayız farkında mısın?"

"Pes," dedi Zeynep şaşkınlıkla.

Andaç keyifle güldü. "Ha! Ben de ondan bahsediyorum işte. Hazır kimse yok, gel bir PES atalım karşılıklı."

Hallerine güldüm ve odaya girip kapıyı kapattım. Üzerimdekileri çabucak çıkararak dolabın kapağını açtım. Aslında sabahki kıyafetlerim temizdi ama nereye gideceğimizi bilmediğim için daha özenli bir şeyler giyebilirdim. Sonuç: Tişört ve pantolon.

Tişörtümün eteklerini pantolonumun içine soktum ve ayağıma spor ayakkabılarımı geçirdikten sonra yüzüme renk verip odadan çıktım. Sonuçta akşam değildi ve bu saatte özel bir davete katılacak değildik. Kıyafetlerim son derece normaldi, hele de bu sıcakları varsayarsak.

Evden ayrıldım ve hevesli hevesli arabaya bindim. Kamer önce gözlerime sonra üzerime baktı. Konuşmadan yalnızca üzerime baktı. "Ben, nereye gideceğimizi bilmediğim için böyle giyindim. Sıradan işte," diye açıkladım.

Gülümseyerek yanağımdan bir makas aldı. "Böyle bir güzellik ne zaman beri sıradan olur oldu?"

Sahte bir düşünceyle gözlerimi kıstım. "Hım. Bir düşüneyim... Yok," dedim sonra. "Düşünemedim."

Kamer dev bir keyifle, "Şaşırmadım," dedi. "Emniyet kemerini tak," diye ikaz ettiğinde onu dinledim ve kemerimi taktım, zaten o esnada çoktan ayrılmıştık evin önünden. Asfalta çıktığımızda arabanın camlarını yarıya kadar indirdim çünkü içerisi çok sıcaktı. Yüzüme esen rüzgâr ense kökümdeki nemi kurutturken bedenime kuru ama sert kısımlar bırakıyordu. İkimiz de konuşmuyorduk ama merak ettiğim şeyler vardı.

"Hallettin mi işlerini?" diye sordum.

"Kısmen," dedi sakince. Ona baktım. "Peki silahı aldın mı?"

"Aldım."

Derin bir nefes aldım. Evden bir hayli uzaklaşmış sayılırdık. Vakit ikindiyi geçiyordu ve bu, günün sevdiğim zamanlarından biriydi. Bulutlar usul usul çekilirken güneş de bizimle vedalaşmak için sırasını bekliyordu. Nihayetinde bir ormanlık alanın önünde durduk, burası sanırım bir piknik alanıydı. Duraksadım ve şüpheyle Kamer'e döndüm. "Piknik?"

"He," dedi Kamer. "Beyaz atletimle mangal yakacağım sana."

"Gerçekten mi?"

"Ya ben içime atlet mi giyiyorum?" diye sordu saf saf. Güldüm. Gözlerini devirdi ve emniyet kemerimi çıkartarak konuştu: "Dediğin gibi herkesin yaptığı ama bizim yapmadığımız sıradan şeyler işte." Sonra anahtarı çıkardı ve cebine atarak arabadan indi. Onu takip ettim. Yanıma geldi ve elimi kavradı. "Önce dışarıda el ele gezmekten bahsetmiştin değil mi?"

"Hı hı."

Ellerimi gösterdi ve güldü. "Tuttum ki."

Birlikte bu ağaçlı alanda sessiz bir yer aradık. Uzağımızda insanlar vardı ve onların sesini işitebiliyordum. "Çoluk çocuk sese bak ya," dedi Kamer huysuzca. "En uzak yer nereyse oraya gidelim."

"Çocukları sevdiğini sanıyordum," dedim bir anda kelimelerime mâni olmadan. Kamer beklemeden mırıldandı: "Sevmediğimi söylemedim zaten."

Susma hakkımı kullandım. Birlikte büyük bir ağacın altına oturduk. Kamer sırtını bu ağaca yaslarken ben de kendimi onun göğsüne yasladım. Evet, sanırım bu alandaki en sessiz yeri seçmiştik. Kolunu omuzlarımdan aşağı sarkıttı ve bedenimi iyice kendine yaslayıp saçlarımdan öptü. "Saçlarının dibi hâlâ nemli."

"Kurur boş ver," diye fısıldadım. "Burası çok güzelmiş," diye itiraf ettim sonra. "Seninle hiç böyle yerlere gelmedik. Ne bileyim bu kadar iyi hissettiren ve rahat bir nefes almamızı sağlayan şeylere işte."

"Sanki ne kadar az şey yaşamışız gibi geliyor değil mi?" diye sordu ama bunun tam olarak bir soru olduğundan emin değildim. Sanırım kendi kendine konuşuyordu. "Üzgünüm, daha önceden getirmeliydim seni böyle yerlere."

"Hayır," dedim sakince ve ona döndüm. Koyu gözleri beni hasretle selamlarken gülümsedim ve dudağının kenarından öptüm. "Üzgün hissetmeni gerektirecek bir durum yok. Hem nasıl olsa bundan böyle beraberiz, istediğimiz kadar gezeriz öyle değil mi?"

"Öyle," dedi.

"Hem dur bakalım, benden kurtulmak bu kadar kolay mı?"

"Sanki senden kurtulmak istiyorum," dedi serseri bir tebessümle. Sonra yeniden kasıldı. "O partideki herif sana ne söyledi Aymira?"

Gözlerimi devirdim. "Kamer bunun bir önemi yok, bitti gitti işte."

"Ne demek bir önemi yok? Delireyim mi illa?"

"Delir."

"Hay Allah'ım ya," diye homurdandı. Elleri yüzümde anlamsızca gezinirken pes etmeden bu işin peşini bırakmadı. "Ne söyledi diyorum sana? Söyle de anasından emdiği sütü burnundan öyle getireyim."

"Ha yine başını belaya sokmak niyetindesin?" diye sordum gözlerimi ona çevirip. Konuşmadı. "Sen böyle bana her laf söyleyenle uğraşacaksan. Ohooo..."

"Nasıl laf o?" dedi yüzünü ekşiterek. "Kim sana laf atacakmış?"

"Ya öyle demek istemedim," dedim düzeltme çabalarına girerek. "Ama görüyorsun işte, etrafımdaki insanların düşüncelerini ellerimle şekillendiremiyorum. Onlara dur diyemiyorum, bu benim suçum değil ve üzgünüm."

"Senin bir suçunun olmadığını zaten biliyorum, niyetim seni yargılamak değil," dedi düz bir sesle. "Ben buna katlanamıyorum sadece, senin incinmeni, başkalarının seni adi şeylerle incitmesine deliriyorum bunu anlıyorsun değil mi?" diye sordu. Ses tonunda yatıştırdığı bir öfke vardı ama onu belli etmekten kaçıyordu. Gözlerini kapattı ve alnını saçlarımın üzerine koydu, dudaklarından dökülen nefes nemli saç diplerimi yakarak kurutuyordu. "Senin incinmene katlanamıyorum."

Gözlerimi kapattım ve omzumdan aşağı sarkan elini kavrayarak parmağından öptüm. Bu naif bir buseydi. "Katlanmak zorunda değilsin. Bununla başa çıkabiliyorum."

"Sen de bununla başa çıkmak zorunda değilsin," dedi. Ne yaparsam ne söylersem söyleyeyim kendi bildiğini okumaya devam ediyordu. Üstelemedim ve ellerini bırakmadan tutmaya devam ettim.

Birkaç dakika öylece çimlerin üzerinde oturmaya devam ettik. Yaprakların arasından bedenimize çizilen güneş ışınları keyifli bir anın içine itmişti bizi. Kamer alnını saçlarımdan çekerken, "Acıktın mı?" diye sordu.

Güldüm. "Cevabı bildiğinden eminim."

"Kurt gibi olandan mı yoksa?"

"Evet."

Güldü ve kolunu omzumdan çekerek ayaklandı. "Bekle burada tamam mı? Beş dakikaya geleceğim."

"Nereye?" diye sordum kaşlarımı çatarak. Dudaklarını büzdü. "Ava çıkıyorum, belki bir geyik falan vururum ne bileyim." Gözlerimi kısarak sırıttığımda dudaklarını yaladı. "Beş dakikaya gelirim."

Başımı sallayarak onu onayladım, fazla beklemeden hızlı adımlarla arkasını dönerek uzaklaştı ve kısa bir müddet sonra gözden kayboldu. Sırtımı ağacın kuru ve iri gövdesine yaslayıp, yere düşmüş birkaç taze yaprağı alıp onunla oynamaya başladım. Hiçbir şey düşünmeden sadece parmaklarımın arasındaki şeye odaklandım. Bazen hiçbir şey düşünmemek öyle iyi geliyordu ki zihnime, tertemiz bir terapiydi sanki.

Kendimi kuşların cıvıltısı, doğanın huzurdan ve ferahlıktan yoğrulmuş hamuruna bıraktığımda bir şeyler mırıldanmaya başladım. Bildiğim eski şarkılardan biriydi bu. Bir süre bunu yapmaya devam ettim. Aradan beş dakika ya geçmiş ya da geçmemişti, kafamı kaldırdığımda Kamer'in elinde beyaz bir poşetle yanıma geldiğini gördüm. Omurgalarımı doğrultarak gülümsediğimde, "Dakiksin," dedim.

"Öyleyim," dedi kibirden uzak bir sesle. Sonra geldi ve karşıma oturarak poşeti yere koydu. "Ne aldın?" diye sordum merakla. Poşetin içinden çıkardığı yarım döner ekmeği bana uzatıp, "Al," dedi. Buna sanırım bir on dakika sevinecektim çünkü döner benim en sevdiğim şeylerden biriydi. "Ya," dedim sevinçle. Güldü ve taklidimi yaptı. "Ya."

Uzattığı döneri aldım ve kucağıma koyarak poşetin içindeki ayran kutusunu alarak sallamaya başladım. Aynını Kamer de yaptı. "Dün lahmacun bugün döner," dedim öylesine konuşarak.

Ekledi. "Yarın da danaya gireriz. Etçil bir çiftiz biz."

Gülümsedim. Kamer dönerden bir ısırık aldıktan hemen sonra ayranından içti. Yemek yerken onu izlemeye bayılıyordum, çok iştahlı görünüyordu ve onun iştahı beni de gaza getiriyordu.

Bir şeylerin olması için illaki çok romantikleşmeye gerek yoktu. Sakin ve güzel bir yerdeydik ve baş başaydık. Üstelik döner yiyorduk, belki başkaları için bu çok absürt bir durum olabilirdi ama bizim için değildi. Birlikteyken ne yediğimizin de yaptığımızın da asla bir önemi yoktu. Hem döner ulan döner, yok ki ötesi.

Yemek yerken konuşmayı tercih etmemiştik ve normali buydu zaten. Kamer kendi ayranını bitirip benimkine uzandı. "Döner ve ayranı aynı anda bitirmeyi hâlâ öğrenemedim," deyip ayranı bana gösterdi. "İçiyorum ha."

Gülerek gözlerimi kapatıp açtım. "Hepsini bitirme ama."

Bir yudum aldı ve bardağı yere koyarak geri kalan dönerini yedi. Ben ona nazaran daha yavaş yiyordum. Kamer poşetin içinden çıkardığı naneli şekeri açarak ağzına atıp gülerek, "Naneli şeker önemli," dedi. Kendimi tutamadan gülmeye başladım. "Sen bugün fazla tatlısın sanki."

"Kusarım," dedi ciddileşerek. "Allah aşkına bana ponçik ya da tatlı, sevimli gibi şeyler söyleme bir daha."

"Tamam tamam," dedim. "Söylemem."

"Tamam," dedi ve tatmin olur gibi göz kırpıp derin bir nefes aldı. Ben geri kalan kısmı yemeye devam ederken o da ağzındaki naneli şekeri emmeye başladı. "Bitir artık şunu, kuş gibi didik didik ne yedin kurban olayım."

"Sen benim lokmalarımı mı sayıyorsun yani?" diye sordum alışılagelmiş bir üslupla. Gözlerini devirerek yeniden soluk aldı ve ummadığım bir anda dizlerime uzanıverdi. Başını dizlerimin üzerine hissettiğimde, "Yatma oraya, üşüteceksin," diye konuştum.

"Boş ver," dedi ve ekledi. "Yemeğini bitir, poşetin içindeki ıslak mendille elini sil ve saçlarımı sev."

"Emredersiniz beyefendi," dedim hayretle. Daha sonra son lokmamı da ağzıma atıp, ayranımı bitirdim. Poşetin içindeki ıslak mendil kutusundan bir ıslak mendil aldım ve ellerimi sildikten sonra sırtımı iyice ağaca yaslayarak kuruyan ellerimi Kamer'in saçlarına götürdüm. Sırtüstü uzanmış ve gözlerini kapatmıştı. Parmaklarım gür ve siyah saçlarının arasında usul usul gezinirken mırıldandı: "Bana çok iyi geliyorsun."

"Biliyorum."

Gözlerini açmadan gülümsedi. Onun gülüşünün ağına takılan gözlerimin içinde bir kuş kanat çırpmaya başladı. "Sen de bana çok iyi geliyorsun," dediğimde, "Biliyorum," dedi.

Sesinin tonu içimi bir hoş ediyordu.

Gözlerini açtı ve elini cebine atarak telefonunu çıkardı. Sonra başını dizlerimden kaldırıp hafifçe yana kayarak başını çimlerin üzerine koydu. "Uzan yanıma."

Soru sormadan uzandım yanına. Kafalarımız birbirine değiyordu. Kamer, kolunu kafamın altından geçirdi ve beni kendine çekerek diğer eliyle telefonunun ön kamerasını açarak bizi kadraja aldı. Anında gülümsedim. "Dur, sakın bozma," dedi ve fotoğrafımızı çekti. Sonra bir tane daha, bir tane daha...

"Güzel bir poz veremiyorum ki böyle," diye homurdandığımda, "Boş ver zaten bir sen biliyorsun bir de ben," deyip çektiği fotoğraflara baktı. "Ayrıca daha ne kadar güzel çıkabilirsin acaba?"

Saf saf sırıttıktan sonra kafamı göğsünün üzerine koydum. Kamer değişik açılardan fotoğrafımızı çekmeye devam etti. "Video çekeyim mi?" diye sordu. "Bir şey yapmıyoruz ki," dedim sakince. Güldü. "Ha illa bir şey yapmamız lazım yani?"

"Yok canım, ben öylesine söyledim," dediğimde kamerayı video moduna alarak başlattı. İkimiz de konuşmuyorduk ama video kayıttaydı. Kamer telefonu ağzıma kadar sokmaya çalıştığında, ellerimle yüzümü kapattım. "Çek çek ağzımı çek," dedim keyifle.

"Bu çok huysuz bir kız çok," dedi kamerayı kendine çevirerek. "Ama geldi işte başıma bir kere, ne yapalım mecbur idare ediyorum."

Göğsüne bir çimdik attığımda yüzünü ekşitti. "Erkeğe şiddet ha! Görüyorsunuz, bu kadının elinden şiddet görüyorum." Gülmeye başladım o da bana katıldı. Şu an hayatımın en keyifli dakikalarını yaşıyordum. İkimiz de çocuk gibi eğleniyorduk, bundan daha büyük bir özgürlüğün olduğunu sanmıyordum. Kamer telefonu yukarı doğru tuttu ve bizi çekmeye devam etti.

Konuşmuyorduk salak salak sırıtıyorduk sadece.

Ama öyle güzeldi ki...

Akşama kadar birlikte gezmiştik. Bir amacımız yoktu, belki biraz mutlu olmak biraz da nefes almak dışında. Üzerimde tatlı bir yorgunluk vardı ama bunu asla sorun etmemiştim. Saat dokuza doğru geliyordu ve biz yeni yeni eve gidiyorduk. Caddeye girdiğimizde gülümsemeye başladım. Çok mutluydum, sanki bu mutluluğu hak etmiyordum ve her an bozulacağından korkuyordum. Alışkın olmadığımızdan mıydı acaba? Bilmem, belki de...

Kamer'le birlikte eve girdik. Salonda kimse yoktu. "Nerede ki bunlar?" diye sordum kendi kendime.

"Odalarındadırlar," dedi Kamer sakince. "Boş ver. Biz de kendi odamıza çıkalım."

Gözlerimi kısarken koluna girdim ve birlikte sakin adımlarla odaya çıktık. Kapıyı açıp direkt ışıkları yaktım. Gözlerim irileşti, irileşti çünkü hemen komodinin başında bir adet yansıtıcı duruyordu. "Bu ne?" diye sordum, cevabını bildiğim şeyi Kamer'e sorarken.

Kamer kapıyı kapattı ve sakince üzerindeki tişörtü çıkardı. Gözlerimi kaçırdım. Tişörtü sandalyenin üzerine bırakırken, "Seninle birlikte izleyeceğim," dedi ve gözlerimin içine baktı. "Titanic'i."

Kalbimin içinde bir yangın başlarken nedensizce o yangının onun kalbine de sıçradığını fark ettim. Hevesle gülümserken, "Ya ama..." dedim ve konuşamadım. En sevdiğim filmi bir kez daha izleyip bir kez daha ağlayacaktım, ama bu sefer ki daha anlamlı olacaktı... Onunla beraber izleyip, onun yanında ağlayacaktım yani bu sefer yastığıma sarılmak yerine onun kollarına sığınacaktım.

"Hadi," dedi yumuşak bir sesle. Bir şey diyemedim çünkü çok heyecanlanmıştım. Ben ışıkları kapatırken Kamer yansıtıcıyı çalıştırdı ve karşımızdaki duvar anında renklendi. Bir dakika? Andaç'ın karın ağrısı buydu demek ki... Omuzlarım hafif bir silsile ile sallandı. Kamer filmi başlatmadan yatağa kuruldu ve sırtını yatak başlığına yaslayarak ellerini dizine vurdu. "Koy güzel başını dizimin üzerine."

"Peçete alsaydım," dedim saf saf.

"Bir şey olmaz. Gözyaşlarını silmene gerek yok, hem ağlamazsın bence."

"Sen öyle san," dedim umutsuzca. Beni pek umursamazken soğukkanlı duruşunun filmin sonunda yerle bir olacağını görmek için sabırsızlanmaya başladım.

Başımı dizlerinin üzerine koyduğumda Kamer, "Başlatıyorum," diyerek filmi başlattı.

Sanırım acıdan var olmuş kalbim acıyı özlemişti.

Film başlamıştı. Sanki ilk kez izliyormuşum gibi izlemeye başladım. İçim içime sığmıyordu, çok garipti ama durum böyleydi. Bacaklarımı gövdeme çektim. Kamer'in elleri saçlarımın arasında gezinmeye başladı, bu huylandırıyordu ama çok güzel bir his bırakıyordu bedenimde.

Filmi izlemeye devam ettik. Aradan bir saat geçmişti ve gözlerimi neredeyse kırpmamıştım bile. "Kamer?" diye fısıldadım, uyuyup uyumadığını kontrol etmek için. "Uyudun mu?"

"Hayır," dedi sakince. "Sıkıldın mı?" diye de ekledim. Aldığım cevap yine aynıydı. "Hayır."

Sustum ve izlemeye devam ettim. Bir replik geçti.

"Bir bilet kazandım, Rose. Hayatım boyunca başıma gelen en güzel şeydi. Seni bana getirdi."

Sonra bir replik daha:

"Neden bunu yaptın Rose? Unuttun mu Jack? Sen atlarsan ben de atlarım."

Titanic çoktan buz dağına çarpmıştı ve gemi batıyordu. Karnım sıkışıyordu, sanırım filme bu kadar yakından baktığım ve bu kadar kendimi kaptırdığım içindi. Her geçen saniye yerimde kımıldanmaya başladım ama Kamer'de tık yoktu. Duygusuz musun sen yahu?

Farkında olmadan kızaran gözlerim ilk damlasını döktü. Anında müdahale ettim ve elimle o gözyaşını sildim. Kamer, "Silme gözyaşlarını," dedi. Sesi boğuk ve yorgun çıkmıştı. Cesaretimi toplayıp arkamı dönemedim, güçsüzlüğümü ona göstermek istemedim.

Ve Titanic battı.

Jack, suyun içinde Rose suyun üzerindeydi. Jack onun ellerini ısıtırken titreyerek fısıldadı: *"Sen sıcak yatağında yaşlı bir kadın olarak öleceksin Rose, şimdi değil, burada değil. Bana söz ver."*

Şunu fark ettim. Önceden sadece bu filmdeki karaktere ağlamıştım ben, yarım kalan aşklarına ağlamıştım belki de ama şimdi... Benim de bir sevdam vardı, benim de bir geleceğim vardı ve kendimi nedensizce kötü hissetmiştim. Saçmaydı belki ama bu seferki çok daha farklı hissettirmişti.

Gözyaşlarım artık tamamen benden bağımsız bir şekilde akıyordu ve buna dur diyemiyordum. Film bitiyordu ve o müziğin ruhuma işleyen tınısı beni mahvediyordu. Omuzlarım sarsılırken gözlerimden akan yaşların Kamer'in pantolonunu ıslattığını fark ettim. Kamer hiçbir tepki vermiyordu. Derin bir nefes aldım ve gözyaşlarımı silerek başımı dizinden kaldırarak ona baktım.

Gözleri kızarmıştı.

Ellerimi titreterek yüzüne götürdüm. İrkildi. "Kamer, iyi misin?"

"İyiyim," dedi kuru bir sesle.

"Ağlıyor musun yoksa?" diye sordum gülerek, tabii neşeden uzak bir tebessümdü bu.

"Saçmalama," dedi bakışlarını kaçırarak. "Niye ağlayayım?"

"Kaçırma o zaman bakışlarını."

Duraksadı.

Gözleri bende değildi ve bu aslında sözlerinin bir manası olmadığını kanıtlamıştı. Sınıfta kaldın Kamer, yenildin.

Yüzüme bakmamakta ısrarcı davranmaya devam ettiğinde, dayanamadım ve elimle çenesini kavrayıp çevirdim. Gözleri sahiden kızarmıştı ve dokunsam ağlayacak gibiydi. Buruk bir şekilde gülümsedim. Hiçbir şey söylemeden gözlerime bakmaya devam etti. İkimiz de susuyorduk, kalbim sıkışıyordu.

Yutkundu ve gözlerini kısarak çenesini kavradığım elimi tutarak parmaklarımdan öptü, sonra dudaklarını araladı: *"Bir gelecek kazandım, Diana. Bu cadde başıma gelen en güzel şeydi. Seni bana getirdi."*

10. Bölüm

Göğün Şen Kahkahası

Sabahın ilk ışıklarıyla uyanmıştım. Güneş kirpiklerimin uçlarına değip, oradaki kurumuş hayallerimi yeniden diriltttiğinde göz kapaklarım buna tepki vermiş ve beni uykudan kaldırmıştı. Saat henüz sekizi yeni geçmiş olmasına rağmen hiç uykumun olmaması birtakım gariplikler sebebiyet vermişti. Aslında bunun sebebini biliyordum ama yine de dün gecenin huzuru hatırına daha doğrusu dünün güzelliği hatırına susma hakkımı kullanmıştım.

Evet, şu dükkân meselesinden bahsediyorum.

Bunu hak etmiyorum, ne olursa olsun böyle bir şeyi kabul etmek fazla acımasızcaydı benim için. Dün öylesine geçiştirdiğim şeyin aslında bu kadar da hafif olmadığını biliyordum, biliyordum ama yeni bir tartışma çıkmaması için susmuştum.

Ama buna daha fazla izin veremezdim, vermemeliydim.

Pencerenin önünde kollarımı göğsümde birleştirmiş bir vaziyette dışarıyı izlemeye başladım. Etrafta kimse yoktu, sanki önceden her yer panayır yeriymiş gibi...

Dalgın dalgın buğulanmış gözlerimi kıstım. Zihnimin zaman makinesine takılan onca hatırayı sebepsizce hatırlamaya başladım. Buraya ilk geldiğim günü, burada onunla birlikte uyuduğum ilk uykuyu, sonraya ilk dokunuşu... Sanki yaşlanmıştım, oysa bu doğruydu. Anılar eskimez, eskiyen hep bizlerdik.

Derin bir nefes sayılmasa da soluklanarak gözlerimi Kamer'e çevirdim.

Uyuyordu,

Ve o,

Çok güzel uyuyordu.

Yüzü bana dönüktü ve bir eli sağ yanağının altında kalmış, dudakları sarkmıştı ama kaşları hep çatıktı. Gülümsemeye başladım. İnsan uyurken bile sinirli görünebilir miydi? Saatlerce onu izleyebilirdim, hiç konuşmadan gözlerimi bir saniye bile ondan ayırmadan her saniye o güzel suratını satır satır ezberleyebilirdim. Sanki daha önceden yapmamışım gibi.

Kollarımı göğsümden ayırdım ve sakin adımlarla bir iki adım atıp, yatağın üzerine hemen karın boşluğunun olduğu bölgeye oturdum. Ellerimle koluna dokunarak, "Kamer uyanır mısın?" diye fısıldadım.

Duymadı, tepki dahi vermedi.

Ses tonumu biraz daha artırıp, daha şiddetle dürttüm kolunu. "Kamer bir uyanıver."

Hafif bir kıpırdanmaya söz konusu olduğunda, fırsat bilip üzerine gittim. "Ya bir uyansana, Allah Allah."

"Ne oluyor ya?" diye homurdandı gözlerini açmadan.

"Bir şey konuşmamız lazım," dediğimde, "Saat kaç?" diye sordu.

"Sekiz civarı."

"Derdin ne bu saatte?" diye sordu. "Uyu sen uyu. Hayır, ben seni öperek uyandırıyorum sen beni okula gitmem için itekleyen anneler gibi... Beş dakika daha diyeyim mi?"

Gözlerimi kıstım. "Mi mi mi mizah şov."

Güldü. Güldüm.

Ama sonra toparladım.

"Seninle bir şey konuşmak istiyorum," diye başladım sözlerime.

"Bu saatte tepemde dikildiğine göre inşallah önemli bir şeydir," diye karşılık verdi. Başımı sallamakla yetindiğimde, "Tamam söyle hadi," diye mırıldandı.

Her ne kadar vereceği tepkiyi adım kadar bilsem de bunun için gardımı çoktan almıştım. Hafifçe öksürüp, "Dün sofrada bir tatsızlık çıkmasın diye geçiştirdik ama şu dükkân konusunu kabul etmiyorum," diye konuştuğumda, gözlerini devirerek başını diğer tarafa çevirmesi bir oldu.

"Rüyanda mı gördün ne yaptın?"

"Kamer, ciddi bir mesele bu," diye üzerine gittim. "Bunu kabul edemem, etmiyorum ve etmeyeceğim de."

Duraksadı ve bana baktı. "Sebep? Gerçi sana fikrini sorduğumu hatırlamıyorum."

"Kaba mısın acaba?"

"Yo."

"Öylesin," dedim başımı aşağı yukarı sallayarak. "Ayrıca fikrimi sorup sormaman umurumda değil, ben bunu kabul etmiyorum. Nokta!"

Başını yastıktan kaldırarak, "Nah nokta!" diye homurdandı. "Cidden sabah sabah bunun için tartışmak istemiyorum."

Omuzlarımı düşürerek yorgun bir çehreyle gözlerine baktım. Kaşlarını çatmıştı ve öfkenin tohumlarının irislerinde filizlendiğini görebilmiştim. "Tartışacak bir durum yok işte, bunu anlatmaya çalışıyorum ve böyle bir tepki vereceğini bildiğim için de dün bunu geçiştirdim... Ama olmaz işte, bunda gram reddetme hakkına sahip değilsin."

"Sahibim," dediğinde huzursuzca başımı sağa sola salladım. Sustu, sanki söyleyeceği şeyleri toparlamaya çalışıyor gibiydi ama ben buna müsaade etmeden devam ettim:

"Benim açımdan baktın mı hiç? Dayı bu mirası size bıraktı, ben kimim ki?" Sonra gülümseyerek yumuşatmaya çalıştım. "Bundan kastımın ne olduğunu biliyorsun, yoksa hayatındaki insan olduğumu biliyorum ama..."

"Kendin diyorsun işte, hayatımdaki insansın ve ben hayatımdaki insana bunu yapmakta herhangi bir sakınca görmüyorum," dedi.

Yok, adam asla anlamıyor.

"Ya bak," dedim direkt bir savunmayla. "Bu çok büyük bir şey anlıyor musun? Ben o gün hayallerimden bahsederken bunun bu kadar kolay olacağını ima etmemiştim. Kendim çalışarak kendi emeğimin gücüyle yapmak istiyorum. Beni anlamaman için herhangi bir sebep yok."

Soğukkanlı bir şekilde omzunu silkti. "Canım seni anlamak istemiyor ama."

Gözlerimi kapattım ve kendime sakin ol komutları vermeye başlayarak ayağa kalktım. Kaşlarını çatarak, gergin çehresini gözlerime odakladı. "Orası sizin hakkınız ve ben bunu kabul etmiyorum," deyip kendi kendime mırıldandım: "Bana hakkın olmadığı halde açıklama yaptırdığına inanamıyorum."

"Abartmadın mı?" diye sordu sakin bir şekilde. Daha sonra kendini arkaya doğru serbest bırakarak yeniden yatağa uzandı. Elleri iki yanındaki yerini alırken gözlerini tavana dikip kapadı. "Ayrıca rüyamda seni görüyordum ve beni bundan mahrum bıraktın, öcünü alacağım bunun."

Gözlerimi kısarak hayretle konuştum: "Karşındayım ya, ne rüyası?"

Pis pis sırıttı ama gözlerini açmamıştı. "Yok, rüyamdaki sen daha tatlı bir şeydi," deyip burnunu kıvırdı. "Bu Azrail mübarek."

"Ha ha ha," diye alay ettim. Kamer bundan hiç etkilenmeyerek gülmeye devam etti. O, konu ciddi bir şeylere geldiği zaman kaçak dövüşü seven ve bunu pekâlâ yapabilen biriydi. Yine aynını yapıyordu. Konuyu başka yöne çekerek meseleyi çürütmeye çalışıyordu.

Ellerimi yeniden göğsümde birleştirerek yutkundum. "O zaman, sorun yok."

"Yo," dedi saf bir ses tonuyla.

"Ya senin niyetin beni sinirlendirmek mi?" diye söylendim. Ses tonum haddinden biraz yüksek çıkmıştı lakin Kamer bunu bile umursamadı çünkü ona istediğini veriyordum. Sinirlenmem hoşuna gidiyordu.

"Buna da bir yo."

"Of," dedim belli bir sıkıntıyla. Kamer daha fazla direnmeden gözlerini açtı ve kafasını usulca bana çevirip gözlerimin içine içine baktı. "Allah aşkına şunu dert etmeyi bırak. Ne fark eder ki hem? Ha senin üzerine ha benim üzerime? Yine sen çalışacaksın orada, yine sen duracaksın."

"Sorun da bu," dedim. "Bu çok büyük bir mevzu ve ben ömrüm boyunca bunun için kendimi sana ve sizlere karşı borçlu hissedeceğim ki zaten hissediyorum da. Orası benim hakkım değil. Bu işler bu kadar kolay olmamalı. Niyetinizi anlıyorum ve benim için bu kadar güzel olmanız hoşuma gidiyor ama ben bunu kabul etmiyorum."

Ne demek istediğimi çok iyi anladığından emindim ve öyle de olmuştu. Durdu ve dudaklarını ıslatıp çekerek, "İyi, bakarız," diyerek geçiştirdi. Sonra hemen ardından yükselerek net bir dille ekledi: "Dahası yok. Nokta!"

"Ben anlaşıldığımı biliyorum, bakarız değil baktık," diyebildim sessizce.

"Ulan sabah sabah," diye söylenip, gözlerini ovuşturmaya başladı. "Huysuzluğunun özrünü, beni öperek giderebilirsin mesela."

"Fırsatçıyız sanki?" diye mırıldandım tebessüm ederek. Ellerini gözlerinden çekti ve bana muzip muzip bakarak sırıttı. "Konu sen olunca fırsatlar her zaman kabulüm."

Olduğum yerde gülümsemekle yetindim ve daha sonra başımı pencereye yeniden çevirip, "Hava bugün de çok güzel," dedim.

"Senin gibi."

"Hadi kalk artık, çocuklar uyanmıştır."

"Bana ne," dedi düz bir sesle. Sonra esnemeye başladı ve bunu yaparken ağzını kapadı. Esnedikten sonra gözlerinin akında oluşan kızarıklık hoşuma gitmişti. Şu an cidden çok sevimli gözüküyordu. Kocaman adama bunu diyecek kadar aklımı yitirmiş sayılsam da bu sevimli olduğu gerçeğini değiştirmiyordu. Ha! Bunu sesli bir şekilde söylersem de hoşnut kalmayacağı gerçeğini de.

"Ben kahvaltı hazırlamaya iniyorum," dedim saçlarımı düzeltirken. "Sen de fazla oyalanma ve gel lütfen."

"Emriniz olur hanımefendi," dediğini işitirken, kapıyı çoktan açmış ve kendimi direkt merdivenlerde bulmuştum.

Salona indiğimde Andaç'ı televizyon izlerken buldum. "Günaydın," dedim sakince. "Günaydın," diye yanıt verdiğinde mutfağa girdim ve ocağa bir çay suyu koyup sonra derhal buzdolabını açtım. Birkaç kahvaltılık çıkarıp, tezgâhın üzerine bırakarak çay suyunun kaynamasını bekledim. O esnada canımın sıkkınlığını gidermek adına Andaç'ın yanına gittim.

Koltuğa uzanmış bir elinde kumanda, çizgi film izliyordu.

Ruhu çocuktu, birçoğumuzun aksine...

Diğer koltuğa geçip oturduğumda gülümseyerek televizyona baktım. "Çizgi film izlemeyi seviyorsun sanırım."

"Eski günlerimi özlüyorum belki de," dedi ve ekledi. "Önceden uyanır uyanmaz televizyonu açar ve çizgi film izlerdim, o esnada annem de yemek hazırlardı." Ses tonu boğazımda oluşan bir yumruya gebe kalırken, gözlerinin içinde masumiyeti görmek çok iyi hissettirmişti.

Bir an için gözlerimin ardında sakladığım ve daima onları hali hazırda tuttuğum gözyaşlarımı tuttum ve onun içi saf sevgi dolu gözlerine baktım. "Eskiyi özlüyor musun Andaç?"

Onunla bu konuları konuşmamıştık, ben Aytaç'la bile konuşmuştum ama Andaç ile hiç bu meselelerin üzerine yorum yapmamıştık. Niyetim onu üzmek ya da bir şeyleri hatırlatmak değildi, niyetim gerçekten kalbinden geçenleri bilmekti.

Yattığı yerden toparlanırken, "Ne kaba bir insanım ben, sen geldiğinde neden kalkmadım sanki," diye homurdandı. Gülümsemekle yetindiğimde dudaklarını ıslattı ve bir şeyleri düşünmeye başladı. Düşünürken gözlerinin kısıldığını ve dudağının kenarında beliren o ufak girintiyi gördüm. Bu çok masum bir histi.

Gözlerini bir yere odakladı ve dudakları aralandı. "Sanırım özlemiyorum. O gürültüyü, o savunmasız hallerimi ve ağlak yüzümü..." Sesli bir biçimde gülümsedi. "Özlemek aptallık olur."

Neden acıtıyordu ki? Böyle olmasını istediği için, böyle hissetmenin doğru olduğunu bildiği için konuşuyordu böyle. Onların hikâyesini biliyordum. Zor bir dönemi, tertemiz bir ruhla atlatmak her kişinin harcı değildi, tıpkı Kamer gibi... Bak işin sonu yine ona çıktı işte.

Bana baktı. "Şu an olduğum yerde çok mutluyum Aymira. Burada bir ailem var, bizi kolları altına almış bir adamın yanında mutlu olmamak da şımarıklık, doyumsuzluk, vefasızlık olur."

"Onu çok seviyorsun değil mi?" diye sordum Kamer'i kast ederek.

"Ulan ben sevilmeyecek adam mıyım?" Kamer'in bir anda odayı dolduran sesi ikimizi de gülümsetirken Andaç kaş göz yapıp, "Egosuna kadar hem de," diye konuştu.

Kamer bize bakmadan direkt mutfağa yönelerek, "Su kaynıyor, sen orada çene çalıyorsun," dedi.

Ayaklandım. "Ay ben onu unuttum."

Kamer, "Tamam, ben demlerim otur sen," dedi sakince olayı büyütmeden. Birkaç saniye ayakta kaldım ve sonra yeniden oturdum. O esnada Zeynep pijamalarıyla yanımıza geldi. "Günaydın."

Andaç keyifle, "Günaydın," deyip kollarını açtı. "Gel az seveyim seni."

Zeynep hiç şüphesiz kendini Andaç'ın kollarının altında bulurken, tıpkı bir kedi yavrusu gibi kıvrılıverdi. Onları böyle görmeyi seviyordum.

Kamer yanımıza geldi. "Çetin uyanırsa görürsün sen."

Andaç umursamadan, "O da Semra Kaynana gibi her şeye karışıyor, salsın bir bizi artık," diye konuştuğunda Çetin olay yerine anında müdahale ederek Andaç'a baktı. "Bir daha söylesene şunu!"

Andaç'ın surat ifadesi değişirken Kamer bıyık altından gülerek yanıma oturdu. "Ben dedim." Onun bu halini gülümsemekle geçiştirirken Andaç masum masum sırıtmaya başladı. "Diyordum ki, keşke diğer kolumun altına da kayınçom gelse onu da sevsem."

Çetin düşünülenin aksine, Zeynep'i kavradı ve onu Andaç'ın kolunun altından çekip ikisinin ortasına oturdu. Daha sonra da Andaç'ın kolunun altına girerek, ellerini sıkmaya başladı. "Nasıl, iyi mi?"

Andaç'ın gözlerinde acı çekermişçesine bir ifade belirirken buna güldüğümü belli etmemek adına ağzımın üzerine ellerimi götürdüm ama sanırım bu daha çok belli etmişti. Her neyse...

Sakinlik yeniden ortamın ana dili olduğunda Kamer derin bir nefes alarak ellerini öne çıkardı. "Aytaç nerede? O da gelsin bir şey konuşacağım, gerçi işi var onun değil mi?" diye sordu ortaya konuşarak.

Çetin, "Çıkmış erkenden," dediğinde alnımın ortasını kırıştırdım.

Kamer, "Niye o kadar erken gitti?" diye sorduğunda Çetin boş boş bakmakla yetindi. Kamer fazla üstelemeden devam etti: "Neyse... Şu dükkân işini hallettim. Birkaç güne tamamen bize ait olacak ama adamlara orayı boşaltmalarını söyledim bile."

Çetin, "Nasıl? Bir günde mi?" diye tepki gösterdi.

Kamer sakince, "Aynen, bir günde. Umurumda değil, bunca zaman sustuklarına saysın şerefsizler," dedi. "Kısacası bugünden itibaren el birliğiyle orayı çekip çevireceğiz ve yeni bir düzen getireceğiz."

Andaç şaşkın bir ses tonuyla yüzünü buruşturarak Kamer'e baktı. O sırada Zeynep'in uykulu hali gülümsetmişti. Dünya yansa umurumda değildi. "Lahmacun satmaya devam etmeyecek miyiz?"

Kamer bir süre sustu ve göz ucuyla bana baktı. Bu kötü hissettirmişti, sanki tüm yükü benim omuzlarıma yükler gibi olmuştu. Kaşlarımı çatarak ona baktığımda az önce konuştuklarımızı unutmaması için onu uyardım. Dişlerini sıktı ve yeniden onlara odaklandı. "Buna biz karar vereceğiz. Orada birlikte çalışacağız ama daha çok siz."

"Biz?" dedi Zeynep esnerken. "Biz mi?"

"Evet abisi, siz," dedi Kamer imalı imalı. "Yüzünü bir yıka, aç şu uykunu da öyle konuşalım istersen."

Zeynep karşılık vermediğinde Çetin söz aldı: "Aga kafam karıştı lan."

"Çetin kıyak yapıp dublaj çektim sesime, nasıl anlamadın?"

Andaç müthiş bir keyifle güldü. "Kral be!"

Çetin, Andaç'ın ellerini sıkarak tepkisini belli ettiği vakit Andaç yine kendi lehine hareket etti. "Pas."

Klasikleşmiş Çetin ve Andaç atışmasını Kamer'in ses tonu irdeledi. "Bugünden itibaren orayı adamakıllı dekore edeceğiz. Hep birlikte."

"İyi de nasıl ve ne işleteceğimizi bilmiyoruz ki," dedi Çetin hakikatli bir merakla. Zihnim karışıktı, Kamer'in bu kadar ilgili ve çabuk davranmasından kaynaklıydı belki de. Kamer, "Mühim değil, şimdilik orayı kendi zevkimize göre ayarlayacağız," derken gözleri beni buldu. Bir şey söyleyemedim.

Andaç dahil oldu. "Abi sende bir haller var. Bu kadar aceleci olmanı neye bağlıyoruz?"

Andaç merak ettiğim ve dile getiremediğim soruyu istirham ederken Kamer derin bir nefes aldı ve gözlerini benden çekip önce Andaçlara sonra yeniden bana baktı. "Çünkü birkaç gün sonra Aymira'nın doğum günü ve orada kutlayacağız."

Kalbim ani bir şekilde ritim değişikliği yaşadı.

Üç Eylül...

Zihnim bu tarihi neredeyse unutmuştu, neredeyse hatırlamayacak hale gelmişti. Bunun sorumlusu ben değildim, kimse değildi sadece alışılmış bir boş verilişti. Doğum günlerimi kutlamazdım, hem de hiç. Alper bana bir keresinde kek yapmıştı ve üzerine de Hindistan cevizleriyle kalp yaparak bunu tamamlamıştı... Gözlerim birdenbire buğulanırken varlığını hâlâ taze tutan anılar yerini yenileriyle değiştirmeye pek de meraklı gözükmüyordu.

Kamer'in gözlerine derin derin bakmaya başladım. Biliyordu, ona doğum günümü söylememiştim, onca vakit geçmiş olmasına rağmen bunu söylememiştim. Kasıtlı olarak yaptığım bir şey değildi, sadece denk düşmemişti. Ama biliyordu ve tüm bu çabası bunun içindi.

Andaç, "Oha! Yenge bu doğru mu?" diye sordu.

Dikkatimin büyük bir kısmı Kamer'in koyu irislerinde odaklıydı lakin o Andaç'a bakmadan cevap verdi: "Doğru."

"Ya ben niye heyecan yaptım ki şimdi?" dedi Andaç gülümseyerek. Nedensizce ben de heyecanlanmıştım, çünkü ilk defa farklı bir anı olacaktı benim için. Aslında farklı da sayılmazdı ama yeni yaşıma sevdiğim insanlarla, sevdiğim adamla girme düşüncesi kalbimi titretmiyor değildi.

Çetin, Andaç'ın kolunun altından çıkarak arkasına yaslandı. Biz ise hâlâ kilitlenmiş bir halde Kamer ile birbirimizin gözlerinin içine bakmaya devam ediyorduk ta ki Andaç'ın sahte öksürük seslerini duyana kadar. "Abi biz çıkalım isterseniz. Siz rahat rahat şey edin."

Utanarak gözlerimi Kamer'in güzel gözlerinden ayırarak saçlarımı kulağımın arkasına iteledim. Kamer dişlerini sıkarak Andaç'a baktı. "Ben seni bir şey edeceğim ha!"

Andaç yapay bir korkuyla gözlerini irileştirdi. "Yengemin üzerine beni mi kuma alacaksın? Valla Osmanlı bile böyle çökmedi abi, helal olsun ne diyebilirim ki."

Kamer, "Deme hiçbir şey deme," diye ikaz edip daha sonra birkaç saniye kendini dizginleyip devam etti: "Dayı bize bir emanet bıraktı ve ona hak ettiği şekilde sahip çıkacağız. Hep birlikte çalışıp, hep birlikte bir şeyleri kazanacağız."

Kamer'in her zaman koruduğu bu otoriter tavrı yine baş göstermişti. Bu fikir hoşuma da gitmişti aslında. Kısa bir sessizlik söz konusu olduğunda dudaklarıma nem kazandırıp tok bir sesle konuşmaya başladım: "Bu arada dün sofradaki mevzu... Şu dükkânın tapu olayını kabul etmediğimi Kamer'e söyledim. Bunda hakkım yok ve lütfen bu konuda alçakgönüllü davranıp, beni yumuşatmayın."

Kamer gerilirken Çetin'in ve Zeynep'in sorgulayıcı bakışları konuşmak veya konuşmamak arasında gidip geliyordu. Devam ettim: "Orayı birlikte yönetebiliriz ama bunu kabul edemem ve etmiyorum."

Çetin elini saçlarına attı ve rahat bir şekilde onları düzeltmeye başlarken mırıldandı: "Değişen bir şey olmayacak ki zaten Aymira. Ha sen ha ben ha Kamer..."

"Öyle değil işte," dedim hızla. "Bu çok büyük bir şey ve benim ne buna ihtiyacım var ne de hakkım." Kamer'in yüzünü göremesem de gergin nefesler alıp verdiğini hissedebiliyordum. Çetin üstelemedi, Andaç ve Zeynep de sessiz kalırken gülümsedim. İçim rahatlamıştı az çok. Kamer'in zaten böyle bir tepki vereceğini bildiğim için, şu anki durumunu pek de umursuyor sayılmazdım.

Derin bir nefes alıp verirken ayaklanarak, "Sofrayı hazırlayayım o zaman," diye konuştum. Konuşan kimse olmamıştı. Sükûnetimi koruyarak yanlarından ayrıldığımda Kamer'in ifadesiz ve gergin çehresini sırtımın üzerinde hissedebiliyordum.

Kahvaltı sonrası birkaç işi halledip direkt Dayının dükkânına gelmiştik. Kapının önünde büyük bir araç vardı ve içeriden çıkarılan eşyalar oraya konuyordu. Andaç gözlerini kısarak, "Bence sedir koltuklar kalmalıydı abi," diye konuştu. Kamer çok geçmeden ılık bir sesle yanıtladı: "Onlara dokunmayacağız zaten. Şu yavşak ortak bozuntusunun mallarını çıkarıyoruz."

Çetin ellerinin pantolonun cebine koyarak sıkıntılı bir nefes alıp verdi. "Oğlum sen ne ara hallettin bu kadar işi?"

Kamer'in cevabı gecikmedi: "Çetin, az laf çok iş."

Kamer'in net ve kendinden bir hayli emin çıkan sözleri beni kuşkuya düşürse de bunu irdelemedim. Nihayetinde buradaydık ve yeni bir girişimin önünde bekliyorduk. Artık yeni bir işimiz olacaktı, kendimi farklı hissetmekten ziyade özlediğim yanıma kavuşacak olmanın verdiği heyecanla tuhaf hissediyordum.

Daha sonra birlikte içeri girdik. İçeride hummalı bir çalışma vardı. Büyük karton kutulara toplanmış birçok eşya kötü hissettirmişti. Kimseyi işinden etmeye hakkımız yoktu ama bu adam fırsatçının tekiydi ve biz o mektubu bulana kadar da bu böyle sürüp gidecekti. Üstelik Kamer zaten kredi çekerek burayı almıştı. İşlerinin bitmesini beklerken arka köşedeki sedire geçtik. Zaten çok da bir şey kalmamıştı. Her ne kadar birçok eşya gitse de Dayının ruhundan kalan objeler varlığını hâlâ koruyordu ve korumaya da devam edecekti.

Bir süre sonra adam anahtarı Kamer'in avucuna bıraktı ve sessizce kapıyı kapatarak uzaklaştı. Ama şöyle de bir durum vardı: Biz her ne kadar birlikte çalışacak olsak da burada çalışan birkaç garson da bizimle beraber devam edecekti çünkü onların hakkını yiyemezdik. Üstelik Andaç ve Zeynep'in bir süre sonra okulu başlayacaktı ve bu nedenle sorumluluğum fazlalaşacaktı. Sorun olmazmış gibi gözükse de olacaktı.

Kamer elindeki anahtarı bırakmadan bana bakmaya başladı. Gözlerinin ardındaki düşünceyi o kadar anlamıyordum ki öfkesi ve sevgisi okyanusun ortasındaki girdabın içine hapsolmuş gibiydi. Andaç, "Ee? Nereden başlıyoruz?" diye konuya güzelce bir giriş yaptı.

Sırtımı dayadığım ahşap duvardan ayrılmadan kollarımı göğsümde birleştirdim. Kamer ve ben hariç herkes oturuyordu. Çetin düşünceli düşünceli mırıldandı: "Önce ne yapacağımıza karar verelim. Yani konuyu belli başlı ele almamız gerekiyor, üstelik Aymira'nın doğum gününe kadar hazır da olması gerekiyor hem açılış hem de kutlama."

Kamer, "Doğru," diye onayladı ve derin bir nefes alıp bir iki adım öne çıkarak etrafı alıcı gözüyle süzmeye başladı. "Benim zaten bir işim var, aynı şekilde Çetin'in de." Gözleri beni buldu. "Buranın büyük sorumluluğu senin üzerinde. Ben zaten hep buralarda olacağım ama daha çok sen." Güven veren ses tonu hoşuma gitmişti, bana güvenmesi de öyleydi.

"Benim için sorun yok," diyebildim. Kamer usulca başını sallayarak gözlerini kıstı. "Bana ne istediğini söyle!" Kaşlarımı çattığımda sorusunu yineledi: "Ne işletmek istiyorsunuz?" Sorusu çoğul ekini aldığında içim ferahladı. Kendimi yalnız hissetmediğimi bilmek güzeldi.

Boğazımı temizledim ve konuşmaya başladım: "Benim fikrim sabahları kahvaltı, akşamları ev yemekleri tarzında bir yer olmasından yana. Sadece bir şeyin üzerine düşmeyelim. Üstelik öğrencilere indirimli ve yardıma muhtaç insanlara sonuna kadar kapımızın açık olmasını isterim."

Andaç, "Yengem bayağı pamuk gönüllüsün ama öyle olunca burası iki güne batar," diye fikrini beyan etti.

Omzumu silktim. "Ben öyle düşünmüyorum. Sonuçta milyonları kazanacak değiliz. Elbette ki çok kazanmak isteriz ama yine de onca muhtaç insana az da olsa bir faydamız dokunsun isterim."

Zeynep hemen konuştu: "Bence çok güzel bir fikir. Hem bu sayede bereketimiz artar."

Gülümsedim. Çetin, "Aferin kız, ağzın uzun zaman sonra iyi laf yaptı," diye seslendi Zeynep'e. Zeynep sıcacık bir samimiyetle tebessümünü genişletti. "Kesinlikle," diye destek oldum Zeynep'e. Kamer'in sessiz kalışı bu fikre soğuk bakmadığını göstermişti, üstelik bir itiraz da bulunacağını da sanmıyordum.

Andaç, "Yemekleri kim yapacak? Sabah akşam Aymira burada kalacak değil ya!" diye sordu. Düşünmeme vakit tanınmadan Kamer kararlı bir ses tonu ile yanıtladı: "Bir şirket ve fırın ile anlaşma yapabiliriz. Üstelik hemen işe başlanacak demiyorum, sadece hazır olmalı."

Çetin ayaklanarak önce duvarlara sonra perdelere göz attı. "Bence bu boyayı değiştirelim, perdeleri de." Sustuğunda yüzünü ekşitti. "Pek anlamam ama daha çekici bir şeyler olmalı."

Andaç kıkırdadı. "Disko topu ve spot ışıkları olur mu? Belki bir çocuğun sünnetini falan yaparız burada."

Çetin ters ters Andaç'a bakarak ona susması gerektiğini belli etmişti. Kamer yerinde usul usul hareket ederek mırıldanmaya başladı: "Ben şu geri kalan senet işlerini halledeceğim, Çetin sen boya ve fırça getir. Andaç da kızlarla birlikte burada kalsın."

Olumsuz bir şey söylemediğimde Andaç öne atıldı. "Zeynep'le biz gidelim mi boya almaya?"

Kamer, "Geçen sefer aldığın boyaların rengi bir yerine benziyordu, otur oturduğun yerde," diye homurdandığında Andaç oturduğu yerden kalktı. "Abi bu kez insan evladı gibi boya seçeceğim. Hatta siz söyleyin rengi, aynısını almazsam şerefsizim."

Çetin güldü. "Zaten öylesin."

Zeynep ters ters abisine bakarken Kamer aradaki münasebetin gevşememesi için derin bir nefes alarak gözlerini bana çevirdi. Göz kırparak, "Hangi renk?" diye sordu.

"Bilmem, ortak bir karar alalım. Ama benim fikrim şampanya renginden yana."

Gayet olağan ve uyumlu bir renkti, üstelik duvarlar da o renge çok yakındı ama burası yıpranmıştı. Zeynep, "Bence de. Sakin ve ılık bir renk," derken Andaç gözlerini irileştirerek Zeynep'e baktı. "Şaştım şaşırma kurban olduğum. Sen ve sakin bir renk? Yanına çakmakla yaklaşsam gökkuşağı gibi patlarsın sen."

Zeynep gözlerini devirirken Andaç, kendini bir anda belli bir noktada kilitleyerek kaşlarını çattı. Bu kimsenin dikkatine dokunmasa da beni şüphelendirmişti. Baktığı yöne kafamı çevirdiğimde, hemen duvar dibindeki boş tezgâhın yanına bakıyordu. "Buldum!" dedi bir anda bağırarak.

Çetin, "Yavaş ulan ayı," diye homurdandığında yönümü yeniden Andaç'a çevirdim. Aklına bir fikir gelmiş olmalıydı. Hevesli bir şekilde önce bana sonra Kamer'e ve Çetin'e baktı. "Abi, tamam işte... Kayınçom çalışsın burada."

Bir şeyleri anlamaya başladığımda Kamer'e baktı. "Ya zaten bu adam başka bir kulüpte çıkmıyor mu canlı performansa? Gelsin burada çıksın hem daha iyi reklam hem de kendi yerimiz."

Zeynep'in bir anda parlayan gözleri benim irislerime de ışık tutarken Kamer direkt Çetin'e baktı. "Nasıl?" diye sordu. Çetin donuk bir suratla öylece beklemeye başladığında vereceği tepkinin olumsuz olma ihtimali çok azdı. Üstelik bunu düşünebilirdik de.

Andaç keyifle Çetin'in omzuna vurdu. "Ya bundan iyisi Şam'da kayısı, kayınço."

"Bir dur oğlum ya," dedi Çetin, sonra Kamer'e baktı. "Olur mu lan hakikaten?"

Kamer samimi bir ifadeyle gülümsedi. "Bana mı soruyorsun oğlum? Olur tabii."

Çetin anında gülümserken Zeynep sevinçle ellerini birbirine vurmaya başladı. "Ay aşırı heyecan yaptım ben."

"Görebiliyoruz Zeynep," dedim gülümseyerek. Sonra Çetin'e baktım. "Bence de burası senin müziğinle daha güzel bir yer olacaktır. Üstelik en mantıklı olanı bu, hep bir arada olmak."

Çetin bana bakıp naif bir şekilde başını salladığında gülümsedim. Onu gerçekten bir abi, bir kardeş gibi benimsemiştim. Farklı ve her ne kadar belli etmese de renkli bir karakteri vardı. Bu aileyi o olmadan düşünemiyordum, gerçi biri bile eksik olsa kan bir yerden mutlaka akardı.

Andaç bu yumuşaklığı fırsat bilip Zeynep'in ellerini kavradı. Çetin ters bir tavır sergilemezken bu hoşuma gitmişti. Bence Çetin onların ilişkisine çoktan onay vermişti, onun amacı tamamıyla Andaç'ı sinir edip, kolay bir kayınço imajı vermemekti.

"O zaman biz gidelim abi, şu boya fırçaları bir alalım da girişelim işlere," deyip bana bakarak göz kırptı. "Yengemin doğum gününe yetişsin."

Utanarak başımı hafifçe başka yöne çevirdim. Aslında böyle bir kutlama mühim değildi ama bunun için de itiraz edersem, Kamer ile ciddi bir tartışma yaşayabilirdim. Kamer boş vermişlikle kafasını sağa sola sallayarak elini cebine attı ve bir miktar para çıkarıp Andaç'a uzattı. "Ne dediysek o."

Andaç güven veren bir baş sallamayla Kamer'in uzattığı parayı aldı. "Gözün arkada kalmasın abi, merak etme."

"İyi," dedi Kamer. "Akşama buradayız, ben ayarlarım bir şeyler... Yemek için yani."

Andaç ve Zeynep gülümserken bir anda konuştum ve Kamer'e baktım. "Kamer?"

Bana döndü. "Efendim?"

"Alper de gelse ya. Hem bize yardım eder hem de ne bileyim özledim çok," dedim kısık bir sesle. Bu ses kısıklığı istemeden olmuştu. Kamer gözlerimdeki isteği fark edince gülümseyerek başını salladı. "Tamam, gelirken onu da alırım. Hallederim ben."

"Teşekkür ederim," dedim içten bir samimiyetle.

Andaç yüzünü ekşitti. "Abi bu evreleri geçmediniz mi siz ya? Ne bileyim teşekkür etmek falan... Mesela ben Zeynep'le at yarışı bile oynuyorum."

Çetin direkt konuştu: "O da senin üslubun, üslubuna tükürdüğüm... Yok olmadı kızı bir de ganyan bayiye götür."

Andaç tavır alarak sahteden öksürdü. "O kadar da uzun boylu değil, ha iddia oynarız orası ayrı."

Zeynep'le göz göze geldiğimizde gülmemek için ellerimle dudaklarımın üzerini kapattım. Zeynep ise bunları yalanlamamıştı. Uzaktan her ne kadar bu tarz şeylerden bir hayli uzak da gibi görünse de Andaç'ın yanında asimile olmaması imkânsızdı.

Çetin, Zeynep'e seslendi: "Kızım bu salak iki güne senin üzerinden de iddiaya girer," deyip Andaç'a sert çıktı. "Hele bir öyle bir şey yapmaya kalksın bakalım. Asarım iki bacağından."

Andaç hayretle geriye çekilirken, "Hayda! Ulan bir teşekkürden konu nerelere geldi... Oynamıyorum abi tamam," deyip ses tonunu kıstı. "Neyse işin ucunda çarpılmak var... O yüzden biz kaçalım," deyip Zeynep'in ellerini bırakmadan yanımızdan ayrıldı.

Çetin arkalarından ters ters bakarken Kamer'in umurunda olmadığını görebiliyordum. Bunu fırsat bilerek Kamer'in yanına yaklaştım ve gözlerine baktım. "Bu kadar acele etmemize gerek yoktu, yani sırf benim doğum günüm için bunca telaş... Yorulmanızı istemem ki."

Kaşlarını çattı ve daha sonra eliyle yanağımın üzerindeki saç telini geriye ittirdi. Bu esnada gözlerimiz birbirine ait değildi lakin gözlerim her daim gözlerindeydi. Hayran hayran güzel çehresine bakmaya başladığımda, dudaklarını ıslattı ve gözlerimin içine baktı. "Burası hepimizin ve hepimiz yorulacağız."

Kısa bir iç çekişin ardından devam ettim: "Söylemeyim diyordum ama doğum gününe gerek yok, sahiden gerek yok... Bu vakte kadar kutlamadım, bu vakitten sonra da kutlamanın bir mantığı yok."

Beni derhal susturdu. "Şş," dedi kızarak. "Unuttun mu? Ben senin miladınım, yapmadığın ve yapamadığın her şeyi bundan sonra benimle yaşayacaksın." Sonra fısıldayarak biraz daha yaklaştı yüzüme doğru. "Yirmi yaşına benimle girecek olmanın güzelliğine mi öleyim yoksa yeni bir yaşında ellerini tutuyor olacağıma mı?" Sustu ve kaşlarını yukarı doğru havalandırdı. "Hım?"

Gülümseyerek kolunun altına girdim. "Hım."

Keyiflendi ve beni kolunun altına kabul ederek, ellerini omuzumun üzerine koydu. Elim belini sardığında Kamer, Çetin'e seslendi: "O zaman sen burada kal, ben de diğer işleri halledeyim. Hem," dedi sağa sola bakarak. "Yerleri değişecek şeyler de var."

Çetin başını sallayarak onayladı. "Tamam, sıkıntı yok buradayım ben."

"Tamam," dedi Kamer derin bir nefes alıp vererek. Daha sonra beni kolunun altından çıkarmadan saçlarımın üzerine bir öpücük bırakıp geri çekildi. "Gelirim ben birkaç saate."

"Biliyorum," dedim güven veren bir sesle. Geri çekilirken kolunun altından çıktım ve o da bir iki adım geriye giderek Çetin'e baktı. "Bir sıkıntı olursa haberdar et."

Çetin konuşmadan gözlerini kapatıp açtığında aslında cevabı çoktan vermişti. Kamer bundan tatmin olduğunda bizimle vedalaşarak yanımızdan ayrıldı. Buradan çıkana kadar ardından baktım, daha sonra Çetin'e baktım. "O zaman," dedim gülerek bu sırada kollarımı yukarı doğru sıvadım. "Hadi, başlayalım."

Çetin, "Tamam, ben şu tarafı," derken canlı müzik yapacağı alanı gösterdi. "Orayı bir düzenleyim, nedir ne olur bir hesap yapayım."

"Olur," dedim gülümseyerek. "Aslında şu boyayı yaptıktan sonra halletsek daha mantıklı olurdu ama zaman kazanmamız lazım."

Güldü. "Kesinlikle. Kamer için bu bayağı mühim."

Bu kısımda hafif bir hisle utandım. "Bazen kendimi çok mahcup hissediyorum size karşı."

Çetin gözlerini kısarak, "O nasıl laf ya? Siz kim, biz kim? Aynıyız hepimiz. Bak Andaç'a, adamda zerre utanma gücenme yok." Gülümsedim ve kafamı sallayarak konuştum: "Onun tavrı o biraz da. Rahat biri."

"Orası kesin zaten," dedi Çetin. "Ama dediğim gibi, utanma çekinme olmasın artık. Sana akıl hocalığı yapmıyorum Aymira, bir kardeşin olarak söylüyorum bunu."

Bunları duymak güzeldi. Kim olsa kendini iyi ve şanslı hissederdi. Bundan uzun süre evvel evden çıkmış kendimi başka bir yerde bulmuştum. Kendimi bulmuştum. İnsanlar tanıdım ve hepsi biraz bendi. Biraz uzak biraz yakın, hepsi iyilerdi. Kelebek kozasından çıktı ve uçtu. Kanatları kırılabilirdi ama onun kozası acıdan yoğrulmuştu, sağlamdı. Kırılmadı... Güzel bir yuvanın içine kondu.

"Biliyorum Çetin," dedim duru bir sesle.

Gülümsedi. "Buna sevindim."

Gülümsemekle yetindim. Daha sonra arka odalara göz atarak birkaç parça kuru bez bulup onları bir kovanın içinde ısladım. Rafların içindeki tabaklar pek temiz görünmüyordu ve özensizdi. Önce onları çıkardım ve yıkamaya başladım, bu esnada Çetin de kara kara kendi planını çiziyordu.

"Çetin?" diye sorduğumda, "Efendim Aymira?" diye yanıtladı. Onu az çok görebiliyordum. "Sen tek değilsin değil mi? Yani saz arkadaşların da var?" derken saf saf sırıttım.

Güldüğünü hissettim. "Evet var," dedi ve ekledi. "Onlarla çalışıyorum zaten. Sadece bir gitar yeterli olmaz."

"Güzel bir sesin ve yeteneğin var ama evet, arkadaşların olduğunda daha keyifli olacağından şüphem yok," dedim düz bir sesle ona doğru konuşarak. Başını sallamakla yetindiğini gördüm. Bir müddet konuşan olmadığında kendime mâni olamadan o muhtemel soruyu soruverdim.

"Çetin?" diye mırıldandım bu kez. "Efendim Aymira?" diye yanıtladı bir kez daha. Gülümsememek için dudaklarımı birbirine bastırsam da nafileydi. "Şebnem'le nasıl gidiyor?"

"Şebnem mi?" diye geriye çekildi ve bana baktı. Kafamı aşağı yukarı sallarken, elimdeki köpüklü bardağı mermer tezgâhın üzerine bıraktım. "Şebnem," dedi sıkıntılı bir sesle. "İyi kız, hoş kız..."

"Bunları biliyoruz Çetin," dedim gözlerimi kısarak. "Ben sizi merak ediyorum."

Çetin, "Biz diye bir şey yok ki," diye konuştu. Gözlerim irileşirken onu umursamayan bir tavır sergiledim. Birkaç saniye boş boş gözlerimizin içine baktığımızda Çetin omuzlarını düşürdü ve yeniden sıkıntılı bir soluk alıp verdi. "Tamam," dedi kuru bir sesle. "Ona karşı bir şeyler hissediyorum, hem de..."

"Hem de?" dedim gülerek. "Bir şeyler değil, birçok şeyler hissediyorsun bence."

Utanarak gözlerini kaçırdı ve bu beni çok keyiflendirdi. "Çetin benimle konuşabilirsin," dedim onu zorlayarak. Bir yandan da bulaşık yıkamaya devam ediyordum. "Bana," dedi yanıma gelerek. "Biraz bahseder misin? En çok neyi sever, nelerden hoşlanır?"

"Hım," dedim düşünceyle. Beni pürdikkat dinliyordu ve ben biraz tuhaf olmuştum. "Şebnem göründüğü gibi bir kızdır orada bir kesinleşelim," deyip ekledim. "Ha! Biraz daha deli doludur orası ayrı. Enerjisini hissedebilirsin... Şebnem işte, ufacık şeylerle mutlu olabilir. Her şeyi sever." Kara kara düşünür gibi olduğunda güldüm. "Bu konuda çok şanslısın yani."

Çetin, "Yok ondan değil, ben merak ettim sadece," diye durumu toparlarken derin bir nefes alıp verdi ve daha sonra işinin başına döndü. Ben de öyle yaptım. Birkaç saatimi sadece bu dolaplara ayırmıştım. Tezgâhın üzerine sıçrayan yağlarla epey bir samimiyet kurmuştuk.

Andaçlar geldiğinde boya işine girişmeden Kamer'i bekledik. Muhtemelen önce yemek yiyip, sonra boya işine başlayacaktık. Onlar gelene kadar Zeynep'le birlikte kalan yerleri silmeye devam ettik. Andaç ve Çetin hem atışıyor hem de birlikte çalışıyordu. Hallerine gülerken Kamer'in arabasının sesini duydum. Hevesle elimdeki bezleri bıraktım ve hızlı adımlarla dışarı çıktım.

Gelmişti ve üstelik yalnız değildi. Alper yanındaydı. Gülümsemem genişlerken yanlarına gittim ve direkt Alper'e sarıldım. "Hoş geldin," dedim büyük bir özlemle. Gülümsedi. "Hoş bulduk," deyip hemen ardından ses ederek güldü. "Abla yavaş, kırk yıldır görüşmüyoruz sanki."

"Görüşmüyoruz tabii," dedim onu susturarak. Kamer o esnada arabanın arka koltuğundan birkaç poşet çıkarıyordu. Alper kollarımın arasından ayrılarak, "Dur yardım edeyim abi," diye girişti.

Kamer, "Sana zahmet şu diğer poşeti alsana koçum," diye konuştu sakince.

Andaç hiç itirazsız poşeti kavradı ve içeri doğru yürüdü. Kamer'in yanına giderek elindeki poşete uzandım. "Ver ben taşıyım şunu da."

Kaşlarını çattı. "Hoppala! Ölmedik daha, taşırım ben."

"Deme öyle," deyip ses tonumu kıstım. "Ayrıca ne var bunlarda bu kadar?"

Geçiştirdi. "Allah ne verdiyse işte. Birkaç aksesuar aldım, ne bileyim hoşuna gider kullanmak istersin belki."

Hevesli bir biçimde yükseldim ve gülümsedim. "Ya!" Bu halime gülerken devam ettim: "Gider tabii, düşünmen yeter."

Üstelemeden birlikte içeri doğru yürüdük. Kamer, "Sen ne yaptın? Çok yormasaydın kendini," diye sordu. "Biraz temizlik yaptım," dedim kısık sesimle. İçeri girdik, Alper Çetinlerle konuşuyordu. Kamer elindekileri herhangi bir masanın üzerine bıraktı ve etrafa baktı. "Aytaç gelmedi mi oğlum?"

Andaç, "Çıkmaz ki o daha işten," diye yanıt verirken, telefonundan saatine baktı. "İki saati var daha."

"Neyse," dedi Kamer. "Şunlardan ona da ayırın, eve götürünce yer."

Andaç heyecan yaparak, "Ne aldın abi?" diye direkt poşetlere yöneldi ve kurcalamaya başladı. Daha sonra içinden birkaç kutu pilav üzeri tavuk çıkardı. "Oba!" dedi keyiflenerek. "Severiz." Daha sonra Kamer'e bakıp, "Kesene bereket abi," diye konuştu.

Kamer, "Afiyet olsun," dedi sakince. Sonra üzerindeki ceketi çıkarıp, "Hadi önce yemek sonra iş," diye seslenerek bizi âdeta harekete geçirdi. Bu tavırlarına pek alışkın olmasam da seviyordum ama üzerinde garip bir durgunluk vardı nedense. Sorun edecek değildim, hepimiz insandık ve yorulabiliyor bunu ruh halimize yansıtabiliyorduk.

Yıkadığım bardakları getirdim ve onlara ayran doldurmaya başladım. Diğerleri de bu esnada bulaşık çıkmaması için ikişerli gruplar halinde plastik kutulardaki yemekleri ayarlamışlardı. Ben Kamer ile aynı tabağı paylaşıyor, Andaç ve Zeynep bir, Çetin ve Alper de bir tabağı paylaşıyordu.

Yemeğimizi yemeğe başladık. Kamer'in çok iştahlı olduğu söylenemese de az çok bir şeyler yiyordu. Andaç ayranından bir yudum alıp yutkundu. "Abi, boyayacağız mı şimdi?"

Kamer kafasını aşağı yukarı sallarken Andaç, "Yetişir mi abi, akşam oluyor?" diye sordu.

Kamer, "Ulan bir sürü kişiyiz, onu geçtim sanki yarın okulun mu var?" diye homurdandı.

Andaç kararlı bir şekilde bize bakarak başını aşağı yukarı salladı. "Çok haklı!"

Gözlerimi Alper'e kaydırdım. Keyifliydi ve bu beni de keyiflendirmişti. Kamer kolunu omzuma atarak, "Hem," dedi ve ekledi. "Alper bizimle birkaç gün. Kadro bayağı sağlam yani."

Gözlerim irileşirken Kamer'e baktım. Gözlerimin içine baktı ve sırıtarak göz kırptı. İçim sıcacık olurken ona biraz daha sokuldum. Çetin, "İşte bu bayağı iyi oldu, Andaç'ın işsizliği kapanır en azından," diye homurdandı.

Andaç, "Ulan kayınço, sen var ya kesin bana âşıksın ha! Adımı anmadan yapamıyorsun," dediğinde Çetin direkt, "Ölüyorum aşkından it herif," diye yanıtlayıp kardeşine mesafeli bir şekilde baktı. "Seni sevse sevse aha da bu saf kardeşim sever. Zaten bu kızın da nasıl bir zevki var anlamadım? Bula bula gitti şu salağı buldu."

Andaç, "Lan var ya, ben de Andaç isem seni Şebnem yengenin yanında utandırmaktan pancar etmezsem ne olayım. Gör sen," dedi tehditkâr bir sesle.

Çetin, "Bacak kadar boyunla beni tehdit mi ediyorsun lan sen?" diye sordu.

Andaç direkt söz aldı: "Aynen. Ama bacak boyuma laf etme, Kim Kardashian'ın kalçası bir, benim bacaklarım iki."

Ciddi bir şey söylemiş gibi ona sadece baktık ama sonra güldük. İyiden iyiye akşamın olduğunu fark edebiliyorduk ve hızlanmamız gerekiyordu. Aslında bir acelemiz yoktu ama yine de bir an önce bitirip rahatlamak güven verecekti. Biz Zeynep'le sofrayı toparlarken Çetin ve Andaç eşyaları ortaya doğru çektik, Kamer ve Alper ise onların üzerine büyük bir naylon örtü serdi. Müthiş bir koordinasyon içinde görev dağılımını halletmiştik. Çetin bir süre sonra kulüpteki işleri halletmek için yanımızdan ayrıldığında Zeynep abisinin fırçasını alarak Andaç'ın yanına geçti.

Kamer'e baktım. Tişörtünün kollarını omuzlarına kadar katlamıştı ve sanki kırk yıllık ustaymış gibi duvarı dikkatle boyuyordu. Alper ise merdivene çıkmış, duvar diplerindeki boyamaları düzeltiyordu. Boyu uzun olduğu için fazla çaba sarf etmesine gerek yoktu.

Kendimi aşırı yetersiz hissettiğimde Kamer'in yanına gittim. "Ben de bir şeyler yapayım," deyip ekledim. "Yorulduysan ben devam ederim."

Boyamayı sürdürürken güzel çehresini usulca bana çevirip gözlerini kıstı. "Sen bir çay demleyiversen."

Neden bilmiyorum ama kalbim saf bir haykırışla çarpmaya başladı. O hep alışkın olduğum isteği bu sefer gözüme ve ruhuma çok naif ve sevecen gelmişti. Gülümseyerek, "Demlerim," dedim ve yanından ayrıldım. Tezgâha yönelirken Alper'e baktım. "Dikkatli ol."

Bana bakmadan soğuk bir nefesle, "Merak etme," diye konuştu. Üstelemeden gittim ve direkt bir çay suyu koydum, daha sonra da hemen bir pencere açıp odadaki yoğun boya kokusundan kurtulmanın yollarına başvurdum. Aslında boya kokusunu severdim, nedensizce hoşuma gidiyordu.

Yüklü bir nefes alıp kollarımı göğsümde birleştirerek Andaç ve Zeynep'e baktım. Son derece keyif alarak işlerini yapıyor, arada birbirleriyle şakalaşmayı da ihmal etmiyorlardı. Kamer bunu fark edince, "Kreş mi lan burası?" diye homurdandı. Gözlerimi devirdim.

Andaç saf saf Kamer'e baktı. "Abi sen hiç film izlemedin mi? Boya yapan çiftler mutlaka birbirine bu fırçayı sürter."

Kamer buz gibi bir sesle tavrını koydu. "Niye, geri zekâlı mısınız?"

Bir kez daha gözlerimi devirdim. Kör edecekti bir gün beni.

Andaç omuzlarını düşürdü ve gözlerini kısarak felsefi bir konuşma için kendini hazırladı. "Hayır, âşığız..."

Zeynep hafif bir utanmayla gözlerini kaçırırken benim gözlerim yalnızca Kamer'in siyahlarına odaklıydı lakin tam göremiyordum, sadece suratında dev bir boş vermişlik vardı. Fırçayı duvara sürtmeye devam ederken, "Aşk buysa... Neyse..."

Kaşlarımı çattım. Andaç üzerine gitti. "Devamı? Söyle abi, herkesin dilinde aşk başkadır, senin dilinde nasıl?"

Gözlerim kısa bir anlığına Alper'i buldu ve onu da bana bakarken yakaladım. İfadesiz suratımı fark ettiğinde sanki moralimi düzeltmeye çalışmak istermiş gibi göz kırptı. Gülümsedim ama bu hakikatli bir tebessüm değildi. İçimde bir kırgınlık vardı ve bu ruhuma kıymık gibi saplanmıştı. Hani olur ya bazen, canın sıkkın olur ama sebebini bilmezsin, olur ya hani bazen her şey yolundadır ama içindeki o ufak sıkıntı her şeyin tepetaklak olacağını belli eder... Bunlar bir kuruntuydu belki ama yine de mutluydum, mutluydum çünkü hak ettiğimden fazlasıydı bu yaşadıklarım...

Kamer'in gözleri beni bulduğunda Alper ile olan münasebetimi kesip direkt onun harelerine hapsoldum. Konuşmuyordu, sadece bakıyordu. Ne uzak ne de yakın ama benimle olduğunu hissediyordum hem de ruhumun en ücra köşelerine kadar.

Andaç, "Tamam biz anladık," derken gülmeyi de ihmal etmedi fakat onu duymadık. Ne ben ne de o bakışlarımızdaki yoğunluk bir nebze bile sarsılmamıştı, ta ki kaynayan çay suyunun sesine kadar. Hafifçe irkildim ve arkamı dönüp çay suyunu koydum.

Saatler geçmiş ve biz, daha doğrusu onlar boyamayı az çok bitirmişlerdi. Arka odalar kaldığında bunu sorun etmedik. Andaç, yorgun argın kendini mutfak tezgâhına yaslarken Zeynep de onun yanındaki yerini alıp koluna girerek başını omuzlarına koydu. "Bir araba dayak yesem anca bu kadar olurdu herhalde," dedi Andaç mızmızlanarak.

Kamer tişörtünün kollarını indirirken, "Hazır terliyim, gel onu da aradan çıkaralım," dedi.

Andaç, "Abi sağ ol ya, kayınçomun yokluğunu hiç aratmıyorsun," diye yanıtladı çabucak.

Kamer bir şey söylemezken başını kaldırdı ve duvarlara bakıp, "O değil de bayağı iyi iş çıkarttık ha," dedi.

Andaç göğsünü kabarttı. "Çünkü benim ellerim değdi. Andaç eli değmiş gibi..."

Alper'i gülerken daha doğrusu gülmemek için kendini zorlarken gördüğüm vakit Andaç ona da muhalefet oldu. "Alper kendini saklama dostum, istediğin gibi anırabilirsin."

Kamer, "Ha senin gibi yani? Ulan Alper'i bozmana izin verir miyim ben?" dedi yapay bir tehditle.

Andaç kaşlarını yukarı kaldırdı. "Niye, sevdiceğinin kardeşi diye mi?"

Sevdiceğim? Bir güldüm de şu an.

Kamer hiç bozmadan kafasını aşağı yukarı salladı. "Aynen," dedi. Zeynep'in ve Andaç'ın hatta Alper'in gözlerini üzerimde hissetmemle boş boş onlara bakmam bir oldu. Kamer devam etti: "Hem ne fark eder? Senden bir tane var zaten, aman gerek yok fazlasına."

"Benzemez kimse sana diyorsun yani?" dedi Andaç kibirli bir sesle. Lafı istediği yönden anlamak bu olsa gerek.

Kamer güldü. "Benzemesin kimse sana, bir tane lüzumsuz yetiyor da artıyor bile diyorum."

Andaç mükemmel oyunculuk yeteneğiyle elini kalbine götürerek gözlerini kapattı. "Zeynep dil altı hapımı getir. Bu iltifat bünyeme fazla geldi."

Zeynep, "Üf, senin dil altı hapın mı var be?" dediğinde Andaç gözlerini hızla açıp Zeynep'e saf saf baktı. "Şu an daha iyi anlıyorum ki... Bu dünyada beni senden başkası kabullenmez. Beynin eşittir beynim," deyip Zeynep'in kulağına yaklaşıp kıkırdadı. "O da eşittir ilerideki beyin."

Duraksadım. Sonra yüzümü ekşittim. Andaç, "İnceee!" derken Kamer'in de yüzünü ekşittiğini gördüm. "İncene sokayım senin zibidi!"

"Yalnız bu bayağı inceydi." Bu ses Alper'den geldiğinde şaşkınlıkla ona yöneldim. Keyifliydi. Andaç irkilerek güldü. "Aha! Sonunda beni anlayan biri, oğlum sen benimle takılmalısın." Ses tonu kısıldı. "Ha! İki günde götü başı dağıtırsın orası ayrı."

Gözlerimi kısarak Andaç'a baktığımda Kamer derin bir nefes alıp, "Tamam hadi kesin zevzekliği, gidelim artık eve," diye toparladı. Etraf çok dağınıktı ama yarın devam edecektik. İnanıyorum ki biz çok iyi bir ekip olmuştuk ve her şeyin güzel olacağına şüphem yoktu.

Yarım saat kadar sonra eve geldik. Alper birkaç bizimle kalacaktı. Utana sıkıla yanıma gelip, "Abla iyi hoş da ben nerede uyuyacağım?" diye sordu. Düşünceli tavrım Andaç'ın dikkatini çektiğinde müdahale etti. "Ya dert ettiğin şeye bak, bizim odamızda kalacaksın elbette."

"Rahatsızlık vermek istemem," dedi Alper.

Andaç, "Ulan ne kibar herifsin yemin ediyorum kendimden utanmaya başladım," dediğinde Kamer gülerek kapıyı kapattı. "Bak bu çok mantıklı bir sözdü Andaç."

Andaç, "Her zaman," derken kolunu Alper'in omuzuna atarak birlikte salona doğru yürüdüler. O esnada Aytaç'ın mutfakta olduğunu gördüm. Kamer elindeki poşetleri onun yanına götürürken ben de onu takip ettim. "Ne yaptın koçum?" diye sordu.

Elindeki su bardağını bırakıp bize baktı. "İyidir abi, az önce geldim ben de. Siz ne yaptınız?"

"Hallediyoruz," dedi Kamer, daha sonra poşetleri masaya bıraktı. "Şunları ye."

"Aç değilim pek," diye mırıldanırken Kamer kızdı. "Ulan az ikizine çek, fare eti mi yiyorsun ne yapıyorsun anlamıyorum ki?"

"Yok abi," deyip geçiştirirken, Kamer istifini bozmadan ona ayırdığımız tabağı masanın üzerine çıkardı. "Isıt bunu, soğumuştur."

Aytaç mesafeli bir sesle konuştu: "Eksik olmayasın."

Kamer bir şey söylemezken, tezgâhın üzerinde duran sürahiden bir bardak su alarak içtim. Kamer bana bakıp, "Yandın mı? Lıkır lıkır," diye söylendi. Bardağı musluğun kenarına bıraktım. "Susadım ya sadece."

Bir şey söylemezken kulağıma eğilip fısıldadı: "Biraz masaj yapar mısın?"

Utana sıkıla gülümseyerek, "Odaya çık, geliyorum," dedim. Kamer odaya çıktığında Aytaç'a baktım. "Nasılsın?"

"İyidir," dedi sakince. "Sen? Epey yorgun görünüyorsunuz."

"Sayılır," dedim aynı sakinlikle. "Güzel bir iş çıkaracağız ortaya. Bunu benim söylemem doğru olur mu bilmiyorum ama orası artık hepimizin, yani hep birlikte çalışacağız. Senin başka bir işte çalışmana gerek yok, bizimle olman daha uygun sanki," deyip düzeltir gibi telaş ettim. "Ha, tabii bu bir öneri. Kamerler daha iyi bilir."

"Düşünme öyle," dedi Aytaç düz bir sesle. "Şu anki işimden memnunum ve üstelik kendimi herkesten uzakta daha iyi hissediyorum. Yanlış anlama sakın, hani kendimle olabiliyorum en azından."

"Hayır anlamıyorum," dedim yumuşak bir sesle. "Sen, senin için ne iyiyse onun peşinden gitmeye devam et."

Baktı ve sonra sakince gülümsedi. "Teşekkür ederim."

"Rica ederim," dedim ve daha fazla burada böylece boş durmamak daha doğrusu Kamer'i bekletmemek adına Aytaç'ın yanından ayrılıp yukarı odaya çıktım. Kamer üzerini çıkarmış öylece yatağa uzanmış bana bakıyordu. Sakin bir şekilde içeri girip kapıyı kapattım. Hava tamamen kararmıştı ve odanın ışığı kapalıydı, yalnızca pencereden içeri sızan ışığın aydınlığına müsaade vardı.

Yanına gittim ve sakince oturdum. Doğrularak beni arkasında bıraktığında ellerini omuzlarına vurdu. "Şuralarımdan başlayabilirsin."

"Peki," dedim sıcak bir sesle. Ellerim çıplak ve geniş omuzlarına temas ettiğinde parmaklarımı hareket ettirmeye başladım. İkimiz de suskunluğumuzu koruyorduk. Birkaç dakika sonra, "İyi geliyor mu?" diye sordum. "Senden gelen nasıl kötü olsun?" diye mırıldanırken gülümsedim ve kürek kemiğinin üzerine bir öpücük bıraktım.

"Dur kızım ya, huylandırma," diye homurdandı. İnadına yaparmış gibi devam ettim ve sırtını öpmeye başladım. "Aymira huylanıyorum diyorum, anlamıyor musun?"

"Nasıl oluyormuş?" dedim sorgulayıcı bir tavırla. "Ne nasıl oluyormuş?" dedi dik bir sesle.

"Sinir edilmek," diye itiraf ettiğimde güldü. Ses tonu ruhumu okşamıştı. "Sinir olmuyorum, sadece aşırı huylanıyorum ve kendime sahip çıkmam gerektiğini de biliyorum."

Duraksadım. Geri çekilirken yutkundum ve birkaç saniye susup dudaklarımı araladım. "Kamer?"

"Hım?"

"Bugün çocuklar boya yaparken bir şeyler oldu ya, hani Andaç sana aşkın tarifini sordu... Neden cevap vermedin?"

"Verdim ya," dedi anında. "Orada değil miydin?"

Susma hakkımı kullandım. Bir müddet kendimi sessize aldığımda Kamer ters giden bir şeylerin olduğunu fark etmiş gibi arkasını döndü ve gözlerimin içine baktı. Pencereden içeri sızan ay ışığı kirpiklerinin uçlarından elmacık kemiklerine dokunuyor, güzel suratını iyice sevilesi bir hale getiriyordu.

"Baktım ya," dedi başını hafifçe eğip gözlerimin tam içine bakarak. "Gözlerine."

Gözlerimi kaçırarak başımı öne eğdim. "Benim aptallığım," diye mırıldandım. "Özür dilerim."

"Saçmalama," diye konuştu elleri çenemi kavrarken. Ürkek bir biçimde gözlerime bakmaya başladı. "Ne özründen bahsediyorsun?"

"Bilmiyorum," dedim kırık bir sesle. "Bugün bir farklı hissediyorum kendimi. Kızgınım kendime, şu an çok kızgınım." Bunu nasıl sorardım ona? Böyle bir düşüncesizliği nasıl yapabilirdim? "Kamer, kırdıysam özür dilerim."

Kamer hayretle, "Bak hâlâ özür diliyor ya," deyip gülümseyerek alnını alnıma yasladı. "Güven problemi mi yaşadın?"

İrkildim. "Hayır asla," derken kendimi çekmek istediğimde buna müsaade etmedi. "Kızmadım, kırılmadım da... Olur öyle, kötü hissedebilirsin ya da ne bileyim boş bulunursun... Ne olursa olsun üzme kendini."

"Beni boş ver," dedim. "Seni üzdüysem eğer..."

Güldü. "Üzülmedim."

Güldüm. "Sahiden mi?"

Gülmeye devam etti. "Anam avradım olsun ki."

Daha sesli bir şekilde güldüğümde eğildi ve gülüşümün kıyısından öptü. "Ne olursa olsun kendini üzme gel beni üz. Ben senin, hatta ikimizin yerine de üzülürüm."

Birkaç gün sonra...

Nihayet dükkânın işini el birliği ile bitirmiştik. Kıyıda köşede ufak çaplı işler vardı ama yine de çabuk toparlamıştık. Günlerden cumartesiydi ve güneş gökyüzündeki mesaisine ara vermeye hazırlanıyordu. Birkaç saat sonra birlikte doğum günümü kutlamaya gidecektik ve ben henüz hiçbir hazırlık içerisinde değildim.

Kamer yatağımın üzerine bir elbise bırakmış ve tüm gün neredeyse bana hiç gözükmemişti. Birkaç gündür durgundu ama yine de bunu bana belli etmemeye çalışıyordu. Duştan çıktım ve saçlarımı kurulamaya başladım. Elimdeki havluyu saçlarıma sürtmeye başladığımda odanın kapısı tıklatıldı. Gelen Zeynep'ti. "Aymira?" dedi bana bakarak.

"Efendim Zeynep?" dedim pürdikkat gözlerine bakarak. Gülümseyerek içeri girerken kapıyı araladı. "Bir misafirimiz var." Kaşlarımı çatarken kapıdan içeri giren Şebnem'i görmemle ağzımın kulaklarıma varması bir oldu.

"Ya," dedim sevinçle ve elimdeki havluyu bırakıp ona sarıldım. "Ne güzel bir sürpriz böyle."

Elbette ki doğum günüme gelecekti ama buraya geleceğini tahmin edememiştim. Şebnem, "Nasılsın doğum günü kızı?" diye sordu. Kollarımı bedeninden çekip gözlerine baktım. "İyiyim, sen?"

"Bombayım," dedi kıpır kıpır yerinde duramazken.

Zeynep, "Neyse ben hazırlanmaya gideyim," dedim gülerek. "Tamam," dediğimde bizimle vedalaşıp odadan çıktı. Ardından kapıyı kapattım ve Şebnem'e baktım. "Ayakta kalma, otur lütfen."

Yatağa baktı ve gözlerini kıstı. "Burada mı uyuyorsunuz?"

"Yok ekşın seviyoruz biz, tavanda yatıyoruz," dedim soğuk bir mizahla. Aldırış etmeden yatağın ucuna oturdu derken elbiseyi gördü ve eline alarak gözlerini irileştirdi. "Ama bu çok güzel." Havluyu yeniden kavradım ve saçlarımı kurulamaya kaldığım yerden devam ettim. "Kamer mi aldı?"

"Evet," dediğimde, "Bayağı zevkli bir adammış," diye yanıtladı. Elbise koyu kırmızıydı ve dizlerimin hafif üzerindeydi. Düşük omuz detayları ve çok fazla olmayana hatta hiç olmayan dekolte kısmı uyumluydu. En çok rengini sevmiştim. Koyu kırmızı…

Sonra elindeki elbiseyi bırakıp yatağa oturdu. Bir süre sadece odayı izlemeye başladı. O ikinci kez buraya gelmiş, ilk kez odamıza girmişti. "Aymira? Nasıl bir his?"

"Ne?"

"Aynı odada kalmak, uyumak, onunla her daim baş başa olmak…"

"Çok güzel," dedim iç geçirir gibi. "Nasıl tarif edeyim Şebnem. Çok güzel diyebiliyorum sadece."

"Anladım," dedi keyifle. Saçlarımdaki nem git gide azaldığında elbiseyi kavradım. "Ben bir elbiseyi giyeyim. Makyaj için yardım eder misin?"

"Tabii," dedi ve ayaklanarak beni takip etti. Banyoya geçtiğimizde bir çırpıda elbiseyi üzerime geçirdim Şebnem de o sırada saç kurutma makinesini hazırlıyordu. Zeynep'ten aldığım saç düzleştiricisi ve birkaç makyaj malzemesi de oradaydı. Kendimi aynanın karşısında bulduğumda yüzümde, manası derin bir gülümseme meydana geldi. Bunu sevmiştim. "Çok yakıştı be," dedi Şebnem beni süzerken. "Valla enişte bey biliyor ağzını tadını."

"Şebnem!" dedim onu ikaz eder gibi.

Omzunu silkti. "Ay ne be?"

Gözlerimi devirirken gülümsedim. Elbisenin düşük kollarını iyice omuzlarıma indirirken Şebnem, elindeki saç kurutma makinesini çalıştırdı ve saçlarımı kurutmaya başladı. Saçlarım kısa ve çok ıslak olmadığından bu işlem kısa sürmüştü. Şebnem hiç vakit kaybetmeden saçlarımı düzleştirmeye başladı. "Şebnem?" diye sordum.

"Efendim?" dedi elindeki bir tutam saçı düzleştirirken. "Çetin ile nasıl gidiyor?"

"Henüz bir şey yok," dedi sakin bir cevapla.

Kaşlarımı havalandırdım. "Olmasını istersin yani?"

Şebnem, "Yok Aymira, benim amacım kanka olmak," diye alay ederken güldü. "Tövbe ya."

"Tamam hemen ne bozuyorsun?" dedim ılık bir ses tonuyla. "Ben merak ediyorum işte. İlerisi olacak değil mi? Bence Çetin senden umutlu yani sana karşı bir şeyler hissettiği apaçık ortada."

Biraz utanır gibi olduğunda iç geçirdi. "Bilmiyorum, acelem yok ki. Olmasını isterim çünkü gerçekten iyi bir adam ve kendimi onunlayken iyi hissediyorum."

"Seni o kadar iyi anlıyorum ki..."

"Bilmez miyim?" dedi gülerek. Ona eşlik ettiğimde aynaya odaklandım. Kamer saatlerdir ortada yoktu, nereye gittiğini bilmiyordum ve bana bir açıklama yapmamış olması da canımı sıkan yegâne şeydi. Üzerine gitmek istemiyordum ama... Belki bir işi ya da sıkıntısı vardı ya da ne bileyim bana anlatmak istemediği başka bir şey... Neden kendimi kandırıyorum ki sanki? Bana bile anlatmayacaksa kendini yiyip bitirmenin ne manası var?

Derin bir nefes aldım ve bu durumu kimseye yansıtmadan devam ettim.

Dakikalar sonra hazırlanmıştım. Hava iyice kararmıştı. Birlikte aşağı indiğimizde Alper'in oturduğu yerden kalkıp yanıma geldiğini gördüm. Üzerindeki lacivert gömleğinin kollarını bir iki kez yukarı doğru kıvırmıştı. "Bu ne güzellik?" dedi gülümseyerek.

"Siz de hiç fena değilsiniz beyefendi," diye mırıldanıp, lacivert gömleğinin yakalarını düzeltmeye başladım. Alper gözlerini gözlerimden çekip başka bir yöne baktı. Utangaçlığından kaynaklıydı bu durum.

O esnada Çetin'in gür sesini işittim ve Andaç'a bağırıyordu: "Ulan bu zibidi, her gece benim kız kardeşimin yanında yatıyormuş. Nasıl lan?"

Kaşlarımı çatarken Alper'in gözleri gözlerimi buldu ve usulca fısıldadı: "Onların odasında kalıyordum ya, bu süre zarfında Zeynep'in yanına gidiyordu geceleri."

Fırsatçı bir Andaç...

Andaç âdeta Çetin'den kaçarak salonun içinde koşmaya başladı. "Abi valla yan yana yatmadık, abi bokunu yiyeyim abi..."

Çetin, "Gel ulan buraya it herif," diye onu kovalamaya başlarken Zeynep de onların peşinden koşmaya başladı. "Abi valla yanlış bir şey yapmadık ya. Ayak ucumda uyuyordu zaten."

Andaç, "He valla, ayak ucunda uyuyordum. Temas yok abi, ha arada parmak uçlarını emiklediğim oluyordu ama olsun göz hakkı," diye midemi ağzımıza getiren bir söz etti.

Çetin duraksadı ve gözlerini irileştirerek, "Senin tipine sıçayım ben," diye konuştu.

Zeynep şaşkınlıkla Andaç'a baktı. "Sahiden yaptın mı bunu?"

Bu sırada Şebnem'in kahkahasını duydum. Andaç duraksayıp boş gözlerle sevgilisine baktı. "He yaptım, parmak fetişim var benim."

Zeynep, "Iyy," diye yüzünü ekşitirken saf saf parmak uçlarına bakmaya başladı.

Andaç onun bu haline aldanıp, "Ya sen önceden aklı başında minnoş bir kızdın. Seni de ben bozdum sanırım be Zeynep," diye söylendi.

Çetin homurdandı: "Eserinle gurur duy, gevşek herif."

Andaç bağırdı: "Seninle gurur duyuyorum Zeynep!"

Çetin pes ederek omuzlarını düşürdü ve Şebnem'e baktı. Onun burada olduğundan sanırım şu an haberdar olmuştu. Şaşkınlıktan irileşen göz bebekleriyle yanımıza geldiğinde, "Hoş geldin, henüz yeni fark ettim kusura bakma," diye konuştu.

Şebnem, "Estağfurullah," diye nazikçe geçiştirirken Andaç'ın laf atması uzun sürmedi. "Bak bu eksi puan, kız burada ama sen farkında bile değilsin. Otur sıfır."

Çetin dişlerini sıkarak sakinliğini korumaya çalıştı, çünkü biliyordu ki bu atışmalarda daha çok, utanan taraf oluyordu. Yalnızken sıkıntı yoktu ama Şebnem'in yanında epey gerilmesi işleri farklı bir boyuta sürüklüyordu. Kısa bir sessizlik yaşandığında Çetin'e yaklaştım ve fısıldadım: "Kamer nerede? Tüm gün ortalarda yoktu, merak ediyorum."

"İşleri vardır," diye geçiştirir gibi oldu.

Suratım asıldı. "Biliyorsun yani yerini?"

"Hayır," dedi sakince. "Ama merak etme Aymira, gelir birazdan."

"Demesi kolay," diye mırıldandığımda kapı açıldı. Heyecanla oraya baktım. Gelen Kamer'di. Kalbim gereksiz bir heyecanın içine düştüğünde gözleri direkt gözlerimi buldu.

Çetin arkasını dönüp, "Aga tamam o zaman, biz önden gider şöyle bir iyice bakarız sağa sola," diye ifade ettiğinde Kamer kafasını salladı. "Tamam. Ben bir üzerimi falan değişeyim, görüşürüz orada."

Çetin, Andaçlara işaret yaparak hazırlanmalarını söyledi. Kısa bir süre içinde evdekiler Çetin ile birlikte gittiğinde Kamer konuşmadan odaya çıktı, onu takip ettim. Bir şey söylemiyor, herhangi bir tepki bile vermiyordu. Canım fena halde sıkılırken, gardırobundan temiz kıyafetler çıkarıp yatağın üzerine bıraktı. Daha sonra, "Ben bir duş alayım, sonra gideriz," diye mırıldanarak odadan çıktı.

Arkasından bakakaldım. Beni fark etmesini geçtim, herhangi bir şey söylememiş olmasıydı canımı sıkan. Sabır Aymira sabır... Dudaklarımı birbirine bastırdım ve gözlerimi derin bir sükûtla kapatıp açtım. Yatağın üzerine bıraktığı ceket ve gömleğe baktım, biraz kırışık duruyordu. Kamer banyodan çıkana kadar onları aldım ve alt kata inip çamaşır makinesinin yanında duran ütüyü prize takarak çalıştırdım. Belki de buncan zamandır ilk kez onun bir kıyafetini ütülüyordum ve bu hoşuma gitmişti. Her ne kadar şu an aramızdaki bu soğukluğun nedenini bilmesem de bu basit olay bile bunu örselemeye yetmişti.

Çok geçmeden ütülediğim kıyafetlerle birlikte yukarı çıktım. Kamer duştan çıkmıştı ve belindeki havluyu çıkarmadan elindeki küçük mavi havlu ile saçlarını kuruluyordu. İçeri girdiğimi fark edince elimdekiler baktı. "Biraz kırışıktı, ütüledim ben de," diye söylenerek onları yatağın üzerine bıraktım.

"Zahmet ettin," dedi düz bir sesle. Bu söz bile gereksizce canımı sıkmıştı. Yutkundum ve omzumu silktim. "Olsun."

Bir şey söylemezken daha fazla dayanamayıp, "Senin canın mı sıkkın?" diye sordum.

"Hayır," dedi.

"Sıkkın işte," diye itiraz ettim. "Sıkkın olmasa, 'yo' derdin."

Elindeki havluyu bırakmadan gözlerimin içine baktı. Ürperdim çünkü bu mesafeli bir tavırdı. "Neredeydin tüm gün?" diye sordum sonra.

Gözlerini gözlerimden ayırıp elindeki havluyu yatağın üzerine atarak, "İşlerim vardı," diye homurdandı.

"Nasıl bir işmiş bunlar?"

"İş işte," diye geçiştirdi. "Hadi in sen, geliyorum beş dakikaya," diye eklediğinde boğazımın tam ortasında bir acı hissettim. Üzüyordu ve ben bundan çok rahat payımı alıyordum.

Başımı sakince aşağı yukarı sallayıp, "Peki," dedim ve odadan çıktım.

Kapıyı kapatır kapatmaz elimi kalbime götürdüm ve ona sakin olması gerektiğini anlattım. Dudaklarımı oynatmadan yahut herhangi bir kelam etmeden... Sadece anlattım işte, onun bana anlatmadığı kadar.

Güçlü kalmaya çalışıp dingin adımlarla salona indim ve koltuğa oturup onu beklemeye başladım lakin bu çok uzun sürmemişti. Kamer bana bakmadan kapıya yöneldi. "Hadi gidelim."

Doğru dürüst bir şey söylememi bile beklemeden kapıyı aralık bıraktı ve çıktı.

Sakinim...

Aslında olan: Bok sakinim.

Kapıyı kapattım ve tamirhaneye indim. Çok sürmeden evden ayrılmış kendimizi kararmış yolların içinde bulmuştuk. Konuşmuyordu, konuşmuyordum. Madem öyle, madem anlatmıyorsun hiçbir şeyi sormuyorum ben de hiçbir şey, sorsam da cevap alamıyordum ki zaten.

Yarım saat sonra dükkâna geldik. Işıklar açıktı ve içeriden sesler geliyordu. Kamer'den önce davranarak içeri girdim. Gözlerim direkt Çetin'in köşesini süzgece almıştı. İki tane arkadaşı vardı ve usul usul bir şeyler çalıyorlardı. Biz bizeydik, kimse yoktu başka.

Şebnem yanıma gelerek yüzüme baktı. "Niye asık suratın?" diye sordu. Demek o kadar belliydi. Gülümsedim. "Asık mı? Yok ya sana öyle geldi herhalde."

Ne olursa olsun, kimsenin keyfini kaçırmaya hakkım yoktu.

Kamer'i beklemeden çocukların yanına yürüdüm. Ortaya büyük bir masa çekmişlerdi ve üzerinde birçok farklı lezzet vardı. Mahcup bir ifadeyle Çetin'e baktım. "Ya, ne gerek vardı bunca zahmete Çetin?"

"Kardeşimizin doğum günü olmuş, bir kıyak yapmışız çok mu yani?"

"Teşekkür ederim," dedim minnetle.

Daha sonra Alper ve Aytaç'ın kendi aralarında bir şeyler konuştuğunu gördüm. Onlar iyi bir arkadaş olmuşlardı, ruhları birbirine yakındı, karakterleri de.

Andaç ve Zeynep ise dans ediyordu. O yüzden ortam sakindi.

Ayakta kalmak istemeyip yerime geçip oturdum. O sırada Kamer içeri girdi ve Çetin ile bir şey konuşup tam karşıma oturdu. Bile isteye yüzüne baktığımda gözleri gözlerimin içine daldı. Bir şeyler konuşmak istiyordu ya da ben öyle uyduruyordum. Şu an bana böyle bakan bir adam, mutluluktan çok keder aşılıyordu ruhuma. Sakince iç geçirdim ve hiçbir şey olmamış gibi önüme dönerek gülümsemeye çalıştım.

Saatler ilerledikçe içimdeki bu sıkıntı kara bir delik gibi büyüdükçe büyüyordu. Arada birbirimize kaçamak bakışlar atıyor ama bu derhal sonlandırıyorduk, hayır ne olduğundan haberim bile yoktu. Tek yaptığım verdiği tepkiye ayak uydurmaktı.

Bir süre sonra pasta kesimi için ayaklandık. Heyecanlı ya da mutlu değildim ama öyleymiş gibi davranmak zorundaydım. Çetin pastayı masaya bıraktığında, "Hadi toplanın," diye ikaz etti herkesi. Gözlerim direkt Kamer'e baktı ama oturduğu yerden kalkmamıştı bile. Andaç durumu fark edince, "Abi gelsene, yanında olması gereken asıl kişi sensin," dedi.

Kamer, "Kesin siz," dedi düz bir sesle. Gözlerim acımaya başladı ama bunun olmasından bıkmıştım artık. Yirmi yaşıma böyle girmeyi hayal etmemiştim. Tamam bu tür hurafelere inanacak yaşı çoktan devirmiştim ama yanımdayken yanımda olmaması gücüme gitmişti.

Kamer'in bu tutumu Şebnem'in şüpheci bakışlarını üzerimde hissettirirken nefesimi tuttum ve gülümsemeye başladım. Pekâlâ, madem öylesine uygun görüyor öyle olsun o zaman.

Zeynep mırıldandı: "Mumları üflemeden önce dilek tutmayı unutma Aymira."

Ruhum tökezledi. Gözlerimi kapatmadan Kamer'e baktım. Bana bakıyordu, sadece oturduğu yerden boş boş gözlerimin içine bakıyordu. Allah'ım delireceğim. Sen aklıma mukayyet ol... Ve küçük bir hayalin ardından yanaklarımın içini havayla doldurup pastanın üzerindeki mumları üfledim. Alkış sesleri kulağımı kazırken gözlerimi araladım ve gülümsedim. Uzun zaman sonra gülümsemek bu denli canımı yakmamıştı.

Doğrulduğumda Şebnem'in kollarını sırtımda hissettim, bana sarılıyordu. Bir an boş bulunuvermiştim. Şebnem'den sonra Alper'in kollarını hissettim sırtımda. Bana sarıldı ve öptü saçlarımdan. Sarhoş gibiydim, hiçbir şey yiyip içmemiş olmama rağmen kafamın için bulanık bir haldeydi. Bunun sorumlusu masanın diğer ucunda oturan kişi, sevdiğim insandı.

Herkesle sarıldıktan sonra Kamer'in hâlâ oturduğu yerden kalkmaya bile tenezzül etmeyiş olması bardağı taşıran son damlaydı. Derin bir nefes alarak ona arkamı tamamen döndüm. Aramıza soktuğu bu anlamsız mesafenin sebebini bilmiyordum ve böyle uygun görmüşse ona istediğini verecektim.

Zeynep ve Şebnem pastanın devamını kesip servis etmeye başladıklarında Alper elinde bir kutuyla yanıma geldi. "Abla," diyebildi sakince kutuyu uzatırken. "Bu senin."

"Ne gerek vardı Alper?" diye kısık sesimle sorduğumda gülümsemekle geçiştirdi. Uzattığı kutuyu açtığımda içinden bir kolye çıkardım.

Küçük taşlarla bezeli hoş bir kolyeydi. "Ben yaptım bunu," diye mırıldandı. "Beğendin mi?"

Hayranlıkla kolyeyi incelediğimde gözlerimin dolmasına karşı koyamadan Alper'in gözlerinin içine baktım ve daha fazla kendimi tutamadan ona sarıldım. Dudaklarımın titreyişine mâni olamıyordum, şu an neden bu kadar duygusaldım ona da anlam veremiyordum. Sanırım kendimi çok yalnız hissettiğim içindi. Belli ki şımarıkça davranıyordum, etrafımdaki insanların bana karşı ilgisini görmezden geliyordum ama böyle hissediyordum işte.

"Teşekkür ederim, çok teşekkür ederim," diyebildim kısık sesimle. Alper bana daha sıkı sarıldı ve elleriyle saçlarımı sevmeye başladı. Varlığını hissetmek öyle güzeldi ki...

Alper'le ayrıldıktan sonra Aytaç belirdi karşımdı. Elindeki kitabı bana uzattı. "Ben bu kitabı çok severim, senin de okumanı isterim Aymira." Uzattığı kitabı aldım ve kapağına baktım. Rus yazar Gogol'un *Ölü Canlar* kitabıydı. Bu kitabı biliyordum ama okuma fırsatı bulamamıştım. Kitabı kavradım ve Aytaç'a gülümsedim. "Teşekkür ederim, çok değerli bir hediye benim için."

"Rica ederim," dedi sakince. Ona doğum gününde Oğuz Atay'ın *Tutunamayanlar*'ını almıştım, şimdi o da bana bu kitabı vermişti. Aytaç ile aramdaki bu bağı nedensizce seviyordum.

Daha sonra Andaç'ın, Zeynep'in, Şebnem ve Çetin'in hediyelerini aldım. Hepsi çok inceydi ve ben mahcup olmaktan geri kalamamıştım. Zeynep, "Herkes pastasını alsın," diye ikaz ettiğinde nefesimi tutarak geriye çekildim. Kamer yanımda değildi, olduğu yerde oturmaktan ve asık bir suratla beklemekten başka bir şey yapmıyordu. Az kalmıştı ama. Bu gece bittiğinde neler olup bittiğini sonu acıtsa bile öğrenecektim çünkü şu an içinde bulunduğum yalnızlığı hak etmiyordum. Bunu bana yaşatmaya hakkı yoktu.

Bir süre sonra Çetin sahneye çıktı ve sandalyesine oturarak eline gitarını aldı. Andaç ve Zeynep yeniden sahnedeki yerlerini aldıklarında dans etmeye başladılar. Şebnem de dalgın dalgın Çetin'i izlemeye başlamıştı. Ben ise olduğum yerde oturmuş sadece önümdeki bardakla ilgileniyordum.

Boğuluyor gibiydim. Yemin ederim canım o kadar sıkkındı ki bir an önce buradan çıkıp gitmek ve avazım çıktığı kadar ağlamak istiyordum.

Çetin sevdiğim şarkıları seslendirmeye devam ediyordu. Saçma... Hayal ettiğim gibi değildi, şu an belki de başımı omzuna koyup bu anın tadını doyasıya çıkarabilirdim ama aramıza ördüğü bu anlamsız duvarlar o kadar saçmaydı ki düşünmek bile zihnimi kanatmaya yetiyordu.

Kendimi âdeta boş vermiştim. Zerre keyfim yoktu. Bakışlarımı Kamer'e çevirdiğim vakit bana baktığını gördüm. Kaşları çatıktı ve gözlerindeki koyuluk üşütmüştü. İçim gidiyordu, yanına gidip, 'neyin var?' diye soramadıkça içim gidiyordu. Sorabilirdim ama cevap alacağımı sanmıyordum.

Birkaç saniye böyle bir süreç geçirdik onunla, sonra bir anda ayaklandı ve arkasını döndü gitti. Gözlerim kızarmaya başladı. Ağlamamak için yutkunurken Şebnem'i yanı başımda bulmam bir olmuştu. "Aymira ne oluyor? Nereye gitti o?"

"Bilmiyorum," dedim dalgın dalgın.

"Küs müydünüz? Neden yanında değildi tüm gece?"

"Bilmiyorum Şebnem," dedim zar zor konuşarak. Daha fazla konuşursam ağlayacaktım, bunu biliyordum. Usulca toparlanarak, "Ben bir lavaboya gideyim," dedim ve yanından ayrıldım. Kimse umurumda değildi, ama bir saygısızlık yapıp da onların keyfini kaçırmak haddim değildi.

Sağ salim lavaboya girdim ve direkt ellerimi yıkamaya başladım. Yüzümü aynaya çevirdim, suratım berbattı, ruh halim suratımın yansımasıydı. Sabırlı olmalıydım, birazdan gidecektik ve bu gece bitecekti. İyi veya kötü nihayetinde bu gece bitecekti.

Sakinleşene kadar lavaboda bekledim ve gülümseyerek buradan ayrıldım. İyiyim, evet çok iyiyim ben.

Sakince içeri yürümeye başladığımda garip giden bir şeyler olduğunu fark ettim. Birkaç saniye sonra içeride bulunurken kimsenin kalmadığını yalnızca Kamer'in az önceki yerinde oturduğunu fark ettim. Temkinli bir şekilde sağa sola bakıp, "Herkes nereye gitti?" diye sordum.

Kamer, "Otur," diye tok bir sesle konuştu.

"Anlamadım?" diye sordum. Bana bakmadan önündeki boş su bardağıyla ilgilenmeye başladı. "Otur."

Sinirlerimin yıprandığını hissediyordum ama yine de buna katlanabilirdim. Dişlerimi sıkarak yanına gidip iki sandalye önüne oturdum. "Oturdum," dedim dik bir sesle. Konuşmadı. Az önceki tavrını korumaya devam etti. Dayanamadım. "Neyin var senin?" diye sordum.

Cevap vermedi.

"Sabahtan beri gözünün içine bakıyorum, neyin var senin?"

Cevap vermedi.

"Kamer?" dedim sesimi yükselterek bu kasıtlı değildi. "Bana artık neler olup bittiğini anlatacak mısın? Neden yanımda değil de karşımdasın?"

Cevap vermedi.

Sıkıntıyla parmaklarımla oynamaya başladım. Bu kadar soğukkanlı olması sinirime dokunuyordu. Hızlı hızlı nefes alıp vermeye başladığımda, "Bana bir şey söyle artık, bir şey ya," diye bağırdım.

"Ben yapamıyorum..."

Duraksadım. "Ne?" diye döküldü dudaklarımın arasından. Kırık bakışları ve ses tonu kalbimin içinde doğmuştu. Şaşkınlıktan aralık kalan dudaklarım kapanmamıştı henüz. "Yapamıyorum," diye yineledi bir kez daha.

"Neyi?" diye sorabildim. Anlamıştım ama anladığım gibi olsun istemiyordum.

"Ben," dedi başını biraz doğrultarak. "Yapamıyorum işte. Böyle ilişkilerin adamı değilim ben," deyip yüzünü ekşitti. "Sevmek, sevilmek çok basit... Saçma."

"Saçma?" dedim dik bir sesle. "Saçma öyle mi?" Hızla soluk alıp verdim. "Nerede o zaman? İki gün önce bana sevgisini itiraf eden adam nerede? Üzülmeme dayanamayan adam nerede? Saçma öyle mi?"

"Öyle."

Ne yapmaya çalışıyordu? O kadar gerçekti ki şu an bu durum kalbimi çıkarıp ellerine versem, üzerine basıp geçecekmiş gibi bir hal seziyordum. "Ne zamandır böyle peki?" diye sordum. "Birkaç gündür durgunsun zaten, keza bugün de öyle. Ne zaman anladın saçma olduğunu?"

"Bana bunu sorma," dediğinde elimi hızla masaya koyup ateş saçan bakışlarımla gözlerine baktım. "Sorarım. Ben sana bunu sorarım... Ne yaptım? Yanlış bir şey mi yaptım, kalbini mi kırdım yoksa daha kötüsü mü?"

"Yapamıyorum diyorum anlamıyor musun?" diye yükseldi o da. "Ben böyle bir hayat istemiyorum. Bunu istemiyorum."

Bir sevda düştü kalbimden ayak uçlarıma kadar, yere eğilip almak istedim fakat o çoktan üzerine basıp geçmişti bile.

Bunun üzerine bir şey söylemezdim, ortada ne soracak hesap vardı ne de yalvaracak bir kalp... Dayanamıyordum, hak etmediğim bir şey yüzünden böyle bir durumun göbeğinde olduğum için dayanamıyordum.

Uzak uzak baktı gözlerimin içine. Sanki veda ediyor gibiydi; sanki değildi bu, sahiydi.

"Peki," dedim kısık sesimle. Göğüs kafesimin içine savaş alanı gibiydi, deliriyordu. Yutkundum ve tek bir damlaya yenik düşmemek için kendimi sıkı sıkı tembih ederek ayaklandım. Hareket etmiyordu, tavrından gram ödün vermiyordu. Sendelemeden ayaklarımı zemine sertçe bastım ve çıkış kapısına uzanan yola yöneldim. Kamer birkaç metre ilerideydi ve yanımda duruyordu.

Bana bakmıyordu. Nefes alamıyordum. Dudaklarımı ısırdım ve gözlerimi kapatarak yanından geçtim. Gözlerim sulandı. Nefesim daraldı ve bir adım sonra ışıklar kapandı...

Olduğum yerde duraksadım. Ses yoktu ve içerisi zifiri karanlıktı. "Kamer?" diye konuştum sakince. Korkuyor sayılmazdım ama yalnız olmadığımı bilmek güzel olurdu. "Kamer burada mısın?" Ses yoktu.

Herhangi bir nefes alışverişi yahut bir hareketlilikte. Birkaç adım sağa sola hareket edip kollarımı açtım. "Telefonun ışığını yak bari."

Ses yoktu.

"Sana diyorum," dedim ve arkamı döndüm.

Işıklar yandı.

Kamer karşımdaydı. Elinde siyah bir kutu içinde yüzük, dizlerini çökmüş gözlerimin içine bakıyordu. "Aymira," diye fısıldadı. Elleri titriyordu, tıpkı kalbim gibi. "Evlen benimle."

Kalbimin sıkıştığını hissettim ama bu daha öncekilere benzemiyordu, bu çılgıncaydı. Kamer önümdeydi ve bana bakıyordu. Ne de güzel bakıyordu. Canlı canlı deliriyordum şu an ne denir ne hissedilir bilmiyordum.

"Sana iyi bir eş olmaya çalışırım," dedi sessizce ve dili döndüğünce. "İyi bir koca... Biliyorum belki olmaz sanıyorsun ama denerim. Yemin ederim bunu denerim Aymira."

Ellerinin titreyişi her geçen saniye artarken ruhumun ateşler içinde yandığını hissediyordum. Kızaran gözlerim kapanırken gülümsedim ve bunu yaparken uzun süredir direndiğim o gözyaşına yenik düştüm. Ama bu şimdiye kadar yenildiğim en güzel gözyaşıydı.

"Evet," dedim bir yandan ağlayıp bir yandan gülümseyerek. Gözleri kızardı ve gülümseyerek başını öne eğdi. Sanırım heyecandan bakamıyordu gözlerimin içine. Bir adım ilerledim. "Kamer?" diye dokundum omuzlarına.

Güzel başını kaldırdı ve usulca ayaklanarak gözlerimin içine baktı. İkimiz de nefesimizi tutmuştuk sanki yoksa bu sarhoşluğun bir açıklaması olamazdı. Gülümsüyordum ama gözyaşlarım da beraberinde geliyordu. Gözleri çok kızarmıştı, dokunsam ağlayacaktı belki de. Dayanamadım ve ellerimi yüzüne koydum. Gözleri kapandı ve kirpik diplerinden minik bir su damlası avucumun içine sızdı.

Bu gözyaşıydı.

Bu onun gözlerinden akan bir sızıydı.

Yüzünde olan ellerimi kavradı ve dudaklarının üzerine götürüp öptü sonra gözlerini açtı. Konuşmadan yalnızca bunu yaptı. Hayatımın en güzel saniyelerini yaşıyordum, o kadar farklı hissediyordum ki bunu anlatmak bile basit geliyordu.

"Evet," diye konuştu zar zor. "Evet dedin değil mi?"

Gülerek başımı aşağı yukarı salladım. "Evet."

Güldü. İçi gidiyordu, bunu fark edebiliyordum. Derin bir nefes aldı ve siyah kutunun içinden tektaş yüzüğü çıkarıp parmağını kavradı. Ellerim titriyordu, tıpkı onun elleri gibi. Yüzüğü parmağımdan geçirirken gözlerimi kapattım. Allah'ım teşekkür ederim, çok mutluyum. Çok...

Parmaklarımın üzerinde dudaklarını hissederken gözlerimi araladım. "Teşekkür ederim," diye fısıldadı. "Beni sevdiğin için."

Bir sefer daha ağladım ve iki elimle yüzünü kavrayıp alnını alnıma yasladım. "Teşekkür ederim," diye fısıldadım. "Karşıma çıkıp, kalbime girdiğin için."

Elleri yüzümü kavradığında kokusunu içime çekmeye başladım. Sonra güldüm. "Neden peki? Neden tüm gün böyle davrandın?"

Güldü. "Bilmem... Ekşın olsun istedim, hayatımda ilk defa evlilik teklifi ediyorum nasıl olur bilemedim... Benden bu kadarı oldu."

Alnımı alnından çekip yüzüne hafifçe vurdum. "Geri zekâlı, bir an gerçekten bitti sandım. Beni ne hale getirdiğini bilemezsin."

"Üzgünüm," dedi sakince. "Ama bana bir daha inanma olur mu? Yani bu tarz aptal laflarıma çünkü ne senden vazgeçerim ne de bu sevdadan. Senin yanındayım ben, her zaman yanında olacağım. Sen bana uzaktan bakarken kalkıp sarılamadım ama pisliğim ya biraz böyle oldum işte..."

Bir şey söyleyemedim. Tüm gün biçare etrafta dolanıp şu an ayaklarımı yerden kesmesine bir şey diyemedim. "Ve," dedi soluğunu verip. "İyi ki doğdun. En güzel yirmim. İyi ki benimlesin, Aymira. Ben bu aşk için ölürüm, senin için ölürüm göz bebeğim."

"Kamer," dedim ona sarılarak. "Sana çok kızdım ama..."

Elleri sırtımdaki yerini alırken iç geçirdim ve gözlerimi kapattım. "Biliyorum," dedi kabullenerek. "Hayalindeki bu değildi belki ama ne yapayım işte... Seni asla bırakmam bunu sakın unutma, senden asla sıkılmam senden asla vazgeçmem, güzelim benim."

Kollarımı boynuna dolarken parmağımdaki yüzüğün varlığı gözlerimi açmama itti. Bu bir semboldü sadece ama çok değerliydi. Sıcacık gülümsedim. Saatlerdir göğsümün içinde yanan ateşi söndürmüş gibi rahatlamıştım.

Biz evlenecektik. Biz birbirimizin eşi olacaktık. Bir zamanlar göz devirdiğim şey aslında doğru bir adamın kalbinden geçiyormuş. Dudaklarını omuzumda hissettiğimde gözlerimi yeniden kapattım ve ona teslim oldum. Usul usul hareket etmeye başladık. Olduğumuz yerde ne bir müzik ne bir ses sadece hareket etmeye başladık.

Kalbinden kalbime bir yol çizdim Kamer, kaderimize giden bu yolda birlikte yürüyelim diye. Tuttun ya ellerimden, sonu uçuruma çıksa da olur...

11. Bölüm

Ruhların Mührü

Öyle bir his ki bu, hangi şaire sığınsam bana dize dize seni içirir, içirdikleri yerden kalbimi yakıp kül edene kadar da yazmaya devam eder. Gönül isterdi ki sana şiirler yazan ben olayım, sana güzel şeyler sıralayayım da başkalarına muhtaç kalmayayım... Ama olmaz Kamer, senin güzelliğini anlatacak kadar kelime yok bende. Şairler fısıldasın benim sana olan sadakatimi, gerisini ben hallederim. Kalbim diyorum, kalbine zincirledim onu... Zincirlerin arasındaki pas tutmuş nefes benim, ta ki sen üflediğinde yeniden yeşereceğim.

Üfledin de zaten,

Hem de tam kalbime.

Artık o zincirlerin arasında pas tutmuş bir nefesten ziyade yeniden kozalanmış bir kelebek var.

Ömrü bir gün değil,

Bir güne bir ömür sığdıran kelebek.

Hayat bazen büyük konuşmamamız gerektiğini bize gösteriyordu. Asla olmaz dediklerimiz öyle anlarda yüzümüzü öyle bir kızartır, kalbimizi öyle bir çarptırırdı ki bazen zamanı geriye almaktan çok daha iyisi için büyük konuşmaya teşvik ederdi. Ha! Bu elbette güzel şeyler için olmalıydı. Yoksa... Hayır, büyük konuşmak iyi bir şey değildi.

Saatler önce uyanmış ve gözlerimi sanki hiç kırpmamış gibi tek bir şeye odaklamıştım.

Parmağımdaki yüzüğe.

Deliriyorum sanki, evet evet sanki değil sahiden kaçırıyorum aklımı. Her dakika düşünmekten kalbim kaskatı kasılıyor ve bir şey nefes almayayım diye boğazımı sıkıyordu. Bu kötü bir şey değildi lakin kalp hastası bir insan olmuş olsaydım şimdiye olduğum yer onun yanı değil muhtemelen bir yoğun bakım ya da mezar olurdu.

İçim içimden taşarken dizlerimi hafifçe dikmiş ve ellerimi de dizlerimin hizasına getirmiştim. Kamer yanımdaydı ve uyuyordu. Gözlerimi kapattım ve nefesinin sesini dinledim. Bir deniz kenarında, en yüksekte ya da bir hamakta olmaktan daha öte bir güzellikti. Onun nefesi benim en eşsiz manzaramdı.

Kafamı hafifçe sola doğru çevirip ona baktım. Son zamanlarda daha sık uyuyordu ve bunu onun yorgunluğuna veriyordum. Gerçekten kısa zaman içinde bizim için çok şeyler yapmıştı, en başından beri yaptığı gibi.

Ona baktıkça kendimi gülmekten alıkoyamıyordum. Hani olur ya sebebini bilmezsiniz ama olur olmadık her yerde gülesiniz gelir. Hah! Öyle bir şey yaşıyordum şu an. Sebebi belliydi benim bu halimin ama yine de durduramıyordum bu sersem çehreyi. Dudaklarımı sertçe birbirine bastırdım ve kafamı diğer yöne çevirerek buna bir son vermeye çalıştım.

Ama olmadı.

Of, fena düşmüşüm ben bu adama.

"Kıçını görmüş şempanze gibi ne sırıtıp duruyorsun sabahtan beri?" diye bir ses doldurdu kulaklarımı. Kaşlarımı çattım ve hızla Kamer'e baktım. Gözleri kapalıydı ve son derece soğukkanlıydı.

Dudaklarımı ıslatıp, "Hiç de bile... Hem gözlerin kapalı nereden görüyorsun ki güldüğümü?" diye sorduğumda yanıtı gecikmedi: "Kıpır kıpır yatakta bir rahat durmadın ki."

"Ağlayayım o zaman?" diye ima ettim ters bir şekilde ama bu tamamen şakadan ibaretti, bunu kendi de çok iyi biliyordu.

Dudağının kenarı kıvrılır gibi olurken, "Ben ağlarım," dedi. "Güzelliğine."

Yüzüne hafifçe vurdum. "Bak ya." Göz kapakları titreşirken onları açmamak için sanki direniyor gibiydi. "Bakayım mı?" diye sordu keyiflenerek.

"Bak," dedim sakince fısıldar gibi. Sesime kayıtsız kalamamışçasına aralandı güzel gözleri ve buldu gözlerimi. Gülümsedim. "Günaydın."

Bir şey söylemedi, sadece elini yanağının altına koyarak beni izlemeye başladı. Asla konuşmuyordu ve gözlerini sadece birkaç sefer kırptığına şahit olmuştum. Başımı hafifçe öne doğru eğdiğim vakit saçlarım yüzümün kenarına düştü ve ben onları elimle geriye doğru itekledim.

Ama şey, yüzüğün olduğu elimle. Önemli bir detay, atlarsam ayıp olur.

Saçlarımı kulağımın arkasına emanet ederken elimi indirdim fakat Kamer hemen onu kavradı ve kendine doğru çevirdi. Parmağının ucuyla parmaklarımı tutarken yüzüğe bakıp gözlerini kıstı. Kamer uzun uzun yüzüğü süzerken dudakları aralandı. Kalbim o güzel ağzından dökülecek olan iltifatlara bir yenisini daha kabul etmek için hızlanırken söylediği şey bunun yersiz olduğunu fark etmemi sağladı.

"Ulan ne zevkli adammışım ben anasını satayım. Şu yüzüğün güzelliğine bak, fıstık fıstık."

"Ha?"

"Ne ha?" diye sordu ve gözlerini yeniden gözlerime kaydırdı. "Güzel değil mi?"

"Güzel de," dedim boşluğa düşmüş gibi. "Ne bileyim... Ben daha farklı bir..."

Sıkıntıyla gözlerimi kaçırdım ve bozulduğumu belli etmemek için dudağımın içini ısırdım. Elim hâlâ parmak uçlarına emanetti ve orada durdukça içim bir hoş oluyordu. Bu anlamsız ve sessiz geçen birkaç saniyenin ardından parmağımın üzerine bastırılan ılık ve kuru dudaklar gözlerimin kapanmasına yardımcı olmuştu. Kamer, elimi dudaklarına götürmüştü ve bir müddet çekmemişti.

Gözlerimi araladım ve yeniden ona baktım. Öperken kapattığı göz kapakları titriyordu. Tıpkı sıra sıra nasıl bu kadar muazzam dizildiğine inanamadığım o güzel kirpikleri gibi. Elim dudaklarının üzerinden çekilirken Kamer onu aldı ve yüzüne koydu. Sanki bunu yapmaktan hiç yorulmayacakmış gibiydi.

Elimi yanağının üzerine bırakırken derime batan hafif hafif çıkmış sakallarıyla rastlaştım. Kamer elini çektiğinde, "Beni biraz sevsene," diye mırıldandı.

"Biraz mı?" diye sordum yumuşak bir sesle gözlerimi kısarak.

"Biraz evet. Fazlasına gerek yok, alışırım sonra iyi olmaz."

Alnımı kırıştırdım ve bu cümlenin içinde barındırdığı manayı düşündüm. Ama ben onu biraz sevemezdim ki. Biraz nasıl sevilir onu severken öğrenememiştim.

Yanağının üzerinde gezinmeye başlarken elim, her daim bana bakmakta olan göz bebeklerine sarıldım. "Sen peki? Beni birazcık sever misin dersem, yapabilir misin bunu?" diye sordum.

Kaşlarını yukarı doğru kaldırıp indirdi. "Yapamam."

"Benden neden yapmamı istiyorsun o zaman?"

"Çünkü sen çok seversen beni, buna dayanmaz kalbim ve hep daha fazlasını isterim," diye savundu kendini. Haklıydı, ama onu hep daha fazla seveceğim konusunda. Belki bunu dile getirmemişti ama onu hep daha fazla seveceğimi biliyordu. Bilmese, konuşur muydu böyle?

Elimin yüzünün üzerinden çekmeden parmaklarımı hafifçe oynatarak bahsettiği şekilde onu sevmeye başladım, bu fiziksel bir kasıttı. Konuşmuyor sadece birbirimizin gözlerinin içini ezberliyorduk.

Kendimi tutamadan gülümsemeye başladım. "Ne?" diye sordu tok bir sesle. "Hiç," dedim karşılık vererek. "Sadece ben hâlâ inanamıyorum... Sen ve ben... Kamer biz evleniyoruz resmen. Bu çok farklı hissettiriyor, sence de öyle değil mi?"

"Öyle," dedi kendinden emin bir şekilde. "Ulan ben kim evlenmek kim? Ben daha doğru dürüst insan olamıyorum başkasına nasıl koca olayım?" diye kendi kendine sorular sorduğunda bozulmama müsaade etmeden yaptığı ironiyi direkt belli ederek elimi dudaklarına götürdü ve orayı öptükten sonra bana bakıp göz kırptı. "Ama sen en güzel u dönüşlerinin sebebisin."

"Ya," dedim keyiflenerek. "Şu hallerin beni öldürecek ha!"

"Şş, dur kızım daha evlenmedik."

Ağzıma fermuar çekip, "Tamam sustum," dedim. Kamer gülmeye devam ederken duraksadım ve dudaklarımı ısırdım. "Yalnız aşağıdakiler soracaklar... Alper?"

"Alper?" dedi Kamer bir anda ciddileşerek. Başımı aşağı yukarı salladım. "Tamam ya," dedi sakince. "Hallederim ben." Sanırım belli etmese de biraz gerilmişti, e iş ciddiye bindi Kamer Bey bilmen lazım bunları.

Kamer usul usul toparlanarak, "Tamam hadi, aşağı bir bakalım," diye konuştuğunda hiç tereddütsüz onu takip ettim. Burada birkaç dakika daha zaman geçirdikten sonra banyodaki işlerimizi halledip birlikte mutfağa indik. Zeynep çayları dolduruyordu. Yanlarına vardığımızda, "Günaydın," diye mırıldanıp sandalyemi çekip oturdum. Andaç, "Sana da günaydın yenge," deyip Kamer'e baktı. "Erittiniz mi buzları?"

Kamer, "Andaç boş yapma oğlum," diye mırıldandığında Alper'e bakıp gülümsedim. Aynı tepkiyi ondan da görmek beni tatmin ettiğinde Andaç'ın bozulan suratına takıldım. Zeynep çayları doldurduktan sonra yerine geçip oturdu. Konuşmadan kahvaltımızı yapmaya başladığımız vakit masanın üzerinde duran ekmek sepetine uzandım ve bir anda ne olduğunu anlamadan Andaç'ın sesiyle irkildim.

"Ha siktir!"

Kaşlarım çatılırken şaşkınlıkla Andaç'a baktım ve bunu yapan tek kişi olmadığımı fark etmek fazla zamanımı almamıştı. Andaç parmağımdaki yüzüğe odaklandığında yutkundum ve dudaklarımı ıslattım. Elimi çekti ve gözlerini irileştirerek konuştu: "Bu şey değil mi bu? Gelin olmuş gidiyorum?"

Allah'ım diline düşecek son insanın eline düştüm kurtar beni.

Andaç elimi bırakmazken o an masadaki tüm gözlerin benim üzerimde toplandığını hissettim ve hangi birine karşılık vereceğimi bilemedim ama Alper'in gözleri âdeta buradayım diye parlıyordu ve ona baktım. Yüzünde hiçbir tepki yoktu ne bir tebessüm ne de bir ekşime... Sanırım bu olumsuz bir sonuç doğuracak gibi durmuyordu.

Andaç, "Abi bu yüzük benim geleceğimden daha parlak lan," deyip bana baktı. "Kaç karatlık bu yengem?"

Kamer sertçe homurdanırken elimi geri çektim. "Ne yapacaksın Andaç? Çok istiyorsan sana da takalım bir tane."

Andaç üzerine alınmadan gülerken Kamer'e göz kırpıp omzuna dokundu. "Yav bırak şimdi bu lafları abi," deyip Kamer'in yanağını sıkmaya başladı. "Çen büyüdün de damat mı olacaksın, koca mı olacaksın, nikah masasına mı oturacaksın, hı?" Kamer hakikatli bir sinirle gerilirken Andaç'ın elini ittirip dişlerini sıktı. Andaç ise o sırada kendini susturdu ve kaşlarını çatarak önce bana sonra Kamer'e baktı. "Peki bundan şeyin haberi var mı?" Gözleri Alper'i buldu. "Alper'in?"

Masadaki huzursuz edici gerginlik iyice korlaşırken Çetin'in çayından bir yudum alarak başını öne eğdiğini gördüm. Aslında Alper sivri ya da sert bir çıkış yapacak biri değildi sadece ilk kez böyle bir durumun içine düştüğü için şaşkındı. Diğer herkes gibi. En çok da bizim gibi.

Andaç, suskunluğumuzu fırsat bilip bundan kendine epeyce pay çıkarmaya başladı. "Tamam sen takmışsın yüzüğü maşallah da önce kızı bir iste, bir sor kardeşine razı mı diye?" deyip Kamer'e baktı. "Yani bunları da ben mi söyleyeyim abi?"

"Çok konuşuyorsun sen," dedi Kamer düz bir sesle. Gergindi ama bu aşırıya kaçacak gibi durmuyordu. "Ben Alper'le tabii ki konuşacağım. Hem daha dün bir bugün iki oğlum. Ortalığı velveleye verme lan zibidi."

Andaç şaşkınlıkla, "Ulan adama iyilik de yaramıyor," diye homurdanarak Alper'e döndü. "Senin yerinde olsam bu herife kız falan vermem. Sakın hemen salıverme kendini, az ağırdan al oğlum."

Kamer dudaklarını ıslatıp çekerken onu izledim. Sanırım bu tip konulardan hoşlanmıyordu, şaka da olsa başkaları tarafında güven vermediği hissine kapılmış olması beni kötü hissettirmişti. Oysa öyle bir adam değildi, en çok güven bağladığım insandı o. Şaka da olsa bunun böyle konuşulması hoşuna gitmemişti.

Kamer şaşırtıcı bir şekilde konuşmazken masadaki sessizlik Alper'in tok sesiyle renklendi. "Öncelikle bu konunun burada bu şekilde konuşulması ne kadar doğru bilmiyorum..." Birkaç saniyeliğine susarken ona baktım, diğer herkes gibi. Ama Kamer başını öne eğmiş, huzursuz bir şekilde bardağıyla ilgileniyordu. Bu kadar gerileceğini tahmin etmemiştim doğrusu. "Herkes gibi ben de şaşkınım onların bu kararlarına ama..." O konuştukça kalbim sıkışıyordu ve gözleri beni buldu. Güzel suratı tıpkı yeni açmış bir çiçek gibi bana umut aşıladı. "Ablam mutlu. O gerçekten çok mutlu. Buna hayır diyemem çünkü haddim değil. Üstelik," derken güldü. "Eniştemi de tanıyorum."

Kamer'in eğik başı bir anda Alper'e doğru çevrilirken parmaklarımla masanın altında oynamaya başladım. Kamer'in çehresinde herhangi bir mimik değişimi görülmezken Alper ılımlı daha doğrusu epeyce sıcakkanlı bir şekilde konuşmaya devam etti: "Ablam bana emanetti, şimdi de benden sana emanet... Abi."

Gözlerim doluverdi bir anda. Zeynep'in sırıtkan ve hisli bakışlarını göz aklarıma düşürmüştüm. Dediğim gibi Alper zaten buna karşı çıkacak biri değildi, ben onun bu laflarına duygulanmıştım haliyle. Kamer dudaklarını birbirine bastırarak başını aşağı yukarı salladı ve gülümsemeye çalıştı. "Eyvallah," dedi ve kısık sesle ekledi: "Kayınço."

Saf saf gülmeye başlarken farkında olmadan bir gözyaşı düştü çeneme doğru ama bunu kimseye fark ettirmeden sildim ve burnumu çektim. Masadaki enerji yükseldiğinde herkesin çehresinde bir memnuniyet hali vardı. Tek bir kişi hariç.

Andaç, "Ulan azıcık ağırdan sat dedim. Pat diye verdin ha kızı," dedi Alper'e doğru homurdanarak. Elbette ki bu sözleri şakadan ibaretti. Bu yüzden alınganlık yapmıyordum. Çetin'in gözleri devrilirken Andaç duraksadı ve Çetin'e baktı. "O değil de kayınço, biz niye hiç böyle duygusal konuşmalar yapamıyoruz? Heriflere bak iki dakikada ağlatacak dereceye getirdiler bizi... Bir de bize bak kedi köpek gibiyiz!"

Çetin, "Niye acaba?" diye sorduğunda Andaç, "Bir şey derdim de neyse," diye kıvırdı laflarını. Bu konuşma fazla uzamazken Zeynep söz aldı ve bir hayli heyecanlı bir vaziyetle ellerini birbirine vurdurarak, "O zaman akşama kız istemecilik mi var? Ay çok heyecanlı," diye konuştu.

Kamer yüzünü ekşitti. "O ne kız? Evcilik gibi."

"Abi sonuçta kız istemeden olmaz. Hem Alper de hazır burada, akşama yapsak ya kendi aramızda bir şeyler," diye mırıldandı.

Kamer'in gözleri direkt kahvelerimin içine yoğunlaşırken dudaklarıma kilit vurulmuş gibi suskunlaştım. Zaten kalbim aşırı duygu yoğunluğundan normal ritmine kavuşmuş sayılmazdı, bir de bu olaylar beni iyiden iyiye zorluyordu.

Çetin tok bir sesle ortaya konuştu: "Aga siz evlilik kararı aldınız tamam da herhangi bir tarih var mı kafanızda?"

Ben konuşmazken Kamer direkt söz aldı ve önce bana bakıp sonra Çetin'e yöneldi. "Henüz belirlemedik. Oğlum dün bir bugün iki, darlamayın lan insanı. Bakarsınız bir çıkarız evden akşama evli döneriz."

Andaç parmağını hızla Kamer'in dudaklarının üzerine doğru götürdü ama dokunmadı. "Şş, orada duracaksın delikanlı. Kambersiz düğün olmaz ama Kamer'siz olur..." Evet bu esnada sadece kendi güldü. Bozuldu ve bunu belli etmemeye çalışarak devam etti: "Abi ne demek o ya? Ben senin sağdıcın olacağım, sonra sana damat tıraşı yapacağız. Sonra düğün arabasını süsleyip millete zarf dağıtacağız ama içine para koymaya gerek yok zaten daha yeni kurduk işi... Sonra seni gerdek için odaya..."

Kamer belli bir şekilde öksürüp Andaç'ın omuzlarını sıkarken, "Ha bir girmediğin yatak odam kaldı, gel anasını satayım oraya da gel," diye homurdandı.

Andaç mahcup olmuş gibi kendi geri çekerken, "Abi pardon ya, ben kaptırdım kendimi," deyip hiçbir şey olmamış gibi yeniden yükselerek sırıttı. "Ama olsa güzel olmaz mı be abi? Dünya gözüyle senin evlendiğini de göreceğiz ya, daha ne isterim ki?"

Kamer, "Kayınçonun evlenmesini mesela?" diye sordu sol kaşını yukarı doğru kaldırırken. Andaç derin bir tebessümün içine ektiği sinsilik bakışlarını Çetin'e yansıttı. "Ona bakmayın siz, sizden önce çocuk da yapar o. Ne yere bakan yürek yakan var ya bu..."

Çetin, Andaç'ın kafasına vurup, "Abiciğim konu ben değilim, bulaşma bana," derken onun bu yumuşak tavrı şaşırmama sebep olmuştu. Yumuşaktan kastım, herhangi bir argo kullanmaksızın ona laf sokmamasıydı.

Andaç, "Tamam üzerine gelmiyorum, anladım şey günündesin," dedi.

Çetin gözlerini devirirken Aytaç'ın sesini işittim: "Abi işinize karışmak istemem ama Andaç haklı."

Şaşkınlıkla Aytaç'ın gözlerine baktım. Soğukkanlı bir şekilde elindeki bardağı kavramış, başını aşağı yukarı sallayıp sözlerine güven katarak ekledi: "Ben çok uzatmanızı istemem açıkçası. Bu işler bana çok çok uzak ama ne bileyim sizin mutlu olmanızı isterim."

Kamer geriye doğru iyice kendini yaslarken hayretle gülmeye başladı. "Oğlum benden daha meraklısınız lan hepiniz!"

Andaç ona eşlik etti. "Tabii abi, bu eller artık yeğen sevmek istiyor, minik Kamerler, Aymiralar pışpışlamak istiyor... Ulan aşırı iyi değil mi ya?"

Kendime mâni olamadan konuşuverdim: "Ama Andaç abartma be yengem. Bir dur bismillah."

Andaç, "Oy yengem diyen diline kurban," dediğinde gülümseyerek gözlerimi kaçırdım. Sonra daha ciddi bir ses tonuyla ilave etti: "Ayrıca ben sizin yerinizde olsam alabildiğine çocuk yaparım. Kadın güzel, adam yakışıklı... Ee? Bu dünyanın sizin genlerinize ihtiyacı var."

Zeynep hevesle, "Ay ben teyze olmaya hazırım ama hala da olabilirim... Bir şey soracağım, biz ne tarafı olacağız ki?" diye sordu.

Andaç, "Valla bana fark etmez, niyet önemli benim için," diye kendi kendine bir takım açıklama işine girerken Kamer buna dahil oldu. "Oldu olacak nikahımızı da sen kıy Andaç... La bir sakin sakin."

Andaç ve Zeynep senkronize bir halde başını iki yana sallarken Alper de onlara gülümseyerek eşlik eden taraf olmuştu. "Abi," dedi Zeynep Kamer'e bakıp biraz çekingen bir halde. "Aytaç'ın da dediği gibi işinize karışmak istemem ama bugün bir şey yapsak aramızda, ne bileyim kız isteme gibi... Olmaz mı?"

Kamer'in gözleri anında gözlerimi yakalarken benden bir cevap bekler gibi bir hali vardı. "Benim için fark etmez," diye mırıldandım. "Ama henüz hiçbir hazırlığımız yok ki... Senin de yüzüğün yok mesela."

"Orası kolay. Tamam, bugün halledelim şu işi."

İçimde meydana gelen bir gürültü bana güzel şeylerin olacağının haberini veriyordu âdeta. Olmalıydı, artık güzel şeyler olmalıydı. Biz birbirimize tam anlamıyla kavuşmalıydık artık. Gülerek ekledi: "Yalnız biz geç geliriz erkek tarafı olarak, siz evde kalırsınız."

Bu komik durum bizi neşelendirirken Zeynep hemen, "Tamam o zaman. Ben, Şebnem ve Alper kız tarafıyız, siz de erkek tarafı," diyerek açıkladı. "Ben çok heyecan yaptım, resmen düğünümüz var."

"O değil de," dedi Andaç tok bir sesle. "Kurdeleyi kim kesecek?"

Çetin, "Evin büyüğü olarak ben keserim herhalde," diye söylendi. Ben buna olumlu yaklaşırken itiraz eden de olmamıştı. Zeynep masanın üzerinde duran çay bardağını geriye iterken düşünceli bir hal ile konuşmaya başladı. "Keşke Dayı ölmeseydi de şu günleri görüp kendi kesseydi o kurdeleyi."

Duraksadım. Bu çok anlamlı ve değeri paha biçilemez bir anı olurdu bizim için. Gözlerimi usulca kapattım ve sanki gerçekmiş gibi o sahneleri düşledim. Belki annem de yaşasaydı ağlardı, elbette ağlardı... Ana yüreği dayanır mı hiç? Annem olsaydı gelinliğimin ölçüsünü alırdı ya da ne bileyim bana çeyiz yapardı belki... Ah! Çok saçma hayaller mi kuruyorum, yoksa saçmalıkların içine güzel hayaller mi serpiştiriyorum bilinmez.

Kamer bu duygusallığa fazla yenik düşürmeden bizleri toparladı. "Tamam ulan, ne sustunuz hemen? Çetin, o iş senin. Kardeşine bu güzelliği yaparsan memnun olurum."

"Yani kesin bu akşam kız isteme var değil mi?" diye sordu Zeynep bir türlü kendinden emin olamadan. Kamer bıkkın bir şekilde eliyle yüzünü kapatırken bu beni güldürmüştü. "Ulan hepinize alt yazı geçmek zorunda mıyım ben?"

Zeynep alınmadan kıkırdadı. "Mesaj alındı damat bey."

Kamer şaşkınlıkla elini yüzünden çekip Zeynep'in minik gözlerine baktı. "Bak bak, şimdiden başladı bu."

"Abi hevesimizi kursağımızda bırakma işte ya," derken Kamer bu sefer daha keyifli bir şekilde gülerek Zeynep'in yanağına doğru uzanarak ondan bir makas aldı. "Bırakmam abisi bırakmam."

Zeynep sevecen bir şekilde gülümserken fazla dikkat çekmeden elime uzandı ve yüzüğe bakmaya başladı. "Bu çok güzel," dedi fısıldayarak. Ona karşılık verdim. "Teşekkür ederim, daha iyileri senin olsun." Kısacık birkaç saniye göz teması kurduktan sonra Kamer'in ayaklandığını gördüm. Heyecana kapılır gibi ona baktığımda, "Nereye?" diye sordum.

"Halletmemiz gereken işler var ya," diye konuştu. Oradan Andaç katıldı. "Abi dükkân ne alemde?"

"Bu süreçte diğerleri çalışmaya devam ediyor," dedi sakin bir ses tonuyla. "Sonra herkes iş başı."

Kimseden ters bir yanıt çıkmazken ayaklandım ve Kamer'in yanına gidip onu biraz kenara çekerek kara gözlerine baktım. "Birlikte gideceğiz değil mi?" diye sordum, bunu söylerken ses tonumun yüksek çıkmaması için biraz çaba sarf etmiştim. Dudaklarını ıslatıp çekerken gözleri kısıldı. "Evet ama benim daha başka planlarım var."

"Ne gibi?" diye sordum kuşkuya düşmüş gibi.

Kafasını hafifçe eğerken masayı tamamen arkasına alıp dudaklarını araladı. "Bizim çocuklarla alışverişe gideceğim, daha doğrusu götüreceğim. Malum doğru dürüst bir şey yok üzerlerine, hem benim de fiyakalı olmam lazım sanırım," deyip mırıldandı. "Hım?"

"Senin fiyakalı olman için takım elbise ya da güzel kıyafetler giymene gerek yok ki."

"Orası öyle de," deyip gözlerini kaçırarak ekledi: "Her şey usulünce olmalı."

"Usulü falan da biliyorsun yani?" dedim sessizce gülmeye çalışarak.

Bir anda ciddileşti ve bana bakıp kaşlarını çattı. "Amerika'dan mı geldim ben? Herhalde bileceğim."

Aldırmadım ve devam ettim: "Ay tamam, demedim bir şey."

Gözlerini devirirken güldü. "Allah'ım sabır ver."

"Ohoo, şimdiden böyleysen isteme beni," diye homurdandım.

Kamer bu sefer daha gerçekçi bir şekilde kaşlarını çattı ve dik dik gözlerimin içine bakıp bir adım daha yaklaştı. "Bir daha söylesene şunu!"

Yutkunmadan direkt konuştum: "İsteme beni."

İçimden deli gibi gülmek geliyordu. Adamın dengesini bozmaya başladığımı fark ettim. Dudaklarını yaladı ve boğazını temizledikten sonra kendine has bir hareketle gözlerini kırpıştırıp kulağıma doğru yaklaşarak mırıldandı: "Bence sus."

Tepkisiz kalırken bir süre öylece bekledi ve ılık nefesi saç diplerime doğru döküldü. Bu sırada yutkundum ve beni iyice delirtmek için dudaklarını yanağımın gerisine doğru dokundurdu. Bu tüy gibi bir dokunuştu. Gözlerimi sımsıkı kapattım ve ellerimi yumruk yaparak buna mâni olmaya çalıştım, yani içimdeki bu ağrıya, dürtüye...

Kamer kendini geri çekerken bunu o kadar dikkatli ve kasıtlı yapmıştı ki kirpik uçlarımız âdeta birbirine sarılmıştı. Yüzündeki ciddi ifade rüzgârın peşinde sürüklediği kum taneleri gibi savrulurken ona bakakalmakla yetindim. Birkaç saniye hiç konuşmadığımızda arkasını döneceği sıra koluna dokundum ve ona yeniden seslendim: "Kamer ben aslında senden bir şey isteyecektim."

"Söyle," dedi düz bir sesle.

"Önce seni götürmek istediğim daha doğrusu tanıştırmak istediğim biri var," diye konuştuğumda dudaklarını sarkıttı ve çehresine soru işaretlerine yuva yapmış bir tablo astı. "Kim ki?" diye sorduğunda gülümsedim ve kırık bir sesle söyleyiverdim: "Annem."

Duraksadı. Yüzündeki o ifade bir anda başka bir şeye dönüştü ama bunun ne manaya geldiğini henüz anlayabilmiş sayılmazdım. Kendimi tutamazken gözlerim doldu ve buna izin vermeden yüzüme dokunup kafasını hafifçe eğerek kızaran gözlerimin içine doğru baktı. "Gideriz. Eğer ki yaşamış olsaydı, senin gibi bir evladı olduğu için ona ömrüm boyunca minnettar kalacağımı söylemek isterdim ama onun için yapabileceğim tek şey, dua etmek sanırım." Gülümsedim usulca, bunu fark edince o da güldü ve gözlerini kapatıp açarken tekrar konuştu: "Bu konuda sabırsızlandım."

Onu böyle görmek dişlerimi göstererek sırıtmama sebep olduğunda her anın büyüsüne tuz biber olmaya kendini formatlamış Andaç'ın sesini işittik. "Abi az kaldı düğüne, sabret!"

Kamer sert bir nefes alıp arkasını döndü. "Sana ne lan, gevşek!"

Andaç elindeki çay bardağını masaya bırakıp ayaklanırken, "Neyse üzerine gitmeyeyim," dedi. O sırada Aytaç da ayaklandı. Kamer, "Aytaç bugün erken çık koçum, olmadı ben izin alırım," diye söylendi. "Niye ki?" diye sordu.

Kamer şaşkın ama keyifli bir şekilde kollarını iki yana açıp, "Biz sabahtan beri neyin davasını konuşuyoruz? Abinize kız isteyeceksiniz, farkında mısınız?" diye sordu.

Ya... Ben cidden çok mutluydum.

Zeynep'le göz göze gelip sırıtmaya başlarken Andaç kıkırdadı. "Ulan ne minnoş herif oldun he!"

Kamer, "Zeynep miyim lan ben? Minnoş gibi şeker tadında şeyler söyleme valla tükürürüm ağzına!" diye homurdandı. Daha sonra kollarını gövdesine doğru indirip, "Hem bir işimiz var bizim," derken beni kast ettiğini anlarken başımı öne eğdim ve o da ara vermeden devam etti: "Sonra alışverişe çıkacağız. Akşam için."

"Allah be!" dedi Andaç bağırarak. "Lan şu evrelere de geçtik ya, ne diyeyim ki?"

Çetin, "Eve hiç uğrama buluşuruz," dedi Kamer'e bakarak. Kamer başını aşağı yukarı sallayarak onayladı. "Tamam hallederiz." Sonra bir adım öne çıkıp oturduğu yerden kalkmadan sakince bizi izleyen Alper'e baktı. "Alper sen de geliyorsun koçum."

Alper ani bir savunmayla, "Yok abi, benim kıyafete ihtiyacım yok," dediğinde Kamer'in bıkkın nefesini hissetmiştim. "Oğlum bir kez de itiraz etme, bak Andaç'a pirana gibi üzerime atlıyor lan."

Andaç elini ağzının üzerine götürdü ve gözlerini irileştirerek mırıldandı: "Abi konu ben değilim ama hep ben konu oluyorum ya! Bir laf vardı dur... Herkesin derdi ben olmuşum demek ki..." Çetin, Andaç'ın sözlerinin devamını getirmesine müsaade etmeden onun omuzlarını sıktı. "Ben sana bir koyacağım, tam doksana!"

Andaç susma hakkını kullanırken Kamer konuşması yarıda bölünmüş gibi devam etti: "İtiraz istemiyorum."

Alper izin istermiş gibi bana bakarken dudaklarımı kıvırdım ve gözlerimi kapatıp açarak onu selamladım. Herkes içinde sağlıklı bir ortam oluştuğunda yavaş yavaş dağılmaya başladık. Kamer yeniden bana döndüğünde onunla göz teması kurdum. "Gitmeden önce biraz bekler misin? Alper ile konuşmam gerek."

"Olur," dedi ve tişörtünü düzeltip, "Ben dışarıdayım," diyerek yanımdan ayrıldı. Zeynep'in masayı topladığını gördüğümde mahcup bir halde yanına gidip, "Zeynep kusura bakma lütfen," dedim.

Alay eder gibi güldü. "Manyak mısın? Ne kusuruna bakacağım, lütfen düşünme bunu."

Zoraki olmasa da gülümsedim ve Alper'in yanına yürümeye başladım. Salondaki koltukta oturuyor elindeki telefonuyla bir şeyler yapıyordu. Halinden memnundu. Sanırım yolunda giden birtakım şeyler vardı. Ona fark ettirmeden avına yaklaşan aslan gibi yaklaştım ve gülmemeye çalışarak dudaklarımı birbirine kenetledim. Başı öne eğik olduğu için yüzündeki mutluluğun tamamını gördüğüm söylenemezdi lakin hissetmek daha delice bir duyguydu.

Dayanamadım ve gidip oturuverdim yanına. Geldiğimi fark edince telefondan başını kaldırdı ve gözlerime baktı. Sersemce bir tutum sergileyip telefonu saklamamış ya da heyecana kapılmamıştı. Son derece soğukkanlıydı. "Telefonla oynuyordun ve yüzün gülüyordu," dedim bilmiş bilmiş konuşarak. "Yoksa tahmin ettiğim şey mi?"

Bakışlarını kaçırır gibi olurken telefonun ekranını kapattı ve yanak içi etini ısırdı. "Tam olarak değil."

"Nasıl yani?" diye sordum kaşlarım yukarı doğru havalanırken, sonra devam ettim: "Ama bir gelişme var değil mi?"

Bana baktı. "Bilmiyorum. Birkaç gün önce fotoğrafımı beğenip, attığım hikâyeye baktı... Sence bu iyi bir şey mi?"

Şaşkınlığın ele verdiği ses tonumla ona karşılık verdim. "Yani ben pek anlamam ama iyi bir şey bence. Takip ediyor o zaman seni."

"Ediyor," dedi gülümseyerek. "Birkaç hafta önce takibe aldı."

Sırıttım. "Ya."

Sırıttı. "Dün gece bir cesaret mesaj yazmayı denedim hatta uzun uzun bir şeyler yazdım ama elim gönder tuşuna gitmedi. Sildim yazdıklarımı ve vazgeçtim. Belki daha zamanı değil ya da onu korkutmak istemedim durduk yere."

"Korkutmak mı?" diye sordum tok bir sesle. "Neden korkacakmış ki?"

"Bilmem," dedi omzunu silkerek. "İki fotoğraf beğendi diye hemen şey yapmak istemiyorum. Evet onunla bir an önce konuşmak ve iletişim kurmak için sabırsızlanıyorum ama böylesi daha uygun gibi... Sence abla?"

"Vallahi bana hiç bakma ama ben olsam korkmazdım, sonuçta insan yemiyorsun ki... Ama şu yönden haklı olabilirsin, pat diye ona uzun uzun mesaj yazmak yerine kısa bir merhabayla başlayabilirsin. Böylelikle o da sana karşılık verir ve uzar gider bu konuşma. Diğer türlü kız nereden geldiğini şaşırır."

Sanırsın yılların ilişki uzmanı konuşuyor.

Alper, "Doğru, evet sanırım böylesi daha mantıklı," dedi. Ona ufacık da olsa bir faydamın dokunduğunu görmek beni de mutlu etmişti. Alper telefonu diğer tarafına bırakırken boğazımdaki kuru tabakayı yutkunarak yok ettim ve gözlerine baktım. "Aslında ben buraya seninle başka bir şey konuşmaya geldim."

"Biliyorum," dedi sakince. Duraksadım. "Şu an senin mutluluğundan başka bir şey konuşacak değiliz ya," diye eklerken gözlerinin bebeği küçüldü. Parmaklarımla oynamaya başlarken derin bir nefes aldım ve halatın ucunu serbest bıraktım. "Ben hayatım boyunca seninle hiçbir zaman böyle bir konuşma yapacağımı düşünmezdim inan. Hatta şu an bile bir garip hissediyorum."

"Abla kasma kendini, hele ki bana karşı," diye beni yumuşatmaya çalıştı. "Benimle böyle bir konuşmana yapmana da gerek yok ki... Ben senin gözlerine bakınca görüyor ve anlıyorum her şeyi. Sen her şeyin en güzeline ve en iyisine layıksın. Sen çok güzelsin."

Kardeş aslında kuru bir kelimeden ibaret değildir. Kardeş yaradır, sızıdır, candır... Bazı geceler onca kalabalıkta yalnızlaşır bazı geceler birbirimizden başka kimsemiz olmazdı bizim. Ona annemin yokluğunu hissettirmemeye çalıştım hep, benden başka gidecek bir yerinin olmadığını değil de gittiği her yere beni de götürsün istedim. Elini kalbine koymasından ziyade, aklının bir köşesine çerçevelenmek istedim hep. Bunu başardı, bunu başarmadı... En başından beri böyle yaptı. Kardeşler iyidir... Döver ve severiz belki, güler ve ağlarız çoğu zaman ama arkamıza dönüp baktığımızda kimseyi göremezsek şayet bilin ki görmek istediğimiz kişi arkamızda değil de yanımızdadır bedeni. Hayatım boyunca ona iyi ablalık yapıp yapamadığımı sorguladım ve hâlâ sorgularım. Çoğu kez onu bensiz bıraktım, sayısız kez uykularında yanında yoktum, onu terk ettim... Bu sözler kalbimin sancılanmasına sebep oluyordu her seferinde. Ben onun benim gözlerime bakınca neler gördüğünü az çok biliyordum ve bundandı benim mücadelem.

Alper... Gözlerime bakma acıtırım, sözlerimi duy mütemadiyen avuturum seni.

"Teşekkür ederim," diye konuştum çok cılız bir sesle. "Ama bazen yetmediğini düşünüyorum. Sahiden Alper," dedim ve buruk bir biçimde dudağımın kenarına ektim biçtim acı zerrelerini. "Sana yetebiliyor muyum ben?"

Bunun ne demek olduğunu bilmek acıtıyordu. Onun bu hayatta benden başka kimsesi kalmamıştı. Birkaç umursamaz akraba dışında tabii. Gözlerini kapatıp açtı ve temiz bir nefes alıp elimi tuttu. "Artıyorsun bile. Bunları benim sana söylemem gerekiyor farkında mısın abla? Ama sen yine önce beni düşünüyorsun. Lütfen daha fazla irdeleme ve yaşa bu hayatı." Başını öne eğerek yüzüğe baktı. "Bir adam sana bunu takmışsa lafın gelişi değil, harbiden sevdiği için yapmıştır ve Kamer abi gerçekten iyi bir adam."

Gözlerim yeniden dolarken burnumu çektim ve hızla ona sarıldım. Kolları sırtımı kafeslerken saçlarımdan öptü ve bir süre öylece orada kaldı. "Ne olursa olsun ben yanındayım," dedi kısık sesiyle. "Bunu sakın unutma."

"Unutmam," dedim ve ondan ayrıldım. Umut doluydu gözlerinin içi, kıyamıyordum ki hiç. "Biz birazdan Kamer'le annemin mezarına gideceğiz," dedim. "Sonra seninle de gidelim tamam mı?"

"Olur," dedi sakince. "Gideriz tabii. Özledim çok."

Dişlerimi göstererek gülerken, "Neyse, ben Kamer'i bekletmeyeyim daha fazla, akşama görüşürüz," dedim ve yanından ayrıldım. Çok geçmeden dışarı çıktığımda direkt aşağıya indim. Kamer birtakım işlerle uğraşıyordu ve elleri kirlenmişti. "İşlerin varsa sonra da giderdik," dedim.

"Yok," dedi ve motosikletin yanından ayrılarak tozlu ellerini arabadan çıkardığı ıslak mendille silmeye başladı. "Baktım öyle işte." Sonra sakince arabanın kapılarını açıp bana yöneldi. "Hadi, gidelim."

Konuşmadan arabaya bindiğimde yine konuşmadan caddeye çıktık. "Bu arada ben alışveriş falan dedim ama senin de yapman lazım," diye konuştuğunda buna biraz içerledim çünkü artık gereği yoktu. "Hayır," dedim kendimden emin bir vaziyette. "Buna gerek yok. Daha dün benim için aldığın elbise duruyor. Zaten bulurum ben mutlaka bir şeyler, fazla masrafa gerek yok Kamer."

"Ama bunlar gerekli şeyler ve masraf olduğunu falan düşünme," dedi kontrollü bir şekilde arabayı kullanmaya devam ederken. Onu duymazlıktan geldim. "Ben idare ederim, durduk yere masraf çıkarma lütfen. Hem sonrasını düşünmeliyiz."

Sustum ve ona döndüm. "Yüzükler?"

"Ben halledeceğim," dedi otoriter bir sesle. "Kafa yorma böyle şeylere."

"Ölçümü biliyorsun değil mi?" diye sorduğunda önce gözlerime sonra parmağımdaki tektaşa baktı. "Yok, müneccimim ben biliyorum her şeyi."

"Dalga geçme be," dedi terslemeden konuşurken. "Bir şey sordum sadece."

"Saçma oldu biraz," derken ses tonundaki keyif kulaklarıma dev dalgaların kayalıklara doğru çarpması gibi vurmaya başladı. "Ulan o değil de ben akşama resmen sözlü bir adam olacağım, vay anasını satayım!"

"Hoşuna gitti bakıyorum da," dedim dudağımın kenarını kıvırarak.

Güldü ve yüzük olmayan parmaklarına bakıp, "Yer açın bakayım, kralınız geliyor," diye eğlendi.

Kahkaha attım. "Ya sen manyaksın yemin ediyorum,"

"Yeni mi anladın?" diye sordu eğlendirmeye devam ederken. İflah olmaz bir bakış atıp arabanın camını hafifçe açarak içeri giren tatlı rüzgâra kendimi teslim ederek saçlarımın ve tenimin bundan nasiplenmesini sağladım.

Çok değil, yaklaşık bir on dakika sonra mezarlığa gelmiştik. Kamer güneş gözlüğünü takarken elimden tuttu ve taşlı yolların olduğu yerde ilerlemeye başladık. Yüzlerce mezar vardı ve buraya her geldiğimde kendime manasızca yer bakardım. Bir gün öleceğiz ya… Annemin yanı olabilirdi belki ama babam vardı yanında. Sahi, babam demişken; ben onun mezarına hiç gitmemiştim ki… Toprağına dokunmamış, mezar taşından öpmemiştim hiç… Annemin yanındaydı sadece, bu kadarı kâfi miydi?

Birkaç dakika ilerledikten sonra Kamer'i durdurdum. "Burası," diye fısıldadım sessizce. Elimi bırakmadan güneş gözlüğünü çıkardı ve tişörtünün yaka kısmına taktı onu. Derin bir nefes aldım ve elimi usulca Kamer'in elinden çekip annemin yanına ilerledim. Toprağı kurumuştu ve üzerinde otlar birikmişti. Yanına gittim ve ellerimi önümde birleştirip konuşmaya başladım. "Anne?" diye mırıldandım olağan bir tizlikte. "Ben geldim." Sonra buruk bir biçimde gülümsedim. "Ama bu sefer yalnız değilim," deyip biraz daha yaklaştım ve daha kısık bir sesle ekledim: "Hani sana anlattığım o adam var ya, âşık olduğum... Onu getirdim sana."

Kamer'in beni duyduğunu pek sanmıyordum ve bu yüzden bunu uzatmadan doğruldum ve sanki annem karşımdaymış gibi konuşmaya devam ettim: "Anne? Ben evleniyorum."

Kamer o anda yanıma geldi ve belime sarılıp şakağımdan öptü. Gözlerim kapanırken gülümsedim ve göz kapaklarımın üzerinde toplanan güneş ışığına direnerek onları araladım. "Kamer... Annem ne güzel uyuyor değil mi?" diye sordum sessizce.

Bir şey söylemedi ve bana sadece sarılarak belimi iyice kavradı. Devam ettim: "Anne seni çok seviyorum. Seni çok başka seviyorum anne. Ama bil ki benim de seni sevdiğim gibi beni seven biri var. Belki şu an burada değilsin ama ben yine de onu sana getirmek istedim," dedim gülümsedim saf saf. "Damadın oluyor kendisi."

Bu sözler bana acıdan ziyade huzur veriyordu. Öyle hayal ediyordum, öyle yaşıyormuş gibi yapıyordum. Bu kendimi kandırmaksa evet kendimi kandırıyordum ama ben mutluydum, gerisinin zerre önemi yoktu.

Birkaç dakika daha burada bekledik. Annemin toprağındaki otları ayıkladık Kamer ile beraber, sonra ona çeşmeden su getirip toprağına döktük. Annemi çok küçük yaşta kaybettiğim için acısı yaramı aşırı deşmiyordu ve ben annesizliğe çoktan alışmıştım.

Şaka.

Yaşımız kaç olursa olsun, hiçbir çocuk kolay kolay alışamazdı bu yokluğa.

Annemin yanından geçerken bir metre yanında babamın mezarını gördüm. İçim bir tuhaf olmuştu, hissizleşmiştim sanki. Ne üzülebiliyor ne de ağlayabiliyordum. Duygularımın elimden alındığını hissetmiştim ama bu his bile bende bir etki oluşturmamıştı. Çok değil, sadece birkaç saniye babamın mezarına uğradım ve ona evleneceğimi söyleyip yanından ayrıldım. Belki acımasızca davranmıştım ama en azından sahte değildi bu yaptıklarım. Neyi hissediyorsam öyle yapmıştım.

Buradaki işimiz bittikten sonra mezarlıktan çıktık ve arabaya doğru ilerlemeye başladık. İkimiz de durgunlaşmıştık, haliyle tabii. Kamer güneş gözlüğünü yeniden takarken ellerimizi ayırmadan yürümeye devam ettik. Sıkıcı bir hava vardı, sıcak havaları çok sevdiğim de söylenemezdi zaten. Arabaya beş metre falan kaldığında başımı yerden kaldırdım ve kısık gözlerle karşıya baktım.

Sonra duraksadım çünkü Hakan karşımda duruyordu.

Daha doğrusu bize doğru geliyordu. Kamer ani bir hızla gözlüğünü çıkardı. "Bu dallamanın ne işi var lan burada? Geçen sefer de burada karşılaşmıştık, çok seviyor herhalde," diye hırladı.

"Sakin ol, bir şey yok," diye onu dizginlemeye çalıştığımda Hakan hemen karşımda belirdi.

"Ne var lan?" dedi Kamer beni biraz arkasına saklayarak. Huzursuz bir şekilde gözlerimi kapatıp açarken Hakan'ın rahat tavrına şahit oldum. "Bir şey olduğu yok, mezarlığa gelmek de mi suç?"

Kamer, "Suç değil de ikidir burada karşılaşmak biraz garip," dedi.

Hakan alay eder gibi gülerken, "Bak sen kaderin cilvesine," diye mırıldandı.

Kamer bir adım öne çıkarak, "Dalga mı geçiyorsun lan sen benimle?" diye sordu. Hakan soğukkanlı bir şekilde gözlerime bakmaya başladığında Kamer önümü iyice kapattı ve Hakan'a biraz daha yükseldi. "Bakmaman gereken yerleri hâlâ öğrenemedin sanırım."

Hakan, "Sen ne sıfatla onu bu kadar kısıtlayabiliyorsun ki?" diye sordu.

Kamer işittiği sözler karşısında gülmeye başlarken bunun tamamen sinirin vermiş olduğu titreyiş olduğunu anladım. Durdu ve tok bir sesle konuştu: "Bugün sözlüsü, yarın kocası olacağım... Ellerini tuttuğum kadının her sabah yanında uyanacağım... Hem bir sıfata da sahip olmam gerekmiyor. O zaten hür biri ama senin gibi bir adinin ona ne gözle baktığını çok iyi bildiğim için yapıyorum bunu."

Hakan, Kamer'in sözlerini duyunca gözleri direkt ellerime kaydı ve parmağımdaki yüzüğü gördü. Kamer daha sinirli bir ses tonuyla devam etti: "Benim sinirlerimi daha fazla zıplatıp, ne yapıp yapmayacağıma karışma. Bir sensin zaten mükemmel, duyarlı adam be."

Hakan bir şey söylemezken onunla konuşmam gerektiğini düşündüm çünkü artık bu sorunlarımızı aşmalıydık. Ben onunla her karşılaşmamızda aynı sahneleri yaşamaktansa medeni bir şekilde selam alıp vermek istiyordum. Sonuçta o benim bunca yıllık dostumdu ve ruhumda açtığım vicdan girdabında onun da adı vardı. Kamer'e seslendim: "Bize biraz izin verir misin?"

Anında bana baktı ve yüzünü müthiş bir şekilde ekşiterek tavrımı sorgulamaya başladı. "Anlamadım?'

"Kamer lütfen," dedim sakince. "Bu kadarına hakkım var, lütfen sorun çıkarmayalım."

Birkaç saniye bekledi ve eliyle yüzünü sıvazladıktan sonra hiçbir şey söylemeden yanımızdan ayrılarak arabaya doğru yürüdü. Önümdeki boşluğu Hakan'ın varlığı tamamlarken olduğum yerden asla hareket etmedim ve Kamer arabaya binene kadar konuşmama kararı aldım. Kamer çok sürmeden arabaya bindiğinde, güneş gözlüğünü taktı ve elini direksiyona koyarak bana bakmaya başladı. Onunla böyle bir göz teması kurmak hoşuma gitmese de artık bu evreleri aşması gerektiğini düşünüyordum. Bunlar geride kalmalı ve biz sadece önümüze bakmalıydık.

Gözlerimi zor da olsa gözlerinden çektim ve boğazımı temizleyip dudaklarıma nem kazandırdım. Aylar sonra yeniden karşılaşmış ve bunun garip bir şekilde olmasına karşın kuracağım ilk cümle nasıl olurdu bilmiyorum. Sıkıntılı geçen birkaç saniyeyi saçlarımı geriye doğru itmeye harcarken Hakan'ın ses tonuyla duraksadım. "Biliyor musun? Yüzük yakışmış," dediğinde başımı kaldırıp gözlerine baktım. "Her ne kadar başkasına ait olsa da bu canımı biraz acıtıy..." derhal sözlerini kestim. "Hakan, lütfen bunları konuşmayalım."

"Haklısın," dedi başını aşağı yukarı sallayarak. "Ben bir garip oldum sadece. Saçlarını da kesmişsin, baksana karşımda farklı bir kadın duruyor sanki."

"Hayır," dedim hızla. "Dış görünüşümdeki değişimler beni farklı biri yapmaz."

"Sen," dedi sorgular gibi. "Onunla evleniyorsun... Onun eşi olacaksın... Öyle mi?"

Hakan'ın neden beni bu kadar zor durumlar içerisine çektiğine anlam veremiyordum. Üstelik onun hayatında başka birisi vardı. Önceden olsa bu sorularında asla bir art niyet aramazdım çünkü, kardeşinin iyiliğini düşünüyor, der geçerdim ama biz artık kardeş gibi değildik.

"Öyle," dedim tok bir sesle. Kendimden epey emindim. Hakan'ın omuzlarının üzerinden Kamer'in gözlerine ulaştım yeniden. Duruşunu hiç bozmadan heykel gibi bana bakmaya devam ediyordu. Bu mesafede bile aşırı gergin olduğunu görebiliyordum.

Hakan umutsuzca başını öne eğdi ve güldü. "Ne diyebilirim Aymira... Umarım hayal kırıklığına uğramaz ve mutlu olursun."

Kaşlarımı çattım. "Neyi ima ediyorsun? Sen gerçekten böyle konuşarak benim iyiliğimi düşündüğünü falan mı sanıyorsun Hakan?"

"Aymira ben senin iyiliğini her zaman istedim ve istemeye de devam edeceğim," dedi ve hırsla soluk alıp verdi. "Ama yanındaki kişi doğru insan değil. Seni üzecek, seni çok üzecek göreceksin."

"Sorun değil ki," dedim gülerek. "Ben ömrüm boyunca onun beni mutlu etmesini bekleyemem, üzse de kırsa da yine seviyorum onu anlıyor musun? Hangi insan birbirini üzmez ki zaten? Gerçekçi olalım lütfen, hiçbirimiz masallardan fırlamadık ama kendi sonumuzu yazmak için ilerliyoruz... Ben onun beni üzmesine razıyım, ondan gelen hüzün bile güzel çünkü."

Kamer'e karşı olan hislerimi artık iyice sırtlanmıştım. Hakan'ın karşımda böyle fütursuzca imalar yapması çok çirkindi. Buna boyun eğemezdim. Kamer değil ben de onu üzebilirdim, hangi çift yaralamaz ki birbirini? Mühim olan bu mu? Hayır, mühim olan onca kırgınlığa rağmen elimizdeki tek bir yara bandını, iki ruha da sarabilmektir.

"Anladım," dedi Hakan. "Sözün bittiği yerdeyiz sanırım." Elini uzattı sonra bana. "Mutlu olmanı istiyorum, daima." Uzattığı eli havada bırakmadım ve çok samimi olmadan tuttum. Onunla sanki vedalaşıyormuşum gibi gözlerine baktım. Bu bir veda değildi, bu bir terk edişti.

Elimi çekerken daha fazla konuşmadım ve yanından ayrılmak istedim lakin önümü keserek beni durdurdu. "Bir gün yanında kimse kalmadığında ben burada olacağım Aymira. Bunu bil."

Göğsümün sıkıştığını hissetmeye başlarken bu saçma tavırlarına daha fazla şahitlik etmek istemedim ve gözlerine bakmadan, "Hoşça kal Hakan," deyip yanından hızla ayrılarak arabaya yürüdüm. Bu süre zarfında hiçbir şey hissedememiş sadece dakikalardır ima ettiği bu lafların sebebini masaya yatırmıştım. Ama sırası değildi sanırım, hem de hiç değildi.

Arabaya bindiğimde Kamer hiçbir şey söylemedi ve anahtarı çevirerek gaza yüklendi. Çok değil saniyeler içinde hızla buradan ayrılmıştık bile. Gergin olduğunu görebiliyor ve hissedebiliyordum. Direksiyonu kavrayan parmakları bile gergin duruyordu. "Ne konuştuğumu sormayacak mısın?" diye sordum nabzını ölçmek için.

"Hayır," dedi dümdüz bir sesle.

"Merak da mı etmiyorsun?"

"Hayır."

"Peki."

"Artık senden ümidi kesmiş olmasını diliyorum o kadar."

"Ben onunla konuştum," dedim sakince mırıldanarak.

Güldü ama bu neşeden fazla uzak bir haldi. "Davetiye yollayacağını da söyleseydin." Tepkisiz ve sessiz kalışım bu diyalogun iyi yerlere gitmeyecek olmasından korktuğumu belli ederken Kamer sertçe soludu ve dudaklarını ıslatıp çekerek konuştu: "Neyse, o herif yüzünden şu günü mahvetmek istemiyorum. Sadece huzurumu kaçırıyor o kadar, fazlasına da asla müsaade edecek değilim."

Arabanın içinde yeniden bir sessizlik meydana geldiğinde eve yaklaştığımızı fark ettim. Caddeyi döneceğimiz vakit birdenbire Kamer hızla frene basıp ağız dolusu küfürler etmeye başladı. Korkuyla sarsılırken bize bu anı yaşatanın Mahir olduğunu görmek onu daha da sinirlendirmişti. Kamer arabadan hızla inerken onu takip ettim.

"Ne çıkıyorsun lan önüme?" diye sordu ve ses tonu gerçekten hiddetliydi.

Mahir hiçbir şey olmamış gibi Kamer'e bakarken, "Beni öldüreceğin için mi korktun yoksa?" diye konuştu.

Kamer, "Siktir lan," dedi yüzünü ekşiterek. "Senin gibi birini öldürmek bile bana yakışmaz it."

"Kalbimi kırıyorsun," dedi alay eder gibi. "İnsan kardeşine…"

"Sus," dedi Kamer bu konuşmanın devamının gelmesine müsaade etmeyerek. "O cümleyi de seni de fena benzetirim haberin olsun."

"Ne fark eder ki? Ben konuşmazsam gerçekleri değiştirebilir misin sanki?" Mahir'in kendine has üslubu yine üzerinde etiket gibi geziyordu.

Kamer sağlam bir duruşla Mahir'in karşısında belirirken, "Benim gerçeklerimde sana yer yok," dedi.

Mahir'in boynunun neredeyse tamamını kaplayan dövmeleri, üzerine giydiği tişörtün renginden epey dikkat çekerken gözlerimi oradan çektim ve başımı öne eğerek sabırla konuşmalarının bitmesini bekledim. Önceden olsa mutlaka müdahale etmeye çalışır ve aralarındaki münakaşanın devleşmemesi için çabalardım ama artık böyle değildim.

Mahir umutsuzca Kamer'in gözlerine bakmaya başlarken, "Beni hiçbir zaman kabullenmeyeceksin değil mi?" diye sordu. Bu da neyin nesiydi böyle? Mahir, Kamer'i çoktan kabullenmiş miydi yani? Kaşlarım çatılırken Kamer'in soğuk gülüşünü işittim. "Soruyor musun lan bunu bir de şerefsiz?"

"Evet," dedi sakince.

Kamer, "Seni şu âna kadar öldürmediysem bil ki değmeyeceğin içindir. Üzerindeki bu lekeyle benim kardeşim olabileceğini mi sanıyorsun sen?" diye sordu ve cümlelerinin üzerinde kan lekeleri vardı sanki. Acıtıyor ve acıttıkça da gerçekler ölüm gibi yüzüne çarpıyordu.

Mahir'in gözlerindeki o ifade git gide farklı bir boyut kazanıyor ve gözlerinin rengi iyice koyulaşıyordu. Ondan nefret bile etmiyordum ama kahretsin, öyle bir insandı ki o cinayeti işlememiş olsaydı onu sevebilirdim. Belki Kamer de denerdi bunu. Ama olmayacaktı işte, ne yaparsa bizde kabul görmeyecekti o.

Sonra aniden gülmeye başladı. Buna iyice şaşırmıştım. Kamer'in üzerine doğru giderken gözleri kısacık bir müddet gözlerime değmiş sanki beni ayaküstü yoklamıştı. Onun bu çelişkili halleri beni ürkütüyordu. "Alptekin," dedi ses tonunu bastırarak. "Yapma." Ses tonu kısıldı, sanki duymamı istemiyordu. "Zararlı çıkan sen olursun."

Kamer öfkeyle onu geri iterken, "Ne diyorsun lan sen? Tehdit mi ediyorsun sen beni?" diye bağırdı. Mahir'in bu bulmacayı andıran kelime oyunları bize iyi sonuçlar doğuracak gibi durmuyordu. "Neyin zararından bahsediyorsun sen?"

Mahir'in gözleri üzerimde belirdi tekrar. Bana bakışı çok farklıydı ne kötülüğümü istiyor ne de umursuyordu. Zihninin kuyruğuna taktığı planların adı ne bilmiyordum. En kötüsü de o planların içinde yerimizin hazır olup olmadığı konusuydu. Mahir birkaç adım geriye savrulurken kendini toparladı ve son derece rahat bir halde Kamer'e meydan okudu. "Öyle olsun... Ama ben sona yaklaşıyorum! Bunu bil."

Gözlerimi kıstım ve konuştum: "Neyin laf salatalığını yapıyorsun sen ya? Adamakıllı döksene eteğindeki taşları."

Bana baktı. Yüzü gergin değildi ama bu rahatlığı doğal da sayılmazdı. "Benim eteğimde bir taş yok, sadece kimse masum değil," derken gözleri Kamer'i teğet geçerek yine beni buldu. "Anlıyor musun bunu?"

"Anlamıyorum," dedim inatla. "Seninle bunu daha önce de konuşmuştuk hatırlıyor musun Mahir? Kimse masum değil, evet bu doğru bu hayatta kimse masum değil."

Boş boş birkaç saniye daha göz bebeklerimi süzerken derin bir nefes aldı ve başını öne eğerek güldü. Parmaklarımla oynamaya başladığımda duraksadı ve başını kaldırıp önce bana sonra Kamer'e baktı. Bu esnada yüzündeki mimikler her geçen süre değişime uğruyordu. "Vay vay vay," dedi ağız dolusu konuşarak. "Evleniyor musunuz siz? Yoksa benim gözlerim az önce yanlış bir şey mi gördü?"

"Sana ne lan zibidi?" diye homurdandı Kamer.

"Ayıp," dedi Mahir alay eder gibi. "İnsan kardeşine haber vermez mi? Yoksa düğününe de mi çağırmayacaksın beni?"

"Tam üstüne bastın," dedi Kamer dik bir sesle. "Bizden uzak dur, anlıyor musun? Madem artık kabullenemediğimiz bir gerçek var ortada bırak irdelemeyi."

Mahir duyduklarını sindirirmiş gibi bir süre bekledi ve dudaklarını sıkarak mırıldandı: "Seni böyle göreceğim aklımın ucundan bile geçmezdi lan! Sen şimdi çocuk da yaparsın," deyip sırıttı. "Babacık babacık... Ne sevimli."

Gözlerimi devirirken Kamer başını aşağı yukarı salladı. "Doğru, yaparım. Bu duyguyu ömrün boyunca tadamayacak olmak zoruna gitmiyor mu hiç? Zavallı herifin tekisin, acizsin."

"Belki öyleyim belki değilim," dedi omzunu silkerek. "Bunu inkâr etmiyorum."

"Aferin," dedi Kamer hızla. Sonra geri geri yürüyerek, "Hadi şimdi kaybol, boş yapma," deyip arkasını döndü. Onunla göz göze geldiğimde bana bakıp kolumdan tuttu ve beni de arkaya çevirdi. Bir adım ha ilerledik ha ilerlemedik derken Mahir'in sesi bizi yeniden durdurdu.

"Ama yine de isterim," dedi sakince. Duraksadık ve arkamızı dönmeden onu dinledik. Devam etti: "Mutlu olmanızı."

Kamer'in kolumu kavrayan elleri bir anlığına bollaşır gibi olurken bunun paranoyakça bir öngörü olduğunu fark edip usulca Kamer'in göz aklarına bakmaya başladım. Dişlerini sıktıkça çenesi kaskatı kesiliyordu. Mahir'in amacını ve karakterini henüz tam anlamıyla çözmüş sayılmazdım. Tamam kötüydü, tamam gerçekten iğrençti ama böyle bir adam nasıl olur da o cinayeti işlemiş olurdu? Suratında değildi ruhunda bir maske vardı. Kötülüğün içinde can çekişen minik bir iyi yanı... Ah! Aptal kafam bu kadar hassas düşünmeyi bırak, bu bedenin içinde iyilik aramak cehennemde huri bulmak kadar imkânsız işte.

Mahir'in hâlâ arkamızda duruyor oluşu belki de bizden bir dönüt beklediğini gösteriyordu ama öyle olmadı. Kamer kolumu bıraktı ve hızla arabaya doğru yürüyerek önce benim kapımı sonra kendi kapısını açıp oturdu. Onu bekletmedim ve arabaya yerleştim. Hızla arabayı çalıştırdı ve direkt gaza basarak buradan uzaklaştı, zaten birkaç dakikalık yolumuz kalmıştı.

Huzursuzdu. Belki o da benim aklımdan geçenleri düşünüyordu. Böyle olmasaydı onu kabullenmesi daha kolay olabilirdi işte. Olmadı, Mahir en başından yıktı o köprüyü... Hem kendi üzerine hem de Kamer'in üzerine, en çok da Aytaçların kalbine.

Kısa bir süre sonra tamirhanenin önüne vardık ve Kamer arabayı yolun kenarında durdurarak telefonuna gelen mesajı okudu. "Kimden?" diye sordum sakince.

"Çetin," dedi telefonu kilitleyerek. "Çocukları almış mesaj atıyor."

"Gidiyor musun şimdi?" diye sorduğumda telefonu el freninin yanındaki boşluğa bırakarak gözlerime baktı. "Gidiyorum." Sonra tebessüm ederek yanağımı hafifçe sıktı. "Bu adam bugün senin için hazırlanacak hanımefendi."

Sırıtmaya başladığımda, "Sanki ben kimin için hazırlanacaksam?" diye sordum. "O zaman akşam görüşürüz."

Eliyle yanağımı kavradı ve tıpkı bir kedi yavrusu gibi beni kendine çekerek yanağımdan öpüp geri çekildi. "Görüşürüz."

Biraz utangaç bir halde gözlerine baktım ve onunla vedalaşıp arabadan indim. Kamer de çok vakit kaybetmeden arabayı çalıştırdı ve Çetinlerin yanına gitti. İçim içime sığamaz bir halde koşarak yukarı gittim ve kapıyı çaldım. Saniyeler sonra bana kapıyı açan kişi Şebnem'di. Gözlerim irileşirken sinsi bir şekilde gözlerini kıstı. "Geldi bizim kaçak, gel sen gel. Zeynep söylemese hiçbir şeyden haberim olmayacak. Vicdansız."

Mahcup bir vaziyette içeri girdim ve kapıyı kapatıp ona açıklama yapmaya başladım. "Ben sana haber verecektim ama her şey o kadar ani oldu ki anlatamam Şebnem." Ses tonumu alçalttım ve sabırsızca sırıtarak, "Dün Kamer bana evlenme teklifi etti," dedim.

Şebnem omzuma vurarak, "Biliyorum, Zeynep söyledi ama ben senden duymayı isterdim," dedi. Üzerindeki bu sitemi anlayabiliyordum ama bu hali çok da sert sayılmazdı. "Dün bir bugün iki be Şebnem, cidden söyleyecektim," diye savundum kendimi.

Biraz surat yapsa da onu yumuşatmayı başardım ve gülümsettim. Fırsattan istifade elime uzandı ve parmağıma bakıp, "Ya ama bu ne?" diye sordu. Heyecanlı ve mutlu görünüyordu. "Kızım bak duygulandım ben iyice." Ellerim sebepsizce titremeye başlarken Şebnem'in gözlerinin dolduğunu fark ettim. Kaşlarımı çatarken, "Şebnem saçmalama," diye ikaz ettim onu.

Burnunu çekti ve elimi serbest bırakıp, "Tamam be, kardeşimiz gelin olmuş gidiyor duygulanmak da mı suç?" diye hayıflandı. "Tamam tamam," dedim gülerek. Bana baktı ve kızaran gözleriyle saf saf gülümseyerek sarıldı.

Zeynep, "Oho, ben burada bir elimde deterjan diğer elimde toz bezi uğraşayım, hanımlar ağlaşsın. Oldu!" diyerek isyan bayrağını kaldırdığında Şebnem'le ayrıldık ve gülerek onun yanına gittik. Beklemedim direkt ellerimi yıkayıp Zeynep'e döndüm. "Nereler kaldı?"

"Valla daha yeni başladık sayılır," dediğinde kafamı salladım ve konuştum: "Tamam o zaman, ben salonu hallederim."

Şebnem oradan karıştı. "Ben de akşam için bir şeyler hazırlayayım, mutfak da benim o halde."

Hızlı bir şekilde görev dağılımı yaparken Zeynep de dudaklarını büzdü ve sağa sola bakındı. "O zaman ben de bir arka odalara bakayım, sonra yardıma gelirim size."

"Tamamdır," dedim hazır bir şekilde. Daha sonra hiç vakit kaybetmeden herkes işinin başına geçti. Evin içinde gerçekten tatlı bir çalışma vardı. Şebnem şarkı söyleyerek yemek yapıyor, Zeynep'in ara sıra sitemli haykırışlarını işitiyor ve benim de yüzümden asla silinmeyen o tebessümüme sahiplik ediyordum. Ben içinde bulunduğum bu durumun gerçekten farkında olduğum için bu kadar heyecanlıydım.

Saatler süren temizliğin ardından giyinmeye çıktık. Şebnem yanında getirdiği kıyafetleri giymeye başladığında dolabın kapağını açtım ve hummalı bir şekilde bakınarak askıları kurcaladım. Zaten üç tane elbise vardı. "Dün giydiğim elbiseyi giysem ne olur ki?"

"Hiçbir şey," dedi Şebnem. "Ama sanki daha mı sakin bir renk olsaydı üzerine?"

"Bilmiyorum ki, boş yere masraf yapmak istemedim," dediğimde Şebnem güldü. "Evlenecek kadının hali de bir başka oluyor anam."

"Ya ya," dedim alaya alır gibi. Sonra pes edip dün giydiğim kırmızı renkli elbiseye uzanarak, "Neyse bir şey olmaz, ben giyeyim bunu. Hem çok hareketli değil ki."

"Olur tabii," dedi Şebnem beni onaylayarak. Akşam olmak üzereydi ve gelen yalnızca Alper'di. Biz kız tarafıyız ya hani, o yüzden. Makyajımızı da yaptıktan sonra birlikte aşağı indik. Alper üzerinde güzel bir tişört ve bacağında yine şık bir pantolonla salonda oturuyordu. Yanına indiğimizde bana afili bir bakış atmayı da ihmal etmedi.

Şebnem'le mutfağa girdiğimizde, "Ay sen girme yemek kokar üzerin," diye uyardı beni. Gözlerimi devirerek, "Abart," diye söylendim. Zeynep arkamızda belirirken kolundaki ince kemerli saate bakıp, "Nerede kaldı bunlar?" diye sordu.

"Bilmiyorum," dedim iç geçirerek. Her geçen saniye heyecandan düşüp bayılacakmışım gibi hissediyordum. Karnımın içinde tatlı bir ağrı vardı ama bu ağrı bazen sancı bırakıyordu. "Sakin," dedi Şebnem koluma dokunarak. Bir şey söylemezken Zeynep sırıttı. "Aymira tuzlu kahve de yaparız değil mi?"

"Herhalde yapacağız," dedi Şebnem. "Adam nereden geldiğini şaşıracak."

"Ama kıyamam ki ben," diye mırıldandığımda Şebnem koluma vurdu hafifçe. "Aman," deyip ekledi. "İçsin bir şey olmaz. İleride bu hallerinizi hatırlar gülersiniz hem. Ne güzel işte."

Kendi kendime gülmeye başlarken dudaklarımda dallanıp budaklanan hayallerin rüzgârı esti yüzüme doğru. Sakin olmaya çalışıp derin bir nefes aldığım sırada kapı çaldı. "Aha!" dedi Zeynep zıplayarak. "Geldiler. Ay ay ay."

Hızlı hızlı dudaklarımı kemirmeye başladığımda üzerimdeki bu stresin bir anda baskı yapması beklediğim bir durum değildi. Şebnem koluma dokunarak, "Hadi sen aç kapıyı," diye mırıldandı. Yutkundum ve başımı aşağı yukarı sallayıp kapıya yanaştım. Sanırım öleceğim şimdi.

Kapıya yaklaştığımda Zeynep ve Şebnem'in de beni takip ettiğini ve arkamda durduklarını gördüm. Yeniden derin bir nefes aldım ve kapıyı usulca açtım. En önde Andaç ve Çetin, onların hemen arkasında Aytaç ve en arkada Kamer duruyordu. Bismillah, bu nedir?

Andaç sırıtmaya başlarken elindeki kutuyu bana uzattı. "Buyur hanım kızım."

"Ya," dedim sırıtarak ve kapıyı biraz daha açıp onları içeri buyur ettim. "Hoş geldiniz."

"Hoş gördük," dedi Andaç içeri girerken. "Maşallah eviniz de pek güzelmiş."

Çetin, "Abartma lan," diye homurdanırken yüzümdeki bu şapşal sırıtmayı bir türlü silemedim. Çetin'i, Aytaç takip ederken nihayetinde Kamer'i gördüm. Üzerinde siyah bir takım elbise vardı, elinde de bir demet çiçek. Tebessümle kapıya yaklaştım ve ellerimle yüzümü kapatarak kızaran gözlerimi kapatmaya çalıştım.

"Ne o?" dedi Kamer. "O kadar mı kötü görünüyorum da bakmak istemiyorsun?"

Şaşkın bir çehreyle yüzümdeki elleri indirirken pis pis sırıtan suratıyla karşılaştım. Dudaklarımın nemini sildim ve hafifçe gülümseyerek fısıldadım. "Hoş geldin. Çok iyi görünüyorsun."

"Sen de," dedi ve beni süzerek iç çekti. "Böyle baktıkça yeniden iyi ki diyorum. İyi ki sen."

"İyi ki sen."

Elindeki çiçeği alırken onları kokladım ve Kamer içeri girdiğinde kapıyı kapattım. Kamer salona yürürken elimdeki çiçekleri hemen masanın üzerine bıraktım ve az sonra uygun bir vazo bulup onların içine koymak maksadıyla salona gittim.

Bir koltukta erkek tarafı diğer koltukta kız tarafı oturuyordu. Ben en kenardaydım. Sürekli gülesim geliyordu, cidden buna mâni olamıyordum.

Andaç sessizliği bozarak bize baktı. "Ee nasılsınız? Nasıl gidiyor hanım kızım?"

Çetin, "Ulan çocuk iyice role girdi," diye gülerken Zeynep onlara katıldı. "Ama çok iyi değil mi ya?"

"Aynen abisi çok iyi," dedi Çetin düz bir sesle. Bu sözlerinde ironi aramaksızın Kamer'e baktım kaçak göçek. Onu ilk kez bu kadar tuhaf görüyordum. Ne bileyim, biraz utangaç ve biraz da gergindi. Bu halleri çok hoşuma giderken Andaç'ın gözlerinden kaçmamıştım. "Bizim oğlan da adamın dibidir efendim, maşallah maşallah."

Çetin, "Geri zekâlı, adamı satmaya mı geldin buraya?" diye sorduğunda Andaç ters bir sesle, "Sen işi bilene bırak ve sus," dediğinde Kamer'in bıkkın ve alaycı ifadesine gülümsemiştim.

Andaç dudaklarını ıslattı ve Alper'e döndü. "Siz nasılsınız beyefendi? Bir duygusal gördüm sizi."

Alper, "Yanlış gördünüz sanırım, gayet iyiyim ben," dediğinde herkesin güldüğünü yalnızca Andaç'ın buna surat astığını gördüm. Ortam giderek sıcak bir hal almaya başlamıştı. Sanki hiç aynı evin içinde yaşıyor gibi değil de sahiden birbirimizi yeni tanımaya çalışan insanlar gibiydik. Yaklaşık on dakika kadar sonra Şebnem gözlerime bakıp, "Aymira, kahveler diyorum," diye fısıldadı.

Yutkundum ve yerimden kalkıp mutfağa gittim, Şebnem de benimle birlikte geldi. Cezveyi çıkarırken Şebnem, "Zeynep yüzükleri hazırlamaya gitti," diye konuştu. "Aymira sen resmen evleneceksin."

"Şebnem bak heyecandan düşüp bayılacağım şimdi," diye hızlı hızlı konuşurken kahve kutusunu çıkarıp miktarını ayarlayarak ocağın altını yaktım. Hiç konuşmadan kahveyi hazırlamaya devam ederken Şebnem'in yüzünden düşürmediği o imalı gülüşlerine takılmamaya çalıştım. Kısa bir süre sonra kaynayan cezveyi ocaktan indirdim ve Şebnem'in hazırladığı fincanlara doldurmaya başladım.

En sona Kamer'in fincanı kaldığında onu da doldurarak cezveyi musluğun altına bıraktım. Şebnem önüme birtakım baharatları koyarken, "Hadi, göreyim elinin ayarını," diye konuştu. "Tövbe ya," dedim ve sırıtarak fincanın içine bir miktar tuz, sonra biraz da karabiber koydum. Daha fazlasına içim razı olmazdı, yoksa milyon tane baharat vardı.

İşim bittikten sonra derin bir nefes aldım ve tepsiyi elime alarak doğruldum ve kendimden emin bir halde salona yürüyerek Çetin'den başladım ve kahveleri ikram etmeye başladım. Andaç kahveyi alırken, "Anam mevzu yaklaşıyor demek ki kahve geldiğine göre," deyip bana göz kırptı.

Gülümsemekten yüz kaslarımın sızladığını hissediyordum artık. Tepside kalan son fincanı Kamer'e sunarken eğildim ve ona ikram ettim. Gözlerime baktı ve sakin bir şekilde fincanı alıp geri çekildi. Dişlerimi dudaklarımın içindeki ete saplayarak geri çekildim ve sabırla Kamer'in fincanı dudaklarına götürmesini bekledim.

Ve sanırım bu konuda yalnız değildim.

Aradan birkaç dakika geçtiğinde Kamer fincanı ağzına götürdü ve kahveden bir yudum aldı. Alır almaz gözlerini kısıp yüzünü müthiş bir ekşimeyle buruştururken kahveyi hızla geri çekip, "Bu ne lan?" diye sordu.

Andaç, "Tanıştırayım evladım, tuzlu kahve. Memnun kaldın mı?" diye sordu. Kamer'in gözleri gözlerimi bulurken omzumu silktim ve hiç kuşkusuz gülümsemeye devam ettim. Umarım bunun öcünü almazdı benden.

Kahveler içilmeye devam edilirken Çetin tok bir sesle öksürdü ve konuya giriş yaptı: "Efendim, sebebi ziyaretimiz belli..." Andaç, "Abi ben isteyeyim ne olur?" diye ısrarcı davranırken Kamer tepki gösterdi. "Andaç kapat şu çeneni artık."

Andaç, "Oy gerilme tamam," deyip susarken Çetin sert bir nefes alarak Alper'e baktı. Gözlerim Alper'i buldu. Canım kardeşim, bir gün böyle bir durumun içine düşeceğimizi hiç tahmin etmezdim ama öyle güzelmiş ki Alper... Babam olmadı belki ama senin rızanla bu yola çıkmak öylesine özel ki.

Çetin, "Bizim oğlan sizin kızı görmüş beğenmiş, bir de güzel sevmiş," dediğinde Kamer'in sırıtarak bakışlarını kaçırdığını gördüm. "Sizin kız da bizim oğlanı görmüş beğenmiş ve sevmiş... Demem o ki bize laf düşmez ama Allah'ın emri peygamberin kavliyle kızınızı oğlumuza istiyoruz."

Andaç bir anda bağırdı: "Allah Allah."

Çetin ters ters Andaç'a bakarken Alper'in kendinden emin duruşuna şahit oldum. Dudaklarını ıslattı ve bana bakıp gülümseyerek, "Şimdi böyle deyince bir garip oldu ama ben ne diyebilirim ki o benim canım ve onun mutluluğunu herkesten çok isterim," dedi. Salonda bir suskunluk oluştuğunda kızarmaya müsait gözlerimle Alper'in göz bebeklerine bakmaya devam ettim. "Ben Kamer abiden razıyım ve onun ablamı ne olursa olsun bırakmayacağını biliyorum ve ablam için de geçerli bu sözlerim..." dedi ve gülerek başını salladı. "Hayırlı olsun o zaman."

Elimin tersiyle ağzımın üzerini kapatırken Şebnem, "Ay oldu bu iş," diye kendine mâni olamadan içinde tuttuğu heyecanı dışa vurdu. Andaç fırsatını bulmuş gibi laf söyleyiverdi. "Darısı size Şebnem Hanım Yenge."

Çetin, Andaç'ı dürttü ve sonra bizi de peşine takar gibi ayaklanarak Zeynep'in getirdiği yüzük tepsisine baktı. Ellerim titremeye başlarken Kamer karşımda belirdi. Belli etmese de o da en az benim kadar heyecanlıydı. Yüzükleri gördüğümde gümüş alyansların güzelliği içimi okşadı. Kamer'in gümüş yüzük alması beni tatmin etmişti. Onunla göz göze geldiğimizde bakışlarımı kaçırdım ve kendimi tutmaya devam ettim.

Zeynep tepsiyi abisine uzatırken Çetin yüzüğü aldı ve bize bakıp, "Oğlum, ben niye bu kadar heyecan yaptım lan?" diye mırıldandı.

Kamer, "Çetin, tak abi şunları hadi," dedi üzerindeki stresi belli ederek.

Çetin eline aldığı yüzüğü uzattığım parmağıma doğru götürdüğünde kaşlarımı çattım ve onu durdurarak yüzüğe baktım. Alyansın içinde yazan kelimeyle kalbim sıkışırken gözlerimle Kamer'i sevmeye başladım çünkü yüzüğün içinde *Kamer'in Diana'sı* yazıyordu. Onunkinde ise tam tersi...

Anladım ki bu dünyada âşık olup evlenebileceğim tek doğru adamı bulmuştum.

Yüzükler parmağımıza takıldığında kırmızı kurdele kesilmek için hazırdı. Çetin, makası eline aldığında Andaç, "Makas kesmiyor," diye güldü.

Aytaç kardeşine doğru, "Oğlum, fazla kaptırdın bu role kendini he," dedi.

Andaç gülmeye devam ederek, "Oyuncu olmak için doğmuşum," dedi.

Aytaç gülerek kafasını salladı. "Aynen. Flash TV."

Atışmaları dinerken Çetin kuvvetli bir nefes alıp vererek makası kurdelenin ağzına dayadı. "Çok mutlu olun. Hadi hayırlı olsun," dedi ve kurdeleyi kesti.

Ayrıldı ellerimiz, kurdele ikiye bölünüp düşüverdi yere doğru.

Alkış seslerini işitmeye başladığımızda utanarak başımı öne eğdim ve dolan gözlerimin beni ele vermemesi için direndim. Şebnem'in kollarını bedenimde hissettiğimde ona sarıldım ve onun da kendini tutamayıp ağladığını gördüm. "Yapma böyle," dedim onu dizginleyerek.

"Aman bakma sen bana," dedi ve burnunu çekerek ayrıldı benden.

Sonra Alper'e sarıldım, onu sevdim. Sonra diğerlerine uğradım ve nihayetinde Kamer'in karşısında buldum kendimi. Karşımdaydı. Ellerini uzattı ve tuttu ellerimden. Ellerimize baktım. Öyle güzeldi ki. Kamer elimi ağzına doğru götürdü ve parmağımdan öperek gözlerini kapattı. Gözlerim kapanırken şu an yaşadığım şeyin tarifinin olmadığını fark ettim.

Gözlerini açtı ve bir adım yaklaşıp, "Hoş geldin," diye fısıldadı. "Beni biliyorsun. Ben de seni biliyorum. Eklemek istediğim tek şey bir şey var." Kalbim rayından çıktı, bunun başka bir açıklaması olamazdı çünkü. "Bu parmağımdaki yüzük artık benim mührüm, benimle mezara kadar gidecek... Tıpkı kalbimin çıkmaz sokaklarına adını verdiğim kadın gibi..." Güldü ve başladı hikâyemiz. *"Kamer'in Diana'sı."*

Güldüm ve gözlerimden akan bir damlanın bize şahitlik etmesini istedim. "İyi ki."

Parmağımı öptü ve elimi yanağının üzerine koyup iç çekti. "İyi ki."

Sonrası derin bir uyku... Çünkü adına masallar yazdım, belki içindeki prens ve prenses oluruz da sonsuza kadar mutlu yaşarız diye.

12. Bölüm

Sevdanın Dansı

Hayat bir sondan ibarettir ve bunu bilenler için hiçbir başlangıç eskisi gibi olmaz.

Bir sonu sevmek, bir sonu düşlemek... Bunlar kulağıma çok farklı geliyordu önceden, ne bileyim acısız bir ölüm ya da unutulmaz bir sondan bahsediyorum belki de. Doğanın kanunu bu doğar, yaşar ve ölürüz. Sonumuzu bilemeyiz ama bir sonun olduğunu muhakkak biliriz. Onunlaydım, benimleydi ve bu bir son sayılırdı. İlk ve son... Sanırım bu iyi bir kapanış bizim için.

Elimdeki patlamış mısırlarla birlikte mutfaktan çıktım ve salona yürüdüm. Kamer ayaklarını sehpaya uzatmıştı ve bacağında kareli bir pijama vardı. Bu beni gülümsetirken onun dikkatini çekmiş olmalıyım ki kaşlarını çatıp gözlerime baktı. "Ne o? Pek bir güldün?"

"Şu haline bir baksana," dedim elimdekileri bırakmadan. "Tam bir aile babası."

Gözlerini gözlerimden çekti ve haline bakıp duraksadı. Sanırım o da biraz garipsemişti bu durumu ama keyfinin yerinde olması hoşuna gitmişti çünkü benim de öyleydi. Dudağının kenarını kıvırdı ve yeniden gözlerime bakıp, "Çok yakında sinemalarda," diye konuştu. Sonra daha rahat bir şekilde ekledi: "Ne yapalım yavrum, kırk yılın başı bir ev boş kalmış, çekmişim pijamalarımı sözlümle keyif yapıyorum çok mu yani?"

Yanaklarımı acıtacak cinsten sırıtmaya başladığımda başımı salladım ve elimdekileri bırakmadan yanına geçip oturdum. Kamer kolunu omzumdan aşağı sarkıtırken beni biraz kendine çekti ve eli omzumdan aşağı düştü. İçimde bir çocuk elinde pamuk şekeriyle koşuyordu sanki sağa sola doğru. Patlamış mısır tabağını kucağıma koydum ve ayaklarımı aynı onun yaptığı gibi sehpaya uzatmak istedim ama yapamadım.

Boyum yetmedi.

Kamer bunu görünce aşırı keyifli bir şekilde gülmeye başladı ama ben onun aksine mutsuzdum. Kamer gülmeye devam ettikçe sehpanın üzerine koymak için mücadele ettiğim ayaklarımdan ümidi kestim ve gözlerimi devirdim. Kamer, "Ha gayret, bir yirmi santim daha debelenirsen olacak," deyip gülmeye devam etti.

"Çok komik," dedim düz bir sesle. "Ben ne yapayım senin boyun gökdelen gibiyse?"

"Hayda!" dedi isyan eder gibi. "Boyumun uzun olması da mı benim suçum?"

"Yok benim," dedim aynı tavırla.

Kamer omzumun üzerinde duran eliyle yanağımı kavradı ve yüzümü kendine çekerek yanağıma bir öpücük bıraktı. "Tamam ağlama, çekerim sehpayı."

"Ben mi ağlıyorum?" diye sorarken öne doğru eğildi ve sehpayı bize doğru yaklaştırarak ayaklarımı nazikçe kaldırıp sehpanın üzerine koydu. Kamer, "Hah! Şimdi oldu," deyip bana baktı ve güldü. "Ekonomik boy seni."

Eski düzenimize geldiğimizde diğer koltukta duran asitli içecekleri açtı ve birini bana uzatıp diğerini kendi aldı. Saate baktığımda henüz dokuz civarı olduğunu gördüm ve evde sadece biz vardık. Çetin, Şebnem'le ilk randevu için buluşmaya, diğerleri de Alper'le beraber sinemaya gitmişti. Dünün yorgunluğu hafif olarak hissedilse de ben mutluydum, hem de bunun doğru düzgün bir tarifi olamayacak şekilde mutluydum.

"Sence," dedim ağzıma patlamış mısır atarken. "Çetin ve Şebnem'in ilk randevusu nasıl geçer?"

Kamer güldü. "Çetin bağlamayı aldıysa yanına, iş tamamdır."

Ona eşlik edip güldüm. "Ya dalga geçme be. Ciddi bir şey soruyorum şurada!"

Kamer âdeta isyan ederek homurdandı: "Ulan ilişki uzmanı mıyım, yoksa aşk doktoru mu? Nereden bileyim nasıl geçer?"

"Ay tamam, ne kızıyorsun hemen?" diye sordum alınganlık yapmadan. "Ben merak ediyorum sadece, ondan sordum."

Kamer rahat bir tavırla kolunu yeniden omzuma koyarak parmaklarıyla yanağımı okşamaya başladı. "Ben senden başka kimseyi merak etmiyorum," deyip sanki yanlış bir cümle kurmuş gibi birkaç şey daha ekledi. "Ha! Elbette ki kardeşimin mutluluğu benim için önemli ama aklı başında insanlar ne yapacaklarını bilirler."

"Bizim gibi yani?" diye sordum gülerek. Aksine ciddi bir halde konuştu fakat bu esnada gözlerimiz birbirine bakmıyordu. "Ben seninle olduğum zaman aklım başımda olmuyor."

Parmakları yüzümü ezberlemeye devam ettikçe dokunuşu her seferinde beni mest ediyordu. Sakince soluk alıp verirken başımı usulca çevirdim ve gözlerine baktım. Loş ışıkta parlayan gözbebekleri, beni bir kez daha vururken iç çektim belli belirsiz. Güldü. "Bu halimden faydalanabilirsin yani." Sonra devam etti: "Sarhoştum hatırlamıyorum."

Onun bu serserice tavırlarına kayıtsız kalamadan güldüm ve yanağına hafifçe vurup gözlerimi ondan çekerek kucağımdaki patlamış mısırdan birkaç tane alıp ağzıma attım. Kamer de o sıra da filmi başlatmıştı. "Ne izliyoruz?" diye sordum saf saf.

"Bay ve Bayan Smith," dediğinde gözlerimi irileştirip, "Of, Brad Pitt diyorsun... Adam harika, değil mi?" diye sordum. Kamer ruhsuz bir biçimde mırıldandı: "Değil. "

"Kıskançlık kokusu alındı."

"Yo."

"He," dedim gülerken. Kamer üstelemedi.

Film başladığında sehpanın üzerinde olan ayaklarımıza ve özellikle Kamer'in kareli pijamasına bakıp gülümsedim. Çok seviyordum, öyle böyle değil hem de. Onunla birçok şeyi aşmıştık, tahmin bile edemeyeceğimiz şeyleri. Derin bir nefes aldım ve başımı Kamer'in göğsüne yaslayarak filmi izlemeye devam ettim. O ise bir yandan saçlarımı seviyor, diğer yandan belirli aralıklarla ağzına uzattığım patlamış mısırları yiyordu.

Yaklaşık iki saat gibi bir sürenin ardından film bitmişti ve benim gözlerimden âdeta uyku akıyordu. Kamer usulca kendini benden çekerken başım koltuğa yığılıverdi. İrkilerek gözlerimi açtığımda Kamer buna mâni olarak ayağa kalktı. "Şş," dedi sessizce. "Açma gözlerini sakın, uyu."

"Film bitti mi?" diye sordum gözlerim yarı kapalı bir halde. "Bitti," dediğinde devam ettim: "Sonu nasıldı?"

Kulağıma doğru eğildi ve saçlarıma doğru üfleyerek fısıldadı: "Mutsuz bir son değildi."

Güldüm ama bu cansız bir vaziyetteydi. "Bu beni mutlu eder."

Güldüğünü hisseder gibi olurken elleri bir anda bacaklarımın altına girdi ve beni kucaklayarak kaldırdı. Gözlerimi açtığımda Kamer buna müsaade etmeden ilerlemeye başladı. Kollarımla boynuna sıkı sıkı tutundum ve başımı sert göğsünün üzerine yaslayıp açtığım gözlerimi kapadım.

Merdivenleri çıkmaya başlarken huysuzca homurdandı: "Sen kilo mu aldın?"

Onu az çok duyabilmiştim, aksi bir sesle konuştum: "Vur vur, ölmedim daha."

Güldü. "Anlaşıldı, iki beden büyük bir gelinlik giyeceksin."

Kamer'in dudaklarından dökülen bu sözler beni gözlerimi açmaya iterken ona dik dik baktım. O ise dikkatli bir şekilde merdivenleri çıkmaya devam etti. Ona baktığımı anlamış olacaktı ki muzip bir şekilde gülümseyerek odamızın kapısını açarak beni nazik bir şekilde yatağın üzerine bıraktı. Daha sonra hiç vakit kaybetmeden çoraplarımı çıkarıp pikeyi üzerime örttü. "Sen gelmiyor musun?" diye sordum esneyerek.

"Uyu sen," dedi sakince pikeyi omuzlarıma kadar çekerek. "Geleceğim."

Dediğini yaptım ve gözlerimi kapattım. Kamer de dediğini yaptı ve yanıma uzanarak benimle uyudu. Tıpkı bundan önce ve bundan sonra da olacağı gibi.

Ertesi gün erken saatlerde işe gelmiştik. Dükkân yeni yeni hareketleniyor ve biz para kazandıkça mutlu oluyorduk. Aslında Kamer bu işleri düğünden sonraya bırakmamız gerektiğini söylemişti ama ortada henüz net bir tarih olmadığı için oturmaktan ziyade çalışmak daha mantıklı geliyordu. Andaç elindeki tepsiyle tezgâha gelirken, "Yengem şu yeni masaya bir servis açalım," diye konuştu.

Gözlerim Andaç'ın tarif ettiği masaya kayarken yeni müşterilerin geldiğini gördüm. Kamer, oturduğu yerden kalkmadan elindeki çay bardağıyla, "Oğlum siz daha kahvaltı yapmadınız doğru dürüst neyin azmi bu?" diye sordu.

Andaç, "Olur mu abi, her şey sizin için," deyip sonra bana baktı. "Yakında düğünümüz var nasılsa, bunlar hep masraf hep para... Kazanmamız lazım."

Andaç'ın sözlerine tebessüm ederken Kamer güldü. "Ne adamsın anasını satayım, hâlâ çözemedim seni gevşek."

Kamer'in laflarına gözlerimi devirirken Andaç sahte bir alınganlıkla ona karşılık verdi: "Abi valla ben de seni çözemedim anasını satayım, övüyor musun sövüyor musun belli değil."

O esnada Alper elindeki çay demliğini ocağın üzerine bırakıp, "Tüm boşları doldurdum," diye açıklama yaptı. Andaç, tatmin olmuş bir tavırla başını aşağı yukarı sallayıp omzuna dokundu. "İşte bu! Sen tam Kamer abimin, ciğerimin sol köşesine yakışır bir kayınçosun."

Kamer, "Benimle ne alakası var lan? Çocuk zaten iyi," dediğinde gözlerim onun gözlerini buldu. Kamer iki arada bir derede bana göz kırparken gülümsedim ve önüme döndüm.

Andaç, "Vay anasını be, bir ben bulamadım şöyle kayınço. Herif laf söyletmiyor laf," diye âdeta isyan etti.

Bu halleri beni gülümsetmekten başka bir işe yaramazken çalışanlardan Mehmet yanımıza geldi ve Kamer'e bakıp, "Abi biz yaptık kahvaltımızı, siz de yapın biz devam ederiz servislere," diye konuştu. İçerisinin çok kalabalık olmaması işimizi kolaylaştırırken Kamer elindeki çay bardağını tezgâha bıraktı ve ayaklandı. "Tamamdır koçum," dedi Mehmet'e bakarak.

Birlikte arka odaya geçerken, kurulu ve bir miktar kahvaltı ürünlerinin olduğu masa bizi karşıladı. Yerlerimize geçip otururken Zeynep de bize katıldı ve kahvaltımızı yapmaya başladık. "Nasıldı dün gittiğiniz film?" diye sordum çayları dökerken.

Andaç, "Bok gibiydi," deyince Zeynep güldü. Kaşlarımı çattım ama nedense benim de gülesim gelmişti. Sonra ekledi: "Nimet var şurada ama cidden kusmuk gibiydi."

Kamer ters ters konuşup yüzünü ekşitti. "Lan oğlum yemek yiyeceğiz, sus!"

"Kusura bakma abi ama film o kadar sıçmık gibiydi ki başka bir tabir bulamadım."

Kamer şüpheli bir tavırla Andaç'ın huysuz suratına bakarken çaydanlığı kenara koyup yerime oturdum. Kamer, "Tanıtım izlemeden mi girdiniz?" diye sorduğunda Andaç hazır bir cevapla, "İzledim abi ama sanırım tüm güzel sahneleri o iki dakikaya sığdırmışlar... Geri kalan iki saat çöptü," diye mırıldandı.

"Çıksaydın o zaman filmden," dedi Kamer çayında bir yudum alarak. Andaç burnunu çekti ve çayına attığı şekeri karıştırmaya başladı. "Vallahi o kadar para verdim, oturduğum yerde uyudum."

O esnada odanın kapısı açıldı ve içeri uykusunu pek alamamış bir Çetin girdi. Andaç fırsattan istifade yüksek sesle konuşarak güldü. "Oo, Çetin Beyciğim nerelerde kaldınız? Gece uzun geçti anlaşılan."

Çetin aksi bir bakışla yerine geçip otururken, "Andaç, Allah yarattı demem bir tane koyarım yüzüne ha!" dedi. Zeynep küçük gözlerini kısarak abisine endişeyle baktı. "Abi gecen kötü mü geçti yoksa? Şebnem'le yani?"

Çetin duraksadı ve kardeşine saf saf bakıp, "Kızım ne alakası var ya? Uykum var uykum," diye mırıldandı. Elimdeki bıçakla ekmeğimin üzerine krem peynir sürüp Alper'in önüne bıraktım. Bana tuhaf tuhaf bakarken omzumu silktim ve yemesi gerektiğini söyledim. Andaç, Çetin'e yönelerek, "Ee kayınço madem aksi bir durum olmamış, bize biraz anlatsana neler yaptınız? İlk şey geldi mi?"

"Ne diyorsun Andaç?" dedi Çetin saf saf.

Andaç gözlerini irileştirdi ve masadaki herkese bakıp duraksadı. "Oha! Siz de benim duyduğumu duydunuz mu? Herif bana hakaret etmedi, bana salak, aptal, geri zekâlı demedi... Adımla seslendi lan!"

Alper gülmeye başlarken Kamer ve Çetin'in suratlarındaki bıkkınlık hali de beni gülümsetmişti. Sonra devam etti: "Abi bu halde olmanın sebebi Şebnem Hanım Yengeyse, vallahi onu Allah başından eksik etmesin. Senin gibi bir kütüğü şimdiden işlemeye başlamış."

Çetin ellerini yüzüne götürdü ve bir süre öylece bekledi. Andaç ağzının içinden gerilim müziği vermeye başladığında Çetin gülerek ellerini yüzünden çekip Andaç'a baktı. "Oğlum! Sen ne değişik birisin ya."

Andaç kendi çapında yaptığı gerilim müziğine bir son verip Zeynep'e seslendi. "Abinin ateşi var mı bir baksana Zeynep! Böyle bir laftan sonra beni şu sofraya meze yapması lazımdı da."

Alper kendini kasmadan sofradaki muhabbetlere güldükçe ben de onun bu halleriyle besleniyordum. Mutluysa, mutluydum. Çetin gözlerini devirdi ve dağılan saçlarını düzeltmeden sofradaki şekerlikten bir çay kaşığı şeker alıp çayına attı. Kimseyle muhatap olmadan çayını karıştırmaya devam ettiği sıra Andaç'ın asla susmayan çenesi yeniden alarm verdi. "Abi," dedi Kamer'e yönelerek.

Kamer ise ruhsuz bir şekilde Andaç'a baktı. "Ne var?"

Andaç, "Bu kibarlığın hoşuma gidiyor yiğidim," deyip sahiden epey uzak bir tavırla öksürerek konuştu: "Biliyorsunuz okulların açılmasına iki haftadan az kaldı," deyip mırıldandı. "Gerçi benim hâlâ bir okulum var mı bilmiyorum ama..." Zeynep kaşlarını çatarken Andaç derin bir nefes alıp devam etti: "Diyorum ki şu okullar açılmadan sizin mürüvvetinizi görmek nasip olacak mı?"

Duraksadım. Andaç cümlelerini bitirmeden biz çoktan Kamer'le göz göze gelmiştik. Onunla hiç nikâh tarihini konuşmamıştık ama bu işin uzaması taraftarı da değildik.

Çetin çatalına batırdığı salatalıktan bir ısırık alırken sevimsizce güldü. "Ha, sırf sen istiyorsun diye düğün mü yapsınlar şimdi?"

Andaç, "Kayınço pardon ya, ben senin kafanın içinde beyin var sanıyordum," derken Çetin dişlerini sıktı ve kolunu Andaç'ın kafasına doğru uzatıp bir tane vurdu. Andaç pek sevimli olmadan homurdandı. "Diyecek söz yok ya, anca şiddet zaten... Otur bir sıfır daha!"

Çetin, "Lan oğlum sus," derken ortamda ses artmış ve bu kuru bir gürültüyü doğurmuştu. Homurdanmalar devam ederken Kamer yüzüme baktı ve sessizce, "Haftaya yapabiliriz istersen?" diye sordu.

"Ne?" diye döküldü dudaklarımdan saf saf.

"Merak etme her şeyi hallederiz."

"Yok bir anda şaşırdım sadece," dedim boş bulunarak fakat ona ve bize güveniyordum. Benim için bir sorun yoktu.

Andaç yerinde zıplayarak, "Şaka değil, değil mi?" diye sordu.

Sanırım bizi duymuştu daha doğrusu bizi herkes duymuştu.

Kamer, "Bu işin şakası mı olur?" diye sordu. "Hem zaten biz bizeyiz, her şeyi en güzeliyle yaşayacağız emin olun."

Gülümsedim. Büyük, kocaman bir eğlence olmayacaktı. Ben onunla yarın da evlenebilirdim, biz bir olduktan sonra vaktin ne önemi vardı sanki?

Bir on dakika kadar kahvaltı yaptıktan sonra Andaç, Alper ve Zeynep işbaşı için sofradan kalkıp gittiler. Odada ben, Kamer ve Çetin kalırken dudaklarımı ıslatıp çektim.

Kamer'le birbirimize saf saf bakmaya devam ederken Çetin sesli bir şekilde gülüp Kamer'in yüzüğüne baktı. "Uzat lan bir bakayım şu parmağına."

Kamer sakince Çetin'e yüzüklü parmağını gösterirken dirseğimi masanın üzerine koydum ve çenemi avuçlayarak onları izlemeye başladım. Çetin bir yandan gururlanıyor diğer yandan gülüyordu. Onun bu halleri karnımın içinde garip tepkilere gebe kalmamı sağlarken Kamer'in halinden bir hayli memnun tavırları da içimi bir hoş ediyordu.

Çetin, "Oğlum ben şu hayatta bir sürü şeye inanırdım ama senin bile evleneceğine hâlâ inanamıyorum," dedi. "Harbiden siz evlenecek misiniz be?"

Kamer, "Yok Çetin, tertip olup silah sırtlanacağız biz," diye dalga geçerken bana baktı ve göz kırparak güldü. Çetin gözlerini Kamer'in alyansından çekerken Kamer önündeki çay bardağını kavradı ve bir yudum alarak tekrar masanın üzerine bıraktı. Gözlerimi kırpmadan onu izlemeye devam ederken Çetin'in ses tonu ve bakışlarını üzerimde hissettim. "Ama senin sayende biliyor musun Aymira? Bu adama yeniden umut olup, bir kalbinin olduğunu hatırlattın ya... Sen," dedi ve kafasını sağa sola sallayıp gülümsedi. "Sen iyi ki onun hayatındasın."

Çetin'in sözleri üzerine bir müddet bekledim. Ne söyleyeceğim konusunda arafta kalırken avucuma hapsettiğim çenemi serbest bırakıp masanın üzerinde duran dirseğimi rahatça saldım. Çetin ekledi: "Kendimi bilge denizci adamlar gibi hissetmek çok garip ama," dedi ve utangaç bir tavırla Kamer'in koluna vurdu. "Ne bileyim oğlum, anla işte lan!"

Kamer biraz şaşkın ama sevecen bir şekilde Çetin'e bakıp, "Anlıyorum lan seni, harbiden bak," dedi. İkisini sessiz sedasız oturduğum yerden izlemeye devam ettim. Bunca zamandır onların yanındaydım değil bir gün bir an bile birbirlerine herhangi bir yanlış yaptıklarına şahit olmamıştım. Aralarında zerre bir kan bağı olmamasına rağmen gerçek bir abi, kardeşten daha ötelerdi.

Çetin memnuniyetle Kamer'in omzunu sıkmaya devam ederken konuşan kimse olmadı. Bu süreçte öylesine iç çektim. Çetin ellerini Kamer'in omzundan çekip önce bana sonra Kamer'e baktı. "Aga tamam düğün haftaya da mekândı, oydu buydu yetişecek mi?"

Kamer müthiş bir soğukkanlılıkla, "Hallederiz," dedi.

"Kamer düşündüm de öyle düğüne de gerek yok bence... Ne bileyim bir nikâh yeterli. Hem masraf da etmeyiz," diye giriştim.

Kamer, "Olmaz," dedi ve gözlerimin içine dik dik baktı. "Sen o gelinliği ben de o damatlığı ömrümüz boyunca bir sefer giyeceğiz, bu kadar kolay ve basit istemiyorum anladın mı? Senin için her şeyin en güzelini yapacağım."

"Bunda herhangi bir şüphem yok, sana kendimden daha çok güveniyorum ama halimiz ortada," dedim yumuşak bir sesle. "Belli başlı bir düğün için gerekli paramız yok."

Gerçekçi davranmak zorundaydım. Kamer zengin bir adam değildi, evet çalışkandı ve taşı sıksa suyunu çıkarırdı ama tabiri caizse bok gibi ya da nereden geldiği belli olmayan bir parası yoktu. Açıkçası böyle olmak en iyisiydi. En azından idare etmeyi ve doğruca kararlar almayı biliyorduk. Onu bildiğim için gereksiz masraflardan hep kaçıyordum, kaçmak zorundaydım. Yorulduğunu görüyordum, bir paranın nasıl zor ve ne şartlar altında kazanıldığını en çok da kendimden bildiğim için savurganlık yapmamak konusunda oldukça tecrübeliydim.

Kamer sözlerim üzerine güldü. "Düşünme sen bunları, böyle zamanlar için yastık altına attığım birkaç birikimim var benim."

Neşeden uzak bir şekilde gülümsedim. "Deme öyle, ben ciddiyim Kamer. Biliyorum bu bizim en güzel günümüz olacak ama kendini zorlamanı istemiyorum. Keşke ben de katabilsem bir şeyler ama maalesef..."

Sözlerimin devamını büyük bir hassasiyetle kesip, "O nasıl laf ya öyle? Senden hiçbir beklentim yok... Ayrıca kafana takmayı bırak artık şu para mevzusunu, başlarım parasına puluna. Senden, benden daha mı önemli?" deyip kararlı bir şekilde başını aşağı yukarı salladı.

Sözlerine yanıt vermeme Çetin müsaade etmezken bana baktı ve arabuluculuk yapar gibi mırıldandı: "Adam haklı Aymira. Anlıyorum, Kamer'i zora sokmak istemiyorsun ama adamın zaten senden başka neyi var ki mühim olan? Üstelik biz de yalı kazığı değiliz ki elbette biz de yardım edeceğiz. Germe kendini bu kadar ha?"

Haklı olabilirlerdi, ben de haksız sayılmazdım. Sonuç olarak birbirimizi sonuna kadar anlıyorduk. Omuzlarımı düşürdüm ve pek samimi olmayan bir şekilde Kamer'e baktım. Kızgın değildi ya da gergin, sadece biraz düşünceliydi. Masanın üzerinden ellerine uzandım ve dokundum. Bu esnada alyanslarımızı bir araya geldi. Sırıttım. "Çok güzel değiller mi?"

Gözleri ellerimize kayarken yüzük parmağı naif bir şekilde tenimi okşadı. "Senin kadar."

Gülümsemeye devam ettim. Kamer tenimi okşamaya devam ederken Çetin konuştu: "Aga düğün nerede olacak peki?" diye sordu.

İkimiz de duraksadık ve ben o esnada biraz toparlayıp dudaklarımı yaladım. Kamer, "Aklımda birkaç yer var," diye söylenirken, "Ben biliyor muyum?" diye sordum. Yönünü bana çevirip kaşlarını yukarı kaldırırken, "Peki, nerelermiş oralar?" diye de ekledim.

Derin bir nefes aldı ve açıklamaya pek niyetli olmayan bir tavırla, "Henüz belli değil, birkaç yer bakıyorum," dedi.

"Beraber bakabilirdik ben müsaidim."

"Seni yormak istemedim, son zamanlarda bu dükkânla ilgilenmekten epey meşgulsün," dedi bana tekrar bakarak. Halinde ses tonunu destekleyen yapıcı bir ifade vardı. "Üstelik emin ol, senin beğenmeyeceğin bir yer olmayacak."

"Bundan eminim ama yorgun değilim aslında," dedim. Kamer sanki beni kırmışçasına elimi kavradı ve güzel kafasını hafifçe eğip kısık gözlerle gözlerimin içine baktı. "Sadece seni yormamak için ama istiyorsan gideriz beraber."

"Yok," dedim aşırı sakin ve temkinli bir sesle. "Sana bırakıyorum bu işi."

Kamer uzatmadan, "Tamam," deyip elimi usulca serbest bıraktı ve Çetin'e dönüp, "Bir sigara versene," diye konuştu.

Şaşırdım ve bu şaşkınlığımı dilime vurdum. "Senin paketin nerede?"

Kamer bana bakmadan Çetin'in uzattığı bir dal sigarayı alırken, "Evde bırakmışım," diye mırıldandı.

Çetin bana bakıp güldü. "Adama aklını unutturmuşsun Aymira." Gülümsemeye çalışsam da sanırım pek başarılı olamamıştım. Kamer ince ve uzun parmaklarının yardımıyla sigarayı iki dudağının arasına yerleştirdiğinde Çetin sigara paketinin akabinde çıkardığı Zippo'nun kapağını açtı ve hafifçe eğilerek sigarasının ucunu yaktı.

"Sabah sabah içmeseydin keşke," diye konuştum sessizce. Kafasını bana çevirirken dumandan kısılan gözleriyle gözlerime baktı. Onu uzun zamandır sigara içerken görmemiştim, yani birkaç gündür. Açıkçası eskisi kadar sık sigara içmiyordu, sahiden bunu yeni yeni idrak ediyordum. "Zaten dün bir tane anca içtim, eskisi kadar içmiyorum farkındasın değil mi?" diye sordu.

Az önce aklımdan geçenleri zikretmiş olmasına içten içe tebessüm edip gözlerimi onu yanıtlar nitelikte kapatıp açtım. "Evet," dedim düz bir sesle. "Bunun farkındayım ve çok da memnunum."

Kamer dudağının kenarını kıvırdı ve hiçbir şey söylemeden sigarayı iki dudağının arasına yeniden yerleştirdi. Birkaç teli alnına dökülmüş saçlarına elimi uzattım ve onları geriye doğru yatırdım, bundan herhangi bir rahatsızlık duymazken bir şeyler sormak için Kamer'e bakan Çetin'e odaklandım. "Tamam, siz evleniyorsunuz da," dedi ve mesafeli bir yaklaşımla devam etti: "Anneni, babanı..." Hayretler içerisine düşmüş gibi yüzünü ekşitti. "O Mahir denen yavşağı çağıracak mısın?"

Kamer güldü ve başını öne eğerek sigarayı dudaklarından çekip, külünü çay tabağına döktü. "Çetin, kafa mı buluyorsun lan benimle?"

Çetin ciddi bir ses tonuyla, "Hayır," derken kaşlarımı çattım. Kamer tavrından ödün vermezken sigaranın külünü döküp onu iki parmağı arasına yeniden yerleştirdi lakin dudaklarına koymadı. Çetin, "Ailen ya sonuçta ne bileyim," diye mırıldandığında Kamer tatsız bir ifadeyle Çetin'in gözlerinin içine baktı. "Oğlum benim sizden başka ailem mi var lan? Kafa atacağım ha şimdi!"

Zihnimde birçok soru işareti peyda oldu. Her saniye birbirine bağlı bir zincirmiş gibi uzuyordu ve cevap bulamadıkça güçleniyordu. Çetin'in Kamer'den haberi var mıydı? Onun başına gelenleri az çok biliyordu ama benim bildiğim kadarını biliyor muydu? Annesinin ya da babasının nasıl insanlar olduklarından haberdar mıydı? Çetin onun kardeşiydi ama Kamer ona sonuna kadar dökmüş müydü içini?

Çetin, "Ne bileyim oğlum, her ne kadar konuşmasan da annen ve baban var sonuçta, bilmeleri gerekmez mi?" diye sordu. Buradan anladım ki Çetin her şeyi bilmiyordu, sadece Kamer'in izin verdiği kadarıyla sınırlıydı. Kamer keyifsizce sigarayı dudaklarına yerleştirirken Çetin'in gözleri beni buldu. "Öyle değil mi Aymira? Bak benim amacım terslik yapmak değil, sadece böylesi daha doğru olduğu için söylüyorum."

"Onlar benim doğrum değil," dedi hızla sigara dudaklarının arasındayken. "Kapat şu konuyu."

Konu aileye gelince gergin olması o kadar normal bir durumdu ki sakin kalması için ona herhangi bir şey söyleyemiyordum çünkü bunu başarıyor sayılmazdı. Çetin aldığı tepki karşısında şaşkınlığa uğrasa da yine de suratında en ufak bir kırgınlık belirtisine rastladığımı söyleyemezdim. Dudaklarını ıslatıp çekti ve daha temkinli bir şekilde sözlerini toparladı. "Sen nasıl biliyorsan öyle olsun."

Konuyu değiştirmek için kollarımı sıvayarak tebessüm ettim ve Kamer'in gözlerine baktım. "Ben sana bir şey danışmak istiyorum, aslında bunu çok istiyorum."

Çatık kaşlarıyla bana bakarken sesimi sanki ondan başkasını duymasını istemiyormuşum gibi mırıldandım: "Kına gecesi?"

Ne düşündüğünü asla anlamazken kurumaya yüz tutmuş dudaklarımı çabucak ıslatıp hevesli hevesli konuştum: "Aslında tam anlamıyla bir kına gecesi sayılmaz ama olur ya hani... Ne bileyim o gece kızlarla aramızda bir şeyler yaparız, siz de beraber takılırsınız..."

Sigarayı dudaklarından çekip, elini bileğinin üzerine bıraktı. Ardından giderek kısılan gözleriyle çehremi süzdü. Duraksadım ve onu sorguladım.

"O gece birbirimizi göremeyeceğiz yani?"

"Yok," dedim kaşlarımı yukarı kaldırıp indirerek.

Toy bir heyecanla omzunu silkti. "Duramam ki."

Çetin keyifle, "Ulan ertesi gün istediğin kadar göreceksin, az yavaş," dedi. Kamer yapay bir sinirle gözlerini devirerek Çetin'e homurdandı: "Sen anlamazsın."

Çetin sustu, Kamer duraksadı.

"Sahi lan," dedi Kamer elini yanağımın üzerinden çekip Çetin'e bakarak. Sigaranın yukarı tırmanan dumanı sakallarına sinmeden toz oluyordu. "Sen ne yaptın dün akşam? Ben seninle bu tarz şeyler konuşmayı sevmem bilirsin ama merak ettim nasıldı?"

Çetin çekingen bir şekilde önce bana sonra da Kamer'e bakıp, "Karıştırma lan beni," dedi. Anlaşılan kötü bir durum söz konusu değildi. Bir an önce Şebnem'le konuşmalı ve detayları öğrenmeliydim. Dedikodu yapmayı çokça seven biri değildim ama olan biteni merak etmek en doğal hakkım sayılırdı.

Kamer histerik bir biçimde gülerken sigarasını dudaklarına doğru kaldırıp, "Mesaj alındı," deyip akabinde sigarayı dudaklarına tekrar koydu. O esnada duvardaki küçük saate baktım. "Kalkalım artık, içerisi ne halde bilmiyoruz."

Kamer gülmeye devam ederek, "O kadar güvenmiyorsun yani," dedi.

Gözlerimi irileştirirken, "Abart," deyip sonra daha durgun bir sesle ilave ettim: "Güvenmemek değil de tembel olmayalım. Hadi!"

Kamer, nihayet sigarasının sonunu getirip dudaklarından çekti ve külünü çay tabağına döküp, dik bir şekilde onu cam zemine bastırdı. "Benim işlerim var. Şu Mahir dallamasıyla buluşup arabanın parçalarını teslim edeceğim."

"Ne zamana kadar sürer?" diye sordum.

"Birkaç saat ama ondan sonra da bitmiyor işim," diyerek bana döndü. "Yoğun bir süreç içerisine girdik ama bunlar bizim için biliyorsun."

"Biliyorum," diye mırıldandım. Kamer hiçbir şey söylemezken ayaklanmaya başladı ve ben de onu takip ettim. Çetin, "Ben biraz buralarda kalır, sonra uğrarım yanına," diye açıklama yaparken Kamer'den olumsuz bir tepki almadı ve sakince odadan çıktı.

Kamer masanın üzerinde duran telefonunu cebine koyarken durağan bir sesle söylendim: "Mahir'in bir derdi mi var?" Omzum hafifçe sarsılırken ekledim: "O gün bir şeyler zırvaladı ya hani, ondan sordum."

"Zırvaladı işte," bana bakmadan durumu izah etti: "Her zamanki itliğini yapıyor bir şekilde, düşünme onu boş ver."

"Yok düşündüğümden değil ama lafları bir garipti, sona yaklaşıyorum falan..." Kamer pek oralı olmazken ağzımızın tadı bozulsun istemedim ve geçiştirerek tebessüm ettim. "Neyse haklısın, boş verelim."

Gözleri tekrar kısılırken yüzünü bana çevirdi ve yanağıma uzanarak oraya bir öpücük bıraktı. "Akşam görüşürüz."

"Görüşürüz," diye fısıldadım ve gereksiz zaman kaybına uğramadan onu yolcu edip kahvaltı masasını topladım. Elimdeki bulaşıkları mutfağa götürdüğümde içerideki sıcak ve boğucu havadan nasibi alarak gözlerimi kıstım. Odanın içinde duran birkaç klimanın henüz açılmadığın fark ederken kumanda yardımıyla onları açıp tezgâha yöneldim. Bizim dışımızda dört kişi daha çalışıyordu ve bu sayı artacaktı. Bu mekân sanılanın aksine daha büyük ve işlek bir yer olacaktı. Bulaşıkları makineye dizmeye devam ederken Zeynep birkaç ekleme daha yaparak yenilerini getirdi ve beklemeden kapının arkasında duran bulaşık önlüğünü üzerine geçirdi. "İçerisi gittikçe kalabalıklaşıyor," dedi yorgun bir sesle.

"Yetişebiliyorlar değil mi?" diye sordum. Diğer yandan da hunharca bulaşıkları yıkamaya devam ediyordum.

Zeynep makinenin diğer tarafına geçti ve yıkadıklarımı dizmeye başladı. "Yetişiyorlar," diye yanıtlarken güldü. "Andaç bayağı pratik, Alper de öyle."

Gülümsedim ve musluğun altından seramik tabağı çıkarıp mermer tezgâhın üzerine bıraktım. "Tahmin ettiğimden daha iyiler."

"Kesinlikle," dedi bana eşlik ederek. Bulaşıklar bitmiyor aksine sürekli katlanıyordu. Aslında burada kendime henüz bir görev seçmemiştim. Garsonluk mu yapacaktım yoksa bulaşık mı yıkayacaktım bilmiyordum ya da yemek de yapabilirdim... Şu an elim hangi işe uzanıyorsa onun peşine düşüyordum, evlendikten sonra bunun da düzenini oturtacağıma emindim.

Birkaç saat bu sıkıcı yerde kendimizi epey yormuştuk. Bulaşıkların ardı arkası asla kesilmiyordu ve bize bir değil birden fazla makineye ihtiyaç vardı ama emindim, gün geçtikçe her şeyin daha iyi olacağına emindim.

Ufak bir mola verirken arka odaya geçtim ve telefonumu elime alıp Şebnem'i aradım. Muhtemelen mesai saatleri içerisindeydi. Telefon çalıyordu ama açmıyordu. Üzerine pek düşmedim ve telefonu kapattım. Dakikalar sonra ise Şebnem'in karşımda belirmiş olması beni bir hayli şaşırdım. "Şebnem? Sen nereden çıktın?" diye tuhaf bir tepki verdim.

Sırıtarak yanıma geldi. "Birkaç saatliğine izin aldım, zaten yerime bakıyorlar."

"E az önce aradım ama açmadın?" diye sorduğumda dudaklarını büzdü ve telefonuna bakıp, "Sessizdeymiş, duymamışım," dedi. Kaşlarımı yukarı kaldırıp indirirken yanıma oturdu, üzerinde belli bir heyecan vardı. Şebnem, "Yalnız burası bayağı olmuş, iyi gidiyor mu işler?" diye sordu ve bir yandan da etrafı süzmeye başladı.

"Vallahi fena değil, hatta beklediğimin üzerinde ama bunları konuşmak için henüz erken," deyip sabırsızca davranıp koluna dokundum. "Sen boş ver burayı," derken yüzümdeki tebessüm iyice genişledi ve o da bunu fark etti. "Buraya niye geldiğini az çok tahmin ediyorum sanki... Yoksa?"

Şebnem sözlerimin üzerine bakışlarını kaçırmaya başladığında istemsizce şu an sahip olduğum heyecan ikiye katlandı ve dudaklarıma sinen tebessüm genişledi. "Ya anlatsana hadi, aynı şey bana yapılsa didik didik hesap sorarsın," diye söylendim.

O sırada kaşlarını çatıp bana baktı. "Tabii canım, sözleneceğin gün öğrendim her şeyi. Aynen."

"Ya o farklı işte, biliyorsun," dedim ve yeniden ısrarcı davrandım. "Şebnem kıvrandırmasana kızım insanı, oldu mu olmadı mı?"

"Ne olacakmış ya?" diye sordu hayretle gülerek. Manidar bir bakış attım gözlerinin içine doğru. Pek oralı olmadı ve dudaklarını ıslatıp bakışlarını kaçırarak konuştu: "Dün Çetin elimi tuttu."

Gözlerim heyecanla aralanırken sırıtmaya başladım. Bu heyecan nedendi bilmiyorum ama sanırım artık başkalarının da mutlu oluşunu gördükçe böyle tepkiler veriyordum. Şebnem gözlerini kaçırmaya devam ederek yanak içi etini ısırdı ve ekledi: "Birlikte bir şeyler yedik, sonra bir parka geçtik ve oturduk... O kendinden bahsetti, ben de anlattım neyim varsa... Ona kendimden gerçekten bahsettim Aymira. Eski sevgililerimden falan işte..."

"Ne dedi?" diye sorduğumda bana baktı.

"Hiçbir şey, ne diyebilir ki? Ondan öncem beni ilgilendirir, üstelik her ne kadar bunu yalnızca sen bilsen de biliyorsun ben hiç âşık olmadım. Dürüst bir şekilde de söyleyebilirim bunu, sevgili olmak için takıldım belki de birileriyle. Ne kadar saçma ve basit değil mi?"

Şebnem'in sözleri beni üzerken kendini yıpratmış olmasına izin vermek istemedim. "Hayır," dedim hızla. "Bunlar seni böyle biri yapmaz, lütfen saçmalamayı bırak. Sen kendini biliyorsun, ben de seni biliyorum ee? Yok ötesi."

"Haklı olabilirsin," dedi bir anda omuzlarına düşen bitkin hisle birlikte. "Ama yine de geriye dönüp baktığımda ne kadar saçma şeyler yaşamışım diyorum. Hayatı alaya almak ne kadar zavallıca bir durum."

O hayat dolu bir insan olsa da kalbinde derin bir yaraya sahiplik eden de biriydi. Çoğu insan gibi. Şebnem'i tanırdım ve arkadaşım olsun olmasın iyi kötü yanlarını da bilirdim. Okumak gibi bir hevesi yoktu, hiçbir zaman da olmamıştı. Zengin koca duaları ederdi çünkü yaşadığı hayattan kurtulmanın tek yolunun bu olduğunu düşünüyordu. Bu kimine göre doğru kimine göre yanlıştı ama o Şebnem'di ve onun hayatı onun kararlarıydı. Kimse buna karışamazdı. Hakkını da yemek istemezdim elbette, her ne kadar okumaktan uzak olsa da çalışır ve para kazanırdı. Ailesine yardımcı olur, kendinden başkalarını da iyi düşünürdü. Şebnem işte, her insan gibi doğru ve yanlıştan ibaretti.

"Hepimiz geriye dönüp baktığımızda aynı durumla karşılaşırız, şu hayatta keşke demeyen çok az insan tanıyorum," diye mırıldandım. "Şebnem," dedim tok bir sesle onu uyararak. "Neden korkuyorsun sen?"

Duraksadı, sanki duymaktan korktuğu soruyla yüzleşmişti. Anlıyordum onun gözlerinden, tam manasıyla saf bir mutluluk yoktu üzerinde. "Ben üzmekten korkuyorum Aymira, kendime güvenim yok. Sevmekten korkuyorum, sevilmekten korkuyorum."

"Bunu kendine yapmaya hakkın yok," diye tersledim onu. "Böyle davranarak hiçbir şey elde edemezsin. Korkarsan yaşayamazsın. Bak bana," diye örnekledim kendimi, daha sonra parmağımdaki alyans ve tektaşı gösterdim. "Bak bak iyi bak. Hani evlenmem diye ortalıkta gezinen kızdım ya ben, hani sevemezdim kimseyi... Bak aynı benim işte. O sözleri verirken de şimdi de aynı insanım." Düşünmesini istemediğim için konuşmaya devam ettim: "Ben korkmadım hiçbir şeyden, evet inkâr ettim belki, olmaz dedim yapamam dedim ama öyle olmuyor... Bir kere tökezlersen bir daha kalkamıyorsun."

Ne ara bu kadar olgun düşünür olmuştum, bilmiyorum ama başından beri böyle olduğumu da inkâr edemezdim. Şebnem sözlerim üzerine gülümserken omzuna dokunup çekti elini. "Desene senden öğreneceğim çok şey var."

"Diyene bak hele," dedim keyiflenerek. Şebnem içinde bulunduğu bu buhrandan kurtulmaya niyetliydi. Daha fazla üzerine gitmek istemedim ve ibreyi bana çevirdim. "Biz haftaya karar kıldık," dediğimde alnı kırıştı. "Ne için?"

"Düğün için."

"Oha!" diye tepki verdiğinde güldü. "Ay bu çok ani oldu sanki."

"Yo," dedim müthiş bir soğukkanlılıkla kafamı sağa sola sallayarak. "Okullar açılacak ya, aradan çıksın istedik diyeyim."

"Peki, nerede ve nasıl? Daha sana gelinlik bakmadık, ben üzerime bir şey almadım... Of dertlendim," dedi endişeyle konuşarak.

"Sakin," dedim onu dizginlemeye çalışarak. "Her şeyi ayarlamaya çalışıyoruz... Gelinlik bakmaya birlikte gideriz değil mi?"

"Sen deli misin? Herhalde beraber gideceğiz," dediğinde gülümsedim ve ağzımı yeniden araladım. "Şimdi nasıl bir model istediğime henüz karar vermedim ve fiyatların nasıl olduğundan pek emin değilim. Kiralasam diyorum, sence uygun olur mu?"

"Bilmem ki," dedi tökezler gibi. "Ben alırdım ama kiralamak da mantıklı."

"Boşuna masraf olsun istemiyorum Şebnem, tüm yükü onun omuzlarına verdim resmen. İşi de yeni kurduk biliyorsun," diye açıklamalar yaptım.

"Bu kadar düşünceli olman Kamer'in işini kolaylaştırıyordur," dediğinde kaşlarımı aksini iddia ederek yukarı kaldırdım.

"Tam tersi, ben böyle davrandıkça o kızıyor aslında."

Şebnem sakince omzuma dokunurken, "Her şeyin en iyisi olsun istiyordur," diye devam etti. Buna itiraz etmezken gülümsedim ve hevesli bir biçimde yeniden konuştum: "Düğün öncesi kına gecesi yapacağız aramızda. Sen de geliyorsun hatta sabahı beraber edip oradan geçiyoruz."

"Uçarım ulan," dedi aşırı keyifli bir şekilde. "Şu seviyeye bir an hiç gelmeyeceğiz sandım."

Bir şey söylemeyip öylece gülümsedim. Artık kelimelerim tıkanmıştı ve daha ne kadar bu huzuru satırlara dökebilirdim bilmiyordum. Şebnem duraksadı ve hafifçe toparlanıp gözlerini kararttı. "Hakan'ı da çağıracak mısın?"

Gözlerimi irileştirip ona dik dik baktım. "Çağırayım da Kamer'i katil edeyim değil mi? Olmaz," dedim net bir dille. "Gönül isterdi ki çağırayım ama olmaz, anlıyor musun? Hem o biliyor bizi, bu durumu işte."

"Ne zaman öğrendi?"

"Kamer'le annemin yanına gitmiştik, dönüşte karşılaştık," dedim sakince. "Tuhaf tuhaf imalarda bulundu. Yok herkes gider ben kalırım, yok umarım pişman olmazsın gibi..."

"Ne alaka be?" diye sordu yüzünü ekşiterek. "Pınar'la da ayrılmadılar ki."

Kuru bir sessizlik belirdi odanın içinde. Sonra devam etti: "Aymira, bu Hakan senden hâlâ umudu kesmemiş, bu sözlerden bunu anladım ben."

Alay eder gibi omzumu silktim ve elimi havaya kaldırıp yüzüklerimi gösterdim. "Bak bunlara, ne bunlar? Hakan da gördü zaten. Daha neyin beklentisi içinde bu adam Şebnem? Benim huzurumu kaçırmaya çalışıyor ama başaramayacak, onu tamamen silmem için uğraşıyor sanki."

"Anlamıyorum," dedi düşünceli düşünceli. "Seni unutmadıysa Pınar'la neden bir ilişki içinde? Uzaktan bakınca mutsuz gibi de değil, seni görünce mi değişiyor?"

"Bilmiyorum," dedim konudan kaçmak istercesine. "İlgilenmiyorum aslında. Gerçekten. Onunla iki medeni insan gibi konuşmak istedim ama o yine beni bir şekilde huylandırdı. Neyse," dedim derin bir nefes alıp göğsümü kabartarak. "Benim işimin başına dönmem lazım. Sen buralarda mısın?"

"Yok giderim ben de," diye ayaklanıp beni takip ederken içeri Çetin girdi. Gözleri direkt Şebnem'e kayarken bıyık altından sırıtıp bunu belli etmemeye çalıştım. "O zaman yarın haberleşiriz," dedim Şebnem'le vedalaşıp arkamı dönerken. Onları arkamda bırakarak yüzümde büyük bir gülümsemeyle odadan çıktım.

Onları baş başa bırakırken vaktin ilerlediğini görüyordum. İçerisi her geçen dakika kalabalıklaşırken halimden memnun bir vaziyette mutfağa yöneldim ve o sırada telefonum çalmaya başladı. Arayan Kamer'di. Bekletmeden direkt açıp kulağıma yasladım. "Efendim?"

"On dakikaya geliyorum, hazırlan."

"Ne oldu?"

"İki kız bir oğlan oldu anasını satayım," deyip güldü. "Düğün tarihi almaya gideceğiz."

Yüreğim pır pır ederken sırıttım ve bunu gizlemek için telefonumla ağzımı kamufle edip fısıldadım: "Tamam, bekliyorum."

Telefonu kapatıp cebime koydum ve hızla mutfakta birtakım işlerle meşgul olan Zeynep'in yanına gittim. "Zeynep ben bir süre burada olmayacağım," diye başladım sözlerime. "Nereye?" diye sorarken sesindeki tizlik dikkatimi çekti. Daha sonra elindeki kuru bezle bardakların kenarlarını silmeye başladı. "Nikâh için gün almaya gideceğiz," diye açıkladım sessizce.

Bardağı silmeye devam ederken sırıttı. "Ya," dedi hevesli hevesli. "Çok güzel... Ayrıca sorun değil ki. Bence sen nikâha kadar çalışma da. Onca işi nasıl yetiştireceksin?"

"Yok ben her yere yetişmeye çalışırım, sizi yalnız bırakmam."

"Biz ne güne burada duruyoruz? Asıl biz seni yalnız bırakmayacağız."

"Size minnettarım," dedim mahcup bir suretle. "Teşekkür ederim Zeynep. Belki şu zamana kadar hiç teşekkür etmedim ama gerçekten size öyle çok şey borçluyum ki... Hakkınızı asla ödeyemem."

"Bize hiçbir şey borçlu değilsin," dedi bardağı tezgâhın üzerine bırakıp bir diğerine uzanarak. "Sen çok kalender bir insansın. Asıl biz sana teşekkür ederiz."

"İyi ki tanıdım sizi," dediğim an şaşkınca güldü ve gözlerimin içine baktı. "Veda mı ediyorsun? Oysa sadece evleneceksin sanıyordum?"

"Yok," dedim ona katılarak. Elim saçlarıma gittiğinde yine mahcubiyeti dudaklarıma ve gözlerime düşürüp devam ettim: "İçimden geldi sadece."

"Bilirim," dediğinde Andaç biraz tempolu bir vaziyette içeri girip bana baktı.

"Kamer abim geldi, seni çağırıyor."

Kaşlarımı çattım ve telefonun saatine baktım. "On dakika demişti, oldu mu ya o kadar?"

Zeynep, "Hızlıysa demek ki..." diye mırıldanırken gülümsedim ve onlarla kısa bir vedalaşmanın ardından dışarı çıktım. Arabaya binmem fazla vaktimi almazken güneş gözlüğünün olduğu bir suratla yüzüme bakıp dudaklarını kıvırdı. "Hoş geldin!"

"Hoş buldum," dedim samimiyetine aynı şekilde karşılık vermeye çalışarak. Nedensizce elim yüzüne giderken kendini geri çekti. Duraksadım. Bir anda gerildi ve çenesini kastı. "Ne oldu?" diye sordumküt bir sesle. Bedenimi bir anda huzursuzlaştıran bu şey tavrından kaynaklıydı. "Yok bir şey, hadi gidelim," deyip elini anahtara doğru götürdü. Onu derhal durdurdum ve yönümü çevirdim. "Kamer ne oldu?"

Cevap vermezken suratını diğer tarafa çevirdi. Her geçen saniye cevapsız bırakılışım içimdeki dürtüleri kabartırken uzandım ve parmaklarımı çenesinin altına koyup güzel suratını kendime çevirip bir anda gözlerinde asılı kalmış gözlüğü çıkardım.

"Ha?" diye tepki verdim ürkekçe. Gözlerimin içi acırken elimdeki gözlük titremeye başladı. Suratı berbat bir haldeydi. Gözlerinin kenarlarında irili ufaklı çizgiler ve kaşının üzerinde kanı henüz kurumamış bir yarık vardı. Dev bir endişeyle yükselip yutkundum. "Ne bu suratının hali? Kim, kim yaptı?" diye sordum tiz bir sesle. Ellerim yüzüne giderken kaşlarını çattı ve kendini benden çekip gözlerini kaçırdı.

"Kimse yapmadı, boş ver."

"Ne demek boş ver?" diye yükselttim sesimi. "Ne halde olduğunun farkında mısın sen?"

"Geçer iki güne," dedi müthiş bir umursamazlıkla. "Biz işimize bakalım."

"Kamer kafayı mı yedin?" dedim hayretler içinde. "Söylesene kim yaptı bunu?" Basit bir mevzu gibi durmuyordu. Aklıma hiç isim de gelmiyordu. Gelenler de zaten onu bu hale getirecek kadar güçlü kişiler değildi. Dudaklarımı çabucak ıslattım ve dişlerimle ritim tutup bana bir açıklama yapmasını büyük bir sabırsızlıkla beklemeye başladım.

Onu rahat bırakmayacağımı anladığı vakit kafasını geriye yatırdı ve gözlerini kapatıp derin bir nefes aldı. Bunu yaparken canının acıdığını hissettim. "Çok soru soruyorsun be güzelim," diye mırıldandı.

"Niye acaba?" diye çıkıştım.

Güldü ve bunu tamamen konuyu saptırmak amaçlı yaptığını biliyordum. "Bak, evlendikten sonra da böyle olacaksan aldım başıma belayı ha!"

"Ha şunu bileydin," dedim kendimi göstererek. Kapalı olan gözlerini açtı ve bana tepeden, kısık gözlerle bakmaya başladı.

Ona kedi yavrusu gibi yaklaşırken fısıldadım: "Canın acıyor mu?"

Kaşlarını yukarı kaldırdı.

Gözlerimi devirdim. "Yalancı."

"Yo."

"Öylesin," dedim ters ters. "Çok büyük bir yalancısın."

"Tamam öyleyim," dedi bıkkınlıkla. Gözlerini gözlerimden çekmezken sabrımı zorlayarak üzerine gittim. "Kim yaptı? Lütfen söyle, söyle ki bileyim."

"Ne yapacaksın, gidip adam mı vuracaksın?"

Sol kaşımı yukarı kaldırıp, "Yapmadığım şey değil, biliyorsun," diye konuştum. Bir anlık boşluğa düşerken göğsünü havayla doldurup doğruldu ve bir süre bana bakmayıp yalnızca kendini dinledi. Daha sonra kısık bir sesle, "Şu Yağız denen herif çıktı karşıma çıktı. Geçen gün fena benzetmiştim herifi ama hıncını alamamış anlaşılan," deyip gergin bir halde soludu. "Peşine aklı kadar adam takmış da gelmiş."

Yağız dediği herif, geçen gün Zeyneplerle garsonluk yapmaya gittiğimizin evdeki herifti. Gözlerimi hızlı hızlı kapatıp açarken, "Nasıl ya?" diye sordum. "Ne alaka? Nereden buldu seni?"

"Yanında bir sürü tasmalı vardı diyorum, sence nereden bulmuş olabilir beni?" diye büyük bir ciddiyetsizlikle mırıldanırken, yüzünü ekşitti ve sersem bir şekilde öksürdü. Elim endişeyle omzuna giderken çaresizce konuştum: "Benim yüzümden."

"O şerefsizi mahvetmediğim için ben suçluyum asıl," dedi hiddetle. Gözleri hâlâ gözlerimin içindeki ateşte yanmamıştı. Bana bakmazken titreyen ve geri geri giden parmaklarımı sert yüzüne koydum ve onu usulca kendime çevirdim. İtiraz etmeden beni takip etti ve sadece gözlerime baktı. "Özür dilerim."

"Ne için?" diye sordu düz bir sesle.

"Bu vaziyetin için," dedim sessizce mırıldanarak. Parmaklarım ağını ören örümcek gibi yüzünde tırmanmaya başlarken hafifçe gözlerinin kenarına dokundum. Kamer acıyla dişlerini sıkarken bunu bana belli etmemeye çalışarak kendini zorladı lakin kendini çoktan ele vermişti. "Bir doktora gidelim."

"Olmaz," dedi soğukkanlı bir tavırla. "İki çizik için uğraşmaya değmez."

"Bak beni deli etme," dedim tehditkâr bir sesle. Gözlerimle uyum içerisindeydim. Kamer bu tavrıma herhangi bir söz söylemezken yapay bir mimikle gözlerini kıstı.

Ardından, "Bak beni zorlama," diye söylendi. "İyiyim ben, vallahi!"

Elimi yüzünden çektim ve hırsla soluyarak dikiz aynasını indirip yüzüne tuttum. "Bak şu haline, iyi misin sahiden?"

Boş boş aynaya bakmaya başladığında, elini yüzüne götürdü ve kendini incelemeye başlayıp dudaklarını kıvırdı. "Hâlâ aşırı yakışıklı ve karizmatiğim." Gözleri bana dönerken bu tavrından ödün vermeyip ekledi: "Her türlü giderim var değil mi?"

Şaşkın bir şekilde gözlerine baktım ve pes ederek önüme döndüm. "Sen akıllanmazsın."

"Bu doğru," dedi ve aynayı hızla kapatıp gözlerinin önünden çekti. Hemen sonra arabayı çalıştırdı. "Bari yüzünü gözünü silseydim, enfeksiyon kapacak," diye döndüm bu sefer.

Bana bakmadan güneş gözlüğünü taktı ve gaza bastı. "Gerek kalmadı."

Biraz öfkeli biraz çaresizce susma hakkıma sığındım daha doğrusu mecbur bırakıldım. "Düğün yerini seçtim. Fotoğraf falan da çektim," deyip telefonunu bana uzattı. "Bakabilirsin."

Şifreyi girdikten sonra ana ekran açıldı.

Ekranda benim fotoğrafım vardı ve bunu ilk kez görüyordum. Habersiz bir çekim olduğu aşikârdı.

"Bunu ne zaman çektin?" diye sordum gülümseyerek. "Yanlış soru," dedi ve iç çekip sanki bir karahindibayı üflermiş gibi mırıldandı: "Bana ne zaman çekildin olacaktı."

Ellerim telefonu tutmaya devam ederken mekanik bir halde bakışlarımı sakince Kamer'e çevirdim ve gözlüğün boş kısımlarından kirpiklerine dolandı bakışlarım. Bana bakmadan tüm dikkatini yola vermişti ve asıl olan da buydu. "Kaçak dövüşmek hiç senlik değil," dedim ve aslında sorduğum sorunun pek de bir öneminin olmadığını anlayıp galerisine girdim.

Gözlerime çarpan ilk şey bir havuz olurken fotoğrafı yaklaştırıp hemen diğerine geçtim. Ben fotoğrafları incelerken Kamer alt yazı geçmeye çoktan hazırlamıştı kendini. "Havuz başında bir yer kiraladım. Beğendin mi?"

"Evet," diye itiraf ettim fotoğrafları değiştirmeye devam ederken. Bu mekân tıpkı dizilerdeki yerlere benziyordu. Durumu biraz garipsemiş olsam da yine de hemen içime sinmiş olması Kamer'in kararlarına ne kadar güvendiğimi belli ediyordu. "Buna sevindim," diye karşılık verirken telefonuyla fazla oyalanmadan ekranını kapatıp el freninin yanındaki boşluğa bıraktım. "Ama pek pahalı bir yere benziyor."

Belli belirsiz homurdanırken, "Sen evlendikten sonra aman iki ışık yakmayalım fatura çok gelir bak da dersin," dedi.

Güldüm. "Tabii ki öyle yapacağım. Yoksa… Ohoo…"

"Ne ohoo?"

Bunun hakikatli bir soru olmadığını bildiğim için gülümsememi öldürmeden zihnimi kaşıyan soru işaretlerine dokunarak Kamer'in ellerine koydum. "Peki," dedim önüme bakmaya devam ederek. "Biz evlendiğimizde nerede yaşayacağız?"

En doğal ve en malum soru olduğunu biliyor ama bir türlü soramıyordum. Onun evimizden kolayca kopamayacağını biliyordum, keza bunu ben bile hissediyordum ve nerede olursak olalım yaşadığımız yerin hiçbir önemi yoktu. Ben sadece bu durum hakkında aklında yatan bir düşünce olup olmadığını merak ediyordum.

"Açıkçası ben o caddeyi kolay kolay terk edecek biri değilim ve biliyorsun ki işim de orada," diye başladı sözlerine. Hiçbir şey hayal etmeksizin zihnimi sadece satırlarına hapsettim. "Çocukların durumu da ortada. Onları da kolay kolay bırakamam ama bu demek değildir ki hep böyle sürecek. Sadece bir süreliğine evimizde kalmaya devam edeceğiz."

Tepkisi şaşırtmazken buna katiyen olumsuz bir cevap vermedim bilakis böyle vefalı olması benim çok hoşuma gitmişti. "Senin için herhangi bir sorun olur mu?" diye sordu ılımlı yaklaşarak.

Gözlerimi irileştirip ona döndüm. "Hayır," dedim biraz tok bir ses tonuyla. "Seni anlamamak elde değil ve ben de böyle olsun isterim açıkçası. Bir anda kopmak zor olabilir."

"Bu kadar anlayışlı olman çok güzel," dedi gülümseyerek sonra sözlerinin devamı için bu tebessümünü yitirmeyip ekledi. "Her açıdan. İşlerin önünü ve arkasını düşünmen, bir şeyler yapmaya çabalaman... Bunlar gerçekten beni mutlu ediyor. Her ne kadar bazen bu para mevzusunu kafana fazla taksan da beni düşündüğün için böyle davranman iyi hissettiriyor."

Dudaklarından salınıp kulaklarıma kurulan köprünün dönütleri en az onun kadar beni de mutlu etmişti. Ben geçim insanı olabilirdim, küçüklüğümden süre gelen bir şeydi bu. Yetinmeyi bilmek ve fazlasına tamah etmemek en sevdiğim huylarımdandı. İnsan küçük yaşlarda para kazanmaya başlayıp geçimi sırtlanırsa ne demek istediğimi anlardı.

Tek eli direksiyonu kavramaya devam ederken diğeriyle elime uzandı ve onları tutup ağzına götürerek dudaklarının üzerine koydu ve sakince öpüp bir süre orada bekletti. Bedenim naif bir müziğin ritmine kapılmışım gibi dinlenirken elimi yeniden öptükten sonra aynı sakinlikte bıraktı.

Birkaç dakikadan fazla bir süre sessizlik yine ruhumuzun kaburgalarına sığındığında o kaburgaları kıran Kamer'in sesi olmuştu. "Bu arada düğünden önce dini nikâh kıymamız gerekiyor."

"Tamam," diyebildim yalnızca. Sonra gözlerimi kısıp, "Kızlarla kına gecesi yapacağım günün sabahı olur yani?" diye de sorup ekledim.

"Olur," dedi net bir dille.

Bunun dışında aramızda aksi bir konuşmaz olmadı. Elimi yanağıma dayadım ve dirseklerimi araba camının çıkıntısına koyup dışarıyı izlemeye devam ettim. Her şey olması gerektiği gibi ilerliyordu, beni tatmin eden şey de buydu.

Bir hafta sonra...

"Abi bu ev cidden deterjan kokusuna yatkın değil ya," dedi Andaç gözlerini ovuşturarak salonun ortasına doğru ilerlerken. Mutfağa Zeynep'in yanına ilerlemeye devam ederken duraksama göstermeden ona bakıp güldüm. "Halinden çok memnun görünüyorsun ama."

Ellerini gözlerinden çekip dağınık kıvırcık saçlarıyla baygın bir bakış savurdu gözlerime. "Gözlerine baktır diyeceğim ama gözlüklü bir sen hayal edemedim yenge kusura bakma, hele de gelinlikle... En iyisi ben bozayım."

"Bu kadar fedakâr olman beni utandırıyor Andaç," diye konuşarak mutfağa girdim. Henüz saat çok erkendi ve herkesin uyandığını sanmıyordum. Kamer yukarıda duş alırken ben de kahvaltı hazırlamak için aşağı inmiştim. Zeynep çayı demlerken direkt buzdolabına yöneldim ve eğilerek sebzelikten bir şeyler çıkarmaya başladım.

Bugün hatta birazdan Kamer'le bir yere gidecektik. Onunla dini nikâhımızı halledip ertesi günü resmî nikâhımızı yapacaktık. İçim gerçekten bir hoştu ve karnımın içine girip çıkıp duran bu tatlı sancının sebebini biliyor, bildikçe yüzümdeki bu garip askıyı silemiyordum.

Zeynep yukarıdan bakıp halimi ifşa etti. "Sen güldükçe ben de gülüyorum. Bana ne oluyorsa sanki?"

"Öyle deme," dedim eğildiğim yerden kalkıp dolabın kapağını kapatarak. Elimdekileri musluğun altına bırakarak suyu açtım ve onları yıkamaya başladım. "Sen kız kardeşimsin benim, mutluluğumla mutlu olman kendini sorgulatmasın."

Zeynep bir hayli memnuniyetle gülümsemeye devam ederken Andaç esneyerek yanımıza geldi ve boş sofraya oturarak başını kollarının üzerine koyarak sofranın üzerine koydu. Zeynep bardakları sofraya dizerken kaşlarını çatarak ses tonunu karარttı. "Ya git bir elini yüzünü yıka ya da burada yatma!"

Andaç hızla kafasını kaldırıp saf saf gözlerime baktı. "Dövseydin Zeynep! Hem yıkadım ağzımı yüzümü ama yetmedi ne yapayım bu da mı benim suçum? İki dakika uyutmadın."

Zeynep hayretle gözlerini açtı ve elindeki bardakları daha sert bir biçimde ses çıkartarak dizmeye başladı. Anlaşılan sinirlenmişti. Andaç biraz gönülsüzce davransa da yattığı yerden kalkıp kızın yüzüne baktı. "Aman yeter ki asma suratını, ben sokakta da yatarım. Aman!"

Bu garip diyalog onların aksine benim yüzümü güldürmüştü. Çok vakit kaybetmeden sofrayı hazırlamaya devam ettik ve yaklaşık on beş dakika sonra sofra kurulumunu tamamlamıştık. Çetin ve Alper yanımıza gelirken Andaç'ın salondaki koltukların birinde uyuyor olması en çok Çetin'i dikkatini çekti. "Kalk lan haydi!"

"Beş dakika daha!"

"Nah dakika sana!"

"Bu hayır demek mi?"

Çetin gözlerini devirdi ve onun uykulu sesinden haz etmeyerek yönünü tekrar mutfağa çevirdi. O sırada Kamer'i merdivenlerden inerken gördüm. Çayları doldurmaya başlarken Zeynep de bayatlayan ekmekleri kızartma makinesinden çıkarıyordu. Kamer sandalyesini çekip otururken, "Günaydın," diye mırıldandı.

Nemli saçları doğru dürüst bir kurulamanın altından geçmediğini gösteriyordu. Bardakları doldurmaya devam ederken Andaç epey uykulu bir halde sandalyesini çekip oturarak sofraya buyur etti. "Biri üzerime bir on yıl falan uyku atabilir mi?"

Çetin güldü ve çay bardağını önüne çekti. "Biz en iyisi sana ayı postu atalım daha rahat edersin."

Andaç esnerken elinin tersiyle ağzını kapattı ve ne hikmetse Çetin'e karşılık vermedi. Esnemenin etkisiyle gözleri kızarırken Kamer kaşlarını çatarak, "Hayırdır lan? Sabaha kadar bebek mi salladın?" diye sordu.

"Yok abi," dedi Andaç yorgun bir ses tonuyla. "Alper'le gece yarısına kadar PES attık."

Kamer'in gözleri Alper'in yüzüne giderken aynı şekilde ben de odak noktamı bulmuştum. Kamer, "E bu çocuğun niye senin kadar uykusu yok?" diye sordu. Alper biraz sıkılgan bir tavırla bakışlarını kaçırırken arkamı döndüm ve elimdeki çaydanlığı ocağın üzerine bıraktıktan sonra yerime geçip oturdum. Andaç boş gözlerle sofraya bakıp omuz silkti. “Ne bileyim abi, helal olsun.”

Sofrada nükseden çatal ve çay kaşığı sesleri artmaya başladığında tabağıma birkaç dilim peynir koyup bir parça ekmeğe uzandım. Andaç dışında herkesin kahvaltı yaptığını görebiliyordum. Onun bu saf halleri beni güldürürken Zeynep esaslı bir giriş yaparak çay bardağını dudaklarından çekip konuştu: “Haberiniz var değil mi? Bu akşam eve gelmeyeceksiniz.”

Andaç, “O niye?” diye sordu.

Zeynep gülerek, “Kına gecesi yapacağız. Ben, Aymira ve Şebnem,” diye açıkladı.

Herhangi bir kelam etmeden yeniden kahvaltıma odaklanırken Andaç bana baktı ve kafasını kararlılıkla salladı. “Demek yüksek yüksek tepelere he yenge?”

Tavrı beni güldürürken duraksadı ve zihninde yanan ışıkla doğruca Kamer’e döndü. “Abi sen diyorsun ki biz bu gece alemlere akacağız. Yani bu demektir ki kıçı başı dağıtacağız. Yani bu da demektir ki gelsin rakılar gitsin dansözler.”

Kamer anında konuştu: “Yo.”

Zeynep masanın altından Andaç’ın ayağına sallarken gözlerim irileşti ve ortamı toparlamaya çalışarak öksürdüm. Kamer devam etti: “Ne rakısı, dansözü lan gevşek herif?”

“Vay anasını be,” dedi Andaç çaresizce konuşarak. “Köçekle yetin diyorsun yani?

“Demiyorum oğlum.”

Andaç iflah olmaz bir bakış atıp mesafeli bir tavırla eline çatalını alarak homurdanmaya başladı: “Herif evleniyor faturası bana patlıyor.”

“Hiçbir şeyi sana patlatmıyorum,” dedi Kamer. “Şurada sevgilin var, yetmiyor yanında abisi var dediğin lafa bak?”

Belki Andaç şakaya vurmuştu sözlerini ama Kamer hiç de öyle durmuyordu. Sözlerinde haklı mıydı? Elbette haklıydı ama bu sözlerin adresi Andaç olunca hep bir delik arıyordu insan altında. Andaç umursamadan ekmeğine uzanarak, “Abi şaka yaptım, sanki sen hiç girmedin mi öyle ortamlara ne abartıyorsun ki?” diye e sordu.

Kamer, "Girmedim," dedi düz bir tonda. "Hadi diyelim girdim hayatımda biri varken bunu yapacak biri miyim? Şaka da olsa şu kızın yanında bunları dile getirme."

Andaç duraksadı ve elindeki ekmeği sakince sofranın üzerine bırakıp başını öne eğerek gözlerini boş tabağına kilitledi. Kamer'in sözleri onun için ağır gelmiş olabilirdi ama emin olduğum tek bir şey varsa Kamer'in bu sözleri tamamen onun iyiliğini istediği için söylemiş olmasıydı.

Çetin ortamı yumuşatmaya çalışırken, "Tamam lan, şaka yaptı çocuk," diyerek Kamer'in yüzüne baktı.

Kamer hiçbir şey söylemeden sofradan kalkarken belli olur bir panikle ardından baktım. Bana çok kısa bir müddet bakıp, "Aşağıdayım ve bekliyorum seni," deyip Çetin'e de yetişti. "Seni de." Şahitlik için Çetin, Zeynep ve Şebnem de bizimle olacaktı. Çetin kafasını sallarken ben de durumu onayladım.

Daha sonra Andaç düşük bir suratla Kamer'in ardından bakarken Çetin ona destek oldu. "Oğlum normal şartlar altında o lafları benim sana etmem hatta seni çiğ çiğ yemem gerekiyor ama biliyorsun işte... Bile isteye kırmaz kimseyi boş ver."

Andaç, "Abi, vallahi şaka yaptım ya," diye kendini savunurken samimi halleri içimi ısıtmıştı. İçi de dışı da hâlâ çocuktu, sadece yeri geldiğinde o kimseye göstermediği tarafını gösteriyordu.

"Biliyorum," dedi Çetin anlayışlı bir şekilde. Çetin'in garip bir şekilde Andaç'a laf sokmak yerine onu avutması hoşuma gitmişti, elbette herkes için de aynı durum geçerli olabilirdi ama sanki onun bu tavrının sebebinin ucu Şebnem'e dokunuyordu.

Andaç sabırsızca davranıp ayaklanarak, "Yok olmaz, ben gidip konuşacağım," deyip hızla sofrayı terk ederek Kamer'in peşinden gitti. Zeynep heyecan yaparak ayaklanırken Çetin onu frenleyen isim oldu. "Abim otur yerine bir şey yok."

Zeynep abisinin sözüyle durakmış gibi gözükse de bir gözü kapıda kalmıştı. Biçare ayaklandığı gibi otururken Çetin'in gözleri beni buldu ve bir şeyler konuşmak niyetinde olduğu aşikârdı. "Aymira," diye fısıldadı. Onu dinledim. "Şebnem izin alabilmiş mi ailesinden? Bir sorun çıkmasın."

"Almış," dedim hızla başımı aşağı yukarı sallarken. "Merak etme."

"Anladım," demekle yetinirken gülümsedi lakin bunu pek belli etme taraftarı değildi.

Kamer'in Andaç ile konuştuğunu hesaba katarak etrafı daha temkinli toplamaya başladım. Ben bulaşıkları makineye dizerken Zeynep de kahvaltılıkları buzdolabına geri koyuyordu.

"Yalnız Aymira," dedi Zeynep hevesli bir şekilde. "Gelinliğin o kadar güzel ki... Peri kızı gibi olacağına şüphem yok."

Sırıttım ve bunu durduramadım. "Teşekkür ederim. Umarım bir gün sen de bunu yaşarsın."

Zeynep ağzının içinde mırıldanmakla yetindi. Birkaç gün evvel Şebnem ve Zeynep'le alışverişe çıkarak bana gelinlik bakmıştık. Kamer'e satın almak yerine onu kiralamak istiyorum dediğimde epey içerlemiş ve kızmıştı. Sonuçta bir kere evleniyorduk, yani insan bu yola çıkarken bu düşünceyle çıkıyordu... O yüzden her şeyin bize ait olmasını istiyordu. Öyle de oldu. Üstelik bununla yetinmeyerek bana bugün için çok hoş bir elbise daha almıştı.

Fazla vakit kaybetmemek adına işimi halledip doğruca yukarı çıktım ve üzerime uygun bir şeyler giyinip ek olarak bir çanta hazırlayarak Kamer'in yanına indim. Çetin ve Zeynep arkamızdan gelecek, Şebnem'le orada buluşacaktık. Ben aşağı inerken Andaç'ın yukarı çıktığını gördüm. Yüzü gülüyordu ve sanırım olumlu bir şekilde bu işi de halletmişlerdi. İçim feraha ererken Andaç'a bakıp gülümsedim. "Sorunlar çözüldüğüne göre rahatça evlenebilirim o halde."

"Durun," dedi rol keserek. "Siz evlenemezsiniz. Çünkü siz... Çünkü siz..."

"Kardeş değiliz Andaç."

"Tüm sırrı bozdun, git evlen şimdi," diye isyan etti, tabii bu ne kadar gerçekçiydi tartışmaya gerek yok. Omzumu silktim ve zafer kazanmış bir edayla gülümsedim. "Zaten öyle yapacağım."

"Yengemiz," dedi gülerek. "Kıymetlimiz."

Andaç'la şakalaşma merasimini geride bıraktıktan sonra ruh halimi eskitmeden Kamer'in yanına indim. Arabayı çoktan hazırlamıştı ve beni bekliyordu. Biraz aceleci davranıp adımlarımı hızlandırarak arabaya bindim. Ona bakıp hemen ardından emniyet kemerimi bağlarken Kamer sakin ve kendinden emin bir biçimde arabayı harekete geçirdi.

"İyi misin?" diye sordum düz bir sesle. Dikkatimi yola vermiş gibi gözüksem de bu böyle değildi. "İyiyim," dedi sakince. "Az önceki mesele sana ya da size değildi."

"Biliyorum," diye itiraf ettim. Bunu söylerken ona daha fazla açıklama yapmak istemiştim. "Andaç'ın mizacını biliyorsun."

"Biliyorum," dedi gözlerini yoldan ayırmadan. Yüzüne bakmak için gözlerimi onun yönüne çevirdim. "Kamer," diye sordum yüzüne bakmaya devam ederek. "Şu Yağız denen herifle ne oldu? Bitti mi mevzular?"

"Sen karışma orasına," diye söylendiğinde kaşlarımı çatıp ses tonumu da buna ortak ettim. "Ne demek karışma? Az sonra senin karın olacağım farkında mısın? Hâlâ mı karışma etme halleri?"

Duraksarken dudağının kenarındaki çukur belirginleşmeye, orası belirginleştikçe kalbimin içindeki çukurda kozalanan kelebekler artmaya başladı. "Neyim olacaksın? Bir daha söylesene!"

Niyeti tamamen beni utandırmak ve dize getirmekti. Aslında utanmak da sayılmazdı ama adına en uygun ne denirdi bilmiyordum. Gözlerimi kaçırdım ve ona istediğini vermedim. "Okeye dördüncü olacağım."

"Hım," dedi düşünceli bir şekilde. Ardından güzel başını bana çevirip güzel gözleriyle gözlerime baktı. "Anlaşılan, komik bir karım olacak."

Kamer bunu dile getirir getirmez gülümsemek yerine boş boş gözlerine bakmakla kaldım. Tavrımı gülünç bulmuş olacaktı ki önüne dönerek yola konsantre olmaya devam etti. Günlerdir içinde bulunduğumuz bu durumun sonucu buydu ama dudaklarından ilk kez *karım* lafını işitmek ruhuma kilit vurmuştu. Bu çok özel ve güzel bir şeydi elbette ama insan farklı hissediyordu. Annem, babamın karısıydı ve o bir anneydi. İnsanlar eşlerine pamuk ipliği gibi bağlıdırlar ya hani, annem ve babam öyle olmadılar hiç. Aslında babamın annemi sevdiğini düşünüyordum, bir insan karısını sevmez mi hiç? Kamer beni seviyor, Kamer beni çok seviyor... Yüreğimde bir yumru oluştu ama nedendir... Nedendir bilirim. Babam karısını hiç sevmedi, babam gönül bahçesindeki üzümleri yemedi, çürüttü... Kamer karısını seviyor, peki ya annem de sevilmek istemez miydi? Eşler birbirini sevmeliydi, bu yalnızca kâğıt üzerinde kuru bir imza olarak değil, ruhlarda ıslak imza olarak kalmalıydı.

Kamer durgunlaşarak, "Sanırım alışman zor olacak," dedi.

Ses tonu yağmur sonrası toprak kokusunu hatırlatırken iç çektim ve başımı koltuk başlığına koyup yönümü ondan ayırmadan konuştum: "Hayır, sadece içim bir tuhaf oldu... Hoşuma gitti çok."

"Hoşuna gitti çok?" dedi kaşları yukarı kalkarken.

"Hı hı," diye mırıldandım. Gülümseyerek az önceki durgunluğuna bir dem vurmuş oldu. "Bazen düşünüyorum da... Annem yaşamış olsaydı bana çeyiz gibi şeyler hazırlardı değil mi?" Yapardı. Aslında ben böyle şeylere takılan bir insan değildim ama olur ya işte, anadan kızına ufak bir armağan ve emanet... El emeği, göz nuru sandık içi işlemeleri.

"Çeyiz dediğin şey tam olarak ne?" diye sordu sahici bir tavırla.

Gülümseyerek açıkladım. "Anneler kızlarına yapar ya, dantel işlemeli yastıklar, havlular ya da çoraplar gibi... El emeği ürünler işte."

"Hım," dedi düşünceyle. "Yapardı. Sen zaten çok yetenekli bir kadınsın ve eminim ki senin annen de böyle biriydi. Elbette yapardı."

Duruşumu değiştirmeden olduğum yerde ona bakmaya devam ederken her ne kadar kızacağını bilsem de zihnime düşen o soruyu sordum: "Annenler biliyor mu bizi?"

"Hayır," dedi direkt. Düşünmeden, hiçbir mimik oynatmadan dümdüz hayır dedi. Anlaşılan o ki zerre umurumda değildi ve böyle olduğu için mutluydum. Mutluydum çünkü eğer ki yüzünde en ufak bir pişmanlık ya da özlem duygusuna şahitlik etseydim kalbimin bir yanı kırıklarla dolu bir aynayı canlandıracak, o kırıklar Kamer'in kalbine batacaktı.

"Bilmelerini istemezsin değil mi?" diye ek bir soru ilave ederken az önceki tedirginliğimin yok olduğunu fark ettim. Yine hiç düşünmeden bu sefer biraz daha umursamaz bir halde omzunu silkerek, "Umurumda değiller, senin de olmasın. Hadi, boş ver şu konuları," deyip sözlerimin devamı için bilet kesti. Maksadım üzerine gitmek değil olası bir durum için fikir sahibi olmaktı.

İç çektim ve sanki yeniden gözlerimi açmışım gibi ruhumun derisini değiştirdim. "Akşam nereye gideceksiniz?"

"Buluruz bir yer," deyip ekledi. "Dert etme."

"Merakımdan soruyorum canım dert ettiğimden değil."

"Ha sokaklarda uyumam senin için dert değil?" diye ironi kasarken yalnızca kendimin işiteceği kadar gülümseyip dudaklarımı araladım. "Abartmasak mı acaba?"

"Huyum kurusun," diye gülerken kaşlarımı çatıp şaşkınca yüzüne bakmaya devam ettim ve ardından pozitif hallerine eşlik ettim. Çok geçmeden nikâhımızın kıyılacağa yere geldik. Burası ibadet edilen bir yerdi. Arabadan indiğimde yanımda hazırlamış olduğum çantayı da sürüklerken onu sırtlandım ve Kamer'e baktım. "Bunları giyinmem için uygun bir yer var değil mi?" diye sordum.

"Var," dedi başını sallayarak. "Zaten diğerleri de gelir birazdan."

Şebnemleri beklemek istiyordum. Hocanın henüz gelmemiş olması fırsat bilerek onları beklemeye başladık. Çokça garip, bir kadar da huzurlu hissediyordum. Kamer bana kısık gözlerle bakarken sırıttı. "Ne?" diye sordum biraz çekingen bir şekilde. Hiçbir şey konuşmadan önüne döndü ve derin bir nefes aldı. Üzerine gitmeden başımı öne eğip beklemeye devam ettim. Çok geçmeden Çetin arabayla taşlı yoldan giriş yaparak içeri girdi. İkimiz de doğrulurken arabadan Zeynep ve Şebnem'in çıkmış olması yüzümdeki tebessümü genişletti. Beklemeden onları selamladım ve vakit kaybetmeksizin hazırlanmaya başladım. Birlikte boş bir oda bulup kıyafetlerimizi düzeltmeye başladık. Hiçbirimizin yüzünde makyaj yoktu. Zeynep hevesle üzerine çiçekli bir elbise geçirirken, "Çok tuhaf hissediyorum," dedi. Ses tonu durgun olsa da kalbindeki ferahlık hissediliyordu. Şebnem de ona katılırken, "Umarım bu iyi bir şeydir," diye mırıldandım.

"Tabii ki iyi bir şey," dedi Şebnem aksi bir düşünceyi reddederek. "Kendimi ilk defa bu derece huzurlu hissediyorum."

"Farklı bir his," diyerek iç çekerken elbisemin kollarını düzeltip ayna karşısına geçtim. Açık konuşmak gerekirse dinimi layığıyla yaşayan bir insan değildim ama neyin günah neyin sevap olduğunu çok iyi biliyordum. Bunu bilip de yapmamak acizlikti, günahtı hatta belki daha kötüsü... Bile bile ateş yürüyor gibiydim ama yanmaktan da sakınamıyordum kendimi. Tıpkı birçok insan gibi. Sadece şu an içimde o kadar farklı bir huzur vardı ki sanırım en büyük pişmanlığım her şeye bu kadar geç kalmamdan kaynaklıydı.

Bir müddet sonra usulüne göre nikâhımız kıyıldı. Burada fazlaca vakit kaybetmeden üzerimizi değiştirip ayrıldık. Biz şu an resmî olmasa da evliydik, yarın ise bunu tamamlayacaktık. Duygularımı dile getirirsem hissettiklerime yazık olurdu. İçim içime sığmaz bir halde Kamer'e bakmaya çalıştım ama kalp sancımdan delirecek gibiydim. Arabayı dikkatle kullanmış olması işimi kolaylaştırsa da bu saf salak hallerim dikkatini çekmeyi muhakkak başarmıştı.

"Kamer nasıl hissediyorsun?" diye sordum kısık sesimle.

"Evli."

"Duygu anlamında diyorum ben," dedim neşeli bir şekilde.

"Yeni evlenmiş bir insan nasıl hissediyorsa öyle hissediyorum," diye konuştu bu sefer. Kelime oyunlarına devam ederken ona kafa tutup, "Aldım başıma belayı diyorsun yani?" diye sordum kinaye yaparak.

Kafasını sağa sola salladı. "Hayır." Sonra göz ucuyla bakıp devam etti: "Başıma bela almakta geç kalmış gibi hissediyorum."

Parmaklarım karıncalanırken bunun tamamen saf mutluluktan olduğunu bilmek bu karıncalanmanın payidar kalma arzusunu körüklüyordu. Dikkatini tekrar yola verdiği vakit derin bir nefes alıp kendimi ona doğru itip koluna girerek başımı omzuna koydum. Saçlarıma bir öpücük bıraktı ve kalbimi dinledim.

Bir güz yaprağı misali savruldu ruhum oradan oraya, sonra bir kış güneşi misali doğdum savrulduğum noktada.

Eve geldiğimizde Kamer arabayı durdurdu ve içeri girmeden gözlerime baktı. "Çocuklar gelecek birazdan. Sen şimdi git ve güzelce bu gecenin tadını çıkar. Yarın fazlasıyla hasret gidereceğiz çünkü."

Yanaklarım ısındı. "Peki."

Elleri yüzüme giderken naif ve tüy gibi bir dokunuşla beni çekmeden bana çekilerek yanağıma bir öpücük bıraktı. "Yarın görüşürüz."

"Görüşürüz," dedim sakince ve dudaklarımı ısırarak arabadan aşağı inip koşar adımlarla yukarı çıktım. Kapıyı çaldığımda birkaç saniye geçmeden Andaç sırtında çantayla kapıyı araladı. Hemen arkasında Alper vardı ve biraz geride Çetin duruyordu. Anlaşılan geceye yolculuk vardı. "Müstakbel yengem olay mahalline geldiğine göre biz çıkalım," diye kıkırdadı Andaç.

"İyi eğlenceler," dedim ona karşılık vererek. Andaç sıkılgan bir şekilde gözlerini kısarken, "Buna o kadar katılıyorum ki... Kesin iyi eğlenceler olacak," diye homurdandı. Çetin yetişti. "Boş yapıyorsun. Yapma!"

Andaç, "Baş üstüne kayınço," deyip dışarı çıktı. Alper bir adım öne çıkarken omzuna dokundum. Bana göz kırptı ve keyifle Andaç'ı takip ederek birlikte aşağı indiler. Çetin'e bakarken kaşlarımı çatıp şüpheyle içeri göz attım. "Aytaç nerede peki?" diye sordum.

"Cumartesi bugün," dedi açıklama yaparak. "Çalışıyor ama erken çıkacak."

"Anladım," dedim yeniden Çetin'le göz teması kurup vedalaşarak. Nihayetinde içeri girdim ve kapıyı kapatıp ilerlemeye başladım. Şebnem ve Zeynep salonda oturuyorlardı. Beni görünce yüzlerinde açan çiçekleri görmek onlara doğru koşup ufak çaplı bir çığlık atmama mâni olamamıştı. Şebnem ayaklanıp bana hızla sarıldığında kendimi ona teslim edip gülmeye başladım. "Ulan," dedi Şebnem bana eşlik edip devam ederek. "Delireceğim!"

"Bir de bana sor," dedim ondan ayrılırken. Daha sonra dağılan saçlarımı geriye savurup dudaklarıma hâkim olmaya çalıştım. "İçim içime sığmıyor. Kamer'e pek belli etmedim ama heyecandan kalbim dört buçuk atıyor resmen."

Zeynep oturduğu yerden bana bakıp sırıttı. "Aymira o kadar güzelsiniz ki..."

Şebnem ona katılarak başını sakince aşağı yukarı sallayarak gülümsedi. "Zeynep o kadar ama o kadar haklısın ki..."

Duygulanarak ellerimi ağzıma götürdüm ve ağlamamak için çaba sarf etmeye başladım. Şebnem durumu fark edince, "Şş, dur hemen ne diye ağlıyorsun? Vakti gelmedi daha," deyip güldü. Biraz buruk biraz heyecanlı bir biçimde gülümsedim. Buruk değildim sadece yoğun hissediyordum. Her duyguyu tepeden aşağı yaşıyor gibiydim. Acıyı da tatlıyı da tadıyordum sanki.

Kendimi dizginlerken Şebnem koltuğun üzerinde duran çantasını karıştırıp içinde bir tül çıkarıp beline bağladı. "Akşama çok var ama içimde öyle kurt var ki şimdi başlasam anca dökülür," diye olduğu yerde oynamaya başladı. Zeynep'le haline gülerken Şebnem durdu ve bize bakıp, "Ne gülüyorsunuz ay, size de getirdim. Hatta kına da aldım," dedi. Kafamı alayla sallarken yorgun bir biçimde kendimi diğer koltuğa atıp Şebnem'e bakmaya başladım.

Birçok şey yapmak istiyor ama yapacak gücü kendimde göremiyordum.

Şebnem kendini fazla yormadan oturdu ve bir çırpıda bugünün ve yarının programını anlatmaya başladı. "Bakın şimdi her şeyi anlatıyorum... Önce bir etrafa çeki düzen veririz sonra bu gece için hazırlanırız." Bana baktı. "Vallahi bacım ben pijama getirdim. Ayıp olmaz umarım."

Gülerek kaşlarımı yukarı kaldırdım. "Olmaz."

"Hah tamam o zaman," deyip konuşmasına kaldığı yerden devam etti: "Hazırlandık ettik derken zaten akşam olur. Bir güzel sofra kurar eğleniriz. Sonra konuşuruz, kına yakarız oydu buydu derken hop kapanış... Ertesi gün erkenden uyanmamız lazım çünkü düğünümüz var. Çetin bizi kuaföre götürecek," dediğinde Zeynep'le göz göze gelmemiz fazla manidar olmuştu. Şebnem öksürerek ekledi: "Şey yani, o söyledi... Aman hemen bir bit yeniği arayın altında..."

"Demedik bir şey," dedim sinsi bir bakış atarak. Şebnem pek üstelemeden konuşmaya devam etti: "Orada makyajdı falan derken kimse görmeden nikâhın yapılacağı eve gideriz." Tereddüde düşer gibi gözlerini kıstı. "Çetin bana fotoğrafı gösterdi. O ev değil mi?"

Başımı sakince aşağı yukarı salladığımda Şebnem tatmin olup devam etti: "He orası işte. Seni hazırlarız, gelinliğini falan... Ay ben çok heyecan yaptım," deyip elini göğsünün üzerine koydu. Omuzlarım ritmik bir hareketle sallanırken güldüm. Sonra yutkundu ve boğazını temizledi. "Sonrası nikâh zaten... En son biz çekiliriz meydan size kalır... Ve mutlu son."

Şebnem omuzlarını düşürüp sırtını koltuğa yaslarken derin bir nefes verdi. Zeynep alkış tutarak, "Vallahi yaşamış kadar oldum, ağzına sağlık," diye mırıldandı. Şebnem kesik kesik gülerken elim cebimdeki telefona gitti. Şebnem, "Ne oldu?" diye sorduğunda, "Kamer'i arayacağım merak ettim," dedim.

Ayaklandı ve telefonu hızla elimden alıp, "Bugün konuşmak yok, kızım az özle şu adamı da yarın bol bol hasret gidereceksin zaten," dedi.

"Ay ne kadar ayıp," dedim gözlerimi irileştirip oturduğum yerden kalkarken. "Ben duşa gireceğim."

Önlerinden geçerken Şebnem kıkırdadı. "Ne gerek var kız, zaten yarın alacaksın."

Arkamı dönmeden elimi yüzümle kapattım ve adımlarımı hızlandırıp onları arkamda bıraktım. İkisinin de haince arkamdan sırıtıp dedikodumu yaptığını biliyordum. Kızları arkamda bıraktıktan sonra kendimi odaya kapattım ve ışıkları açıp öylece boş yatağı seyretmeye başladım. Yatağa bakmaya devam ederken yanaklarım yanmaya başladı. "Ne oluyor ya?" diye kızdım kendi kendime ve duraksayıp gözlerimi irileştirdim. Sonra da saniyeler içinde odadan çıkıp Zeynep'in yanına yürüdüm.

Biraz nefes nefese kalmış olmam ikisini de endişeye sürüklerken Zeynep'in gözlerine odaklandım ve mırıldanarak, "Zeynep, ağdan var mı?" diye sordum.

Şebnem kıs kıs gülmeye başlarken Zeynep'in ise kendini zor tuttuğunu gördüm. Çenemi sıkıp onlara ölümcül bir bakış atarken dişlerimin arasından tısladım. "Ne gülüyorsunuz ya, sanki sizin çıkmıyor ve almıyorsunuz?"

"Biz ona gülmüyoruz ki," dedi Şebnem son derece rahat bir şekilde. Omzumu silktim ve yeniden Zeynep'e baktım. Oturduğu yerden ayaklanırken yüzünden bir an olsun o imalı gülüşünü düşürmedi. "Dur getireyim," diyerek odasına gitti. Ayakta onu beklemeye başladığım sıra Şebnem'in taklitlerine katlanmak zorunda kaldım. "İyice yapıştır bacağına ha!"

"Sağ ol ya," dedim gülerek.

Şebnem'in bakıp bakıp gülmeleriyle geçen süre zarfında Zeynep elinde bir kutuyla yanıma gelerek onu bana uzattı. "Al."

"Teşekkür ederim," dedim uzattığı kutuyu alırken. Fazla oyalanmadan doğruca odaya çıktım ve temiz çamaşırlar hazırlayarak banyoya geçtim. Genelde önce ağda yapıp sonra duş almayı tercih eden biriydim ve bu kez de aynını yapacaktım. Banyonun kapısını kilitleyip üzerimdeki kıyafetleri çıkarmaya başladım. Kıyafetlerimi çıkardıktan sonra kişisel temizliğimi yaptım ve çöpleri kutuya attım ve en sonunda ferah bir duş alıp üzerime temiz kıyafetler giyinip saçlarımı kuruttum. Kamer bana bu gece için özel bir elbise almıştı ama benim giymeye niyetim yoktu. Zaten üç kişiydik ve böyle bir hazırlık yapmam pek gerekli değildi. Sadece yüzüme biraz renk katıp, saçlarımı şekillendirmek istiyordum. Hem bu havaya girmemi sağlayabilirdi.

Düşüncelerimi icraata döktükten sonra banyodan çıkıp kızların yanına indim. Aradan iki saat geçmişti belki daha fazla bir süre. Vakit ikindi vaktini geçerken kızların mutfakta olduğunu gördüm. Yanlarına gittiğimde Şebnem elindeki domateslerle gözlerime baktı. "Kabuğundan yeni çıkmış civciv gibisin."

Gözlerimi devirip, "Sen de yumurtlayamayan tavuk gibi," diye homurdandım. Tavrıma omuz silkerek dönerken ben de oralı olmadan meraklı bakışlarla tezgâhın üzerindeki şeylere baktım. Zeynep ocağın başında makarnalarla uğraşıyordu. "Demek domates soslu makarna," diye mırıldandım kendi kendime. "Severim."

"Pratik çünkü," dedi Şebnem kıkırdayarak.

Buzdolabına yöneldim ve kapağını açıp içeceklere göz atmaya başladım. "Kola, maden suyu ve vişne suyu var," diye konuştum. İkisi de,

"Kola," derken ben de onlara katıldım ve kolayı alıp masanın üzerine koyduktan sonra buzdolabının kapağını kapattım.

Bir yandan sohbet ediyor diğer yandan sofrayı kuruyorduk. Şebnem hazırladığı domates sosunu dökerken kapı çaldı. "Ben bakarım," dedim ve gidip kapıyı açtım. Karşımda bir market görevlisi olduğunu düşündüğüm çocuk duruyordu. Elindeki poşetleri bana uzatırken, "Abla bunları Kamer abi gönderdi," dedi. Poşetleri alırken ek olarak bana ayrı bir kutu verdi. "Şu da sana sanırım."

"Bu ne?" diye sordum onu da diğer elime alıp kutuya bakarak. Çocuk, "Bilmiyorum abla," dedi. "Peki teşekkür ederim," deyip onu daha fazla bekletmeden kapıyı kapattım ve elimdekilerle birlikte mutfağa girip onları masanın üzerine koydum. Zeynep merakla poşetlere yönelirken, "Bunlar ne?" diye sordu.

"Kamer göndermiş," diye açıkladım sakince ve dikkatimi köreltip elimdeki kutuya baktım. Kutunun kapağını usulca kaldırırken içinde gördüğüm şeyler içimi pır pır ederken yüzümdeki ifadeye tarifsiz bir iz bırakmıştı. Bu kutunun içi badem şekeriyle doluydu. Kutunun kapağının altında ufak bir not gözlerime çarptı. Merak edip onu kavradım ve okumaya başladım. *"Alper badem şekerini sevdiğini söyledi... Bunu bilmemek üzdü ama bir ömür seni daha iyi tanımak için güzel bir zaman dilimi. Afiyet olsun :)) "*

Notunu okurken yüzümün her yerine sinen o bahar çiçeği esintisi ruhumu kapladı. Hele de sonuna bıraktığı o gülen surat işareti... Öyle tatlı öyle hoş bir düşünceydi ki, içimdeki bu sersem hisse kapılmadan Şebnem elimde tuttuğu kutuya baktı. "Bu ne ki?" diye sordu.

Dudaklarımı birbirine bastırıp kısılan gözlerimle gülümsedim. "Badem şekeri."

Zeynep, "Ya," dedi hevesle. Ardından gözlerini devirip homurdandı. "Seninki badem şekeri yollasın benimki iddia için sıra alsın."

Kendime mâni olamadan kahkaha attım. Bu beni epey keyiflendirmişti ama onların da kendine has bir üslubu vardı. İddia oynayan bir çift pek kolay yetişmiyordu sonuçta. "Andaç Reis," dedim kahkahalarımın arasından.

Zeynep, "Ya ne demezsin," deyip güldü. Sonra sözlerini çürüterek, "Olsun, ben onu öyle seviyorum. Kıvırcık kafalım benim," diye konuştu kendi kendine.

Hazırlamış olduğumuz sofraya kurulurken bardakları doldurmaya başladım. Şebnem de makarna dolu tabağını önüne çekerek çatalına uzandı. "Allah affetsin çok açım," diye konuştu ağzı dolu dolu olurken. Zeynep de aynı iştahla çatalına sahip çıkarak makarnasına uzandı.

Bardakları doldurup kola kutusunu masanın ilerisine bıraktım ve ben de kendi tabağımla ilgilenmeye başladım. Konuşmadan yemeğimizi yiyor diğer yandan da salak salak sırıtıp birbirimize bakıyorduk. Her şey güzel gidiyordu. Şebnem peçete yardımıyla ağzının kenarını silerken omuzlarını düşürdü ve sofraya baktı. Göz bebekleri küçülüp büyürken mırıldandı: "Aymira sanki hayal gibi her şey."

Histerik bir şekilde gülerek başımı salladım. "Bunu bana mı söylüyorsun?"

Şebnem pek keyifli sayılmayacak bir biçimde gülerken devam etti: "Sen kaderini burada buldun. Belki de o gece yaşadıkların... Bilmiyorum böyle olması gerekiyormuş demek ki."

"İnsanlar kaderini bulmaz," dedim düz bir sesle. "Kader bizi bulur ve yaşarız."

Şebnem gözlerini kıstı ve alay eder gibi başını aşağı yukarı sallamaya başladı. "Felsefi bir bakış açısı oldu hanımefendi." Gözlerimi kaçırdım ve tabağıma yeniden döndüm.

Akşam henüz olmamıştı, salonun içine sızmayı başaran birkaç kızıl güneş ışığı saate bakmamızın manasının olmadığını belli etmişti.

Kamer'in gönderdiği şeyleri hazırlayıp salona geçerken onları sehpanın üzerine bırakıp çekildik. Şebnem bana bakıp dudaklarını şüpheyle ısırıp serbest bıraktı. "Şimdi yaksak mı kınayı? Yoksa gecenin sonunda halledip sabaha kadar dursa mı?"

"Bilemedim ki," deyip avuç içlerime baktım. "Zaten şöyle ortaya minik bir şey olmasını istiyorum." Bunu dile getirirken gözlerimin içinde bir ışıltı oluştuğunu hissettim. Bu ayın ışığından beslenen bir histi. "Evet," dedim dişlerimi belli edip gülümseyerek. "Avucumun içine minik bir ay şeklinde kına istiyorum."

"Diğerine güneş çizelim istersen," dedi Şebnem dalga geçerek. Dümdüz ona bakıp avuç içlerimi kapattım. "Komik seni... Ben yaparım."

Şebnem, "Tamam ya," diyerek ekledi. "Ben hallederim merak etme."

Güven veren bakışları ve ses tonu gülümsememe yardımcı olurken Zeynep de bize katıldı. "Ben de yakmak istiyorum."

"Yakacağız zaten," diye söylendi Şebnem bilmiş bir tavırla. Daha sonra saçlarını geriye doğru savurdu. "Kendinizi bana salın kızlar, güvenin bana."

Tek kolumu havaya kaldırıp Özgürlük Heykeli gibi durdum. "Şebnem başkan bizi diskoya götür."

Şebnem şoke olmuş bir çehreyle Zeynep'e baktı. "Anam niyeti bozdu bu kız, kaçalım."

Kolumu indirdim ve ona boş boş bakıp, "Yuh," diye söylendim. Şebnem sevimli sevimli sırıtarak, "Ay şaka yaptım," dedi. Saatin her geçen dakika ilerlemesi aleyhimize işlerken kızlar üzerlerine rahat bir şeyler geçirip salona geldiler. Sehpayı biraz kenara çektik ve ortadaki küçük halının üzerine bağdaş kurup oturduk. "O zaman," dedi Şebnem başlayarak. Esaslı bir giriş yapmış olması bu konuşmanın devamını merak ettirirken kendi kendine gülüp başını eğip ortaya doğru fısıldadı: "Yarın geceden konuşalım."

"Ne?" dedim yüzümü ekşiterek. Şebnem mesafeli bir tavırla, "Korkma Aymira, sizin özeliniz bizi ilgilendirmez ben sadece sana birkaç taktik vereceğim," diye konuştu. "Kaç kuzenim evlendi biliyor musunuz siz? Artık her şeyi biliyorum, o derece."

"Olsun," dedim uzak bir sesle. "Lütfen konuşmayalım, geriliyorum."

"Hah!" dedi Şebnem dâhiyane bir fikir bulmuş gibi ellerini birbirine vurdurarak. "İlk kural. Sakın gergin olma, akışına bırak, tamam mı?"

Yüzüm kızarırken bu konuşmanın pek istediğim gibi sonuçlanmayacağını biliyordum. O yüzden onları durdurdum. Aslında niyetleri kötü değildi ve kızlar arasında hele ki yarın evlenecek biri olduğum için bu tip diyaloglar aşırı veyahut tuhaf durmuyordu. Yine de ben pek olumlu bir pencere aralamamıştım. "Kızlar tamam," dedim sevimsizce. "Biliyorum siz yanlış bir şey yapmıyorsunuz ama böyle konular beni sadece geriyor, anlatabildim mi?"

Şebnem anlayışla başını sallarken, "Anladım. Biliyorsun Aymira, ben sadece nikâh öncesi biraz seni yumuşatmak istedim," diye izah etti.

"Biliyorum," dedim sıcak bir tebessümle. "Ama işte..."

Zeynep aramızdaki bu anlamsız sohbetin büyümesi taraftarı olmadığını belli ederek ellerini birbirine vurdurdu. "Neyse başka şeyler konuşalım biz de."

Fikrine karıştık ve koyu bir sohbete daldık. Saatlerce her şeyi konuştuk. Herkes anılarından hayallerinden ve ideallerinden bahsetti. Çok sık bu tarz konulara kucak açmasak bile arada böyle terapiler yapıp muhabbet etmek çok iyi geliyordu. Geceye doğru kayan ay, avuçlarımın içine doğarken onu seyrettim. Şebnem kınamı yakmıştı ve biz kendi aramızda türküler söylemiş o gece geç saatlere kadar eğlenmiştik. Sabah erken uyanmamız gerekeceği için sağlıklı bir uykuya ve zinde bir ruha ihtiyacımız vardı. Ben odama çıkarken Zeynep ve Şebnem aynı odada kaldılar.

Odamın ışıklarını yakıp ellerime baktım. Avucumun içinde minik bir kına vardı. Şebnem parmaklarımı açık bırakacak şekilde orayı güzelce sararak benim işimi kolaylaştırmıştı. Olduğum yerden ayrıldım ve dolabımın kapağını açıp gelinliğime baktım. Kamer henüz bunu görmemişti ve umarım beğenirdi. İnce askılı ve güzel bir göğüs detayı vardı, belimi sıkıca saran dantel detayları ve belimden aşağısına kaydıkça bollaşan tül kısımlar. İstediğim gibi bir gelinlikti ve içime sinmiş olması hoşuma gitmişti. İç çekip büyük bir heyecanla dolabımın kapağını kapattım. Telefonumdaki saate bakarken epeyce geç bir vakit olduğunu gördüm. Odanın ışıklarını kapatarak yatağımızın pikesini kaldırıp içine girdim. Koca yatak bomboştu ve ona ihtiyacım vardı. Evet, belki son ayrı gecemiz olacaktı ama insan özlüyordu işte.

Kınalı ellerimi açıkta bırakarak gözlerimi kapadım ve yarını düşünmeye başladım. Hayallerime uzanan düşlerin gerçeğe dönmesi... Delirttin beni Kamer, içim dışım sen oldu lütfen delirtmeye devam et.

Kendi kendime sırıtmaya devam ederken komodinin üzerinde duran telefonum titremeye başladı. İrkilerek gözlerimi açtım ve arkamı dönüp telefonuma baktım. Ekrandaki isimle yüzümdeki güllerin dans ettiğini hissediyordum. Telefonu elime aldım ve toparlanarak onu açtım.

"Buyurun, kiminle görüşüyorum?" diye konuştum.

Diğer yandan da gülmemek için elimle ağzımı kapattım. Kamer, "Oralarda bir yerlerde bir eşim olacak ama..." diye karşılık verdiğinde, "Hımm, bakayım..." dedim ve güldüm. "Yanlış numara beyefendi."

"Hayda!" dedi Kamer bıkkınlıkla. "Neyse hanımefendi, rahatsız ettim kusura bakmayın. Ben en iyisi başka numara çevireyim."

"Şş," dedim direkt tepkimi belli ederek. "Sen kimi çeviriyorsun bakayım?"

"Hah!" dedi Kamer büyük bir keyifle. "Aradığım kadına ulaştım."

Sözlerine gülümserken saçlarımı dikkatle geriye doğru savurdum. "Yanımda olmanı isterdim," diye itiraf edip boğuk bir iç çekişle devam ettim: "Ama çok az kaldı öyle değil mi?"

"Çok az," dedi sakince. "Aslında seni aramamak için direndim ama yapamadım. Sensiz birkaç saate bile sabredemedim halime bakar mısın?"

"Bir de bana sor," dedim gülerek. "Şebnem telefonu elimden bile aldı."

"Çetin de pek aşağı kalmadı."

"Neredesiniz?" diye sordum. "Nasıl geçti gününüz?"

"Dayının evine geldik. Bir şey yapmadık, okey oynadık," dedi gülerek. Bu halleri içime kat kat sevgi döşerken ses tonuna bile sarılıp orada uyumak istedim. "Siz?" diye sordu sonra.

"Biz de takıldık kız kıza işte," dedim düz bir sesle. Sonra ellerime bakıp gülümsedim. "Kına yaktılar bana!"

"Hım," dedi Kamer düşünceli bir sesle. "Nasıl bir şey olduğunu pek bilmiyorum ama güzel olduğuna şüphem yok."

"Güzel oldu," dedim duru bir tebessümle konuşmaya devam ederken. Sonra yükseldim. "Bu arada teşekkür ederim, badem şekeri için yani... Henüz yemedim ama söz yiyeceğim hatta birlikte yiyeceğiz."

"Ben pek sevmem ki," diye mırıldandığında omzumu silktim. "Sevmiş gibi yaparsın, söz alınmam."

Güldü ve bu ses tonu boğazıma gül yaprağı gibi yapıştı. "Diana," diye fısıldadı boğuk bir sesle sonra. Duraksadım ve durgun bir şekilde, "Efendim?" diye sordum.

"Herkes uyudu ve ben başka bir odadayım," diye açıklama yaparken telefonu ağzına daha çok yaklaştırdığını belli etti çünkü sanki yanımdaymış gibi hissettiriyordu. "Benim için şarkı söyler misin? Şimdi... Sesin annemin söylemediği ninnileri anımsatıyor, bana o duymadığım ninnileri verir misin?"

Kamer'in bu saf isteği gözlerimi doldururken yutkundum ve mırıldandım: "Gözlerini kapat ama tamam mı? Sonra uzan ve üzerine pikeni çek."

Kamer buruk bir hisle gülümserken, "Tamam," diye yanıtladı. Uzandığını ve gözlerini kapattığını hissettiğimde telefonu hoparlöre alarak derin bir nefes aldım. Dinle şimdi beni Kamer, belki o ninniler değil de bu ritimler uyutur seni can içim.

"...Söyle güzel ben de olam oralı O kömür gözlerin del'etti beni."

Parçayı usul usul bitirirken gülümsedim ve telefonu dudaklarıma yaklaştırıp fısıldadım: "Kömür gözlerin bu ninnilere hasret kalmasın, güzel uyu Kamer."

Bir devrin bitişi gibiydi sevdamız yeni bir devre kapı aralayan.

Erken vakitlerde uyanmış ve etrafı çabucak toplayarak Çetin'i beklemeye başlamıştık. Sırt çantama koyduğum birkaç malzeme ve elimde tuttuğum gelinliğimle salondaydım. Elbette ki üzerinde siyah bir ambalaj vardı. Şebnem elime bakarken, "Aman dikkatli ol," dedi. Gözlerimi kapatıp açarken gelinliği daha sıkı sahiplendim. "Merak etme."

Zeynep askılı tişörtünün eteklerini düzeltip kolundaki saate baktı. "Nerede kaldı abim?"

"Gelir birazdan," diye mırıldandım. Ardından avucumun içindeki kınaya bakıp sırıttım. Çok güzel işlemişti derimin üzerine. Kokusu biraz baskındı ama rahatsız etmiyordu. Üstelik çok minik bir şekildi. Birkaç dakika daha bekledikten sonra Çetin'in Zeynep'e attığı mesajla toparlanıp evden ayrıldık.

Elimizdeki eşyalarla birlikte biraz yürüdükten sonra Çetin'in arabanın bagajını açtığını ve bizi beklediğini gördüm. "Günaydın," dedi bizi selamlayarak.

Çetin elimizdekileri alırken Zeynep ön koltuğa biz de Şebnem'le arka koltuğa geçtik. "Kuaföre bırakıyorum sizi değil mi?" diye sordu dikiz aynasından bize bakarak. "Evet," diye konuştum sakince. Çetin tatmin olurken arabayı çalıştırdı ve bizi kuaföre götürmek için yola döküldü.

Çetin şüpheli bir ses tonuyla, "Kahvaltı yaptınız değil mi?" diye sordu. Zeynep kısık ve yorgun bir sesle başını sallayarak, "Atıştırdık biraz," dedi.

Çetin direkt bir girişle, "Açsanız alayım bir şeyler," dedi.

Bu sefer ben konuştum: "Gerek yok Çetin, sağ ol. Bu arada Kamer nerede?"

Arabayı dikkatle kullanmaya devam ederken, "Nikâhın olacağı evde, hazırlıklara göz atıyordu en son," diye açıklama yaptı. Sonra kısık bir sesle ekledi: "Gerçi pek kalabalık değiliz ama yine de en iyisi olsun istiyor."

Gülümsemiştim. Herhangi bir davetiye işlemi gerçekleşmemişti çünkü köyde bizden epey uzakta yaşayan akrabalarım dışında pek kimsem yoktu. Onlarla da zaten irtibatı keseli yıllar oluyordu. Umurlarında olduğumu pek sanmıyordum çünkü umurumda değillerdi. Dükkânda çalışanlar ve Kamer ve Çetin'in birkaç eski arkadaşından başka kimseye gerek duymamıştık. Sade ama özel bir gün olacağının teminatını verebilmek mümkündü.

Yirmi dakika kadar sonra Çetin bizi kuaföre bıraktı ve beklemesini istemediğimiz için gitti. Üç kişiydik ve burada saatler süren bir işimiz vardı. Saçlarımı ve makyajımın nasıl olacağına karar vermiştim, sadece icraata dökülmeyi bekliyordu. Kızlarla içeri girdiğimizde bizi ferah ve sakin bir ortam karşıladı. Toplamda üç dört koltuk vardı ve üçü şansımıza boştu. Kadınlara isteklerimizi sıraladıktan sonra kendimizi onlara teslim ettik. Zaten en çok benimki uğraştıracaktı. Zeynep ve Şebnem pek gösterişe gerek duymak istemedi. Ben de öyle olacaktım. Saçlarım kısaydı ve onları dağınık bir şekilde toplayıp topuzunun ucuna duvağımı takmak güzel olacaktı. Ağır olmayan ama parıltılı bir makyajla da yüzümü tamamlayacaktım.

Dik durup sadece onları aynadan izlemeye başladım. Bir değil iki kadın vardı başımda. Ben pek bu durumlara alışkın değildim ve kendimi biraz utangaç hissediyordum. Sarı saçlı hafif kilolu kadın makyajımla ilgilenirken, kısa saçlı ve kısa boylu olanı ise saçlarımla uğraşıyordu. Saat her geçen saniye ilerliyor ve benim heyecanım saatle doğru orantılı bir şekilde ruhumun içinde kulaç atıyordu. Uzun ve meşakkatli bir sürecin ardından sonunda saçlarım ve makyajım tamamlanmış şaşırtıcı bir şekilde epey de içime sinmişti. Buradaki işimizi hallettikten sonra dışarı çıktık.

Şebnem bana bakıp, "Maşallah be," dedi övgü dolu bir çehre ve sözlerle. "Size maşallah," deyip onu yanıtsız bırakmadım. Zeynep elindeki telefonuyla, "Abimi aradım gelir birazdan," dedi.

"Onu da yoruyoruz," diye dert ettim kendi kendime. Zeynep kıkırdayıp Şebnem'e baktı. "Eminim abim de senin gibi düşünüyordur Aymira."

Şebnem bilmezliğe vurarak Zeynep'in bakışlarından kendini korumaya çalıştı. "Yok öyle bir şey."

"Biz bir şey var demedik ki," dedim, sesim sanki boş ve karanlık bir odada yankılanır gibi çıkarken. Zeynep fırsatını kollayıp gülerken Şebnem mahcup olan taraf oldu. Sıcağın altında beklemek yerine kuaför salonunun bahçesinde oturduk sonra. Çetin müthiş bir hızla bizi almaya geldiğinde doğruca nikâhın kıyılacağı eve gittik. Kamer buradaydı ama ona görünmek istemiyordum. Gelinliğimi giyindikten sonra görmeliydi beni.

Ay kalbim...

Çıktı çıkacak.

Saat biri geçerken kızlarla kıyafet odasına girdik. Gelinliğim ve onların kıyafetleri askılıktaydı. Şebnem, "Önce seni hazırlayalım," diye başladı sözlerine.

Gelinliğim dışındaki siyah ambalajın fermuarını usulca açtık ve içinde kırık beyaz rengindeki bu şahane şeyi çıkardık. Ellerim titremeye başladı. Az sonra bunu giyecektim, evet hiçbir zaman giymem hatta ihtimal bile vermem dediğim şey için şu an mutluluktan ağlayacaktım. Ne diyebilirim ki... Allah büyük laf ettirmesin kimseye.

Odanın içinde küçük bir giyinme kabininin olması işimi daha da kolay hale getirmişti. Şebnem elinde gelinliğim ile beni kabine sokarken ona sırtımı döndüm ve üzerimdekileri çıkardım. Üst kısmım çıplak kalırken altımda iç çamaşırım ve dizlerime kadar uzanan bir tayt vardı. Kabin çok dar olmadığı için zorlanmış sayılmazdım. Şebnem'in yardımıyla onu üzerime geçirip iyice içine oturmaya çalıştım. Şebnem sırt kısmındaki fermuarı yukarı çektikten sonra derin bir nefes aldım ve gözlerimi kapatıp açtıktan sonra kabinden çıktım.

Zeynep büyük bir heyecanla bizi kabinin önünde bekliyordu. Etek kısmından tutup gelinliği kaldırdım ve birkaç adım ileri yürüdüm. Zeynep ve Şebnem beni mahcubiyete düşürecek bakışlar atmaya başladıklarında gözlerimi kaçırdım ve mırıldandım: "Oldu mu?"

Zeynep hayretle fısıldadı: "O kadar güzel oldun ki... Aymira çok güzel oldu."

"Ya," dedim duru bir sesle heveslenirken. Henüz boy aynasına bakmamıştım ve bakmaya bir türlü cesaret edemiyordum. Ayaklarım çıplaktı ve gelinliğin eteği ayaklarıma dolanıyordu. Balık model tercih etmek istememiştim çünkü boyum onu taşımak için pek elverişli değildi ve onun içinde rahat edebileceğimi sanmıyordum. Şebnem ışıldayan gözleriyle bana bakarak, "O zaman aynaya bakma vaktin geldi," deyip kabinin kapağını kapattı ve kapının önündeki boy aynasıyla beni buluşturdu. Kendimi görür görmez duraksadım. Bu bendim değil mi? Bu surat, bu gelinlik ve bu beden…

Hepsi bir ben ama hepsi o kadar bir ben değildi ki…

Olduğum yerde kendimi süzmeye başladım. Kızların ikisi de bana hayranlıkla bakıyordu. İkinci defa kendimi bu gelinlikle görüyordum ama bu sefer tamamlanmış ve gerçek bir gelin vardı karşımda. Kalbim deli gibi çarpıyordu ve ben ağlamamak için kendimi zor tutuyordum. "Sakın duygulanma," dedi Şebnem otoriter bir sesle. "Makyajın akmasın."

"Tamam," dedim gülerek, bu süreçte gözlerimin kenarlarının kızardığını hissettim. Çok başka ve çok eşsiz hissediyordum. Hayallerimde olmayan bir şeyin, gerçek halini yaşamak insanı delice hissettiriyordu.

Zeynep, "Kamer abi seni böyle görüp de düşüp bayılmazsa yine iyi," diye konuştu, ses tonu o kadar insanın içini pır pır ediyordu ki bir an bulutların üzerinde gezdiğimi hissettim. Aynadan Zeynep'e bakıp gülümsediğimde Şebnem ağzını araladı bu sefer. "İlacı burada onun, dilediği kadar bayılabilir."

Bakışlarımın rotası bu kez Şebnem'e kaydı. Birbirimize bakıp gülümsemeye başlarken yanıma geldi ve gelinliğin askılarını düzeltip, birkaç detayı daha ayarlamaya başladı. Aslında nikâh öncesi kendimi yeniden gözden geçirecektim. Göğüs detayı fazla değildi ve bu daha rahat olmamı sağlıyordu. Zeynep karşıma geçti ve ellerini ağzına götürüp sırıtmaya başladı. "Ya nazar değecek kadar güzelsin, çıldıracağım."

Şebnem kıkırdadı. "Çıldır kız."

Kendi aramızda gülüşmeye başlarken Şebnem geri çekilerek, "Tamam ayakkabıların kaldı, onlar da beklesin biraz daha… Hadi biz de hazırlanalım Zeynep," diyerek kendi kıyafetlerinin olduğu askıya yöneldi. Derin bir nefes alıp verdim ve usulca pencereye doğru yanaştım. Bu ev iki katlı bir villaydı ve üst katından aşağıya bakmak huzur veriyordu. Gözlerim sadece havuzu görürken görüş alanıma Andaç ve Aytaç girdi. Kendimi saklayarak sırıtmaya başladım. Onlar… Onlar çok sevimli görünüyordu. İkisi de takım elbise giymişti. Kıvırcık saçları ve keyifli halleri mutluluğuma âdeta kat çıkıyordu. Özellikle Aytaç'ın yüzündeki ifadeler beni tatmin etmişti.

Kızlar hazırlanmaya devam ederken canlı müziğin kurulduğunu gördüm. Çetin bu gece bizim için söyleyecekti. Kuru ve gereksiz bir kalabalıktansa, hakikatli ve candan dostlarımın olması her şeyi gerçekçi kılıyordu. Kafamı duvardaki saate çevirdiğimde nikâhın başlamasına iki saat kadar bir sürenin kaldığını gördüm. Anlaşılan bu iki saat gibi bir sürede ölüp ölüp dirilecektim. Odadaki klimanın ayarlarıyla oynayıp derecesine biraz daha yükselttim yoksa sıcaktan makyajım mahvolacaktı.

Yorulmamak için gittim ve duvar dibindeki beyaz koltuğun üzerine nazikçe oturdum. Zeynep ayna karşısında son hazırlıklarını tamamlıyordu. Üzerine deniz mavisini andıran rahat bir elbise giymişti ve o elbiseyi alırken ona yardımcı olmuştuk. Oldukça yakışırken gülümsedim. "Tam bir fıstık oldun Zeynep."

"Sahiden mi?" diye sordu bana dönerek. Minik yüzü gerçekten sevimli duruyordu. Başımı aşağı yukarı sallarken, "Sahiden," dedim ve kendi kendime sırıtıp içlendim. Kamer olsaydı anam avradım olsun ki derdi...

"Teşekkür ederim," deyip yeniden önüne döndü. Şebnem'e dolandı gözlerim. O da koyu kırmızı renkli saten dizlerinin bir iki parmak üzerinde askılı bir elbise tercih etmişti. Açık kahverengi saçlarının uçları lüleydi ve çok hoş görünüyordu. "Sen de harikasın Şebnem," dedim realist davranarak. Arkasını dönmeden aynadan gözlerime ulaştı. "Senin kadar değiliz ama teşekkür ederim."

Naif bir şekilde gülümseyip geçiştirirken sıkılgan bir şekilde içlenip sağıma soluma bakındım. Köşede ufak bir buzdolabı gördüğümde rahat bir soluk alıp vererek ayaklandım. Hafifçe eğildim ve dolabın kapağını açıp içinden bir şişe su çıkardım. "İçecek bir şeyler var burada, almak isterseniz."

"Su alabilirim ben," dedi Zeynep. Ona bir su alırken Şebnem'in sessizliği dolabı kapatmama müsaade etti. Elimdeki su şişesini Zeynep'e uzattım ve kendiminkini de oturarak usul usul içtim. Zaman geçmek bilmiyordu. Heyecanımı söndürmek istiyor ama buna bir türlü engel olamıyordum. Kızların hazırlıkları biterken biraz daha muhabbet ettik. Yaklaşık bir beş dakika sonra kapı çaldı ve ben heyecanla ayaklandım.

İçeri giren kişi Andaç'tı.

Andaç, "Zeynep siz aşağıya geli..." Sözleri yarıda kalırken önce Zeynep'e hayranlık dolu bakışlarını sundu sonra da bana. Başımı öne eğdim ve utanarak bu anın kısa sürmesini diledim. Andaç epey şaşkın bir şekilde bize bakarken gözlerinin ağı benim bedenime takıldı. "Aymira... Çok güzel bir gelin olmuşsun."

"Teşekkür ederim," dedim ve biraz sempatik bir halde dudaklarımı kapatmadan ekledim: "Sen de hiç fena değilsin."

Mütevazı davranıp gözlerini benden çekti ve Zeynep'e doğru yaklaşıp onun gözlerine baktı. "Kalbim diyorum Zeynep... Ona ne yaptın?"

Şebnem ve ben göz göze gelip bıyık altından sırıtmaya başlarken güzellikleri içimi ısıtmıştı. Zeynep, Andaç'ın titreyen ellerini kavrarken yanağına uzandı ve oraya bir öpücük bırakıp geri çekildi. "En son bana vermiştin, unuttun mu?"

"Hayır," dedi sakince, daha çok hipnoz olmuş gibiydi. İkisi de inanılmaz sevimli ama bir o kadar da romantik görünüyordu. Vakit daralırken Andaç yönünü Şebnem'e çevirdi. "Biz inelim aşağıya."

Duraksarken Şebnem kontrollü bir vaziyette bana baktı. "Ben geleceğim tekrar."

"Olur," dedim boş bulunurken. Onlarla kısa süreli bir veda yaşarken odada tek başıma kaldım. Gözlerimi bir an olsun saatten ayırmıyor ve âdeta dakikaları sayıyordum. Kamer hâlâ gelmemişti, üstelik Alper de ortalarda görünmüyordu fakat az sonra beyaz kapı tekrar çaldı ve usulca aralanan kapıdan içeri Alper girdi. Gözlerimiz buluşunca kapıyı aynı sakinlikle kapatarak sakin adımlarla bana doğru gelmeye başladı. Konuşmuyordu ve yüzünde anlam veremediğim bir ifade vardı. Gülümsemeye başladım, daha önce hiç böyle hissettiğimi hatırlamıyordum.

"Abla," dedi fısıldayarak. Sesi küçükken işittiğim o minik hallerine yatkındı. Öylesine masum öylesine saf... Gerçi o hep öyleydi ve hâlâ da öyle. Hayat bir kitap olsaydı şayet, Alper en temiz paragrafların sahibi olurdu şüphesiz. Konuşamazken karşımda durdu ve beni süzmeye başladı. Onun karşısında bu kadar sessiz ve savunmasız durmak çok güçtü. "Sen," diye devam etti fısıltıyla. "Çok güzel görünüyorsun."

Dudaklarımın yanaklarımda asılı kalacağını düşünmeye başlarken elimi sersemce alnıma götürdüm ve birkaç kez dokunup gözlerimi kaçırdım. "Beğenmene sevindim."

"Bayıldım," diye itiraf ederken gözlerimiz yeniden buluştu. Ondan bu kadar sık iltifatlar almak alışkın olduğum bir mevzu değildi ama şimdiden alışmaya başlamıştım. "Nasılsın?" diye sordu kibar bir ses tonuyla.

"Fazla heyecanlı," dedim nefes nefese kalmış gibi konuşarak.

Güldü. "Sakin!"

"Kalamıyorum," dedim gülerek. Gülümsemeye devam ederken duraksadı ve fazla uzatmadan bana sarılıp yanağıma minik bir öpücük bırakıp geri çekildi. "Mutlu ol, sadece çok mutlu ol."

"Sen de," dedim yutkunarak. Gözlerini kapattı ve gülümseyip başını aşağı yukarı sallayıp göz kapaklarını tekrar kaldırdı. "Ben," dedi ellerini ensesine götürüp utangaç bir hal ile. "Gideyim, aşağıda görüşürüz."

"Görüşürüz," diye mırıldandım. Uzun uzadıya bir bakış yaşamadan Alper odadan çıktı. Yeniden saate baktım ve hemen hemen bir saat kadar bir sürenin kaldığını gördüm. Ayaklarımda henüz ayakkabı yoktu ve bunu fark etmiş olmanın hissiyatıyla masanın altında duran kutuyu açıp ayakkabılarımı giyindim. Boyumun uzadığını ve gelinliği daha iyi taşıdığımı düşünüyordum. Yeniden boy aynasının karşısındaki yerimi alıp kendimle ilgilenmeye başladım. Bunlar tamamen dinmek bilmeyen heyecanımı örselemek için girdiğim tuhaf hallerdi.

Saçım ve makyajımda herhangi bir bozulma meydana gelmemiş olması beni mutlu ederken aynaya bakmaya devam edip kendi kendime sırıtmaya başladım.

"Delirdin kızım iyice," diye konuştum kendi kendimle. "Harbiden kafayı yedin."

Bir yandan kendimle konuşuyor diğer yandan üzerimle uğraşıyordum.

Ve o sırada kapı bir kez daha çaldı,

Gözlerim kapıya odaklanırken bir çift kömür rengi göze kucak açtı.

Ellerim iki yana düşerken Kamer beni görür görmez duraksadı ve sol elini gözlerine götürüp oraya bastırdı. Kalbim rayından çıkmış tren gibi çıldırmış vaziyette çarpıyordu. Bir müddet öyle bekledikten sonra elini gözlerinden çekip kapıyı müthiş bir sakinlikle kapatıp gözlerini bana çevirdi. Ne ileri ne de geri hiçbir adım atma söz konusu değildi. Suratında tarif edemediğim bir şaşkınlık resmedilirken o resim beni gülümsetmişti.

Kızaran gözleri ve titreyen elleri dikkatimi çekerken içi içime çekildi. Titriyordum. O harika görünüyordu. Üzerinde siyah bir takım elbise, içinde beyaz gömlek ve gömleğini süsleyen bir papyon. En önemli detay ise güzel parmağındaki o gümüş alyanstı.

"Ben," dedi zar zor konuşarak. Biri boğazını sıkıyormuş da sanki nefes alamıyormuş gibiydi. Dudaklarını birbirine bastırdı ve kafasını sağa sola sallayarak ışıldayan gözleriyle bana baktı. "Yemin ederim hayatımda böyle bir şey görmedim."

Tepkisine nasıl tepki verilir bilmezken şaşkınlığın kollarına sığınan bir adamın haykırışlarını işitmeye devam ettim. "Ne diyeceğimi bilmiyorum," dedi kısık bir sesle. Heyecanını kanımın akışına kadar hissediyordum. Mahcup bir halde başımı öne eğdim. Yanaklarım al al olmuştu ve şu an berbat bir suratımın olduğunu biliyordum. Kamer usul usul yanıma yaklaşırken kokusu, adını sayıkladığım geceler gibi ruhuma sinmeye başladı. Gözlerimi kapatırken yutkunmaya başladım. Karşımda durdurduğunda bunu hissettim. Parmakları çenemi kavradı ve naif bir hareketle yüzümü kaldırıp gözlerine çevirdi.

Kızaran ve titreyen gözleri bana hasretle bakarken, çenemi tutan soğuk parmakları birkaç santim ileri geri hareket ederek tenimi sevmeye başladı. "Kalbin," diye fısıldadım boğuk bir sesle. "Seninki de çok hızlı atıyor mu?"

Sözlerimi işitince dudağının kenarı aniden kıvrıldı ve yanağındaki o çukur alarm verdi. "Daha önce hiç bu kadar hızlı attığını hatırlamıyorum," diye mırıldandı. Dudakları konuşurken birbirine değdi. Gözleri yüzümün her zerresinde gezinmeye başladı. Baktığı her yeri yakıp yıkıyordu sanki. Çenemi sakince serbest bırakırken derin bir nefes alıp kafasını sağa sola salladı. "Aklım şu an başımda değil."

Ellerime uzandı ve onları kavradı. Teni buz gibiydi ve parmakları deli gibi titriyordu. Ellerimize bakarken güldü. O ellerimize ben ise hayranlıkla güzel yüzüne bakıyordum. Ona baktıkça iç çekmemek mümkün değildi. Bu fiziksel bir siluetten ibaret ruhsal bir çekimdi. Bir elimi usulca bıraktı ve diğerini kaldırıp dudaklarının üzerine götürerek gözlerini kapadı.

Tenimin gelinliği dudaklarıydı.

Göz kapaklarının uçlarına sıra sıra dizilmiş kıvrımlı kirpikleri titrerken kendimle mücadele etmeye başladım. Karnıma ağrılar giriyordu. Kamer dudaklarını parmaklarımdan çekerken gülümsedim ve ona avucumun içini açtım. "Dün demiştim ya kına yaktım diye," deyip diğer elimin işaret parmağıyla avuç içimdeki ay sembollü kınayı gösterdim. "Bize benziyor."

Gülümsedi ve gözleri önce hayranlıkla bana sonra avucumun içine kaydı. Bir elini elimin altına koyarken diğer parmağıyla avucumun içindeki kınaya dokundu. Koyu kızıl renkteki simgeye dokunurken mırıldandı. "Aymira... Ayın etrafındaki kızıllık."

Unutmamıştı.

"Bu sensin," diye düzeltti sözlerimi, sonra biraz daha neşeli bir halde gülüp gözlerime baktı. "Yani ben. Yani biz."

"Fazla zekice," dedim kendime mâni olamadan.

"Huyuma..." diye başlarken sözlerine, parmaklarımı hızla güzel dudaklarının üzerine bastırdım ve onu durdurdum. "Huyunu seveyim senin," dedim.

Kamer kasvetli bir sisi andıran gözleriyle bana bakmaya devam ederken parmaklarımı dudaklarının üzerinden çekip kaşlarımı yukarı doğru havalandırdım. Bir şeyler söylemek için yeltendiği sıra kapı çalmadan açıldı ve Çetin biraz gergin bir suratla bize baktı. "Annen," dedi Kamer'e doğru. "Burada."

"Ne?" dedi Kamer arkasını fevri bir hızla bana dönerken. "Ne işi var onun burada?"

"Ne bileyim oğlum," dedi Çetin boş ve şaşkın bir ses tonuyla. Kamer sıkıntıyla solurken gözlerini kapattı.

Omzuna dokunarak, "Bir sorun olmayacak değil mi?" diye sordum. Korkum ya da endişem yoktu, sadece yersiz bir kuruntuydu hissettiklerim. Kamer kafasını sağa sola salladı. "Olmayacak, merak etme."

Çetin kapıyı aralık bırakıp buradan uzaklaşırken Kamer de onu takip etti. Dişim dudağımın içindeki eti ısırırken derin bir nefes alıp burada değil, Kamer'in yanında olmam gerektiğini düşündüm. Gözlerim ilerideki masanın üzerinde duran gelin çiçeğine giderken önce onu kavradım sonra da beklemeden odadan hızla çıkıp aydınlık bir koridorun dar duvarlarının arasında yürümeye başladım. Ortalıkta kimse görünmüyordu ve meraklı bakışlarla ileriye doğru ilerliyordum. Biraz hızlı ve endişeli olduğum için ellerimle gelinliğimi kavrayarak yoluma öyle devam ettim. Koridor, sonunda beni geniş bir salon karşılarken hemen ileride aşağı inen bir merdivenleri gördüm. Sağım ve solumun boş olması beni direkt oraya yönlendirdi. Sakin kalmaya çalışsam da bunu becerdiğim pek söylenemezdi.

Merdivenlerin kenarına tutunmadan sağlam adımlarla bir bir basamakları arkamda bırakmaya başladım. Çok geçmeden kendimi yeniden büyük bir salonun ortasında bulurken kulağıma uzanan birkaç tanıdık sese odaklandım. Kamer'in sesini duyabiliyordum. Ses arka odaların birinden geliyordu. Kaşlarımı çattım ve hiç tereddütsüz seslerin geldiği yere gidip odanın kapısını açtım.

Jülide Hanım ve Kamer karşı karşıyaydı.

Kamer'in gözleri ve annesinin gözleri beni bulduğunda ikilemde kaldığım bu kısacık sürenin devam hakkını Kamer'den yana kullandım. Jülide Hanım rahat bir tavırla bana bakarak konuştu: "Evleniyorsunuz demek!"

"Evet," diye doğrulttum gözlerimi gözlerinin içine doğru. "Üzgünüz erkek tarafı kontenjanımız dolu."

Jülide Hanım hırsla fısıldadı: "Küstah!"

Şaşkınlıkla kadının gözlerine bakarken Kamer yanıma gelip annesinin gözlerine dik dik baktı. "Gerçekler acıtıyor değil mi Jülide Hanım? Benim artık sizinle bir işim yok, benden de eşimden de uzak durun!"

"Ama oğlum..."

"Oğlun yok," dedi Kamer soğuk bir sesle. "Buraya ne yüzle ve kimin sayesinde geldin bilmiyorum, zerre de umurumda değil, o yüzden hemen geldiğin gibi git... Yoksa haddimi aşacağım."

Kamer'in her geçen saniye sertleşen ses tonu öfkesine dem vururken Jülide Hanım'ın oğlunun gözlerinin içine acınası halde bakışı yüreğimde asla bir etki oluşturmadı. Kadın kurumuş dudaklarını ıslatıp çekerken, "Kötü bir insan olabilirim ama izin ver bugününde yanında olayım," diye söylendiğinde Kamer sinir bozucu bir gülüşle sözlerini kesti. "Kafayı mı yedin kadın? Ne yanımda olmasından bahsediyorsun?"

Jülide Hanım sustu ve Kamer daha büyük bir hırsla geri çekilerek odanın kapısını açarak dışarı baktı. "Allah aşkına çık git çünkü gerçekten haddimi aşmaktan korkuyorum."

"Ben de," dedi Jülide Hanım Kamer'e doğru yaklaşırken. Elleri onun koluna uzanırken devam etti: "Bir daha bana hiç anne dememenden korkuyorum."

Kamer ani bir şekilde bakışlarını annesine çevirirken kadının elleri havada asılı kaldı. Aralarında gözle görülmeyen ama hissedilen müthiş bir uçurum vardı. Onları bir kez bile klasik anne ve oğul tablosu içinde görmemiştim... Doğru, mutlu ailelere klasik diyorduk ya!

Kamer çatılan kaşları ve henüz belli olan o kaşın üzerindeki derin yara iziyle annesinin göz bebeklerini âdeta tehdit ediyordu. Dili haddini aşmasa da bakışları ölüm saçıyordu. Boğazımı sıktım ve sadece onu izlemeye başladım. "Kork," dedi buz gibi sesle. "Çünkü sana bir daha anne demeyeceğim."

Bunu söylerken o kadar umursamaz ve uzak duruyordu ki bedeni, karşısındaki gerçek annesi olmasa başka bir şey düşünebilirdim. Saçma... Sanki bize asıl zararı verenler kanımızdan olanlar değilmiş gibi düşünmek çok saçmaydı. Yedi kat eller yakınımız olurken yedi satır ömre sığdıramadıklarımız ise el olmuşlardı. "Hadi!" dedi Kamer daha yüksek ve kontrollü bir şekilde. "Burada da benim hayatımda da yerin yok, sen de o kocan olacak herif de."

Kadının susmaktan başka şansı kalmamıştı çünkü Kamer'in canı asla yumuşamayacaktı. O merhametli ve yüreği güzel bir adam olsa da kendine yapılanları unutacak kadar da saf değildi. Merhamet hak edene gösterildiği zaman yakışırdı yapana. Onlar hiçbir zaman Kamer'i hak etmemişlerdi ve bu saatten sonra da hak edecekleri yoktu.

Kamer kendini geri çekti ve Jülide Hanım usulca kapıya yaklaştı. "Mutlu ol oğlum," diye mırıldandı çıkmadan. Kamer'in umurunda bile değildi. Jülide Hanım pes edip uzaklaşırken Kamer gözlerini kapattı ve sakince soluklandı. "İyisin değil mi?" diye sordum sessizce. Gözlerini açmadan kafasını aşağı yukarı sallarken Andaç'ın sesiyle dikkatimizi oraya verdik. "Abi her şey hazır, sizi bekliyoruz!"

"Tamam geliyoruz."

Kamer gözlerini bana çevirdi ve yanıma gelerek koluna girmem için orayı bükerek derin bir nefes aldı. "Buyurmaz mısınız hanımefendi?"

"Memnuniyetle," deyip gülümserken koluna girdim. İkimiz de birbirimize bakmadan odadan çıktık ve dingin adımlarla çıkışa doğru ilerlemeye başladık. Kalbim yerinden fırlayacak gibiydi. Her ne kadar naçizane bir kalabalığın bizi beklediğini bilsem de yine bu heyecana karşı koymam mümkün değildi.

Adımlarımız bizi aydınlık bir ortama sürüklerken nihayet kendimizi çıkışta bulmuş ve insanların gülen suratlarıyla karşılaşmıştık. Kendime mâni olamadan elimdeki çiçeğin sapını sıkmaya başladım. Uzun ve taşlı bir yolun bizi beklediğini ve o yolun kenarlarına dizilmiş ailemi görmek öyle garip hissettirmişti ki. Yaşadığımı hissediyordum. Bu gerçekten yaşamanın da ötesindeydi.

İlerlemeye devam ederken bir yandan kopan alkış ve ıslık sesleri diğer yanda canlı müziğin coşkulu ritmi... Her şey çok ve beklediğimden daha güzeldi. Zeynep ve Şebnem'in sırıtkan bakışlarından kaçamamış utanarak gözlerimi kaçırdım. Yavaşça yürüdüğümüz bu yolun sonunda bizi bir masa karşıladı, daha doğrusu bir kürsü. Hemen yanında duran kırmız cübbeli bir nikâh memuru duruyordu.

Bize ayrılan yere çıkarken insanlara yüzümüzü döndük ve kolumu kolundan çıkarıp ellerimi önümde birleştirip çiçeğimi sıkıca tutmaya başladım. Şahitlerimiz Şebnem ve Çetin'di. Yanımızda duruyorlardı. Onlarla göz göze gelince gülümsedim ve yeniden önüme baktım. Müzik ve alkış sesleri kesilirken gözlerimle bize bakan gözleri teyit ettim. Tanımadığım kişiler vardı ve onlar da en az bizim kadar mutluydu. Kamer ve Çetin'in çevresini pek bilmediğim için bu kişileri yeni görmem gayet doğaldı.

Etrafta sakinlik meydana gelirken derin bir nefes aldım ve nikâh memurunun sorularına odaklandım. Birkaç dakikası onun sözleriyle geçerken yeniden derince bir soluk çekip hayatımın sorusunu cevaplamak için mikrofona eğilip bir saniye bile düşünmeden, "Evet," diye bağırdım, lakin bu çok şiddetli bir sesten ziyade tok bir sesti. Alkış sesleri devamında gelirken aynı soru Kamer'i sakince mikrofona doğru itti ve düşünmeden yalnızca gözlerimin içine bakarak nazikçe, "Evet," diye konuştu.

Bu hayatımda duyduğum en güzel ses tonu ve kelime olabilirdi.

Geri çekilirken gözlerimin dolduğunu hissettim. Alkış sesleri ve Andaç'ın tüm gücüyle çaldığı ıslıklar ortamı şenlendiririrken şahitlerin de onayıyla imza defteri önümüze uzatıldı. Nikâh memuru bana bir kalem uzatırken titreyen ellerimin azizliğine uğramamak için sakin kalmaya çalıştım. Yutkundum ve tüm kalbimle imzayı attım.

Kamer elimden kalemi alırken onun da ellerinin titrediğini gördüm ve gülümsedim. Her ne kadar soğukkanlı dursa da içi hiç de öyle değildi. Kalemi kâğıtla buluşturdu ve imzasını attı.

Bu imza yalnızca kâğıda değil ruhumuzun derinlerine, mürekkebi kurumasın diye onu sonsuza dek o derinlikte saklayabilmemiz için attığımız bir imzaydı.

Alkış sesleri yeniden kendini belli ettiğinde Çetin ve Şebnem'den sonra defter yeniden nikâh memuruna ulaştı ve saniyeler sonra elimde bir şey hissettim.

Aile cüzdanı.

Elimde tuttuğum bu koyu kırmızı renkli ince defter şeklindeki şey bizim anahtarımızdı. Tek odalı kalbime iki kişiyi sığdırdığım evin anahtarıydı. Kamer kulağıma doğru eğilirken ince ince soluduğu nefesi saçlarımın arasına dolandı. Gözlerimi elimdeki defterden çekip ona çevirdim. Gözlerimiz kavuştuğunda yüzümü kavradı ve dudaklarını alnıma bastırıp birkaç saniyenin ardından yine gözlerime baktı. "Hayatım senin," dedi sakince, ardından yeniden kulağıma eğildi ve fısıldadı: "Aymira Alptekin."

Adımın yanına yeni bir kelime eklenmesi öylesine bir şey değildi, canım titremişti. Tıpkı kalbimin iki ortak paydaya böldüğüm gibi.

Nikâh memuru mutluluklar dileyip uzaklaşırken havanın saatler ilerledikçe ağarması bizi iyice havaya sokmuştu. Çetin sahnedeki yerini alırken elimdeki cüzdan ve çiçeği masaya bırakıp Kamer ile birlikte piste inerek karşı karşıya geldik. Elleri belimi narince kavrarken ellerim boynuna sarıldı.

Ve başladı bizim parçamız,

Fikrimin İnce Gülü...

Müziğin sesiyle ikimizi de bir gülümseme hali alırken buna ilk dur diyen taraf Kamer olmuştu. "Beni böyle bir adam yaptığın için sana teşekkür mi etmeliyim bilmiyorum. Hak ettiğimden fazla bir mutluluk var üzerimde sanki, bu kadarına hakkım var mı bilmediğim için kendimi bu konuda yalnız hissetmemek için sana dayanıyorum."

Boynunu saran ellerimin birini yüzüne götürürken kaşının üzerine dokundurdum parmaklarımı ve orayı usul usul sevmeye başladım. "Ben seni böyle bir adam yapmadım sen hep böyleydin sadece sana yardımcı oldum diyelim." Bu sürede sadece ben tebessüm ettim. "Üstelik kimse hakkına düşenden fazla mutlu olamaz, en azından sen ve ben öyle değiliz. Biz yaşıyoruz sadece ne yarını ne de dünü hesaba katarak. Sadece yaşıyoruz."

Kamer sözlerimin üzerine konuşmadı ve yüzünde olan elimi kavrayıp öperek onu yeniden boynuna koydu.

Hava iyiden iyiye kararırken pastalar kesilmiş ve biz ortamı epey benimsemiştik. Saat sekizi geçerken ortamda bir sakinlik oldu ve Andaç buna müsaade etmeden koşarak sahneye çıkıp mikrofonu eline aldı ve yüksek sesle konuştu. "Bizler kimiz? Ankaralı... Sonuç? Erik Dalı!"

Bir anda şenlenen kahkahalara kayıtsız kalamayıp gülümserken Kamer'in gözlerini devirdiğini gördüm. Açıkçası onu dans dışında başka hiçbir şekilde görememiştim. Ankara havası oynamayı bilmiyor muydu?

Andaç, "Çocukları pistten alalım," deyip Aytaç'a bağırdı. "Güzel abim çek şu çocuğunu şuradan hadi!"

Aytaç'ın kardeşine bakıp güldüğünü gördüm. Bu onlardan ziyade bizi de güldürmüştü. Andaç durmadı ve geleneksel düğün konuşmalarına devam etti: "Plaka sıfır altı VC 78... Araç sahibi, danışmaya lütfen."

Çetin gülerek ona seslendi: "Ulan mahallenin delisi misin, in aşağı!"

"İstek parça almıyoruz abim," dedi Andaç mikrofonu elinden düşürmeden. "Hadi, Erik Dalı için son saniyeler... Gelin ve damadı şöyle alalım hadi. Oturmaya mı geldiniz la?"

Gözlerim Kamer'e kayarken bu konudan kendini oldukça soyutlamış gibi görünüyordu. "Oynamayacak mısın?" diye sordum ısrarcı davranarak.

Kesin bir dille, "Hayır, beceremem ben yani yapamam," dedi.

"Aman ne olacak sanki? Sen Ankaralısın nasıl bilmezsin?"

"Yavrum beceremem diyorum ama."

"İyi tamam zorlamıyorum," dedim ve yanından kalkıp piste çıktım. Her ne kadar uzağında olsam da bu konuların, elbette kendi düğünümde oynayacaktım. Şebnem beni bu durumda yalnız bırakmazken sahnede bıyıklı bir adamı görmemizle her şey başlamış oldu.

Andaç Zeynep'i karşısına almış oyunun hakkını vererek oynuyor Çetin de onlara bakıp gülüyordu bizim gibi. Alper ve Aytaç ise ruhlarına uymayan şeylerden uzak da durmayı tercih edenlerdi.

Akşamın ve bugünün hakkını verdiğimizi düşünürken ışıklar bir anda kapandı ve her yer zifir gibi karanlığa büründü. Ellerim havada kalırken hiç kimsenin ses soluk etmemesi gözlerimi korkuyla kısmama sebebiyet verirken koca sahnenin ortasında tek başıma kalmış olmam da ayrı bir konuydu üstelik.

"Ne oldu?" diye adamakıllı sormaya kalmadan ışıklar bir anda yandı ve karşımda Kamer vardı. Uzağımdaydı ve bizimkiler görüş alanımın epey dışında kalmışlardı. Kamer'in üzerinde siyah ceketi ve papyonu dahil yoktu, beyaz gömleğinin ilk iki düğmesi de açıktı.

Şaşkınlıkla ona bakarken o kadar mesafeli ve donuk bakıyordu ki gözlerime, onu tanımasam kötü şeyler olacağını sanırdım.

Gözlerine bakarken kapandı gözleri ve göğüs kafesini hafifçe şişirip havayla doldurdu kendini. Aynı şekilde doldurduğu havayı dışarı aktarırken dudağının kenarına bir tebessüm düştü sevda diye. Ne yaptığına anlam veremezken saniyeler içinde beni büyük bir şaşkınlığa sürükleyen şeyin adı kondu.

Müzik başlarken Kamer'in kollarını iki yana açıldı.

Ama bu...

Ve o...

Kamer şu an karşımda zeybek oynuyordu.

Ağzım şaşkınlıktan, sevinçten ve bin bir duygunun harmanlanmış olmasıyla açılırken ellerimi dudaklarımın üzerine götürdüm ve bu sersem ifademi korumaya çalıştım. Kollarını iki yana açmıştı ve ayaklarıyla da ahenk içindeydi. Yavaş yavaş bir dizini yere doğru eğiyor, diğerini dengede tutmaya çalışıyordu. Tüm ciddiyetini sadece oyuna ve bana vermişti. O kadar konsantreydi ki, sanki yeryüzündeki tek kadınmışım gibi hissettiriyordu.

Ellerimi dudaklarımdan çektim ve hayranlık dolu gözlerle ona bakmaya başladım. Yavaş yavaş bana yaklaşıyor, ustaca elini kolunu sallıyordu. Dolu dolu gözlerle onu izlemenin verdiği haz, şu âna kadar yaşadıklarımın zirvesi olabilirdi. Etrafımda dönmeye başladığında onunla birlikte olduğum yerde dönmeye başladım. Ben güldükçe Kamer bundan etkilenmemeye çalışıyordu.

Hakkını vermeliydim ki o kadar güzel ve başarılı bir performans sergiliyordu ki hayran olmamak elde değildi. Sanki bu oyun üzerine tam oturan bir takım elbise gibiydi, ne de yakışmış ne de güzel olmuştu böyle.

Müziğin kendine has tınısı, kararan havadan üzerimize akan ay ışığı ve ciddiyetini bir an bile bozmadan karşımda, etrafımda oynamaya devam eden bir adam. Bu hayallerimin bile ötesindeydi, ben bunu hayal bile edemezdim. Gözlerim dolu dolu onu izlemeye devam ettim. Karşısında bu kadar savunmasız durmak o kadar güçtü ki kendimi sahneden soyutlanmış gibi hissetmiştim. Ağır ağır hareket ederek kollarını gerektiği kadar açışından tut, yüz ifadesine kadar her şeyiyle muazzam bir adam karşımda. Onun güzelliği beni bile parlatıyordu.

Kaç dakika kendimi harika hissettim kaç dakika bu müthiş görüntüyü izledim bilmiyorum... Dans bitiminde kollarını iki yana indirdi ve nefesini idame ettirerek yavaşça adımlarını bana doğru attı. Heyecandan ellerimin uyuşmasını bile hissetmekte zorlanıyordum. Ilık nefesi iki dudağının arasından salınırken kızaran gözlerimle ona baktım. "Harikaydın," diye fısıldadım.

"Senin kadar değilim," diye yanıt verirken gülümsedim, buna karşılık bana dünyanın en güzel gülüşünü verdi.

Biz birbirimize dalmış gitmişken sahne yeniden canlandı ve Andaç elindeki mikrofonla bağırmaya başladı. "Sevgili misafirler, kıymetli taraflar ve çok değerli kendim... Gelinimizin artık çiçeği fırlatarak benim onu tutma zamanım gelmiştir, hazırsanız herkesi yerini almaya davet ediyorum."

Kamer bana bakıp boş gözlerle kaşlarını yukarı kaldırıp, gömleğinin yakalarını düzelterek, "Bunu da evlendirmek lazımmış," deyip yanımdan uzaklaştı.

Haline sadece gülümserken Andaç elindeki çiçeği bana uzattı. "Yenge gözünü seveyim isabetli at, ben tam senin arkanda olacağım, tamam mı?"

"Ver şunu Andaç," dedim kıkırdayarak.

Elinden çiçeği aldım ve arkamdaki topluluğa bakmadan biraz mesafe kat ederek yerimi aldım. Geri sayımı duyar duymaz ileride oturan Kamer'le göz göze geldim. Sırıtıp kafasını sağa sola salladı. Omzumu silktim ve geri sayım bittiğinde bir kuvvetle çiçeği arkama fırlattım. Merakla arkama dönerken çiçeğin sahibinin Andaç olduğunu gördüm. "İşte bu!" diye bağırdı zafer kazanmış bir edayla.

Çetin oturduğu yerden bağırdı. "Hayattaki tek başarın bu zaten geri zekâlı."

Andaç oralı bile olmadan yanında duran Zeynep'in yanağına çabucak bir öpücük bırakıp hemen diğer yanında duran Şebnem'e döndü ve elindeki çiçeği ona uzattı. "Buyurun Şebnem Hanım Yenge, lazım olur."

Şebnem afallamış bir halde uzatılan çiçeği kavrarken Andaç fırsatını kollayarak Çetin'e dönüp bağırdı: "Hayattaki tek başarımı senden yana kullandım kayınço, değerimi bilmemen üzüyor."

Akşam iyiden iyiye köreliyor ve gece bize kavuşmak için dakika sayıyordu. Yorgun sayılmazdım ama belli bir kırgınlık vardı bedenimde, haliyle tabii. Bu nikâhın hakkını dibine kadar verdiğimizi düşünüyordum, her şeyin hayallerimden bile güzel olması benim bu açıklamaları yapmam için bile yetersiz bırakıyordu.

Saatler sonra etrafta bizden başka kimse kalmazken Kamer yanımda durdu ve kolunu sırtıma atarak omzuma dokundu. Çetinler karşımızdaydı. Andaç sabırsızca konuşarak güldü. "Başroller burada olduğuna göre yan rollere veda." Kamer'e göz kırptı. "Anlarsın abi."

Kamer küçümseyici bir tavırla yüzünü ekşitirken, "Senin laflarını düşünmeme bile gerek kalmıyor Andaç emin ol," diye söylendi.

Andaç konuşmadan Aytaç kendini belli etti. "Abi geç oldu, biz gidelim artık."

Andaç kardeşine omuz atıp kıkırdadı. "Sen de az değilsin ha!"

"Herkes sen mi?" dedi Çetin düz bir sesle Andaç'a bakarak. "Fesatlık ciğerini yağ gibi bağlamış."

Andaç kendini geri çekip, "Abi tamam, ben fesadım siz masumsunuz... Konuşmayayım bak burada... Neyse," dedi çabucak toparlanarak. Bir hızla önce Kamer'e sonra bana sarılarak, "Allah mis gibi bir ömür nasip etsin size yengem," dedi.

İçimden âmin diye mırıldandım. Sonra sıra sıra herkesle sarılıp vedalaştık. Çok kısa bir süre sonra koca villada yalnızca ben ve Kamer kalmıştık. Bana döndü. Havuzun ışıltılı suyu yüzüne vurdukça gözlerinin içi parlıyordu. "Gidelim!"

"Nereye?" diye sordum kısık sesimle.

"Yaralarımızı sardığımız eve, bu kez ruhlarımızı sarmak için gideceğiz..." diye mırıldandı ipek gibi bir sesle. Duraksadım ve bu çok kısa süren ânı gülümseyip başımı eğerek karşıladım. Taş evden bahsediyordu, Dayının evinden, onun bize miras bıraktığı yerden.

"Olur," diye fısıldadım kırık sesimle. Bu çok cılız ve cansız çıkmıştı. Kamer derin bir nefes aldı ve ellerimden kavrayarak yürümeye başladı. Bir elimde aile cüzdanımız diğerinde onun elleri vardı. Bundan daha büyük bir armağan bilmiyordum ben. Çıkışa yürüdük ve bizi bekleyen arabaya bindik. O sürücü koltuğuna yerleşirken üzerimi düzeltip öyle oturdum yanına. "Yalnız benim hiçbir şeyim yok," dedim.

Gözlerini bana çevirirken arabayı çalıştırdı. "Benden başka."

Anlık bir hevesle gözlerim kısılırken başımı diğer yana çevirip, "Senden başka," dedim.

Karanlık yolda ilerlemeye başladık. Gideceğimiz yer, şehrin dışında sayılırdı ve yaklaşık bir saat süren bir yolculuğun içine atmıştık kendimizi. Rahattım, keyfim yerindeydi ve olumsuz giden hiçbir şey yoktu. Elim radyoya giderken birkaç kanal gezdim ve hoşuma giden bir parçaya denk geldiğimde burada sabit kaldım. Bir yandan şarkıyı mırıldanıyor bir yandan saf saf sırıtıyordum. Kamer ise bu hallerime gülüyordu.

Yolculuğumuz bir saat kadar sürmüştü ama sanki yarım saat gibi gelmişti. Saatin kaç olduğunu bilmiyordum ve aslında bu umurumda değildi. Sadece hava çok güzeldi ve insanın sabaha uyanası gelmiyordu. Kamer arabayı uygun bir yere park ederek anahtarı çıkarttı. Güzel suratını yüzüme çevirip güzel gözleriyle gözlerimin içine baktı. Tek bir kelam edecek gibi durmazken, "İnsek ya artık?" diye fısıldadım.

"İnelim," diye karşılık verdi ses tonu tenime dokunurken. Yutkundum ve elimdeki aile cüzdanını bırakmadan arabanın kapısını açıp dışarı çıktım. Havanın ılık bir suyu andıran akışı tenimi teğet geçerken Kamer yanıma geldi ve elimi kavradı. Sakin bir şekilde çitlerin ortasındaki kapıyı aralayarak içeri girdik. Taşlı yollar ayağımızın altında eziliyordu sanki. Kamer elimi bırakmadan evin kapısına kadar yürüdük. Kapının önüne geldiğimizde elimi bırakmadan cebinden anahtarı çıkarıp deliğe soktu ve saniyeler içinde kapı epeyce açıldı. Nefesimi tutarak başımı öne eğdiğimde birdenbire kendimi Kamer'in kollarında buldum. Bir eli bacaklarımın altında bir eli sırtımdaydı. Kolumu hızla boynuna dolarken burnum yanağına sürtündü. "Kalbim," dedim nefes nefese kalarak. Gözlerini kapattı ve bana sokularak ılık nefesini tenime döktü. "Benim."

"Senin," dedim titreyen sesime engel olamadan. Gözlerini açtı ve çok beklemeden yavaş bir şekilde içeri girip kapıyı ayağıyla itti. İçerisi epey karanlıktı ve Kamer için bu, pek sorunmuş gibi gözükmüyordu. Ceketinin yaka kısımlarının açıkta bıraktığı boynuna dokundu ellerim. Birkaç adım sonra bir basamak aşağı indik. "Işıkları yaksaydık," diye konuştum. "Düşeriz ve bu komik olur."

"Düş bana," dedi, tavrı muzır bir çocuk gibiydi. Sağa doğru dönerken bir kapıyı araladı ve içeri girdi. İçeri girer girmez hemen kapı yanında bir düğmeye dokunarak odayı aydınlattı. Gözlerim ışıktan kamaşırken bizi karşılayan büyük bir yatağın olduğunu gördüm.

Kamer beni usulca yere indirirken nefesimi tuttum ve yatağa bakmaya başladım. Kalbim karıncalanıyordu ve az sonra ona dokunacak olmanın verdiği hazla içimde tuhaf şeyler oluşmaya başlamıştı. Kamer arkamdaydı ve kokusu başımı döndürüyordu. Yutkunarak ona bakmadan ağzımı açtım: "Bir dakika arkanı döner misin?"

Kaşlarını çatıp yüzünün tuhaf bir hâl aldığına emindim. Lâkin itiraz etmeyip dediğimi yaptı. Bundan emin olur olmaz sırtımdan aşağı doğru salınan duvağımı kavrayarak başımın üzerine atıp yüzümü kapattım. Huzur veren bir nefesi ciğerlerimde depo ederek ona döndüm. "Tamam," dedim sessizce.

Kendinden emin ve dingin bir halde bana döndüğünde gözlerini kısarak dudağının çerçevesine adımı mühürledi. Çenesin kasıldığını ve sabırsızca yutkunduğunu gördüm. Aramızdaki bir adımlık mesafeyi kapatarak karşımda durdu ve elleri duvağıma uzandı. Kamer beyaz duvağımı yavaşça kaldırırken güzel parmaklarının yerli yersiz titrediğini gördüm. Yüzü net bir şekilde görüş alanıma girerken duvağımı başımın arkasına doğru aşırtarak onu eski yerine bıraktı. Gözlerimizi kırpmadığıma yemin edebilirdim, bu çok farklı hissettirmişti. Kalbim bir buz dağının üzerinde eriyen bir şekere benziyordu.

Kamer soğuk parmaklarını yüzüme yerleştirirken gözlerimi kapattım ve avuç içlerine sığındım. Benim yuvam burasıydı. Avuç içleri beni koruyup savunabileceği en nadide yerdi. Ellerim ellerinin üzerine giderken yüzüme doğru yaklaştığını anladım, gözlerimi bu hisle açıp gözlerine baktım. Kirpiklerimiz neredeyse birbirine değmek üzereydi ve ben kalbimi çıkarıp ellerine verecektim. O derece bir ağırlık, bir çarpıntı vardı. Kömür rengi göz bebekleri içime işlerken yutkundu ve güzel dudaklarını aralayarak alnını alnıma yasladı. Gözlerimiz kapanmıştı ama yine görmeyi bırakmamıştık. "Seni seviyorum," dedi titreyen sesiyle.

Gülümsemeye çalıştım ama bu tuhaf bir şekilde acı veriyordu. Kokusunu içime çekip, "Seni seviyorum," diye karşılık verdim.

Kalbinin atışlarını hissediyordum, onu böyle hissetmek mümkünken ben nasıl sakin kalacaktım ki?

Elleri yüzümde hareket etmeye başlarken alnını alnımdan çekip dudaklarını önce alnıma bastırdı ve bir müddet orada bekleyip iç çekti. Onunla birlikte ben de yaşıyordum her şeyi. Dudaklarını alnımdan çekerken gözlerimi açtım, Kamer sakince kafasını sağa doğru yatırdı ve dudaklarını dudaklarımın üzerine bastırdı. Bu yükselmeme sebebiyet verdi. Ellerim ellerinin üzerinden inip boynuna giderken dudaklarımı araladı ve alt dudağını üst dudağıma yerleştirip öpmeye başladı. Elleri yüzümdeki hareketini ve noktalarını değiştirirken dudaklarımın arasından kaçan hafif inleme başımı döndürmeye başladı.

Parmakları kulak mememin arkasına uzanırken dokunduğu her yeri yakıp yıkıyordu. Onu öyle özlemiştim ki işte şimdi ruhumun kapılarını sonuna kadar hiç utanıp, sıkılmadan açmaya hazırdım. Onun olmaya, onunla olmaya hazırdım.

Ellerim ceketinin yakalarına uzandığında dudaklarımı daha büyük bir istekle öpmeye başladı ve kulağımın arkasında duran eli usulca saçlarıma giderek duvağıma uzandı ve narince onu saçlarımdan ayırıp yere düşmesine izin verdi. Her geçen saniye kasıklarıma tarifsiz bir acı saplanıyordu. Kamer nefesini ağzımın içine verirken iki elimi de kullanarak üzerindeki siyah ceketi çıkardım. Bu onu fena halde gülümsetmişti. Dudaklarımın üzerinde duran dudaklarından bunu anlamıştım.

Ceketi hoyratça yere düşerken kafasını bu sefer sola doğru yatırarak beni daha tutkuyla öpmeye başladı, ona tüm hissiyatım ve arzumla karşılık veriyordum. Onu benimsiyordum.

Nefessiz geçen birkaç dakikanın ardından dudaklarını dudaklarımdan çekti ve benden çok kısa bir müddet uzaklaşıp ışıkları kapatarak komodinin üzerinde duran gece lambasını yaktı. Odanın içinde koyu kırmızı, loş bir ışık meydana gelirken dudaklarımı ıslattım. Elim ayağım sancılar içinde yanıyordu. Kamer yeniden karşımdaki yerini alarak ellerimi gömleğinin düğmelerinin üzerine bırakıp zorla konuştu. "Başımı döndürüyorsun... Ve bu gece bu döngü hiç bitsin istemiyorum."

"Ben de," dedim kısık sesimle.

Bir şey söylemedi ve dudakları yeniden dudaklarımın üzerindeki yerini alırken ellerim gömleğinin düğmelerini bir bir açmaya başladı. Kamer derinden gelen bir inlemeyle dudaklarımı dev bir hazla öpmeye devam ederken parmaklarım beceriksizce düğmelerini açmaya devam etti. Teninin sıcaklığı tenime yapışmıştı sanki. Üzerimdeki gelinlik beni daraltmaya başlamıştı. Bir yandan öpüyor diğer yandan üzerindeki gömleğin düğmeleriyle uğraşıyordum. Son düğmeyi açar açmaz ellerimle onu hızla bedeninden sıyırıp geniş omuzlarından ayırdım. Gömlek yere düşerken ellerim çıplak göğsüne gitti. Teni alev alev yanıyordu, parmaklarım sert vücuduna temas edişini misliyle kavrularak ödüyordu.

Dudaklarını dudaklarımdan çekip yanağıma sürttü. Gözlerimi kapattım, yanağıma dokunan dudaklarına teslim oldum. Yanağımın gerisine gitmeye başladı ve kulak dibime kadar ilerledi. Saçları cildimi süpürüyordu. Nefesi tenime akarken, kollarımı boynuna doladım ve aramızdaki bu anlamsız mesafeyi tamamen yok etmek istedim. Çıplak gövdesi karnıma dokunurken yutkundum. Odanın içindeki ışık loş olmasına rağmen bu bile fazla gelir gibi olmuştu. Kamer yanağımın belirli kısımlarına öpücük bırakıp yeniden dudaklarıma kavuşurken onu hemen kabullendim ve büyük bir istekle karşılık vermeye başladım. Bel çukurumda duran elleri avına yaklaşan aslan gibi yukarı doğru tırmanırken gelinliğimin fermuarına uzandı ve öperken yoğun bir ses çıkarıp onu aşağı doğru indirmeye başladı. Ne olup bittiğini umursamıyordum, kendimi her şeyimle ona teslim etmiştim. Onun bana vaat ettiği sonsuz güvene kendimi vermiştim.

Fermuar bel çukuruma kadar indiğinde sırtım açılmıştı lakin omuzlarımda duran askılar düşmemişti. Kamer vakit kaybetmeksizin bir yandan beni öpüyor diğer yandan ellerini omuzlarıma doğru taşıyordu. Kendimi ona bastırdım ve parmaklarımı hoyratça saçlarının arasına daldırıp derin bir iç çektim. Bunu duymuş olması işini hızlandırmıştı. Elleri omuzlarımın üzerindeki askılara gitti ve aynı anda o askıları indirmeye başladı. Gözlerim açık olmamasına rağmen bizi çizebilir ve sonsuza dek bu resmin içinde yaşayabilirdim.

Parmaklarım gür saçlarının arasında arsızca gezinmeye devam ederken Kamer çaresizce iç çekip ince askıları omuzlarımdan aşağı düşürmeye başladı. Ona koşulsuz bir şekilde teslimdim. Her ne kadar ilk defa karşısında çıplak olacak olsam da ne utanacak bir durum ne de çekinecek bir mevzu vardı.

Hiç söylemedim ama o,

Benim *kocamdı.*

Eşim, soluğum, yanım ve yarınım...

"Sana âşığım," diye döküldü dudaklardan iki kelime hem tenimi hem de ruhumu öperken. *"Ve sana âşık öleceğim."*

13. Bölüm

Ruha Tutsak Prangalar

O güzel bir adamdı, ellerime taktığı prangaları ustaca kalbime aktardı. Artık ellerimle değil kalbimle bağlıydım ona.

Ve bin tane kalbim olsaydı binine de aynı şeyi mıhlardım: Onun adını.

Gözlerim kozasından çıkmış bir kelebek misali aralanırken dudaklarım, elinin içini yanağına koyup dirseğini yastığa bastırmış Kamer'i görünce kendiliğinden kıvrılıverdi. Bana hayranlıkla bakarken, "Günaydın," diye fısıldadım.

Eli saçlarıma giderken bir tutam alıp onları kulağımın arkasına sıkıştırdı. "Gün senin için aysın."

Elimin teki yastık ve yüzüm arasına yerleşirken diğeri ise sert ve geniş omuzlarına ulaştı. "Ne zamandır uyanıksın?" diye sordum.

"Bilmiyorum," dedi sakince.

"Uykunu aldın mı bari?"

"Aldım," dedi yumuşak bir sesle. Bu beni gülümsetirken aniden hissettiğim bir ağrıyla kaşlarımı çatarak yüzümü ekşittim. Kamer endişeyle doğruldu. "Ne oldu?"

Elimi yüzümün altından çekip çarşafın altına götürerek kasıklarıma dokundum. Kamer anladığında yüzü düştü. "Çok acıyor mu?"

"Biraz," dedim. "Ama geçer."

"Dayanırsın ama değil mi?" diye sordu üzerime titrerken.

Saf bir telaşın içine düşen gözlerine bakıp güldüm. "Dayanırım."

Kasıklarımda epey bir ağrı hissediyordum ama bu normal bir durumdu ve dayanılmayacak kadar şiddetli olmaması beni rahatlatmıştı. Kamer çarşafı üzerimden çekti ve kasıklarıma dokunarak oraya masaj yapmaya başladı. Bu iyi gelmişti. "Teşekkür ederim," dedim kısık sesle. "İyi geliyor."

"Bu beni mutlu eder," dedi taklidimi yaparak. Güldüm. Yine.

"Acıktın mı?" diye sorduğunda alt dudağımı ısırıp gözlerimi kapatıp açtım. Ellerini kasıklarımdan çekmeden üzerimdeki tişörtü kaldırdı ve oraya çabucak bir öpücük bırakıp geri çekildi. "O zaman kocanın elinden bir kahvaltıya hayır demezsin."

"Asla!"

"Ben olsam ben de demem," dediğinde yataktan kalkarken sesli bir şekilde güldü ve ona yetişerek koluna çok sert olmadan vurdum. "Artist," dedim ona eşlik ederek.

Yüzünü bana çevirdiğinde, "Buyurun benim," diye yanıtladı. Gözlerimizin içi gülüyordu âdeta. Hayatımda bu kadar mutlu olduğum anların sayısı çok azdı ve bu sayıların neredeyse tamamını Kamer oluşturuyordu. Bacağındaki siyah eşofmanı düzetirken yattığım yerden onu izledim. Gözlerimle onu ezberlediğim dakikalarda kapı çaldı. İkimiz de duraksadık. Kamer gözlerini odanın kapısına dikerken ben gözlerimi yüzüne astım.

"Kim ki bu?" dedim biraz endişeli davranıp yattığım yerden kalkarken. Telaşa kapılmadan soğukkanlı bir şekilde, "Anlarız şimdi," deyip ilerideki sandalyenin üzerinde duran beyaz gömleğini üzerine geçirerek hızla düğmelerini iliklemeye başladı. Saniyeler sonra odadan çıkarken yerimde duramayıp onu takip ettim fakat biraz geride durdum.

Kamer kapıyı açtığında duraksadı.

Yüzüne inen bu şeyin peşine düşüp yanına gittim. Gözlerim irileşirken karşımda iki tane polis gördüm. "Kamer Alptekin?" diye sordu biri gözlerini ona dikerken.

Kamer soğukkanlılıkla, "Buyurun benim!" diye yanıtlarken elim koluna dokundu korkuyla.

Adam sözlerine devam ederken, içimi ezen bu şeyin adını bulamamak kötü hissettirmişti. "Hakkınızda şikâyet var. Bizimle emniyete kadar gelmek zorundasınız."

Titreyen ellerimle Kamer'in koluna dokunduğumda bunu fark ederek bir adım öne çıktı ve kapının dışında duran polislere baktı. "Bakın Memur Bey, ortada büyük bir yanlış anlaşılma var sanırım." Ses tonu bana güven veriyordu, zaten ona kendimden çok güveniyordum. Her şeyi geçtim ne olursa ne yapmış olursa olsun vardır bir bildiği der soluğumun yettiği yere kadar onunla olmaya devam ederim.

Polislerden kısa boylu olanı, "Sizi Faruk Bakırsoy'u yaralamaktan bilakis öldürmeye teşebbüsten gözaltına almak zorundayız," dediğinde gözlerim kocaman oldu.

Kasıklarımdaki ağrı nüksetmeye başlarken Kamer yüzünü ekşiterek konuştu: "Faruk Bakırsoy mu? Ben öyle birini tanımıyorum."

Adam uzatmadan elindeki kelepçeyi çıkardı ve kocaman olmuş gözlerim o metal parçasına odaklandı. "Kamer," dedim fısıldayarak. Sesim ve halim o kadar çaresizdi ki kendimi dışarıdan görsem anca bu kadar yerle bir olurdum.

Memur Bey kelepçeyi uzatırken Kamer itiraz etti: "Ya ben o adamı görmedim bile, adını daha yeni öğreniyorum anlamıyor musunuz?"

"İşimizi zorlaştırmayın," dedi adam düz bir sesle. Gözlerimin içi kızarmaya başladı, ağlamak istemiyordum ama o kadar bitap bir haldeydik ne ara ne olmuştu hiçbir şey anlamamıştık. Kamer dudaklarını çabucak ıslattı ve gergin bir biçimde güldü. "Bakın Memur Bey kendimi savunmayı, özellikle hiçbir suçum yokken kendimi savunmayı hiç sevmem. Yanlış yapıyorsunuz."

Adam sert bir şekilde gözlerini Kamer'e dikti. "Derdini emniyette anlatırsın."

Sonra elindeki kelepçeyi fütursuzca Kamer'in bileklerine taktı.

"Yapmayın," dedim güçsüz çıkan sesimle. "O hiçbir şey yapmadı."

Kamer gergin ama kendinden emin bir biçimde yutkunurken kafasını aşağı yukarı salladı. "Peki... Nasıl olsa hiçbir şey yapmadım ve bunu siz de göreceksiniz."

Adamlar sabırsızca davranmaya başlarken Kamer çabucak bana döndü bedenini ve benim zırıl zırıl titreyen yüzüme, ellerime ve gözlerime baktı. Ellerim korkarak kelepçeli bileklerine giderken onlara dokunamadım. Hayatım boyunca onu hiçbir zaman böyle görmek istemezdim ama ondan emin olduğum için güzel bileklerinde kelepçeler bile masum kalmıştı.

Kamer eğik olan başımı sesi ve gözleriyle doğrultmayı başardığında güzel yüzüne baktığım ilk anda gözlerimden akan o damlaya yenik düştüm. "Şş," dedi hızla fısıldayarak. "Ağlamak yok, hiçbir şey olmayacak tamam mı? Ufak bir yanlış anlaşılma sadece."

Ona acı dolu bir suretle bakmaya devam ettiğimde gülümsedi lakin gülüşüne bile acı sinmişti. "Bana güveniyorsun değil mi?"

Kafamı hızla aşağı yukarı salladım ve yüzüne dokundum. "Kendimden daha çok."

"Öyleyse bana inan, inan ki yarına ermek için ettiğim duaların bir anlamı olsun."

Gülümsedim, gülüşüm en az onunki kadar canımı acıtmıştı. Kararan göz bebeklerinde yanan ateşin bizim için hiç sönmeyecek bir umuda meşale tuttuğunu biliyordum. O buradaydı ve bana bakıyordu, değil bileklerine kelepçe ayaklarına pranga vursalar dahi ölüm olmadığı sürece bizi ayıracak şeylerin yanından bile geçemezdik.

Kamer derin bir nefes aldı ve dudaklarını alnımı bastırdıktan sonra kulağıma yaklaştı. "Bu küçücük bir veda, Aymira Alptekin."

Adımı telaffuz ettiğinde göğüs kafesimin içine sığdırdığım ruhu buraya bile dar gelmeye başladı. Güçlü olmam için, iyi hissetmem adına her şeyi yapabilecek biriydi ve bu ufacık bir cümle bile tüm zırhları küflendiriyordu.

Kamer kendini geri çekerken gözlerime baktı ve konuşmadan sadece bunu sürdürmeye devam etti. Memur Bey düz bir sesle, "Vakit kaybediyoruz," dediğinde Kamer sert bir nefes sesiyle yönünü onlara döndü ve dudaklarını ıslatıp çekerek konuştu: "Karım, onun da benimle gelmesini istiyorum. Burada yalnız kalamaz."

Onlara müsaade etmeden atıldım. "Ben geleceğim arkandan, merak etme sakın." Sesim titrerken Kamer yüzünü bana çevirdi. "Çetin'i ara. Anahtar pantolonumun cebinde ve lütfen dikkatli ol." Kısacık bir duraksamanın ardından ekledi: "Ve sakın ağlama, biliyorsun hiçbir şey olmayacak."

"Biliyorum," dedim derin bir nefes alarak. Polislerin ikazıyla Kamer evden çıkarken arkasından baktım ve acı acı yanan boğazımı sıktım. Kendinden emin bir halde arabaya doğru ilerlediğinde kapıyı açtılar ve onu içeri aldılar. İki polisin ortasına yerleşirken gözleri bana kaydı ve gülümsedi.

Celladını seven biri neylesin boynundaki ipi?

Çok geçmeden polisler onu götürdüğünde kapıyı kapattım ve koşarak önce üzerime adamakıllı bir şeyler geçirdim, hemen ardından onun üzerine bir parça kıyafet aldım ve evi kilitleyerek derhal arabaya koştum. Bu süreç o kadar hızlı gelişmişti ki, dakikalara meydan okumuştum.

Arabayı çalıştırdığımda beklemeden gaza yüklendim ve ilerlemeye başladım. Bir yandan direksiyon hâkimiyetini ayarlamaya çalışıyor diğer yandan telefondan Çetin'i aramaya çalışıyordum. Zaman kaybetmeksizin tuşlara dokunurken Çetin'i buldum ve telefonu kulağıma yasladım. Birkaç saniye sonra Çetin telefonu açtı ve güldü.

"Oğlum sabah sabah karının yanında beni mi özledin?"

"Çetin," dedim yüksek sesle. "Kamer'i gözaltına aldılar. Çetin bir şeyler yapmamız lazım."

"Aymira? Dur!" dedi tökezlemiş gibi. "Ne oluyor, ne gözaltına alınması? Sen neredesin? Oha lan!" diye ardı arkası kesilmeyen sorularını tek nefeste dudaklarından döküverdi.

Çetin'in panikleyen haliyle bir nebze olsun sakinleştirdiğim bedenim yeniden alarm vermeye başladığında bunun devleşmesine müsaade etmeden konuşmaya başladım: "Kamer birini yaralamış hatta onu öldürmeye teşebbüs etmiş ama ben buna inanmıyorum yani bunlar yalan... Polisler bileklerine kelepçe taktı Çetin," dedim çaresizce. "Bir şeyler yapmamız lazım."

"Sakin," dedi Çetin, şu an oturduğu ya da yattığı yerden toparlandığını hayal edebiliyordum. "Sen neredesin bana onu söyle ve sakin ol, muhtemelen o da sana bunların mislini söylemiştir ama sakin kal tamam mı?"

Kafamı aşağı yukarı sallarken arabanın kontrolünü korumaya devam ettim. "Ben şu an çıktım, onların peşindeyim fakat otobana çıkmak biraz vaktimizi alacak, biliyorsun."

"Tamam anladım," dedi aceleci bir ses tonuyla. "Ben direkt emniyete gidiyorum, seninle orada buluşuruz. Dikkatli ol lütfen ve ona da hiçbir şey olmayacak anladın mı?"

"Biliyorum," dedim sıkıntılı bir nefesi ciğerlerimin içine konuk ederken. "Hiçbir şey olmayacak."

"Güzel," dedi tatmin olmuş gibi. "Ben de şimdi çıkıyorum."

"Tamam Çetin," dedim hızlı hızlı ve telefonunu kapatıp yan koltuğa koydum. İki elimle direksiyonun kontrolünü sağladığım vakit normal hızımı biraz artırarak onları yakalamaya çalıştım ama benden çok uzakta oldukları aşikârdı. Uzun zamandır araba kullanmamış olmam kendimi biraz zora soksa da ucunda ölüm dahi olsa onunla ve onun uğrunda canımı tehlikeye atmak bu durumu pek de mühim kılmıyordu.

Yolculuk kaç dakika sürdü bilmiyorum ama bir şekilde emniyete vardım ve koşar adımlarla içeri girdim. Kapıdan içeri girer girmez sağa sola bakınmaya başladım ve gördüğüm ilk masaya giderek nefes nefese konuşmaya başladım. "Merhaba. Kamer Alptekin, onu nerede bulabilirim? Az önce getirmiş olmaları lazım."

Adam önündeki bilgisayardan gözlerini ayırıp bana baktığında, "Sorgu odasında, ifadesi alınıyor hanımefendi," deyip ekledi. "Siz neyi oluyorsunuz?"

"Eşiyim," dedim direkt.

Memur Bey kafasını aşağı yukarı salladı ve eliyle ilerideki boş sandalyeleri gösterdi. "Dilerseniz şöyle geçin ve oturun."

"Peki," dedim kısık sesimle. Boş ve savunmasız bir durumdaydım, ne olacağını bilmiyordum, ona bu iftirayı atanı da tanımıyordum. Tek bildiğim ona çok güveniyordum. İçeride kendini savunduğunu sanmıyordum da çünkü o yapmadığı bir şey için paralamazdı kendini, sonucu ne olursa olsun buna başvurmazdı bile.

Sandalyeye geçip oturduğumda tırnaklarımı ağzıma götürdüm ve onları farkında olmadan ısırmaya başladım. Bir yandan deli gibi titreyen bacaklarıma diğer yandan hemen karşı koridordaki ifade odasına bakıyordum. Gözlerim yanmaya başlarken derin bir nefes aldım ve sıkıntıyla başımı öne eğerek dağılan saçlarımı gelişigüzel toplayıp kafamı ellerimin içine aldım. Düşündükçe kalbim sıkışıyordu. Neyi düşündüğümü bile bilmiyordum açıkçası. Başını, sonunu ya da daha ilerisini... Bize ya da ona ne olacağını.

"Allah'ım sen yardım et," dedim sıkıntıyla iç çekerken. Göğsümün içine doldurduğum hava beni o kadar bunaltmıştı ki sanki kocaman evrende nefes alacak yer kalmamıştı. "Of," dedim sıkışan göğsümle ellerimi kafamın üzerinden çekerken. Omurgalarımı doğrulttuğumda Aytaç ve Çetin'in hızlı ve panik bir halde emniyetten içeri girdiğini gördüm.

Gözleri sağı solu taramaya başlarken Aytaç beni gördü ve Çetin'i uyararak yönünü buraya çevirdi. Çok geçmeden hızlı adımlarla yanıma geldiklerinde onları görünce titreyen bacaklarımın hissi gözlerimin dibine vurdu ve birkaç damla peş peşe sürüklenerek akmaya başladı.

Çetin tam karşımda durduğunda ayaklandım ve hızla ona sarıldım. Elleri hemen sırtımı kavradı ve kulağıma bir şeyler fısıldamaya başladı: "Yapma, seni böyle mi görsün istiyorsun?"

"Elimde değil," dedim dudaklarımın arasından taşırdığım cümlelerim gözyaşlarımla yıkanırken. "Buna inanmıyorum."

"Buna inanma zaten," dedi Çetin sırtımı sıvazlamaya devam ederken. "Mühim olan ona inanman ve bunu en çok da o biliyor. Geçecek her şey söz veriyorum."

Burnumu çekerken kollarımı sırtından çektim ve dağılan saçlarımı kulağımın ardına sıkıştırıp zoraki bir halde gülerek başımı eğdim. "Berbat bir haldeyim," diye fısıldadım.

Aytaç sakince konuştu: "Bir Aymira Alptekin olarak hiç de berbat değilsin."

Gözlerim Aytaç'ın gözleriyle buluşurken bana baktı ve gülümsedi. Gülümseyişine elimden geldiğince karşılık vermeye çalıştım. "Teşekkür ederim," diye mırıldandım belli belirsiz. Gözlerini kısarak bu durumu geçiştirdi. Parmaklarımla yüzümdeki soğuk nemi silmeye başlarken Çetin bana kuşkuyla baktı. "Sabah oldu değil mi tüm bunlar?" diye sordu.

"Evet," dedim. "Uyandık ve kapı çaldı... Sonra kendimi burada buldum."

Çetin, kafasını çok oynatmadan aşağı yukarı sallarken derin bir nefes aldı ve elini saçlarına götürerek düşünceli bir halde konuşmaya başladı: "Kim ne ister anlamıyorum, benden habersiz bir şey de yapmaz pek."

Duraksadım ve kaşlarımı çatarak Çetin'e baktım. "Yağız? O yaptırmış olabilir mi?"

"O kim?" diye sordu Çetin yüzünü buruşturarak.

"Uzun mesele ama bir hafta öncesinden Kamer'le aşırı tatsız bir mevzuları oldu," diye açıkladım. Aklıma gelen ilk isim o olmuştu ve bence imkânsız bir tablo gibi durmuyordu. Gözlerim zihnimdeki olguya iyiden iyiye yatkınlık sağlarken Çetin'in yüzündeki ifade her geçen saniye değişkenlik gösteriyordu.

"Ortada kimse yok," dedi sağa sola bakınarak. "Neyse," diye de ekledi. "Şu odadan bir çıksın da anlayalım nedir ne değildir."

Hiçbir şey söylemeden dudaklarımı ısırdım ve kafamı sallayarak oturdum. Aytaç o esnada bana seslendi: "Kahvaltı yapmadın değil mi?"

"Canım bir şey istemiyor," diye geçiştirdim.

Çetin konuştu: "En azından bir kahve dinç kalmanı sağlar."

Gözlerimi Çetin'e çevirdim. "Canım cidden hiçbir şey istemiyor Çetin."

Beni umursamazken gözleri Aytaç'ı buldu ve ona söylendi. "Aytaç..."

"Tamam," dedi sakince ve arkasını dönerek uzaklaştı. "Çetin," dedim pürüzlü bir sesle kendimi ifade etmeye çalışırken. Beni susturdu. "Aymira zaten ortalık karışık, bir bardak kahvenin de lafını etme gözünü seveyim."

"Yok," dedim sıkılgan bir halde. "Ben gerek olmadığını söylemek istedim sadece... Neyse," diyerek derin bir nefes aldım ve çaresizliği omuzlarıma yeniden sırtlanarak sırtımı sandalyeye yaslayarak kollarımı göğsümde birleşirdim.

Dakikalar zamanın içine mıhlanmıştı ve sanki gün akmamak için direniyordu. Beklemek hep zordu, beklemek en çok da beklentisi büyük olanlara zordu. Bu katlanılmaz ve dayanılmazdı. Özellikle çaresizlik kapımızda dikildiğinde onun için kaçınılmaz bir fırsattı.

"Zaman geçmiyor," diye kendi kendime konuşarak. "Saniyeler saate döndü sanki."

"Zaman böyle olduğunda geçmez," dedi Çetin ve yanıma oturdu. Yorgundum, bu zihinsel bir çöküntüden ibaretti. Oysa biz daha kahvaltı yapacaktık, oysa ben onun elinden bir yemek yiyecektim daha... Bunların hepsi bize çok yakınken şimdi hayalini kurdukça kalbim acıyordu. Her şey bitmiş gibi konuşmak değildi niyetim, ben ilk günümüzün böyle olmasını istemezdim sadece, hepsi bu.

"Ulan zaten boktan yere aldılar içeri," dedi Çetin sinirle. "Ne diye adamın ilk sabahına denk getiriyorlar?"

"Çocukların haberi var mı?" diye sordum sessizce.

"Yok," dedi Çetin sinirli ses tonunu hissettirirken. "Aytaç sabah işe giderken duydu ve buraya gelmek istedi."

"Bir sorun olmaz umarım onun açısından," dedim sakince.

Çetin, histerik bir biçimde gülerken kısılan kahverengi gözleri benim gözlerimi buldu. "Kamer abisine bir haltlar olacak ve o bunu düşünecek Aymira... Aytaç vefalı biri."

"Biliyorum," dedim çabucak, farklı düşüncelere sebep olmadan. "Ben onun iyiliği için diyorum, sonuçta burada ben bile bir şey yapamıyorum. İşinden olsun istemem."

"Sen takılma oralara," dedi Çetin düz bir sesle. "Şu sorunu bir halledelim de gerisi hallolur."

Derin bir nefes alıp verirken, "İnşallah," diye fısıldadım ve gözlerimi kapattım. "Neden bu kadar uzun sürdü, ne yapıyorlar içeride?" diye ekledim ardından.

Çetin, "Bir bilsem," dedi dişlerini sıkarak.

Gözlerim kapalı öylece beklemeye devam ettiğimde Aytaç'ın sesiyle irkildim. Elinde bir bardak kahveyle başımda dikiliyordu. Onu görünce toparlandım ve uzattığı kahveyi alarak, "Teşekkürler," diye fısıldadım. Zerre bir şey yiyip, içesim yoktu.

Aradan bir dakika geçti ya da geçmedi tam bilemezken ifade odasının kapısı açıldı ve Kamer elleri kelepçeli bir halde yanında iki polisle dışarı çıktı. Onu görünce oturduğum yerden hızla kalktım ve elimdeki kahveyi sandalyenin üzerine bırakarak koşar adımlarla yanına ilerledim.

Dik duruşundan taviz vermezken titreyen dudaklarımla ve göz bebeklerimle güzel harelerine baktım. "Ne oldu?" diye sordum. "Çıkıyoruz değil mi? Bitti bu saçmalık?"

Kamer gözlerime bakmakla yetindiğinde yanındaki kısa boylu polis konuşmaya başladı. "Bu geceyi nezarette geçirecek."

Çetin sesini yükseltti: "Nasıl ya? "

Boğazım acımaya başlarken Kamer'in gözlerini bile kırpmadan gözlerime bakışını hafızama öyle bir kazımıştım ki bir daha kolay kolay sileceğimi sanmıyordum. Çetin, Kamer'e dönerek hızlı hızlı sabırsızca konuşmaya başladı: "Oğlum bir suçun yok biliyorum ve çıkaracağım seni buradan tamam mı?"

Kamer derin bir nefes aldı ve Çetin'e bakıp gülümsedi. "Şüphem yok."

Çetin ona destek olmak adına omzunu kavradı ve parmaklarıyla hafifçe sıktı. Kamer'in gözleri yeniden benimle buluştuğunda kızaran gözlerimin akına odaklanarak, "Sakın," dedi, sesi güven verirken bir şeyleri yolunda tutmaya çalışıyor gibiydi. "Sakın ağlama."

"Tamam," dedim gülümseyerek. Ona dokunamıyordum, ben eşime dokunamıyordum. Devam etti: "Bir gece, sadece bir gece sürecek bu şey… Sonra beraberiz yine."

"Biliyorum," diye mırıldandım gözlerine bakarak. "Beraberiz."

Saçları dağınıktı ve ellerini tam anlamıyla kullanamadığı için onları düzeltememişti bile, doğru düzgün bir kıyafet bile yoktu üzerinde. Polislere onun için getirdiğim kıyafetleri vermelerini isteyecektim ve umarım kabul ederlerdi. Bu süreç fazla uzamadan polisler onu kolundan tutarak ilerlemeye başladı. Kamer öylece yanımdan geçip giderken arkasından bakmak, hiçbir şey yapamadan öylece gidişini izlemek canımı sızlatmıştı. Bu çaresizliğin çaresizliğiydi.

Omuzlarımın düşüşü beni derinden üzerken onun için güçlü kalmak zorundaydım. Henüz ne olduğunu ve ne olacağını bilmiyorduk. O yüzden bir şeyler söylemek, daha kötü hissetmek fevri ve sakat bir durum olabilirdi.

Çetin elini ensesine koydu ve derin derin soluyarak Kamer'in arkasından bakarak konuştu: "Avukat bulmam lazım ama önce onunla konuşup olayı öğrenmeliyim."

Aytaç gözlerini kısarak tok bir sesle söylendi: "Hemen izin verirler mi abi?"

"Vermeleri lazım, ne olup bittiğini bile bilmiyoruz… Burada elim kolum bağlı hiçbir bok bilmeden avukat peşinde nasıl koşarım?" diye sorular taktı peş peşe. Daha sonra bana dönerek elini ensesinden indirdi. "Aymira… Bak o iyi ve bu geceyi burada geçirecek. Burada beklemenin senin için bir faydası yok, Aytaç seni eve götürsün…"

"Hayır," dedim çıkışarak. "Hiçbir yere gitmiyorum ve gitmeyeceğim."

Çetin memnuniyetsizce homurdanarak küçük adımlarla yanıma yaklaştı. "Bak seni anlıyorum ama saat daha çok erken, polislerle konuşup seni onunla görüştürmelerini sağlayacağım ama şu an değil."

"Çetin," dedim dik bir sesle. "Gidemem anlıyor musun?" Yutkundum ve acıyla fısıldadım: "Gidemem."

Gözlerime fırtına ortasında çaresizce kalmış bir bedenin sahibi gibi bakmaya başladığında hislerimi anlamaya çalıştığını hatta bunu tam anlamıyla bildiğini biliyordum fakat o da benim iyiliğimi istiyordu ama ben şimdi Kamer'in yanında olmazsam, beni görmese birbirimizi görmesek bile şimdi çıkıp gidersem bunu kendime yedirebilir miydim? Ona sırtımı çevirip gidemezdim. Elimden gelen hiçbir şey olmasa da burada durmamın onun için iyi geleceğini biliyordum. Ruhlar birbirine güç verirdi ve benim gücüm oydu, tıpkı onun gücünün ben olduğum gibi.

Bitkin bir vaziyette az önceki sandalyelerin olduğu yöne ilerledim ve kahvemi koyduğum yerden alarak yanıma bıraktım. Ne yapacağımı bilmez bir haldeydim, ne olduğundan haberim dahi yoktu. Beklemek daha şimdiden sabrımı zorlamaya başlamıştı. Onun bir suçu yoktu ve suçsuz yere, yok yere bir gecesi heba olacaktı. Benim için sorun yoktu, ben bir değil bin gece de beklerdim onu yeter ki gün ışığına erdiğimizde soluğunu yanımda alabileceğini bilsem.

Dakikalar ilerlemezken Aytaç yanıma geldi ve sakince oturarak benimle beraber susmaya başladı. Yerdeki kare mermerleri ezberlemeye başlarken hissizce gülümsedim. "Her şey şaka gibi."

"Öyle," dedi mırıldanarak, sesindeki tını tavrım kadar hissizdi. "Bir şey olmayacak ama bunu biliyorsun," diye ekledi ardından.

Yüzümü usulca ona çevirdim ve kırık bakışlarımla yeşil göz bebeklerine baktım. "Biliyorum."

Tepki vermezken gülümsemeye çalıştı. "Güçlüsün Aymira, bunu da biliyorsun."

Az önceki hissiz tebessümüm yerini kendini kandırmaya çalışan bir kadının ruhuna dönüştüğünde sakince soluk alıp vererek gözlerimi başka yöne çevirerek söylendim. "Bazen bundan emin olamıyorum."

"Yanlış yapıyorsun," dedi çabucak. "Sen kendinin farkında bile değilsin. Sen kime neler yaptığının farkında bile değilsin."

Kaşlarım çatılır gibi olduğunda gözlerimi yeniden yüzüne çevirdim. Sormaya ya da nasıl soracağımı bilmediğim bir şekilde ona bakmaya devam ettikçe bunu anladı ve kafasını sağa sola sallayarak temkinli bir ses tonuyla dudaklarını araladı. "Biliyorsun, bunları benim söylememe gerek yok ama sanırım hatırlaman için sana yardım etmem gerekiyor." Tepkimde bir değişim olmazken gülümsemeye çalışarak konuşmasına devam etti: "Onun," dedi ve sesli bir şekilde güldü. Sesi gülüşüne karışırken bu beni memnun etmişti. "Dün itibariyle eşinin, sendeki yerini biliyorsun, ona nasıl iyi geldiğini de..."

Kalbimden ilaç alıyormuşum gibi dinlenmeye başladım.

Devam etti: "Sadece o değil, Zeynep... Zeynep sen yokken evdeki tek kızdı ama sonra sen geldin ve ona arkadaş oldun, bize anlatamadıklarını sana anlattı belki de..." Gülümseyen bir çehreyle dalgın bir halde onu dinlemeyi sürdürdüm. "Kardeşin, Andaç ve Çetin... Sen hepsine çok şey kattın farkında olmadan, varlığın bile yetti."

Birkaç saniye sustu ve yutkunur gibi olduğunda konuşmasına kaldığı yerden devam etti: "Sonra ben..." Ona baktım, bana bakmıyordu. "Ben Ahu'yu bir tek sana anlattım, onunla olan anılarımdan bir tek sana bahsettim. Dinlemiş olman bile, beni duymuş olman bile benim için anlatılmaz bir değerde," deyip güldü ve gözlerini gözlerimle buluşturdu. "Tabii her ne kadar konuşmam için zorlamış olsan da."

Gülümsedim ve bu sefer ki az öncekine nazaran daha hakikatli olmuştu.

Gülmeye devam ederken bu sefer konuşan ben oldum. "Şimdi de sen bana iyi geliyorsun... İnsanlar birbirlerine iyi gelmeliler." Derin bir nefes verdim sanki ruhumdaki çürümüş deriyi değiştirir gibi. "Yoksa dayanılmaz."

"Öyle," dedi bir kez daha ve sırtını sandalyeye yaslayarak gözlerini mermer zemine sabitledi. Telefona baktığımda saatin henüz on bir bile olmadığını gördüm. Telefonu kapatacağım sıra Şebnem aramaya başladı. Gözlerimi kapatıp açtım ve derin bir nefes aldıktan sonra telefonu kulağıma yaklaştırdım.

"Aymira!" diye bağırdı. Kulağımda dev bir hassasiyet meydana geldiğinde yüzümü ekşittim. "Efendim Şebnem?" diye fısıldadım konuşacak mecali bir an için kendimde bulamazken. Sabırsızca konuşmaya başladı: "Ne oldu? Doğru mu duyduklarım?"

"Doğru," dedim beklemeden.

"Nasıl ya?" diye sordu hemen ardından telaşlı bir şekilde. "Neredesiniz şimdi, ben de geleyim?"

"Emniyetteyiz, Kamer'i nezareti aldılar ve geceyi orada geçirecek," dedim hissiz bir şekilde. "Gelmene gerek yok, bir şey yapamıyoruz zaten... Beklemekten başka."

"Olmaz, geleyim yanına," diye direttiğinde itiraz ettim. "Olmaz Şebnem, işin var biliyorsun. Yok yere zora sokma kendini. Bir gelişme olduğunda haber ederim mutlaka."

"Kızım başlatma benden," diye kızmaya başladı bu sefer. Başım ağrımaya başladı, bu stres bana iyi gelmiyordu. Gözlerimi kıstım ve halsizce dudaklarımı oynattım. "Şebnem gerçekten gelmene gerek yok, yalnız değilim zaten. Lütfen yorma hem kendini hem beni."

Birkaç saniye ses gelmediğinde az önceki yüksek tonda çıkan sesi yerini başka ritme devrettiğinde omuzlarını düşürüp öyle konuştuğunu hayal ettim. "Peki," deyip hemen ardından yeniden yükseldi. "Ama beni mutlaka haberdar et. Zaten sen etmezsen ben Çetin'i ararım."

"Tamam," dedim. "Görüşürüz."

Telefonu kapatıp kollarımı göğsümde birleştirdiğimde Çetin'in seri adımlarla buraya geldiğini fark ettim. Merakla başımı o yöne çevirip, "Ne oldu?" diye sordum.

Karşımda dikildi. "Polisle konuştum, yarım saat sonra beni görüştürecekler onunla. Konuşup öğrenmem gerekiyor."

"Ben," dedim cılız bir ses tonuyla. "Ben ne zaman görüşeceğim onunla peki?"

"Bilmiyorum ama biraz daha beklemen gerekiyor, ben izin alacağım senin için," dedi güven veren bir sesle. "Merak etme sakın, hatta şimdi eve gidip dinlensen iyi ol..."

"Olmaz," dedim hızla kafamı sağa sola sallayarak. "Zorlama işte Çetin, olmaz."

"Tamam," dedi pes ederek. Kafasını aşağı yukarı sallarken, "Zorlamıyorum artık ama en azından bir şeyler yemelisin," dediğinde gözleri yan sandalyeye bıraktığım soğuk kahveye kaydı. "Bak kahvene bile dokunmamışsın." Yüzüme bakıp güldü. "Kocana söylerim eğer bir şey yemezsen."

"İspiyonculuğum iyidir diyorsun yani?"

"Elime kimse su dökemez," diye sahte bir kibirle böbürlendi. Aytaç'a baktı bu sefer. "Dışarıda yakınlarda bir kafe görmüştüm, oraya gidip kahvaltı yapın. Sen de açsın zaten."

Aytaç, "Ben sorun değilim abi," dediğinde Çetin isyan bayraklarını çekerek homurdandı. "Tamam ulan tek sorun benim, tek sorun benim."

Aytaç kendine has bir üslupla mırıldanarak ayaklandı. "Yok abi... Neyse," dedi bana dönerek. "Hadi Aymira gidelim."

İstemeyerek de olsa toparlandım ve sakin adımlarla dışarı çıktım. Şu an berbat bir halde olduğumdan emindim zira yataktan kalkıp gelmiştim ama bunun zerre kadar bir önemi yoktu, ne halde olduğum umurumda bile değildi. Güneş yüzüme vurdukça kırışan göz kenarlarım gözlerimin bebeğini küçültüyordu. Üzerimdeki tişört ve darmadağın saçlarım, sıcak sıcak esen rüzgârdan nasiplenirken Aytaç yanımda belirdi. Mahcup bir halde konuştum: "Benimle ilgilenmek zorundaymışsın gibi hissediyorum, bu beni utandırıyor."

Sert bir nefes alıp verirken gözlerini kısarak bana baktı. "Hiç de öyle hissetmiyorum, yersiz bir hissi sahiplenmişsin."

"Belki," dedim geçiştirir gibi. Sakin adımlarla emniyetin bahçesinden çıkıp sağa döndük ve kaldırımda yürümeye başladık. Birkaç metre sonra ilerideki apartmanın arkasından Andaç, Alper ve Zeynep belirdi. Gözlerimi kapatıp açarken adımlarım nedensizce yavaşladı. Bizi görünce telaşlı bir şekilde koşmaya başladılar.

Zeynep hızla bana sarılırken bedenim biraz sersemledi. "Aymira ne oldu?" diye sordu ağlamaklı bir ses tonu ile. Bu soruyu birkaç sefer daha duyarsam sanırım kusacaktım. Cevabını bilmiyordum ve verecek mantıklı bir şeyim yoktu çünkü ne olduğunu ben bile bilmiyordum. Tek bildiğim Kamer yanımda değildi ve onu göremiyordum.

Zeynep benden ayrılırken Aytaç, Andaç'a baktı. "Siz nereden duydunuz?"

Andaç saf saf, "Şebnem söyledi," dediğinde dişlerimi sıktım ve kafamı sağa sola salladım. Andaç bu sefer kaşlarını çatarak Aytaç'a yürüdü. "Asıl sorun; biz niye sizden duymuyoruz, bilmiyoruz olup bitenleri? Neyiz ulan biz, sizin kadar mühim değil miyiz?"

"Andaç," dedim kırgın bir sesle. "Şu an bunun zamanı değil."

"Neyin zamanı peki Aymira?" diye döndü bana çatık kaşları ile. "En azından bir telefon edemez miydiniz?"

Başım ağrıyordu ve gürültüyü çekecek halde değildim. Aytaç, Andaç'ın sözlerine tepki gösterdiğinde ona sert sert bakıp konuştu: "Ulan it herif, kendini abuk sabuk şeylerle sınırlandıran sensin gelmiş burada bize atar yapıyorsun... Her şey sabah olmuş, siz uyuyordunuz ve ne olup bittiğini bilmeden ortalığı karıştırmak istemedik. Saat kaç lan sanki daha?"

Aytaç'ın sert tepkisi Andaç'ı hem susturup hem somurttururken Alper bir adım öne çıkarak bana yaklaştı ve gözlerime baktı. "İyi misin abla?" diye sordu. Onu görünce içimde bir kutuya sıkıştırdığım gözyaşlarım göz pınarlarıma doğru birikti ve kızarmaya başladı. Bir şey konuşamadan kafamı sağa sola salladığımda daha fazlasına müsaade etmeden kollarını açarak bana sarıldı. Kollarının arasında kendimi ufacık hissetmiştim, bir an için yok olmak istediğimdendi belki de.

Alper kollarıyla beni sıkıca sararken konuşan kimse olmadı ve bu duruma sebebiyet verenin ben olduğum bildiğim için huzursuzca kendini geri çekerek yanağına bir buse bırakıp derin bir nefes aldım. Andaç üzgün bir çehreyle gözlerini bana çevirirken, "Az önceki çıkışım için kusura bakma Aymira, ben biraz kabalık ettim," dedi.

Omzumu silktim. "Mühim değil."

"Olsun," dedi Andaç sözlerimin onu tatmin etmediğini pekâlâ bilirken. Daha sonra merakla ekledi: "Peki, neler olup bittiği hakkında bir şeyler söyler misin?"

"Burada konuşmayalım," dedim sağıma soluma bakarken. "Çok ulu orta."

"Siz nereye gidiyordunuz?' diye sordu Zeynep. Aytaç benden önce davrandı. "Kahvaltı yaptınız mı?"

Zeynep, "Çayları koyarken aradı Şebnem," dediğinde Aytaç devam etti: "Tamam, hadi gidelim o halde."

Birlikte ilerlemeye başlarken Alper, yanımda durdu ve beni kendine çekerek elleriyle omzumu kavradı. O esnada Andaç, Zeynep'e mırıldandı: "Ocağın altını kapatmış mıydın?"

Zeynep afalladı. "Kapattım... Sanırım."

Andaç şüpheli bir ses tonuyla, "Sanırım mı?" diye sorduğunda Zeynep bunun büyümesine izin vermeden bir adım kenara kaydı. "Kapattım diye hatırlıyorum Andaç, kafamı karıştırma."

"Yok abi," dedi Andaç bıkkın bir halde kafasını yola çevirirken. "Kimseye zerre yaranılmıyor." Yüzünü yeniden Zeynep'e döndü. "Soruyorum sadece kapattın mı kapatmadın mı?"

Zeynep kapattım dese bile insan böyle durumlarda kendinden emin olamıyordu, her ne kadar bilse de kendini yine de istemsizce bir çelişkinin içinde buluyordu. Alper olaya dahil oldu ve mırıldandı: "Kapattı... Galiba."

Andaç arkasını döndü ve yine saf saf bakmaya başladı. "Sen de mi?"

Alper sustuğunda Andaç sitem ederek önüne döndü. "Yansın ulan ev yansın."

Aytaç kendine mâni olamadan kardeşine seslendi: "Sen kapatsaydın kimseye güvenmiyorsan?"

Sadece ilerliyor ve onlara kulak misafirliği ediyordum. Andaç kardeşine yüzünü dönmeden ağzının içinden ters ters konuştu: "Konuştu lafı bir yerinden anlayan."

Aytaç, "Laflarımı senin anladığın yerden anlamıyorum," dediğinde Andaç'ın yüzünün yarısını görebilmiştim. Tepkisizce yüzüne vuran güneş ışığına direnmeye çalışıyordu ve kardeşini çok da umursuyor sayılmazdı. "Güzel," dedi sakince. "Beynimi takdir etmen beni utandırdı."

"Hayret," dedi Aytaç çabucak. "Utanmak pek de senlik bir durum değil."

Aralarındaki bu diyalog çizgiyi aşmayan bir seviyede ilerlemeye devam etti. Bunaltıcı hava ensemi kapatan saçlarımla iyice beni sıkmaya başlamıştı. Çok geçmeden birlikte bir kafeye geldik, birer çay ve tost söyledik fakat kimsenin yemeye meraklı olduğunu sanmıyordum. Telefonumu masanın üzerine bırakırken kollarımı da masanın üzerine koydum ve dalgın dalgın önümdeki çay bardağına bakmaya başladım. Aklıma ilk gelen isim elbette o olmuştu. Dudaklarım kıvrılırken Andaç sabırsızca davranarak bana baktı. "Hadi anlatın artık."

Gözlerimi kapatıp açtım ve başımı kaldırarak Andaç'ın yüzüne baktım. "Faruk Bakırsoy," diye konuştum.

"O kim?" diye sordu.

"Kamer'in yaralayıp öldürmeye teşebbüs ettiği kişi," diye açıkladım soğukkanlılıkla. Dudaklarım bile bu yalanı söylerken acımıştı zira bu düpedüz bir iftiraydı.

Zeynep gözlerini kocaman açarak tepki gösterdi. "Ne? Kamer abi hayatta yapmaz öyle bir şey."

"Biliyorum Zeynep," dedim ona odaklanarak. "Birileri iftira atıyor ve bunu yapan kim bilmiyoruz."

"Nasıl ya?" dedi Andaç şaşkın bir halde. "Kim böyle bir şeyi durduk yere onun üzerine yıkmaya çalışır? Ulan adam haftalardır gözümüzün önündeydi, hep bizimleydi be."

Sessiz kaldığımda Aytaç konuştu bu sefer. "Belki de çok önceden planlandı ve bugünü bekledi, her kimse bunu yapan."

Alper ekledi. "Haklı. Adam ölmüş mü peki? Belki birileri tarafından zorla konuşturuldu ya da sırf birileri Kamer abiyi zor duruma sokmak için o adamın canına kast etti."

Düşünceleri korkunçlaşmaya başlarken Andaç keyifsizce güldü. "Amerikan Polisiyesi mi ulan bu?"

Aytaç dik dik kardeşine bakarken sesindeki ölümcül soğukluk dikkatimi çekmeyi başardı. "Evinin önünde bacağından vurulan da bendim değil mi?"

Gözlerimiz uyumlu bir koro gibi Andaç'ın yüzüne kaydığında ellerini havaya kaldırarak kendini savundu. "Tamam ben masumum, demedim bir şey."

Gözlerimi devirdim ve başımı yeniden öne eğdim. Saat geçmek bilmiyordu, zaman tüm güzel anılarımıza şahitlik ederkenki gibi davranmıyor inadına akmıyordu. Zaman acımasızdı, zaman hep acımasızdı zaten. "Hiçbir şey bilmiyoruz," diye fısıldadım kendi kendime lakin onların duyduğunu çevrilen suratları sayesinde anladım. "O adam kim? Nerede yaşıyor? Öldü mü?" İç çektim. "Hiçbir şey bilmiyoruz..."

Sessizlik yine bizi kutuplaştırırken çay kaşığıyla oyalanmaya başladığımda kaşlarımı çattım ve gözlerimi karartarak zihnimin oltasına takılan kör kancayı çekmeye çabaladım. "Bir dakika!" diye kaldırdım başımı. Bana merakla baktılar. "Dayının evini kaç kişi biliyor?"

Andaç elini kaldırdı. "Vallahi bir kere ya gittik ya gitmedik."

"Annesi," dedim gözlerimi kısmaya devam ederek. "Jülide Alptekin."

"Ha?"

Dudaklarımı çabucak ıslatıp çekerken konuşmaya devam ettim: "Annesi o evi biliyordu. Ya onun başından çıktıysa bu leş tuzak?"

Konuşan kimse olmadı çünkü Jülide Alptekin denen kadının ruhunu bilen yoktu, onu tam anlamıyla tanıyan kimse yoktu. Alper yüzünü buruştururken kendini geri çekti. "Hayır, öz evladına bunu yapacak kadar sıyrık olacak değildir."

"O kadar sıyrık," dedim düz bir sesle. Bizim babamızı öldürecek kadar, kendi evladına düzelmeyecek hasar verecek kadar sıyrıklar.

Andaç elini ağzına götürürken irileşen gözleriyle konuştu. "Ah! *Bullshit*!"

Tuhaf bakışlarımız Andaç'ın yüzünde toplanırken elini ağzının üzerinden çekerek hepimizin yüzüne sıra sıra bakarak kısık sesle konuştu:

"Dostum, hep böyle durumlarda böyle konuşmak istemişimdir... Lanet olsun Jeremy neden New York'un en baba şefi olan Meggie'yi bulmuyoruz, he? Sizin derdiniz nedir lanet olası lağım fareleri?"

Kimse konuşmadı.

Öksürdü ve gözlerini kısarak bu seremoniye devam etti: "Dostum, bir an için Meggie'yi Müge Anlı ile karıştırdım, lanet olası küresel ısınma zihnime çalışıyor."

Aytaç, "Nezarette olması gereken kişi sen olmalıydın," diye konuştu düz bir sesle. "En azından kafa dinlerdik."

Andaç küçümseyici bir şekilde kardeşine bakıp, "Peki, senin sorunun ne, çorapları anneannemin dolabında bulduğum küflü lazanya kokan Aythaç?" diye sordu.

Çocuk ciddiyetsiz olmak için doğmuştu sanki.

Zeynep gözlerini devirdiğinde masanın üzerinde duran telefonum çalmaya başladı: Arayan Çetin'di. Heyecanlı bir halde telefonu kavradım ve açarak kulağıma götürdüm. Masadakilerin gözleri yüzümde toplanırken korkarak konuşmaya başladım:

"Çetin," dedim sesimin titreyişine mâni olamadan. "Bana iyi bir şey söyle."

"Aymira bir şeyler öğrendim ama yüz yüze konuşmalıyız," dediğinden anında toparlandım ve çabucak konuştum. "Tamam geliyorum, hemen geliyorum şimdi."

"Bekliyorum," dediğinde telefonu kapattım ve bizimkilere döndüm. "Gidiyoruz hadi."

Hesabı ödedikten sonra kafeden çıkarak doğruca emniyete gittik. Çetin bizi dışarıda bir bankın önünde bekliyordu. Onu görünce adımlarım daha da hızlandı. "Çetin?" diye vardım yanına. "Nedir?"

Çocuklar etrafımı sardığında Çetin temkinli bir şekilde nefes alıp verdikten sonra gözlerini gözlerime sabitledi. "O adam bir haftadır yoğun bakımda yatıyormuş ve evvel gün akşam uyanmış. Adamın iç organlarında büyük hasar varmış ve bir de karaciğerinde bir kurşun yarası... Adamın verdiği ifadeye göre onu Kamer vurmuş ve," deyip sustu.

"Ve?" diye yükseldim korkuyla.

Donuk bir sesle mırıldandı. "Silah Kamer'e aitmiş."

"Ne?" dedi Andaç bağırarak. "Siktir lan!"

"Nasıl ya?" dedim şaşkın bir ifadeyle sağa sola bakınarak. "Bu çok saçma."

Andaç, "Bu çok saçma çok," deyip havaya bir küfür savurdu. Zihnim boş bir dart tablosunu hayalî bir on iki çizgisinden vurduğunda başıma daha ne kadar kötüsü gelebilir ki diye düşünmeye başladım. "Buna inanmıyorum," dedim dudaklarımı yalayarak. "Kamer asla birini öldürmez, öldürmeye teşebbüs bile edemez."

Çetin, "Buna biz de inanmıyoruz ve Kamer zaten o adamı tanımadığını söyledi Aymira," diye açıklama yaptı. "Adamın verdiği ifade bu."

"Peki, neden bir hafta sonra bu silah ortaya çıkıyor?" diye sordum bu sefer. "Üstelik Kamer'in silahı..." Duraksadım, Kamer'in silahı evdeydi. Ne?

Çetin bir şey diyemezken hızlı hızlı soluk alıp vermeye başladığımda dişlerimi sıktım. "Bu işin içinde başka bir iş var, birileri çok pis oynuyor bizimle."

"Lan dört tarafı düşmanlarla çevrili aile parçası olduk iyice ha!" dedi Andaç hayretle.

Kimse onu umursamazken Aytaç tok bir sesle soru sordu: "Peki, şimdi ne olacak abi? Yok yere girmeyecek değil mi hapse?"

Çetin, "Saçmalama oğlum, bir avukat buldum sayılır. Bir insana iftira atıp kenara çekilmek bu kadar kolay değil," dediğinde dudaklarımı ısırarak düşünmeye başladım fakat şu an akıllıca düşünür sayılmazdım. Silah? Kamer'in silahı?

Beynimin içini filmlerdeki simülasyon sahnelerine sokar gibi zorlarken derin bir nefes aldım ve dudaklarım kendiliğinden açıldığında o ismi fısıldadım: "Necdet Alptekin?"

"Ha?" dedi Çetin ismi tam idrak edemeden.

Kafamı kaldırdım ve bana bakan çehrelere gözlerimi dokundurup geri çekildim. "Geri geleceğim."

"Nereye?" dedi Çetin elini kaldırıp bağırarak. Arabaya doğru koşmaya başladığımda ona bağıran bu sefer ben oldum. "Geldiğim zaman Kamer'le görüşmem için izin almış ol Çetin."

Daha fazla soruya tanıklık etmeden arabaya bindim ve saniyeler sonra çalıştırarak buradan ayrıldım. Kamer'in silahı babasında kalmıştı bir müddet ve şu an için ilk şüpheyi o adam çekiyordu. Bu durumu o kadar garipsemiyordum ki bu işin altından da o adam çıkarsa şaşıracağımdan bile emin değildim.

Yol ne kadar sürmüştü bilmiyordum fakat bir sefer geldiğimiz için ve az çok navigasyon yardımıyla Necdet Alptekin'in binasına ulaştım. Arabayı doğru düzgün bir yere park etmeden hızla indim ve koşarak içeri girdim. Binadan içeri girer girmez hemen sağımda duran danışmaya yöneldim. "Merhaba, Necdet Alptekin ile görüşmek istiyorum."

Saçları lisedeki müdüreler gibi topuz olan kadın kalın siyah çerçeveli gözlüklerinin altından bana bakıp tok bir sesle konuştu: "Necdet Bey bir saat önce çıktılar."

"Nereye çıktılar acaba biliyor musunuz?" diye sordum nefes nefese kalmış gibi ki kalmıştım da zaten.

"Nereye gittiğini söylemediler fakat akşama kadar döneceğini sanmıyorum," dedi kadın. Çaresizce bu durumu kabullenerek, "Peki, iyi günler," diyerek buradan derhal ayrıldım. Dışarı çıktığımda bitap olmuş bir vaziyette ellerimi saçlarıma geçirdim ve arabaya yürüdüm. Bir şeyler yapmalıydım, burada elim kolum bağlı beklemek canımı sıkıyordu. Onun için, eşim için elimden gelmeyenleri bile yapmam gerekiyordu. Başımı direksiyona koydum ve düşünmeye başladım.

Düşün Aymira...

Daha çok düşün Aymira...

Yetmiyor Aymira...

Ve bum!

Başımı kaldırdım ve binaya gözlerimi kısarak bakmaya başladığımda arabadan inerek bu sefer daha temkinli adımlarla yürümeye başladım. Çok geçmeden az önceki kadının yanına vardığımda bu sefer daha sakin ve tok bir dille kendimi ifade etmeye başladım. "Merhaba, tekrar rahatsız ediyorum ama sizde Jülide Alptekin'in numarası var öyle değil mi?"

"Elbette," dedi kadın otoriter bir şekilde.

Gülümsedim ve ellerimi mermer tezgâhın üzerine koydum. "Rica etsem numarayı alabilir miyim?"

Kadın duraksadı ve alıcı gözüyle yüzüme bakarak fuzuli bir kibarlık ile konuştu. "Lâkin bu tür bilgi paylaşımlarını sadece aileden olanlar için uygun görüyoruz hanımefendi."

"Tamam," dedim çabucak. "Ben de ailedenim."

Bu cümle dilime ne kadar uzaktı böyle, kendimi hiçbir zaman onlarla aynı ortamda hayal edemiyordum. Bu hayalden kastımın ne olduğu apaçık belliydi.

Kadın benden daha net olmamı istediğinde yutkundum ve soluklanarak açıkladım. "Ben Jülide Hanım'ın oğlunun eşiyim."

Sözlerim karşımdaki kadını az çok tatmin etmişe benzerken gözleri parmağımdaki yüzüklere kaydı. Daha da emin olması için net oldum. "Aymira Alptekin, Kamer Alptekin'in eşiyim ben."

Kadın beni daha fazla zorlamadan numarayı küçük bir kâğıda yazarak bana uzattı. Hiç uzatmadan teşekkür edip bulunduğum yerden ayrıldım. Aceleci tavrım yoldaki birkaç kişinin dikkatini çektiğinde bunu umursamadan arabaya bindim ve telefonuma sarılarak kâğıttaki numarayı tuşladım. Saniyeler sonra tuşladığım numara çalmaya başlarken telefonu kulağıma götürdüm ve açması için dualar etmeye başladı.

Ve açtı.

"Efendim?" dedi sakin bir ses tonuyla. Bu oydu.

"Ben Aymira," dedim direkt. "Sizinle on beş dakika sonra göndereceğim adreste buluşmamız gerekiyor, ciddi bir durum umarım gelirsiniz... Yanlış," diye düzelttim nefret dolu bir sesle. "Derhal gelin!"

Kadının cevap vermesini bile beklemeden telefonu kapatıp hemen buluşacağımız yerin adresini mesaj olarak attım ve arabayı çalıştırarak oraya doğru yol aldım. Saat öğleyi geçmek üzereydi ve ben sanki günlerdir bu durumun içindeymişim gibi hissediyordum. Sadece birkaç saattir yoktu Kamer fakat bu birkaç saat korkunç bir yoklukla geçmişti ve geçecekti de. Bu geceyi onsuz geçirme hissi bile gerçekleri acıtırken kanatıyordu.

Buluşacağımız yere vardığımda arabadan indim ve kafenin içine girerek sakin bir yer seçtim. Dışarıda bir parkta konuşmak fazla dikkat çekebilirdi çünkü sinirlerime sahip çıkamayacağımı biliyordum, belki böylesi bir yer beni durdurabilirdi... Yani umarım.

Sırtımı taş duvarlara yasladım ve sabırsızca kadının gelmesini bekledim. Telefonu sessize alarak gelen aramaları ve mesajları şu an için erteledim. Konu Kamer'di ve ben bu masadan bugün bir şey öğrenmeden kalkmak istemiyordum, hiç olmazsa içimdeki kini o kadının yüzüne kusacaktım. Bunu kocası ya da kendi yapmamış olsa bile.

Dakikalar sonra Jülide Hanım içeri girdi ve gözleriyle etrafı kolaçan ettikten sonra beni gördü. İçimde tuhaf ve kasıntılı bir hava meydana geldiğinde doğruldum ve boğazımı temizledim. Nihayetinde karşıma geçip oturduğunda ona dikkatle bakmaya başladım. Kadın yüzsüzce yüzüme bakıp güldü. "Bu ne hız? Dün düğününüzden kovdunuz beni, bugün karşımdasın."

Hırsla dişlerimi sıktım ve öne çıkarak fısıldadım: "Kamer şu an nezarette."

"Ne?" dedi boşluğa düşmüş gibi. "Ne diyorsun sen?"

Kendimi geri çekerken güldüm fakat bu keyifsizdi ve benim bile midemi bulandıran bir durumdu. "Safa yatmayın... Eşinizin ya da sizin başınızın altından kalktığını biliyorum."

"Sen ne saçmalıyorsun?" dedi sesini yükselterek. Etrafıma bakındım ve buraya bakan kimse olmadığını gördüm. Devam etti: "Kendi oğlumu hapse attıracak kadar vicdansız olmadım."

İşte buna daha çok güldüm ve bizzat iliklerine kadar hissettirdim.

"Beni şöyle bir durumda bile güldürüyorsunuz, ilahi Jülide Hanım."

Nefret ediyorum senden ve sizden. Bize zarar veren her şeyden.

Kadın bana bakmaya devam ederken dudaklarımı ıslattım ve bu yapay gülüşmelere bir son vererek yeniden eğilip elimi hafifçe masaya vurdum. "Buraya sizin o iğrenç anılarınızı dinlemeye gelmedim... Kamer şu an büyük bir iftiranın kurbanı, yarın ne olacağı bile belli değil... Beni anlıyorsunuz değil mi? Benim eşim, şu an yapmadığı bir şeyin suçunu çekiyor, haksız yere." Derin bir nefes aldım. "Bunu ona kocanız yaptı biliyorum, adım kadar da eminim artık. Gidin ve kocanızı bulun bir an önce, bu rezilliğe bir son versin yoksa her şey daha kötü olur. Hem Kamer için hem de sizin için."

Elbette onları düşünmüyordum, onlara ne olacağı benim kaşımdaki kıl kadar değerli değildi ben sadece Kamer'i düşünüyordum. Bir acıyı daha kaldıramazdı, her şeyi geçtim yok yere ceza almamalıydı.

"Ona ne oldu?" dedi tane tane saf bir merakla sorarken.

"Gidin sorun oğlunuza," dedim ayağa kalkarken. "Ha tabii cesaret edip yüzüne bakabilirseniz."

Kalktığım yerin boşluğuna odaklanırken kulağına eğildim ve kinimi canlı tutarak fısıldadım: "Tabii sizde cesaretten çok yüz var, hangisini kullanacağınızı seçin o halde."

Masanın üzerinde duran ellerini sıkmaya başladığında gözlerimi devirdim ve kafeden ayrıldım. Anlaşılan onun olanlardan haberi yoktu ve ben Necdet Alptekin'e ulaşamamış olsam bile bu kadınla konuştuğum için bir şeylerin fitilini ateşlemiştim. En azından artık emindim. Ortada kesin bir şey olmasa bile emindim ki bunu ona babası yapmıştı.

Ben bunu Kamer'e söyleyecektim, her ne kadar bu darbeyi yemiş olsa bile bunu ondan gizleyemezdim. Artık ondan hiçbir şeyi gizleyemezdim.

Arabaya bindiğimde telefonumu sessizden çıkardım ve Çetin'i aradım. "Alo, Çetin bir gelişme var mı?" diye sordum merakla.

"Evet, avukatı buldum ve yarım saat sonra onunla görüşeceksin Aymira," dedi sakince. Kafamı aşağı yukarı sallarken, "Geliyorum," dedim ve telefonu kapatarak arabayı çalıştırdığım gibi doğruca emniyete gittim.

Yirmi dakika sonra emniyete geldiğimde çocukların dışarıda bankta oturduklarını gördüm. "Ne yapıyorsunuz burada?" diye sordum.

Zeynep ayaklandı. "Neredeydin sen? Çok merak ettik."

"Mühim değil," deyip geçiştirdim. "Geldim işte."

Alper sorguyla gözlerimin içine bakarak, "Her şey yolunda değil mi abla?" diye sordu.

"Şu an değil," dedim lafı dolandırmadan. "Ama olacak biliyorum."

Andaç gülümsedi. "Biz de biliyoruz."

Gülümsedim, onlardan güç aldığımı hissetmek çok iyi geliyordu her daim. Kısa bir vedanın ardından içeri girdiğimde Çetin ve yanındaki adamı hunharca konuşurken gördüm. Hızlı adımlarla yanına vardığımda, Çetin bana dönerek adımı söyledi ve Avukat Bey'le beni tanıştırdı. "İşte, Kamer'in eşi."

Adam bana bakıp gülümsediğinde, "Ben Avukat Fikret, merak etmeyin eşiniz için elimden geleni yapacağım," diye konuştu. "Size güvenmekten başka bir çarem kalmadı zaten," diyebildim kısık sesimle. "Lütfen onu buradan çıkarın."

"Merak etmeyin," dedi adam ve Çetin'e döndü tekrar. Aralarında bir şeyler konuşmaya devam ettiklerinde yanlarından ayrıldım ve danışmaya gidip Kamer'in yerini öğrenerek ona doğru adım atmaya başladım. Kalbime girip çıkan sancıların haddi hesabı yoktu ve ben sanki ilk kez onu görecekmişim gibi heyecanlıydım. Bir polis beni ona götürdüğünde alt katın biraz daha soğuk ve rutubetli olması yutkunmama sebep oldu. Kalbim bir yandan deli gibi çarpmaya devam ediyor, diğer yandan acıdan kat örüyordu.

Nihayetinde o alana girdim ve sakin adımlarla en sondaki bölmeye ilerledim. Adımlarımın sesini işitemiyordum ama onun burada olduğunu aldığı nefesten, kokusundan dahi anlamıştım.

Derin bir nefes alarak son adımı da attığımda demir parmaklarla örülü kutuyu andıran o soğuk duvarların karşısında buldum kendimi.

Oturuyordu.

Karşıdaki tahtadan yapılmış sandalyelerin üzerinde başını eğmişti ve kara kara düşünerek sadece oturuyordu. Üzerini değişmişti, onun için getirdiğim kıyafetleri giymelerine izin vermişlerdi. Onu o halde görünce ellerimi kaldırdım ve soğuk parmaklıkların birine sarılarak fısıldadım: "Kamer?"

Sesimi duyar duymaz başını kaldırdı ve gözlerinde oluşan o parlamayla oturduğu yerden hızla kalkarak karşımda belirdi. "Aymira," dedi ellerimi tutarken. Ellerim ısınıverdi bir anda, yüreğimin içi zaten korlar içindeydi onunla olduğumdan beri. "İyi misin?" diye sordu gözleri hızlı hızlı yüzümün her yerinde gezinirken.

Gülümsedim. "Boş ver beni, sen iyi misin?"

"Boş veremem," dedi elimi kavrayıp avuç içlerimi dudaklarının üzerine bastırarak. Gözlerini kapattı ve kokumu içine çekmeye başladı. "Boş veremem güzelim."

Ses tonu tenimi okşarken ona doğru yaklaştım ve aramızdaki bu aciz parmaklıkların varlığına küfrettim. Gözlerini açtığında dudaklarının üzerinden elimi çekti fakat onu tutmaya devam etti. Boşta kalan elimi yüzüne götürdüm ve hasretle sevmeye başladım. "Nasıl oldu böyle?" diye söylendim. "Dün hayatımızın en mutlu günüydü ama şimdi..."

"Şimdi de öyle," dedi beni durdurarak. Gözlerimdeki ateşte pay sahibiydi. "Hayat hâlâ çok güzel ve sen yanımda olduğun müddetçe yaşamaya değer." Dudaklarımdaki tebessümde pay sahibiydi. İçten bir gülüş belirdi çehresinin yerli yersiz her yerinde. "Benim güzel karım, güzel eşim yanımda... Şu cümledeki huzura ve aykırılığa bakar mısın?"

Beni her daim iyi hissettirmeyi başarıyordu, içinde yangınlar çıksa da bir şekilde kullanabileceği bir damla suyu benden yana çeviriyordu.

"Benim gibi bir adam için fazlasın," diye devam ettirdi cümlelerini. Sesindeki kırağı ısınan avuç içlerime dokundu.

Bunu reddettim. "Böyle şeyler söyle lütfen..."

Gülümsediğinde yanağının üzerinde oluşan çukura götürdüm işaret parmağımı ve narince dokundum oraya. Gözlerim kısılırken yüzümü iyice yaklaştırdım yüzüne doğru. "Bir şeyler yedin mi?" diye sordu hakikatli bir merakla. "Sayılır," dedim doğruca. "Çocuklar burada."

Kaşlarını çattı. "Burada olmalarına gerek yok, biliyorsun."

"Senin söylemenle olmuyor o işler," derken sesim aksi çıkmıştı fakat yine de bunu çok belli etmemeye çalıştım. Derin bir nefes alarak parmaklarımı yüzünde gezdirmeye başladım. Bir an için sanki başka bir ortamdaymışız gibi hissetmek istiyordum, sanki bu yaşananlar bizim başımızda değilmiş gibi. Gözlerim yüzünde gezinen parmaklarımı seyre daldı ve o esnada gülümseyiverdim. "Birkaç dakikalığına bir şeyler hayal etsek olur mu? Sanki aramızda bu parmaklıklar yokmuş gibi..."

Parmaklarımı tutan parmaklarını hareket ettirerek alnını alnıma yaklaştırdı ve beni kendine çekmek için konuşmadan söylendi. Gözlerimizi kapattık ve sadece birbirimizi dinlemeye başladık. Kamer sakince soluk alıp verdiğinde gözlerim kapalı olsa bile gülümsediğini hissedebilmiştim. "Dün gece bana nasıl dokunduğunu hatırlıyor musun?" diye sordu. Yanaklarım pembeleşirken gülümsedim ve bu gülüşün dişlerimi meydana sermesini önleyerek dudaklarımı ısırdım. "Peki ya sen?" diye fısıldadım cevabı vermeden. "Bana nasıl baktığını, öperken bile kıyamadığını hatırlıyor musun?"

İkimiz de bu soruların cevabını elbette biliyorduk, biz sadece hissetmek için yönelmiştik birbirimize. Onu o kadar sahiplenmiş ve benimsemiştim ki göğsümün içinde bir yuva olsaydı eğer ikimize ait bir kapı yapar kilidini kırarak bizi oraya hapsederdim. Nitekim öyleydi zaten ama hâlâ zarar görmeye devam ettiğimiz için bir yerde eksik kaldığımızı biliyordum.

Yutkundu. "Unutamam ki."

Fısıldadım: "Unutmam ki."

Gözlerimi açtığımda kirpiklerim göz kapaklarını teğet geçerek sürtündü. Gözlerini açarak alnını alnımdan ayırdı. "Sana sarılmak istiyorum," diye itiraf ettim. "Salak gibi üç beş saat hasrete bile dayanamıyorum ben."

"Sanki ben çok farklıyım," dedi gülerek. "Bak yine salak olduğumuzu kanıtladık işte."

Başımı aşağı yukarı sallarken gülümsemesine eşlik ettim. "Akıllı olsak birbirimizde işimiz ne ki?"

Sözlerimin ardından bir müddet sustu ve gözlerini yavaşça açıp kapatırken omuzlarını düşürdü, gözle görülmeyen bir yük vardı omuzlarında ve bu hoşuma gitmemişti. Sürem azalıyordu ve onunla konuşmam gereken meseleleri bir an önce halletmem gerekiyordu. Boğazımı temizlerken dudaklarımdaki kuru deriyi nemlendirerek konuşmaya başladım: "Şimdi benim sana bir şey söylemem gerekiyor ama kızmayacaksın tamam mı?"

"Kızmam," dedi direkt.

"Ben üzülmeni istemiyorum Kamer ama maalesef ki bu işin ardından da baban çıkacakmış gibi hissediyorum," deyiverdim. Konuşmadı, belki de şaşırmak için kendini hazırlayamadı. Hızla devam ettim: "Hatırlıyor musun o silah babanda kalmıştı ve sonra gidip almıştın, ne olduysa o ara olmuş olamaz mı? Silahını geri aldın tamam ama baban sana senin silahını vermeyip ya başkasının silahını verdiyse?"

Konuşmuyor sadece kaşlarını çatmış bir halde kara kara gözlerimin içine bakmaya devam ediyordu. Ekledim, zaman kaybetmek lehimize işleyen bir durum değildi. "O adam haftalar öncesinde vuruluyor ve yoğun bakımdan çıkıp senin adını veriyor, yetmiyor silahın adamın evinde çıkıyor... Kim koydu o silahı oraya? Her şeyi geçtim o silah evimizdeydi bizim."

Cümleler yapboz gibi birbirini tamamlamaya başladıkça ortaya daha belirgin bir harita çıkıyordu. "Ben bugün babana gittim," dediğim an gözlerini kıstı, konuşup yorum yapmasına müsaade etmeden cümlemin devamını getirdim: "Gittim ama bulamadım, danışmadan annenin numarasını aldım ve onunla buluştum. Muhtemelen haberi yok bu durumdan ama kocasını bulup bu olanları konuşması gerekiyor, göz göre göre hapse girmene müsaade edemem ki."

"Bunu yapmasaydın keşke," dedi soğuk bir sesle. "Ondan yardım istemeseydin."

"Hayır hayır," dedim düzelterek. "Yardım istemedim emin ol, ben sadece onunla konuştum ve durumu izah ettim. Umarım anlamıştır verdiğim mesajı."

Yine bir şey söylemedi, yine sustu.

"Kamer," dedim kısık sesimle. "Böyle olsun istemezdim inan."

"Senlik bir durum yok ki," dedi gülümseyerek, gülüşünde buram buram acı kokuyordu. "Şaşırdığımı söylersem yalandan ölür giderim şurada... Şaşırmadım, artık neden bile diyemiyorum."

Gözlerine acı acı baktım, ondan ne istiyorlardı? Bir insan evladına daha kaç kez çelme takabilirdi ki?

"Silah," dedi sonra düz bir sesle. "Eve git ve silahımı alıp Çetin'e ver. Sanırım haklısın, o benimki değil ama ucundan bir bez yardımıyla alıp poşetin içine koy ki parmak izlerin bulaşıp benimkileri silmesin. Tamam mı?"

Başımı hızlı hızlı sallayarak sözlerini dinledim. "Zaten Çetin bir avukat buldu, merak etme çıkacaksın buradan."

Artık kabuk bağlayan bir yarası olduğunu biliyordum, sızlanıp öfke bile tutmamıştı yüreği, direkt başka yola savrularak bunu kendi halletmek istemişti. Bu iyi bir şeydi elbette. Ellerimi tutmaya devam ederken, "Ve sen de git uyu sonra, bu gece maalesef ki buradayım ama yarın sana söz yanında olacağım," diye mırıldandı.

Güven veriyordu, her şeyiyle güven veriyordu.

Ona söz vermedim çünkü söylediklerini yapmayacaktım. O yanımda yokken gidip yatağımızda uyumayacaktım. Sessiz kalırken başını kararlı bir vaziyette aşağı yukarı salladı. "Ve şunu da unutma, biz neleri atlattık."

Gülümsemeye çalıştım ki güç bulsun. "Unutmam," dedim sakince. Elimi dudaklarına götürdü ve parmaklarımı öperek avucumun içindeki kınaya bakıp gülümsedi. Onu sevmişti. Birkaç saniye bu durum devam ederken bir polis içeri girerek, "Süreniz bitti," diye konuştu. Sesi donuktu.

"Hadi," dedi gözlerini kısarak. "Şimdi git ve dediğimi yap, sonra da uyu. Yarın gün bizim."

"Tamam," dedim sakinliğimi korumaya çalışarak. "Sabret tamam mı?"

Gülümseyip gözlerini kapatıp açtığında elimi bir sefer daha öptü ve sonra bıraktı. İçim buruk bir halde ondan uzaklaşmaya başladığımda ben çıkana kadar gözlerini bir saniye bile benden ayırmadı. Dakikalar sonra kendimi emniyetin dışında bulduğumda Çetin'i buldum ve yanına gittim. "Çetin," dedim elindeki telefonundan onu alıkoyarak. Bana baktı. "Geldin mi? Ne oldu, bir şey dedi mi?"

"Çetin sana bir şey söyleyeceğim," dedim sağa sola bakarak. Kaşları çatıldı. "Dinliyorum."

Bir adım daha atıp ses tonumu kıstım. "Bunu ona babası yaptı."

"Ne?" dedi dev bir tepki ve yüz ekşimesiyle. "Nasıl?"

"Sorma nedenini," dedim çabucak. "Dinle beni. Evde Kamer'in silahı var ama onun değil, yani sandığımız gibi değil hiçbir şey anlıyor musun? Sence o silah bir delil olarak kullanılabilir mi? Evet kendi silahı adamın evinde çıktı ama bunun da üzerinde Kamer'in parmak izleri var."

Bir süre söylediklerimi düşündü ve kendi kendine konuşur gibi kirli sakallarını karıştırır gibi parmaklarını orada gezindirmeye başladı. "Vallahi Aymira ne dedin, ne oldu anlamadım ama sanırım bunlar işimize epey yarayabilir. Avukat ile konuşayım."

"Ben şimdi eve gidip silahı getireceğim sana," dedim tok bir sesle. "Kamer benden bunu istedi."

"Tamam," dedi kafasını aşağı yukarı sallayarak. "Tamam da babası neden böyle bir şey yapsın ki?"

Aslında aklıma bir neden geliyordu ama bunu sesli düşünecek kadar kendimden emin değildim ve ortalık zaten bulanıkken o suya bir çamur da ben atmak istemiyordum. Gün sonunda zaten her şey açıklığa kavuşacaktı. Çetin'e cevap verirsem bildiklerimi öğrenmiş olması an meselesi olurdu ve bunu yapmak istemezdim. "Bilmiyorum," dedim geçiştirerek. "Ben şimdi gidiyorum eve, hatta çocuklar da gelsinler. Burada durmalarının bir manası yok."

"Doğru," dedi ve telefonuyla birkaç numara tuşlayarak az sonra Zeynep'i aradı. "Zeynep neredeyseniz dış kapının oradayız biz, gelin buraya."

Çetin olumlu bir yanıt alırken az sonra çocuklar geldi ve Aytaç harici diğerleriyle eve döndük. Hızla yukarı çıkarak gardırobun kapağını açtım ve silahı gördüm. Oradaydı. Alıcı gözlerle onu dokunmadan izlemeye devam ederken bir poşet bularak, fular yardımıyla silahı ucundan kavradım ve dikkatli bir şekilde onu poşetin içine koydum. Silah bir hayli ağırdı ama bunu sorun etmeden gardırobun kapağını kapattım ve fazla beklemeden odadan çıktım.

Merdivenlerden acele acele indiğimi gören Alper bana bakıp, "Nereye?" diye sordu. "Gidiyorum ben, bu gece yalnız kalırsınız muhtemelen. Dikkat edin tamam mı?" diye tembihledim onları.

Andaç oturduğu yerden kolunu kaldırdı. "Ben varım yengem burada, *no problem*."

"Ay bir de konuşabilsen," diye laf attı Zeynep.

Çok geçmeden kapıyı açtım ve dışarı çıktım. İleri park ettiğim arabaya doğru ilerlerken Mahir karşımda belirdi ve duraksadım. Hızla elimdeki poşeti arkama doğru saklarken hafifçe öksürerek gözlerimi gözlerine diktim.

"Nereye böyle?" diye sordu Mahir rahat bir sesle.

Gözlerimi kıstım. "Sana ne?"

Gülerek başını sallamaya başladı. "Kamer yanında yok Aymira," deyip daha rahat bir sesle mırıldandı: "Bir şey yapacak değilim. Rahat ol."

"Ne yapabilirsin ki lan?" diye sordum sert bir sesle. Üslubu zaten gergin olan sinirlerimi iyice yıpratmaya yönelik çalışırken ekledim: "Kamer yanımda olsa ne olmasa ne her türlü sıfırsın."

Sözlerimi kabullenirken dudaklarını birbirine bastırdı ve bana uzun uzun bakmaya başladı. Sanki ters giden bir şeylerin olduğunun bilincindeydi. Bu durum hoşuma gitmezken sol gözünü kıstı ve bu esnada boynunu saran dövmeleri gözlerime çarptı. "Sahi! Kamer nerede?" diye sordu. "Bildiğim kadarıyla dün evlendiniz ve bugün burada böyle yalnızsın. Kamer seni yalnız bırakacak ha?"

"İşte bu seni hiç ilgilendirmez," deyip yanından geçeceğim an önümde durdu.

Dişlerimi sıktım ve burnumdan soludum. Devam etti: "Sadece ufak bir soru sordum, her ne kadar durum kabullenilmez olsa da akrabayız öyle değil mi?"

Sinirli bir halde gülmeye başlarken, "İyice ısındın sen de bu işlere bakıyorum da," dedim.

Omzunu silkti. "Pek değil."

"İyi," dedim ve bu sefer bir adım daha yana kaydım. Yine önümü kesti. "Kamer nerede?"

Cevap vermedim.

"Aymira," dedi adımı söylerken. "Kamer nerede?"

Gözlerimi kapatıp açtım ve bir cesaret geriye çekilerek yüzüne diktim yüzümü. "Nezarette!"

Afalladı. "Ne?"

Güldüm lakin hiç samimi değildi bilakis benim bile hoşuma gitmemişti. "Ne o? Eğlenirsin sanıyordum. Üzüldün mü yoksa?"

"Anlamadım," dedi kaşlarını çatarken. "Ne işi var orada?"

Gözlerimi kaçırdım ve isteksizce konuşarak ona cevap verdim: "İftira yüzünden, yapmadığı şey yüzünden gözaltında tutuluyor."

Mahir'in gözlerindeki ve yüzündeki ifadeye anlam yormaya çalıştım ama daha fazlasını düşünmeye korktum, korktum çünkü biraz daha ona böyle bakarsam sahiden onun için üzüldüğünü düşünecektim. Bu çok saçmaydı, Mahir asla Kamer için üzülmezdi. Hatta belki de bu durum işine bile gelmişti.

Mahir gözlerime bakmaya devam ederken dudaklarından dökülen o cümle zihnimde kocaman bir oyuk açtı. "Babası değil mi?"

"Ne?" diyebildim çaresizce.

"Babasının yüzünden orada."

Duraksadım, Mahir nereden bilebilirdi? Evet artık birçok şeyi biliyordu ve biliyorduk fakat bu kadarını tahmin etmiş olması fazla ileri bir niyet değil miydi?

"Sen nereden..." dediğim anda sözlerimi keserek beni derhal susturdu. "O adam yalnızca ona zarar vermedi Aymira. Geçmişte ne bok yaşandıysa bunun faturasına sadece öz oğluna kesmedi."

"Mahir ne diyorsan açık ol," diye konuştum düz bir sesle. Bir şeyler bildiği aşikârdı fakat bunları benimle paylaşmaya niyetli olduğundan emin değildim. Mahir önümden usulca çekildi ve tok bir sesle bana bakarak dudaklarını araladı. "Git ve onu kurtar. Sana ihtiyacı olduğunu ben bile biliyorum."

Bedenim buz kesti birdenbire. O hakikaten Kamer'i düşünüyordu. İlk kez cesaret edip yüzüne bakamadım, bakarsam hem kendime hem de Aytaç'a yenilirdim. Bakarsam yüzünden gördüğüm gölgede pay sahibi olacaktım ve bu acı bana bir ömür boyu vicdan yaptıracaktı. O kötü bir insandı, yanlıştı ve yalandı. Sözleri pamuk şeker bile olsa, ruhu elmanın içindeki kurt gibi her yerini çürütmüştü. En çok da kalbini.

Arkamda sakladığım silahı belli ederek onu kavradım ve ilerlemeye başladım. Bir kez daha konuştu yanından geçerken. "Ve umarım babasına yenilmez, biliyorum çünkü o hissi."

Zihnim karman çorman olan sözleriyle bir savaş verirken arabanın kapısını açtım ve bu savaşı içimde büyütmeden arabayı çalıştırarak caddeden ayrıldım. Mahir az önce tamamen beynime oynamıştı, evet sözlerinde haklılık payı olabilirdi ve bu ihtimal bir hayli yüksekti ama bana net olmadıktan sonra bu savaşın sona ereceği ne yazık ki yoktu.

Zaman kaybetmeden silahı öylece Çetin'e teslim ettikten sonra dışarıda oturan Aytaç'ın yanına gittim. Hava usul usul kararmaya başlıyordu, yoğun bir gün oluyordu bizim için. Gözlerimi kapattım ve ılık havayı ciğerlerime doğru çekmeye başladım. "Yorulmadın mı hâlâ?" diye sordu Aytaç sakince. Gözlerimi açmadan kafamı sağa sola salladım. "Hayır."

"Böyle oluyor değil mi?" diye sordu hemen ardından. Kaşlarımı çattım ve kapalı olan gözlerimi açarak ona baktım. Yüzünde temiz bir ifade vardı. "Ne?" diye sordum ben de merakla.

"Sevince," dedi tutuk bir ses tonuyla dudakları aralanırken. "Ne yorgunluğundan ne uykusuzluğundan bir şey anlamıyorsun."

"Öyle," dedim düşünmeden. İç çektim. "İnsan sevince her şeye katlanıyor."

Duraksadı, niyetim onu üzmek değildi. "Senin gibi işte... Sen de öylesin," dedim itiraf ederek. "İnsan sevince yokluğuna bile katlanıyor."

Akşamın güneşi önce gözlerine sonra da yüreğine çökerken kollarımızı göğsümüzde sabitledik ve yüzümüzü semaya çevirerek öylece zamanı bekledik. Zaman geçiyordu ama geçerken birçok şeyi de yanında götürmeyi ihmal etmiyordu.

Saatler sonra...

Ertesi günün ilk ışıklarıyla ayaklandım, zaten doğru dürüst gözlerimi kapatmış bile sayılmazdım. Saat sekize kadar ortalıkta gezindim ve yarım saat sonra onunla tekrar görüşecektim. Çetin avukatın yanından dönerken adımlarımı hızlandırarak karşısında durdum. "Bu saate kadar çıkmış olması gerekmiyor muydu? O avukat, kurtaracak değil mi onu?"

"Sakin ol," dedi Çetin tiz bir sesle. "Hiçbir şey bitmedi daha."

"Çetin koskoca bir gün geçti ama ortada hiçbir şey yok, göz göre göre hâkimin ağzından çıkacak olan sözcükleri mi bekleyeyim yani?"

diye sordum. Sesim ve tavrım sabırsızca bir uyum içerisindeydi. Dün gece öylece sabaha kadar elim kolum bağlı beklerken hiçbir şey kolay olmamıştı. Bu büyük bir iftiraydı ve maalesef adalet çoğu zaman bizden yana olan bir kavram olmuyordu.

Ellerimi saçlarıma götürdüm ve derin bir nefes alarak sağdaki sandalyeye oturdum. Her ne kadar güçlü durmaya çalışsam da sabrımın tükenişine şahitlik ediyor olmam acınası bir durumdu. İçinde bulunduğum bin bir öfke ve duygu beni zorluyordu. Öfke, endişe ve daha nicesi...

Çetin, "Aymira," diye seslenirken başımı kaldırdım. "Kamer'le görüşeceksin."

Çabucak oturduğum yerden toparlandım, zamanı ileri almış olmaları şu an için en iyi şeydi. Hızlı adımlarla yeniden o bölüğe indiğimde koşarak parmaklıklara sarıldım. "Kamer," dedim ellerini tutarken. Beni beklediğini anladım. "İyi misin?" diye sordum. Diyebilecek, yapabilecek bir şeyim yoktu

"İyiyim," diyebildi.

Değildi.

"Kamer ben..." Cümlemin devamında koca bir hayal kırıklığı yatıyordu, ta ki memur bey elinde kocaman bir anahtarlıkla yanımızda belirirken. "Kamer Alptekin?" Müthiş bir heyecanla geri çekilirken Memur Bey anahtarın tekini kilide soktu ve çevirdi. "Serbestsin."

Kalbim deli gibi atmaya başlarken irileşen gözlerimle Kamer'e baktım. Bana şaşkın ama sanki bunu bekliyormuşçasına bakan gözleri ışıldadı. Memur Bey demir parmaklıkların olduğu büyük kapıyı aralarken Kamer sakince dışarı çıktı ve ellerimi ağzıma götürerek sırıtkan ama ağlamaklı çehremi saklamaya çalıştım. Ellerim titriyordu, umudum bittiği anda gelmişti. Kamer karşımda belirdiğinde kollarını hafifçe açtı ve bana gülümsedi. Kendimi daha fazla tutamazken gözlerimden bir damla yaş firar etti ve bedenim ona sığındı.

Kolları sırtımı sıkıca kavrarken hiç gitmediğim yuvama bir kez daha kavuştum.

Saçlarımdan öptü. "Biliyordum."

"Ben de," dedim içimdeki kötü hissi kovarak. Umudumu yitirmek üzereydim ama bunun ne kadar yanlış olduğunu bir kez daha anladım. Yan yanaysak eğer umut her zaman vardı. Umut bizim için hiçbir zaman en kötüsü olmamıştı.

Birkaç dakika sonra yukarı çıktığımızda Aytaç ve Çetin'in karşımızda bulduk. İkisi de gülen bir suratla bizi karşılaşırken Kamer elimi bırakıp önce Çetin'e sonra da Aytaç'a sarıldı. Mutluluktan delirmek üzereydim. Çetin, "Sonunda lan," diye konuşurken Aytaç devam etti: "Korkuttun bizi be abi."

"Geldi geçti işte," dedi Kamer soluğunu verirken. "Bir an önce gidelim buradan hadi."

Senkronize bir halde arkamızı döndüğümüzde Necdet Alptekin karşımızda belirdi.

Duraksadık.

Yanında duran avukat bizim avukatımızdı. Necdet Bey gülen bir suratla bir adım öne çıkarken Kamer bizi arkasına alarak babasının karşısında durdu. "Oğlum, nihayet çıkardım seni. Kurtardım buradan."

"Ha?" dedim kısık sesimle.

"Geçti gitti artık," dedi cümlelerine yenilerini eklerken. "Daha iyisin değil mi?"

Ortamda ölümcül bir sessizlik meydana gelirken adamın yüzündeki ifadeye anlam vermeye çalıştım. Yalan söylüyordu, düpedüz bir yalana kendini inandırmış ve bizim de buna inanmamızı bekliyordu.

Kamer histerik bir biçimde gülerek konuşmaya başladı: "Sen beni salak mı sandın?"

Necdet Alptekin'in yüzündeki renk değişimi yavaş yavaş belli olmaya başladı. Kamer durmadı. "Tüm bunları senin yaptığını biliyorum. O adamı öldürmeye çalıştın ama bilerek sakat bıraktın. Sonra silahım, bana sahte bir silah verdin... Sonra tüm bu saçmalıklar... Şimdi de gelip sahte kahramanlığını mı kutluyorsun bir de utanmadan karşımda? Ne için? Sana minnettar olmam için mi?"

Necdet Alptekin konuşmadı.

Kamer, "Bu değil mi? Hayatını sürekli böyle işler için adadın sen? Ne sanıyorsun ki, hiçbir bok anlamayacağımızı mı?" diye ses tonunu yükseltirken dikkat çekmemek için dudaklarımı kemirmeye başladım. Kamer elimden tuttu ve beni yanına çekti. "Sen eşime dua et, yoksa dünyamı da ahiretimi de yakar seni mahvederim... Necdet Alptekin."

Adamın bozguna uğrayan suratına cesaretle bakmaya başladım. Bu kadardı işte, kurduğu planlar, oynadığı hayatların sonucu bu kadardı. Kaybetmeye mahkûm bir adamı kim kurtarabilirdi ki zaten?

Kamer elimi sıkıca kavramaya devam ederken dişlerini sıktı ve sert bir nefes alıp verdi. "Bitti artık, bu son mermiydi onu da kendi ayağına sıktın."

Necdet Alptekin tükeniyordu.

Kamer daha fazla konuşmazken dudaklarını çabucak yaladı ve elimi bırakmadan çıkışa doğru ilerledi. Herkes her şeyi az çok öğrenmişti artık. Oyunlar bitmişti, gece nihayet gündüzüne kavuşmuştu. Emniyette dışarı çıktığımızda Çetin, "Aga," dedi şaşkın bir sesle.

Kamer devamının nasıl geleceğini iyi biliyordu ve buna engel oldu. "Çetin," dedi arkasını dönerek. "Zeynep'e söyle ocağa çay koysun."

Çetin'in gözleri beni bulduğunda gülümseyerek Kamer'in sözlerini onayladım. "Tamam," dedi şaşkınlığını üzerinden azar azar atmaya çalışırken. Kamer kafasını dev bir boş vermişlikle sallarken bana baktı ve göz kırparak arabaya doğru yöneldi. "Yokluğumda yerimi kaptın galiba," dedi ön kapıya vardığında.

Sırıttım. "Biraz öyle oldu sanki."

"Olsun anasını satayım," dediğinde güldüm. "İşte, en çok bunu özledim... Anasını satayım."

Karşılıklı gülmeye devam ederken arabaya bindik ve omuzlarımızdaki yükü yere bırakarak evin yolunu tuttuk.

Kamer arabayı park ederken Çetinler de hemen arkamızdan geldi. Birlikte yukarı çıkarken içimde tazecik bir his vardı. Gülümsemeden duramıyordum ve bu hissi benimsemek istiyordum. Artık sadece en azından bir müddet daha gülümsemek istiyordum.

Kamer kapıyı çaldığında kapı saniyeler içinde sonuna kadar açıldı ve Andaç'ın sırıtkan ifadeyi bizi karşıladı. Kollarını kocaman açıp kendini Kamer'in üzerine bırakırken, "Oy kurban olduğum özlettin," diye bağırdı. Kamer şaşkın bir halde hafifçe sarsılırken ona sarıldı. "Andaç, koçum bir nefes alaydım ya."

Andaç hemen kendini toparlarken geri çekildi. "Buyur abi, çek çek çek iyi nefes çek."

Kamer, Andaç'ın omuzlarına vurup içeri girdi. "Piç herif."

Gülüşerek içeri girdiğimizde Zeynep ve Alper'in o tatlı heyecanı görülmeye değerdi. İkisi de çekingen bir halde oldukları yerde beklerken Kamer, Zeynep'e kollarını açtı. "Gel kız buraya."

Zeynep beklemeden Kamer'in onun için açtığı kolların altına girip sımsıkı sarıldı. Kamer ve Zeynep arasındaki bağı seviyordum, onun gerçek kız kardeşi yoktu ama Zeynep bu durumun kan bağından ibaret olmadığını gösteriyordu. Zeynep'le sarıldıktan sonra Alper belirdi karşısında. Onları izledim hayranlıkla. En değerlilerimdi.

Alper, "Hoş geldin abi," dediğinde Kamer, "Hoş bulduk abisi," diyerek ona da sarıldı.

Andaç sahte bir burun çekişiyle, "Ağlattınız ulan," diye konuştu. Çetin homurdanarak mutfağa ilerledi. "Zırla Andaç."

"Hemen!" dedi Andaç hızlı adımlarla onu takip ederken. Ellerimizi yıkadıktan sonra birlikte Zeynep'in hazırladığı sofraya kurulduk. Yeniden bir arada olmak çok güzeldi, aileme kavuşmuştum.

Birlikte kahvaltımızı yapmaya devam ederken herkesin iştahının yerinde olması da ayrı bir güzellik katmıştı. Andaç ağzından çıkardığı zeytin çekirdeğini tabağına bırakırken Kamer'e baktı. "Abi o değil de dua edin düğün gecesi kapınıza dayanmadı polisler... Hani anla..."

İstemsizce öksürdüğümde masadaki tüm gözler üzerimde toplandı. Yüzüm kıpkırmızı olduğunda Zeynep kaçamak bakışlarla yüzüme bakıyordu ve başımı öne eğmiştim. Kamer dişlerini sıkarak tısladı. "Oğlum, senin derdini var ya..."

Andaç ellerini göğsüne siper ederek, "Yok abi, dert benim olsa amenna... Ben sizin iyiliğiniz için diyorum. Yani düğün gecemde basılsam..." Cümlesinin devamı gelmezken gözleri Zeynep'i buldu. "Zeynep aman ha!"

"Ben ne yaptım?" dedi Zeynep dev bir şaşkınlıkla.

Andaç itiraz etti. "Aman ha gözünü seveyim."

Aytaç soğukkanlılıkla çayından bir yudum alırken, "Çuvaldızı önce kendine batırsan bir kez de bir şey olmaz," diye mırıldandı.

Andaç güldü. "Kardeşim sahalar dönmüşsün."

Aytaç güldü. "Kaleciliğin hâlâ berbat ama."

Andaç tekrar güldü. "Sol ayağını hâlâ çok iyi kullanıyorsun ama."

Aytaç derin bir nefes alırken Kamer'e bakıp gülmeye devam etti. "Kimin takımındayız?"

Andaç ellerini yukarı kaldırarak bağırdı. "Kamer reis oley, Kamer reis oley."

Sofrada büyük bir cümbüş meydana geldi. Herkesin yüzü gülüyordu, hepimizin gözlerinde yarın için umut filizlenmiş çiçeklerle doluydu.

Sofradaki gürültü devam ederken Kamer de onlara eşlik etti ve belki de şu âna kadarki en mutlu yemeğimizi yedik. Gözleri beni bulduğunda onu hayranlıkla izlemeye devam ettim, bana baktı ve göz kırptı. Ardından gülmeye devam etti.

Bugün bir kapı aralandı bizim için ve artık içindeyiz. Vakti geldiğinde hiç açılmamak üzere kapatacağımız günü bekliyoruz. Zaman… Gel ve hapset bizi şu âna.

14. Bölüm

Bir Devrin Başı ve Sonu

Karanlık bir evin içinde açmış yedi çiçek, yedi kalp ve yedi nefes.

Sayının bir önemi yoktu elbette lakin bizler saymayı yitirip bitirdiğimiz günlerden değil, o günlere feda ettiğimiz can kırıklarından öğrendik. Dahası için imkânımız olsa da saymayı seven insanlar değildik, öğrenmek bu yüzden hep sıkıcı ve uzak bir durum olmuştu.

"Neresi korkunç ulan bunun?" diye homurdandı Çetin aşırı keyifsiz bir sesle. Yaklaşık yarım saattir salonda toplanmış korku filmi izliyorduk. Aslında birçoğumuz korkudan ziyade başka kategorileri seçse de Andaç'ın ısrarları bileklerimize neşter dayatacak kadar can sıkıcı olduğundan el mecbur durumu kabullenmek zorunda kalmıştık.

Televizyonun yanına denk düşen koltukta Kamer ile ben, benim biraz ötemde ise Alper oturuyordu. Televizyonun tam karşısında Andaç ve Zeynep, onların yanında Çetin diğer tekli koltukta ise Aytaç oturuyordu. Korku filmleri her ne kadar saçma gelse de kendimi alıkoyamadan onlardan bir şekilde korkuyordum. Başımı Kamer'in göğsüne yaslamış ve ellerimi de yüzümün yanına koymuştum, ani bir sahnede derhal onları kullanıyor direkt yüzüme siper ediyordum.

Andaç sahte bir endişe ile mırıldandı: "Gece tuvalete gidemeyeceksin kayınço, gör bak."

"Hadi lan oradan!" dedi Çetin tavrını idame ettirerek. "Ben sen miyim? Hem madem bu kadar korkuyorsun ne halt etmeye bizi de bu zırvalıklara hapsettin ki?"

"Şş," dedi Andaç parmaklarını dudağının üzerine götürerek. Hastane duvarlarına asılmış hemşire portresi gibiydi şu an. Karanlıkta az çok bu kadarını görebilmiştim. "Gerçek bunlar gerçek."

"Tabii," dedi Çetin kısık gözleriyle ekranda gördüklerini diline dökerek. "Karanlık ve terk edilmiş bir ev, bir grup geri zekâlı ve onların başına iş açan abuk sabuk tipler... Ulan seni sabah robdöşambırla görsem daha çok korkarım, pezevenk olmuş bu derim."

Dudaklarım usulca kıvrılırken Kamer'in güzel elleri sırtımdan saçlarıma doğru tırmanmaya başladı. Bu hissi öylesine ve ölesiye seviyordum ki hayatım boyunca burada onunla yaşayıp ölebilirdim. Ölüm bile onunlayken güzeldi. Andaç, Çetin'i sözlerine cevap verdi: "Analizin anasını ağlattın da ben pezevenk olursam sen niye korkuyorsun?"

"Zeynep'in kanına öyle bir girdin ki kız senin enkazından sağ çıkamayıp benim üzerime kalacak..." Cümlesinin devamını söyleyemeden ani ve gürültülü bir sahne hepimizi bir duraksattı. Ellerim hızla yüzüme kapanırken Kamer'in gülümsediğini duydum ve hissettim. Kulağıma eğildi. "Şu korkunu bir yenemedin."

Yüzüm kapalı mırıldandım: "Kolay sanki."

Üstelemezken parmaklarımın arasından Zeynep'in sımsıkı bir şekilde Andaç'a sarıldığını gördüm. Andaç ise bu durumdan o kadar keyif alıyordu ki yüzündeki o ifade aksine hissetmeme mâni bile olamıyordu. Yüzümü sahneye doğru çevirirken temkinli yaklaştım. Kamer kollarını sırtıma dolayarak beni iyice kendine sarmaladığında bacaklarımı biraz toparlayarak küçüldüm. Kasvetli sahneler etkisini artırtmaya başladığında Andaç'ın bana seslendiğini duydum. "Yengeciğim, pek bir korkmuş gördüm sizi."

Fırsattan istifade yüzümü hafifçe doğrultup gözlerine odaklandım. "Yengesi," dedim gözlerimi kısarak. "Pek bir fırsatçı gördüm sizi." Zeynep'in küçük göz bebekleri gözlerimi bulduğunda bana ölümcül bir bakış savurdu fakat bu hiç de korkutucu olmamıştı. İçten içe gülümsemeye başlarken Çetin'in çatık kaşlarla homurdandığını işittim. "Zeynep çok korkuyorsan bana sarıl abiciğim, gerek yok şöyle şeylere."

Zeynep, abisinin sözleri üzerine kendini hafifçe geri çektiğinde yutkundu. Saçlarını elinin yardımıyla geriye doğru yaslarken, "Ben bir an boş bulundum abi, yoksa..." diye durumunu izah ederken Andaç düz bir sesle konuştu.

"Değerim bu, öyle mi? Füze var, yer miyim Zeynep?"

"Zıkkımın kökünü ye," diye karşılık aldı Çetin'den sözlerini bitirir bitirmez. Ortamdaki münasebet alışılagelmiş bir tabloyu yansıtsa da

Kamer'in sessiz kalması ve olaylara belli bir tepki vermemesi dikkatimi çekmişti. Elbette bu durumdan şikâyetçi değildim bilakis soğukkanlı olması işleri çıkmazdan kurtarabilirdi fakat ben üzerinde farklı bir durgunluğun olduğunu seziyordum.

Film ilerlemeye devam ederken Alper'in esnediğini gördüm. "Uykun geldiyse yat istersen," diye fısıldadım ona doğru.

Bana baktı ve kafasını belli belirsiz sağa sola sallayarak, "Bitsin de öyle yatayım," dedi.

Çetin az önceki tavrından bir nebze olsun bir şey kaybetmemiş haliyle televizyonu işaret ederek açıklamalar yapmaya başladı. "Ben sana söyleyeyim mi? Esas oğlan ve esas kız dışında hepsinin tahtalı köye gidecek. Çok da merak edilecek gibi durmuyor yani."

Alper, Çetin'i garip bir şekilde dikkatle dinlerken Andaç ekledi: "Film ustası konuştu. Helal ulan kayınço, yine fişeksin!"

Kamer nihayet konuştu: "Andaç, boş yapma!"

Sırıtmamak içine kendimi sıktığımda dudaklarımın üzerini Kamer'in siyah tişörtüne bastırarak fırsattan istifade onun kokusunu içime çektim. Yanımdaydı, kollarının altında, kalp atışlarının hedefindeydim ama salak gibi onu özlüyordum. Onu göz göze geldiğimiz zaman bile özlüyordum. Ya çok delirmiştim ya da akıl, beni ona kapıldığım gün terk edip gitmişti.

Andaç'ın filmden uzaklaşarak rahat bir şekilde bize baktığını fark ettim. "Tamam ben boş yapıyorum da," diye itiraf edip ekledi. "Siz ne yapıyorsunuz? Tamam aile saati oh mis de... İki günlük evli bir çift için tercihinizi benden yana kullanmanız pek bir şüphe uyandırdı he."

Kamer derin bir nefes alıp verdi. "Bırak ona da biz karar verelim," deyip oturduğu yerde hafifçe kıpırdanarak esnedi.

Andaç kıkırdayarak bana göz kırptı. "Aha! Alarm veriyor kocan sana."

Işığın çok az olması yüzümdeki pembeleşmiş rengi örselerken onu cevapsız bırakarak kafamı Kamer'in göğsünün üzerinden kaldırıp yüzüne doğru fısıldadım: "Hadi, çıkalım biz."

Gözlerini usulca kapatıp açarken dudağının kenarına sinmiş o minik tebessümüne sırıtıverdim. Ne hoş ve içime sıcacık eden bir mevzuydu bu böyle. Omurgalarımı doğrulturken Kamer de toparlanmaya başladı. Ellerimi dağılan saçlarıma götürerek onları geriye doğru iterek Alper'e döndüm. "İyi geceler."

"İyi geceler abla," dedi bana dönüp sakince mırıldanarak. Gülümsedim ve usulca ayaklarımdan kuvvet alarak ayaklandım. Salondan çıkmadan onlara iyi geceler dileyerek odaya çıkmadan evvel mutfağa yöneldim. Kamer ise bana uzaktan uzaktan bakarak odaya çıkmaya başladı. Mutfak dolaplarına sakladığım daha doğrusu bıraktığım badem şekeri kutusunu kavrayarak mutfaktan çıktım. İçimdeki çocuk saf bir heyecanla oradan oraya koşuyor gibiydi. Kendimi çok değişik hissediyordum.

Merdivenleri çıktıktan sonra içeri girdim. Kamer pencerenin önündeydi ve sigarasını yeni yakmış bir halde öylece dışarıyı izliyordu. Ilık hava içeri sızarken kapıyı sakince kapatarak yatağın başına doğru yürüdüm. Elimdeki badem şekeri kutusuna sıkı sıkı tutunmuştum farkında olmadan. "Dün de içemedin tabii," diye söylendim öylesine konuşarak.

İki parmağının arasına esir düşmüş sigaranın dumanı karanlık havaya karışırken, yükseldikçe silikleşen gri renk Kamer'in yüzüne sinmeden toz oluveriyordu. Derin bir nefes alarak sigarayı iki dudağının arasına koyarak onu içine çekmeye başladı. Onu izlemeyi hep sevmiştim ve sonsuza kadar oturduğum yerden onu izleyebilirdim.

Yanına vardığımda omzumu pencerenin yanındaki duvara yaslayarak ona döndüm. Derin derin bakıyordu ama bana değil. "Ne düşünüyorsun?" diye sordum biraz çekingen bir şekilde.

Sigarayı dudaklarının arasından çekip içinde biriken kül kokularını havaya püskürdü. "Hiç," dedi düz bir sesle. "Düşünmek istemiyorum hiçbir şeyi."

"Yorgunsun," dedim onu izlemeye devam ederek. Dudağının kenarı aniden kıvrılırken karanlıkta incileri andıran güzel gözleri, gözlerimi bularak ima ile kısıldı. "Sana yorgun değilim ama."

"Deme şöyle," diye konuşuverdim, doğrusunu söylemek gerekirse şu an ona verebileceğim cevabın bu olmadığından emindim lakin ne uygun olur bilememiştim.

Kaşlarını çattı. "Ben sana sarılmaktan bahsetmiştim."

"Yalancı," dedim gülerek.

Güldü. "Bu doğru, yalancıyım."

Gülümsemeye devam ettim zira gülüşü asla ona somurtmamam gerektiğini haykırıyor gibiydi. Kamer yönünü bana çevirmeden güzel yüzünü gözlerimin önüne sunarak tekrar sigarasına sığındı ve onu içine çekip bıraktıktan sonra dudaklarına sinmiş dumanla fısıldadı. "Çok güzelsin anasını satayım."

Neden bilmiyorum ama bunu birçok kez itiraf etse de ilk defa bu kadar farklı hissettirmişti. Gülümsedim. O ise bana hayranlıkla bakıyordu. "Sen sahiden benim eşimsin, bu nasıl bir ayrıcalık biliyor musun?" Sustum, devam etti: "Beni baştan yazdın sen, her şeyi sildin ve kendi ellerinle yazdın. Ruhum dahil her yerimde senin izlerin var."

"Aynı şey benim için de geçerli," diye itiraf ettim. "Biliyorsun işte."

Bir şey söylemeyerek soluklandı ve başını hafifçe eğip elimdeki badem şekeri kutusuna baktı. "Onu tanıyor gibiyim sanki," diye konuştu düz bir sesle.

Güldüm ve elimdeki kutuyu öne çıkararak, "Sanki fazla," deyip kapağını kaldırdım. İçinden çıkan badem şekerleri ruhumu cıvıl cıvıl ederken bir tanesine uzanarak onu ağzıma attım. Kamer beni saf bir hevesle izlemeye başladığında kendime mâni olamadan bakışlarımı kaçırıp güldüm. Bir şeyler yerken birilerinin beni izlemesi hoşuma giden bir durum değildi, bu eşim dahi olsa bile.

Şekeri yerken kutuya uzanarak bir tane de Kamer için alıp ağzına götürdüm. Kendini geri çekti. "Sevmiyor musun?" diye sordum. "Sevmiyordun ama sevmiş gibi yapsan olmaz mı?" diye düzelttim hemen ardından. Duraksadı ve kafasını sağa sola sallayarak bu ısrarıma dayanamayarak uzattığım şekeri ağzına aldı.

Sırıttım. Konuştu: "Sen çok fenasın."

"Evet," dedim omzumu silkerek. "Sana fenayım."

"Bak bak," dedi Kamer yumuşak bir sesle mırıldanırken.

"Bak o zaman," diye konuşuverdim içimde tutamayarak. Dudaklarını çabucak ıslatıp çekerek dumanlı gözleriyle fısıldadı. "Ölene kadar."

Tebessümüm dudaklarımı bıçak gibi kesiverdi bir anda. Onun dudaklarından ölüm bile güzel duruyordu ama istemiyordum bulaşmasını, yakışmasını. Kutuyu komodinin üzerine bırakarak ona bir adım yaklaştım. "Ölüm sanki hep yakın ama çok uzakmış gibi geliyor," dedim gözlerine bakarak. "Bu ürkütüyor."

"Ürkme," dedi. "Bu salt bir gerçek biliyorsun."

"Biliyorum," dedim muallakta kalmış gibi. "Ama yine de ne bileyim..." Cümlemin devamına sığdıramayacağım, sığdırsam bile duygularımı adamakıllı dile dökemeyeceğim onlarca kelime vardı. Sustum. "Neyse."

Bir şey söylemedi. Sigarasını bitirdi ve izmaritini masanın üzerinde duran kül tablasına bıraktı. "Üşüdün mü?" diye sordu pencereye uzanırken. Kafamı iki yana salladım. "Çok değil." Cevabım onu tatmin etmiş olacaktı ki pencereyi yarısı açık kalana kadar kapattı. Gözlerimi gökyüzüne çevirdiğimde geri çekilerek bana yer verdi ve pencerenin önünde durmamı sağladı. Ellerimi pencerenin önündeki boş tahta kısma koyup derin bir nefes aldığımda Kamer kollarını boynuma atarak sırtımı göğsüne yasladı. Gözlerim kapanırken bu kısa sürdü ve pencereye yansıyan bize baktım. Gülümsedim. Göz göze geldik onunla. Gözlerimiz bir süre birbirine sarıldığında bir şeyler mırıldanarak yeniden gökyüzüne baktım. "Yıldızlar bu gece küsmüş evrene."

"Yıldızlar bile trip atıyor," diye beklemediğim bir çıkış aldığımda kıkırdadım.

Çenemin altında duran koluna dudaklarımı bastırarak bunu durdurmaya çalıştım. Kamer kolunu usulca boynumdan çekerek elini belime indirdi. Yutkundum fakat bunu belli etmemeye çalıştım. Dudakları saçlarımın arasına karışırken onları kokladı, bunu hissedebildim. Gözlerim kapandığında elleri bel çukurumu iyice sahiplenmeye başladı. "Tek bir gece bile yetti," diye fısıldadı çaresizce, ama bu o kadar sessiz ve işitilmesi zor bir ses tonuydu ki iliklerime kadar titremiştim âdeta. "Seni delirecek kadar özlemeye."

Ellerimi pencerenin önünden çekerek belimde duran ellerine götürdüm. Soğuktu ve bunu seviyordum. Gülümsemeye çalıştım. "Seni delirecek kadar özledim," diye mırıldandım. Dudaklarını saçlarıma bastırırken dudağımın içindeki eti ısırarak içinde bulunduğum dürtüye meydan okumaya başladım ama o beni çoktan etkisi altına almıştı.

Kamer, belimi narince tutmaya devam ederken hemen sonra baskısını bir tık artırdı. Buna dayanamayarak yüzümü derhal ona döndüm. Saçlarım yüzüne karıştı. Elleri direkt yüzümün belli belirsiz yerlerine dağılan saçlarıma gittiğinde onları toparlayarak bana yaklaştı. Koyu gözleri kahvelerimin içine soğurken dudaklarını birbirine bastırdı. "Şu yaşıma kadar yaptığım tek doğru şey, seni beklemekmiş," dedi.

Parmaklarım yüzüne ulaşırken ufak ufak çıkan sakalları derime batmaya başladı ama bu tatlı bir dokunuştan öteye gidemedi. "Kamer..." diye başladığımda beni hızla susturarak konuştu:

"Kasıkların ağrıyor mu hâlâ?"

Bir an afalladım ve boş bir tepkiyle, "Hayır," diye cevapladım. "Ne oldu ki?"

"Hiç," dedi dudaklarıma yönelirken. "Bir şey deneyeceğim."

"Ne?" diye sorar sormaz dudaklarımın üzerini örten dudaklarıyla gözlerim kapanıverdi. Yumuşak dokusu beni çabucak kabullenirken ellerimi yüzünden saçlarına doğru kaydırdım. Bir elim ensesinde, diğeri ise saçlarının arasındaydı. Üst dudağı özlemle alt dudağımı öpmeye başladığında elini belime indirerek beni kendine bastırdı. Yanağımda duran diğer parmağındaki alyansın soğukluğu tenimi ısırırken gülümsedim. Dudakları bunu hissederken mırıldandı: "Bence gülmemeliydin."

"Tehditlerin bana sökmez," diye karşılık verdiğimde kendini geri çekerek gözlerime hayretle baktı. "Diyorsun?"

"Hı," dedim kafamı sallayarak. Sırıtmaya devam ettim. "Diyorum."

"Peki," dedi hırsla. "Bunu sen istedin."

Kamer vakit kaybetmeden dudaklarıma yeniden kapanarak yönümü değiştirdi. Ayağım yatağa dokunduğunda yolun sonuna geldiğimi anladım. Çok da kibar olmayan bir şekilde beni yatağa bırakıp yanıma geldi. Ayaklarım zeminle hâlâ temas halindeydi. Kamer elini belimin altına aldı ve beni biraz daha yukarı taşıdı. Bu esnada dudaklarımız bir an olsun ayrılmadı. Başım dönüyordu, daha önce hiç sarhoş olmamıştım ama sanki öyleydim. Daha önce bilmediğim bir hissi yaşamak tuhaf hissettiriyordu.

Kamer üzerime doğru geldiğinde dudaklarını sadece bir saniye kadar dudaklarımdan çekip kafasını sol tarafa yatırdı. Ellerim hoyratça saçlarının arasında gezinmeye başladığında öpüşü sertleşmeye başladı. Karnımın içinde kaynar sular fokurduyordu sanki, yakıyor ama nedense acıtmaktan ziyade ağırlaştırıyordu. Dudaklarını dudaklarımdan çekerek boynuma yöneldi ve yakıcı hissini o kısma akıtmaya başladı. Kollarımı boynuna sardığımda onu kendime biraz daha çektim. Burnum güzel saçlarının arasında çiçek bahçesine girmiş gibi dolaşmaya başladı. Yalnız gül, papatya yerine acımış bir koku tadıyordum ve bu bile güzel hissettiriyordu.

Kamer boynumu yerli yersiz emmeye başladığında dişlerimi dudaklarıma saplayarak yutkundum. Ellerim tişörtüne inerken onu sırtına doğru çekerek çıplak tenine dokundum. Kamer erkeksi bir nefes ile yüzünü boynumdan kaldırarak gözlerime baktı. Bu çok çekici bir duruştu. "Benim küçük kızım, sabırsız çıktı," dediğinde sol kaşımı kaldırdım. "Tehditlerinin bana sökmeyeceğini söylemiştim."

"Unutmak ne mümkün," diyerek bir çırpıda üzerindeki tişörtü çıkarıp odanın herhangi bir yerine savurdu. Güldüğümde vakit kaybetmeden yüzüme doğru tekrar yaklaştı. Darmadağın olan saçları şakaklarındaki tere yapışırken ellerim oraya uzandı ve onları geriye doğru attırdım. Odada duyabildiğim tek şey ikimizin de birbirine karışan nefesiydi. Öyle özgür hissediyordum ki sanki onunla iki günlük evli gibi değil de iki yıl, belki de daha fazla zamandan beri berabermişiz gibiydi.

Bu ona bu kadar bağlanmamdan kaynaklıydı; bu, onu canım kadar benimsemektendi.

Ufak bir yer değiştirmenin ardından kafamı saten örtülü yastığın üzerine koydum. Kamer elini belimin çukurunda sabitlediğinde yeniden kapandı dudaklarıma ve büyük bir hazla öpmeye devam etti. İnip kalkan göğüslerimiz bize bir şarkının en vurucu yerinde nabız titrettiriyordu âdeta.

Parmaklarım Kamer'in geniş omuzlarına sıkı sıkı tutunurken istemsizce bu baskıyı arttırdım. Kamer bunu hissettiğinde derin bir şekilde inledi. Çıplak teni vücudundaki tüm ateşi tenime dökmeye başladığında dudaklarımdan ayrılarak elini belimin çukurundan çekti ve tişörtümün eteklerini kavrayarak onu yukarı doğru sıyırdı. Tişörtüm bedenimden çıkarken o da odanın herhangi bir yerinde kendine yer buldu.

Siyah sutyenimle kaldığımda Kamer önce alnıma ıslak ve yoğun bir öpücük kondurdu, hemen sonra gözlerimin üzerine bastırdı dudaklarını. Sadece onu hissediyordum, zihnim beni ondan ötesinin olmadığı bir dünyaya hapsetmişti ve burada sadece ikimiz vardık, tek bir kalbin içinde yaşayan iki nefesten ibarettik.

Dudakları gözlerimden çeneme doğru bir temas halinde kaydı, dokunduğu her yeri yıkıyor ve parçalıyor gibiydi. Onunla defalarca kez yakınlaşmış olsak da bu hissi içimden söküp atamıyordum, her seferinde sanki ilk kez öpüyormuş gibi karın ağrısı ve heyecandan kıvranıyordum. Bunun canlı ve günden güne kendini aşarak katlanması beni çok mutlu ediyordu.

Yüzü boynuma ulaşırken elleri ellerimi buldu ve parmaklarımızı birbirine geçirdi, parmak boğumlarımız dahi kavuştu. Kolumu yastığın yanına çekerken ellerimiz hâlâ birdi. Konuşmuyor, sadece yaşıyorduk.

İçten içe gülmeye başladığımda Kamer, "Sen epey eğleniyorsun ha?" diye sordu çenemin altından gözlerime tırmanırken.

Dudaklarımı ıslatarak güldüm. "Çok."

"Güzel," dedi keyifle ve sutyenimin açıkta bıraktığı kısımlara dokundu dudakları. Karnım usulca havalanırken Kamer yavaş yavaş göbeğime doğru inmeye başladı. Saçları cildimi süpürüyordu ve bu dokunuş beni mahvediyordu. Dişlerimi sıktım ve olası bir inlemenin önünü kestim lakin buna direnmek oldukça güçtü. Kamer orada biraz vakit geçirdikten sonra başını kaldırarak yeniden çehreme doğru uzandı. Gözlerinin içinde parçaladığı ruhumu yeniden inşa ediyordu.

Boşta kalan elim terden alnına ve yüzüne yapışan saçlarına gittiğinde soluğunun sıklığı ve derinliği beni gülümsetmişti. Kafamı yastıktan kaldırdım ve dudağının kenarını öpüp geri yattım. "Bu gidişle," dedi Kamer zar zor konuşarak. "Erkenden öleceğim."

"Sebep?" diye sordum.

"Bu güzelliğe kalbim dayanmaz ki daha fazla," diye mırıldandığında tepki vermeden yüzüne bakmaya devam ettim. Konuşmadı, ben de ona bir şey söylemek istemedim zira ona iyi gelen kelimelerim bile çoğu kez yetersiz kalıyordu.

Saniyeler sonra bir şeyler mırıldandım: "Desene çok yaşamayacağız ikimiz de."

Gözleri kısılırken uzun ve yoğun kirpikleri de onlara eşlik etti. Sessizlik yine kalkanımız olduğunda hemen solumda duran ellerimizi ayırarak çok hızlı bir şekilde altından çekilerek üste çıktım. Kamer şok olmuş gözlerle bana bakarken elleri havada kaldı. "Kızım habersiz yapmasana şöyle şeyler," diye gülerek bir şeyler söylediğinde omzumu silktim ve saçlarımı kulağımın arkasına sıkıştırıp dudaklarına yöneldim. "İyi de," dedim dudaklarına fısıldayarak. Dudaklarımız birbirine değiyordu ama öpmüyordum. "O zaman olmaz ki."

"Hımm," dedi kısılan gözleriyle bana bakarken. Konuşmadım ve dudaklarına kapandım. Her insanın hayatında kendine göre sınırları olurdu ve kimimiz onun ötesine geçmeye korkardık. Kamer belki de benim sınırımdı ama onun ötesine geçmek bırak beni korkutmayı delicesine heyecanlandırıyordu. Onunlayken kendimi de keşfediyor gibiydim, her açıdan hem de. Gülerken, ağlarken, düşünürken ve dokunurken.

Hayat bana yaşamam gerektiğini haykırıyordu, o ise bana nasıl yaşamam gerektiğini öğretiyordu.

Birkaç dakika ya da daha fazla süre dudaklarımız birbirinden ayrıldığında doğruldum, şu an Kamer'in karnında oturuyordum ve bundan hiç de rahatsız olduğunu söyleyemezdim. Birbirine karışan saçlarımı özensizce geriye doğru savurduğumda Kamer usulca yattığı yerden doğrularak çıplak belime tutundu. Parmakları cildimi ezberlemeye başlarken elleri sutyenimin kopçasının üzerinde duraksadı ve orada bekledi. Yutkundum. Gözlerinde gözlerime kurduğu köprüde bana doğru yürümeye başladı. Adımları her geçen saniye hızlanırken gözlerimi kapattım ki onları açtığımda hemen gözlerimin önünde görebilmeliydim.

Parmakları kopçamı kavradığında midem aniden bulanarak yüzüm ekşidi. Kamer kaşlarını çatarak yüzümü izlemeye başladığında, elimi ağzımın üzerine siper ettim. Midem gerçekten çok bulanıyordu ve bunun etkisiyle karnım ve başımda belli olur seviyede bir ağrı mevcuttu. "İyi misin?" diye sordu Kamer üzerime titreyerek. Eliyle çenemi kavradı ve onu kendine doğru kaldırdı. Göz kapaklarımın titreyişini bile delirmiş gibi hissediyordum.

"Miden mi bulanıyor?" diye sordu Kamer hemen ardından. Kafamı aşağı yukarı sallarken bir müddet gözlerimi kapalı tutmaya devam ettim. Zihnim bana düşünmemem sadece bu bulantıdan bir an önce kurtulmam gerektiğini ikaz ediyordu. Gözlerimi yavaşça açtığımda ekşiyen suratımı Kamer'in göz bebeklerinde görebilmiştim.

Göz bebeklerindeki endişe bir hayli kuvvetliydi ama suratında anlam veremediğim bir boşluk vardı. Elleri sutyenimin kopçasından inerken elimi ağzımın üzerinden çektim ve boğazımdaki yumruyu yok etmeye çalıştım. "Akşam kızartma yedik ya, ondan oldu sanırım," diye açıkladım sakince.

Kamer konuşmamaya devam ediyordu.

Gözleri bana söylemeye dilinin varmadığı şeylerin alarmını veriyor gibiydi fakat o aklından geçirdiği ya da benim tahmin ettiğim şey olmadığına adım kadar emindim. Dudaklarımı çabucak ıslatıp çektikten sonra yanağına bir öpücük bırakarak kucağından indim. "Ben bir banyoya gideyim," deyip yerdeki tişörtü seri bir halde üzerime geçirip odadan çıktım.

Saniyeler sonra kendimi burada bulduğumda kapıyı kapatarak ışıkları yaktım. Derhal lavaboya yaklaşıp musluğu açarak yüzüme su serpiştirmeye başladım. Bulantım saniyeler geçtikçe azalırken bunun farkındalığına şahit olmuştum zira hastalık çekecek durumda değildim.

Musluğu kapatıp aynaya çevirdim yüzümü. Ekşimiş ve huzursuz bir çehre görüyordum fakat bu tamamen midemin rahatsızlığıyla alakalı bir durumdu, yoksa şu an oldukça mutluydum. Aynaya baktıkça Kamer'in yüz ifadesi belirdi gözlerimin perdesinde. Aklımdan geçen şeyi mi düşünüyordu yoksa? Öyle olmuş olsa bile bu basit bir kuruntudan başka bir şey olamazdı, üstelik henüz çok erkendi.

Kendimi geri çektim ve derin bir nefes alarak elimi başımın üzerine koyarak aynaya bakmaya devam ettim. Bu konular çok hassastı ve ben bir anda kendimi böyle bir durumun içinde bulmak istemiyordum.

Banyoda fazla zaman geçirmeyip Kamer'i iyice meraklandırmadan buradan ayrılarak odamıza geçtim. Kamer ayaktaydı ve odanın içerisinde telaşı belli olur bir şekilde geziniyordu. Ben içeri girdiğimde gözleri hızla beni buldu ve yanıma yaklaştı. "Daha iyi misin?"

Başımı tatmin edici bir vaziyette aşağı yukarı salladım. "Daha iyiyim, dediğim gibi kızartmadan oldu bu bulantı."

"Eminsin yani?" diye sordu şüphe dolu bakışlarını belli etmekten çekinmeden. Kaşlarım çatılırken kirpiklerimin altından ona derin derin baktım. "Eminim. Kamer cidden kızartmadan oldu ya. Midem çok hassas bu aralar." Ardından esneyerek ağzımın üzerini kapattım. "Uyuyalım mı?"

Gözlerini devirdi. "Yalan oldu bu gece de."

Kıkırdayarak koluna vurdum. "Daha çok gecemiz var."

Kafasını sağa sola sallayarak bana eşlik etmeye çalıştı. Vakit kaybetmeden yatağımıza kurulduk ve sabahı birbirimizin kollarında karşıladık.

Ertesi gün Kamer ile birlikte odadan çıktık. Mutfak hareketliydi, Andaç elindeki telefonla bir şeyler izliyor Aytaç, Alper ve Zeynep de ona eşlik ediyordu. "Oğlum tipe bak," dedi Andaç kahkaha atarak. "At hırsızı gibi çıkmışım bu fotoğrafta."

Aytaç, "Gibisi fazla sanki ha?" diye mırıldandığında Alper'in güldüğünü gördüm. Onları böyle keyifli görmek her zaman iyi gelmişti.

Çetin çayı demlerken homurdandı: "Sabah sabah ne bu enerji lan?"

Zeynep, "Birileri kıskançlık yapıyor sanırım?" diye sorduğunda Çetin ters ters kardeşine bakarak elindeki çaydanlığı ocağın üzerine koyarak ateşin altını açtı. "Hiç sorma, ben de yıllardır Andaç gibi bir karakterde sevgilim olmadığı için kara kara sizi kıskanırım Zeynepciğim."

Ben önde Kamer bir adım arkamda mutfağa doğru yürürken Andaç elindeki telefondan başını kaldırıp, "Hayrola! Şebnem Hanım Yenge falan durumları olmadı mı?"

"Ne alakası var? Üstelik Şebnem son derece düzgün bir insan."

Çetin'in sözleri tamamlandığında bir anda ortamdan, "Oo," sesleri yükselmeye başladı. Buna biz de ortak olduk ve gülerek mutfağa girdik. Çetin bize bakıp, "Aga siz yapmayın lan bari," diye tatlı serzenişlerini sıraladı. Gülmeye devam ettik.

Andaç, "Hiç sıkıntı etme kayınço, bir tektaş da sen takarsın, of mis mis," diye dalga geçmeye devam etti.

Sandalyemi çekip oturduğumda Andaçlar telefona geri dönerek kıkırdamaya devam etti. Kamer tişörtünün yakasını düzeltirken, "Hayırdır lan? Hakikaten sabah sabah ne bu muhabbet?" dedi.

Andaç elindeki telefondan başını kaldırmadan Kamer'e cevap verdi: "Abi sizin düğün görüntülerinizi izliyorum, o gece bir şeyler çekmiştim." Bunu duyar duymaz çocuksu bir hevesle oturduğum yerden toparlanarak Andaçların yanına gittim. "Yalnız harbi aranızda en keş gibi çıkanı benim, şu tipe bak lan Çinçin'deki kekolar görse önüme elli kuruş atar kaçar pezevenkler."

Çetin keyifle sandalyesini çekip oturduğunda, "Kendini ne güzel tanımlıyorsun lan sen öyle?" diye konuştu. Telefonu tam manasıyla görmediğim için Alper kendi yerini bana devretti. Büyük bir hevesle Andaç'ın parmağıyla ekranı kaydırarak bir sonraki fotoğrafa geçtiğini gördüm. Birkaç fotoğraf sonra video sırası geldi. Andaç, "Bak bu efsane bak," dedi gülerek.

Aytaç, "Oğlum sen de açıp açıp videoları mı izliyorsun?" diye sorduğunda Kamer ve Çetin'in dahi güldüğünü gördüm. Olası bir kıkırdamayı önlemek için dişlerimi birbirine bastırdım. Andaç kardeşine sadece göz devirdi ve konuşmadan videoyu başlattı. Elimi çenemin altına koydum ve sırıtkan bir ifadeyle ekrandaki videoyu izlemeye başladım.

Bu video Kamer'in zeybek oynadığı sahneydi.

Andaç, "Ulan adam çıtayı arşa çıkardı, ben ne yapacağım Zeynep senin için şimdi?"

Zeynep, Andaç'ın tavrına karşılık verdi. "Önce okulunu bitir sen."

"Harbi lan," dedi Andaç ocağına ateşler düşmüş gibi dev bir korkuyla. Gözleri Kamerlere kayarken, "Abi ben ne yapacağım?" diye sordu. Kamer pek oralı olmadan düz bir sesle yanıtladı: "Bu kadar okuman bile mucize, bence zirvede bırak."

Alper ve Aytaç bıyık altında gülerken Kamer de daha fazla ciddi kalamadan dudağının kenarını hafifçe yanağına doğru kıvırdı. Andaç soğuk bir vaziyetle telefonu masanın üzerine bıraktığında geri çekildim. "Dardayım diyorum abi."

"Yani?" diye sordu Kamer sol kaşını yukarı doğru kaldırarak.

"Yani," dedi Andaç sıkıntılı bir sesle. "Evde kalmak istemiyorum, henüz çok gencim."

Kamer daha fazla üstelemeden gözlerini kapatıp açtı. "Tamam, bakarız bir çaresine."

Andaç tabiri caizse yerinde zıpladı. "Valla mı?"

"Uzatma Andaç," dedi Kamer.

Andaç, *"Sen benim babamsın,"* dedi bir anda.

O an herkes, Kamer dahil herkes nefes almayı unuttu sanki çünkü bu cümlenin ağırlığı ve farkındalığını kimse kolay kolay hak etmez ve taşıyamazdı. Evet, belki Andaç bunu öylesine söylemişti ama hiç de öylesine manalar içermiyordu. Devam etti: "Düşünsene abi aramızda kan bağı yok ama bana babadan ötesin, anadan içtesin... Bir gün kendi evladın olduğunda seni düşünemiyorum."

Gözlerim Kamer'in kara gözlerine kaydığında kurşunun adres sormadığı gibi irisleri de adres sormamıştı ve buldu gözlerimi. Bu konu hakkında ne düşünüyordu tam fikrim yoktu, onunla oturup hiç bu mevzulardan bahsetmemiştik, aslında henüz çok erkendi çünkü daha iki gündür evliydik ve bir şeyleri zamanı geldiğinde yaşamak daha akıllıca geliyordu. Elbette çok istiyordum ama şartlar buna şu an için el vermiyordu.

Gözlerinin çukurunda düşüncelerini kilitlediği bir mahzen vardı, oraya kendini bile zor alıyor gibiydi. Ortamdaki sessizlik giderek huzursuz bir gürültüye yol açtığında yine bu sessizliğe sebep olan Andaç konuştu: "Neyse ulan, vakti geldiğinde amcası ona neler alacak, nerelere götürecek..."

Çetin gözlerini kıstı. "Az önce okulundan bahsediyorduk."

"Bu amca olmaya engel mi peki sayın sivri zekâ?"

"Hayır," dedi Çetin. "Ben senin bir konudaki kararlılık seviyene dikkat çekmek istedim sadece."

Andaç duraksadı ve histerik bir şekilde güldü. "Kayınço benimle böyle resmî konuşunca kendimi insan yerine koyulmuş gibi hissediyorum, bünyem alışık değil."

"Ayıp ettin, arada hatırlat seni insan yerine koyayım," diye alay etti Çetin. Andaç ise ona keyifle yanıt verdi: "Estağfurullah efendim, zahmet etmeyin."

Zeynep buzdolabına yöneldiğinde onu takip ettim ve dolaptan kahvaltılık bir şeyler çıkarmaya başladım. Zeytin kutusunu tezgâhın üzerine koyarken Andaç'a seslendim: "Andaç o çektiğin video ve fotoğrafları bana gönderir misin?"

"Tamam," dedi sakince. "Gönderiyorum şimdi."

"Teşekkür ettim," deyip Zeynep'in musluğun altına bıraktığı domatesleri yıkamaya başladım. Raflardan bıçak ve tabak alırken Kamer, Aytaç'a doğru konuştu: "Senin işler nasıl gidiyor?"

"İdare ediyorum abi," dedi Aytaç ılık bir ses tonuyla. "Hatta nasip olursa ilk maaşımı yarın alacağım."

"Oo," dedi Andaç kabararak. "Kardeşine bir güzellik yaparsın artık bro!"

"Hallederiz," dedi Aytaç kendi halinde konuşarak. Kamer, "Hayırlı olsun koçum, yalnız okulların açılmasına iki üç gün kaldı neredeyse, işin ne olacak?" diye sordu ardından. Dilimlediğim domatesleri tabağın üzerine özenle yerleştirmeye başladığımda Aytaç mırıldandı: "Bilmiyorum abi ama konuşacağım orasıyla, bakarız yani."

"Gel çalış oğlum açtığımız yerde," diye ısrar etti Çetin bu sefer. "Ne diye başkalarının ağız kokusunu çekip duruyorsun?"

"Olsun abi," dedi Aytaç sakince. "Burası iyi gidiyor şimdilik. Dedim ya okul ve işi düzene sokayım da bir çaresine bakacağım."

"Yalnız," dedi Kamer mühim bir noktaya parmak basarak. "Bu sene üniversite sınavına gireceksiniz siz. Andaç'tan bir bok olmaz da senin çalışman lazım."

Andaç, "Yok," dedi direkt atlayarak. "Ankara Çiftlik Üniversitesi, Günah Keçisi Bölümü'nü istiyorum ben."

"Ya üzerine gitmeyin Andaç'ın," diye savundum onu.

"Hakikaten ha yengem, bir sen varsın be halimden anlayan," deyip başını öne eğdi. Gülümsedim. Kamer bundan tamamen keyif alırken Aytaç'a tekrar baktı ve ondan adamakıllı bir cevap bekliyordu. "Gerçi henüz ne bölümü okumak istediğini bilmiyoruz ama," diye konuştuğunda Aytaç geçiştirdi. "Daha karar vermedim abi, zaten üniversite okumak istediğimden emin değilim."

"O nasıl laf lan?" dedi Kamer kızarak. "Ne halt edeceksin? Orada burada marketlerde çıraklık ederek mi yaşayacaksın?"

"Yok da," dedi mesafeli bir sesle. Sesindeki kararsızlık kaşlarımı çatmama sebep oldu. Aytaç bildiğim kadarıyla eşit ağırlık öğrencisiydi tıpkı Alper gibi ve onun edebiyata epey ilgisi vardı. Bu Ahu'dan ötürü olsa da ruhunda gün yüzüne çıkarmaya korktuğu cümleler ve hikâyeler yatıyordu. "Boş ver abi, hallederim ben."

Andaç kardeşinin omzuna vurarak Kamer'e baktı. "Halleder o abisi, halleder."

Dakikalar sonra kahvaltıyı hazırladık ve birlikte sofrayı çevreledik. Aytaç'ın mesaisi başladığı için aramızdan ayrılan ilk kişi o olmuştu. Çetin de çayının son yudumu aldıktan sonra ayaklandı. "Birkaç işim var, onları halledeyim dükkâna öyle geçerim ben."

"Tamam," dedi Kamer onaylayarak. "Yalnız biz bugün boşuz haberin olsun."

Yüzümü ona çevirdiğimde meraklı bakışlarımı belli ettim. Kamer bana göz ucuyla bakıp hemen sonra konuşmasının devamını getirdi: "Akşama görüşürüz."

"Tamam sıkıntı yok," dedi Çetin sıcak bir sesle. "Hadi kaçtım ben," diyerek evden ayrıldı. Kamer'in yanına sokularak kulağına fısıldadım: "Nereye gideceğiz?"

"Sıradan ama bizim için özel olacak şeylere," diye yanıtladı sorumu. Bu beni düşündürmeye başladığında fazla dikkat çekmeden kendimi geri çekerek gülümsedim. Kamer çay bardağındaki son yudumu da bitirdikten sonra Andaçlara döndü. "Siz gidin dükkâna, bir sorun olursa hemen arayın beni."

"Ben varken sorun olmaz," dedi Andaç yapay bir kibirle. Kamer gözlerini devirerek Alper'e odaklandı. "Sana güveniyorum Alper."

"Gözün arkada kalmasın abi," dedi Alper güven veren bir ses tonuyla. Andaç onları taklit ederek masadan kalktı. Odasına ilerlerken Kamer'e çevirdim gözlerimi. "Alındı haliyle."

"Şaka yaptığımı biliyor boş ver," dedi Kamer umursamadan. Zeynep ve Alper de bizimle vedalaştıktan sonra yerimden kalktım ve sofrayı toparlamaya başladım. "Sıradan ama özel?" diye sordum sesim biraz yüksek çıkarken. "Biraz örneklesen mi acaba?"

"Bunalıyorum," dedi Kamer kararmış bir tınıyla. "Aslında kaçmak istiyorum bazı şeylerden."

Elimdekileri bırakıp doğruca yanındaki sandalyeyi çekip oturarak ellerini tuttum. "Biliyorum zor günler geçiriyorsun, geçiriyoruz ama atlatacağız bunu da biliyorsun."

Bana uzak uzak baktı. Üzerine gitmek istedim çünkü bu kadarıyla yeterli olmadığını seziyor gibiydim. "Başka... Başka bir sorun yok değil mi?" diye sordum cümlemi ucundan tutmaya çalışır gibi.

"Hayır," dedi buz gibi bir sesle. "Sadece artık daha rahat yaşamak istiyorum."

"Rahatız," dedim ellerim yüzüne giderken. Ona iyi gelmek istiyordum. "Ben iyiyim, sen de iyisin ya da daha iyi olacaksın..." Sesim bozguna uğradı. "Tamam, annenin ve babanın karşımıza ne zaman çıkacağını bilmiyoruz ya da bir başkasının ama ne olursa olsun sen bana böyle bakıp, ellerimi tuttukça hiçbir soruna boyun eğmeyiz ki."

Kamer'in kafası karışmış gibiydi, bunun sebebini kendime asla bağlamıyordum ve onu anlıyordum. Kafa karışıklığından ziyade büyük bir yorgunluktan kaynaklıydı. Bu hayatı ona zehir edenler annesi ve babasıydı, üstelik iki gün evvel de zehirlerini akıtmaya devam etmişlerdi. Bu bir evlat için kolay kolay geçiştirilebilecek bir mevzu değildi, elbette Kamer artık onları umursamadığını söylüyordu ve bunda doğruydu lakin o da demirden bir duvar değildi ki her enkazın altından sağlam çıkabilsin.

Kamer durağan bir halde gözlerimin içine işlemeye devam ediyordu. "Belki de," dedi bir şeylerin fitilini ateşleyerek. "Sorun..."

Sustu.

"Sorun?" diye sordum kaşlarımı çatarak.

Sustu.

"Sorun ne?" diye direttim yüzünde duran ellerimi hareket ettirerek. Gözlerinde yanan ışığın feri bir yanıp bir sönüyordu. O karşımda böyle oturup beni cevapsız bıraktıkça zihnimin içinde bir dünya ses bağıra bağıra beni kanatıyordu. Sandalyemi yanına doğru çekerek gözlerimi küçülterek mırıldandım, sesim bir hayli kırılgan çıkmıştı. "İstersen gitmeyelim bir yere, oturalım burada. Canın bir şey istiyor mu? Çorba... Ya da sana nohutlu pilav yaparım istersen, hı?"

Kamer onun için çabaladığımı gördüğünde gülümsedi, mutlu da olsa mutsuz da olsa bu gülüşü görmek bana o kadar iyi geliyordu ki... Elleri yanağımı kavradı ve başparmağı tenimi okşamaya başladı. "İstemiyor."

"Ama iyi değilsin," diye itiraf ettim. "Söyle bana lütfen, iyi hissetmen için sana ne yapabilirim?"

Gülümsemeye devam ederken yanağıma bir öpücük bırakıp geri çekildi. "Yanımda ol yeter."

"Yanındayım," dedim çabucak. Tam manasıyla tatmin olmamıştım ama normale yoruyordum artık, insandık ve arada gelgitlerimiz oluyordu. Elini yanağımdan çekerken gözleri boynumu kapatan tişörtümün yakalarına gitti. Kendimi rahatsız olmuş gibi geri çektiğimde Kamer ısrarcı davranarak yakalarımı kaldırarak boynuma baktı.

"Siktir!" diye hırladı. Yüzüm pembeleşmeye başlarken daha dikkatli bir halde yaklaşarak parmaklarını boynumun kenarlarında gezindirmeye başladı. "Bir şey deneyeceğim derken bunu kast etmemiştim."

Kendimi tutamadan güldüm. "Salak herif."

"Az daha zorlasam kan bırakmayacakmışım damarında," diye mırıldandığında kendimi geri çekerek ellerini üzerimden indirdim.

Derin ve hırıltılı bir nefes alıp vererek Kamer'in gözlerine baktım. "Artık orasını da sana sormak lazım. Hayır, biri görse yalan da uyduramam."

"Özür dilerim," dedi saf bir tınıyla.

Bu beni epey güldürürken kıkırdadım. "Saçmalama."

Çocuksu bir edayla gözlerini kaçırdı. "Bir daha yapmam."

Koluna vurduğumda ufak çaplı bir kahkaha attı. "Bipolar mı oldun başıma?" diye sordum sahte bir ciddiyetle. "Ruh halin saçlarımdan bile karışık."

Kahkahası sönerken durumu toparlamaya çalıştı. "Dedim ya, bunalıyorum."

"Geçecek," dedim ellerini sıkı sıkı tutup parmağından öperken. "Vallahi geçecek," diye ekledim. Hatta biraz daha zorladım ve yanağından öpüp gözlerinin içine baktım. "Anam avradım olsun ki geçecek."

Güldü ve parmağıyla burnumun ucuna dokundu. "Ne yapacağım ben seninle?"

"Bilmem," dedim omzumu silkerek. "Mesela bu masayı toplamama yardım edebilirsin."

"Hım," dedi derinden gelen bir ses tınısıyla. "Hım," dedim onu onaylayarak. Gözleri etrafı süzdükten sonra iç çekerek önce ayaklandı sonra da saçlarıma bir öpücük bıraktı. "Güzel eşim benden yardım istiyor, memnuniyetle."

İçimde bir kelebek yeniden kanat çırpmaya başladığında ben de ayaklandım. Kamer sofradakileri tezgâhın üzerine bırakırken ben de onları buzdolabının içine koydum. Birlikte konuşmadan arada birkaç kez birbirimize takılarak mutfağa toparladık, bu çok uzun süren bir iş olmamıştı. En sonunda mutfak bezini musluğun kenarına bıraktığımda Kamer geride durup öylece beni süzerek durgun durgun konuştu: "O bez oraya konduysa iş tamamdır. Yanlış mıyım?"

"Doğrusun," dedim başımı sallayarak. Sonra omzuna hafifçe vurdum. "Kaptın ha bu işi."

"İyi bir hocam varsa affetmem," deyip bana göz kırptı. Sırıtarak ellerimi kâğıt havluyla sildim ve onu çöp kovasına attım. Saat henüz ona yaklaşıyordu. "Çıkacak mıyız hemen?" diye sordum sakince.

"Gün bizim," dedi aynı sakinlikle. "İstediğimiz her şeyi yapmakta özgürüz."

"Bu beni mutlu eder," dedim gülerek.

Bana eşlik etti. "Seni mutlu eden beni de mutlu eder."

Birbirimize bakıp salak salak sırıttık ve daha sonra üzerimize bir şeyler geçirip evden ayrıldık. Nereye gittiğimizi bilmiyordum ama plan yapmanın bir önemi yoktu çünkü ikimiz de plandan çok zamanı mühim kılıyorduk, en azından bugün için bu kural geçerliydi. Kamer sakin bir halde araba kullanırken ben de başımı cama çevirdim açık kalan kısımdan içeri giren rüzgârın saçlarımı dağıtmasına müsaade ettim. "Hava çok sıcak, camı çok açma da bir şey olmasın," dedi beni uyararak.

"Çok açmadım," dedim sakince. Derin bir nefes alırken omzumun üzerine bir ağırlık çöker gibi oldu. Aklıma bir anda Mahir geldi, o ve bana söylediği o sözler. Aslında aklımdan çıkmıyordu ama o konuyu askıya almak zorunda kalmıştım. Biliyordum, es geçilecek bir konu değildi ve ben bunu Kamer'le paylaşıp paylaşmama konusunda kararsızdım ama ondan bir şey saklamak istemiyordum. Evet, bu bir sır değildi fakat benim bildiğim şeyleri bilmesinin hakkı vardı.

"Kamer," dedim önüme dönerek. Konuşmaya meyilli olduğumu anladığında ağzının içinden bir şeyler söyledi ve ben ona fırsat tanımadan devam ettim: "O gün," dedim kısık sesimle. "Yani sen nezaretteyken beni eve göndermiştin ya silahımı getir diye... Evden çıktığımda Mahir ile karşılaştım."

"Ne?" dedi sivri bir çıkış ile. "Bir halt yaptı ya da söyledi mi sana?"

"Dur," dedim ani çıkışını frenleyerek. "Hiçbir şey yapmadı ama söylediği sözler aklımı karıştırdı."

"Ne söyledi sana?"

"Baban hakkında bir şeyler işte," dedim altımızdan akıp giden yolu gözlerimle takip ederek. "Sanki babanın da ona zarar verdiğini ima etti, bilmiyorum ben öyle anladım." Bana hemen bir tepki vermediğinde söylediklerimi düşünmeye başladığını anladım. "Yalan söylüyor gibi değildi," dedim sonra. "Yani ne bileyim senin için iyi dileklerde bile bulundu."

"Şu it hakkında böyle konuşma, sinirim bozuluyor," dedi dişlerini sıkarak. "Bundan hoşlanmıyorum."

"Biliyorum," dedim çabucak. "Ben hiçbir zaman ona olumlu yaklaşmadım ama..."

"Bunu deneme bile," diye uyardı. "Cidden yapma."

"Ben bir şey yapmıyorum ama olamaz mı?" diye sordum gözlerimi yoldan ayırıp onun yüzüne çevirerek. Çenesi kaskatı kesilmişti. "Babanın nasıl bir adam olduğunu biliyoruz, tek zarar verdiği kişi ya sen değilsen? Ya Mahir de..."

"Sana durmanı söyledim!" diye sesini yükseltti. Bu ani ve anlamsız çıkışına garip garip bakmakla yetinirken onun da zarar görme düşüncesini kabullenmek istemediğini fikir edindim bir an. Onun iyiliğini düşündüğü için değildi, onun da bir yerlerde masum olduğunu görmek istememesinden kaynaklanıyordu.

"Tamam," dedim yutkunarak. "Ama sana tek bir soru soracağım ve dürüst bir şekilde cevap vereceksin tamam mı?"

Dik dik gözlerime bakıp yeniden yola odaklandı. Boğazımı temizledim ve cevabını bir hayli merak ettiğim soruyu ona sundum. "Aslında bunu sana sormuştum ama gerçek bir cevap alamamıştım," diyerek beklemeden ilave ettim. "Eğer ki Mahir, Ahu'ya tecavüz etmemiş olsaydı onu kabullenir miydin?"

Soruyu duyar duymaz yüzündeki tepkiyi görebilmek için gözlerimi bir saniye bile kırpmadım. Kaşları çatıldı ve direksiyonu kavrayan parmakları gergin bir şekilde oraya daha sıkı kavradı. "Ama onun için 'eğer ki' bir ihtimal bile değil," diye kaçamak bir cevap verdi bana, daha doğrusu zaman kazanıyor gibiydi çünkü kendi bile bu sorunun cevabını vermekten kaçınıyordu.

"Bu bir cevap değil," dedim kafamı sağa sola sallayarak. "Kabul eder miydin etmez miydin?"

"Etmezdim," dedi direkt, ses tonu yüksek ve tok çıkmıştı. "Öyle bir heriften çıkan evladı sikeyim."

"Ama anneleriniz bir," dedim kısık sesimle. Gözleri gözlerimi yakaladı ve bana sert sert bakmaya başladı. Kurumuş dudaklarımı ıslatıp geri çekerek ortamın enerjisini dengede tutmaya çalıştım. "Bak amacım seni üzmek değil ya da Mahir'i korumak falan adına her ne deniyorsa... Ben sadece merak ediyorum, sen etmiyor musun Kamer? Ya öyle olmasaydı, böyle olsaydı şöyle olurdu diye..."

"Etmiyorum," dedi yine. "Sen gerçekten benim bunlara kafa yorduğumu falan mı sanıyorsun?" Boş boş çehresine baktım. "Benim onlar için ayıracak bir saniyem bile yok."

Öfkesi duygularının büyük bir bölümünü oluşturuyordu ve ben bu kısmın dışında kaldığım için şanslı hissediyordum, kızsa üzerime alınmamaya çalışıyor onu anlamak istiyordum fakat bana istediğim cevabı bir türlü vermiyordu, tıpkı içinde sakladığı gerçekleri gün yüzüne vurmaktan kaçtığı gibi.

"Haklısın," dedim kısık sesimle sonra da içimde birikmiş soruları dışarı vermeye başladım, her ne kadar bundan hoşlanmayacağını bilsem bile. "Bazen Mahir'den bir çekincen varmış gibi hissediyorum, bilmiyorum," dedim kafamı sağa sola sallayarak. "Onu kabullenmekten korkuyorsun, korkuyorsun çünkü vicdanına yenilmek istemiyorsun."

"Kendin diyorsun işte," dedi sert bir sesle. "Vicdan. O şerefsizin yaptıklarından sonra, benim kardeşime kıydıktan sonra nasıl vicdanıma karşı çıkayım? Ayrıca ondan korkmuyorum," dedi yüzünü müthiş bir iğrenmeyle ekşiterek. "Bu laflar da nereden çıktı böyle? Mahir'i neden bu kadar düşünüyorsun? Hele ki sen?"

"Ben onu düşünmüyorum anlamıyor musun?" diye sesimi yükselttim. "Ben seni düşünüyorum."

Derin ve sabırsızca bir soluk alıp verdikten sonra dirseğini camın pervazına dayayarak elini ağzına götürdü, oradan saçlarını karıştırarak sinirle gözlerini kıstı. İçinde bir şeyler yaşıyordu ve bu yaşadığı her neyse ona iyi gelmiyordu. Her geçen saniye gözlerimin önünde değişen ruh halinin sebebini bana anlatmak yerini onu kendi öfkesiyle besliyordu. "Bu konuyu kapat tamam mı?" dedi bana bakmadan. "Bir daha da açma. O herif benim hiçbir şeyim olamaz, olmayacak da."

Durumu görünürde kabullenmekten başka çarem kalmasa da beynim içinde birbirinden farklı teoriler kaynamaya devam ediyordu. Başımı aşağı yukarı salladım ve sırtımı arabanın koltuğuna yaslayarak, "Peki," diye fısıldadım.

Huzursuzca soluk alıp verdi. "Seninle kavga etmekten hoşlanmıyorum."

"Ben bayılıyorum," dedim soğuk bir sesle.

"Üzgünüm," dedi tok sesiyle. "Konu bizden başkası olunca buna katlanamıyorum. Hele de o... Ulan o herif katil, benim kardeşimin katili. Nasıl güleyim yüzüne, nasıl kabul edeyim?"

"Haklısın," dedim başım öne eğik mırıldanarak. "Gereksiz bir konuşma oldu."

"Gereksizden ziyade onunla ilgili bir şeyleri kurcalamanı sevmiyorum," diye devam etti. "Boş ver artık, bize bakalım."

Dudaklarımı birbirine bastırdım ve başımı yeniden belli belirsiz sallayarak tepki verdim. Kamer soluklandı ve çabucak saçlarıma uzanarak kuru bir öpücük bırakıp geri çekildi. "Enerjimiz düştü, daha sakin bir yere gidiyoruz o halde," deyip yeniden yola odaklandı. İtiraz etmedim, başımı cama çevirerek akıp giden hayatı izlemeye devam ettim.

Yaklaşık kırk dakika sonra bir göl kenarına geldik. Sakin, huzurlu, sessiz ve haddinden fazla miktarda yeşilin hâkim olduğu bir yerdi. Arabadan iner inmez ellerimi arka cebime atarak etrafı izlemeye başladım. "Keşke piknik sepeti falan getirseydik."

"Aldıklarımızla idare edeceğiz artık," dedi arabanın kapılarını kilitlemeden bagajdan ufak bir kilim çıkartıp, elindeki birkaç poşetle birlikte kapıları kapatırken. Yanıma gelmesini beklemeden göl kenarına yürümeye başladım. Birkaç adım sonra ayaklarım yumuşak toprağın üzerine bastığında duraksadım ve gözlerimi kapatarak yüzümü gökyüzüne kaldırarak derin derin temiz havayı içime çekmeye başladım. "Buna ihtiyacım varmış," diye mırıldandım gözlerim kapalıyken. "Gelsene."

Elindekileri uygun bir yere bıraktığını hissettiğimde adımlarının sesi giderek daha tok sesler çıkarmaya başladı. Nihayetinde yanımda durduğunda birkaç saniye daha gözlerimi kapalı tuttum ve hemen ardından sağ gözümü minik bir şekilde aralayıp Kamer'e baktım. Gözlerini kapatmıştı benim gibi, halim kendimi gülümsetirken onu biraz daha bu halde izlemeye devam ettim. "Bana ihtiyacın varmış," dedi beni bozguna uğratırken.

Afalladım ve gözlerimi sımsıkı kapatıp önüme döndüm. "Hayır anlamıyorum, kaç tane gözün var sanki?"

Güldüğünü duydum. "Kalp gözü bu."

"Hemen ver romantiği," dedim kıkırdayarak. "Benim kocama da bu yakışır."

Gülmeye devam etti. "Ne güzel kocam diyorsun sen öyle."

"Güzel diyorum değil mi?" dedim kıkırdamaya devam ederek.

"Öyle böyle değil."

"Mis."

"Vallahi mis."

Sonra sustuk ve gözlerimizi açıp birbirimize baktık. Sonra durduk ve dudaklarımızı aralayıp gülmeye başladık.

Onunlayken bir yanım ilkbahar bir yanım sonbahardı. Bir yanım kurumuş yaprakları kalbimin üzerine döküyordu, diğer yanım ise kalbimin üzerindeki kurumuş yaprakları yeşertiyordu. Soğuk süzülüyordu sıcağa doğru ve ne olursa olsun yaralar kapanıyordu tıpkı kışın buzunu eriten yaz gibi.

"Ne olursa olsun ne yaşanırsa yaşansın gün sonunda seni görmek tek dileğim," dedi gülüşü sönerken. "Çok basit bir istek değil mi?"

"Evet," dedim buruk bir tebessümle gözlerimi kısarken. "Çok basit."

"Biliyorum," dedi öylesine konuşur gibi. Daha sonra gözlerini göle çevirerek gülümsedi. "Yüzmeyi bilmiyordun değil mi?" diye sordu.

"Hayır," dedim ve ekledim. "Ama burada yüzecek değilsin herhalde."

"Bilmem," dedi tek gözü kısılırken bana dönerek. "Öğreteyim mi sana?"

Güldüm ve nedensizce kıpırdandım. "Yeri değil sanki ha? Üstelik kuru kıyafet yok yanımda."

"Burada bizden başka kimse yok," dediğinde dalga geçtiğini anlayabildim. Ellerimi arka ceplerimden çıkarırken yüzüme gelen güneşle kırışan cildimi elimle engellemeye çalıştım. "Halka açık bir alan olduğunu biliyorsun, dalga geçme."

"Dalga geçmiyorum," dedi ciddi bir sesle. Kafamı sağa sola sallayarak arkama döndüm. "Bence kilimimizi serip bu anın tadını çıkaralım," diyerek poşetlerin yanına gittim. Birkaç meyve ve içecek bir şeyler vardı. Plansız olmak bazen tatlı olabiliyordu, kafamız esince çıkıp hava almak ve herkesten uzakta olmak güzeldi.

Kamer yanıma gelip kilimi büyük bir ağacın altına serdi. Yorgun bir halde gittim ve sakince kilimin üzerine oturdum. Bu yorgunluk şu an üzerime çökmüştü, sanki kırk çuval patates taşımıştım. Sırtımı ağaca yaslamadan bağdaş kurarak bacaklarımın arasında oluşan boşluğa ellerimi koydum ve parmaklarımla oynamaya başladım. Kamer elindeki poşetlerle birlikte yanıma oturdu ve içinden meyveleri çıkarmaya başladı. Bir süre sonra bir tabak dolusu karadutu bana uzattı.

"Karadut," dedim uzattığı tabağı alırken. "Sen de seviyor musun?"

"Ben pek meyve sevmem," dediğinde gözlerimi devirdim. "Aman sağlığına zarar verir aman yeme!"

Sessiz bir şekilde kuru bir tebessüm belirdi dudağının kenarında. Saçlarımı kulağımın arkasına sıkıştırdıktan sonra karadut tabağını kucağıma aldım ve bir tane ağzıma attım. Beyaz dutu da severdim ama karadut daha ayrıydı benim için, tek sinir olduğum yanı renginin deli gibi akması ve kolayca cildimden çıkmamasıydı. Parmak uçlarıma anında birkaç kırmızı leke bulaştığında güldüm. "Hayır ne yapmam gerekiyor bu meyveyi yerken?"

Kamer ellerimi kavradı ve gözlerini kısarak bana baktı. "Pasaklı."

"A-a," dedim omzumu silkerek. "Hiçte bile. Üstelik bu meyveyi bir yerime bulaştırmadan yiyemiyorum."

"Ver ben yedireyim," dedi kucağımdaki karadutu direkt kendi önüne koyarak. Bir tane dutu kavradı ve açtığım ağzıma attı. "Aferin kızıma," dedi keyifle. Koluna vurdum, bugün içerisinde kaçıncı kez koluna vuruşumdu bilmiyordum. Sonra bir tane daha aldı ve ağzıma doğru yaklaştırdı. "Uçak geliyor uçak geliyor… Çuf çuf çuf."

Kendimi tutamadan kahkaha attım ve kafamı geri çektim. "Çuf çuf ne be? Tren mi uçak mı kullanıyorsun belli değil."

"Ha sen uçak kullanmamı normal karşıladın, çuf çuf dememi mi garip buldun?" diye sordu.

"Abarttın mı tam abartacaksın," dedim gülmeye devam ederek. Kamer de bana eşlik ettiğinde birkaç karadutu daha ağzıma attıktan sonra onu durdurdum. "Tamam yeter bu kadar," dedim dudaklarımı yalarken. Meyve komasından ölmek istemiyordum. Kamer itiraz etmeden parmaklarına bulaşan lekeleri ıslak mendille sildi.

Yönümü gölün duruluğuna çevirdiğimde aklıma aniden gelen şeyle gülümsedim. "Ne oldu?" diye sordu Kamer kollarını geriye doğru yaslayıp ayaklarını öne uzatırken. "Bana sığır demiştin ya," dedim gülerek. "Aklıma o geldi."

"Öyle demiştim değil mi?" diye sordu kaşlarını çatarak. Çenemi omzumun üzerine koyup gözlerimi tatlı tatlı kapatıp açtım. "Bir sığırla evli olmak nasıl hissettiriyor Kamer Bey?"

"Değişik," dedi bana ayak uydurarak. "Daha önce böyle bir deneyim yaşamamıştım." Gözlerimi devirerek gülmeye devam ettiğimde elleri belime uzandı ve beni kendine çekerek başımı dizlerine yatırdı. Bacaklarımı biraz kendime çektiğimde parmakları saçlarımla oynuyor diğer yandan da yanağımı okşuyordu. "O zamanlar tam bir kabaydım," diye itiraf etti.

Kıkırdadım. "Kendini bilmen ne güzel."

"Ama sen de az çetin ceviz değildin," diye ekledi.

"Yani," dedim göğüs kafesimin içinde birikmiş havayı dışarı verirken. "Çok değildim ama biliyorsun beni, çıtkırıldım bir kadın değilim, nazik hiç değilim, aslında ben de kaba bir insanım sanırım."

"Hiç de öyle değilsin, senin her özelliğini seviyorum ben," dedi parmakları saçlarımın arasında dolanırken. Kıpırdanarak sırtüstü uzandım ve gözlerimi iri iri açıp alttan alttan bana doğru eğdiği gözlerine baktım. "Sahiden mi? Hiç sevmediğin bir özelliğim yok mu?"

"Belki biraz inatçı oluşun," dedi gelişigüzel. "Onun dışında..." Kaşlarını yukarı doğru havalandırdı. "Yok."

"Hım," dedim düşünceli düşünceli.

"Sanırım senin var," dedi kendini kast ederek. Ses tonu yere dağılmış cam parçalarını andırmıştı, dokunursam mutlaka kanardım dokunmazsam başkası kanardı. "Evet," dedim kısık sesimle. Kamer'in saçlarımda gezinen parmaklarının hızı sekteye uğrarken gözlerini dahi kırpmadan sözlerime odaklandı, bunu fark etmiştim. Ellerim usulca yüzüne doğru yükselirken gözlerinin altındaki çukura dokundum, bu dokunuş gözlerini kapatmasına yol açtı. "Bazen benden çok uzaklarda bir yerlerde gezdiğini görüyorum, ruhunu benden kaçırıyorsun, gözlerin benim olmadığım şehirlerde yaşıyor... Bu çok kötü hissettiriyor."

Göz kapaklarının titrediğini görüyordum. Kaşlarımı çattım ve endişeyi koltuğumun altına alarak gözlerinin altında gezinen parmaklarıma baktım, sırf yüzündeki acıyı görmemek için. O benimleydi ama değildi sanki. Göz kapakları titremeye devam ediyordu. "Kamer?" diye fısıldadım bir annenin çocuğuna ninni okuyuşu gibi. "Gözlerini aç lütfen."

Açmadı.

"Kamer," dedim başımı dizlerinin üzerinden kaldırırken. Dudaklarımı seri bir halde ıslatıp çekerek yüzünü kavradım ve onu kendime çevirdim. "Açsana gözlerini," dedim aşırı hassas bir tınıyla. Beni endişelendiriyordu. Alnını alnıma yasladım ve yutkunarak tekrar konuştum. "Korkutma beni."

"Diana," dedi sesi tüylerimi diken diken ederken. Günler sonra bu kelimeyi duymak o kadar iyi hissettirmişti ki her şeye rağmen çok mutluydum.

"Efendim bir tanem?" dedim içim titrercesine.

Nefes almıyor gibiydi, kalp atışlarını ilk kez bu kadar duyamıyordum. "Ben üzgünüm," dedi sessizce. "Günü mahvettim."

"Hayır hayır," dedim kötü hissetmesine müsaade etmeden. "Hiçbir şeyi mahvetmedin, ben çok mutluyum inan bana çok mutluyum ben. Gözlerini açarsan daha da mutlu olacağım."

Kirpikleri hareket ettiğinde alnımı alnından çektim. Gözlerine baktığımda kalbim acıdı çünkü kızarmıştı, beyaz yerlerde acı tonlarda kırmızı lekeler vardı. Kalbim sıkışmaya başlıyordu, ona ne oluyordu bilmiyordum, bana anlatmıyordu bile. Kızaran gözlerini gözlerimden kaçırmadan öylece beni izlemeye başladı. Dudaklarımı, burnumu, kaşlarımı ve gözlerimi... En çok da onları.

"Ben," dedi sanki ikimiz adına ıslak imza atarken. "Gitmek istiyorum buralardan." Nefes alamadım, ekledi: "Seninle birlikte."

Ne diyeceğimi bilemedim ve bir süre boş boş kızaran gözlerine baktım. "Bu yükü taşıyamıyorum sanki, bilmiyorum... Böyle olacağını tahmin edemezdim."

"Neyi?" diye sordum merakla. "Neyi bilemezdin, Allah aşkına anlat bana da!"

"Anlatırsam kalır mısın yine yanımda?"

Bedenim kasıldı bir anda. Kelimeler ok gibi kalbime saplanmaya başladı çünkü canımın yanacağını hissediyordum. Gözlerim boşlukta sallanıyor gibiydi, hiçbir şeyi düşünemiyordum. Yüzüne, gözlerine bakıyordum ama ilerisini yapamıyordum şu an onu göremiyordum. Bir kalkan vardı üzerinde, bunu neden ve nasıl yaptığını bilmiyordum ama beni içeri almadığını görebiliyordum.

Benden bir cevap bekliyordu, onu tatmin edecek bir cevap ben ise hâlâ sarsıntıdaydım, elbette ona sonsuz güveniyordum fakat bu soru boğazımda köz bir acıya sebep olmuştu. "Ben," diyebildim nihayetinde konuşarak. "Elbette Kamer, elbette kalırım yanında. Yeter ki artık benden bazı şeyleri saklama çünkü sakladığın şeyler var biliyorum."

"Doğru," dedi dürüstçe. "Senden sakladığım şeyler var."

"Sakladığın her neyse..." dedim mesafeli bir sesle. "Bizi üzecek mi?"

Konuşmadı.

Ama ben bağırmak ve bu suskunluğuna haykırmak istiyordum. "Bizi üzecek mi?" diye sordum sesim bile titremeden.

"Hayır," dedi buz gibi bir sesle. "Üzmeyecek."

"O zaman sorun ne?"

"Sorun..."

"Evet?"

Kendini geri çekerek ellerini saçlarına götürdü ve sıkıntıyla karıştırmaya başladı. Ellerim havada kaldığında kaşlarımı çattım. Zor bir durumun içindeydim, iki gün öncesine kadar bile bu kadar karışık hissetmiyordum. Bana yardımcı olmuyordu, bana iyi gelmiyordu şu an. Onu anlamam için asla çaba sarf etmiyordu.

Göz bebeklerim telaşın içinde kıvranıyordu, bir büyüyor bir küçülüyordu. Çaresizlik hiç bu kadar adım adım yaklaşan bir tren olmamıştı. "Keşke," dedi mırıldanarak. Bu sesi duymak için kulağımı kabarttım dudaklarına. "Sadece üzülsem diyorum ama daha fazlasının olacağını biliyorum."

"Kamer," dedim dik bir sesle. "Bana artık ne haltlar karıştırdığını anlat. Yoksa..."

"Yoksa ne?" dedi titreyen dudaklarıyla bana dönerken. "Yoksa gider misin?"

"Hayır," dedim hayretle gülerek, bu sinirin sebebiyet verdiği bir davranıştı. "Neden gideyim, ne yapmış olacaksın ki gideyim senden?"

"Gitme," dedi yalvarır gibi. "Bana bunu yaşatma gözünü seveyim."

"Sen de bana anlat her şeyi," dedim kararlı bir sesle. "Anlat ki yardım edebileyim sana, anlat ki acını, içinde taşıdığın sıkıntıyı pay edeyim kendime... Beni görmüyor musun ya sen? Kimim ben, hı? Kimim ben senin için? Eşinim, bir ömür boyu yanımda olacağına söz verdiğin kadınım ben. Peki neden böyle davranmıyorsun? Neden bir hiçmişim gib..."

"Sakın," dedi çenesini kasarken. "Sakın sözlerinin devamını getirme çünkü böyle biri değilim, sana öyle davranmıyorum."

"Bak," dedim derin bir nefes alarak. "Ben hayatımın en güzel günlerini seninle geçirdim ve Allah nasip ederse önümüzde daha güzel günler var, birçok hayalimiz var bizim, bunları birlikte yapacağız farkında mısın?"

Beni dinliyordu ama duyduğundan emin değildim. Onun için en çok da bizim için endişeleniyordum. İçinde sakladığı ve bana anlatmaktan korktuğu her neyse onu çürütüyordu, yaralarını görmesem de hissedebiliyordum işte bu daha da acı veriyordu. Hissetmek görmenin ötesindeydi.

Sabrım ilk kez bu kadar direnç gösteriyordu zira şimdiye ayağa kalkmış ve ortalığı ayağa kaldırmıştım, ama yapmadım çünkü o acıyordu. Acıyan birine bağıramazdım, ona kızamazdım, ona vuramazdım. Ona sarılabilirdim, sevebilirdim, öpebilirdim.

Demiştim ya hani çok önceden; acı paylaşıldıkça azalır derler ya, yalan söylerler. Hiçbir yara başkasının yara bandıyla kapanmaz.

Diyorum tekrar öyleyse; acı paylaşıldıkça azalır derler ya, doğru konuşurlar. Yara bantları aynı iki yarayı birbirine denk düşürüp aynı yerden kanamayı sağlar.

Kamer bana baktı ve gülümseyerek dudaklarını araladı. Dudağının kenarına acı bulaşmıştı. "Bana sarılsana."

"Ya," dedim ağlamaklı çıkan ses tonumla sonra saniye vakit kaybetmeden kafasını göğsüme yaslayarak onu kendime sakladım. Saçlarından öptüm, kokladım ve sevdim. "Gidelim," dedim derin bir nefes alıp vererek. "Hemen şimdi. Nerede iyi olacaksan, neresi iyi gelecekse oraya gidelim."

Kafasını göğsümün üzerinden kaldırırken burnu çeneme değdi. Ellerim saçlarından ayrılmaya meyilli değildi. "Şimdi?" diye sordu beni kontrol ederek. Başımı aşağı yukarı salladım. "Evet, istediğin de bu değil mi zaten? Böyle olmaz anlıyor musun, gözlerimin önünde resmen... Gidelim."

Başka çarem yoktu, konuşmuyordu benimle ne zaman konuşurdu onu da söylemiyordu. Sanırım zaman ve mekân değişikliğine ihtiyacımız vardı, bazen insanlardan ziyade bunlar daha sağlam ilaçtı. "Ama," dedim dudağımın içini ısırarak. "Önce bir eve uğramam gerekiyor."

Soğukkanlı bir halde gözlerini kapatıp açtı.

Derin bir nefes alıp verdikten sonra gülümsedim.

Gülümsedi.

Bu bir psikolojik sürecin başlangıcıydı ve ben bu süreçte en hafif yaralarla kalkmak için onunla olacaktım.

☾

Hayatımızda bazı anlar olur, vazgeçmek zorunda olduğumuz, mecbur bırakıldığımız yahut direnSek bile bu baskıya dayanamadığımız.

İnsanlar kazandıkları her şeyi kaybetmeye mahkûm değillerdir, sadece öyle anlar olur ki bazen kayıplar bile kazandıklarımızın önüne geçer. Bu acının zelzelesi, bu bir çöküntü. Adına ne denirse densin kayıplar mütemadiyen kanatır.

Dıştan kanamak ise içerdeki kadar acıtmaz.

Bilirim.

Gün ikindiye geliyordu ve biz de neredeyse eve gelmiştik. Kamer sakindi ama huzursuzdu. Evet, o çok güçlüydü ama koskoca bir meşe ağacı bile kuvvetli bir fırtınaya yenik düşebilirdi. Fiziksel bir ağrıyı yıllar önce arkasında bırakmıştı, ruhsal sancısı ise hiç dinmemişti.

Dalgın dalgın yüzümü yavaşça yüzüne çevirdiğimde boş gözlerle yolu izliyor diğer yandan direksiyon hâkimiyetini korumaya devam ediyordu. Kurumuş dudaklarımı ıslatmadan başımı öne çevirdiğimde Kamer sağa dönerek tamirhanenin önünde durdu ve açık kapıdan içeri girdi. Güneşten uzaklaşıp yeniden karanlığa kavuştuğumuz vakit istemsizce kasılmıştım, halbuki güneş seven bir insan değildim.

Kamer biraz daha ilerlediğinde aniden durdu, çünkü tam karşımızda Mahir duruyordu.

"Bunun ne işi var burada?" diye sordu kendi kendine konuşur gibi.

Bir şey diyemedim ve sadece Mahir'e baktım. Bize bakıyordu, bir bana bir Kamer'e. Gözlerinde ve halinde daha önce asla tanık olmadığım bir hâl vardı. Durgundu ve bu durgunluk hayra alamet durmuyordu. Kamer el frenini hızla kaldırarak arabadan indiğinde onunla birlikte ben de indim.

Kamer hızla Mahir'in karşısında dikilerek, "Ne oluyor lan?" diye sesini yükseltti. "Neden buradasın?"

Mahir herhangi bir tepki vermediğinde kuşkuyla onlara doğru yaklaştım fakat ikisinin de ardında durmak daha akıllıca gelmişti. Mahir'in gözlerinde boş, bomboş bir ışık vardı, lambası patlamış ve ara sıra yanıp sönerek hayata direnmeye çalışan bir ışıktı.

"Sana diyorum," dedi Kamer, Mahir'in yakasından iterek. İstemsizce yerimde kıpırdandım ve ona engel olmaya çalıştım fakat bu onu daha da sinir edeceğinden susmak zorunda kaldım.

Mahir konuşmuyordu, gözleri uçurumun dibinde sallanıyordu âdeta. Onu o kadar dikkatli izliyordum ki ağzından çıkacak ilk kelamı merak ediyordum. Kamer sabırsızca soluk alıp verdiğinde Mahir kafasını usulca kaldırdı ve Kamer'in gözlerine baktı. Uzak, mesafeli ve acıyla.

Bir süre sadece onun yüzüne bakmaya devam etti, Kamer ise ne olup bittiğine anlam veremediği gibi herhangi bir soru ya da hareket yapmamıştı. Kaşlarımı iyice çattım zira şu an cidden muallakta kalmıştım. Ona ne olmuştu ve neden burada, bu haldeydi?

"Ben," dedi sözlerine başlayarak. İrkildim, ses tonu yıllardır açılmamış bir kavanoz kapağının sesini andırmıştı, paslı ve rahatsız ediciydi. "Buraya size veda etmeye geldim."

"Veda mı?" dedi Kamer bir anda boş bulunarak, daha sonra alay eder gibi güldü. "Siktir git!"

"Kendime yeni bir sayfa açacağım," diye eklediğinde sadece duyduklarımı görmeye başladım, zihnimde yaşatmaya. Mahir'in sözlerinden sonra Kamer soğuk bir şekilde gülerek kafasını aşağı yukarı salladı.

"Kendine yeni bir sayfa açacaksın? Ulan puşt, onca kişinin kitabını yaktın, benim kardeşimin sayfalarını koparttın sen. Bir de utanmadan yeni sayfa açmaktan mı bahsediyorsun? Çürümüş bir deftere dilersen binlerce sayfa ekle," deyip hırladı. "O defter eninde sonunda kokar."

Kamer'in kurduğu cümlelerde asılı kaldım bir an. Gözlerim onun yüzüne gitti ve sadece sağ yanağını doğru dürüst görebiliyordum. Sinirliydi çünkü bu konuda hepimiz gibi oldukça hassastı.

Mahir sanırım bu sözlerden dolayı rahatsızlık duymuştu, oysaki hiçbir zaman alınganlık yapan biri olmamıştı. "Biliyor musun?" dedi zar zor konuşarak. Dokunsam, sesi elimde kırılacaktı. Gözlerinin akı yanıyor gibiydi, o yeşil hareleri ateşe verilmişti sanki. Yutkundu ve Kamer'in gözlerine bakıp konuştu. "Bugün benim babam öldü."

Duyduğum şeyle şok olurken dudaklarım ve gözlerim aralandı. Ellerimi arabaya koydum nedensizce. Kamer'e baktığımda duraksadığını ve Mahir'in gözlerinden ayrılmadığını gördüm. Onun için üzülmüş olabilir miydi? Bedeninde açılan yaraların sahibine gerçekten üzülmüş olabilir miydi?

"Ve," dedi Mahir devam ederek. "Bunu senin baban yaptı." Hissizleştim. Mahir'in ses tonu giderek kuvvetlendi. *"Senin baban, benim babamı gözlerimin önünde öldürdü."*

Korkuyla bir Kamer'e bir Mahir'e bakmaya başladım. Bu çok ama çok fazlaydı, bu kadar kayıp kimsenin hakkı değildi. Kamer zaten babasını yıllar önce kaybetmişti, şimdi her gün onun yaptığı o şeyleri duydukça kendini kaybediyordu. Ne kadar uzak olursa olsun bir evlat babasının kanındaki zehirden nasibini alırdı. O, o zehri içmiş lakin geri tükürmüştü fakat ya başkaları, başkaları ise o zehirde ölmüşlerdi.

Mahir kendini geri çekerek kafasını sağa sola sallamaya başladı. "Benim ondan başka kimsem yoktu biliyor musun? Şerefsizin önde gideni olabilirim ama benim de bir babam vardı... Birkaç saat öncesine kadar."

Sözleri canımı acıtıyordu oysa böyle olmaması gerekirdi, ona acımamam gerekirdi.

Kamer sadece susuyordu, gözlerini bir yere sabitlemiş sadece susuyordu. Neler düşündüğünü bilmiyordum ve bilmek istemiyordum ilk defa. Tek bildiğim dipte olduğu ve olduğumuzdu. Ona kıyamıyordum, bunları hak etmemişti. Bunları yaşamak zorunda değildi.

"Buraya her şeyi konuşmaya geldim," dedi Mahir düz bir sesle. Kamer derhal gözlerini gözlerine sabitledi. Mahir'in bir şeyler söyleyeceği apaçık belliydi. "Çünkü ben artık yapamıyorum, ben artık dayanamıyorum," dedi ve sinirle soludu. "Bugün oyun bitti."

"N-ne oyunu?" diye fısıldadım Mahir'e bakarak, o ise gözlerini birkaç saniye gözlerimin üzerinde gezindirdi ve sonra yeniden Kamer'e baktı. "Baban," dedi hırsla. Az önceki durgunluğu bir anda yok olmuştu, sanırım söyleyecekleri tavrına yansımıştı. "Senin baban yalnızca seni, babamı öldürmedi... Senin baban beni de öldürdü."

Beni de öldürdü.

Kamer kaşlarını çattı ve dudaklarını kapattı. Mahir olduğu yerde bir süre sessizce kaldıktan sonra birkaç adım öne atarak tam onun karşısında durdu. Daha önce onları çok sefer böyle görmüştüm ama böylesi bir tabloyla ilk kez karşılaşıyordum. Mahir dudaklarını ıslattı ve cümlelerini dökmeye başladı. "Ben o kıza hiçbir şey yapmadım." *Ahu'dan bahsediyordu.* "Ben senin kardeşine hiçbir şey yapmadım, ben kimseye bir şey yapmadım," deyip haline güldü. "Ben ne yaptıysam kendime yaptım."

Başım dönmeye başladı, bu gerçekse böylesi bir yalanı neden yaşardı yıllarca?

"Neden biliyor musun?" diye sordu Kamer'in tepkisizliğinin karşısında. "Neden bunca zaman sustum, susmak zorunda kaldım? Babam için, babamı korumak için çünkü senin baban, beni babamı öldürmekle tehdit etti. Senin baban olacak adam benim ellerimi, kollarımı bağlayıp bana bir silah verdi sonra da '*sıkıyorsa konuş,*' dedi, '*konuş da elindeki silahla babanın ölümüne sebep ol hadi,*' dedi!"

Gözlerim korkuyla büyüdü. Kimi düşüneceğimi bilemiyordum. Mahir'in vefasına boyun eğmesini mi? Kamer'in üst üste aldığı darbelere mi? Yok yere giden Ahu'ya mı yoksa her şeyden bihaber Aytaç'a mı?

Mahir ellerini hızla Kamer'in göğsüne koyarak onu ittirdi, bu esnada o sarsılırken ben de bir adım öne çıktım fakat ikisinin arasına girmek istemiyordum. Bu bir hesaplaşmaydı ve ben onlar kadar başrol değildim. "Ben aylarca, yıllarca buna nasıl katlandım haberin var mı? Bir orospu çocuğu gibi yaşamak, itin köpeğin adresini kendim bellemek, puşt damgası yemek ne acı biliyor musun? Ulan," dedi Mahir kısık sesiyle. "Tamam ben piçin önde gideniyim, pisliğim, adiyim ama hiç görmediğim, adını bile bilmediğim bir insana zarar verecek biri değilim. Ben genç bir kızın hayatını karartacak kadar şerefsiz değilim lan!"

Kamer en az benim kadar şaşkındı ama bunu çok iyi ifade edemiyordu. Çehresi duygulardan arınmış gibiydi, hissizleşmişti sanki. Nasıl hissetmesi gerektiğini bilmiyordu? "Neden?" diye fısıldadı kırık dökük. "Neden?"

"Neden mi?" diye sordu Mahir yüksek sesle. "Çünkü biliyordu, baban ikimizin kardeş olduğunu ve günü geldiğinde bir araya geleceğimizi biliyordu ve bundan korktu. Beni kullandı, beni sana karşı bir silah olarak kullanarak ömrüm boyunca kabul görmez bir adam yaptı. Beni yaşayan bir ölüye çevirdi. Kalbimi aldı, ruhumu çaldı benden. Yüzüme taktığım maskelerden kendimi unuttum lan ben kendimi!"

Kelimeler anlamını yitirmişti ve yitirdiği yerden direnmeye devam ediyordu.

"Benim babam sana kötü şeyler yaptı," dedi Mahir. "Kabul ediyorum, o belindeki yaranın sahibi de benim ve yıllarca bunu sakladın sen. Bizden bir şekilde intikam almak niyetindeydin. Haklıydın, ben olsam seni öldürürdüm ama sen yapmadın. Belki defalarca kez denedin ama yapmadın."

Artık sadece dinliyordum, düşündükçe her şey daha da zorlaşıyordu.

"Öğrendim, her şeyi öğrendim sonra. Sana yapılanları da, bize yaptıklarını da," dedi Mahir, garip olan ise Kamer'e karşı asla öfke duyuyor olmamasıydı. Onu anlamak istiyordu sanki. "Aramızda yıllardır bir nefret var, bir öfke... Bunun sebebi benim ama bilemezdim, annemizin bir olduğunu, senin kim olduğunu bilemezdim."

Kamer arabaya yaslandı yavaşça ve gözlerini yeniden bir noktaya sabitledi. Hali içimi yıktı, onu böyle görmek ölümün diğer türlüsüydü.

"Ben buyum işte, bu kadarım," dedi Mahir ellerini havaya kaldırarak. "Herkesin nefret ettiği, katil piçin teki, siktiri boktan bir kalbin sahibiyim."

"Biz de bilemezdik," diyebildim en sonunda.

Yüzü hemen yüzümü bulduğunda beni onayladı. "Bilemezdiniz, bunu biliyorum ve sizi asla suçlamıyorum. Aslında ben hâlâ yaşadığım için kendimi şanslı hissediyorum. O çocuk..." Aytaç'ı kast etti. "O çocuğun yerinde olmak istemezdim."

"Onun yerinde değilsin," dedi Kamer tok bir sesle. "Olamazsın da."

"Biliyorum," dedi Mahir kafasını aşağı yukarı sallayarak. "O kız keşke ölmemiş olsaydı, keşke öldürülmemiş olsaydı... Ama hayat acımasız, hayat babandan bile acımasız."

Ahu'yu öldüren kişi Necdet Alptekin'den başkası değildi.

"Söylesene hadi," dedi Mahir, Kamer'e sesini yükselterek. "Senin baban daha kaç kişiyi öldürecek? Kaç kişinin hayatını kaydıracak ha?"

"O hiçbir şey yapmadı," dedim hızla Mahir'in karşısında durarak. "Bu soruları sorman gereken son kişi bile değil o anladın mı?" Mahir ne kadar öfkeliyse Kamer o kadar dipteydi. Şimdi sarılsam bile bana karşılık vermekte güçlük çekeceğini biliyordum. Devam ettim: "Ona hesap sormaya hakkın yok."

"Ona hesap soramam," dedi Mahir sakince. Gözleri küçüldü ve adımları sekteye uğradı. "Ben artık kimseye hesap soramam. Saçma..." Sustu, konuştu. "Saçma be. Onca şeyden sonra kendime yeni bir sayfa açmak istemem, kendim için yaşamak istemem... Ne bileyim ulan biri̇ni sevmek ve elinden tutmak istemem saçma."

"Değil," dedim düz bir sesle. "Hâlâ hayattasın."

"Belki," dedi Mahir ümitsiz bir sesle. Şu an ona nasıl gitmem gerektiğini bilmiyordum, o suçsuzdu hem de başından beri ve içimden bir ses sürekli bu yanını düşünüyordu, doğru da çıkmıştı. Ona karşı nötrdüm. Ne eksi ve ne artı, dahası yoktu, olmuyordu. "Babanı öldürebilirdim ama yapmadım, zaten katildim bir can daha alsam ne kaybederdim ki?"

Mirza'yı öldürmüştü, o gün, tam da o an içimde bir şeyler filizlenmişti işte.

Kamer hissizce mırıldandı: "Keşke öldürseydin."

"Babasız kalırdın."

"Ben zaten yıllardır babasızım."

Sağır edici bir sessizlik eşiği...

Mahir düşünceli bir halde gözlerini dinlendirdikten sonra yutkunarak Kamer'e baktı ve ben aralarından çekildim. Kamer ise hâlâ dalgın dalgın gözlerini sabitlediği yerde oyalanıyordu. "Biz iki düşmanız ve bu böyle kalacak," dedi Mahir. "Sen istediğin sürece."

Parmaklarımla oynamaya başladım. Mahir devam etti: "Ben artık ardımda bir şey bırakmak istemiyorum..." Derin bir nefes aldı. *"Abi."*

Gözlerimin çukuru kızardı bir anda. Onun dilinden dökülen bu sözcük o kadar ama o kadar kıymetliydi ki bunu ilk kabullenen kişinin Mahir olduğunu bir sefer daha ispat etmişti. Mirza'yı öldürdüğünde, bizi kurtardığında zaten kanıtlamıştı ama yüzüne karşı bunu demesi içime oturan bir ağrı olmuştu.

Kamer bunu duyunca duraksadı ve yüzünü Mahir'e çevirdi. Bir an ellerinden tutup kaldırmak istedim, istedim çünkü ona içinde sakladığı o cesareti vermek istiyordum. Onu kabullenmeyeceğini defalarca kez söylemişti ama bugün bir bina yıkılmıştı ve o binadan tek canlı çıkan kişi Mahir'di, Kamer o binanın altında kalmış Mahir ise ona elini uzatmıştı.

Kamer, "Ne söylememi bekliyorsun?" diye sordu.

"Hiçbir şey," dedi Mahir. "Ya da..." Gözleri beni bulduğunda bir kurşunu avuçladığımı hissettim. Bu tedirgin etmişti. "Bana değil, ona söylemeni istiyorum, artık oyun yok, artık yalan yok..."

"Ne?" dedim yüzümü ekşiterek.

Kamer ayaklanarak kaşlarını çattı. "Mahir. Uza!"

"Hayır," dedi Mahir kafasını sallayarak. "Buraya bunun için de geldim. Dedim ya; ben artık kapattım bu defteri ama hâlâ yırtılmayan sayfalar var ve sen o sayfaları kendi ellerinle yırtacaksın Kamer Alptekin. Canının acıyacağını bilsem bile, bunu yapacaksın."

"Ben anlamıyorum," dedim kuru bir sesle. Kamer'e baktım. "Ne diyor bu?"

Bana bakmadı bile, daha doğrusu bakamıyordu.

"Sana hoşuna gitmeyecek şeyler yaptı," dedi Mahir düz sesiyle.

Kamer öfkelenerek onu ittirdi. "Siktir git buradan!"

"Hayır," dedim onu durdurarak. "Ne yaptın bana?" diye sordum sonra ona. Ellerim titremeye başladı ve bunun için oldukça erkendi. "Kamer ne saçmalıyor bu? Sen bana ne yapmış olabilirsin?"

"Sana yalan söyledi."

Kamer sabırsızca onu sert bir halde geriye ittirerek bağırdı: "Sana siktir git dedim lan, defol!"

Mahir asla aldırış etmiyordu ve konuşmaya devam etti: "Anlamıyor musun lan, he? Bir gün bunun olacağını biliyordun, hiçbir yalan sonsuza kadar sürmez. Bunu en başından biliyordun hem de. Ama ona bu kadar âşık olacağını tahmin edemezdin değil mi?"

Neler oluyordu? Ve ben neden nefesimin acizleştiğini hissediyordum?

Kamer bağırmaya başladı, bir hayli öfkeliydi. "Bunu seninle konuştuk, bu mesele geride kaldı artık. Ne bok yemeye çalışıyorsun lan sen?"

"Geride mi kaldı?" dedi Mahir hayretle. "Hani o zaman? Nerede hediyem, nerede bana vaat ettiğin bu cadde?"

Kafamı kaldırdım ve darmadağın olmaya yakın zihnimle onlara baktım. İkisinin de gözlerinden nefret akıyordu ama daha çok Kamer'in gözleri bunu belli ediyordu. Suçlu olduğu için mi yoksa üzüleceği için mi? Düşünmek istemiyordum artık.

"Kamer," dedim korku dolu bir ses tınısıyla. Yutkunamıyordum. "Neler oluyor?"

Kamer sesimi ve tavrımı fark edince hızla bana arkasını döndü ve ellerini saçlarına götürerek sıkıntıyla iç geçirdi. "Böyle hayal etmedim ki lan ben. Hayır!"

"Ne oluyor dedim!"

"Aymira," dedi Mahir. "O sana yalan söyledi, en başından bir yalan uydurdu ve buna ben de dahil oldum. Bunu neden yaptım bilmiyorum ama... Bilmiyorum ulan çıkarcı herifin tekiyim belki de..."

"Delireceğim," dedim sinirlenerek. "Ne yaptın bana, baksana yüzüme!"

"Şunu bil," dedi Mahir konuşmaya devam ederek. "Öğrenince hoşuna gitmeyecek ama ne yaptıysa seni düşündüğünden ve senin iyiliğini istediği için yaptı. Bu herifi savunmak bile o kadar uzak ki bana ama söylediklerim bu... Bu onunla mezara kadar gidecek bir yalan değildi çünkü az da olsa tanıyorum onu. Yapamaz, vicdanı artık rahatları oynayamaz."

Gözlerimin önü kararmaya başladı, aklımdan o kadar korkunç şeyler geçiyordu ki neler olduğuyla ilgili asla tespit kasmak istemiyordum, hayatımda ilk defa korkudan ölmek üzereydim çünkü onunla daha önce hiç böyle olmamıştık.

Mahir, "Bak..." dediği an Kamer hiddetle bağırdı ve bu beni sarstı. "Siktir git artık dedim sana lan, siktir git!"

Korkuyordu.

Sadece korkuyordu.

Korkutuyordu.

Sadece korkutuyordu.

Tamirhanede duyabildiğim tek şey onun sinirden tırnak diplerimi bile kazıdığı sert soluğuydu. Bana yalan söylediğini söylemişti ama aldırış etmemiştim, yani bu kadar ciddi bir mesele olduğunu bilmiyordum. Birkaç saat önceki durgunluğu sona yaklaştığını anladığı için miydi? Yoksa Mahir'in dediği gibi vicdanının önünde eğildiği için miydi?

Kamer'in tutunduğu tek şey siniriydi ve ben ağlamak üzereydim. Mahir uzun uzun sarsıldığı yerden onu izlemeye devam etti. "Peki," diyebildi, sadece bunu söyleyebilmişti. "Peki."

Kalp atışlarım hızlanmaya başladı, ne zaman heyecanlansam ya da kötü şeyler olacağını sezsem hep böyle deli gibi atardı. Bu sefer saf bir heyecan değildi üzerimdeki, küt bir endişeydi. Mahir geri geri yürümeye devam etti ama asla onunla kurduğu göz temasını kesmedi. O gittiğinde biz gerçeğe dönecektik. Ne garip, söylediği yalanın ne olduğunu bilmeden ne kolay kabullenmiştim hemen bunu.

Tik, tak.

Tik, tak.

Mahir gözden kaybolduğunda nefesimi tuttum. Gücüm yoktu soluk alıp vermeye çünkü cesaretim ayaklarımın altında paramparça olmak üzereydi. Kamer istifini bozmadan öylece bekliyordu, bana dönmemişti yüzünü. Neden dönemiyordu sanki?

Nefesimi tuta tuta yanına ilerlemeye başladım. Daha önce onunla konuşmak hiç bu kadar korkutmamıştı. "Kamer," dedim omzuna dokunarak. "Yüzüme bak."

Bakamıyordu.

"Kamer, lütfen yüzüme bak!"

Bakmıyordu.

"Kamer," dedim bağırarak. "Yüzüme bak artık, yeter!"

"Özür dilerim," dedi kendi kendine. "Ben çok özür dilerim."

"Ne için?" diye sordum sabırsızca. "Allah kahretsin, bana artık bir şey söyle!"

Kafasını öne eğdi ve ellerini gözlerinin üzerine kapattı. Sabırla bekledim, bu çok ama çok zordu fakat bekledim lakin dönmedi ve ben ona gittim, ona giden ben oldum. Titreyen ellerimle yüzünde tuttuğu ellerine dokundum, teni buz gibiydi. Bu sıcakta cildi kış gibiydi. "Bana bak," dedim ellerini yüzünden indirerek. Gözlerini açtığında yine onu gördüm, bir çift karayı sarmış kırmızı.

Kırmızı, siyahı bu kadar yakmamalıydı.

"Seni dinliyorum," dedim sabırla fakat içimde patlamak üzere olan bir volkan vardı. "Anlatmazsan eğer…"

"Doğru söylüyor," dedi bir anda. "Sana en başında bir yalan söyledim ben."

Aralık olan dudaklarımı kapatırken aramızdaki mesafeye baktım, soğuk nefesi tenimi ısırıyordu. "Ne yalanı? Bir daha sormayacağım bunu."

Gözleri titriyordu, farkındaydı çünkü. Farkındaydı sonuna geldiğinin. "Buraya ikinci defa geldiğinde sana bir şeylerden bahsetmiştim hatırlıyor musun?" Düşünmem için çok az bir zaman tanımıştı ve ben onu hatırlayamamıştım bile. Devam etti: "Sana buraya giren bir kız kolayca çıkamaz, girse bile bizimle kalmak zorunda olur demiştim… En azından bir süre."

Ellerim gövdemden aşağı doğru inmeye başladı çünkü anlamaya başlamıştım. Ona olan bakışlarım mesafe kazanmaya başladığında sözlerinin devamını getirdi: "Sana orada yalan söyledim." Kafasını sağa sola salladı. "Böyle bir şey yoktu, hiçbir zaman da olmadı."

"Ne?" dedim kendimi geri çekerek. Kendimi karşısında çırılçıplak kalmış gibi hissetmiştim. "Sen…"

"Bunu neden yaptım bilmiyorum, neden böyle bir şey söyledim bilmiyorum," dedi telaşa kapılır gibi. "Sadece seni korumak istedim, yemin ederim seni korumak istedim."

"Korumak mı?" dedim hızla yüzüne bakarak. "Kimden? Beni kimden koruyacaktın sen ya? Kimden!"

"Babandan, yaşadığın hayattan belki de kendimden," dedi art arda. Aylardır içinde tuttuğu ilmekler çözülmeye başladığında tepkim yetersiz kalmıştı çünkü şaka olduğunu düşünüyordum. "Ben seni yolun bu caddeye düştüğü andan beri biliyorum."

Buz kestim ve hissizlik soyadımın üzerine devrildi.

"Ama sen," dedim şaşkınca. "Beni erkek sanmış..." Devam edemedim çünkü bu şaka değildi, bu üzerine basıp geçebileceğim bir mevzu değildi. Derin bir nefes alıp verdim. "Benimle oyun mu oynadın en başından beri?" diye sorduğunda çabucak dahil oldu.

"Hayır, yemin ederim hayır. Ben senin mutlu olmadığını gördüm, babanın sana nasıl davrandığını..."

"Babamın bana nasıl davrandığını?" diye sordum kuşkuyla. "Bizi biliyor muydun?"

"Sana el kaldırdığını, kötü davrandığını biliyordum ve buna katlanamadım anlıyor musun?"

"Sen kimdin ki o zamanlar?" dedim bu cümleyi kurarken canım acısa bile. "Sen kimdin ki buna katlanamadın? Sana ne ya? Bundan sana neydi Kamer, o zamanlar biz birbirimizin hayatında bile değildik, ben seni tanımıyordum bile..."

"Haklısın," dedi kırık bir sesle. Dokunsam ağlayacaktı sanki. "Ama hayatımda bir yerlerde olabileceğini biliyordum ve seni yanımda tutmak, benim yanımda güven vermek istedim."

Sinir bozucu bir şekilde gülerek onu ittirdim. "Bana yalan söyleyerek mi güven verdin sen bana? Bu aptal yalan yüzünden kardeşimden kaçtım, evimden oldum, arkadaşlarıma yalan söyledim, defalarca kez ölümle burun buruna geldim ben. Bu mu korumak? Böyle mi koruyorsun sen beni? Sen bana ne yaptığının farkında mısın? Nesin sen? Hayırsever bir insan mı? Yardıma muhtaç insanları yanına mı çekiyorsun? Aytaç ve Andaç, Çetin ve Zeynep sonra da ben... Sıradaki kim?"

"Böyle söyleme," dedi acıyla.

"Neden?" diye sordum hırsla. "Gerçek olduğu için mi? Gerçeklerden uzak bir adam olduğun için mi? Söylesene, bizim için nasıl bir son yazdın? Benim için nasıl bir son yazdın Kamer?"

"Saçmalama," dedi tok bir sesle. Kendinden bile korkuyordu. "Ben sana sadece yalan söyledim, kahretsin bunu yapmamalıydım ama oldu işte..."

"Oldu işte, bu kadar basit öyle mi senin için? Bu kadar kolay?"

"Değil."

"Değil tabii," diye bağırdım öfkeyle. "Bunu bana nasıl yaptın sen?" Ağzımdan çıkacak cümleleri düşünmüyordum, kırıyor ve kırılıyordum fakat artık zerre önemi kalmamıştı. "Tamam," dedim kabullenerek. "Ben hayatımın en güzel günlerini seninle yaşadım, pişman değilim hiçbir şey için ama... Neden ya? Sen bir yalana beni inandırdın, beni kandırdın." Nefesimi tuttum ve o boşlukta kendimi boğdum. "Ben sana bir daha nasıl güveneceğim ki?"

Dudakları titredi, gözleri zaten onu terk etmişti. Soğuk soğuk terliyordu, buna dayanamasam da görmezden gelmek zorundaydım. Es geçemezdim, gülüp eğlenemezdim. "Mahir? Onunla iş birliği yaptın bir de öyle mi?" dedim gülerek. "Ne karşılığında oynadın bana?"

"Lütfen böyle konuşma."

"Ne karşılığında?" diye bağırdım tekrar, bu vakte iyi sabretmiştim bile.

Kamer, "Her şey bittiğinde bu cadde tamamen onun olacaktı," diye fısıldadı.

Derin derin soludum ve konuştum. "Ne? Onunla nasıl iş birliği yaptın sen ya? Bana ilk zamandan bugüne kadar Mahir dediğimde esip gürleyen sen, onunla benim üzerimden iddiaya mı girdin?"

"Bilmiyorum Allah belamı versin bilmiyorum, ağzımdan bir kere çıkmıştı artık geri dönemedim çünkü seni kaybetmekten korktum..." İç çekti. "Ben sana zarar vermek istemedim, aksine seni korumak istedim... Diana."

"Bana bir daha böyle seslenme!"

"Yapamam."

"Bunu duymak istemiyorum."

"Yapamam," dedi tekrar. "Ben ne yaptıysam senin için yaptım. Bir gün seni kaybedebileceğimi bilsem bile her şeyi senin için yaptım."

"Bu kafa karıştıran lafların, muazzam oyunculuğun, halin, bakışların," diyerek süzdüm onu yakından. "Bunun içindi değil mi? Ne zaman derinine inmeye kalksam izin vermedin, ne zaman azıcık daha fazla baksam gözlerine kaçtın."

Onu seviyordum, ona delicesine âşıktım ve ondan başkasıyla yapamazdım ama beni öyle bir durumun içine sokmuştu ki şimdi kollarını açıp hüngür hüngür ağlasa bile gidip sarılamazdım. Anlam vermeye çalıştığım her yerden engellemişti beni, bunların mantıklı bir açıklaması olamazdı. Kötü bir niyeti vardı ya da yoktu, beni bunca zaman kandırmıştı... Nefret ettiği adamla iş birliği yapmıştı benim için. Bundan daha kötüsü olamazdı.

"İçin gitmedi mi?" dedim kısık sesimle. "Gözlerime nasıl bu kadar rahat bakabildin?"

"Bakamadım, ilk başlarda her şey kolay gelmişti," dedi dürüstçe. "O kadar mutlu ediyordu ki beni bu yalanın üzerini örtmek istedim, unutmak istedim çünkü artık seni kaybedemezdim. Sonra senden vazgeçmek zorunda kaldım, mecburdum buna... Sonra yine sana geldim işte, dedim bu sefer baştan başladık, dedim bu sefer yalanlar yok... Ama artık taşıyamıyordum bunu, her geçen saniye büyümeye başladı içimde dayanamadım..." Tıkandı, boğulacak gibi oldu tıpkı benim gibi. "Sana söylediğim tek yalan oydu, sen gerçektin ve benim kalbim sana ait olmuştu."

"Ne zamandan beri?"

"Belki de," dedi ölü gibi. "En başından beri."

"Ne zaman bitecekti peki? Ne zaman verecektin caddeyi?" diye sorup parmağımdaki yüzüğü Kamer'e gösterdim. "Bunu bana taktıktan sonra mı? Yoksa bu da mı yalan?"

"Hayır," dedi bağırarak. "Ben adi bir herif olabilirim ama duygularım gerçek, ulan gerçeğim ben gerçeğim. Buna nasıl inanmazsın?"

Güldüm, ağlayacaktım çünkü. "İnanmak mı? Şu an karşımdaki adama bakıyorum ve biliyor musun o güveni göremiyorum gözlerinde." Kırık bir sesle devam ettim: "Her şey o kadar saçma ki ne yaşadığımızı düşünemiyorum. Sen bana aylarca oyun oynadın, sen gözümün içine baka baka beni bunlara inandırdın öyle mi? Neyim ki ben, söylesene neyim ben?

"Uğruna ölebileceğim tek şeysin," dediğinde kahkaha attım. "Komiksin, gerçekten çok komiksin."

"Özür dilerim," diye fısıldadığında burnumdan soludum ve ateş saçan gözlerimle gözlerine baktım, bu ikimizi de yakmaya başladı.

"Dileme, Allah belanı vermesin dileme. Beni yıktın, beni şu an mahvettin anlıyor musun? Şimdi her şey sıfıra indi, söylediğin her şeyi sıfırladın çünkü güvenim kırıldı. Yaşadıklarımızın bile yalan olduğunu düşünmeye başladım."

"Hayır," dedi kafasını sağa sola sallayarak. Elleri titriyordu. "Ben sana tek bir yalan söyledim, sadece tek bir yalan söyledim o da bizi bu hale getirdi. Sen benim gerçeğimsin, yalan bir adamın tek gerçeğisin."

"Yalan bir adam," dedim olduğum yerde bekleyerek. "Ne güzel söylüyorsun. Yalan bir adam. Yalan bir adam. Yalan bir adam. Yalan bir adam..." Delirmiş gibi bunu tekrar etmeye başladım, dilim acımıyordu kalbim kadar. Kamer bana korkuyla bakmaya başladığında gözlerimi kapattım ve bir damla yaşı kucakladım. "Annem yok, babam yok, bir sen bir kardeşim kaldı geriye... Şimdi sen de yoksun, kardeşim de kalır mı benimle?"

"Ben buradayım," dedi ellerime sarılarak fakat onu hızla ittim.

"Dokunma, burada falan değilsin. Sen bir yalancısın Kamer. Kendin demiştin; çürümüş bir kitaba sayfalar ekleyemezsin çünkü o kitap eninde sonunda kokar... Yalan bir ilişkiye yuva kuramazsın çünkü eninde sonunda biter."

"Bunu yapma," dedi biçare halde. "Yalvarırım bana bunu yaşatma."

"Neyi?" dedim kırık bir sesle. "Bu caddeye yolum düştüğü ilk gün bile korkuyordum deli gibi ama sen çoktan başlatmışsın oyununu. Hiç mi acımadın bana? Hiç mi çaresizlikten titreyen gözlerimi görmedin? Hiç mi anlamadın sen beni Kamer? Şimdi nasıl diyeyim sana; boş ver olmuş olan diye? Şimdi nasıl duymamış gibi yapayım söyler misin?" İç çektim ve titredim. Gözlerine sonbahar düşmüştü ve kışı bekliyordu. Ekledim: "Hem biz kaç kere daha düşebiliriz? Ben savaştım, ben seninle, bizimle savaştım ama sen hep kaçan taraf oldun. Üstünü kapatan, yok sayan taraf oldun. Daha bugün benden bir şeyler sakladığını anladığımda buradan gitmek istediğini söyledin, neden? Çünkü gidersek senden kaçamazdım öyle değil mi?"

Sustu.

Keşke inkâr etseydi.

"Hayır bile diyemiyorsun," dedim ümidimin üzerine küllere savurarak. "O kadar çok şey birikmiş ki içimizde belki de biz yanlış yaptık... Biz bir yerde yanlış yaptık. Acele ettik. Hızlı davrandık. Seninle karşılaşma..."

"Sakın," dedi Kamer. "Sakın devamını getirme sözlerinin, kızgın olduğunu biliyorum."

"Kızgın mı?" dedim gülerek. "Sen şu an benim ne halde olduğumu tahmin bile edemezsin. Basit değil mi, senin için bu kadar basit? Hakan saçlarıma dokundu diye ortalığı ayağa kaldıran sen, bana en başından beri yalan söyleyen sana sadece kızgınım öyle mi?" Gözlerine meydan okudum. "Senden nefret ediyorum."

"Asıl yalan bu."

"Alışkınsın sen, çabuk alışırsın," dedim inat eder gibi. Yüreğimde bir bıçak yarası vardı, oturup ağlasam sabaha zor çıkardım. Devrilmek üzereydim ama güçlü kalmam gerekiyordu. "Bana bir şey söyle ki her şeye rağmen sen diyebileyim," dedim umuduma sarılarak.

Gözlerime baktı, nefesimi söküyordu bakışları. Yüzündeki izlerin bile dili vardı sanki ama konuşmuyorlardı. Onu bekledim, bana ufacık da olsa bir şeyler söylemesini bekledim.

Söylemedi.

Kamer bana hiçbir şey söylemedi.

İçimden yakasına sarılıp 'konuş artık' demek geldi ama bu bile ona fazlaydı. Karşımda böylece suskun olması beni yıkmıştı, durumu kabullenmişti, bizden bu kadar kolay mı vazgeçmişti sahiden?

Başımı öne eğdim ve yüzüklerime baktım. Gözlerim kapandığında bir damla yaş parmağıma aktı. İşaret parmağım ve başparmağım alyansım ve tektaşımın üzerinde durduğunda ağlayarak konuştum: "Bunları takalı çok olmadı, ömrüm boyunca takacağıma söz vermiştim ama en az senin kadar yalancıymışım ben de."

Kâğıt kesiği gibi kalp yarası bizde. Öyle ansızın öyle derinden ki ne önlem alabilirsin ne de merhem olabilirsin.

"Buraya kadarmış," dedim yüzüklerimi hareket ettirerek.

Kamer hızla ellerimden tuttu. "Aymira hayır, beni öldür ama bunu yapma."

"Ama sen beni öldürdün Kamer," dedim gözlerine bakarak.

Ağlıyordu.

Gözünün kenarından bir damla yaş süzüldü çenesine doğru. Kıyamıyordum, onu kendimden geçecek kadar çok seviyordum ama yetmiyordu işte. Aşk bazen şifadan çok zehir oluyordu yüreklere ve biz o zehri birbirimizin gözlerine baktığımız ilk anda içmiştik.

"Sen bana sustuğun her saniye, beni öldürdün. Sen bana her konuştuğun cümlede yalanlarla uyudum ben," diye devam ettim. Ellerimi ellerinin altında çektiğimde dudaklarımdan bir hıçkırık kaçtı, o kadar berbat bir histi ki... Annem bile elimden tutsa iyi edemezdi beni. "Sanırım biz yanlışız."

"Aymira..."

Burnumu çektim ve ağlayarak yüzükleri parmağımdan çıkarmaya başladım. Parmaklarım kırılsaydı yemin ederim canım bu kadar acımazdı. Ben çıkarmak istemiyordum ki ama parmaklarıma baktıkça da her şeyin yalan olduğunu görüyordum. Aklım sıfıra inmişti ve neyi nasıl yapmam gerektiğini bilmiyordum. Acıma sığındım, öfkeme sarıldım. Anın içinde neyi hissediyorsam öyle hareket ettim. Sonumuzu ve bizi düşünmedim. Bu yüzükleri çıkarmak istemedim ama durmasına da kalmadı hevesim.

Kamer geri geri yürüyerek deliye dönmeye başladı. Ağlıyordu. Ağlıyorduk ikimiz de. "Hayır," dedi kafasını sağa sola sallayarak. "Hayır... Hayır..."

"Ben bu güvensizlikle devam edemem ki," dedim yıkık dökük. "Benden kaçan bir adamla yapamam, her bakışında, en ufak bir pürüzde altındaki yalanlara sığınan sana yeniden güvenemem."

Ben bu güvensizlikle yaşarım, senden başkasıyla yapamam, sana hep güvendim ve hâlâ da güveniyorum. Bana yalan söylerken de güvendim, benden kaçarken de... Ama... Bazı anlar vardır ki kalbi ikiye böler, birini ateşe verir diğeri zaten yanmış ve kül olmayı bekliyordur.

Yüzükleri elimde tutmaya devam ettim. Kamer ise benden uzaklaşarak bir duvara yaslandı ve öylece olduğu yere çöktü. Gözyaşlarımı susturamıyordum, buna bir son veremiyordum. Donup kalmıştı, onu öyle bırakıp gidecek olmam o kadar zordu ki... Şu an ölmek istedim, tam şu an son nefesimi vermek istedim çünkü onun yanında ölecektim.

Hıçkıra hıçkıra yüzükleri arabanın üzerine bıraktım, bıraktığım tek şey yüzükler değildi onlarla birlikte kalbimi de bıraktım tam buraya, bıraktım ki bize uygun bir mezar seçip gömsün diye.

"Neydi?" dedim boğuk sesimle. Kamer'e bakamıyordum, bakarsam yenilirdim. Görüyordum az çok, oturuyordu öylece orada, dizini kırmış bir ayağını uzatmış öylece oturuyordu. Ağlamıyordu ama içinde gözyaşlarını boğuyordu. "Veda Caddesi... Çünkü burada her veda bir merhabayla başlar..." Omuz silktim. "Yalan. *Her veda bir vedadır.*"

Kendimi sıktım ve gözlerimden akanlara aldırış etmeden Kamer'e döndüm. Canlı canlı ölüyordu gözlerimin önünde ve ben bu kadar acımasız olduğum için kendimden nefret etmeye başlamıştım. İyi de değildim. Ben sarhoştum sanki. Doğruyu da yanlışı da unutmuş bir sarhoştum. Hareket edemedim, gidip öpemedim yüzünden, saçlarından... Sarılamadım ellerine... Sevdim sadece, beni sevdiği gibi sevdim ama sevgi bazı şeyler için yetmiyormuş, sevmek bazen az kalıyormuş...

Yetmedi sevgimiz oysa bu ne ilk savaşımızdı ne de son.

Dudaklarımı ıslattığımda ağzıma giren tuz tadı ciğerime damladı sanki. "Hoşça kal... Canımın içi. Ben şimdi gidiyorum fakat nereye gidersem gideyim iyi gelmeyecek biliyorum. Bu bir ölüm değil ama bana öyle bir şey verdin ki keşke ölüm olsaydı dedim."

Yutkundum. Başım dönüyordu ve her an bayılacak gibiydim. Bedenim ağırlaştı ama kuş gibi hissediyordum kendimi. Kafesinden kaçmış gibi görünse de kafesinde ölmüş bir kuştum sanki.

Sözlerim üzerine bir şey demedi, tepki vermedi.

Burası bir kelebeğin kanatlarını çırptığı ilk andı,

Ve burası o kelebeğin kanatlarını kırdığı son anıydı.

Uzaklaşmaya başladım. Adımlarım geri geri gitmeye başladı. Bana kal demesini bekledim, gitme demesini bekliyordum ısrarla... Kal deseydi kalır mıydım?

Kalırdım.

Ama o bunu yapmadı, o bana değil kendine yenildi.

Başımı belli belirsiz bir şekilde aşağı yukarı salladım ve kapıya doğru ilerledim. Yürürken adımlarımı o kadar yavaştan alıyordum ki kal demesini ve koşarak ona sarılmayı bekliyordum. Yürüdüm, yürüdüm ve yürüdüm.

Bizim için bitiş çizgisi çizmiştim ve şu an onun önünde duruyordum. Arkamdaydı, bir nefes ötemdeydi ve arkamı dönmek yaşamaktan daha zordu. Birkaç saniye ayaklarıma baktım ya ileri ya geri ya ileri ya geri.

İleri...

Ağlamaya devam ederek kapının kolunu kavradım ve dışarı çıktım. Merdiven basamağına bastım sersemleyerek, tutunacak bir dal aradım ama bulamadım çünkü onu arkamda bırakmıştım. Ağlaya ağlaya çıktım merdivenlerden, hıçkıra hıçkıra... Ve sonra bu sesleri bir ses kesti.

Bir silah sesi.

Olduğum yerde buz kestim. Bir süre bekledim ve kulaklarımı sağır eden bu sese kayıtsız kalamadan merdivenleri çıkmaya devam ettim.

Sonra durdum.

Bir olaya şahit oldum.

Mahir vurulmuştu,

Onu Aytaç vurmuştu.

Aytaç'ın elinde bir silah vardı, Mahir'in kanlar içinde yerde yatan bedeninin hedefindeydi.

Korkuyla gözlerimi irileştirdiğimde Aytaç elindeki silahı düşürmeden yerde yatan Mahir'e bakmaya başladı. Ne yapacağımı bilemez bir haldeydim. Ben hayatımın en berbat gününü yaşıyordum, hayatımın ellerimin arasından kayıp gittiğine şahit oluyordum.

Aytaç uzun uzun olduğu yerde onu izlemeye devam etti. O sırada evin kapısı açıldı ve dışarı dehşetle Çetin çıktı. Gördüğü manzarayla şok oldu ve koşarak yere eğildi. "Aytaç ne yaptın koçum sen? Aytaç ne yaptın oğlum sen?"

Aytaç fısıldadı: *"Ahu'mu kurtardım abi."*

Gözlerimi kapattım ve burnumu çektim. Diyemedim, ona Mahir'in suçsuz olduğunu diyemedim, desem de bir şey değiştiremezdim.

Çetin hızlı hızlı Mahir'i kontrol etmeye başladığında bana baktı. "Aymira, Kamer nerede? Çağır onu, Allah aşkına çağır gelsin."

Çağıramam ki.

Arkama baktım, o merdiven boşluğuna... Kapı kapalıydı ve ben o kapının dışında kalmıştım.

Önüme döndüm. Mahir'e baktım, Aytaç'a baktım, Çetin'e baktım. Hepsi o kadar uzaktı ki bana buradaki tek yabancı benmişim gibi hissetmiştim ve öyleydim. Bu caddedeki tek fazla bendim.

Bir adım attım önüme doğru. Çetin arkamdan seslendi. "Aymira, Kamer'i çağır... Nereye gidiyorsun?"

"Bilmiyorum," diye mırıldandım kendi kendime. Omuzlarım çökmüştü ve biri şu an karşıma çıkıp beni kurşuna dizse kaçmaz, boyun eğerdim.

Yürümeye devam ettim. Sonunu bilmediğim bu yolda ilerlemeye devam ettim. Başlarken sonumu gördüğümü sanmıştım, onunla ölecektim aslında haksız da sayılmazmışım. Ölmüştüm ama onunla değil, onun elinden ölmüştüm.

Bu caddeye çok anı sığdırdım, bir adam sevdim bir kalp adadım. Bir merhabayla başladı bir hoşça kal ile kapandı.

"Çünkü burası Veda Caddesi... Çünkü burada her veda bir vedadır."

Her veda,

Pimi çekilmiş bir sevdadır.

Biz başaramadık, şimdi desinler arkamızdan; çok sevdiler ama yetmedi, bir adam bir kadına ömrünü verdi ama yine de yetmedi. Çünkü vedalar sonu getirir sevgilim, bu da bizim sonumuz.

Bir devrin başı ve sonuyduk. Önce var olduk sonra kaybolduk. Sonra mahvolduk.

Devam edecek...

Veda Caddesi III, Hecr - Playlist

Aytekin Ataş - Seyyah
Çağan Şengül - Veda
Eylem Aktaş - Kömür Gözlerin
Eylem Aktaş - Hasret
Sezen Aksu - Git
Sezen Aksu - Ben Öyle Birini Sevdim Ki
Sufle - Pus
Can Oflaz - Fikrimin İnce Gülü
Ferah Zeydan - Yanlışız Senle
Emre Aydın - Hoşça Kal
Emre Aydın - Son Defa
Barış Akarsu - Gözlerin
Toygar Işıklı - Sen Yanımdayken
Kıraç - Talihim Yok Bahtım Kara
Ece Mumay - Vazgeç Gönül
Neşet Ertaş - Yar İmiş Meğer
Billie Eilish - I Love You
Eurielle - Hate Me
Lewis Capaldi - Somenone You Loved
Enya - Only Time
Sting - Shape Of My Heart
Jes Hudak - Different Worlds
Ciara - Paint It, Black
Ursine Vulpine - Wicked Game

Emir ve Gece...
İki hırçın ve asi âşık.
Babasının ölümünün ardından hayattan bir beklentisi kalmayan Gece, yaz tatilini annesinin ve üvey babasının zoruyla bir tanıdıklarının yanında geçirmeye başlar. Hayallerini ve düşlerini umutsuzluğa teslim etmiştir, rüzgârda savrulan bir yaprak gibidir. Yürüdüğü karanlık yolda, hayatına tehlikeli bir kapı aralayan Emir ise Yeraltı'nın vazgeçilmez isimlerinden biridir. Fakat Gece'nin hayatına girmesiyle duyguları ve hayatı farklı bir yöne evrilir.
Aşkın kural tanımazlığı, Emir ve Gece'yi ya Yeraltı'na tutsak edecek ya da tamamen özgür kılacaktır.
Tutku ve sevginin maviye boyandığı o gece, iki kişi için de unutulmazdır...

"Ne zifirî karanlık ne aydınlık...
O gece bizim umudumuz ve mucizemizdi.
O gece maviydi."